50 große Romane des 20. Jahrhunderts | **Paul Auster** – Stadt aus Glas • **Jurek Becker** – Bronsteins Kinder • **Thomas Bernhard** – Der Untergeher • **Italo Calvino** – Wenn ein Reisender in einer Winternacht • **Elias Canetti** – Die Stimmen von Marrakesch • **Bruce Chatwin** – Traumpfade • **Joseph Conrad** – Herz der Finsternis • **Julio Cortázar** – Der Verfolger • **Marguerite Duras** – Der Liebhaber • **Friedrich Dürrenmatt** – Der Richter und sein Henker • **Umberto Eco** – Der Name der Rose • **William Faulkner** – Die Freistatt • **F. Scott Fitzgerald** – Der große Gatsby • **Edward M. Forster** – Wiedersehen in Howards End • **Max Frisch** – Mein Name sei Gantenbein • **Günter Grass** – Katz und Maus • **Julien Green** – Leviathan • **Graham Greene** – Der dritte Mann • **Peter Handke** – Die Angst des Tormanns beim Elfmeter • **Hermann Hesse** – Unterm Rad • **Patricia Highsmith** – Der talentierte Mr. Ripley • **Peter Høeg** – Fräulein Smillas Gespür für Schnee • **John Irving** – Das Hotel New Hampshire • **Uwe Johnson** – Mutmassungen über Jakob • **James Joyce** – Ein Porträt des Künstlers als junger Mann • **Franz Kafka** – Amerika • **Eduard von Keyserling** – Wellen • **Wolfgang Koeppen** – Das Treibhaus • **Milan Kundera** – Die unerträgliche Leichtigkeit des Seins • **Siegfried Lenz** – Deutschstunde • **Primo Levi** – [illegible] eriodische System • **W. Somerset Maugham** – Der Magier • **Carson McCull**[illegible] ein einsamer Jäger • **Ian McEwan** – Der Zementgarten • **Harr**[illegible] **ees Nooteboom** – Allerseelen • **Michael Ondaatje** – [illegible] **ti** – Das kurze Leben • **Marcel Proust** – Eine [illegible] Aufzeichnungen des Malte Laurids Brigge • **Arth**[illegible] • **Jorge Semprún** – Was für ein schöner Sonntag! • **George**[illegible] Mann, der den Zügen nachsah • **Claude Simon** – Die Akazie • **John** [illegible] – Tortilla Flat • **Botho Strauß** – Paare, Passanten • **Andrzej Szczypiorski** – Die schöne Frau Seidenman • **Martin Walser** – Ehen in Philippsburg • **Oscar Wilde** – Das Bildnis des Dorian Gray • **Marguerite Yourcenar** – Der Fangschuß | **Ausgewählt von der Feuilletonredaktion der Süddeutschen Zeitung** | **2004–2005**

Süddeutsche Zeitung | Bibliothek

Lese. Freude. Sammeln.

Bestellen Sie jetzt die gesamte Bibliothek, 50 Bände, für nur 196,– Euro (bei Abnahme aller Bände)
(jeden Monat 4 neue Bände für 16,– Euro, pro Buch 4,– Euro)
unter Tel.: 0180-5262167, unter www.sz-bibliothek.de oder im Buchhandel.

W0280269

E. M. Forster

Wiedersehen in Howards End

E. M. Forster

Wiedersehen in Howards End

Aus dem Englischen von Egon Pöllinger

Süddeutsche Zeitung | Bibliothek

Bibliografische Information Der Deutschen Bibliothek
Die Deutsche Bibliothek verzeichnet diese Publikation in der Deutschen Nationalbibliografie;
detaillierte bibliografische Daten sind im Internet über http://dnb.ddb.de abrufbar.

Der vorliegenden Ausgabe liegt die Textfassung der 1987 by nymphenburger in der F.A. Herbig Verlagsbuchhandlung GmbH erschienenen deutschsprachigen Erstausgabe zugrunde.

Lizenzausgabe der Süddeutsche Zeitung GmbH, München
für die Süddeutsche Zeitung | Bibliothek 2004
mit Genehmigunng der nymphenburger in der
F. A. Herbig Verlagsbuchhandlung GmbH, München.
Die Originalausgabe erschien 1910,
1973 by The Provost and Scholars of King's College, Cambridge,
die deutschsprachigen Ausgabe 1987 by nymphenburger in der
F.A. Herbig Verlagsbuchhandlung GmbH, München.
Aus dem Englischen übersetzt von Egon Pöllinger
Umschlag: Szene aus der gleichnamigen Verfilmung mit James Wilby und Emma Thompson,
Titelfoto: MIP/Cinetext Bildarchiv
Autorenfoto: dpa
Klappentexte: Ralf Hertel
Umschlaggestaltung und Layout: Eberhard Wolf
Satz: vmi, D. Ott
Druck und Bindearbeiten: Ebner & Spiegel, Ulm
Printed in Germany
ISBN 3-937793-51-8

I

Man kann eigentlich ebensogut auch gleich mit Helens Briefen an ihre Schwester beginnen.

Howards End
Dienstag

Liebste Meg,
es kommt anders, als wir dachten. Es ist alt, klein und ganz und gar reizend – aus rotem Backstein. Wir können uns schon jetzt kaum mehr darin zusammenpferchen und Gott weiß, was geschehen wird, wenn Paul (der jüngere Sohn) morgen ankommt. Von der Diele geht es rechts oder links ins Ess- oder Wohnzimmer. Die Diele selbst ist praktisch schon ein Zimmer. Von dort gelangt man durch eine weitere Tür zur Treppe, die in einer Art Tunnel zum ersten Stock hinaufführt. Dort drei Schlafzimmer in einer Reihe und darüber drei Dachkammern in einer Reihe. Das ist freilich nicht das ganze Haus, aber es ist alles, was man wahrnimmt: neun Fenster, wenn man vom Vorgarten hinaufblickt.

Dann gibt es da eine mächtige Bergulme – zur Linken, wenn man aufs Haus blickt –, die sich ein wenig über das Haus neigt und auf der Grenze zwischen Garten und Wiese steht. In den Baum bin ich schon richtig verliebt. Außerdem gewöhnliche Ulmen, Eichen – auch nicht häßlicher als Eichen für gewöhnlich –, Birnbäume, Apfelbäume und einen Weinstock. Weißbirken allerdings keine. Ich muß jetzt jedoch noch zu meinem Gastgeber und meiner Gastgeberin kommen. Ich wollte nur zeigen, daß es nicht im mindesten so ist, wie wir es erwartet haben. Warum versteiften wir uns nur darauf, daß ihr Haus aus lauter Giebeln und Schnörkeln bestehen müsse und ihr Garten aus lauter safrangelben Wegen? Wahrscheinlich nur, weil wir sie mit teuren Hotels in Verbindung bringen: Mrs. Wilcox in wunderschönen Kleidern lange Korridore hinunterschwebend, Mr. Wilcox Portiers schikanierend etc. Wir Weibsbilder sind ja so ungerecht!

Ich bin Samstag zurück; Zug laß' ich Dich später noch wissen. Sie ärgern sich genauso wie ich, daß Du nicht mitgekommen bist. Tibby ist doch wirklich zu lästig: Jeden Monat fängt er mit einer neuen tödlichen Krankheit an. Wie hat er sich in London einen Heuschnupfen holen können? Und auch wenn er es nun tatsächlich fertig gebracht hat, so erscheint es doch hart, daß Du auf einen Besuch verzichten mußtest, nur um einem Pennäler beim Niesen zuzuhören. Sag ihm, daß Charles Wilcox (der anwesende Sohn) auch Heuschnupfen hat, aber der hält sich tapfer und wird ziemlich böse, wenn wir uns danach erkundigen. Männer wie die Wilcoxens täten Tibby unheimlich gut. Aber da wirst Du mir nicht recht geben, also wechsle ich lieber das Thema.

Diesen langen Brief auch nur darum, weil ich vorm Frühstück schreibe. Oh, dieses herrliche Weinlaub! Das Haus ist mit einem Weinstock bewachsen. Ich schaute bereits früher hinaus, und da war Mrs. Wilcox schon im Garten. Ganz offensichtlich liebt sie ihn. Kein Wunder, daß sie manchmal müde aussieht. Sie beobachtete, wie die großen roten Mohnblumen herauskamen. Dann spazierte sie vom Rasen zur Wiese hinüber, von der ich den Zipfel nach rechts hin eben noch sehen kann. Wisch-wisch machte ihr langes Kleid über das klatschnasse Gras und sie kam mit den Händen voller Heu vom gestrigen Schnitt zurück – vermutlich für Kaninchen oder so, da sie dauernd daran roch. Die Luft hier ist einfach köstlich. Später hörte ich das Geräusch von Krocketkugeln und schaute wieder hinaus, und es war Charles Wilcox beim Üben. Sie sind auf jeglichen Sport versessen. Kurz darauf fing er das Niesen an und mußte aufhören. Dann hör' ich es nochmals klicken, und es ist Mr. Wilcox, der übt, und dann – hatschi, hatschi – muß auch er aufhören. Dann kommt Evie raus und treibt Gymnastik auf einem Gerät, das an einem Reineclaudenbaum befestigt ist – die finden für alles Verwendung –, und dann macht sie ›hatschi‹, und schon geht sie rein. Und schließlich erscheint Mrs. Wilcox wieder, wisch-wisch, die immer noch am Heu riecht und die Blumen betrachtet. Ich mute Dir das alles zu, weil Du einmal gesagt hast, das Leben sei manchmal das Leben und manchmal nur ein Schauspiel und man müsse eins vom anderen zu unterscheiden lernen, und bis jetzt habe ich das immer für ›Meg'sche Philosophie‹ gehalten. Doch heute morgen kommt es einem eigentlich wirklich nicht wie das Leben vor, sondern wie ein Theaterstück, und es macht mir ungeheuren Spaß, die W.s zu beobachten. Jetzt ist Mrs. Wilcox wieder reingekommen.

Ich werde mein braunes Kostüm anziehen. Gestern abend trug Mrs. Wilcox ein spitzenbesetztes Abendkleid aus bordeauxroter Seide und Evie ein rosanes mit vielen Schleifen. Es ist hier also nicht gerade so, als könne jeder nach seiner Fasson selig werden, und wenn man die Augen zumacht, so scheint es immer noch das verschnörkelte Hotel zu sein, das wir erwartet hatten. Nicht, wenn man sie öffnet. Die Hundsrosen sind ja wirklich zu süß! Auf der anderen Seite des Rasens befindet sich eine große Hecke davon – fabelhaft hoch, so daß sie in Girlanden herabfallen, und unten schön licht, so daß man durch sie hindurch Enten sehen kann und eine Kuh. Die gehören zum Bauernhof, dem einzigen Haus in unserer Nähe. Eben gongt es zum Frühstück. Herzliche Grüße! Gemäßigte Grüße an Tibby! Grüße an Tante Juley! Wie nett von ihr, daß sie gekommen ist und dir Gesellschaft leistet, aber wie langweilig! Verbrenn' das hier! Donnerstag schreib' ich wieder.

Helen

Howards End
Freitag

Liebste Meg,
ich amüsiere mich glänzend. Ich hab' sie alle gern. Mrs. Wilcox ist zwar stiller als in Deutschland, aber reizender denn je, und so etwas wie ihre beständige Selbstlosigkeit habe ich noch nicht gesehen und das Beste daran ist, daß die anderen sie nicht ausnutzen. Sie sind die allerglücklichste, fröhlichste Familie, die Du Dir vorstellen kannst. Ich habe wirklich das

Gefühl, daß wir uns anfreunden. Der Witz dabei ist, daß sie mich für ein Dummerchen halten und das auch sagen – Mr. Wilcox tut es wenigstens –, und wenn so was vorkommt und es einem nichts ausmacht, dann ist das doch ein ziemlich sicherer Freundschaftsbeweis, nicht wahr? Er sagt die entsetzlichsten Dinge über das Frauenstimmrecht ja so nett, und als ich sagte, ich glaubte an die Gleichberechtigung, da verschränkte er bloß die Arme und hielt mir eine solche Standpauke, wie ich dergleichen noch nie gehört habe. Meg, werden wir jemals lernen, nicht so viel zu reden? Ich habe mich in meinem ganzen Leben noch nie so geschämt. Ich konnte auf keine Zeit verweisen, zu der die Menschen gleichberechtigt gewesen wären, noch nicht einmal auf eine Zeit, da der Wunsch nach Gleichberechtigung sie sonstwie glücklicher gemacht hätte. Ich brachte kein Wort heraus. Die Vorstellung, Gleichberechtigung sei gut, hatte ich eben nur aus irgendeinem Buch aufgeschnappt – wahrscheinlich aus einem Gedicht oder auch von dir. Jedenfalls hat Mr. Wilcox diesen Gedanken völlig zerpflückt und wie alle wirklich starken Menschen hat er mich dabei nicht verletzt. Andererseits mache ich mich über sie lustig, weil sie Heuschnupfen bekommen. Wir leben in Saus und Braus und Charles fährt uns jeden Tag im Auto spazieren – zu einem Grabmal mit Bäumen darin, einer Einsiedelei, einer wundervollen Straße, die unter den Königen von Mercia gebaut wurde – zum Tennis – zu einem Kricketspiel – zum Bridge –, und am Abend rücken wir in diesem hübschen Haus eng zusammen. Die ganze Sippe ist jetzt hier versammelt: Es geht zu wie in einem Kaninchenbau. Evie ist ein Engel. Sie möchten, daß ich noch bis über Sonntag dableibe – es wird wohl nichts ausmachen, wenn ich wirklich noch bleibe. Herrliches Wetter und auch die Aussicht herrlich – nach Westen bis ins Hochland. Vielen Dank für Deinen Brief. Verbrenn' den hier!

Deine Dich liebende Helen

Howards End
Sonntag

Liebste, allerliebste Meg,
ich weiß nicht, was Du dazu sagen wirst: Paul und ich sind ineinander verliebt – der jüngere Sohn, der erst am Mittwoch herkam.

II

Margaret warf einen flüchtigen Blick auf die Zeilen ihrer Schwester und schob sie über den Frühstückstisch ihrer Tante hin. Einen Augenblick lang herrschte Schweigen, und dann öffneten sich die Schleusen.

»Ich kann dir gar nichts sagen, Tante Juley. Ich weiß auch nicht mehr als du. Wir lernten – wir lernten nur den Vater und die Mutter letztes Frühjahr im Ausland kennen. Ich weiß so wenig, daß ich noch nicht einmal wußte, wie ihr Sohn heißt. Es ist alles so –« Sie winkte ab und lachte ein wenig.

»In dem Fall kommt das doch alles viel zu plötzlich.«

»Wer weiß, Tante Juley, wer weiß?«

»Aber, meine liebe Margaret, ich meine, wir müssen doch jetzt, wo wir schon Bescheid wissen, praktisch denken. Auf jeden Fall kommt das doch zu plötzlich.«

»Wer weiß!«

»Aber, meine liebe Margaret –«

»Ich gehe ihre anderen Briefe holen«, sagte Margaret. »Nein, tu' ich nicht, ich frühstücke zu Ende. Ich habe sie nämlich gar nicht mehr. Wir trafen die Wilcoxens auf einem gräßlichen Ausflug, den wir von Heidelberg nach Speyer unternahmen. Helen und mir war eingefallen, daß es da in Speyer einen großartigen alten Dom geben mußte – der Erzbischof von Speyer war nämlich einer von den sieben Kurfürsten – ›Speyer, Mainz und Köln‹. Diese drei Erzbistümer haben einst das Rheintal beherrscht und ihm den Namen ›Priesterstraße‹ verschafft.«

»Ich habe immer noch ein ganz ungutes Gefühl bei dieser Sache, Margaret.«

»Der Zug fuhr über eine Pontonbrücke und auf den ersten Blick sah es ja auch noch ganz herrlich aus. Aber dann, schon nach fünf Minuten hatten wir die ganze Bescherung gesehen. Der Dom war ruiniert, durch Restaurierung vollkommen ruiniert worden; kein bißchen mehr vom ursprünglichen Bau. Wir hatten einen vollen Tag vergeudet. Und auf die Wilcoxens stießen wir dann, als wir in den öffentlichen Gärten unsere belegten Brote aßen. Die Ärmsten, auch sie hatten sich täuschen lassen – sogar Aufenthalt hatten sie in Speyer genommen – und es war ihnen gar nicht so unlieb, als Helen darauf bestand, daß sie mit uns nach Heidelberg entfliehen müßten. Tatsächlich kamen sie dann am nächsten Tag auch wirklich nach. Wir machten ein paar Spazierfahrten miteinander. Jedenfalls kannten sie uns so gut, daß sie Helen zu sich einluden – mich ja eigentlich auch, aber Tibbys Erkrankung hielt mich zurück, also fuhr sie letzten Montag allein hin. Das ist alles. Jetzt weißt du genauso viel wie ich. Eben ein junger Mann aus dem Nichts. Am Samstag hätte sie zurückkommen sollen, verschob es aber auf Montag, vielleicht wegen – ich weiß es nicht.«

Sie brach ab und lauschte den Geräuschen eines Londoner Vormittages. Ihr Haus war am Wickham-Place ziemlich ruhig gelegen, denn ein hochragendes Vorgebirge aus Gebäuden trennte es von der Hauptverkehrsstraße. Man fühlte sich wie an einem Altwasser oder besser noch wie an einer Flußmündung, deren Wasser vom unsichtbaren Meer hereinströmten und in ein tiefes Schweigen verebbten, während draußen die Wellen immer noch schlugen. Das Vorgebirge bestand zwar aus Mietswohnungen – nicht eben billig, mit höhlenartigen Eingangshallen voller Conciergen und Palmen –, aber es erfüllte seinen Zweck und verschaffte den älteren Häusern gegenüber ein gewisses Maß an Stille. Auch diese Häuser würden wohl mit der Zeit fortgeschwemmt werden und ein weiteres Vorgebirge würde sich an ihrer Stelle erheben, da sich die Menschheit auf dem kostbaren Boden Londons immer höher türmte.

Mrs. Munt hatte ihre eigene Methode, das Verhalten ihrer Nichten zu interpretieren. Sie kam zu der Ansicht, daß Margaret ein bißchen hysterisch sei, und so suchte sie durch einen Redeschwall Zeit zu gewinnen. Sie kam sich ausgesprochen diplomatisch vor, als sie das Schicksal Speyers beklagte und erklärte, nie, niemals werde sie sich zu einem Besuch dieser Stadt verleiten lassen, und setzte von sich aus hinzu, in Deutschland fehle es am rechten Verständnis für die Prinzipien der Restaurierung. »Die Deutschen«, sagte sie, »sind zu gründlich, und manchmal ist das ja alles schön und gut, aber manchmal genügt das nicht.«

»Ganz recht«, sagte Margaret, »die Deutschen sind zu gründlich.« Und ihre Augen begannen zu glänzen.

»Natürlich betrachte ich euch Schlegels als Engländer«, beeilte sich Mrs. Munt zu sagen, »Engländer bis auf die Knochen.«

Margaret beugte sich vor und streichelte ihr die Hand.

»Und dabei fällt mir ein – Helens Brief –«

»Ja doch, Tante Juley, ich denke sowieso bloß noch an Helens Brief. Ich weiß – ich muß zu ihr. Ich denke schon an sie. Ich bin fest entschlossen hinzufahren.«

»Fahr aber nicht unvorbereitet«, sagte Mrs. Munt, wobei sie in ihrer sanften Stimme Verärgerung anklingen ließ. »Margaret, wenn ich mal ein Wörtchen dazu sagen darf: laß dich nicht überrumpeln! Was hältst du von den Wilcoxens? Gehören sie zu unseresgleichen? Sind es annehmbare Leute? Könnten sie an Helen, die meiner Meinung nach ein ganz besonderer Mensch ist, Gefallen finden? Machen sie sich etwas aus Literatur und Kunst? Das ist äußerst wichtig, wenn man's recht bedenkt. Literatur und Kunst. Äußerst wichtig. Wie alt mag der Sohn wohl sein? Sie schreibt ›der jüngere Sohn‹. Wäre er denn überhaupt in der Lage zu heiraten? Ist ihm zuzutrauen, daß er Helen glücklich macht? Hattest du den Eindruck –«

»Ich hatte gar keinen Eindruck.«

Sie redeten gleichzeitig drauflos.

»Ja, wenn das so ist –«

»Da dem so ist, kann ich keine Pläne machen, begreifst du das denn nicht?«

»Ganz im Gegenteil –«

»Ich hasse Pläne. Ich hasse Strategien. Helen ist schließlich kein kleines Kind mehr.«

»Ja, wenn das so ist, meine Liebe, warum dann hinfahren?«

Margaret schwieg. Wenn ihre Tante nicht einsah, warum sie hinfahren mußte, sie würde es ihr auch nicht sagen. Sie dachte gar nicht daran zu erklären: »Ich hab' mein Schwesterherz lieb; ich muß bei ihr sein in diesem kritischen Augenblick ihres Lebens.« Zuneigung ist verschwiegener als Leidenschaft und kommt auf zartere Weise zum Ausdruck. Wenn sie selbst sich je in einen Mann verlieben sollte, dann würde sie es, genau wie Helen, an die große Glocke hängen; da sie aber nur eine Schwester liebte, bediente sie sich der stummen Sprache der Sympathie.

»Für mich seid ihr schon sonderbare Mädchen«, fuhr Mrs. Munt fort, »ja, ganz erstaunliche Mädchen, und eurem Alter in vielem weit voraus. Aber – du nimmst mir's doch hoffentlich nicht übel? – offen gestanden, hab' ich das Gefühl, daß du dieser Sache nicht gewachsen bist. Das erfordert jemand Älteren. Mein Kind, mich ruft nach Swanage nichts zurück.« Sie breitete ihre fülligen Arme aus. »Ich stehe dir ganz zur Verfügung. Laß doch mich an deiner Stelle hinfahren zu dem Haus – der Name ist mir jetzt entfallen.«

»Tante Juley« – sie sprang auf und gab ihr einen Kuß – »ich muß aber unbedingt selbst nach Howards End. Du verstehst zwar nicht ganz, für dein Angebot aber kann ich dir gar nicht genug danken.«

»Ich verstehe sehr wohl«, entgegnete Mrs. Munt voll ungeheurer Zuversicht. »Ich fahre ja nicht hin, um mich einzumischen, sondern um Nachforschungen anzustellen. Nachforschungen sind notwendig. Und jetzt muß ich etwas grob werden: Du würdest bestimmt das Verkehrte sagen; ja, mit Sicherheit würdest du das tun. In deiner Sorge um Helens Glück würdest du die ganze Familie Wilcox durch eine deiner ungestümen Fragen vor den Kopf stoßen – nicht, daß es groß was ausmachte.«

»Ich werde keine Fragen stellen. Ich hab's von Helen doch schriftlich, daß sie und ein Mann sich lieben. Da gibt's gar nichts zu fragen, solange sie dabeibleibt. Alles andere ist nicht mal der Rede wert. Meinetwegen eine lange Verlobungszeit, aber Nachforschungen, Fragen, Pläne, Strategien – nein, Tante Juley, und nochmals nein!«

Und damit lief sie davon, nicht schön noch besonders strahlend, aber erfüllt von etwas, das beide Eigenschaften voll ersetzte – etwas, das man wohl am besten als eine tiefgreifende Lebendigkeit bezeichnen könnte, ein ständiges, aufrichtiges Reagieren auf alles, was ihr auf ihrem Lebensweg begegnete.

»Wenn Helen mir dasselbe von einem Verkäufer oder einem mittellosen Büroangestellten geschrieben hätte –«

»Margaret, komm doch bitte in die Bibliothek und mach die Tür zu! Deine tüchtigen Mädchen stauben eben das Treppengeländer ab.«

»– oder wenn sie den Ausrufer vom Fuhrunternehmen Paterson hätte heiraten wollen, so hätte ich genau das gleiche gesagt.« Dann aber, mit einem jener Umschwünge, die ihre Tante davon überzeugten, daß sie eigentlich nicht wirklich verrückt war, und Beobachter anderer Art davon, daß man keine verknöcherte Theoretikerin vor sich hatte, setzte sie hinzu: »Ich muß allerdings dazu sagen, daß ich mir im Falle Paterson schon eine wirklich sehr lange Verlobungszeit wünschen würde.«

»Das will ich auch meinen!«, sagte Mrs. Munt. »Und dabei kann ich dir kaum folgen. Nun stell dir doch nur mal vor, du würdest irgendetwas dergleichen zu den Wilcoxens sagen. Ich mag's ja verstehen, aber die meisten vernünftigen Leute hielten dich für verrückt. Denk doch nur, wie mißlich für Helen! Hier ist jemand gefragt, der in dieser Sache immer schön langsam vorgeht und sich ansieht, wie die Dinge liegen und wohin sie wahrscheinlich führen werden.«

An dieser Stelle hakte Margaret ein.

»Aber damit wolltest du doch eben andeuten, daß die Verlobung gelöst werden muß.«

»Ich denke, wahrscheinlich schon; aber langsam.«

»Kann man denn eine Verlobung langsam lösen?« Ihre Augen leuchteten auf. »Woraus, meinst du wohl, ist ein Verlöbnis gemacht? Ich glaube, es ist aus irgendeinem harten Stoff, der vielleicht zerreißen, nicht aber sich auflösen kann. Es unterscheidet sich von den anderen Bindungen im Leben. Die lassen sich dehnen oder biegen. Die lassen sich abstufen. Die sind anders.«

»Ganz recht. Aber willst du mich denn nicht eben mal kurz zu diesem Howards-Haus lassen, damit ich dir die ganzen Unannehmlichkeiten erspare? Ich werde mich auch wirklich nicht einmischen, aber ich weiß doch nun mal so genau, worauf ihr Schlegels Wert legt, daß mir schon ein kurzer Blick genügen wird.«

Margaret dankte ihr noch einmal, küßte sie noch einmal und rannte dann hinauf zu ihrem Bruder.

Es ging ihm gar nicht so gut.

Das Heufieber hatte ihm die ganze Nacht über ziemlich zugesetzt. Der Kopf tat ihm weh, die Augen tränten ihm und seine Schleimhäute befanden sich, wie er ihr mitteilte, in einem äußerst unbefriedigenden Zustand. Das einzige, was das Leben noch lebenswert machte, war der Gedanke an Walter Savage Landor, aus dessen ›Imaginary Conversations‹ sie ihm tagsüber häufig vorzulesen versprochen hatte.

Es war eine recht schwierige Situation. Irgendetwas mußte für Helen doch getan werden. Man mußte sie darin bestärken, daß es kein Verbrechen war, sich auf den ersten Blick zu verlieben. Ein dementsprechendes Telegramm würde unterkühlt und unklar wirken; sie persönlich aufzusuchen erschien von Minute zu Minute unmöglicher. Nun kam auch noch der Arzt und meinte, Tibby gehe es ziemlich schlecht. Wäre es vielleicht nicht doch das beste, Tante Juleys freundliches Angebot anzunehmen und sie mit ein paar Zeilen nach Howards End zu schicken?

Gewiß hatte Margaret ein sprunghaftes Wesen. Sie konnte rasch von einem Entschluß zum anderen umschwenken. Noch während sie zur Bibliothek hinunterlief, rief sie schon: »Jawohl, ich hab's mir anders überlegt: ich möchte doch, daß du fährst.«

Um elf ging ein Zug vom Bahnhof King's Cross. Um halb elf schlief Tibby in seltener Bescheidenheit ein und so konnte Margaret ihre Tante zum Bahnhof fahren.

»Du vergißt doch auch nicht, Tante Juley, dich auf keine Diskussion über die Verlobung einzulassen. Gib Helen meinen Brief und sag ihr, was du eben für gut hältst, aber geh ja den Verwandten aus dem Weg! Wir kennen sie doch bisher kaum dem Namen nach und außerdem ist dergleichen ja so unzivilisiert wie deplaziert.«

»So unzivilisiert?«, hakte Mrs. Munt nach, um nicht etwa die Pointe einer geistreichen Bemerkung zu verpassen.

»Ach, ich hab' ein hochtrabendes Wort verwendet. Ich wollte bloß sagen, du möchtest die ganze Sache bitte nur mit Helen besprechen.«

»Nur mit Helen!«

»Weil –« Doch es war nicht der rechte Augenblick, um die persönliche Natur der Liebe zu erläutern. Selbst Margaret schreckte davor zurück und begnügte sich damit, der guten Tante die Hand zu tätscheln und halb vernunftbestimmte, halb gefühlsbestimmte Betrachtungen über die Reise anzustellen, die soeben von King's Cross ihren Ausgang nehmen sollte.

So wie viele andere, die lange in einer großen Hauptstadt gelebt haben, hatte auch sie entschiedene Ansichten über die verschiedenen Bahnhöfe. Sie sind unsere Tore zur Herrlichkeit in der Fremde. Durch sie fahren wir hinaus zu Abenteuern und Sonnenschein, zu ihnen kehren wir – leider! – wieder zurück. Hinter Paddington verbirgt sich ganz Cornwall und der fernere Westen; von Liverpool Street aus fuhren abschüssige Gleise zum Fen-Distrikt und zu den unendlichen Norfolk Broads; Schottland liegt hinter den Masten von Euston; Wessex hinter dem geordneten Chaos von Waterloo. Die Italiener sind sich dessen natürlich bewußt; wer von ihnen das Pech hat, in Berlin als Kellner arbeiten zu müssen, nennt den Anhalter Bahnhof ›Stazione d'Italia‹, denn nur von dort aus kann er in seine Heimat zurückkehren. Und das wäre doch schon ein ganz kaltherziger Londoner, der seinen Bahnhöfen keinen persönlichen Charakter verliehe und ihnen keine wenn auch noch so verhaltenen Gefühle der Ehrfurcht und der Liebe entgegenbrächte.

Der Bahnhof King's Cross hatte Margaret – das wird den Leser hoffentlich nicht gegen sie einnehmen – stets an die Unendlichkeit denken lassen. Schon seine Lage – ein wenig zurückgesetzt hinter der gefälligen Pracht von St. Pancras – drückte eine Kritik am Materialismus des Lebens aus. Jene zwei großen Bögen, farblos, gleichgültig, mit einer unschönen Uhr auf dem Rücken, eigneten sich gerade als Tore zu einem unvergeßlichen Abenteuer, das wohl zu Reichtümern führen mochte, sich aber ganz gewiß nicht in der gewöhnlichen Sprache des Reichtums wiedergeben ließe. Wem das lächerlich erscheint, der möge bedenken, daß dies nicht Margarets Worte sind; und ich sollte auch noch schnell hinzufügen, daß sie früh genug am Zug waren, daß Mrs. Munt unter Wahrung eines gebührenden Abstandes zur Lokomotive einen bequemen Sitzplatz in Fahrtrichtung ergatterte und daß Margaret bei ihrer Rückkehr am Wickham-Place folgendes Telegramm erwartete:

»ALLES AUS. WÜNSCHTE, ICH HÄTTE NIE GESCHRIEBEN. SAG'S KEINEM! – HELEN.«

Doch Tante Juley war fort – unwiderruflich fort, und keine Macht auf Erden vermochte sie noch aufzuhalten.

III

Höchst zufrieden mit sich selbst stimmte Mrs. Munt sich auf ihre Mission ein. Ihre Nichten waren selbständige junge Frauen, und es kam nicht oft vor, daß sie etwas für sie tun konnte. Emilys Töchter waren schon immer etwas anders als andere Mädchen gewesen. Mit Tibbys Geburt – Helen war damals fünf und Margaret selbst gerade erst dreizehn – hatten sie die Mutter verloren. Die Stellung der Schwester einer verstorbenen Ehefrau war zu der Zeit noch nicht gesetzlich geregelt und so konnte Mrs. Munt sich schicklicherweise anbieten, am Wickham-Place den Haushalt zu führen. Ihr Schwager aber, der ein eigentümlicher Mensch war und Deutscher obendrein, hatte sie mit ihrem Ansinnen an Margaret verwiesen, die mit der Unbekümmertheit der Jugend geantwortet hatte, sie kämen allein viel besser zurecht. Fünf Jahre später war auch Mr. Schlegel gestorben und Mrs. Munt hatte ihr Angebot erneuert. Margaret, den Flegeljahren inzwischen entwachsen, hatte sich zwar dankbar und äußerst nett gezeigt, doch die Quintessenz ihrer Antwort war die gleiche geblieben. »Ich darf mich kein drittes Mal einmischen«, dachte Mrs. Munt. Natürlich tat sie es dennoch. Sie erfuhr zu ihrem Entsetzen, daß Margaret, nun volljährig, ihr Geld aus den alten sicheren Investmentfonds herausnahm und in ausländisches Zeug steckte, das doch immer zusammenkrachte. Da wäre Schweigen ein Verbrechen gewesen!

Ihr eigenes Vermögen war in heimischen Eisenbahnwerten angelegt und mit großem Eifer beschwor sie ihre Nichte, es ihr nachzutun. »Dann wären wir beieinander, mein Kind.« Aus reiner Höflichkeit investierte Margaret ein paar hundert Pfund bei der Nottingham und Derby Railway, und obgleich das ausländische Zeug sich großartig machte und die Nottingham und Derby mit jener eisernen Würde fielen, derer nur heimische Eisenbahnwerte fähig sind, hörte Mrs. Munt nie auf, zu frohlocken und sich immer wieder zu sagen: »Das habe ich jedenfalls hingekriegt. Wenn der Zusammenbruch kommt, dann hat die arme Margaret doch wenigstens einen Notgroschen, auf den sie zurückgreifen kann.« Dieses Jahr war nun Helen volljährig geworden und es passierte genau das gleiche in Helens Fall: auch sie beließ ihr Geld nicht mehr in konsolidierten Staatsanleihen, weihte aber, ohne vieles Zureden, ebenfalls einen Teil davon der Nottingham und Derby Railway. So weit, so gut. Doch in gesellschaftlichen Dingen hatte die Tante überhaupt nichts erreicht. Früher oder später würden diese Mädchen den Weg beschreiten, den man allgemein mit Sich-Wegwerfen bezeichnete; und wenn sie bislang auch noch damit gewartet hatten, dann doch nur, um es in Zukunft umso vehementer zu tun. Bei ihnen am Wickham-Place verkehrten zu viele Leute: unrasierte Musiker, sogar eine Schauspielerin, deutsche Cousins und Cousinen (man weiß ja, was man von Ausländern zu halten hat!), Bekannte, die sie in kontinentalen Hotels aufgegabelt hatten (was man von denen zu halten hat, weiß man ja erst recht!). Interessant war's schon, und in Swanage wurde Kultur von niemandem höher geschätzt als von Mrs. Munt, aber es war eben auch gefährlich, und die Katastrophe konnte gar nicht ausbleiben. Wie recht sie doch hatte und welch ein Glück, daß sie zur Stelle war, als die Katastrophe hereinbrach!

Durch zahllose Tunnel eilte der Zug nach Norden. Die Fahrt dauerte nur eine Stunde, aber Mrs. Munt mußte das Fenster immer wieder hinauf- und hinunterschieben. Sie fuhr durch den South-Welwyn-Tunnel, kam kurz ins Helle und befand sich schon einen Augenblick darauf im North-Welwyn-Tunnel, der es zu trauriger Berühmtheit gebracht hatte. Sie überquerte den riesigen Viadukt, der seine Bögen über friedliche Wiesen und das verträumte Flüßchen Tewin Water spannt. Sie glitt an den Parks von Politikern vorüber. Bisweilen wurde sie von der Great North Road begleitet, die stärker an die Unendlichkeit gemahnte als jede Eisenbahn und soeben aus hundertjährigem Schlaf zu neuem Leben und neuer Kultur erwachte: einem Leben, das durch den Gestank von Automobilen geprägt wird, und einer Kultur, die sich in den Reklametafeln für Gallendragées äußert. Ob Geschichte, ob Tragödie, ob Vergangenheit, ob Zukunft: Mrs. Munt blieb von alledem gleichermaßen unberührt; ihre ganze Aufmerksamkeit galt nur noch dem Ziel ihrer Reise und der Errettung der armen Helen aus diesem furchtbaren Schlamassel.

Die Bahnstation für Howards End lag in Hilton, einem der größeren Dörfer, die so häufig die North Road säumen und ihre Größe dem Verkehr aus der Postkutschenzeit und der Zeit davor verdanken. Wegen der Nähe Londons war es vom ländlichen Verfall verschont geblieben und an der langen Hauptstraße hatten sich rechts und links Wohnsiedlungen angesetzt. Eine ungefähr anderthalb Kilometer lange Reihe von ziegel- und schiefergedeckten Häusern zog an Mrs. Munts unaufmerksamen Blicken vorüber, eine Reihe, die an einer Stelle von sechs dänischen Grabhügeln unterbrochen wurde, die Schulter an Schulter entlang der Hauptstraße standen: Soldatengräber. Jenseits davon wurden die Wohnstätten dichter und der Zug kam schließlich in einem Gewirr zum Stehen, das sich fast wie eine Stadt ausnahm.

Wie schon die Landschaft, wie schon Helens Briefe vermittelte auch der Bahnhof kein klares Bild. In welches Land mochte er führen, England oder Hinterland? Der Bahnhof war noch neu, besaß Bahnsteiginseln, eine Unterführung und jenen oberflächlichen Komfort, wie ihn Geschäftsleute verlangen. Aber er zeigte Spuren ortsüblicher Lebens- und Umgangsformen, wie selbst Mrs. Munt noch entdecken sollte.

»Ich suche ein Haus«, vertraute sie sich dem jungen Fahrkartenkontrolleur an. »Howards Lodge heißt es. Wissen Sie, wo es liegt?«

»Mr. Wilcox!« rief der Kontrolleur.

Ein junger Mann vor ihnen drehte sich um.

»Sie sucht Howards End.«

Es blieb Mrs. Munt gar nichts anderes übrig, als auf den Fremden zuzugehen, wenn sie ihn auch vor lauter Aufregung nicht einmal richtig ansehen konnte. Da ihr aber wieder einfiel, daß es zwei Brüder gab, war sie so klug und sagte zu ihm: »Entschuldigen Sie bitte die Frage, aber sind Sie der jüngere oder der ältere Mr. Wilcox?«

»Der jüngere. Kann ich etwas für Sie tun?«

»Nun ja« – sie konnte sich nur mühsam beherrschen. »Nein, so was. Tatsächlich? Ich –« Sie entfernte sich noch ein Stück vom Kontrolleur und senkte die Stimme. »Ich bin die Tante von Miß Schlegel. Ich sollte mich wohl besser vorstellen, nicht wahr? Ich heiße Mrs. Munt.«

Sie gewahrte, wie er die Mütze lüpfte und recht kühl sagte: »Ach ja, richtig; Miß Schlegel ist gerade zu Besuch bei uns. Wollten Sie zu ihr?«

»Wenn möglich –«

»Ich rufe Ihnen einen Wagen. Nein, warten Sie mal.« Er überlegte. »Unser Auto ist hier. Ich fahre Sie hin.«

»Das ist sehr lieb –«

»Aber keineswegs, wenn Sie nur noch warten wollen, bis man mir ein Paket aus dem Amt bringt. Hier entlang.«

»Meine Nichte ist nicht rein zufällig bei Ihnen?«

»Nein; ich bin mit meinem Vater hergekommen. Er ist mit Ihrem Zug in den Norden gefahren. Miß Schlegel werden Sie beim Mittagessen sehen. Sie kommen doch hoffentlich zum Mittagessen mit?«

»Ich komme gerne mit«, sagte Mrs. Munt, die sich in Essensdingen erst festlegen wollte, wenn sie Helens jungen Mann etwas näher betrachtet hatte. Ein Gentleman schien er ja zu sein, nur hatte er sie so durcheinander gebracht, daß ihre Beobachtungsgabe wie betäubt war. Sie musterte ihn verstohlen. In den Augen einer Frau gab es an den scharf geschnittenen Zügen um seinen Mund nichts auszusetzen und auch nichts an dem etwas kastenförmigen Bau seiner Stirn. Er war brünett, glatt rasiert und offenbar ans Befehlen gewöhnt.

»Vorne oder hinten? Was ist Ihnen lieber? Vorn kann's vielleicht zugig werden.«

»Vorn, wenn ich darf; dann können wir uns unterhalten.«

»Aber entschuldigen Sie mich bitte noch einen Augenblick – ich kann mir gar nicht denken, was die mit dem Paket treiben.« Mit ausholenden Schritten ging er in die Schalterhalle und rief mit neuer Stimme: »He, ihr da! Wollt ihr mich den ganzen Tag warten lassen? Paket für Wilcox, Howards End. Nun macht mal!« Beim Herauskommen sagte er in ruhigerem Ton: »Dieser Bahnhof ist miserabel organisiert; wenn's nach mir ginge, würde die ganze Bagage rausfliegen. Darf ich Ihnen hineinhelfen?«

»Das ist sehr lieb von Ihnen«, sagte Mrs. Munt, als sie es sich in einer Luxuskarosse aus rotem Leder bequem machte und sich mit Decken und Schals einpacken ließ. Sie war weit höflicher als beabsichtigt, aber dieser junge Mann war doch nun wirklich sehr freundlich. Außerdem fürchtete sie sich ein wenig vor ihm: seine Selbstbeherrschung war erstaunlich. »Wirklich sehr lieb«, wiederholte sie und setzte hinzu: »Genauso, wie ich's mir gewünscht hätte.«

»Sehr nett, daß Sie das sagen«, erwiderte er mit leicht überraschtem Gesicht, was wie die meisten flüchtigen Andeutungen Mrs. Munts Aufmerksamkeit entging. »Ich hab' bloß meinen Vater herkutschiert, damit er den Zug in die Stadt noch erwischte.«

»Wissen Sie, wir haben heute morgen von Helen gehört.«

Der junge Wilcox füllte Benzin ein, ließ den Motor an und verrichtete noch so manches andere, was mit unserer Geschichte nichts zu tun hat. Der große Wagen kam ins Schaukeln, und während Mrs. Munt sich zu erklären suchte, hüpfte ihre Gestalt munter zwischen den roten Polstern auf und ab. »Mutter wird sich über Ihren Besuch sehr freuen«, nuschelte er. »Heda! Hallo! Das Paket! Das Paket für Howards End! Heraus damit! He!«

Ein bärtiger Dienstmann erschien mit dem Paket in der einen Hand und einem Quittungsblock in der anderen. Unter das zunehmende Motorengeratter mischten sich folgende Ausrufe: »Unterschreiben soll ich? Warum zum – sollte ich wohl nach diesen ganzen Scherereien noch unterschreiben? Nicht mal 'nen Bleistift haben Sie dabei? Merken Sie sich: Das nächste Mal melde ich Sie dem Stationsvorsteher. Meine Zeit ist kostbar, wenn's die Ihre vielleicht auch nicht ist. Hier –«, wobei ›hier‹ ein Trinkgeld bedeutete.

»Tut mir furchtbar leid, Mrs. Munt.«

»Aber nicht doch, Mr. Wilcox.«

»Und hätten Sie etwas dagegen, wenn wir noch durchs Dorf fahren? Es ist eine etwas längere Spritztour, aber ich habe ein paar Besorgungen zu machen.«

»Ich fahre sogar gern durchs Dorf. Mir liegt natürlich viel daran, mit Ihnen über alles zu reden.«

Bei diesen Worten schämte sie sich, denn sie mißachtete Margarets Anweisungen. Freilich nur dem Buchstaben nach. Margaret hatte sie ja nur ermahnt, nicht mit Außenstehenden über den Vorfall zu sprechen. Aber es war doch sicher weder »unzivilisiert noch deplaziert«, die Sache mit dem jungen Mann selbst zu besprechen, wo der Zufall sie nun schon einmal zusammengeführt hatte.

Ein schweigsamer Bursche – er gab keine Antwort. Er kletterte an ihre Seite, zog Handschuhe an, setzte eine Schutzbrille auf und schon fuhren sie los. Der bärtige Dienstmann – das Leben ist doch eine rätselhafte Sache – blickte ihnen bewundernd nach.

Auf der Bahnhofsstraße wehte ihnen der Wind ins Gesicht, und Mrs. Munt flog der Staub in die Augen. Aber sobald der

Wagen in die Great North Road eingebogen war, eröffnete sie das Feuer. »Sie werden sich wohl denken können«, sagte sie, »daß die Nachricht uns einen gehörigen Schrecken versetzt hat.«

»Welche Nachricht?«

»Mr. Wilcox«, sagte sie offen, »Margaret hat mir alles erzählt – alles. Ich habe Helens Brief gesehen.«

Er konnte sie nicht anblicken, da er sich auf seine Arbeit konzentrieren mußte; er fuhr auf der Hauptstraße so schnell, wie er es eben noch verantworten konnte. Jedoch neigte er ihr den Kopf zu und sagte: »Verzeihen Sie bitte, ich hab's nicht mitgekriegt.«

»Von Helen ist die Rede. Von Helen, natürlich. Helen ist ein sehr außergewöhnlicher Mensch – darin werden Sie mir doch sicher zustimmen können bei Ihren Gefühlen für sie –, eigentlich sind ja alle Schlegels außergewöhnlich. Ich bin nicht gekommen, um mich etwa einzumischen, aber es war nun mal ein gehöriger Schrecken.«

Sie hielten gegenüber einem Tuchgeschäft. Ohne zu antworten, drehte er sich auf seinem Sitz um und betrachtete die Staubwolke, die sie auf ihrer Fahrt durchs Dorf aufgewirbelt hatten. Langsam legte der Staub sich wieder, aber nicht nur auf die Straße, woher er gekommen war. Zum Teil war er durch die offenen Fenster gedrungen, zum Teil hatte er die Rosen und Stachelbeeren in den Gärten am Wegesrand weiß bestäubt, während sich ein gewisses Quantum in den Lungen der Dorfbewohner abgesetzt hatte. »Ich wüßte zu gern, wann die endlich Vernunft annehmen und die Straßen teeren«, lautete sein Kommentar dazu. Dann kam aus dem Geschäft ein Mann mit einer Rolle Wachstuch gelaufen, und schon ging's wieder weiter.

»Margaret konnte nicht selbst kommen, wegen des armen Tibby, darum bin ich hier, um sie zu vertreten und ein klärendes Gespräch zu führen.«

»Es tut mir leid, daß ich so begriffsstutzig bin«, sagte der junge Mann und hielt abermals vor einem Laden, »aber ich habe Sie immer noch nicht ganz verstanden.«

»Helen, Mr. Wilcox, – meine Nichte und Sie.«

Er schob seine Schutzbrille hoch und starrte sie völlig verdutzt an. Ihr stockte das Herz vor Schreck, denn sogar sie hatte allmählich den Verdacht, daß sie aneinander vorbeiredeten und daß ihr gleich zu Beginn ihrer Mission ein grober Schnitzer unterlaufen war.

»Miß Schlegel und ich?« fragte er und preßte die Lippen zusammen.

»Es wird doch hoffentlich kein Mißverständnis gegeben haben«, sagte Mrs. Munt mit zitternder Stimme. »Aus Helens Brief ging jedenfalls dieser Sinn hervor.«

»Welcher Sinn?«

»Daß Sie und Helen –« Sie hielt inne und schlug die Augen nieder.

»Ich glaube, ich kapiere jetzt, was Sie meinen«, sagte er umständlich. »Was für eine merkwürdige Verwechslung!«

»Dann haben Sie also gar nicht –« stammelte sie, wurde blutrot im Gesicht und wünschte sich, sie wäre nie geboren worden.

»Wohl kaum, denn ich bin bereits mit einer anderen Dame verlobt.« Einen Augenblick lang herrschte Schweigen, dann holte er tief Luft und platzte heraus: »Ach du lieber Gott?! Sagen Sie bloß nicht, daß Paul eine Dummheit gemacht hat!«

»Aber Sie sind doch Paul!«

»Bin ich nicht.«

»Warum sagten Sie es dann am Bahnhof?«

»Ich habe nichts dergleichen gesagt.«

»Erlauben Sie mal, natürlich haben Sie das!«

»Erlauben Sie mal, das hab' ich nicht. Ich heiße Charles.«

Mit »der jüngere« kann der Sohn im Gegensatz zum Vater gemeint sein oder aber der zweite Bruder im Gegensatz zum ersten. Es läßt sich zu beiden Ansichten vieles sagen, und später sagten sie es auch. Doch zunächst lagen andere Fragen vor ihnen.

»Wollen Sie sagen, daß Paul –«

Doch sein Ton mißfiel ihr. Seine Stimme klang, als spreche er zu einem Dienstmann, und überzeugt davon, daß er sie am Bahnhof getäuscht hatte, wurde nun auch sie langsam wütend.

»Wollen Sie sagen, daß Paul und Ihre Nichte –«

Mrs. Munt – so ist die menschliche Natur – beschloß, für die Liebenden den Kampf aufzunehmen. Sie dachte gar nicht daran, sich von einem gestrengen jungen Mann ins Bockshorn jagen zu lassen. »Ja, sie haben sich wirklich sehr lieb«, sagte sie. »Über kurz oder lang werden sie es Ihnen wohl auch noch sagen. Wir erfuhren es heute morgen.«

Und Charles ballte die Faust und schimpfte: »Dieser Idiot, dieser Idiot, dieser Kindskopf!«

Mrs. Munt suchte sich von ihren Decken zu befreien. »Wenn Sie so darüber denken, Mr. Wilcox, dann gehe ich lieber zu Fuß.«

»Sie werden bitte nichts dergleichen tun! Ich bringe Sie sofort zu unserem Haus. Glauben Sie mir, die Sache ist unmöglich und muß unterbunden werden.«

Es geschah nicht oft, daß Mrs. Munt die Fassung verlor, und wenn, dann auch nur, um die in Schutz zu nehmen, die sie liebte. Bei dieser Gelegenheit brach es aus ihr hervor: »Ich bin ganz Ihrer Meinung, mein Herr. Die Sache ist unmöglich, und sobald ich dort bin, werde ich sie unterbinden. Meine Nichte ist ein ganz außergewöhnlicher Mensch, und ich bin nicht geneigt, die Hände in den Schoß zu legen, während sie sich an Leute wegwirft, die sie nicht zu schätzen wissen.«

Charles mahlte mit den Kiefern.

»Wenn man bedenkt, daß sie Ihren Bruder ja erst seit Mittwoch kennt und Ihren Eltern auch nur zufällig in einem abgelegenen Hotel begegnete –«

»Könnten Sie vielleicht etwas leiser sprechen? Der Ladenbesitzer kann ja alles mit anhören.«

»Esprit de classe« – wenn man es einmal so ausdrücken darf – war bei Mrs. Munt stark ausgeprägt. Bebend saß sie da, während ein Angehöriger der niederen Schichten einen Metalltrichter, einen Kochtopf und eine Gießkanne neben der Wachstuchrolle verstaute.

»Fertig da hinten?«

»Jawohl, Sir.«

Und die niederen Schichten verschwanden in einer Staubwolke.

»Ich warne Sie: Paul besitzt keinen Pfennig, es ist zwecklos.«

»Sie brauchen uns gar nicht zu warnen, Mr. Wilcox, glauben Sie mir. Es ist doch genau umgekehrt. Meine Nichte hat sich sehr töricht benommen, und ich werde ihr die Leviten lesen und sie mit nach London zurücknehmen.«

»Er geht nach Nigeria und muß dort erst seinen Weg machen. Ans Heiraten kann er noch auf Jahre hinaus nicht denken, und wenn, dann müßte es schon eine Frau sein, die das Klima verträgt und auch sonst – Warum hat er uns nichts davon gesagt? Natürlich schämt er sich. Er weiß, daß er eine Dummheit begangen hat. Und das hat er auch, dieser verdammte Narr.«

Allmählich wurde sie zornig.

»Während Miß Schlegel die Neuigkeit ja gar nicht schnell genug bekannt geben konnte.«

»Wenn ich ein Mann wäre, Mr. Wilcox, würde ich Sie für die letzte Bemerkung ohrfeigen. Sie sind es ja nicht mal wert, meiner Nichte die Schuhe zu putzen oder mit ihr im selben Zimmer zu sitzen, und da wagen Sie es – da wagen Sie es tatsächlich – ich lehne es ab, mich mit einem solchen Menschen auch nur zu streiten.«

»Ich weiß nur, daß sie die Sache ausposaunt hat und er nicht, und mein Vater ist nicht da, und ich –«

»Und ich weiß nur, daß –«

»Dürfte ich vielleicht bitte meinen Satz beenden?«

»Nein!«

Charles biß die Zähne zusammen und riß den Wagen auf der Straße herum.

Sie schrie auf.

So spielten sie das Spiel »Familie ist Trumpf«, von dem immer eine Runde ausgetragen wird, wenn die Liebe zwei Angehörige unserer Gattung vereint. Sie spielten es jedoch mit ungewöhnlicher Härte, wobei sie wortreich feststellten, daß die Schlegels besser seien als die Wilcoxens, die Wilcoxens besser als die Schlegels. Sie ließen allen Anstand fallen. Der Mann war noch jung, die Frau aufs höchste erregt; in beiden schlummerte eine derbe Ader. Ihr Streit war auch nicht verwunderlicher als die meisten Streitigkeiten: zu seiner Zeit unvermeidlich, hinterher unglaublich. Doch er war noch sinnloser, als es Streitereien für gewöhnlich sind. Schon nach wenigen Minuten wurden sie aufgeklärt. Der Wagen hielt vor Howards End und Helen, ganz blaß im Gesicht, kam ihrer Tante entgegengelaufen.

»Tante Juley, ich hab' eben erst ein Telegramm von Margaret bekommen; ich – ich wollte verhindern, daß du herkommst. Es ist nicht – es ist vorbei.«

Diese Wendung war zuviel für Mrs. Munt. Sie brach in Tränen aus.

»Liebe Tante Juley, bitte nicht! Laß sie nicht wissen, daß ich so dumm gewesen bin. Es war gar nichts. Bitte nimm dich doch zusammen – mir zuliebe!«

»Paul!«, rief Charles Wilcox und streifte sich die Handschuhe ab.

»Laß sie's nicht wissen! Sie sollen es nie erfahren.«

»O Helen, mein Liebling –«

»Paul! Paul!«

Ein sehr junger Mann kam aus dem Haus.

»Paul, ist da was Wahres dran?«

»Ich hatte nicht – ich habe nicht –«

»Ja oder nein, Mann; klare Frage, klare Antwort! Hat nun Miß Schlegel oder hat sie nicht –«

»Charles, mein Lieber!«, ertönte eine Stimme aus dem Garten. »Charles, mein lieber Charles, man stellt doch keine klaren Fragen. So etwas gibt es nicht.«

Sie schwiegen alle. Es war Mrs. Wilcox.

Genau wie Helen sie in ihrem Brief beschrieben hatte, kam sie lautlos über den Rasen herangeschwebt, und sie trug sogar ein kleines Büschel Heu in den Händen. Sie schien nicht zu den jungen Leuten und ihrem Auto zu gehören, sondern vielmehr zum Haus und auch zu dem Baum, der es überschattete. Man wußte sogleich, daß sie die Vergangenheit verehrte und daß ihr die instinktive Weisheit, die allein die Vergangenheit weiterzugeben vermag, vererbt worden war – die Weisheit, der wir den plumpen Namen »Aristokratie« gegeben haben. Von vornehmer Geburt mochte sie vielleicht nicht sein, sicher aber hielt sie ihre Vorfahren in Ehren und ließ sich von ihnen helfen. Wie sie nun Charles' Zorn, Pauls Furcht und Mrs. Munts Tränen sah, da hörte sie ihre Vorfahren sagen: »Bring diese Menschen, die sich sonst noch das größte Leid antun, auseinander! Alles übrige hat Zeit.« Deshalb stellte sie keine Fragen. Noch viel weniger tat sie so, als wäre nichts geschehen, wie eine versierte Gastgeberin aus der besseren Gesellschaft es getan hätte. Sie sagte: »Miß Schlegel, würden Sie Ihre Tante bitte auf Ihr oder auf mein Zimmer bringen – wie Sie's für richtig halten. Paul, such doch bitte Evie und sag ihr, Mittagessen für sechs Personen, ich sei aber nicht sicher, ob wir alle zu Tisch herunterkämen.« Als man ihre Anordnungen befolgt hatte, wandte sie sich ihrem älteren Sohn zu, der immer noch aufrecht in dem klopfenden, stinkenden Wagen stand, lächelte ihn zärtlich an und wandte sich, ohne ein Wort zu sagen, von ihm ab und ihren Blumen zu.

»Mutter«, rief er, »ist dir eigentlich klar, daß Paul schon wieder mal Dummheiten gemacht hat?«

»Es ist alles in Ordnung, mein Lieber. Sie haben die Verlobung gelöst.«

»Verlobung –!«

»Sie lieben sich nicht mehr, wenn du es lieber so nennen willst«, sagte Mrs. Wilcox und bückte sich nach einer Rose.

IV

Helen und ihre Tante kehrten völlig gebrochen nach Wickham-Place zurück, so daß Margaret zeitweilig drei Kranke am Halse hatte. Mrs. Munt erholte sich sehr schnell. Sie besaß in bemerkenswertem Grade die Fähigkeit, die Vergangenheit zu verdrehen, und es dauerte keine drei Tage, da hatte sie auch schon vergessen, welche Rolle ihre eigene Unbesonnenheit bei der Katastrophe gespielt hatte. Noch in den kritischsten Augenblicken hatte sie bereits gerufen: »Gott sei Dank, das ist der armen Margaret erspart geblieben!«, woraus auf der Fahrt nach London »Irgendwer mußte das ja durchstehen« wurde, was dann schließlich zu der bleibenden Version ausreifte: »Das eine Mal, daß ich Emilys Töchtern wirklich geholfen habe, war in der Wilcox-Sache.« Helen dagegen war eine schwierigere Patientin. Neue Ideen waren über sie hereingebrochen wie ein Donnerschlag, der noch lange nachhallte und sie wie betäubt zurückließ.

In Wahrheit verhielt es sich so, daß sie sich wirklich verliebt hatte, nicht in einen einzelnen Menschen, sondern in eine ganze Familie.

Vor Pauls Ankunft war sie gleichsam auf seine Wellenlänge eingestellt worden. Die Wilcox'sche Tatkraft hatte sie fasziniert und in ihrem empfänglichen Gemüt neue Bilder des Schönen erschaffen. Den ganzen Tag mit ihnen im Freien beisammen zu sein, des Nachts unter ihrem Dach zu schlafen, war ihr als des Lebens Hochgenuß erschienen und hatte zu jenem Aufgeben der eigenen Persönlichkeit geführt, das ein mögliches Vorspiel zur Liebe sein kann. Sie hatte sich gern Mr. Wilcox oder Evie oder Charles geschlagen gegeben; sie hatte sich gern sagen lassen, ihre Lebensanschauungen seien unausgegoren oder akademisch; die Gleichberechtigung sei Unsinn, das Frauenstimmrecht Unsinn, der Sozialismus Unsinn, Kunst und Literatur, sofern sie nicht der Charakterfestigung dienten, Unsinn. Zug um Zug waren die Schlegel'schen Götzenbilder niedergerissen worden, und während sie nach außen hin noch dafür eingetreten war, hatte sie innerlich frohlockt. Als Mr. Wilcox sagte, ein einziger vernünftiger Geschäftsmann täte der Welt mehr Gutes als ein Dutzend ihrer Sozialreformer, da hatte sie diese kuriose Behauptung stillschweigend geschluckt und sich genüßlich in die Polster seines Automobils zurückgelehnt. Als Charles sagte: »Warum denn so höflich zu den Dienstboten? Das verstehen die ja doch nicht!«, da enthielt sie sich der typisch Schlegel'schen Entgegnung: »Wenn sie's nicht verstehen, so verstehe ich es.« Ja, sie gelobte sich, Dienstboten in Zukunft nicht mehr so höflich zu begegnen. »Ich bin in leere Phrasen verstrickt«, dachte sie bei sich, »und es tut mir gut, daß ich davon befreit werde«. Und all ihr Hin oder Denken oder Atmen war im Stillen eine Vorbereitung auf Paul. Paul war unvermeidlich. Charles war bereits mit einer anderen liiert, Mr. Wilcox war so alt, Evie so jung, Mrs. Wilcox so verschieden. Den abwesenden Bruder begann sie mit einem romantischen Heiligenschein zu umgeben, ihn mit dem ganzen Glanze jener glücklichen Tage zu verklären und in ihm den Mann zu sehen, der dem robusten Ideal am nächsten käme. Er und sie seien ungefähr gleichaltrig, sagte Evie. Die meisten fanden ihn ansehnlicher als seinen Bruder. Mit Sicherheit war er der bessere Schütze, wenn auch kein ganz so guter Golfspieler. Und als Paul dann erschien, noch siegestrunken nach bestandenem Examen und bereit, mit jedem hübschen Mädchen zu flirten, kam Helen ihm auf halbem Wege oder sogar noch weiter entgegen und wandte sich ihm am Sonntag abend zu.

Er hatte von seiner bevorstehenden Verbannung in Nigeria gesprochen und er hätte weiter davon sprechen sollen, bis der Gast sich wieder gefaßt hatte. Doch ihr wogender Busen schmeichelte ihm. Leidenschaft war möglich, und so wurde er leidenschaftlich. Eine innere Stimme flüsterte ihm zu: »Dieses Mädchen würde sich von dir küssen lassen; so eine Gelegenheit bietet sich dir vielleicht nicht wieder.«

So also »war's passiert«, vielmehr so schilderte Helen es ihrer Schwester, wobei sie Worte gebrauchte, die noch weniger gefühlvoll waren als die meinen. Doch die Poesie jenes Kusses, das Wunderbare daran, die Verzauberung des Lebens noch Stunden danach – wer könnte das beschreiben? Einem Engländer fällt es nicht schwer, über derlei zufällige Zusammenstöße menschlicher Naturen zu spötteln. Zynische wie moralische Insulaner kommen hier gleichermaßen auf ihre Kosten. Man redet ja so leicht von »vergänglichen Gefühlen« und vergißt dabei, wie stark die Gefühle waren, ehe sie vergingen. Unser Drang zum Spotten, zum Vergessen ist ja im Grunde etwas Gutes. Wir erkennen, daß Gefühle allein nicht genügen und daß Männer und Frauen zu dauerhaften Beziehungen fähige Persönlichkeiten sind, und nicht bloß Mittel zu gelegentlichen elektrischen Entladungen. Trotzdem schätzen wir den Drang zu hoch ein. Wir geben nicht zu, daß durch Zusammenstöße dieser trivialen Art die Himmelspforten aufgestoßen werden könnten. Für Helen jedenfalls sollte das Leben nichts Intensiveres mit sich bringen als die Umarmung dieses Jungen, der keine Rolle darin spielte. Er hatte sie aus dem Haus gelockt, wo die Gefahr bestand, daß man überrascht und bloßgestellt wurde; er hatte sie über einen vertrauten Pfad geführt, bis sie unter der Säule der mächtigen Bergulme standen. Ein Mann im Dunkeln, hatte er geflüstert: »Ich liebe dich«, gerade als es sie nach Liebe verlangte. Im Laufe der Zeit verblaßte seine schlanke Gestalt, die Szene aber, die er heraufbeschworen hatte, blieb bestehen. In all den wechselhaften Jahren darauf erlebte sie dergleichen nicht wieder.

»Ich verstehe«, sagte Margaret, »zumindest verstehe ich soviel, wie man davon überhaupt verstehen kann. Jetzt erzähl' mir aber, was sich am Montag morgen zugetragen hat.«

»Es war auf einmal aus.«

»Wie denn, Helen?«

»Beim Anziehen war ich noch ganz glücklich, aber schon auf der Treppe wurde ich nervös, und als ich ins Eßzimmer kam, da wußte ich, daß es sinnlos war. Da war Evie – ich kann's nicht erklären –, die eben an der Teemaschine hantierte, und Mr. Wilcox, der die ›Times‹ las.«

»War Paul auch da?«

»Ja, und Charles unterhielt sich mit ihm über Aktien und Wertpapiere und er sah ganz verängstigt aus.«

Schon durch kleine Andeutungen vermochten die Schwestern sich vieles zu sagen. Margaret konnte das Schauerliche an der Szene nachempfinden und Helens nächste Bemerkung überraschte sie nicht.

»Irgendwie ist es wirklich gräßlich, wenn ein Mann seines Schlages verängstigt aussieht. Bei uns wäre das ja ganz in Ordnung oder auch bei Männern anderer Art – bei Vater zum Beispiel; aber bei Männern wie ihm! Als ich die anderen alle so gelassen sah und Paul in tausend Ängsten, ich könnte vielleicht was Verkehrtes sagen, da hatte ich einen Augenblick lang das Gefühl, die gesamte Wilcox-Familie wäre reiner Schwindel, nur eine Fassade aus Zeitungen und Automobilen und Golfschlägern, und wenn sie fiele, fände ich dahinter nichts als erschreckende Leere.«

»Das glaube ich nicht. Auf mich machten die Wilcoxens

den Eindruck von sehr natürlichen Menschen, besonders die Frau.«

»Ich glaub's ja eigentlich auch nicht. Aber Paul war so breitschultrig; alle möglichen ungewöhnlichen Umstände machten es noch schlimmer und ich wußte, es würde nie gut gehen – niemals. Nach dem Frühstück, als die anderen Schlagübungen machten, sagte ich zu ihm: »Wir haben wohl ein bißchen den Kopf verloren«, worauf es ihm gleich besser ging, obwohl er sich furchtbar schämte. Er begann davon zu sprechen, daß er kein Geld habe zum Heiraten, aber er tat sich damit sehr schwer und ich bremste ihn. Dann sagte er: »Ich muß Sie deswegen vielmals um Entschuldigung bitten, Miß Schlegel; ich kann mir gar nicht denken, was gestern Abend über mich gekommen ist.« Und ich sagte: »Und ich auch nicht, was über mich; schon gut!« Und danach trennten wir uns – zumindest, bis mir wieder einfiel, daß ich's dir ja noch in der gleichen Nacht geschrieben hatte, und da bekam er's wieder mit der Angst zu tun. Ich bat ihn, ein Telegramm für mich aufzugeben, denn er wußte, du würdest kommen oder so was; und er versuchte, den Wagen zu bekommen, aber Charles und Mr. Wilcox brauchten ihn ja für die Fahrt zum Bahnhof; und Charles bot sich an, das Telegramm für mich aufzugeben, und da mußte ich sagen, es sei nicht so wichtig, denn Paul meinte, Charles könnte es vielleicht lesen, und obwohl ich es mehrmals abfaßte, sagte er immer, man würde Verdacht schöpfen. Unter dem Vorwand, im Dorf Patronen besorgen zu müssen, brachte er es schließlich selbst weg. Aber bei all dem Trubel wurde das Telegramm auf dem Postamt erst abgegeben, als es schon zu spät war. Es war ein ganz fürchterlicher Vormittag. Paul mochte mich immer weniger, und Evie redete in einem fort von Kricketergebnissen, bis ich beinahe geschrien hätte. Wie ich sie all die Tage über ertragen habe, ist mir ein Rätsel. Schließlich machten Charles und sein Vater sich auf den Weg zum Bahnhof, und dann traf dein Telegramm ein, daß Tante Juley genau mit demselben Zug ankäme, und Paul – so was von gemein! – sagte, ich hätte alles vermasselt. Aber Mrs. Wilcox wußte es.«

»Wußte was?«

»Alles; obwohl keiner von uns beiden ihr auch nur ein

Wort davon erzählt hatte, und hatte es wohl schon die ganze Zeit gewußt.«

»Ach, sie wird euch zufällig belauscht haben.«

»Vermutlich, aber es erschien wie ein Wunder. Als Charles und Tante Juley vorfuhren und sich gegenseitig beschimpften, griff Mrs. Wilcox vom Garten her ein und machte alles weniger schrecklich. Hu! – Aber es war schon eine ekelhafte Geschichte. Wenn man bedenkt, daß –« Sie seufzte.

»Wenn man bedenkt, daß es nur wegen einer kurzen Begegnung zwischen dir und einem jungen Mann diese ganzen Telegramme und Aufregungen geben mußte«, ergänzte Margaret.

Helen nickte.

»Ich hab' oft darüber nachgedacht, Helen. Es gehört zu den interessantesten Dingen auf der Welt. Tatsächlich gibt es da ein bedeutendes Außenleben, mit dem du und ich noch nie in Berührung gekommen sind – ein Leben, in dem Telegramme und Aufregungen zählen. Persönliche Beziehungen, die wir für das Höchste halten, sind dort nicht das Höchste. Dort bedeutet Liebe Eheverträge, Tod Erbschaftssteuern. Soweit ist mir die Sache klar. Aber nun kommt mein Problem. Dieses Außenleben, so erbärmlich es auch offensichtlich ist, scheint mir doch oft das wahre Leben zu sein: es hat Biß. Ja, es formt wirklich den Charakter. Führen persönliche Beziehungen am Ende gar zu Schlamperei?«

»Oh, Meg, genau das hab' ich ja auch empfunden, nur nicht so deutlich, als die Wilcoxens sich so gewandt zeigten und alle Fäden in der Hand zu halten schienen.«

»Empfindest du's denn jetzt nicht mehr?«

»Ich sehe noch Paul beim Frühstück vor mir«, sagte Helen leise. »Das werde ich nie vergessen. Er hatte nichts, woran er sich hätte festhalten können. Ich weiß, daß persönliche Beziehungen das wahre Leben sind, in alle Ewigkeit.«

»Amen!«

So rückte denn die Wilcox-Episode allmählich in den Hintergrund, wobei in der Erinnerung eine seltsame Mischung aus Angenehmem und Schrecklichem zurückblieb, und die Schwestern führten weiter das Leben, das Helen empfohlen hatte. Sie redeten miteinander und mit anderen Leuten, sie füllten das hohe, schmale Haus am Wickham-Place mit Menschen, die ihnen gefielen oder denen sie mit Rat und Tat zur Seite stehen konnten. Sie besuchten sogar öffentliche Versammlungen. Auf ihre eigene Art interessierten sie sich sehr lebhaft für Politik, wenn auch nicht gerade so, wie Politiker es gerne sähen. Nach ihrem Wunsch sollte das Gemeinwesen all das widerspiegeln, was im Einzelwesen gut ist. Mäßigung, Toleranz, Gleichheit der Geschlechter, das waren Parolen, die ihnen etwas bedeuteten, wohingegen sie Englands Fortschrittspolitik in Tibet nicht mit der Aufmerksamkeit verfolgten, die sie verdient, und von Zeit zu Zeit das gesamte britische Weltreich mit einem verwunderten, wenn auch ehrfurchtsvollen Seufzen abzutun pflegten. Geschichte machen solche Wesen nicht: die Welt wäre ein blutloses Grau-in-grau, bestünde sie aus lauter Miß Schlegels. Da aber die Welt so ist, wie sie ist, leuchten sie vielleicht aus ihr hervor wie Sterne.

Noch ein Wort zu ihrer Herkunft. Sie waren keineswegs »Engländer bis auf die Knochen«, wie ihre Tante hoch und heilig versichert hatte. Aber andererseits waren sie auch keine »Deutschen von der furchtbaren Sorte«. Ihr Vater hatte einem Schlag angehört, der in Deutschland vor fünfzig Jahren stärker in Erscheinung trat als heute. Er war weder der aggressive Deutsche, der dem englischen Journalismus so lieb und teuer ist, noch der häusliche Deutsche, den englischer Geist und Witz so sehr lieben. Wollte man ihn überhaupt einordnen, dann als den Landsmann Hegels und Kants, als den eher verträumten Idealisten, dessen Imperialismus im Imperialismus von Luftschlössern bestand. Nicht, daß er ein müßiges Leben geführt hätte! Wie toll hatte er gegen Dänemark, Österreich und Frankreich gekämpft. Aber er hatte gekämpft, ohne an die Folgen des Sieges zu denken. Ein Funken der Wahrheit zündete bei ihm nach Sedan, als er Napoleons gefärbten Schnurrbart ergrauen sah; ein weiterer beim Einzug in Paris, als er die eingeworfenen Fensterscheiben der Tuilerien erblickte. Dann kam der Frieden – es war alles sehr großartig, man war ein Kaiserreich geworden –, aber er wußte, daß eine Eigenschaft verlorengegangen war, für die ihn auch ganz Elsass-Lothringen nicht zu entschädigen vermochte. Deutschland eine Handelsmacht, Deutschland eine Seemacht, Deutschland mit Kolonien hier und einer Vorwärtspolitik dort und berechtigten Ansprüchen höheren Orts mochte wohl anderen zusagen und deren gebührende Unterstützung finden; er für seinen Teil enthielt sich der Früchte des Sieges und ließ sich in England naturalisieren. Die ernsthafteren Mitglieder seiner Familie verziehen ihm das nie und wußten gleich, daß seine Kinder, wenn auch wohl kaum Engländer von der furchtbaren Sorte, so doch nie und nimmer Deutsche bis auf die Knochen sein würden. In einer englischen Provinz-Universität bekam er Arbeit und heiratete dort die »arme Emily« (oder »die Engländerin«, je nachdem), und da sie Geld besaß, zog man nach London und lernte eine Menge Leute kennen. Aber sein Blick blieb immer nach drüben gerichtet. Er hoffte, die Wolken des Materialismus, die das Vaterland verdunkelten, würden sich mit der Zeit zerteilen und das milde Licht des Geistes würde wieder hervorbrechen. »Willst du damit vielleicht andeuten, daß wir Deutschen dumm sind, Onkel Ernst?«, stieß ein hochmütiger, aber prächtiger Neffe hervor. Onkel Ernst erwiderte: »Meiner Ansicht nach, ja. Ihr benützt den Verstand, aber ihr pflegt ihn nicht mehr. Das nenne ich Dummheit.« Da der hochmütige Neffe ihm nicht folgen konnte, fuhr er fort: »Ihr kümmert euch nur um die Dinge, die ihr benützen könnt, und darum gilt bei euch die Reihenfolge: Geld – höchst nützlich; Verstand – einigermaßen nützlich; Phantasie – ganz und gar unnütz. Nein –«, denn der andere hatte protestiert, »– euer Pangermanismus ist nicht phantasievoller als unser Imperialismus hierzulande. Nur ein ungebildeter Geist wird sich immer von Größe beeindrucken lassen und glauben, tausend Quadratmeilen seien tausendmal wunderbarer als eine Quadratmeile und eine Million Quadratmeilen seien beinahe genausoviel wie das Himmelreich. Das ist keine Phantasie. Nein, das tötet sie. Wenn ein Dichter hierzulande Größe zu feiern versucht, ist er damit auf der Stelle ein toter Mann und das ist auch nur natürlich. Auch eure Dichter sterben aus, ebenso wie eure Philosophen, eure Musiker, denen Europa zweihundert Jahre lang zugehört hat. Verschwunden. Verschwunden mit den kleinen Höfen, die sie ernährten – verschwunden mit Esterhazy und Weimar. Wie? Was meinst du? Eure Universitäten? O ja, ihr habt Gelehrte, die mehr Fakten sammeln als die Gelehrten Englands. Sie sammeln Fakten über Fakten, ganze Kaiserreiche von Fakten. Aber wer von ihnen wird das Licht im Innern wieder entzünden?«

All dem hörte Margaret zu, wobei sie dem hochmütigen Neffen auf den Knien saß.

Den jungen Mädchen wurde eine einzigartige Erziehung zuteil. Den einen Tag erschien der hochmütige Neffe am Wickham-Place und brachte eine noch hochmütigere Gattin mit, beide überzeugt, daß Deutschland dazu berufen sei, die Welt zu regieren. Und den nächsten Tag kam dann Tante Juley, ihrerseits überzeugt, daß Großbritannien von derselben Instanz zu demselben Amt berufen sei. Hatten diese stimmgewaltigen Parteien etwa beide Recht? Einmal hatte es sich so ergeben, daß sie zusammentrafen, und Margaret hatte sie mit gefalteten Händen angefleht, sie möchten das Thema doch in ihrer Gegenwart ausdiskutieren, woraufhin sie erröteten und übers Wetter zu reden begannen. »Papa«, rief sie – sie war ein ganz ungezogenes Kind –, »warum wollen sie denn bloß nicht über diese ganz klare Frage sprechen?« Ihr Vater blickte grimmig in die Runde und erwiderte, er wisse es nicht. Margaret legte den Kopf auf die Seite und bemerkte darauf: »Für mich steht eins von beiden fest: entweder ist Gott sich über England und Deutschland nicht im klaren, oder die sind sich über Gott nicht im klaren.« Eine unausstehliche Göre, aber schon mit dreizehn hatte sie ein Dilemma erfaßt, das die meisten zeit ihres Lebens noch nicht einmal wahrnehmen. Ihre Gedanken schossen hin und her, und ihr Verstand wurde wendig und scharf. Sie kam zu dem Schluß, daß jeder Mensch dem Unsichtbaren näher steht als jeder Ordnung, und davon wich sie niemals ab.

Helen beschritt denselben Weg, wenn auch leichteren Fußes. Im Wesen glich sie ihrer Schwester, aber sie war hübsch und hatte es daher im Leben leichter. Die Leute scharten sich lieber um sie, besonders wenn es sich um neue Bekanntschaften handelte, und sie mochte es wirklich sehr gern, wenn man sie ein wenig verehrte. Als der Vater gestorben war und die beiden am Wickham-Place allein walteten, fesselte sie oft die ganze Gesellschaft, während Margaret – beide redeten wie ein Buch – nicht ankam. Keine der beiden Schwestern machte sich darüber Gedanken. Helen entschuldigte sich hinterher niemals, Margaret hegte nicht den leisesten Groll. Doch das Aussehen bleibt nicht ohne Wirkung auf den Charakter. Als kleine Mädchen waren die Schwestern sich sehr ähnlich gewesen, aber zur Zeit der Wilcox-Episode entwickelten sie sich in ihrem Verhalten schon langsam auseinander: die Jüngere führte nur allzu leicht in Versuchung und wurde dabei oft selbst in Versuchung geführt; die Ältere ging immer geradeaus ihren Weg und nahm vereinzelte Fehlschläge als Teil des ganzen Spieles hin.

Zu Tibby gibt es nicht viel anzumerken. Er war nun ein intelligenter Mann von sechzehn Jahren, aber magenkrank und diffizil.

V

Man wird allgemein zugeben, daß Beethovens fünfte Symphonie den erhabensten Lärm darstellt, der je ins menschliche Ohr gedrungen ist. Niemand und nichts kommen dabei zu kurz. Ob man es nun hält wie Mrs. Munt und bei den melodiösen Stellen heimlich den Takt mitschlägt – selbstverständlich ohne die anderen zu stören – oder wie Helen, die in den Fluten der Musik Helden und Schiffbrüche zu erkennen vermag; oder wie Margaret, die nur die Musik wahrnimmt; oder wie Tibby, der so profunde Kenntnisse im Kontrapunkt besitzt und die Partitur aufgeschlagen auf den Knien hält; oder wie ihre Cousine, Fräulein Mosebach, die fortweg daran denkt, daß Beethoven »echt deutsch« ist; oder wie Fräulein Mosebachs junger Verehrer, der an nichts anderes denken kann als an Fräulein Mosebach: in jedem Falle werden die ureigensten Leidenschaften noch stärker belebt und man wird doch zugeben müssen, daß solch ein Lärm für zwei

Schilling recht billig ist. Er ist auch dann noch billig, wenn man sich ihn in der Queen's Hall anhört, Londons trostlosestem Konzertsaal, wenngleich nicht ganz so trostlos wie die Free Trade Hall in Manchester; und selbst wenn man in diesem Saal ganz links außen sitzt, so daß einem das Blech schon eine ganze Weile vor dem übrigen Orchester entgegenschlägt, dann ist er noch immer billig.

»Mit wem redet Margaret denn da?«, fragte Mrs. Munt am Ende des ersten Satzes. Sie war wieder einmal in London zu Besuch am Wickham-Place.

Helen blickte die lange Reihe ihrer Begleiter entlang und sagte, sie wisse es nicht.

»Ob es wohl vielleicht irgend so ein junger Mann ist, für den sie sich interessiert?«

»Das nehme ich an!«, erwiderte Helen. Musik hüllte sie ein und sie konnte sich jetzt nicht einlassen auf den Unterschied zwischen jungen Männern, für die man sich interessierte, und solchen, die man eben kennt.

»Ihr Mädchen seid ja so wunderbar, immer habt ihr – o je! wir müssen ja still sein.«

Das Andante hatte nämlich begonnen – wunderschön zwar, ähnelte aber doch sehr stark all den anderen schönen Andantes, die Beethoven geschrieben hatte, und schob sich für Helens Geschmack ein wenig störend zwischen die Helden und Schiffbrüche des ersten Satzes und die Helden und Kobolde des dritten. Sie hörte sich das Thema einmal an, und dann schweifte ihre Aufmerksamkeit ab und sie studierte die Zuhörerschaft, die Orgel, die Architektur. Viel auszusetzen hatte sie an den abgezehrten Amoretten, die in der Queen's Hall die Decke umrahmten und sich in fahlen Pantalons, auf die das Licht der Oktobersonne fiel, mit leeren Gesten zueinander hinneigten. »Einen Mann zu heiraten, der wie so ein Amor aussieht, wäre doch wirklich schrecklich!«, dachte Helen. Hier begann Beethoven, sein Thema auszuschmücken, und so hörte sie sich ihn noch einmal an, worauf sie ihrer Cousine Frieda zulächelte. Doch Frieda war, da sie klassischer Musik lauschte, dafür nicht empfänglich. Auch Herr Liesecke machte den Eindruck, als könnten keine zehn

Pferde seine Aufmerksamkeit ablenken; seine Stirn stand in Falten, sein Mund offen, sein Kneifer im rechten Winkel zur Nase und er hatte auf jedes Knie eine seiner dicken weißen Hände gelegt. Und neben ihr saß Tante Juley, Britin vom Scheitel bis zur Sohle, und wollte so gern den Takt mitklopfen. Wie interessant diese Reihe Menschen doch war! Was für verschiedene Einflüsse da bei ihrer Entstehung zusammengewirkt hatten! An dieser Stelle sagte Beethoven, nachdem er unentschlossen herumgeflötet und -gesäuselt hatte, »Na ja!«, und das Andante ging zu Ende. Applaus und eine Salve »wunderschön« und »prachtvoll« von der deutschen Kolonie. Margaret fing mit ihrem neuen jungen Mann zu reden an; Helen sagte zu ihrer Tante: »Jetzt kommt der wunderbare Satz: zuerst die Kobolde und danach ein tanzendes Elefantentrio.« Und Tibby bat die Anwesenden im allgemeinen, sie sollten doch bitte auf die Überleitung mit der Pauke achten.

»Auf die was?«

»Auf die *Pauke*, Tante Juley.«

»Nein; achte lieber auf die Stelle, wo man meint, man habe die Kobolde schon hinter sich, und sie dann doch wiederkommen«, flüsterte Helen, denn die Musik setzte ein und ein Kobold wanderte leise durch die Welt, von einem Ende zum anderen. Weitere folgten ihm. Sie waren keine ungestümen Wesen; gerade das aber machte sie für Helen so schrecklich. Sie bemerkten ganz im Vorbeigehen lediglich, daß es auf der Welt so etwas wie Herrlichkeit oder Heldentum nicht gebe. Nach dem Zwischenspiel der tanzenden Elefanten kehrten sie zurück und machten diese Bemerkung zum zweiten Mal. Helen konnte ihnen nicht widersprechen, denn einmal jedenfalls hatte sie dasselbe empfunden und hatte die verläßlichen Mauern der Jugend einstürzen sehen. Erschreckende Leere! Erschreckende Leere! Die Kobolde hatten recht.

Ihr Bruder hob den Finger: Es war die Überleitung auf der Pauke.

So, als ob es ihm nun doch zu bunt zuginge, packte Beethoven die Kobolde und verfuhr mit ihnen, wie es ihm gefiel. Er zeigte sich höchstpersönlich. Er versetzte ihnen einen kleinen

Stoß und schon marschierten sie in Dur statt in Moll und dann pustete er einmal, und sie waren in alle Winde zerstreut!

Kaskaden von gleißendem Licht, mit riesigen Schwertern kämpfende Götter und Halbgötter, Farbe und Wohlgeruch über dem Schlachtfeld, herrlicher Sieg, herrlicher Tod! Ach, all das brach vor dem Mädchen auf und sie streckte sogar die behandschuhten Hände danach aus, als könnte sie es berühren. Alles Schicksal war titanisch; aller Wettstreit wünschenswert; Sieger wie Besiegte würden von den Engeln der fernsten Sterne bejubelt.

Und die Kobolde – sie waren gar nicht wirklich dagewesen? Sie waren nur die Phantome der Feigheit und der Ungläubigkeit? Eine einzige gesunde menschliche Regung würde sie schon vertreiben, Männer wie die Wilcoxens oder Präsident Roosevelt würden mit Ja anworten, Beethoven aber wußte es besser. Die Kobolde waren wirklich dagewesen. Sie konnten wiederkehren – und sie kehrten wieder. Es war, als könnte die Herrlichkeit des Lebens den Siedepunkt erreichen und verdampfen und verschäumen. In deren Auflösung vernahm man den schrecklichen, unheilverkündenden Ton, und ein Kobold wanderte, noch hämischer als zuvor, leise durch die Welt, von einem Ende zum anderen. Erschreckende Leere! Erschreckende Leere! Selbst die flammenden Schutzwälle der Welt konnten fallen.

Beethoven entschloß sich zu einem guten Ende. Er baute die Schutzwälle wieder auf. Er pustete zum zweiten Mal, und wieder zerstreuten die Kobolde sich in alle Winde. Er erweckte von neuem die Kaskaden von gleißendem Licht, das Heldentum, die Jugend, die Herrlichkeit des Lebens und des Todes und unter ungeheuren Ausbrüchen einer übermenschlichen Freude brachte er seine fünfte Symphonie zum Abschluß. Aber die Kobolde waren da. Sie konnten wiederkehren. Das hatte er ja mutig gesagt, und darum kann man Beethoven auch in anderen Dingen trauen.

Noch während des Beifalls drängte Helen sich nach draußen. Sie wollte allein sein. Die Musik hatte ihr alles vor Augen geführt, was in ihrem Leben geschehen war oder noch geschehen konnte. Sie las darin wie in einem Buch, das nie an

Gültigkeit verlöre. Die Noten bedeuteten für sie dieses und jenes, und sie konnten gar keine andere Bedeutung haben, und das Leben konnte gar keine andere Bedeutung haben. Sie drängte sich geradewegs aus dem Gebäude, ging langsam die Außentreppe hinunter und sog die Herbstluft ein, und dann schlenderte sie nach Hause.

»Margaret«, rief Mrs. Munt, »geht es Helen nicht gut?«

»Aber nein!«

»Sie läuft doch immer mitten im Programm davon«, sagte Tibby.

»Die Musik hatte sie offenbar tief bewegt«, meinte Fräulein Mosebach.

»Verzeihen Sie«, sagte Margarets junger Mann, der schon eine ganze Weile nach den rechten Worten gesucht hatte, »aber die Dame hat ganz versehentlich meinen Schirm mitgenommen.«

»Ach du meine Güte! – Das tut mir ja so leid. Tibby, lauf Helen nach!«

»Aber dann verpasse ich ja die Vier Ernsten Gesänge.«

»Tibbylein, du mußt aber gehen.«

»Es ist ja nicht so wichtig«, sagte der junge Mann, war in Wahrheit aber doch ein wenig in Sorge um seinen Schirm.

»Aber natürlich ist es das! Tibby! Tibby!«

Tibby kämpfte sich hoch und blieb absichtlich an den Rückenlehnen der Stühle hängen. Bis er seinen Sitz hochgeklappt, seinen Hut gefunden und seine Partitur in Sicherheit gebracht hatte, war es schon »zu spät«, um Helen noch hinterherzugehen. Die Vier Ernsten Gesänge hatten begonnen, und man mußte doch während des Vortrags stillhalten.

»Meine Schwester ist ja so gedankenlos«, flüsterte Margaret.

»Aber nicht doch!«, erwiderte der junge Mann; aber seine Stimme klang leblos und kalt.

»Wenn Sie mir vielleicht Ihre Adresse geben möchten –«

»Ach, nicht nötig, nicht nötig.« Und er legte sich seinen Staubmantel über die Knie.

Hierauf klangen die Vier Ernsten Gesänge seicht in Margarets Ohren. Brahms hatte doch bei all seinem Gemurre und

Gequengele nie auch nur geahnt, was es hieß, eines Schirmdiebstahls verdächtigt zu werden. Denn dieser Dümmling glaubte doch, sie und Helen und Tibby hätten nur sein Vertrauen erschleichen wollen und würden, wenn er seine Adresse sagte, zu einer mitternächtlichen Stunde bei ihm einbrechen und auch noch seinen Spazierstock stehlen. Die meisten Damen hätten wohl darüber gelacht, aber Margaret ging es wirklich nahe, denn es gewährte ihr einen Einblick ins Elend. Den Menschen zu vertrauen ist ein Luxus, den sich nur die Wohlhabenden gönnen können; die Armen können sich ihn nicht leisten. Sobald Brahms sich ausgebrummt hatte, gab sie ihm ihre Karte und sagte: »Da wohnen wir; wenn es Ihnen lieber ist, können Sie den Schirm nach dem Konzert bei uns abholen, aber ich wollte Ihnen eigentlich die Mühe ersparen, da es ja ganz allein unser Fehler war.«

Sein Gesicht klärte sich ein wenig auf, als er sah, daß Wickham-Place im Londoner Westen lag. Es war traurig mit anzusehen, wie der Argwohn an ihm nagte und er dennoch nicht unhöflich zu sein wagte, im Falle daß diese gut gekleideten Leute schließlich doch ehrliche Menschen sein sollten. Sie hielt es für ein gutes Zeichen, als er zu ihr sagte: »Ein schönes Programm heute Nachmittag, nicht wahr?«, denn mit eben dieser Bemerkung hatte er ursprünglich das Gespräch eröffnet, ehe der Regenschirm dazwischenkam.

»Der Beethoven ist ja schön«, sagte Margaret, die nicht zu den Frauen gehörte, die einen ermutigen. »Aber den Brahms mag ich nicht, und auch nicht den Mendelssohn, der zuerst kam – und äh! diesen Elgar, der jetzt noch kommt, mag ich schon gar nicht.«

»Wie, was?«, rief Herr Liesecke, der mitgehört hatte. »›Pomp and Circumstance‹ soll nicht schön sein?«

»Ach Margaret, du alte Meckerliese!«, rief ihre Tante. »Da habe ich nun Herrn Liesecke endlich dazu überredet, sich noch ›Pomp and Circumstance‹ anzuhören, und da machst du mein ganzes Werk wieder zunichte. Mir liegt doch so viel daran, daß er mal hört, was *wir* in der Musik leisten. Ach, du darfst doch unsere englischen Komponisten nicht schlechtmachen, Margaret.«

»Ich für meinen Teil hab' die Komposition schon in Stettin gehört«, sagte Fräulein Mosebach. »Zweimal sogar. Sie ist dramatisch, ein bißchen jedenfalls.«

»Frieda, du verachtest doch die englische Musik. Das weißt du ganz genau. Und die englische Kunst auch. Und die englische Literatur, außer Shakespeare, und der sei ja eigentlich Deutscher. Also bitte, Frieda, ihr könnt gehen.«

Das Liebespaar lachte und wechselte einen kurzen Blick. Wie auf Kommando standen sie auf und entflohen »Pomp and Circumstance«.

»Richtig, wir haben ja in Finsbury Circus noch einen Besuch zu machen«, sagte Herr Liesecke, als er sich an ihr vorbeizwängte und den Gang erreichte, als eben die Musik anfing.

»Margaret –«, kam ein lautes Flüstern von Tante Juley, »Margaret, Margaret! Fräulein Mosebach hat ihr hübsches Täschchen auf ihrem Platz liegen lassen.«

Tatsächlich, da lag Friedas Ridikül mit ihrem Adressbuch, ihrem Taschenwörterbuch, ihrem Stadtplan von London und ihrem Geld.

»So was Dummes aber auch – was sind wir bloß für eine Familie! Fr-frieda!«

»Pst!« machten all jene, denen die Musik gefiel.

»Aber sie brauchen doch die Nummer am Finsbury Circus –«

»Dürfte ich – könnte ich nicht –«, sagte der argwöhnische junge Mann und wurde sehr rot.

»Ach, ich wäre Ihnen ja so dankbar!«

Er nahm die Tasche an sich – Geld klimperte darin – und schlüpfte damit den Gang entlang. Gerade noch rechtzeitig holte er sie an der Pendeltür ein, empfing ein bezauberndes Lächeln von dem deutschen Fräulein und einen vollendeten Diener von ihrem Kavalier und kehrte dann, versöhnt mit der Welt, wieder auf seinen Platz zurück. Das Vertrauen, das sie in ihn gesetzt hatten, hatte zwar nicht viel zu sagen, aber er fand doch, daß es sein Mißtrauen ihnen gegenüber zerstreute und daß er nun wahrscheinlich doch nicht um seinen Schirm »geprellt« werden würde. »Geprellt«, das hatte man diesen jungen Mann in der Vergangenheit schon – auf schlimme, wenn nicht gar auf übelste Weise – und nun setzte er fast seine ganze Kraft ein, um sich gegen das Unbekannte zu verteidigen. An diesem Nachmittag aber wurde ihm – vielleicht infolge der Musik – klar, daß man sich gelegentlich auch entspannen muß, denn wozu wäre man denn sonst noch am Leben? Wickham-Place, London-West, war, wenngleich ein Risiko, auch nicht gefährlicher als die meisten Dinge im Leben und er wollte es riskieren.

Als daher Margaret nach dem Konzert sagte: »Wir wohnen ganz in der Nähe; ich gehe jetzt nach Hause, könnten Sie nicht schnell mitkommen, damit wir Ihren Schirm finden?«, antwortete er friedfertig: »Danke, gern« und folgte ihr aus der Queen's Hall. Sie wünschte, er wäre nicht ganz so ängstlich beflissen gewesen, eine Dame die Treppe hinunterzugeleiten oder ihr Programm für sie zu tragen – zwischen seiner Gesellschaftsklasse und ihrer eigenen bestand ein so kleiner Unterschied, daß seine Umgangsformen sie irritierten. Im großen und ganzen aber fand sie ihn interessant – zu der Zeit interessierte die Schlegels ein jeder im großen und ganzen –, und während sie nach außen hin über Kultur sprach, plante sie in ihrem Innern, ihn zum Tee einzuladen.

»Wie müde man von der Musik wird!« fing sie an.

»Finden Sie die Luft in der Queen's Hall auch so drükkend?«

»Ja, schrecklich.«

»In Covent Garden ist die Luft allerdings noch drückender.«

»Gehen Sie oft dorthin?«

»Sooft es meine Arbeit erlaubt, besuche ich die Galerie in der Oper.«

Helen hätte jetzt ausgerufen: »Ich auch. Ich liebe die Galerie!« und hätte sich somit bei dem jungen Mann gleich beliebt gemacht. Helen konnte so was. Margaret dagegen hatte eine schon fast krankhafte Angst davor, »Menschen aus der Reserve zu locken«, »die Sache in Gang zu bringen«. Sie war zwar auch schon einmal auf der Galerie gewesen, aber sie »besuchte« sie nicht, da sie die teureren Plätze vorzog; und von lieben konnte bei ihr noch viel weniger die Rede sein. Also gab sie keine Antwort.

»Dieses Jahr war ich dreimal dort – in ›Faust‹, ›Tosca‹ und –« Hieß es nun »Tannhauser« oder »Tannhäuser«? Lieber nichts riskieren!

Margaret mochte weder »Tosca« noch »Faust«. Und so gingen sie denn aus dem einen oder anderen Grund schweigend weiter, behütet von der Stimme Mrs. Munts, die gerade mit ihrem Neffen ihre liebe Not hatte.

»*Irgendwie* erinnere ich mich zwar schon an die Überleitung, Tibby, aber wenn jedes Instrument so schön klingt, ist es doch schwierig, ein ganz bestimmtes herauszuhören. Ich bin überzeugt, ihr, du und Helen, nehmt mich nur zu den allerschönsten Konzerten mit. Nicht *ein* langweiliger Ton von Anfang bis Ende. Ich wünschte nur, unsere deutschen Freunde wären bis zum Schluß geblieben.«

»Aber du wirst doch wohl nicht den anhaltenden Paukenwirbel auf dem tiefen C vergessen haben, Tante Juley?«, kam Tibbys Stimme. »Keiner könnte das. Er ist unverwechselbar.«

»Eine besonders laute Stelle?«, wagte Mrs. Munt zu fragen.

»Ich bin natürlich kein musikalischer Mensch«, setzte sie rasch hinzu, da der Schuß danebengegangen war. »Ich bin nur musikbegeistert – das ist was ganz anderes! Das eine kann ich aber doch für mich in Anspruch nehmen: Ich weiß sehr wohl, wann mir etwas gefällt und wann nicht. Manchen ergeht es ebenso mit Bildern. Die gehen in eine Gemäldegalerie – Miß Conder zum Beispiel – und sagen dir auf der Stelle, was sie von dem, was da ringsum an den Wänden hängt, halten. Das könnte ich nie. Aber Musik ist meiner Ansicht nach ja so verschieden von Bildern. Wenn es um Musik geht, bin ich meiner Sache ganz sicher und ich kann dir versichern, Tibby, daß mir durchaus nicht alles gefällt. Da gab's mal so ein Stück – so was Französisches von einem Faun –, von dem Helen ganz hingerissen war, aber ich hielt es für äußerst oberflächliches Geklimper und sagte das auch und blieb bei meiner Meinung.«

»Sind Sie auch dieser Meinung?« fragte Margaret. »Finden Sie auch, daß Musik und Malerei etwas so Verschiedenes sind?«

»Das – das möchte ich schon meinen, irgendwie«, sagte er.

»Ich auch. Meine Schwester dagegen erklärt aber, sie seien genau dasselbe. Wir streiten uns oft gehörig darüber. Sie sagt, ich sei beschränkt, ich sage, sie sei schludrig.« Nun kam sie in Fahrt und rief: »Erscheint Ihnen das denn nicht auch lächerlich? Wozu *sollen* die Künste denn gut sein, wenn sie austauschbar sind? Wozu hätten wir denn unsere Ohren, wenn sie uns dasselbe vermitteln wie die Augen? Helens einziges Ziel besteht darin, Melodien in die Sprache der Malerei zu übersetzen und Bilder in die Sprache der Musik. Das ist ja sehr genial und sie sagt dabei auch einige nette Dinge, aber was ist damit schon gewonnen, das möchte ich doch zu gern wissen! Ach, es ist ja alles Quatsch, radikal verkehrt. Wenn Monet wirklich Debussy ist und Debussy wirklich Monet, dann ist eben keiner von den beiden Herren einen Schuß Pulver wert – das ist meine Meinung!«

Offensichtlich stritten sich diese Schwestern.

»Diese Symphonie zum Beispiel, die wir uns eben angehört haben – sie kann einfach nicht die Finger davon lassen. Von vorn bis hinten geheimnißt sie etwas hinein und macht Literatur daraus. Ob ich wohl den Tag noch erlebe, an dem Musik endlich wieder als Musik behandelt wird? Aber ich weiß nicht so recht. Da ist noch mein Bruder – hinter uns. Der behandelt Musik als Musik, aber du meine Güte! Der macht mich noch wütender als alle anderen, einfach rasend! Mit ihm streite ich mich gar nicht erst.«

Eine unglückliche Familie, wenn auch begabt.

»Aber der eigentliche Übeltäter ist natürlich Wagner. Der hat mehr zum Kuddelmuddel der Künste beigetragen als jeder andere im neunzehnten Jahrhundert. Ich finde wirklich, daß sich die Musik derzeit in einem sehr bedenklichen, wenn freilich auch höchst interessanten Zustand befindet. Von Zeit zu Zeit tauchen da in der Geschichte solche genialen Brunnenvergifter wie Wagner auf, die alle Gedankenbrunnen auf einmal aufwühlen. Einen Augenblick lang ist es großartig. Ein Sprudeln wie nie zuvor. Aber hinterher – so viel Schlamm;

und die Brunnen –, die fließen nun gewissermaßen nur allzu leicht ineinander und nicht einer wird noch klares Wasser führen. Genau das hat Wagner getan.«

Ihre Reden entflatterten dem jungen Mann wie Vögel. Wenn er doch nur auch so reden könnte, dann läge ihm die Welt zu Füßen. Sich Bildung zu erwerben! Fremdwörter richtig auszusprechen! Gut unterrichtet zu sein und ungezwungen über jedes Thema parlieren zu können, das eine Dame aufgreift! Aber dazu würde man Jahre brauchen. Mit einer Stunde Mittagspause und ein paar müden Stunden am Abend, wie sollte man da wohl mit feinen Damen gleichziehen können, die schon von Kindesbeinen an vertrauten Umgang mit Büchern pflegten. Er mochte den Kopf voller Namen haben, er mochte sogar schon von Monet und Debussy gehört haben; der Haken war nur, daß er diese Namen nicht zu einem Satz verknüpfen, sie nicht »sprechen lassen« konnte und daß sein gestohlener Regenschirm ihm einfach nicht ganz aus dem Kopf gehen wollte. Ja, der Schirm war der eigentliche Haken. Hinter Monet und Debussy behauptete sich hartnäkkig der Schirm, mit dem steten Schlag einer Trommel. »Meinem Schirm wird wohl schon nichts passiert sein«, dachte er bei sich. »Ich mach' mir ja eigentlich gar nichts mehr draus. Ich will dafür lieber an Musik denken. Meinem Schirm wird wohl schon nichts passiert sein.« Früher am Nachmittag hatte er sich wegen seines Sitzplatzes Gedanken gemacht. Hatte er wirklich ganze zwei Schilling dafür ausgeben müssen? Und davor noch hatte er sich gefragt: »Sollte ich vielleicht einmal aufs Programm verzichten?« Soweit er zurückdenken konnte, hatte ihm immer irgendetwas Sorgen bereitet, immer irgendetwas, was ihn auf der Jagd nach dem Schönen quälte. Denn dem Schönen jagte er nach und deshalb entflatterten ihm auch Margarets Reden wie Vögel.

Margaret redete in einem fort, wobei sie gelegentlich einwarf: »Finden Sie nicht auch? Empfinden Sie nicht dasselbe?« Und einmal hielt sie inne und sagte: »Ach, so unterbrechen Sie mich doch!«, was ihn sehr erschreckte. Wenn sie auf ihn auch nicht anziehend wirkte, so flößte sie ihm doch Ehrfurcht ein. Ihre Gestalt war mager, ihr Gesicht schien nur aus

Zähnen und Augen zu bestehen, ihre Bemerkungen über ihre Geschwister waren lieblos. Trotz all ihrer Klugheit und vornehmen Bildung gehörte sie wahrscheinlich zu den seelenlosen, atheistischen Frauen, die Miß Corelli in ihren Büchern so anprangert. Zu seiner Überraschung (und Beunruhigung) sagte sie plötzlich: »Ich hoffe doch, Sie kommen noch mit hinein und trinken eine Tasse Tee mit uns. Wir würden uns wirklich sehr freuen, Sie haben ja meinetwegen einen solchen Umweg machen müssen.«

Sie waren am Wickham-Place angelangt. Die Sonne war untergegangen, und das Altwasser, schon in tiefer Dämmerung, hüllte sich in feinen Dunst. Zur Rechten türmten sich die Mietshäuser als phantastische Silhouette schwarz gegen den roten Abendhimmel; zur Linken ragten die älteren Häuser wie eine Brustwehr aus unregelmäßig behauenen Quadern vor dem Grau empor. Margaret wühlte nach ihrem Hausschlüssel. Natürlich hatte sie ihn vergessen. So ergriff sie schließlich ihren Schirm an der Zwinge, lehnte sich weit vor und klopfte ans Eßzimmerfenster.

»Helen! Laß uns rein!«

»Schon gut«, ertönte eine Stimme.

»Du hast den Schirm von diesem Herrn hier mitgenommen.«

»Was mitgenommen?«, fragte Helen beim Öffnen der Tür. »Oh, wen haben wir denn da? Kommen Sie doch herein! Guten Tag!«

»Helen, du darfst nicht immer so schußlig sein. Du hast den Schirm dieses Herrn hier aus der Queen's Hall mitgenommen und er mußte sich jetzt die Mühe machen, deswegen mit herzukommen.«

»Oh, das tut mir leid!«, rief Helen und ihre Haare flogen. Sie hatte sich gleich beim Nachhausekommen den Hut vom Kopf gerissen und sich in den großen Eßzimmersessel geworfen.

»Ich tu' nichts anderes als Schirme stehlen. Es tut mir wirklich leid! Kommen Sie nur rein und suchen Sie sich einen aus! Hat Ihrer einen Griff oder einen Knauf? Meiner hat 'nen Knauf – *glaub'* ich wenigstens.«

Das Licht wurde angedreht, und man begann die Diele abzusuchen, und Helen, die sich von der fünften Symphonie jäh losgerissen hatte, untermalte das Ganze mit kleinen schrillen Schreien.

»Sei du bloß still, Meg! Du hast einmal einem alten Herrn den Zylinder gestohlen. Doch, das hat sie, Tante Juley! Tatsache! Sie dachte, es wäre ein Muff. Ach herrje! Jetzt hab' ich das Empfangsschild umgeworfen. Wo steckt denn Frieda? Tibby, daß du auch nie – jetzt weiß ich nicht mehr, was ich sagen wollte. Das war's nicht, aber sag doch den Mädchen, sie sollen sich mit dem Tee beeilen! Wie wär's mit diesem Schirm?« Sie spannte ihn auf. »Nein, der ist ja an den Nähten ganz kaputt. Ein gräßlicher Schirm. Das muß meiner sein.«

Doch das war er nicht.

Er nahm ihr den Schirm aus der Hand, murmelte ein paar Dankesworte und eilte dann mit den federnden Schritten des Büroangestellten davon.

»Aber wollen Sie denn nicht noch bleiben –«, rief Margaret. »Also, Helen, wie ungeschickt von dir!«

»Was hab' ich denn bloß getan?«

»Siehst du denn nicht, daß du ihn verscheucht hast? Ich wollte doch, daß er zum Tee dableibt. Du solltest besser nicht vom Stehlen oder von Löchern in einem Schirm reden. Ich hab' gesehen, wie seine freundlichen Augen mit einemmal ganz traurig blickten. Nein, das hat jetzt gar keinen Sinn mehr.« Denn Helen war auf die Straße hinausgestürzt und hatte geschrien: »So bleiben Sie doch!«

»So ist es doch wohl am besten«, hielt Mrs. Munt dafür.

»Schließlich wissen wir ja nichts von dem jungen Mann, Margaret, und euer Salon steht voller ganz verlockender kleiner Sachen.«

Helen aber rief: »Tante Juley, wie kannst du nur! Ich schäme mich noch in Grund und Boden wegen dir. Mir wäre es lieber, er wäre wirklich ein Dieb gewesen und hätte unsere ganzen Tauflöffel gestohlen, als daß ich – Die Haustür kann ich ja jetzt wohl wieder zumachen. Wieder mal ein Fehlschlag für Helen!«

»Ja, die Tauflöffel hätten wohl vielleicht als Pacht herhalten müssen«, sagte Margaret. Und da sie sah, daß Tante Juley nicht begriff, setzte sie hinzu: »Du erinnerst dich doch noch – ›Pacht‹? Das war eines von Vaters Worten. – Pacht an das Ideal, an seinen eigenen Glauben an die menschliche Natur. Du weißt doch noch, daß er Fremden immer vertraute und daß er, wenn man ihn zum Narren hielt, zu sagen pflegte: ›Lieber ein dummer August als ein ungläubiger Thomas‹ – daß Vertrauensmißbrauch das Werk des Menschen sei, Vertrauensmangel aber das Werk des Teufels.«

»Jetzt erinnere ich mich wieder an irgend so was«, sagte Mrs. Munt ziemlich säuerlich, denn sie hätte gern noch hinzugefügt: »Ein Glück, daß euer Vater eine Frau mit Geld geheiratet hat.« Aber das wäre unfreundlich gewesen und so begnügte sie sich mit: »Er hätte ja auch ebensogut das kleine Bild von Ricketts stehlen können.«

»Hätt' er's doch nur getan!«, sagte Helen beherzt.

»Nein, ich bin auch Tante Juleys Meinung«, sagte Margaret.

»Lieber mißtraue ich den Leuten, als daß ich meinen kleinen Ricketts verliere. Alles hat seine Grenzen.«

Ihr Bruder, der an dem Vorfall nichts Besonderes finden konnte, hatte sich nach oben gestohlen, um nachzusehen, ob es Gebäck zum Tee gäbe. Er wärmte – fast ein wenig zu geschickt – die Teekanne an, verschmähte den vom Dienstmädchen bereitgestellten Orange Pekoe, nahm statt dessen fünf Löffel einer erlesenen Mischung, füllte sprudelnd kochendes Wasser auf und rief nun den Damen zu, sie möchten sich beeilen, sonst entginge ihnen noch das ganze Aroma.

»Schon gut, Tante Tibby!«, rief Helen zurück, während Margaret, schon wieder nachdenklich, sagte: »Irgendwie wünschte ich, wir hätten einen richtigen Jungen im Haus – einen, der Männerfreundschaften pflegt. Wir täten uns bei unseren Einladungen gleich um vieles leichter.«

»Ganz meine Meinung«, sagte ihre Schwester. »Tibby interessiert sich nur für höhere Töchter, die Brahms singen.« Und als sie sich zu ihm gesellten, sagte Helen ziemlich scharf: »Warum hast du dich denn nicht etwas um den jungen Mann gekümmert, Tibby? Du mußt schon ein bißchen den Gastgeber spielen, weißt du! Du hättest ihm den Hut abnehmen und ihn zum Bleiben überreden müssen, anstatt ihn mit einem wild gewordenen Haufen kreischender Weiber im Stich zu lassen.«

Tibby seufzte und zog sich eine Strähne seiner langen Haare in die Stirn.

»Da brauchst du gar kein so überlegenes Gesicht zu machen! Ich sage das im Ernst!«

»Laß Tibby in Ruh'!« sagte Margaret, die es nicht vertragen konnte, wenn man ihren Bruder ausschalt.

»Das Haus hier ist ein regelrechter Hühnerstall!«, grummelte Helen.

»Aber, meine Liebe!« protestierte Mrs. Munt. »Wie kannst du nur so was Schreckliches sagen! Mich hat vielmehr schon immer erstaunt, wieviele Männer hierherkommen. Wenn überhaupt eine Gefahr besteht, dann doch wohl eher umgekehrt.«

»Ja schon, nur eben die falschen Männer, will Helen sagen.«

»Nein, will ich nicht«, berichtigte Helen. »Wir sehen hier schon die richtigen Männer, nur eben nicht von ihrer richtigen Seite, und ich sage, das ist Tibbys Schuld. Das Haus müsste ein gewisses Etwas an sich haben – ein – ich weiß nicht, was.«

»Einen Hauch der W.s vielleicht?«

Helen streckte die Zunge heraus.

»Wer sind denn die W.s?« fragte Tibby.

»Die W.s sind etwas, worüber ich und Meg und Tante Juley Bescheid wissen und du nicht, fertig, aus!«

»Vermutlich haben wir hier eben ein weibliches Haus«, sagte Margaret, »und man muß sich damit einfach abfinden. Nein, Tante Juley, ich meine damit nicht, daß dieses Haus voller Frauen steckt. Ich will etwas viel Gescheiteres sagen. Ich meine, es war von vornherein unwiderruflich weiblich, auch zu Vaters Zeiten schon. Jetzt habt ihr mich doch sicher verstanden! Also schön, ich will's euch noch an einem Beispiel erklären. Es wird euch zwar schockieren, aber das ist mir jetzt gleich. Angenommen, Königin Victoria hätte eine Abendgesellschaft gegeben und ihre Gäste wären Leighton, Millais, Swinburne, Rossetti, Meredith, Fitzgerald und so weiter gewesen. Glaubt ihr etwa, bei dem Diner hätte eine künstlerische Atmosphäre geherrscht? Du lieber Himmel – ganz bestimmt nicht! Schon allein die Stühle, auf denen sie säßen, hätten das verhindert. Und genauso verhält es sich mit unserem Haus – es muß ja weiblich sein, und alles, was wir dabei tun können, ist, aufzupassen, daß es nicht weibisch wird. Genauso wie ein anderes Haus, das ich nennen könnte, aber nicht nennen möchte, unwiderruflich männlich wirkte und alles, was seine Bewohner tun können, ist, aufzupassen, daß es nicht verroht.«

»Vermutlich ist das das Haus der W.s«, sagte Tibby.

»Über die W.s wirst du bestimmt nichts erfahren, mein Kind«, rief Helen, »also schlag's dir lieber gleich aus dem Kopf. Aber andererseits machte es mir auch nicht das Geringste aus, wenn du alles rausfändest; also brauchst du dir auf deine Gescheitheiten gar nicht erst was einzubilden, weder so noch so. Und jetzt darfst du mir eine Zigarette geben!«

»Du tust für unser Haus aber auch, was du kannst«, sagte Margaret. »Der Salon stinkt ja schon richtig nach Rauch.«

»Wenn du auch rauchtest, könnte das Haus ja vielleicht doch noch plötzlich männlich werden. Atmosphäre ist wahrscheinlich nur eine Frage von Kleinigkeiten. Selbst auf Königin Victorias Abendgesellschaft – wenn irgendetwas nur ein bißchen anders gewesen wäre – wenn sie vielleicht ein enganliegendes Nachmittagskleid aus schillernder Seide getragen hätte statt einer purpurroten Brokatrobe –«

»Mit einem indischen Tuch um die Schultern –«

»Am Busen mit einer schottischen Rauchquarznadel befestigt –«

Despektierliche Lachsalven – man darf nicht vergessen, daß sie halbe Deutsche waren – begrüßten diese Vorstellungen und Margaret sagte nachdenklich: »Gar nicht auszudenken, wenn die Königliche Familie sich etwas aus Kunst machte!« Und so plätscherte die Unterhaltung immer weiter dahin, und Helens Zigarette wurde zu einem Punkt im Dunkeln und die großen Mietshäuser gegenüber waren mit erleuchteten Fenstern übersät, die unaufhörlich erloschen und wieder hell wurden und wieder erloschen. Dahinter dröhnte leise der Verkehrslärm – ein nie zur Ruhe kommendes Fluten, während im Osten, unsichtbar hinter den Rauchschwaden von Wapping, der Mond aufging.

»Dabei fällt mir ein, Margaret. Wir hätten den jungen Mann ja auf jeden Fall ins Eßzimmer führen können. Da hängt nur der Majolika-Teller – und der ist so fest in der Wand verankert. Ich bin wirklich ganz untröstlich darüber, daß er keinen Tee getrunken hat.«

Der kleine Vorfall hatte die drei Frauen doch stärker beeindruckt, als man vermuten möchte. Er hallte in ihnen nach wie einer jener Koboldschritte, der anklingen ließ, daß nicht alles zum besten steht in der besten aller möglichen Welten und daß unter diesem Überbau aus Reichtum und Kunst ein schlecht genährter Junge umherwandert, der zwar seinen Regenschirm zurückbekommen hat, aber Adresse hat er keine hinterlassen und auch keinen Namen.

VI

Uns soll es hier nicht um die wirklich Armen gehen. Die entziehen sich unserer Vorstellung und nur der Statistiker oder der Dichter versteht es, ihnen beizukommen. Unsere Geschichte handelt von vornehmen Leuten oder auch von solchen, die so tun müssen, als gehörten sie dazu.

Dieser junge Mann, Leonard Bast, stand am äußersten Rand der vornehmen Gesellschaft. Er befand sich nicht im Abgrund, aber er konnte ihn wohl sehen, und von Zeit zu Zeit waren Menschen, die er kannte, hineingestürzt und galten nichts mehr. Er wußte, daß er arm war, und das gäbe er auch zu: er wäre lieber gestorben, als irgendein Gefühl der Unterlegenheit gegenüber Reichen offen einzugestehen. Das mag ja großartig von ihm sein. Den meisten Reichen aber war er, daran besteht nicht der geringste Zweifel, dennoch unterlegen. Er war weder so zuvorkommend wie der durchschnittliche Reiche noch, so intelligent, noch so gesund und auch nicht so liebenswert. Sein Geist wie sein Körper waren unterernährt, weil er eben arm war, und weil er auch modern war, sehnten sie sich stets nach besserer Nahrung. Hätte er ein paar Jahrhunderte früher gelebt, in einer der untergegangenen farbenprächtigen Kulturen, dann hätte er dort einen festumrissenen Platz eingenommen, sein Rang und sein Einkommen hätten einander entsprochen. Zu seiner Zeit aber hatte der Engel der Demokratie sich erhoben, mit ledernen Schwingen alle gesellschaftlichen Klassen überschattet und verkündet: »Alle Menschen sind gleich – alle Menschen, das heißt alle, die einen Regenschirm besitzen«, und so sah er sich gezwungen, Vornehmheit für sich in Anspruch zu nehmen, um nicht in den Abgrund zu gleiten, wo nichts mehr zählt und wo die Botschaften der Demokratie ungehört verhallen.

Als er vom Wickham-Place fortging, galt seine erste Sorge dem Beweis, daß er den Miß Schlegels in nichts nachstünde. Unterschwellig in seinem Stolz verletzt, suchte er sie nun seinerseits zu verletzen. Wahrscheinlich waren sie gar keine Damen. Hätten wirkliche Damen ihn gleich zum Tee eingeladen? Sie waren zweifellos boshaft und kalt. Bei jedem Schritt wuchs seine Überlegenheit. Hätte eine wirkliche Dame vom Schirmstehlen gesprochen? Vielleicht waren sie ja doch Diebe, und wenn er mit ins Haus gegangen wäre, hätten sie ihm womöglich noch ein chloroformiertes Taschentuch aufs Gesicht geklatscht. Selbstzufrieden ging er bis zum Parlamentsgebäude weiter. Dort meldete sich ein leerer Magen und sagte ihm, er sei ein Dummkopf.

»'n Abend, Mr. Bast!«

»'n Abend, Mr. Dealtry!«

»'nen schönen Abend!«

»'n Abend!«

Mr. Dealtry, ein Bürokollege, ging weiter, und Leonard blieb stehen und überlegte, ob er nun, so weit er für einen Penny eben käme, mit der Straßenbahn fahren oder lieber gleich zu Fuß gehen sollte. Er entschied sich fürs Gehen – es führt doch zu nichts, wenn man nachgiebig ist, und außerdem hatte er fürs Konzert in der Queen's Hall schon genug

Geld ausgegeben – und so lief er über die Westminster-Brükke, am St.-Thomas-Krankenhaus vorbei und durch den gewaltigen Tunnel, der in Vauxhall unter der Süd-West-Hauptstrecke hindurchführt. Im Tunnel hielt er inne und horchte auf das Donnern der Züge. Ein stechender Schmerz durchzuckte seinen Kopf und er spürte ganz deutlich die Form seiner Augenhöhlen. Er hastete noch gut anderthalb Kilometer weiter und verlangsamte seine Schritte erst wieder, als er am Eingang zur Camelia Road angelangt war, wo sich derzeit sein Zuhause befand.

Hier blieb er abermals stehen und spähte argwöhnisch nach rechts und links wie ein Kaninchen, bevor es in seinen Bau schlüpft. Zu beiden Seiten ragten schäbigst gebaute Mietskasernen empor. Weiter unten in der Straße befanden sich noch zwei Wohnblocks im Bau und jenseits davon wurde ein altes Haus abgerissen, um für zwei weitere Platz zu schaffen. Es war das Schauspiel, das man überall in London, ganz gleich, in welcher Gegend, beobachten kann – Ziegelsteine und Mörtel in ruhelosem Steigen und Fallen wie das Wasser in einem Springbrunnen, während die Stadt immer mehr Menschen auf ihrem Boden aufnimmt. Schon bald würde die Camelia Road aufragen wie eine Festung und für ein Weilchen eine weite Aussicht bieten. Nur für ein Weilchen. Pläne für die Errichtung von Wohnblocks auch in der Magnolia Road lagen bereits vor. Und in wenigen Jahren schon würden vielleicht alle Mietshäuser in beiden Straßen wieder abgerissen und neue Gebäude von derzeit noch unvorstellbarem Ausmaß könnten sich erheben, wo die alten gefallen waren.

»'n Abend, Mr. Bast!«

»'n Abend, Mr. Cunningham!«

»Ernste Sache, dieser Geburtenrückgang in Manchester!«

»Wie bitte?«

»Ernste Sache, dieser Geburtenrückgang in Manchester«, wiederholte Mr. Cunningham und klopfte auf die Sonntagszeitung, in der ihm die in Rede stehende Misere vermeldet worden war.

»Ach ja!«, sagte Leonard, der sich nicht anmerken lassen wollte, daß er keine Sonntagszeitung gekauft hatte.

»Wenn das so weitergeht, wird Englands Bevölkerung im Jahr 1960 stagnieren.«

»Was Sie nicht sagen!«

»Das nenne ich doch eine ernste Sache, nicht?«

»Guten Abend, Mr. Cunningham!«

»Guten Abend, Mr. Bast!«

Danach betrat Leonard den Wohnblock B und stieg, nicht etwa hinauf, sondern hinab in das Geschoß, das die Wohnungsmakler als Souterrain und alle anderen Menschen als Keller bezeichnen. Er machte die Tür auf und rief »Hallo!« mit der aufgesetzten Leutseligkeit des waschechten Londoners. Es kam keine Antwort. »Hallo!«, rief er noch einmal. Im Wohnzimmer brannte zwar Licht, aber es war leer. Ein Ausdruck der Erleichterung erschien auf seinem Gesicht und er warf sich in den Sessel.

Außer dem Sessel enthielt das Wohnzimmer noch zwei weitere Stühle, ein Klavier, einen dreibeinigen Tisch und eine gemütliche Ecke. Von den Wänden wurde eine von einem Fenster eingenommen, eine andere von einem drapierten Kaminsims, der von Amoretten wimmelte. Dem Fenster gegenüber befand sich die Tür und neben der Tür ein Bücherschrank, während über dem Klavier eines der Meisterwerke von Maud Goodman prangte. Es war ein nicht unfreundliches kleines Liebesnest, wenn die Vorhänge zugezogen und die Lampen eingeschaltet waren und der Gasherd nicht brannte. Doch hatte es die schale Note des Behelfsmäßigen, wie sie so oft in modernen Wohnungen anklingt. So leicht, wie man dazu gekommen war, könnte man sich auch wieder davon trennen.

Beim Abstreifen der Stiefel stieß Leonard an den dreibeinigen Tisch und ein Bilderrahmen, der einen Ehrenplatz darauf einnahm, rutschte seitwärts, fiel herunter und zersplitterte im Kamin. Er fluchte matt und hob das Bild auf. Es zeigte eine junge Dame namens Jacky und war zu der Zeit aufgenommen, als junge Damen namens Jacky oft mit offenem Mund photographiert wurden. Blendend weiße Zähne reihten sich auf Jackys Kiefern aneinander und beugten mit ihrer Last den Kopf förmlich zur Seite, so groß waren sie und so zahlreich. Mein Ehrenwort: dies Lächeln war einfach atemberaubend, und nur wer so pingelig ist wie Sie und ich, wird daran auszusetzen haben, daß wahre Freude sich zuallererst in den Augen zeigt und daß Jackys Augen nicht mit ihrem Lächeln in Einklang standen, sondern ängstlich und hungrig blickten.

Bei dem Versuch, die Glassplitter herauszuziehen, schnitt sich Leonard in die Finger und fluchte abermals. Ein Blutstropfen fiel auf den Rahmen, darauf ein zweiter, der auch die ungeschützte Photographie bespritzte. Er fluchte kräftiger und raste in die Küche, wo er sich die wunden Hände spülte. Die Küche war genauso groß wie das Wohnzimmer, und dahinter lag ein Schlafzimmer: Das war sein ganzes Heim. Er hatte die Wohnung möbliert gemietet: Von der erdrückenden Ausstattung gehörte ihm nichts außer dem Bilderrahmen, den Amoretten und den Büchern.

»Verdammt, verdammt, verdammt noch mal!«, murrte er zusammen mit noch ein paar anderen Unmutsäußerungen, die er von älteren Männern gelernt hatte. Dann faßte er sich mit der Hand an die Stirn und sagte: »Hol's der Teufel!«, was etwas ganz anderes bedeutete. Er riß sich zusammen, trank ein wenig abgestandenen schwarzen Tee, der noch oben auf einem Regal übrig geblieben war, und verschlang ein paar trockene Kuchenkrümel. Danach ging er zurück ins Wohnzimmer, machte es sich wieder in seinem Sessel bequem und begann in einem Band von Ruskin zu lesen.

»Sieben Meilen nördlich von Venedig –«

Wie vollendet dieses berühmte Kapitel beginnt! Wie meisterhaft sich Ermahnung und Poesie darin verbinden! Der Reiche spricht zu uns aus seiner Gondel.

»Sieben Meilen nördlich von Venedig erreichen die Sandbänke, die sich in nächster Nähe der Stadt nur wenig über die Niedrigwassergrenze erheben, allmählich größere Höhen und verwachsen schließlich miteinander zu Salzsumpffeldern, die da und dort formlose kleine Hügel bilden und von schmalen Meeresbuchten durchzogen werden.«

Leonard versuchte, seinen Stil nach Ruskin zu formen: Seines Wissens beherrschte Ruskin die englische Prosa wie kein anderer. Er las fleißig weiter und machte sich hin und wieder ein paar Notizen.

»Wir wollen nun nacheinander ein jedes dieser charakteristischen Kennzeichen etwas näher betrachten, und zwar zuerst (denn zu den Säulen ist bereits genügend gesagt) das wirklich Besondere an dieser Kirche – ihre Helligkeit.«

Ließ sich aus diesem schönen Satz irgendetwas lernen? Konnte er ihn den Notwendigkeiten des täglichen Lebens anpassen? Konnte er ihn, in abgewandelter Form freilich, einfließen lassen, wenn er nächstens seinem Bruder, dem Laienprediger, einen Brief schrieb? Zum Beispiel:

»Wir wollen nun nacheinander ein jedes dieser charakteristischen Kennzeichen etwas näher betrachten, und zwar zuerst (denn zu der mangelnden Belüftung ist bereits genügend gesagt) das wirklich Besondere an dieser Wohnung – ihre Dunkelheit.«

Irgendetwas sagte ihm, daß diese Abwandlungen unpassend wären; und dieses Etwas – hätte er es gekannt – war der Geist der englischen Prosa. »Meine Wohnung ist sowohl dunkel als auch muffig.« Das waren die richtigen Worte für ihn.

Und die Stimme in der Gondel tönte dahin und flötete melodiös von Anstrengung und Selbstaufopferung, von hohen Zielen, von Schönheit, selbst von Mitgefühl und von der Liebe zu den Menschen, aber auf die eigentlichen Nöte in Leonards Leben kam sie doch irgendwie nie zu sprechen. Denn es war die Stimme eines Mannes, der niemals schmutzig oder hungrig gewesen war und der sich von Schmutz und Hunger auch nie ein rechtes Bild hatte machen können.

Leonard lauschte der Stimme mit Ehrfurcht. Er glaubte, daß ihm hier Gutes widerfahre und daß er, wenn er sich nur immer schön an Ruskin hielte und an die Konzerte in der Queen's Hall und an ein paar Gemälde von Watts, eines Tages den Kopf aus den grauen Wassern strecken und das Universum erblicken würde. Er glaubte an plötzliche Verwandlungen, ein Glaube, der wohl richtig sein mag, der aber auf einen unausgereiften Verstand besonders anziehend wirkt. Ganze Volksreligionen gründen darin: In der Geschäftswelt beherrscht dieser Glaube die Börse und wird dort zu jenem

»bißchen Glück«, mit dem man alle Erfolge und Mißerfolge erklärt. »Wenn ich nur ein bißchen Glück hätte, dann würde das Ganze klappen ... Draußen in Streatham hat er eine richtige Prachtvilla, und er fährt einen 20-PS-Fiat, aber schließlich hat er ja auch Glück gehabt ... Es tut mir leid, daß meine Frau sich so verspätet, aber mit Zügen hat sie eben nie Glück.« Leonard hatte solchen Menschen etwas voraus; er glaubte fest an die eigene Anstrengung und an die stetige Vorbereitung für die ersehnte Wendung. Doch von einem Erbe, das erst allmählich erwächst, hatte er keinerlei Vorstellung: Er hoffte, er werde so schlagartig zu Kultur und Bildung kommen wie die Jungfrau zum Kinde. Diese Miß Schlegels waren dazu gekommen; die hatten den richtigen Dreh herausgekriegt; die hielten alle Fäden in der Hand, ein für allemal. Und währenddessen war seine Wohnung sowohl dunkel als auch muffig.

Kurz darauf war ein Geräusch im Treppenhaus zu hören. Er steckte Margarets Visitenkarte zwischen die Seiten des Ruskin und öffnete die Tür. Eine Frau trat ein, von der man am einfachsten nur sagt, daß sie nicht gesellschaftsfähig war. Ihr Aussehen war beängstigend. Sie schien nur aus Kordeln und Klingelzügen zu bestehen – ein klirrendes Gewirr von Bändern, Ketten und Perlenschnüren – und um den Hals hing ihr, mit ungleichen Enden, eine Boa aus himmelblauen Federn. Ihr bloßer Hals war mit einer zweireihigen Perlenschnur umwunden, ihre Arme waren bloß bis zu den Ellbogen und ließen sich dann wieder an den Schultern durch billige Spitzen erspähen. Ihr blumengarnierter Hut ähnelte jenen flanellüberzogenen Körbchen, in die wir in unserer Kindheit Senf- und Kressesamen säten und die an einer Stelle keimten und an anderer wieder nicht. Sie trug ihn auf dem Hinterkopf. Was ihr Haar oder, besser gesagt, ihre Haare anbetrifft, so lassen die sich in ihrer Kompliziertheit kaum beschreiben; ein Gebilde aber reichte ihr bis auf den Rücken und lag dort in einem dicken Polster, während ein für ein leichteres Schicksal kreiertes zweites ihre Stirn umkräuselte. Das Gesicht – das Gesicht spielt weiter keine Rolle. Es war das Gesicht auf der Photographie, nur älter, und die Zähne waren nicht so zahlreich, wie es der Photograph angedeutet hatte, und ganz gewiß nicht so weiß. Ja, Jacky war über die Blüte ihrer Jahre hinaus, wie diese Blüte auch immer ausgesehen haben mochte. Sie kam rascher in die grauen Jahre als die meisten Frauen, und der Ausdruck ihrer Augen verriet es.

»Ja, wen haben wir denn da!«, begrüßte Leonard voller Schwung die Erscheinung und half ihr aus der Boa.

Jacky erwiderte mit heiserer Stimme: »Ja, wen haben wir denn da?«

»Aus gewesen?«, fragte er. Die Frage klingt überflüssig, war es aber wohl nicht wirklich, denn die Dame verneinte und setzte hinzu: »Ach, ich bin ja so müde!«

»Du müde?«

»Hä?«

»Ich bin müde«, sagte er und hängte die Boa auf.

»Ach, Len, ich bin ja so müde!«

»Ich war in dem klassischen Konzert, von dem ich dir erzählt hab'«, sagte Leonard.

»Was war das?«

»Hinterher bin ich gleich heimgegangen.«

»Jemand hier gewesen?«, fragte Jacky.

»Nicht, daß ich wüßte. Draußen hab' ich Mr. Cunningham getroffen und ein paar Worte mit ihm geredet.«

»Was, doch nicht Mr. Cunningham?«

»Doch!«

»Ach, du meinst Mr. Cunningham.«

»Ja, Mr. Cunningham.«

»Ich war bei einer Freundin zum Tee.«

Nachdem ihr Geheimnis nun endlich der Welt kundgetan und sogar der Name der Freundin flüchtig angedeutet war, versuchte Jacky sich nicht weiter in der schwierigen und ermüdenden Kunst der Konversation. Besonders redselig war sie ja noch nie gewesen. Auch in jenen Tagen, als sie sich noch photographieren ließ, hatte sie sich lieber auf den Reiz ihres Lächelns und ihrer Figur verlassen, und jetzt, wo sie –

Ausrangiert,
Ausrangiert,
Jungs, Jungs, ich bin ausrangiert

– war, würde sie wohl kaum noch ihr Herz für die Sprache entdecken. Gelegentliche Gesangsausbrüche (wie das oben erwähnte Beispiel) kamen ihr noch von den Lippen, aber das gesprochene Wort war bei ihr selten.

Sie setzte sich auf Leonards Knie und begann, ihn zu liebkosen. Sie war jetzt eine massige Frau von dreiunddreißig Jahren und ihr Gewicht tat ihm weh, doch er konnte schlecht etwas sagen. Dann fragte sie: »Liest du da etwa ein Buch?«, und er antwortete: »Ja, ein Buch«, und entzog es ihrem nicht unnachgiebigen Griff. Margarets Karte fiel heraus. Sie lag mit der Vorderseite nach unten und er murmelte: »Lesezeichen!«

»Len –«

»Was ist denn?«, fragte er ein wenig gequält, denn sie hatte nur ein Gesprächsthema, sobald sie auf seinem Schoß saß.

»Du liebst mich doch?«

»Jacky, das weißt du doch. Wie kannst du nur solche Fragen stellen?«

»Aber du liebst mich doch wirklich, Len, nicht wahr?«

»Ja natürlich.«

Pause. Die zweite Frage stand noch aus.

»Len –«

»Ja? Was denn?«

»Len, du bringst doch alles in Ordnung, ja?«

»Ich will nicht, daß du immer wieder davon anfängst!« herrschte er sie in einem plötzlichen Anfall von Zorn an. »Ich hab' versprochen, dich zu heiraten, sobald ich volljährig bin, und das genügt. Was ich verspreche, das halte ich auch. Ich hab' versprochen, dich sofort zu heiraten, wenn ich einundzwanzig bin, und jetzt will ich mich nicht länger damit rumärgern müssen. Ich hab' schon Sorgen genug. Wo ich nun schon so viel Geld ausgegeben habe, werd' ich dich doch jetzt nicht sitzen lassen, von meinem Wort ganz zu schweigen. Und außerdem bin ich ein Engländer und stehe immer zu meinem Wort. Jacky, nimm doch Vernunft an! Natürlich heirate ich dich. Nur hör mir auf mit der ständigen Quengelei!«

»Wann hast du Geburtstag, Len?«

»Das hab' ich dir doch schon hundertmal gesagt: am elften November. Und jetzt geh mal ein bißchen von meinen Knien runter; irgendwer muß sich ja wohl ums Abendessen kümmern.«

Jacky ging hinüber ins Schlafzimmer und widmete sich der Pflege ihres Hutes, die darin bestand, daß sie ihn mehrmals kurz und heftig anpustete. Leonard räumte das Wohnzimmer auf und machte sich dann an die Zubereitung des Abendessens. Er steckte einen Penny in den Schlitz des Münzgaszählers, und schon bald war die Luft in der Wohnung mit metallisch riechenden Dämpfen geschwängert. Aus irgendeinem Grund konnte er sich gar nicht wieder beruhigen und auch beim Kochen führte er die ganze Zeit über noch bittere Klagen.

»Es ist wirklich traurig, wenn einem kein Vertrauen geschenkt wird. Das macht einen doch richtig rasend, wenn ich dich vor den Leuten hier schon als meine Frau ausgegeben hab' – schon gut, schon gut, du *sollst* meine Frau werden – und ich dir den Ring gekauft und die möblierte Wohnung gemietet hab', was weit mehr ist, als ich mir eigentlich leisten kann, und du bist immer noch nicht zufrieden, und denen daheim hab' ich ja auch nicht die Wahrheit geschrieben.« Er senkte die Stimme. »Er würd's verhindern.« In schauerlich-wohligem Ton wiederholte er: »Mein Bruder würd's verhindern. Ich stelle mich gegen die ganze Welt, Jacky.«

»So bin ich, Jacky. Ich geb' nichts auf das, was andre sagen. Ich geh' meinen eigenen Weg, jawohl! Das ist schon immer meine Art gewesen. Ich bin nicht einer von diesen rückgratlosen Drückebergern. Wenn eine Frau in Schwierigkeiten ist, laß' ich sie nicht im Stich. Meine Methode ist das nicht. Nein, wirklich nicht!«

»Und ich will dir auch noch was anderes verraten. Mir ist sehr viel daran gelegen, mich durch Literatur und Kunst weiterzubilden und dadurch einen weiteren Horizont zu bekommen. Als du zum Beispiel heimkamst, hab' ich gerade Ruskins ›Steine von Venedig‹ gelesen. Ich will damit nicht prahlen, sondern dir bloß zeigen, was für ein Mann ich bin. Ich kann dir sagen, das klassische Konzert heut' nachmittag hab' ich so richtig genossen!«

All seine Stimmungen und Launen ließen Jacky gleichermaßen ungerührt. Als das Essen fertig war – und keine Sekunde früher –, tauchte sie aus dem Schlafzimmer auf und sagte: »Aber du liebst mich doch, nicht wahr?«

Sie begannen mit einem Suppenwürfel, den Leonard eben in heißem Wasser aufgelöst hatte. Danach gab es Zunge – ein sommersprossiger Fleischzylinder mit etwas Aspik obenauf und ziemlich viel gelbem Fett unten –, und zum Abschluß noch einen wassergelösten Würfel (Wackelpeter: Ananasgeschmack), den Leonard früher am Tage zubereitet hatte. Jacky aß recht zufrieden, wobei sie zuweilen ihren Mann mit jenen ängstlichen Augen betrachtete, denen nichts in ihrer sonstigen Erscheinung entsprach und die dennoch ihre Seele widerzuspiegeln schienen. Und Leonard gelang es, seinen Magen davon zu überzeugen, daß ihm eine nahrhafte Mahlzeit zugeführt wurde. Nach dem Essen rauchten sie Zigaretten und tauschten ein paar Bemerkungen aus. Sie stellte fest, daß ihr Konterfei zerbrochen worden war. Er fand Gelegenheit, ein zweites Mal zu erwähnen, daß er gleich nach dem Konzert in der Queen's Hall schnurstracks nach Hause gekommen sei. Und schon saß sie auf seinen Knien. Draußen vorm Fenster, genau auf einer Höhe mit ihren Köpfen, marschierten die Bewohner der Camelia Road auf und ab und die Familie in der Erdgeschoßwohnung begann zu singen: »Horch, meine Seele, es ist der Herr.«

»Diese Melodie macht mich noch ganz fuchsig«, sagte Leonard. Darauf ging Jacky ein und sagte, sie für ihren Teil fände sie hübsch.

»Nein; jetzt spiel' ich dir mal was Hübsches vor. Steh auf, Liebling, nur ganz kurz!«

Er ging ans Klavier und klimperte ein bißchen Grieg. Er spielte schlecht und ausdruckslos, aber der Vortrag blieb dennoch nicht ohne Wirkung, denn Jacky sagte, sie ginge nun wohl zu Bett. Als sie sich zurückzog, ergriffen neue Interessen Besitz von dem Jungen und er begann darüber nachzudenken, was diese sonderbare Miß Schlegel – diejenige, die beim Sprechen ihr Gesicht immer verzog – über Musik gesagt hatte. Dann wurden seine Gedanken langsam traurig und mißgünstig. Da war das Mädchen namens Helen, das ihm den Regenschirm stibitzt hatte, und das deutsche Mädchen, das ihn so freundlich angelächelt hatte, und Herr Soundso und Tante Soundso und der Bruder: alle, allesamt hielten sie die Fäden in der Hand. Sie waren alle das enge, prächtige Treppenhaus am Wickham-Place hinaufgestiegen, zu einem geräumigen Zimmer, wohin er ihnen niemals folgen könnte, auch dann nicht, wenn er zehn Stunden am Tag läse. Ach, es hatte ja gar keinen Sinn, dieses fortwährende Streben nach Höherem. Manche werden schon als kultivierte Menschen geboren; die übrigen sollten sich lieber auf das verlegen, was ihnen leicht von der Hand geht. Das Leben ständig vor sich zu sehen, es in seiner Gesamtheit vor sich zu sehen, das war ihm und seinesgleichen nicht beschieden.

Aus der Dunkelheit jenseits der Küche rief eine Stimme: »Len?«

»Schon im Bett?«, fragte er und seine Stirn kräuselte sich.

»M'm.«

»Schön.«

Kurz darauf rief sie wieder nach ihm.

»Ich muß noch meine Schuhe für morgen putzen«, antwortete er.

Bald darauf rief sie wieder nach ihm.

»Ich möchte nur noch gern dieses Kapitel zu Ende lesen.«

»Was?«

Er verschloß die Ohren vor ihr.

»Was hast du gerade gesagt?«

»Schon gut, Jacky, nichts; ich lese nur ein Buch.«

»Was?«

»Was?«, antwortete er, während ihm ihre noch schlimmer gewordene Schwerhörigkeit auffiel.

Kurz darauf rief sie schon wieder nach ihm.

Ruskin hatte inzwischen Torcello besucht und befahl soeben seinen Gondolieri, ihn nach Murano zu bringen. Als er über die flüsternden Lagunen dahinglitt, kam ihm der Gedanke, daß die Natur in ihrer Gewalt nicht zu beeinträchtigen war von der Torheit und in ihrer Schönheit nicht vollends getrübt werden konnte von dem Elend, in denen Menschen wie Leonard lebten.

VII

»O Margaret«, rief Tante Juley am nächsten Morgen, »etwas höchst Bedauerliches ist passiert. Jetzt sind wir ja endlich allein.«

Das höchst Bedauerliche stellte sich als gar nicht so schwerwiegend heraus. In dem prunkvollen Häuserblock gegenüber hatte die Familie Wilcox eine der Wohnungen möbliert gemietet, »sicher in der Hoffnung, sich dann hier Eingang in die Londoner Gesellschaft verschaffen zu können«. Daß Mrs. Munt das Unglück als erste entdeckt hatte, war nicht bemerkenswert, denn sie zeigte ein so lebhaftes Interesse für diese Wohnungen, daß sie jede dort vor sich gehende Veränderung mit unermüdlicher Aufmerksamkeit beobachtete. In der Theorie verachtete sie diese Häuser – sie verunstalteten das anheimelnde Stadtbild – sie versperrten die Sonne – Mietwohnungen beherbergen schillernde Existenzen. Geht man aber der Wahrheit auf den Grund, so fand sie ihre Besuche am Wickham-Place zweimal so amüsant, seitdem ›Wickham Mansions‹ entstanden waren, und erfuhr stets in wenigen Tagen mehr darüber als ihre Nichten in Monaten oder ihr Neffe in Jahren. Sie spazierte hinüber, schloß Freundschaft mit den Portiers und erkundigte sich, wie hoch die Mieten waren, wobei sie dann zum Beispiel rief: »Was! Hundertzwanzig für ein Kellergeschoß? Das kriegen die doch nie!« Worauf sie zur Antwort bekam: »Man kann es immerhin versuchen, gnädige Frau.« Die Personenaufzüge, die Warenaufzüge, die Kohlenlagerung (eine große Versuchung für unehrliche Portiers) waren ihr samt und sonders vertraut und stellten vielleicht eine Abwechslung von der politisch-ökonomisch-ästhetischen Atmosphäre dar, die im Hause der Schlegels herrschte.

Margaret nahm die Nachricht gefaßt auf und stimmte ihrer Tante nicht darin zu, daß dadurch das Leben der armen Helen getrübt würde.

»Ach, Helen hat schließlich auch noch andere Interessen«, erklärte sie. »Sie hat an genügend andere Dinge und andere Menschen zu denken. Mit den Wilcoxens hat sie einen falschen Anfang gemacht und sie wird, genau wie wir, nichts mehr mit ihnen zu tun haben wollen.«

»Für ein kluges Mädchen, meine Liebe, redest du aber recht seltsam. Helen wird etwas mit ihnen zu tun haben müssen, wo sie doch jetzt alle gegenüber wohnen. Diesen Paul kann sie jederzeit auf der Straße treffen und dann muß sie ihn doch grüßen.«

»Natürlich muß sie grüßen. Moment mal; kümmern wir uns doch erst um die Blumen. Ich wollte gerade sagen, daß ihr starkes Interesse an ihm erloschen ist, und alles andere tut nichts zur Sache. Ich betrachte diese unglückselige Episode (bei der du dich so freundlich gezeigt hast) als das Abtöten eines Nervs bei Helen. Jetzt ist er tot und wird ihr nie wieder zu schaffen machen. Wichtig sind nur die Dinge, die einen interessieren. Grüßen, Antrittsbesuche machen, sogar eine Abendgesellschaft: All das können die Wilcoxens gern von uns haben, wenn sie's angenehm finden; das andere aber, das einzig Wichtige – nie wieder! Begreifst du das denn nicht?«

Mrs. Munt begriff es nicht, und in der Tat stellte Margaret da eine höchst fragwürdige Behauptung auf: daß ein Gefühl, ein einmal lebhaft gewecktes Interesse völlig erlöschen könne.

»Außerdem darf ich dir dann auch gleich noch mitteilen, daß die Wilcoxens uns überhaben. Ich hab's dir damals nicht gesagt – es hätte dich vielleicht geärgert, und du hattest ja schon Sorgen genug –, aber ich hab' Mrs. W. einen Brief geschrieben und mich für die Unannehmlichkeiten entschuldigt, die Helen ihnen bereitet hat. Sie hat nicht darauf geantwortet.«

»Wie unhöflich!«

»Ich weiß nicht recht. Vielleicht war es ja auch vernünftig?«

»Nein, Margaret, äußerst unhöflich.«

»In beiden Fällen kann man es als beruhigend werten.« Mrs. Munt seufzte. Sie mußte am folgenden Tag nach Swanage zurück, gerade jetzt, wo ihre Nichten sie am dringendsten brauchten. Andere reumütige Gedanken stürmten auf sie ein: zum Beispiel wie großartig sie Charles geschnitten hätte, wenn sie ihm von Angesicht zu Angesicht begegnet wäre. Gesehen hatte sie ihn schon, als er dem Portier eine

Anweisung gab – und mit seinem großspurigen Hut sah er recht gewöhnlich aus. Aber leider hatte er ihr den Rücken zugekehrt, und wenn sie auch seinen Rücken geschnitten hatte, so konnte sie dies doch nicht als eine empfindliche Abfuhr betrachten.

»Aber sei mir ja vorsichtig.«

»Aber gewiß! Teuflisch vorsichtig.«

»Und auch Helen soll sich vorsehen!«

»Wobei vorsehen?«, rief Helen, die in diesem Augenblick mit ihrer Cousine ins Zimmer kam.

»Bei nichts«, sagte Margaret, die kurz in Verlegenheit geriet.

»Wobei vorsehen, Tante Juley?«

Mrs. Munt setzte eine geheimnisvolle Miene auf. »Es geht nur darum, daß eine gewisse Familie, die wir mit Namen kennen, aber nicht nennen, wie du gestern abend nach dem Konzert selbst gesagt hast, die Wohnung gegenüber den Mathesons gemietet hat – da, wo die Pflanzen auf dem Balkon stehen.«

Helen wollte eben etwas Lustiges darauf erwidern, als sie durch ihr plötzliches Erröten alle aus der Fassung brachte. Mrs. Munt rief in ihrer Verwirrung: »Ja was denn, Helen, das macht dir doch wohl nichts aus, oder?«, worauf sich die Rötung noch dunkler verfärbte.

»Natürlich macht es mir nichts aus«, sagte Helen leicht ärgerlich. »Nur daß eben du und Margaret, daß ihr beide es gleich so übertrieben tragisch nehmt, wenn daran doch gar nichts tragisch zu nehmen ist.«

»Ich nehm's nicht tragisch«, protestierte Margaret, nun ihrerseits leicht ärgerlich.

»Aber du machst ein tragisches Gesicht, nicht wahr, Frieda?«

»Das Gefühl hab' ich nicht, mehr kann ich dazu auch nicht sagen; du bist völlig auf dem Holzweg.«

»Nein, sie nimmt's wirklich nicht tragisch«, tönte Mrs. Munt. »Das kann ich bezeugen. Sie ist nicht der Meinung –«

»Pst!« unterbrach Fräulein Mosebach. »Ich höre Bruno in der Diele.«

Denn Herr Liesecke wurde am Wickham-Place erwartet, wo er die beiden jüngeren Mädchen abholen sollte. Er befand sich jedoch noch nicht in der Diele, ja es dauerte sogar noch volle fünf Minuten, bis er wirklich kam. Aber Frieda hatte die heikle Situation erkannt und sagte, sie und Helen sollten wohl besser hinuntergehen, um Bruno zu empfangen, und Margaret und Mrs. Munt in Ruhe die Blumen versorgen lassen. Helen zeigte sich damit einverstanden. Aber wie zum Beweis dafür, daß ihr die Situation eigentlich gar nicht peinlich war, blieb sie in der Tür stehen und sagte:

»Sagtest du die Wohnung der Mathesons, Tante Juley? Du bist wirklich wunderbar! Ich wußte noch gar nicht, daß die Immer-zu-eng-Geschnürte Matheson heißt.«

»Komm schon, Helen!« sagte ihre Cousine.

»Geh schon, Helen!«, sagte ihre Tante und fuhr, an Margaret gewandt, fast noch im selben Atemzug fort: »Mich kann Helen nicht täuschen. Es macht ihr doch etwas aus!«

»Pst!«, flüsterte Margaret. »Frieda wird dich noch hören, und die kann so lästig sein.«

»Es macht ihr was aus«, beharrte Mrs. Munt, wobei sie gedankenvoll im Zimmer unherzuwandern begann und die verwelkten Chrysanthemen aus den Vasen zupfte. »Ich wußte es ja gleich – und für Mädchen gehört es sich auch so! So was erleben zu müssen! So was von ungehobelten Menschen! Ich weiß besser über sie Bescheid als du, was du zu vergessen scheinst, und hätte Charles damals dich im Auto mitgenommen, dann wärst du als ein völliges Wrack bei den Leuten angekommen. Ach Margaret, du weißt ja nicht, was dir da noch bevorsteht! Du hast die ganze Mischpoche am Salonfenster gleich vor der Nase. Da ist Mrs. Wilcox – die hab' ich gesehen. Da ist Paul. Da ist Evie, dieses kleine Biest. Da ist Charles – den hab' ich gleich als ersten gesehen. Und wer mag wohl der ältere Mann mit dem Schnurrbart und dem kupferroten Gesicht sein?«

»Mr. Wilcox, wahrscheinlich.«

»Wußt' ich's doch! Und dann ist da noch Mr. Wilcox.«

»Sein Gesicht kupferrot zu nennen ist eine Schande«, wandte Margaret ein. »Für einen Mann seines Alters hat er eine außergewöhnlich gesunde Gesichtsfarbe.«

Mrs. Munt, in allem anderen triumphierend, konnte es sich leisten, Mr. Wilcox seine Farbe zuzugestehen. Ohne Punkt und Komma ging sie zu der Strategie über, die ihre Nichten in Zukunft zu verfolgen hätten. Margaret suchte sie zu unterbrechen.

»Helen hat die Neuigkeit zwar nicht ganz so aufgenommen, wie ich es erwartet hatte, aber der Wilcox-Nerv in ihr ist wirklich tot, also sind Strategien gar nicht nötig.«

»Es kann nicht schaden, gewappnet zu sein.«

»Nein – es kann nicht schaden, nicht gewappnet zu sein.«

»Warum?«

»Weil –«

Ihr Gedanke war einem dunklen Grenzland entsprungen. Sie konnte ihn nicht direkt erklären, fühlte aber, daß jemand, der sich im voraus gegen alle Notfälle des Lebens wappnet, dies vielleicht auf Kosten seiner Lebensfreude tut. Vorbereiten muß man sich auf ein Examen oder eine Abendgesellschaft oder einen möglichen Kursverfall an der Börse: wer sich aber an menschliche Beziehungen heranwagt, muß sich eine andere Methode zu eigen machen oder scheitern. »Weil ich es eben lieber riskieren möchte«, lautete ihre lahme Schlußfolgerung.

»Aber denk doch nur an die Abende!«, rief ihre Tante und zeigte mit dem Schnabel der Gießkanne auf die Mietshäuser gegenüber. »Dreht man hier und drüben das elektrische Licht an, so ist es fast, als wäre man im selben Zimmer. Eines Abends vergessen sie vielleicht, die Jalousien herunterzulassen, dann könnt ihr sie sehen; und am nächsten vergeßt ihr's, dann sehen sie euch. Man kann unmöglich noch auf dem Balkon sitzen. Man kann unmöglich noch die Blumen gießen oder auch nur sich unterhalten. Stell dir vor, du gehst zur Haustür hinaus und sie kommen im selben Moment drüben heraus. Und da willst du mir noch erzahlen, Strategien seien unnötig und du möchtest es lieber riskieren!«

»Ich hoffe, daß ich mein Leben lang immer etwas riskieren werde.«

»O Margaret, äußerst gefährlich!«

»Aber eigentlich«, fuhr Margaret lächelnd fort, »besteht ja nie ein großes Risiko, solange man Geld hat.«

»Schäm dich! Was sind das für empörende Reden!«

»Mit Geld ist man immer weich gebettet«, sagte Miß Schlegel. »Gott gnade denen, die keines haben!«

»Aber das ist ja etwas ganz Neues!«, sagte Mrs. Munt, die neue Ideen sammelte wie ein Eichhörnchen Nüsse und sich besonders von denen angetan zeigte, die sie mit sich forttragen konnte.

»Neu für mich; vernünftige Leute bekennen sich seit Jahren dazu. Du und ich und die Wilcoxens, wir stehen auf unserm Geld wie auf Inseln. Der Boden unter unseren Füßen ist so fest, daß wir auf sein bloßes Vorhandensein schon gar nicht mehr achten. Nur wenn wir um uns herum jemanden straucheln sehen, erkennen wir, was es heißt, über ein unabhängiges Einkommen zu verfügen. Gestern abend, als wir uns hier oben vorm Kamin unterhielten, kam mir der Gedanke, daß das eigentliche Wesen der Welt wirtschaftlich ist und daß nicht der Mangel an Liebe der tiefste Abgrund ist, sondern der Mangel an klingender Münze.«

»Das nenne ich reichlich zynisch.«

»Ich auch. Helen und ich, wir sollten nie vergessen, wenn wir versucht sind, andere zu kritisieren, daß wir auf diesen Inseln stehen und daß die meisten anderen sich unterhalb der Meeresoberfläche befinden. Die Armen erreichen oft erst gar nicht die, die sie lieben möchten, und sie kommen nur sehr selten von denen los, die sie nicht mehr lieben. Wir Reichen können das. Stell dir vor, welche Tragödie es letzten Juni gegeben hätte, wenn Helen und Paul Wilcox arme Leute gewesen wären und sie sich eben nicht mit Hilfe von Eisenbahn und Auto voneinander hätten trennen können.«

»Das klingt ja beinahe wie Sozialismus«, sagte Mrs. Munt argwöhnisch.

»Nenn es, wie du willst! Ich nenne es ›stets mit offenen Karten spielen‹. Ich hab' diese Reichen satt, die so tun, als wären sie arm, und sich einbilden, es zeige eine anständige Gesinnung, wenn sie die Berge von Geld ignorieren, die ihnen doch erst einen festen Halt über der See verschaffen. Ich stehe auf sechshundert Pfund jährlich, Helen ebenso, und Tibby wird mal auf achthundert stehen, und genauso schnell, wie unsere Pfunde ins Meer bröckeln, werden sie wieder erneuert – aus dem Meer, ja, aus dem Meer. Und all unsere Gedanken sind die Gedanken von Sechshundertpfündern und, all unsere Reden; und weil wir selber keine Regenschirme stehlen möchten, vergessen wir, daß unten im Meer Leute tatsächlich Schirme stehlen wollen und es auch manchmal tun und daß das, was bei uns hier oben als Spaß gilt, dort unten die Wirklichkeit ist –«

»Da gehen sie ja – da geht Fräulein Mosebach. Also wirklich, für eine Deutsche zieht sie sich doch reizend an. Oh!«

»Was ist denn?«

»Helen hat eben zur Wohnung der Wilcoxens raufgeguckt.«

»Warum sollte sie das nicht?«

»Entschuldige bitte, ich hab' dich unterbrochen. Was sagtest du eben über die Wirklichkeit?«

»Ich hatte mich nur mal wieder im Kreis gedreht, wie üblich«, antwortete Margaret in einem Ton, der mit einemmal abwesend klang.

»Sag mir nur das eine, bitte! Bist du für die Reichen oder für die Armen?«

»Zu schwierig! Frag mich was Leichteres! Bin ich für Armut oder für Reichtum? Für den Reichtum! Es lebe der Reichtum!«

»Es lebe der Reichtum!«, wiederholte Mrs. Munt, die nun gewissermaßen endlich ihre Nuß ergattert hatte.

»Ja! Für den Reichtum! Geld in alle Ewigkeit!«

»Das finde ich auch, und so denken, fürchte ich, die meisten meiner Bekannten in Swanage, aber ich bin überrascht, daß du der gleichen Meinung bist wie wir.«

»Vielen herzlichen Dank, Tante Juley. Während ich herumtheoretisiert hab', hast du die Blumen besorgt.«

»Keine Ursache, meine Liebe. Ich wünschte nur, du ließest dir in wichtigeren Dingen von mir helfen.«

»Also gut, würdest du mir dann einen großen Gefallen tun? Würdest du mich zum Stellenvermittlungsbüro begleiten? Da ist ein Dienstmädchen, das sich weder zu einer Zu- noch zu einer Absage entschließen kann.«

Auf ihrem Weg dorthin blickten auch sie zur Wohnung der Wilcoxens hinauf. Evie stand auf dem Balkon und »stierte«, Mrs. Munt zufolge, »äußerst unverschämt herunter«. O ja, es war ärgerlich, darüber bestand kein Zweifel. Eine flüchtige Begegnung würde Helen nichts anhaben können, aber Margaret verlor allmählich ihre Zuversicht. Könnte es den absterbenden Nerv vielleicht doch wieder aufleben lassen, wenn die Familie so dicht vor ihren Augen wohnte? Und Frieda Mosebach blieb noch vierzehn Tage bei ihnen, und Frieda war auf Draht, abscheulich auf Draht und durchaus imstande zu bemerken: »Du liebst einen von den jungen Herren gegenüber, ja?« Es würde zwar nicht stimmen, aber Bemerkungen solcher Art können, wenn man sie nur oft genug wiederholt, wahr werden; ebenso wie die Bemerkung »England und Deutschland werden sich bestimmt noch einmal bekriegen« mit jedem Mal, da sie fällt, den Krieg ein bißchen wahrscheinlicher macht, weswegen die Schmutzpresse beider Länder sie nur noch umso lieber druckt. Haben auch die persönlichen Gefühle ihre Schmutzpresse? Margaret glaubte das und befürchtete, daß die gute Tante Juley und Frieda typische Beispiele dafür waren. Durch ihr ständiges Geschwätz könnten sie Helen noch dazu bringen, daß ihre Sehnsüchte vom Juni sich wiederholten. Eine Wiederholung mochten sie bei ihr bewirken, dauerhafte Liebe aber nicht. Die beiden – das sah sie deutlich – verkörperten den Journalismus; ihr Vater dagegen war trotz aller seiner Fehler und seiner Querköpfigkeit die Literatur in Person gewesen, und hätte er noch gelebt, so hätte er seiner Tochter das Richtige geraten.

Das Vermittlungsbüro hielt seine vormittägliche Sprechstunde ab. Eine Kette von Wagen füllte die Straße. Miß Schlegel wartete, bis sie an der Reihe war, und mußte sich dann schließlich mit einer hinterlistigen »Aushilfskraft« begnügen, da sie von den echten Dienstmädchen wegen der zu vielen Treppen im Haus nur Absagen erhalten hatte. Der Mißerfolg bedrückte sie, und wenn sie ihn auch bald wieder vergaß, so blieb doch das Gefühl der Niedergeschlagenheit in ihr zurück. Auf dem Heimweg blickte sie wiederum kurz zur Wohnung der Wilcoxens hinauf und beschloß in einer Anwandlung von Mütterlichkeit, die Sache mit Helen zu besprechen.

»Helen, du mußt mir sagen, ob dir diese Sache Kummer macht.«

»Ob was?«, fragte Helen, die sich eben vorm Mittagessen die Hände wusch.

»Daß die W.s hier sind.«

»Nein, natürlich nicht.«

»Wirklich?«

»Wirklich!« Dann gab sie aber doch zu, daß sie sich Mrs. Wilcox' wegen ein wenig sorge; sie ließ durchblicken, daß Mrs. Wilcox ein sehr empfindsames Gemüt besitze und daß Dinge, die alle anderen Mitglieder dieser Sippschaft nicht einmal berührten, sie vielleicht schmerzen könnten. »Mir wird es nichts ausmachen, wenn Paul auf unser Haus zeigt und sagt: ›Dort wohnt das Mädchen, das mich angeln wollte.‹ Aber ihr vielleicht.«

»Wenn dich das schon beunruhigt, dann könnten wir ja was dagegen unternehmen. Es besteht kein Grund, weshalb wir in der Nähe von Leuten bleiben sollen, die uns mißfallen oder denen wir mißfallen. Gott sei Dank haben wir ja Geld. Wir könnten sogar für ein Weilchen verreisen.«

»Ich verreise ja ohnehin. Frieda hat mich eben erst nach Stettin eingeladen und vor Neujahr werde ich nicht zurück sein. Genügt das? Oder muß ich ganz aus diesem Land flüchten? Also wirklich, Meg, was ist nur über dich gekommen, daß du so ein Theater machst?«

»Ach, vermutlich werde ich allmählich eine alter Jungfer. Ich dachte, mich könne nichts aus der Ruhe bringen, aber eigentlich – eigentlich ginge es mir schon auf die Nerven, wenn du dich zweimal in denselben Mann verlieben würdest, und« – sie räusperte sich – »du bist nämlich wirklich rot geworden, als Tante Juley heute morgen über dich herfiel. Ich hätte sonst auch gar nicht davon angefangen.«

Helens Lachen klang echt, als sie eine seifige Hand zum Himmel hob und schwor, nie wieder, nirgends und auf keine Weise werde sie sich in irgendeinen aus der Familie Wilcox bis hin zu den entferntesten Seitenlinien verlieben.

VIII

Die Freundschaft zwischen Margaret und Mrs. Wilcox, die sich so rasch entwickeln und so seltsame Folgen haben sollte, hatte vielleicht schon im Frühjahr in Speyer ihren Anfang genommen. Vielleicht hatte die ältere Dame, als sie den kitschig-rötlichen Dom betrachtete und dem Gespräch Helens mit ihrem Gatten lauschte, in der anderen, nicht so bezaubernden der beiden Schwestern ein tieferes Mitempfinden, ein gesünderes Urteilsvermögen wahrgenommen. Sie war solcher Wahrnehmungen fähig. Vielleicht waren die Miß Schlegels erst auf ihren besonderen Wunsch nach Howards End eingeladen worden, wobei sie sich vor allem Margarets Anwesenheit gewünscht haben mochte. Das sind reine Vermutungen: Mrs. Wilcox hat nur wenig deutliche Spuren zurückgelassen. Sicher ist, daß sie vierzehn Tage später einen Besuch am Wickham-Place machte, genau an dem Tag, als Helen mit ihrer Cousine nach Stettin abreisen sollte.

»Helen!«, rief Fräulein Mosebach in ehrfurchtsvollem Ton (ihre Cousine hatte sie inzwischen eingeweiht), »seine Mutter hat dir verziehen!« Als ihr dann aber einfiel, daß in England der Neuankömmling seine Aufwartung erst machen sollte, wenn er dazu aufgefordert wurde, wechselte sie den Ton von Ehrfurcht zu Mißbilligung und meinte, Mrs. Wilcox sei »keine Dame«.

»Zum Kuckuck mit der ganzen Familie!«, fuhr Margaret dazwischen. »Helen, laß jetzt deine Faxen und sieh zu, daß du mit dem Packen fertig wirst! Warum kann die Frau uns nicht in Ruhe lassen?«

»Ich weiß nicht, was ich mit Meg anfangen soll«, erwiderte Helen und ließ sich auf die Treppe plumpsen. »Der Name ›Wilcox‹ geht ihr einfach nicht aus dem Kopf. Meg, Meg, ich lieb' den jungen Herrn nicht; ich lieb' den jungen Herrn nicht, Meg, Meg! Kann man's noch klarer und deutlicher sagen?«

»Ihre Liebe ist ganz bestimmt vergangen«, versicherte Fräulein Mosebach.

»Ganz bestimmt ist sie das, Frieda, aber das ändert auch

nichts daran, daß ich mich mit den Wilcoxens herumquälen muß, wenn ich den Besuch erwidere.«

Daraufhin täuschte Helen Tränen vor und Fräulein Mosebach, die sie höchst amüsant fand, tat es ihr nach. »Buhhuh! Buh-huh-huh! Meg erwidert den Besuch, und ich kann nicht. Und warum, warum? Weil ich nach Deutschland fahr', darum!«

»Wenn du nach Deutschland fahren willst, dann geh endlich packen; wenn nicht, dann geh du an meiner Stelle die Wilcoxens besuchen!«

»Aber, Meg, Meg, ich lieb' den jungen Herrn nicht; ich lieb' den jungen – o Gott, wer kommt denn da die Treppe runter? Meiner Treu! Es ist mein Bruder. O herrjemine!«

Ein männliches Wesen – selbst so ein Männlein wie Tibby – genügte schon, um den Albernheiten ein Ende zu setzen. Die Schranken zwischen den Geschlechtern verlieren bei den Gebildeten zwar allmählich an Bedeutung, sind aber immer noch hoch und dabei höher auf Seiten der Frau. Ihrer Schwester konnte Helen alles über Paul erzählen und ihrer Cousine vieles; ihrem Bruder erzählte sie nichts. Prüderie war's nicht, denn vom »Wilcox-Ideal« sprach sie jetzt nicht nur unter Gelächter, sondern auch mit zunehmender Schonungslosigkeit. Auch Vorsicht war es nicht, denn Tibby verbreitete selten etwas weiter, was ihn nicht selbst betraf. Es war eher das Gefühl, daß sie dem Lager der Männer ein Geheimnis verriete, das, mochte es diesseits der Grenze auch noch so belanglos sein, drüben vielleicht wichtig werden könnte. Und so unterbrach sie sich oder, genauer gesagt, machte sich über andere Themen her, bis ihre langmütige Verwandtschaft sie nach oben jagte. Fräulein Mosebach folgte ihr, blieb aber noch einmal stehen und sagte über das Treppengeländer hinab sehr gewichtig zu Margaret: »Es ist alles in Ordnung – sie liebt den jungen Mann nicht – er ist ihrer nicht würdig gewesen.«

»Ja, ich weiß; vielen Dank!«

»Ich dachte, es sei richtig, dir das zu sagen.«

»Vielen herzlichen Dank!«

»Was ist los?«, fragte Tibby. Niemand sagte es ihm, und

so begab er sich ins Eßzimmer, um Elvaser Pflaumen zu verzehren.

Am gleichen Abend noch unternahm Margaret den entscheidenden Schritt. Das Haus war sehr still und der Nebel – man schrieb inzwischen November – drückte sich gegen die Fensterscheiben wie ein ausgesperrter Geist. Frieda und Helen waren fort mitsamt ihrem vielen Gepäck. Tibby, der sich wieder einmal nicht wohl fühlte, lag ausgestreckt auf einem Sofa beim Kamin. Margaret saß bei ihm und dachte nach. In ihren Gedanken jagte ein Einfall den anderen, und zum Schluß ließ sie allesamt nochmals Revue passieren. Der praktisch veranlagte Mensch, der immer sofort weiß, was er will, und meistens nichts anderes kennt als eben das, wird ihr bestimmt ihre Unentschlossenheit nachsehen. Das war nun einmal die Art, wie ihr Verstand arbeitete. Aber wenn sie dann handelte, konnte ihr niemand mehr Unentschlossenheit zum Vorwurf machen. Da legte sie sich dann so mächtig ins Zeug, als hätte sie die Angelegenheit überhaupt nicht erwogen. Der Brief, den sie an Mrs. Wilcox schrieb, glühte geradezu vor angeborener Entschlußkraft. Der blasse Ton ihrer Gedanken wirkte bei ihr eher wie ein Hauch als ein Belag, ein Hauch, der die Farben nur umso leuchtender erscheinen läßt, sobald man ihn fortgewischt hat.

Sehr geehrte Mrs. Wilcox,
ich muß etwas Unhöfliches schreiben. Es wäre besser, wenn wir uns nicht träfen. Sowohl meine Schwester als auch meine Tante haben Ihrer Familie Verdruß bereitet, und im Falle meiner Schwester könnten sich die Gründe hierfür wiederholen. Soweit ich weiß, beschäftigen sich Ihre Gedanken nicht mehr mit Ihrem Sohn. Aber es wäre nicht schön, weder für meine Schwester noch für Sie, wenn sich die beiden begegneten, und deshalb ist es wohl das Beste, daß unsere Bekanntschaft, die so angenehm begann, jetzt endet.

Ich fürchte, Sie werden damit nicht einverstanden sein, ja, ich weiß sogar, daß Sie es nicht sind, da Sie so freundlich waren, uns Ihre Aufwartung zu machen. Es ist nur ein instinktives Gefühl meinerseits, und sicherlich ist es verkehrt. Ich schreibe ohne ihr Wissen und ich hoffe, Sie werden sie mit meiner Unhöflichkeit nicht in Verbindung bringen.

Glauben Sie mir!
Ihre sehr ergebene
M. J. Schlegel

Margaret schickte diesen Brief mit der Post. Am nächsten Morgen wurde ihr folgende Antwort überbracht:

Sehr geehrte Miß Schlegel,
so einen Brief hätten Sie mir nicht schreiben sollen. Ich kam vorbei, um Ihnen zu sagen, daß Paul ins Ausland gegangen ist.
Ruth Wilcox

Margarets Wangen begannen zu glühen. Sie konnte nicht mehr zu Ende frühstücken. Die Scham brannte wie Feuer in ihr.

Helen hatte ihr ja erzählt, daß der junge Mann England schon bald verließe, aber andere Dinge waren ihr wichtiger erschienen, und so hatte sie es vergessen. All ihre lächerlichen Ängste fielen in sich zusammen und an ihrer Stelle erhob sich die Gewißheit, daß sie Mrs. Wilcox gegenüber grob gewesen war. Grobheit hinterließ bei Margaret immer einen bitteren Nachgeschmack. Sie vergiftete das Leben. Zuweilen ist Grobheit geboten, aber wehe denen, die sie ohne Not gebrauchen. Rasch warf sie, geradezu wie ein altes Bettelweib, Hut und Schal über und stürzte hinaus in den immer noch anhaltenden Nebel. Die Lippen zusammengepreßt, den Brief noch in der Hand, überquerte sie die Straße, betrat das marmorne Vestibül des Mietshauses, schlüpfte an der Portiersloge vorbei und rannte die Treppe hinauf bis in den zweiten Stock.

Sie ließ sich melden und wurde zu ihrer Überraschung unmittelbar in Mrs. Wilcox' Schlafzimmer geführt.

»Ach, Mrs. Wilcox, ich hab' mir da den allergröbsten Schnitzer geleistet. Ich kann Ihnen gar nicht sagen, wie sehr ich mich schäme und wie leid es mir tut.«

Mrs. Wilcox neigte ernst den Kopf. Sie fühlte sich beleidigt und versuchte es auch gar nicht zu verbergen. Sie saß aufrecht im Bett und über den Knien hatte sie ein Krankentischchen, auf dem sie gerade Briefe schrieb. Auf einem zweiten Tisch neben ihr stand ein Frühstückstablett. Der Feuerschein vom Kamin, das Licht vom Fenster her und der Schimmer einer Kerze, die einen flackernden Schein über ihre Hände warf, schufen zusammen eine seltsame Atmosphäre der Auflösung.

»Ich wußte ja, daß er im November nach Indien gehen würde, aber ich vergaß es.«

»Er ist am siebzehnten mit dem Schiff nach Nigeria abgereist – nach Afrika.«

»Ich wußte – ich weiß. Ich hab' mich die ganze Zeit über einfach lächerlich benommen. Es ist mir wirklich sehr peinlich.«

Mrs. Wilcox antwortete nicht.

»Ich kann Ihnen nicht sagen, wie leid es mir tut. Hoffentlich können Sie mir verzeihen.«

»Ist schon gut, Miß Schlegel. Es ist lieb, daß Sie so rasch herübergekommen sind.«

»Gar nichts ist gut!«, rief Margaret. »Ich bin grob zu Ihnen gewesen; und dabei ist meine Schwester nicht einmal mehr zu Hause, also kann ich nicht einmal das als Entschuldigung vorbringen.«

»Tatsächlich?«

»Sie ist gerade nach Deutschland gereist.«

»Also auch fort«, murmelte die andere. »Ja, dann kann jetzt nichts mehr passieren – gar nichts mehr passieren.«

»Sie haben sich also auch Sorgen gemacht!«, rief Margaret und nahm in ihrer wachsenden Aufregung unaufgefordert Platz. »Das ist ja wirklich erstaunlich! Ich seh's Ihnen ja an. Sie hatten dasselbe Gefühl wie ich: Helen darf ihn nicht wiedersehen.«

»Ich hielt es für das Beste.«

»Und weshalb?«

»Das ist eine äußerst schwierige Frage«, sagte Mrs. Wilcox lächelnd und verlor allmählich ihren verärgerten Gesichtsausdruck. »Ich glaube, Sie haben es in Ihrem Brief am besten formuliert – es war ein instinktives Gefühl, das vielleicht verkehrt ist.«

»Also nicht, weil Ihr Sohn noch –«

»Aber nein; er macht oft – wissen Sie, mein Paul ist noch sehr jung.«

»Was war es dann?«

Sie wiederholte: »Ein instinktives Gefühl, das vielleicht verkehrt ist.«

»Mit anderen Worten: Die beiden gehören zwei Typen an, die sich ineinander verlieben, aber nicht miteinander leben können. Das ist schrecklich, aber sehr wahrscheinlich. Ich fürchte, in neun von zehn Fällen zieht die Natur in die eine Richtung und die menschliche Natur in die andere.«

»Das sind tatsächlich ›andere Worte‹«, sagte Mrs. Wilcox. »So etwas Schlüssiges schwebte mir nicht vor. Ich war nur beunruhigt, als ich wußte, daß mein Junge sich für Ihre Schwester interessiert.«

»Ach ja, das hab' ich Sie schon immer fragen wollen. Woher wußten Sie es denn? Helen war wirklich sehr überrascht, als unsere Tante vorgefahren kam und Sie gleich schlichtend eingegriffen haben. Hat Paul es Ihnen erzählt?«

»Darüber zu reden würde ja doch zu nichts führen«, sagte Mrs. Wilcox nach kurzem Zögern.

»Mrs. Wilcox, waren Sie im Juni sehr böse auf uns? Ich schrieb Ihnen doch einen Brief und Sie haben darauf nicht geantwortet.«

»Ich war natürlich dagegen, daß wir Mrs. Mathesons Wohnung mieten. Ich wußte, daß Ihr Haus gleich gegenüber liegt.«

»Aber jetzt ist doch alles in Ordnung?«

»Ich glaube schon.«

»Sie glauben es nur? Sie sind nicht sicher? Mir wär's sehr lieb, wenn alle kleinen Unklarheiten beseitigt würden.«

»O doch, ich bin sicher«, sagte Mrs. Wilcox und zappelte unruhig unter der Bettdecke. »Bei mir klingt immer alles ein wenig vage. Das liegt an meiner Art zu sprechen.«

»Dann ist's ja gut. Jetzt bin ich auch sicher.«

Das Mädchen trat ein und räumte das Frühstückstablett

fort. Die Unterhaltung war unterbrochen, und als sie fortgesetzt wurde, bewegte sie sich auf alltäglicheren Bahnen.

»Ich muß mich jetzt verabschieden – Sie werden ja aufstehen wollen.«

»Ach nein – bitte bleiben Sie doch noch ein wenig – ich verbringe heut' den ganzen Tag im Bett. Das tue ich hin und wieder.«

»Und ich hielt Sie für eine Frühaufsteherin!«

»In Howards End – ja; aber hier in London gibt's ja nichts, weswegen man aufstehen müßte.«

»Nichts, weswegen man aufstehen müßte?«, rief die empörte Margaret. »Wo zurzeit doch die ganzen Herbstausstellungen stattfinden und Ysaye jeden Nachmittag spielt! Von den Menschen hier ganz zu schweigen!«

»Um die Wahrheit zu sagen, ich fühle mich ein bißchen erschöpft. Zuerst die Hochzeit, dann Pauls Abreise, und statt mich gestern auszuruhen, habe ich eine Reihe von Besuchen gemacht.«

»Eine Hochzeit?«

»Ja; Charles, mein älterer Sohn, hat geheiratet.«

»Was Sie nicht sagen!«

»Hauptsächlich deswegen haben wir ja die Wohnung hier gemietet, und außerdem auch, damit Paul sich seine Ausrüstung für Afrika besorgen konnte. Die Wohnung gehört einer Cousine meines Mannes und sie bot sie uns freundlicherweise an. Und so konnten wir auch noch vor dem großen Tag Dollys Leute kennen lernen, was wir bis dahin noch nicht getan hatten.«

Margaret fragte, wer Dollys Leute seien.

»Fussell. Der Vater ist Offizier in der indischen Armee – im Ruhestand; der Bruder ist auch beim Militär. Die Mutter lebt nicht mehr.«

Vielleicht waren das also die »sonnenverbrannten Männer mit fliehendem Kinn«, die Helen eines Nachmittags durchs Fenster erspäht hatte. Margaret nahm ein leichtes Interesse an den Geschicken der Familie Wilcox. Das hatte sie sich Helens wegen angewöhnt und es war an ihr haften geblieben. So fragte sie denn nach weiteren Einzelheiten über die gewesene Miß Dolly Fussell und erhielt diese in gleichbleibend teilnahmslosem Ton. Mrs. Wilcox' Stimme klang zwar betörend lieblich, verfügte aber nur über einen geringen Umfang von Ausdrucksmöglichkeiten. Sie schien anzudeuten, daß Bilder, Konzerte und Menschen alle den gleichen geringen Wert besäßen. Nur einmal war sie lebhaft geworden – als von Howards End die Rede war.

»Charles und Albert Fussell kennen sich schon eine ganze Weile. Sie gehören demselben Klub an und begeistern sich beide für Golf. Dolly spielt auch Golf, allerdings, glaube ich, nicht so gut und da lernten sie sich bei einem gemischten Vierer kennen. Wir alle haben sie gern und freuen uns sehr darüber. Die Hochzeit war am elften, wenige Tage vor Pauls Abreise. Charles wollte unbedingt seinen Bruder als Trauzeugen haben, darum legte er auch so großen Wert darauf, daß sie schon am elften stattfand. Den Fussells wäre es nach Weihnachten lieber gewesen, aber sie zeigten sich sehr entgegenkommend. Dort steht Dollys Photographie – dort in dem Doppelrahmen.«

»Störe ich Sie auch ganz bestimmt nicht, Mrs. Wilcox?«

»Nein, wirklich nicht.«

»Dann bleibe ich noch. Ich unterhalte mich so gut mit Ihnen.« Nun wurde Dollys Photographie genau studiert. Sie trug die Widmung »Für die liebe Mims« und Mrs. Wilcox erklärte dazu, das sei der Name, bei dem Dolly sie nach Übereinkunft mit Charles rufen sollte. Dolly sah dumm aus und hatte eines jener Dreiecksgesichter, die so oft gerade auf robuste Männer anziehend wirken. Aber hübsch war sie. Von ihr ging sie zu Charles über, dessen Züge die zweite Photographie zierten. Sie rätselte, welche Kräfte wohl die zwei zueinander hingezogen haben mochten, bis daß Gott sie schiede. Dabei gab sie der Hoffnung Ausdruck, die beiden möchten miteinander glücklich werden.

»Sie sind jetzt in Neapel auf Hochzeitsreise.«

»Die Glücklichen!«

»Ich kann mir Charles in Italien kaum vorstellen.«

»Macht er sich nichts aus Reisen?«

»Er reist sogar gern, nur kann er die Ausländer immer so leicht durchschauen. Am liebsten sind ihm Autotouren in

England und dafür hätten sie sich wohl auch entschieden, wenn das Wetter nicht so abscheulich gewesen wäre. Sein Vater hat ihm zur Hochzeit einen eigenen Wagen geschenkt, der vorläufig noch in Howards End untergestellt ist.«

»Sie haben dort vermutlich eine Garage?«

»Ja. Mein Mann hat erst vergangenen Monat eine kleine bauen lassen, westlich vom Haus, nicht weit von der Bergulme, wo früher die Koppel fürs Pony war.«

Die letzten Worte hatten einen unbeschreiblichen Klang.

»Wo ist das Pony abgeblieben?«, fragte Margaret nach einer Pause.

»Das Pony? Oh, das ist schon lange tot.«

»An die Bergulme entsinne ich mich noch. Helen erwähnte, es sei ein ganz herrlicher Baum.«

»Die schönste Bergulme in ganz Hertfordshire. Hat Ihre Schwester Ihnen auch von den Zähnen erzählt?«

»Nein.«

»Oh, das könnte Sie vielleicht interessieren. Es stecken Schweinezähne im Stamm, ungefähr anderthalb Meter über dem Boden. Die Bauern haben sie vor langer Zeit hineingeschlagen und es heißt, wenn man ein Stück von der Baumrinde kaut, wird man vom Zahnweh kuriert. Die Zähne sind inzwischen schon fast eingewachsen und niemand kommt mehr zu dem Baum.«

»Ich würde hingehen. Ich habe eine große Vorliebe für Volksbräuche und eingefleischten Aberglauben.«

»Denken Sie, daß der Baum wirklich Zahnweh kuriert hat, wenn man daran glaubte!«

»Aber natürlich hat er das. Der hätte alles kurieren können – früher einmal.«

»Sicher erinnere ich mich an Fälle – Sie müssen wissen, ich habe in Howards End schon sehr, sehr lange gelebt, als Mrs. Wilcox es erst kennen lernte. Ich bin dort geboren.«

Die Unterhaltung nahm bald wieder eine andere Richtung. Damals schien es nicht viel mehr als eine ziellose Plauderei zu sein. Margaret zeigte sich interessiert, als ihre Gastgeberin erklärte, daß Howards End ihr persönliches Eigentum war. Sie langweilte sich aber bei allzu ausführlichen Schilderungen der Familie Fussell, der großen Bedenken, die Charles hinsichtlich Neapel gehabt hatte, und der Unternehmungen von Mr. Wilcox und Evie, die sich auf einer Autotour durch Yorkshire befanden. Margaret konnte es nicht vertragen, wenn man sie langweilte. Sie wurde unaufmerksam, spielte mit dem Fotorahmen, ließ ihn fallen, zerbrach dabei das Glas über Dollys Bild, entschuldigte sich, fand Verzeihung, schnitt sich darauf in den Finger, wurde bemitleidet und sagte schließlich, nun müsse sie aber wirklich gehen – der ganze Haushalt sei noch zu besorgen und sie habe ein Gespräch mit Tibbys Reitlehrer zu führen.

Da nahm Mrs. Wilcox' Stimme wieder diesen eigenartigen Ton an.

»Auf Wiedersehen, Miß Schlegel. Vielen Dank, daß Sie gekommen sind. Sie haben mich aufgeheitert.«

»Das freut mich aber!«

»Ich – ich frage mich, ob Sie auch mal an sich selbst denken?«

»Ich denke an nichts anderes«, sagte Margaret, wobei sie errötete, der Kranken aber weiterhin die Hand drückte.

»Das habe ich mich auch schon in Heidelberg gefragt.«

»Ich bin mir da aber ganz sicher!«

»Ich glaube fast –«

»Ja?« fragte Margaret, denn es entstand eine lange Pause – eine Pause, die irgendetwas gemein hatte mit dem Flakkern des Kaminfeuers, dem Flimmern der Leselampe auf ihren Händen, dem weißen Schleier vom Fenster her; eine Pause voller Schwankungen und ewiger Schatten.

»Ich glaube fast, Sie vergessen, daß Sie noch ein junges Mädchen sind.«

Margaret war verblüfft und ein wenig verärgert. »Ich bin neunundzwanzig«, bemerkte sie. »So wahnsinnig mädchenhaft ist das auch wieder nicht.«

Mrs. Wilcox lächelte.

»Warum sagen Sie das? Bin ich Ihnen etwa zu nahe getreten?«

Ein Kopfschütteln. »Ich meinte nur, ich bin einundfünfzig und für mich sind Sie beide – Lesen Sie es in irgendeinem

Buch nach; ich kann mich einfach nicht klar ausdrücken.«

»Oh, ich hab's – Unerfahrenheit. Ich bin auch nicht besser als Helen, wollen Sie sagen, und trotzdem maße ich mir an, ihr Ratschläge zu geben.«

»Ja, Sie haben's. Unerfahrenheit ist das richtige Wort.«

»Unerfahrenheit«, wiederholte Margaret in ernstem und dennoch heiterem Ton. »Natürlich habe ich noch alles zu lernen – einfach alles –, genauso viel wie Helen. Das Leben ist sehr schwer und voller Überraschungen. So weit bin ich jedenfalls schon gekommen. Bescheiden soll man sein und freundlich, immer geradeaus soll man gehen, die Menschen soll man lieben und nicht bemitleiden, die Verelendeten soll man nicht vergessen – nur kann man all diese Dinge eben nicht gleichzeitig tun, weil sie sich leider Gottes so widersprechen. Da kommen dann die Maßstäbe ins Spiel – nach den rechten Maßstäben leben. Bloß nicht mit den Maßstäben anfangen! Das tun nur die Blasierten. Maßstäbe sollten nur als letzter Ausweg dienen, wenn die besseren Mittel versagt haben und eine Sackgasse – Du meine Güte! Jetzt bin ich doch ins Predigen gekommen!«

»Allerdings, aber es war einfach großartig, wie Sie die Schwierigkeiten des Lebens formuliert haben«, sagte Mrs. Wilcox und zog ihre Hand ins tiefere Dunkel. »Genauso hätte ich selbst es gern ausgedrückt.«

IX

Man kann Mrs. Wilcox nicht zum Vorwurf machen, daß sie Margaret viel Wissenswertes über das Leben vermittelt hätte. Und Margaret hatte ihrerseits ganz die Bescheidene gespielt und eine Unerfahrenheit für sich in Anspruch genommen, die sie so bestimmt nicht empfand. Sie hatte über zehn Jahre den Haushalt geführt; sie hatte sich als Gastgeberin einen Namen gemacht; sie hatte eine charmante Schwester großgezogen und war nun im Begriff, auch noch einen Bruder zu erziehen. Also wenn Erfahrung überhaupt erworben werden kann, so hatte Margaret sie sich erworben.

Die kleine Mittagsgesellschaft aber, die sie Mrs. Wilcox zu Ehren gab, wurde dennoch kein Erfolg. Die neue Freundin paßte nicht gut zu den »paar reizenden Menschen«, die eigens für sie eingeladen worden waren, und es herrschte eine Atmosphäre höflicher Verlegenheit. Mrs. Wilcox hatte einen einfachen Geschmack und wußte in kulturellen Fragen nur wenig Bescheid und sie interessierte sich weder für den Neuen Englischen Kunstverein, noch für die Trennungslinie zwischen Journalismus und Literatur, die als Gesprächsköder in die Runde geworfen wurde. Unter Margarets Führung stürzten sich die reizenden Leute mit lautem Freudengeschrei auf das Thema, und erst, als das Essen schon zur Hälfte vorbei war, bemerkte man, daß sich der Ehrengast an der Jagd nicht beteiligt hatte. Ein gemeinsames Gesprächsthema wollte sich nicht finden. Mrs. Wilcox, deren Leben im Dienst von Mann und Söhnen gestanden hatte, wußte Fremden, die nie daran teilgehabt hatten und nur halb so alt waren wie sie selbst, nicht viel zu sagen. Kluges Gerede beunruhigte sie und ließ die zarten Bilder ihrer Vorstellungswelt verblassen; es bildete das gesellschaftliche Pendant zu einem Automobil, das sich ruckartig fortbewegte, und sie war ein kleines Büschel Heu, eine Blume. Zweimal beklagte sie das Wetter, zweimal beanstandete sie die Zugverbindung auf der Great-Northern-Eisenbahnlinie. Man stimmte eifrig zu und stürmte sogleich weiter, und als sie sich erkundigte, ob es Nachricht von Helen gebe, war ihre Gastgeberin viel zu stark mit der Einordnung der Rothensteins beschäftigt, um antworten zu können. Die Frage wurde wiederholt: »Ihre Schwester ist doch hoffentlich inzwischen gut in Deutschland angekommen?« Margaret hielt an sich und sagte: »Ja, danke, ich hab' am Dienstag von ihr gehört.« Doch sie war vom Redeteufel besessen und schon im nächsten Augenblick legte sie wieder los.

»Erst am Dienstag, denn Stettin, wo sie leben, liegt ja doch recht weit weg. Kennen Sie jemanden, der in Stettin lebt?«

»Nein«, antwortete Mrs. Wilcox ernst, während ihr Nachbar, ein junger Mann aus den unteren Reihen des Kultusministeriums, sich darüber verbreitete, wie Menschen, die in Stettin leben, auszusehen hätten. Ob es wohl so etwas gebe wie Stettinität? Margaret stürzte sich auf dieses Thema.

»Die Stettiner lassen aus überhängenden Lagerhäusern Sachen in Kähne fallen. Unsere Vettern zumindest tun das, aber besonders reich sind sie nicht. Die Stadt ist nicht weiter interessant, abgesehen von einer Uhr, die mit den Augen rollt, und der Aussicht auf die Oder, die wahrhaftig was Besonderes ist. Oh Mrs. Wilcox, Sie würden die Oder lieben! Der Fluß, genauer gesagt die Flüsse – es scheint dort Dutzende davon zu geben – sind von einem tiefen Blau und die Ebene, durch die sie fließen, ist von tiefstem Grün.«

»Was Sie nicht sagen! Das scheint ja eine ganz herrliche Aussicht zu sein, Miß Schlegel.«

»Das sage ich ja, aber Helen, die immer alles durcheinander bringen muß, sagt: Nein, es ist wie Musik. Der Lauf der Oder soll wie Musik sein. Er muß sie unbedingt an ein symphonisches Gedicht erinnern. Der Teil am Landesteg steht in b-Moll, wenn ich mich recht entsinne, aber weiter unten wird die Sache äußerst verzwickt. Da wird ein zähes Thema in mehreren Tonarten gleichzeitig variiert, wodurch die Schlammbänke angedeutet werden, und ein weiteres für den schiffbaren Kanal, und die Ausfahrt in die Ostsee steht in Cis-Dur, pianissimo.«

»Was sagen denn die überhängenden Lagerhäuser dazu?«, fragte der junge Mann lachend.

»Die sagen eine ganze Menge dazu«, erwiderte Margaret und stürzte sich unerwartet in ein neues Fahrwasser. »Ich halte es für Manieriertheit, wenn man die Oder mit Musik gleichsetzt, und Sie doch auch, aber die überhängenden Lagerhäuser von Stettin nehmen die Schönheit ernst, was wir ja nicht tun, und der Durchschnittsengländer tut's auch nicht und verachtet alle, die es tun. Sagen Sie jetzt bitte nicht, die Deutschen hätten keinen Geschmack, sonst schreie ich. Sie haben keinen. Aber – aber – so ein riesengroßes Aber! – Sie nehmen die Dichtung ernst. Sie nehmen die Dichtung wirklich ernst.«

»Ist damit irgendetwas gewonnen?«

»Ja, ja! Der Deutsche ist immer auf der Suche nach Schönheit. Er mag sie aus Dummheit mal übersehen oder sie falsch auslegen, aber er verlangt immer, daß Schönheit in sein Leben kommt, und ich glaube, am Ende kommt sie wirklich. In Heidelberg habe ich einen dicken Tierarzt kennen gelernt, dem's vor Schluchzen die Stimme verschlug, als er ein paar rührselige Gedichte aufsagte. Ich habe ja leicht lachen – ich, die ich niemals Gedichte aufsage, weder gute noch schlechte, und mir nicht eine einzige Verszeile merken kann, an der ich mich erbauen könnte. Aber mir kocht das Blut in den Adern – ich bin nun mal eine halbe Deutsche, schreibt es also meinetwegen dem Patriotismus zu –, wenn ich höre, wie taktvoll der Durchschnittsinsulaner alles Teutonische, sei es nun Böcklin oder mein Tierarzt, verächtlich macht. ›Ach, Böcklin‹, sagen sie, ›der hascht nach Schönheit, der bevölkert die Natur allzu bewußt mit Göttern.‹ Natürlich hascht Böcklin nach etwas, weil er eben etwas möchte – nämlich Schönheit und all die anderen nicht greifbaren Gaben, die in der Welt umherschweben. Darum sind seine Landschaften nicht geglückt, die von Leader aber schon.« »Ich weiß nicht, ob ich Ihnen darin Recht geben kann. Können Sie das?«, fragte er, an Mrs. Wilcox gewandt.

Sie antwortete: »Ich finde, Miß Schlegel drückt immer alles ganz großartig aus« und plötzlich war die Unterhaltung wieder abgekühlt.

»Ach, Mrs. Wilcox, sagen Sie doch etwas Netteres. Es ist nicht sehr schmeichelhaft, wenn man gesagt bekommt, man drücke sich großartig aus.«

»Ich mein's doch nicht böse. Was Sie zuletzt sagten, fand ich wirklich sehr interessant. Im Allgemeinen scheinen die Leute hier Deutschland nicht so recht zu mögen. Ich wollte schon seit langem hören, was die andere Seite dazu sagt.«

»Die andere Seite? Dann sind Sie also doch nicht derselben Meinung. Fein! Lassen Sie uns Ihre Seite hören!«

»Ich stehe auf keiner Seite. Aber mein Mann« – ihre Stimme wurde sanfter, die Stimmung noch kühler – »setzt sehr wenig Vertrauen in den Kontinent und unsere Kinder sind ihm alle nachgeraten.«

»Und mit welcher Begründung? Glauben sie, daß der Kontinent in schlechter Verfassung ist?«

Mrs. Wilcox hatte keine Ahnung; auf Begründungen achtete sie nicht sehr. Sie war nicht intellektuell, ja noch nicht einmal rege im Denken, aber seltsamerweise vermittelte sie trotzdem die Vorstellung von geistiger Größe. Während Margaret mit ihren Freunden einen Zickzackkurs über das Denken und die Kunst verfolgte, war sie sich im Stillen einer Persönlichkeit bewußt, die sie alle miteinander überragte und samt ihrem lebhaften Treiben zusammenschrumpfen ließ. Dabei war an Mrs. Wilcox gar nichts Bitteres, nicht einmal Kritisches; sie war liebenswert und nicht ein unfreundliches Wort war über ihre Lippen gekommen. Aber dennoch ließen sie und das tägliche Leben sich nicht in einem Brennpunkt vereinigen: eins von beiden blieb immer unscharf. Und bei dem Mittagessen erschien sie noch unschärfer als gewöhnlich, und zwar näher an der Grenzlinie zwischen dem Alltäglichen und einem Dasein, das vielleicht von größerer Bedeutung ist.

»Sie werden doch aber zugeben, daß der Kontinent – es klingt wirklich dumm, von ›dem Kontinent‹ zu sprechen, aber dort haben wirklich alle Länder mehr Ähnlichkeit miteinander als irgendeines von ihnen mit England. England ist einzigartig. Nehmen Sie doch erst noch etwas Götterspeise! Ich wollte eben sagen, daß der Kontinent auf Gedeih und Verderb an Ideen interessiert ist. Seine Literatur und seine Kunst haben eine Eigenheit an sich, die man als einen Hauch des Unsichtbaren bezeichnen könnte, und die überdauert sogar Dekadenz und Manieriertheit. In England besteht größere Handlungsfreiheit, aber wer Gedankenfreiheit sucht, der gehe ins bürokratische Preußen. Die Leute diskutieren dort mit Bescheidenheit über Lebensfragen, die wir nicht einmal mit der Zange anfassen, weil wir uns zu gut dafür sind.«

»Ich möchte nicht nach Preußen«, sagte Mrs. Wilcox, »nicht einmal, um die interessante Aussicht zu sehen, die Sie uns beschrieben haben. Und fürs bescheidene Diskutieren bin ich zu alt. In Howards End diskutieren wir nie über etwas.«

»Das sollten Sie aber!«, sagte Margaret. »Diskussionen halten ein Haus lebendig. Mit Ziegeln und Mörtel allein geht's nicht.«

»Ohne Ziegel und Mörtel aber auch nicht«, sagte Mrs. Wilcox, die unerwartet den Gedanken aufgriff und damit, zum ersten und zum letzten Mal, in den Herzen der reizenden Leute eine leise Hoffnung erweckte. »Ohne sie geht's auch nicht und ich denke mir manchmal – Aber ich kann nicht erwarten, daß Ihre Generation mir zustimmt, wenn mir sogar meine Tochter darin nicht Recht gibt.«

»Lassen Sie sich von uns und ihr nicht beirren! Sagen Sie's doch bitte!«

»Ich denke mir manchmal, daß es klüger ist, das Handeln und Diskutieren den Männern zu überlassen.«

Eine Weile herrschte Schweigen.

»Man muß zugeben, daß die Argumente gegen das Frauenrechtlertum außerordentlich überzeugend sind«, sagte ein Mädchen gegenüber, wobei sie sich vorbeugte und ihr Brot zerkrümelte. »Wirklich? Ich verfolge ja nie Argumente. Ich bin heilfroh, daß ich selbst nicht zu wählen brauche.«

»Damit meinten wir ja nicht das Wahlrecht, oder?«, warf Margaret ein. »Gehen unsere Ansichten nicht in etwas viel Weitreichenderem auseinander, Mrs. Wilcox? Ob nämlich die Frauen das bleiben sollen, was sie seit grauer Vorzeit sind, oder ob sie, da die Männer inzwischen um so viel vorangekommen sind, sich jetzt nicht auch ein Stück nach vorn bewegen dürfen. Ich sage, sie dürfen. Ich würde sogar einen biologischen Wandel gelten lassen.«

»Ich weiß nicht, ich weiß nicht.«

»Ich muß jetzt zusehen, daß ich zu meinem überhängenden Lagerhaus komme«, sagte der junge Mann. »Die sind dort so streng geworden, daß es eine Schande ist.«

Auch Mrs. Wilcox erhob sich.

»Ach, kommen Sie doch noch ein Weilchen mit nach oben! Miß Quested spielt uns was vor. Mögen Sie MacDowell? Oder stört es Sie, daß er nur auf zweierlei Weise Lärm zu machen versteht? Aber wenn Sie wirklich schon gehen müssen, begleite ich Sie zur Tür. Möchten Sie nicht doch noch Kaffee mit uns trinken?« Sie verließen das Eßzimmer und schlossen die Tür hinter sich, und als Mrs. Wilcox sich ihre Jacke zuknöpfte, sagte sie: »Was für ein interessantes Leben Sie alle hier in London führen!«

»Nein, tun wir nicht«, sagte Margaret in einem plötzlichen Stimmungsumschwung. »Wir führen das Leben schnatternder Affen. Mrs. Wilcox – wirklich –, im Grunde unseres Wesens haben wir etwas Ruhiges und Beständiges. Das haben wir wirklich. Alle meine Freunde haben das. Sagen Sie nicht, unser Essen hätte Ihnen Spaß gemacht, denn es war Ihnen zuwider, aber verzeihen Sie's mir, indem Sie wiederkommen, allein, oder indem Sie mich zu sich einladen.«

»Ich bin an junge Menschen gewöhnt«, sagte Mrs. Wilcox und bei jedem ihrer Worte wurden die Umrisse der bekannten Dinge verschwommener. »Daheim höre ich ja auch viel Geplapper mit an, denn wir haben, genau wie Sie, oft Gäste. Bei uns geht's eben mehr um Sport und Politik, aber – Das Essen hat mir wirklich sehr viel Spaß gemacht, liebe Miß Schlegel, im Ernst, und ich wünschte nur, ich hätte mich mehr beteiligen können. Aber zum einen fühle ich mich gerade heute nicht besonders wohl, und zum anderen legt ihr jungen Leute so ein rasches Tempo vor, daß es mich ganz benommen macht. Charles ist da ebenso, und Dolly auch. Aber wir sitzen alle in einem Boot, Alt und Jung. Das vergesse ich nie.«

Einen Augenblick lang schwiegen sie. Dann schüttelten sie sich im Gefühl erneuerter Zuneigung die Hand. Als Margaret ins Eßzimmer zurückkam, verstummte die Unterhaltung mit einemmal: ihre Freunde hatten über ihre neue Freundin gesprochen und sie als uninteressant abgetan.

X

Mehrere Tage vergingen.

Gehörte Mrs. Wilcox zu den enttäuschenden Menschen – davon gibt es viele –, die einem die Hand zur Freundschaft reichen und sie dann wieder zurückziehen? Sie wecken unsere Anteilnahme und Zuneigung und beschäftigen unseren Geist. Und dann ziehen sie sich zurück. Ist körperliche Leidenschaft dabei im Spiel, dann gibt es für solches Verhalten einen ganz bestimmten Namen – Flirt –, und weit genug getrieben, wird er dem Gesetz nach sogar strafbar. Aber kein Gesetz – nicht einmal die öffentliche Meinung – bestraft diejenigen, die mit ihrer Freundschaft kokettieren, obgleich der dumpfe Schmerz, den sie zufügen, und das Gefühl nutzlos vertaner Mühen genauso unerträglich sein können. Gehörte sie zu denen?

Margaret befürchtete es zunächst, denn mit der Ungeduld der Londonerin wollte sie immer alles sofort ins Reine gebracht wissen. Zeiten der Stille, die für wahres Wachstum wesentlich sind, traute sie nicht. In ihrem Wunsch, die Freundschaft mit Mrs. Wilcox endgültig zu besiegeln, drängte sie, den Bleistift gleichsam in der Hand, auf den feierlichen Akt, drängte umso mehr, als die übrige Familie verreist war und die Gelegenheit günstig schien. Doch die Ältere ließ sich nicht drängen. Sie wollte sich weder in den Zirkel vom Wickham-Place einfügen noch die Diskussion über Helen und Paul wieder aufnehmen, was Margaret zur Beschleunigung des Verfahrens gern als Vorwand benutzt hätte. Sie ließ sich Zeit oder vielleicht besser gesagt, sie überließ sich der Zeit, und als dann die Krisis endlich kam, war alles bereit.

Die Krisis begann mit einer Botschaft: Ob Miß Schlegel wohl gern mit zum Einkaufen käme? Weihnachten stünde vor der Tür und Mrs. Wilcox fühle sich mit den Geschenken im Verzuge. Sie habe noch ein paar Tage das Bett gehütet und müsse die versäumte Zeit aufholen. Margaret sagte zu und so machten sie sich an einem trüben Vormittag um elf in einer Droschke auf den Weg.

»Zunächst einmal«, begann Margaret, »müssen wir eine Liste machen und alle die aufschreiben, die etwas bekommen sollen. Meine Tante macht es immer so und dieser Nebel kann jeden Augenblick dichter werden. Haben Sie schon irgendwelche Vorstellungen?«

»Ich dachte, wir gehen vielleicht zu Harrod's oder ins Kaufhaus am Haymarket«, sagte Mrs. Wilcox nicht sehr hoffnungsvoll. »Dort finden wir sicher alles. Ich bin nicht besonders geschickt im Einkaufen. Der Lärm ist so verwirrend, und Ihre Tante hat ganz Recht – man sollte sich eine Liste machen. Nehmen Sie mein Notizbuch, da, und schreiben Sie Ihren Namen gleich oben hin!«

»Hurra!«, rief Margaret und schrieb ihren Namen hin. »Wie furchtbar lieb von Ihnen, gleich mit mir anzufangen!« Aber sie wollte nichts Kostspieliges. Ihre Bekanntschaft war mehr originell als intim und eine Ahnung sagte ihr, daß Geldausgaben für Außenstehende bei der Wilcox'schen Sippe auf wenig Gegenliebe stießen; bei einem engeren Familienzusammenhalt ist das immer so. Sie wollte weder für eine zweite Helen gehalten werden, die Geschenke ergatterte, da sie sich keine jungen Männer angeln konnte, noch wollte sie sich wie eine zweite Tante Juley den Beleidigungen von Charles aussetzen. Eine gewisse asketische Haltung war wohl das Beste und so setzte sie hinzu: »Eigentlich möchte ich aber gar kein Weihnachtsgeschenk. Genau genommen mag ich lieber keins.«

»Warum?«

»Weil ich von Weihnachten ganz eigene Vorstellungen habe. Weil ich schon alles habe, was man sich für Geld kaufen kann. Ich möchte mehr Menschen und nicht mehr Dinge.«

»Ich möchte Ihnen gern etwas schenken, das genauso viel wert ist wie mir Ihre Freundschaft, Miß Schlegel, zum Andenken an Ihre Freundlichkeit mir gegenüber während meiner einsamen vierzehn Tage. Es hat sich nun mal so ergeben, daß ich allein daheim blieb, und Sie haben mich vorm Grübeln bewahrt. Ich verfalle ja so leicht ins Grübeln.«

»Wenn das so ist«, sagte Margaret, »wenn ich zufällig von Nutzen für Sie war, was ich ja nicht wußte, dann können Sie's mir ohnehin nicht mit irgendetwas Handfestem vergelten.«

»Vermutlich nicht, aber man möchte es eben gern. Vielleicht fällt mir beim Einkaufen noch etwas ein.«

Margarets Name blieb oben auf der Liste stehen, aber es wurde nichts daneben geschrieben. Sie fuhren von Geschäft zu Geschäft. Die Luft war weiß, und wenn man sie beim Aussteigen einatmete, schmeckte sie wie kaltes Kupfergeld. Hin und wieder kamen sie durch Schwaden von dichtem Grau. Mrs. Wilcox' Tatendrang war an diesem Morgen gedämpft und so blieb Margaret das Aussuchen überlassen: ein Pferd für dieses kleine Mädchen, eine Negerpuppe für jenes und für die Pfarrersfrau eine kupferne Wärmeplatte. »Den Dienstboten geben wir immer Geld.« »Ach wirklich? Na ja, so ist's viel bequemer«, erwiderte Margaret, spürte dabei aber die groteske Auswirkung des Unsichtbaren auf das Sichtbare und sah im Geiste, wie aus einer vergessenen Krippe zu Bethlehem dieser Sturzbach von Münzen und Spielwaren hervorbrach. Es herrschte das Vulgäre. Wirtshäuser ließen – neben ihrer üblichen Warnung vor der Temperenzlerbewegung – Einladungen an die Männer ergehen: »Treten Sie unserem Weihnachtsgansverein bei!« – Je nach Beitragshöhe ein bis zwei Flaschen Gin etc. Ein Plakat mit einer Frau in Strumpfhosen kündigte das Weihnachtsmärchen an und rote Teufelchen, die in diesem Jahr wieder in Mode gekommen waren, zierten fast alle Weihnachtskarten. Margaret war alles andere als eine krankhafte Idealistin. Sie verlangte nicht, daß man dieser geschäftsträchtigen Reklameflut Einhalt geböte. Nur der Anlaß war es, der sie jedes Jahr von neuem mit Staunen erfüllte. Wie viele dieser unentschlossenen Kunden und erschöpften Verkäufer und Verkäuferinnen dachten überhaupt noch daran, daß es ein göttliches Ereignis war, das sie zusammenführte? Sie dachte daran, allerdings als Außenstehende. Sie war keine Christin im landläufigen Sinne; sie glaubte nicht, daß Gott jemals als junger Handwerker unter uns gewirkt hat. Diese Leute aber, oder doch die meisten von ihnen, glaubten es, und wenn man in sie dränge, würden sie es wörtlich bestätigen. Doch die sichtbaren Zeichen ihres Glaubens waren Regent Street oder Drury Lane: ein bißchen Staub gewirbelt, ein bißchen Geld ausgegeben, ein bißchen Essen gekocht, gegessen und vergessen. Unangemessen! Aber wer soll auch in der Öffentlichkeit das Unsichtbare auf angemessene Weise zum Ausdruck bringen? Nur das persönliche Leben ist Spiegelbild der Unendlichkeit; nur der persönliche Umgang allein kann jemals auf ein persönliches Wesen jenseits unserer alltäglichen Vorstellungswelt hindeuten.

»Nein, im großen und ganzen mag ich Weihnachten eigentlich doch«, erklärte sie. »Auf seine plumpe Art bringt es ja irgendwie Frieden und Wohlwollen mit sich. Aber es wird eben von Jahr zu Jahr plumper.«

»Wirklich? Ich kenne eigentlich nur Weihnachten auf dem Lande.«

»Wir sind meistens in London und machen den ganzen Zirkus fleißig mit: Weihnachtslieder in der Abbey, steifes Mittagsmahl, steifes Abendessen für die Dienstmädchen, anschließend Baumanzünden und Bescherung für arme Kinder, die zu Helens Gesang tanzen. Der Salon ist dazu sehr gut geeignet. Wir stellen den Baum ins Frisierkabinett, und wenn die Kerzen angezündet sind, ziehen wir einen Vorhang auf und mit dem Spiegel dahinter sieht's dann recht hübsch aus. Hoffentlich haben wir in unserem nächsten Haus auch wieder ein Frisierkabinett. Natürlich muß der Baum sehr klein sein und die Geschenke hängen auch nicht daran. Nein; die Geschenke liegen in einer Art Felsenlandschaft aus zerknittertem Packpapier.«

»Sie sprachen von Ihrem ›nächsten Haus‹, Miß Schlegel. Ziehen Sie denn vom Wickham-Place weg?«

»Ja, in zwei bis drei Jahren, wenn der Mietvertrag abläuft. Wir müssen raus.«

»Wohnen Sie schon lange da?«

»Unser ganzes Leben lang.«

»Sie werden sehr traurig sein, wenn Sie herausmüssen.«

»Vermutlich. Wir sind uns noch gar nicht richtig klar darüber. Mein Vater –« Sie brach ab, denn sie waren in der Schreibwarenabteilung des Haymarket-Kaufhauses angelangt und Mrs. Wilcox wollte ein paar persönliche Glückwunschkarten in Auftrag geben.

»Wenn möglich, etwas Ausgefallenes«, seufzte sie. Am Ladentisch traf sie eine Bekannte mit demselben Anliegen und ließ sich auf eine geistlose Unterhaltung mit ihr ein, worüber viel Zeit verging. »Mein Mann und meine Tochter sind auf einer Autotour.« »Bertha auch? Denken Sie mal, so ein Zufall!« So wenig praktisch veranlagt Margaret auch sein mochte, in Gesellschaft wie dieser konnte sie glänzen. Während die beiden miteinander redeten, ging sie einen Stoß Musterkarten durch und legte Mrs. Wilcox eine zur Begutachtung vor. Mrs. Wilcox war entzückt: so originell, und der Text so reizend; sie würde hundert Stück davon bestellen und könne gar nicht dankbar genug sein. Dann aber, als der Verkäufer gerade schon die Bestellung aufnahm, sagte sie: »Ach, wissen Sie was, ich warte lieber noch. Es ist ja noch so viel Zeit, nicht wahr? Dann kann ich auch noch Evies Meinung einholen.«

Auf allerlei Umwegen kehrten sie zur Kutsche zurück; als sie eingestiegen waren, fragte Mrs. Wilcox: »Aber könnten Sie ihn denn nicht verlängern lassen?«

»Wie bitte?«

»Den Mietvertrag meine ich.«

»Ach, den Mietvertrag! Haben Sie die ganze Zeit darüber nachgedacht? Wie lieb von Ihnen!«

»Da ließe sich doch sicher etwas tun.«

»Nein; die Grundstückspreise sind einfach zu enorm gestiegen. Man will Wickham-Place abreißen und ein Mietshaus wie das Ihre hinbauen.«

»Aber das ist ja schrecklich!«

»Hausbesitzer sind nun mal schrecklich.«

Darauf sagte sie heftig: »Das ist ja ungeheuerlich, Miß Schlegel; das ist doch nicht recht. Ich hatte ja keine Ahnung, daß Ihnen das bevorsteht. Sie tun mir von ganzem Herzen leid. Aus dem Hause zu müssen, aus dem Elternhaus – das sollte verboten werden. Es ist schlimmer noch als sterben. Ich möchte lieber sterben, als – Ach, ihr armen Mädchen! Kann denn die so genannte Zivilisation noch richtig sein, wenn die Menschen nicht einmal mehr in dem Zimmer sterben dürfen, in dem sie geboren wurden? Meine Liebe, das tut mir ja so leid –«

Margaret wußte nicht, was sie sagen sollte. Mrs. Wilcox war sicher vom Einkaufen übermüdet und neigte wohl leicht zur Hysterie.

»Howards End wäre einmal beinahe abgerissen worden. Das hätte ich nicht überlebt!«

»Howards End muß ein ganz anderes Haus sein als das unsrige. Wir mögen unseres gern, aber es hat gar nichts Besonderes an sich. Wie Sie ja selbst gesehen haben, ist es ein ganz gewöhnliches Londoner Haus. So eins finden wir leicht wieder.«

»Das glauben Sie!«

»Wohl wieder meine mangelnde Erfahrung!«, sagte Margaret und suchte von dem Thema wegzukommen. »Wenn Sie so reden, kann ich gar nichts dazu sagen, Mrs. Wilcox. Ich wünschte, ich könnte mich auch so sehen wie Sie – zurückverwandelt in einen Backfisch. Ganz die Naive. Äußerst charmant – erstaunlich belesen für mein Alter, aber unfähig –«

Mrs. Wilcox ließ sich nicht abschrecken. »Kommen Sie mit mir nach Howards End, gleich jetzt«, sagte sie heftiger denn je. »Ich möchte, daß Sie es sehen. Sie haben es ja noch nie gesehen. Ich möchte hören, was Sie darüber sagen, denn Sie können doch immer alles so großartig ausdrücken.«

Margaret blickte kurz in den unbarmherzigen Nebel und dann ihrer Begleiterin ins müde Gesicht. »Später gern einmal«, fuhr sie fort, »aber jetzt ist wohl kaum das richtige Wetter für einen solchen Ausflug und außerdem sollten wir uns lieber mal aufmachen, wenn wir ausgeruht sind. Ist das Haus nicht auch abgeschlossen?«

Sie erhielt keine Antwort. Mrs. Wilcox wirkte verärgert.

»Darf ich vielleicht ein andermal mitkommen?«

Mrs. Wilcox beugte sich vor und klopfte an die Scheibe. »Zurück zum Wickham-Place, bitte!«, lautete ihre Order an den Kutscher. Margaret hatte ihren Denkzettel bekommen.

»Tausend Dank, Miß Schlegel, für all Ihre Hilfe.«

»Nicht der Rede wert!«

»Ich bin richtig erleichtert, daß ich die Geschenke aus dem Kopf habe – die Weihnachtskarten vor allem. Ich bewundere Ihren Geschmack.«

Nun war die Reihe an ihr, keine Antwort zu erhalten, denn jetzt wurde Margaret ihrerseits ärgerlich.

»Mein Mann und Evie werden übermorgen zurück sein. Darum habe ich Sie auch heute zum Einkaufen entführt. Ich bin hauptsächlich wegen der Einkäufe in der Stadt geblieben, aber ich bin zu nichts gekommen und nun schreibt er, sie müßten ihre Tour vorzeitig abbrechen, das Wetter sei so schlecht und die Verkehrskontrollen so schlimm – fast so schlimm wie in Surrey. Unser Chauffeur fährt so außerordentlich vorsichtig, und da findet mein Mann es besonders ungerecht, daß man sie wie Verkehrsrowdys behandelt.«

»Wieso?«

»Na, weil er – weil er natürlich kein Verkehrsrowdy ist.«

»Er wird wahrscheinlich die Geschwindigkeitsbegrenzung übertreten haben. Dafür muß er schon wie gewöhnliche Sterbliche auch büßen.«

Mrs. Wilcox war zum Schweigen gebracht. In wachsendem Unbehagen fuhren sie heimwärts. Die Stadt erschien satanisch, die engeren Straßen bedrückend wie die Stollen eines Bergwerks. Dem Handel tat der Nebel keinen Abbruch, denn er hatte hoch gebaut und hinter den erleuchteten Schaufenstern drängte sich die Kundschaft. Es war mehr eine Verfinsterung des Gemüts, die auf sich selbst zurückschlug und sich dadurch noch verstärkte. Ein dutzendmal setzte Margaret zum Sprechen an, aber irgendetwas schnürte ihr die Kehle zu. Sie kam sich kleinlich und unbeholfen vor und ihre weihnachtlichen Betrachtungen wurden noch zynischer. Frieden? Weihnachten mag wohl andere Gaben mit sich bringen, aber gibt es auch nur einen Londoner, für den Weihnachten friedlich ist? Das Verlangen nach Sensationen und nach schönem Schein und Lichterglanz hat diesen Segen zerstört. Wohlwollen? Hatte sie auch nur ein Beispiel dafür unter den Horden der Käufer entdecken können? Oder an sich selbst? Sie hatte doch diese Einladung ausgeschlagen, nur weil sie ein bißchen sonderbar und phantastisch war – sie, der es doch in die Wiege gelegt worden war, die Phantasie zu hegen und zu pflegen! Hätte sie doch lieber eingewilligt und die ein wenig beschwerliche Reise auf sich genommen, statt kühl zu erwidern: »Darf ich vielleicht ein andermal mitkommen?« Sie verlor ihren Zynismus. Es würde kein »andermal« geben. Diese rätselhafte Frau würde sie nie wieder auffordern.

Sie trennten sich vor Mrs. Wilcox' Mietshaus. Nachdem man die schuldigen Höflichkeiten gewechselt hatte, ging Mrs. Wilcox hinein und Margaret sah die große, einsame Gestalt durch die Halle zum Lift hin entschweben. Als sich die Glastür hinter ihr schloß, empfand sie es wie eine Einkerkerung. Zuerst verschwand der schöne Kopf, dann die noch im Muff vergrabenen Hände und zum Schluß der lange, schleppende Rock. Eine Frau von einer undefinierbaren Seltenheit entschwebte himmelwärts, wie ein Studienobjekt in einer Flasche. Und in was für einen Himmel – ein Gewölbe, rußig schwarz, das eher der Hölle anzugehören schien und von dem Rußflocken herniederfielen!

Beim Mittagessen merkte Tibby, daß Margaret schweigsam gestimmt war, und redete umso beharrlicher auf sie ein. Tibby war zwar nicht bösartig, verspürte aber von klein auf den Drang, immer das Unwillkommene und Unerwartete zu tun. Nun berichtete er ihr lang und breit von der Tagesschule, die er manchmal mit seinem Besuch beehrte. Der Bericht war nicht uninteressant, und sie hatte ihn zuvor schon oft danach gedrängt, aber jetzt konnte sie nicht zuhören, denn ihre Gedanken waren auf das Unsichtbare gerichtet. Sie erkannte, daß Mrs. Wilcox wohl eine liebende Gattin und Mutter war, aber nur eine Leidenschaft im Leben kannte – ihr Haus –, und daß es ein feierlicher Augenblick war, wenn sie eine Freundin aufforderte, diese Leidenschaft mit ihr zu teilen. Die Antwort »ein andermal« war die Antwort eines Narren. »Ein andermal«, das schickte sich für Ziegel und Mörtel, nicht aber für das Allerheiligste, zu dem Howards End verklärt worden war. Ihre Neugier hielt sich in engen Grenzen. Im Sommer hatte sie mehr darüber gehört, als ihr lieb war. Die neun Fenster, der Weinstock und die Bergulme weckten nicht gerade angenehme Erinnerungen in ihr und sie hätte den Nachmittag lieber in einem Konzert verbracht. Doch die Phantasie triumphierte. Während ihr Bruder sich immer noch verbreitete, entschloß sie sich hinzufahren, koste es, was es wolle, und Mrs. Wilcox zum Mitfahren zu überreden. Gleich nach dem Essen ging sie rasch zum Mietshaus hinüber.

Mrs. Wilcox sei gerade erst über Nacht weggefahren.

Margaret sagte, es sei auch nicht so wichtig, eilte die Treppe hinab und nahm eine Droschke zum King's Cross. Sie war von der Wichtigkeit ihrer Eskapade überzeugt, wenngleich sie auch nicht zu sagen gewußt hätte, warum. Hier ging es um Einkerkerung und Flucht, und obwohl sie keine Ahnung hatte, wann der Zug ging, blickte sie angestrengt nach der Uhr von St. Pancras.

Dann kam die Uhr von King's Cross in Sicht, ein zweiter Mond an diesem Höllenhimmel, und ihr Wagen hielt vor dem Bahnhof. In fünf Minuten fuhr ein Zug nach Hilton. Sie löste ein Billett und verlangte in ihrer Aufregung nur eine einfache Fahrkarte. In diesem Augenblick wurde sie von einer ernsten und doch glücklichen Stimme dankbar begrüßt.

»Ich fahre mit, wenn ich noch darf«, sagte Margaret mit einem nervösen Lachen.

»Sie müssen aber auch übernachten, meine Liebe. Am Morgen ist mein Haus nämlich am schönsten. Meine Wiese kann ich Ihnen nur bei Sonnenaufgang richtig zeigen. Dieser Nebel« – sie wies zum Bahnhofsdach – »reicht nie sehr weit. Ich möchte wetten, in Hertfordshire sitzen sie in der Sonne, und Sie werden es nicht bereuen, wenn Sie sich dazugesellen.«

»Ich werde es nie bereuen, wenn ich mich zu Ihnen geselle.«

»Das ist dasselbe.«

Sie gingen den langen Bahnsteig hinauf. Weit hinten an seinem Ende stand der Zug, bereit, gegen die Dunkelheit draußen anzukämpfen. Sie sollten ihn niemals erreichen. Bevor die Phantasie triumphieren konnte, ertönte ein Rufen: »Mutter! Mutter!«, und ein Mädchen mit dichten Augenbrauen kam aus dem Gepäckraum gestürzt und faßte Mrs. Wilcox beim Arm.

»Evie!«, stieß sie hervor. »Evie, mein Kleines –«

Das Mädchen rief: »Vater! Hallo! Schau mal, wer hier ist!«

»Evie, mein liebes Mädchen, warum seid ihr denn nicht in Yorkshire?«

»Nein – Autounfall – umdisponiert – da kommt Vater.«

»Na so was, Ruth!«, rief Mr. Wilcox, der sich zu ihnen gesellte.

»Was in Dreifaltigkeitsnamen tust du denn hier, Ruth?«

Mrs. Wilcox hatte sich wieder gefaßt.

»O Henry! Das ist ja eine nette Überraschung – aber laß mich erst vorstellen – aber ich glaube, du kennst Miß Schlegel schon.«

»Ach ja«, erwiderte er nicht sehr interessiert. »Aber wie geht's dir, Ruth?«

»Kerngesund«, antwortete sie fröhlich.

»Das sind wir auch und unser Auto war's auch und fuhr Ia bis nach Ripon, aber da kam so ein verflixtes Pferdefuhrwerk, das so ein blöder Kutscher –«

»Miß Schlegel, unseren kleinen Ausflug müssen wir auf einen anderen Tag verschieben.«

»Ich wollte sagen, daß dieser blöde Kutscher, wie ja sogar der Polizist selber zugibt –«

»An einem anderen Tag, Mrs. Wilcox. Natürlich.«

»– Aber wir sind ja in der Haftpflichtversicherung, da wird's nicht so viel ausmachen –«

»– Karren und Wagen praktisch im rechten Winkel aufeinander –«

Das Stimmengewirr der glücklichen Familie war noch weithin zu hören. Margaret blieb allein zurück. Niemand brauchte sie. Zwischen Mann und Tochter, die beide gleichzeitig auf sie einredeten, verließ Mrs. Wilcox den Bahnhof King's Cross.

XI

Das Begräbnis war vorüber. Die Kutschen waren über den aufgeweichten Boden von dannen gerollt und nur die Armen blieben zurück. Sie näherten sich dem frisch ausgehobenen Schacht und warfen einen letzten Blick auf den Sarg, der unter der hinabgeschaufelten Erde schon kaum mehr zu erkennen war. Es war ihr großer Augenblick. Die meisten waren Frauen aus der Gegend der Verstorbenen, denen auf Anordnung von Mr. Wilcox Trauerkleidung ausgehändigt worden war. Andere hatte die bloße Neugier hergelockt. In prickelnder Erregung über einen Todesfall, einen so jähen Todesfall dazu, stand man in Gruppen beieinander oder ging zwischen den Gräbern umher, anzusehen wie Tintenspritzer. Der Sohn von einer unter ihnen, ein Holzfäller, hockte hoch oben über ihren Köpfen und kappte eine von den Friedhofsulmen. Von seinem Platz aus sah er die an der North Road gelegene Ortschaft Hilton mit ihren anwachsenden Wohnsiedlungen; den Sonnenuntergang jenseits davon, scharlachrot und orangefarben, der ihm unter grauen Brauen zublinzelte; die Kirche; die Pflanzungen; und hinter sich eine unverdorbene Landschaft mit Feldern und Bauernhöfen. Doch auch er ließ sich das Ereignis genüßlich auf der Zunge zergehen. Er versuchte, seiner Mutter unten zu erzählen, was er beim Anblick des herannahenden Sarges empfunden hatte: daß er ja seine Arbeit nicht im Stich lassen konnte, aber andererseits auch nicht damit fortfahren mochte; daß er beinah' vom Baum gerutscht wäre, so nahe sei es ihm gegangen; die Krähen hätten gekrächzt, aber kein Wunder – es sei so gewesen, als wüßten auch die Krähen Bescheid. Seine Mutter berief sich nun ihrerseits auf prophetische Kräfte – sie habe schon seit einiger Zeit so einen merkwürdigen Ausdruck an Mrs. Wilcox wahrgenommen. London sei schuld an dem Unglück, sagten wieder andere. Eine gütige Dame sei sie gewesen; auch schon ihre Großmutter sei gütig gewesen – eine einfachere Frau zwar, aber sehr gütig. Ach, die Leute vom alten Schlag stürben langsam aus! Mr. Wilcox, der sei auch ein gütiger feiner Herr. Immer wieder kamen sie auf das Thema zurück, schwerfällig zwar, aber mit Begeisterung. Für sie bedeutete das Begräbnis eines Reichen dasselbe wie den Gebildeten das Begräbnis der Alkeste oder der Ophelia. Es war Kunst; obgleich sie lebensfern war, erhöhte sie die Werte des Lebens und wurde begeistert aufgenommen.

Die Totengräber, die immer noch einen mißbilligenden Unterton aufrechterhielten – sie konnten Charles nicht leiden; es war wohl nicht der rechte Augenblick, von derlei Dingen zu sprechen, aber sie konnten Charles Wilcox nun einmal nicht leiden –, die Totengräber beendeten ihr Werk und häuften die Kränze und Kreuze darüber. Über Hilton ging die Sonne unter: Die grauen Brauen des Abends verfärbten sich rötlich und wurden von scharlachroten Runzeln durchzogen. Unter trübseligem Gemurmel schritten die Trauergäste durch das Friedhofstor und zerstreuten sich auf der Kastanienallee, die ins Dorf hinunterführte. Der junge Holzfäller balancierte noch ein wenig länger über der Stätte des Schweigens und schwankte rhythmisch hin und her. Endlich fiel der Ast unter seiner Säge. Er brummte zufrieden und kletterte herab, in Gedanken nicht mehr beim Tod, sondern bei der Liebe, denn er ging auf Freiersfüßen. Als er bei dem frischen Grab vorüberkam, blieb er stehen; ein Gebinde aus gelbbraunen Chrysanthemen war ihm ins Auge gefallen. »Für Beerdigungen sollte man keine bunten Blumen nehmen«, ging es ihm durch den Kopf. Nachdem er schon ein paar Schritte weitergetrottet war, blieb er nochmals stehen, machte kehrt, rupfte eine Chrysantheme aus dem Gebinde und verbarg sie in der Tasche.

Als er fort war, kehrte absolute Stille ein. Das kleine Landhaus, das an den Friedhof angrenzte, stand leer und sonst lag kein Haus in der Nähe. Stunde um Stunde blieb die Grabstätte ohne ein wachendes Auge. Von Westen her zogen Wolken darüber hinweg; oder vielleicht war die Kirche auch gar ein Schiff, das mit seiner Mannschaft hochbugig der Unendlichkeit entgegensteuerte. Gegen Morgen wurde die Luft kälter, der Himmel klarer und die Erdoberfläche über den ausgestreckt Liegenden hart und funkelnd. Der Holzfäller, der nach einer fröhlichen Nacht zurückkam, dachte sich: »Diese Lilien da, diese Chrysanthemen da; ein Jammer, daß ich nicht alle mitgenommen hab'.« Droben in Howards End versuchte man zu frühstücken.

Charles und Evie saßen, zusammen mit Mrs. Charles Wilcox, im Eßzimmer. Der Vater mochte niemanden sehen und frühstückte oben. Er litt heftig. Wie bei einem körperlichen Leiden kam der Schmerz in Krämpfen über ihn; sogar wenn er sich zum Essen anschickte, füllten seine Augen sich mit Tränen und er legte den Bissen wieder weg, ohne ihn gekostet zu haben.

Er gedachte der über dreißig Jahre hinweg gleich bleibenden Güte seiner Frau. Nichts einzelnes sah er dabei vor sich – nichts aus der Zeit des Werbens und der ersten Leidenschaft –, sondern nur die unveränderliche Tugendhaftigkeit, die ihm als die edelste Eigenschaft einer Frau erschien. So viele Frauen waren launenhaft und unberechenbar in ihren zeitweiligen Ausbrüchen der Leidenschaft oder Leichtfertigkeit. Nicht so seine Frau, Jahr für Jahr, Sommer wie Winter, als Braut wie als Mutter war sie sich gleich geblieben, er hatte ihr immer vertraut. Ihre Zärtlichkeit! Ihre Unschuld! Diese wunderbare Unschuld, die ihr als Gottesgabe zu eigen war. Ruth wußte von der Schlechtigkeit und Weisheit dieser Welt nicht mehr als die Blumen in ihrem Garten oder Gras auf ihrer Wiese. Ihre Vorstellung von geschäftlichen Dingen: »Henry, warum wollen Leute, die schon genug Geld haben, noch mehr Geld machen?« Ihre Vorstellung von Politik: »Ich bin sicher, wenn die Mütter aus verschiedenen Nationen zusammenkommen könnten, gäbe es keine Kriege mehr.« Ihre Vorstellung von Religion – da war freilich eine Wolke aufgezogen, aber eine Wolke, die sich wieder verflüchtigte. Sie stammte aus einer Quäkerfamilie, während er und seine Familie, früher Dissenter, jetzt der anglikanischen Kirche angehörten. Anfangs hatten die Predigten des Pfarrers sie abgestoßen und sie hatte den Wunsch nach »einem inwendigeren Licht« geäußert und hinzugesetzt: »Nicht so sehr für mich selbst als für das Baby« (Charles). Das inwendige Licht mußte ihr wohl zuteil geworden sein, denn in späteren Jahren hörte er keine Klagen mehr. Sie zogen ihre drei Kinder ohne Meinungsverschiedenheiten groß. Meinungsverschiedenheiten hatte es zwischen ihnen nie gegeben.

Nun lag sie unter der Erde. Sie war von ihm gegangen und war, um ihren Hingang noch bitterer zu machen, mit einer Spur von Heimlichkeit von ihm gegangen, die ihr sonst so ganz und gar nicht ähnlich sah. »Weshalb hast du mir nicht gesagt, daß du davon wußtest?«, hatte er gestöhnt und sie hatte mit schwacher Stimme geantwortet: »Weil ich's nicht wollte, Henry – ich hätte mich ja auch irren können und Krankheiten sind doch jedem ein Greuel.« Von einem fremden Arzt, den sie während seiner Abwesenheit konsultiert hatte, war er über das Entsetzliche unterrichtet worden. War das ganz gerecht? Ohne eine richtige Erklärung war sie einfach gestorben. Es war ein Unrecht ihrerseits, aber – die Tränen schossen ihm in die Augen– was für ein kleines Unrecht! Es war das einzige Mal in all den dreißig Jahren, daß sie ihn getäuscht hatte.

Er erhob sich und blickte zum Fenster hinaus, denn Evie war mit der Post ins Zimmer gekommen, und er konnte jetzt niemandem ins Gesicht sehen. Ach ja – sie war eine gute Frau gewesen – sie war beständig gewesen. Er wählte ganz bewußt dieses Wort. Beständigkeit bedeutete für ihn das höchste Lob.

Auch er, wie er da in den winterlichen Garten hinunterstarrte, war dem Anschein nach ein beständiger Mann. Sein Gesicht war nicht so kantig wie das seines älteren Sohnes und das Kinn, obgleich fest in den Umrissen, wich sogar ein wenig zurück, und der Mund, verdächtig genug, verbarg sich hinterm Vorhang des Schnurrbarts. Doch deutete nichts an seinem Äußeren auf Schwäche. Die Augen, gutmütig mitunter und vergnügt und im Augenblick gerötet, waren die eines Mannes, der sich nicht treiben läßt. Auch die Stirn glich der von Charles: Hoch und gerade, braun und spiegelblank und unvermittelt in Schläfen und Haaransatz übergehend, wirkte sie wie eine Bastion, die seinen Kopf vor der Welt beschützte. Bisweilen sah sie auch wie eine glatte Mauer aus. Hinter ihr hatte er, unversehrt und glücklich, seit fünfzig Jahren gewohnt.

»Die Post ist gekommen, Vater«, sagte Evie verlegen.

»Danke. Leg's nur hin!«

»War das Frühstück recht?«

»Ja, danke.«

Betreten sah das Mädchen erst ihn, dann das Gedeck an. Sie wußte nicht, was sie tun sollte.

»Charles läßt fragen, ob du die ›Times‹ möchtest.«

»Nein, ich les' sie später.«

»Du läutest doch, wenn du was brauchst, nicht wahr, Vater?«

»Ich hab' alles, was ich brauche.«

Als sie die Briefe und Wurfsendungen aussortiert hatte, ging sie wieder zurück ins Eßzimmer.

»Vater hat nichts gegessen«, vermeldete sie und setzte sich mit gerunzelter Stirn hinter die Teemaschine.

Charles erwiderte nichts, gleich darauf aber lief er rasch nach oben, öffnete die Tür und sagte: »Schau mal, Vater, du mußt doch was essen.« Er wartete auf eine Entgegnung, die aber nicht kam, und stahl sich wieder nach unten. »Er wird wohl erst seine Briefe lesen wollen«, sagte er ausweichend, »nachher wird er dann schon weiter frühstücken.« Dann nahm er die »Times« zur Hand, und eine Zeitlang war kein Laut zu vernehmen außer dem Klirren der Tasse auf dem Untersatz und des Messers auf dem Teller.

Die arme Mrs. Charles Wilcox saß zwischen ihren schweigsamen Tischgenossen, verschreckt über den Gang der Ereignisse und ein klein wenig gelangweilt. Sie war ein nutzloses kleines Geschöpf und wußte es gut genug. Ein Telegramm hatte sie aus Neapel heimgeholt ans Sterbebett einer Frau, die sie kaum gekannt hatte. Ein einziges Wort ihres Mannes hatte sie zu Trauerkleidung verurteilt. Gern hätte sie auch inwendig getrauert, aber noch lieber wäre es ihr gewesen, wenn Mrs. Wilcox, da sie nun schon einmal sterben mußte, vor der Heirat gestorben wäre, denn dann wäre nicht so viel von ihr selbst verlangt worden. Sie zerkrümelte ihren Toast, und viel zu aufgeregt, um um Butter zu bitten, verharrte sie fast bewegungslos und war nur heilfroh, daß ihr Schwiegervater sein Frühstück oben zu sich nahm.

Endlich brach Charles das Schweigen. »Es war nicht recht, daß sie gerade gestern die Ulmen dort ausholzen mußten«, sagte er zu seiner Schwester.

»Nein, wirklich nicht.«

»Das muß ich mir vormerken«, fuhr er fort. »Es wundert mich, daß der Pfarrer es erlaubt hat.«

»Vielleicht ist ja der Pfarrer gar nicht zuständig dafür.«

»Wer denn sonst?«

»Der Gutsherr.«

»Ausgeschlossen!«

»Butter, Dolly?«

»Danke schön, Evie. Charles –«

»Ja, Liebes?«

»Ich wußte gar nicht, daß man Ulmen überhaupt ausholzt. Ich dachte, das täte man nur bei Weiden.«

»O nein, man kann auch Ulmen ausholzen.«

»Aber warum soll man denn dann die Ulmen auf dem

Friedhof nicht ausholzen?« Charles runzelte leicht die Stirn und wandte sich wieder an seine Schwester.

»Das ist noch etwas, worüber ich mit Chalkeley reden muß.«

»Ja freilich! Du mußt dich bei Chalkeley beschweren.«

»Es geht nicht an, daß er sagt, er sei nicht verantwortlich für die Männer. Er ist verantwortlich!«

»Allerdings!«

Die Geschwister waren nicht etwa gefühllos. Daß sie so sprachen, geschah teilweise, weil sie Chalkeley in seinen Grenzen zu halten wünschten – ein an und für sich vernünftiger Wunsch –, teilweise aber auch, weil sie die persönliche Note im Leben vermieden. Das taten alle Wilcoxens. Das Persönliche erschien ihnen nicht als eine Sache von größter Wichtigkeit. Vielleicht war es auch so, wie Helen vermutete: sie begriffen zwar die Wichtigkeit des Persönlichen, fürchteten es aber. Erschreckende Leere, wenn man einen Blick dahinter werfen könnte. Gefühllos waren sie jedenfalls nicht, und als sie vom Tisch aufstanden, geschah es mit wehem Herzen. Die Mutter war niemals zum Frühstück erschienen. In den anderen Räumen und besonders im Garten, dort spürten sie den Verlust am stärksten. Auf dem Weg zur Garage wurde Charles bei jedem Schritt an die Frau erinnert, die ihn geliebt hatte und die sich nie ersetzen ließe. Wieviel Schlachten hatte er geschlagen gegen ihren sanften Konservatismus! Wie waren ihr alle Verbesserungen zuwider gewesen und wie loyal hatte sie diese dann doch akzeptiert, wenn sie erst einmal durchgeführt waren. Er und sein Vater – welche Mühe es sie schon gekostet hatte, allein diese Garage zu bekommen! Mit welchen Schwierigkeiten hatten sie die Mutter erst dazu überreden müssen, ihnen die Pferdekoppel dafür abzutreten – die Pferdekoppel, die sie noch inniger liebte als selbst den Garten! Der Weinstock – beim Weinstock hatte sie ihren Kopf durchgesetzt. Jetzt noch überwucherte er die Südwand mit seinen unfruchtbaren Ranken. Und Evie erging es nicht anders, als sie so dastand und mit der Köchin redete. Zwar konnte sie die häuslichen Pflichten der Mutter übernehmen, ebenso wie ihr Bruder das Äußere, aber sie spürte doch, daß etwas Einzigartiges aus ihrem Leben verschwunden war. Bei den Geschwistern war der Kummer vielleicht nicht ganz so schmerzlich wie beim Vater, aber in ihnen wurzelte er tiefer, denn eine Gattin ist zu ersetzen, die Mutter nie.

Charles wollte ins Geschäft zurück. In Howards End war wenig zu tun. Was das Testament seiner Mutter enthielt, war ihnen seit langem bekannt. Es gab da weder Legate noch Leibrenten nichts von all der posthumen Geschäftigkeit, mit der manche der Verstorbenen ihr Dasein verlängern. Im Vertrauen auf ihren Mann hatte sie vorbehaltlos alles ihm hinterlassen. Sie war eine recht arme Frau – ihre ganze Mitgift war das Haus gewesen, und das Haus würde Charles einmal bekommen. Ihre Aquarelle wollte Mr. Wilcox für Paul aufbewahren, während Evie den Schmuck und die Spitzenwäsche erbte. Wie leicht sie diesem Leben entglitt! Charles hielt das für einen lobenswerten Zug von ihr, obgleich er nicht die Absicht hatte, ihn sich anzueignen, während Margaret darin eine fast sträfliche Gleichgültigkeit gegenüber dem irdischen Nachruhm erblickt hätte. Man konnte den Charakter von Mrs. Wilcox' Testament auch zynisch nennen – zynisch nicht auf die oberflächliche Art, die sich brummig oder spöttisch äußert, sondern von jenem Zynismus, der mit Höflichkeit und Zärtlichkeit sehr wohl zusammengehen kann. Sie wollte niemandem Verdruß bereiten. War das vollbracht, dann mochte die Erde über ihr zufrieren für alle Zeit.

Worauf sollte also Charles noch warten? Seine Hochzeitsreise konnte er nicht fortsetzen, also wollte er nach London und arbeiten – er fühlte sich einfach zu elend, wenn er nur untätig herumhing. Er und Dolly würden die möblierte Wohnung übernehmen, während der Vater mit Evie noch ruhig auf dem Lande bleiben sollte. Charles konnte daneben auch ein Auge auf sein eigenes kleines Haus haben, das eben in einem der Vororte von Surrey für ihn frisch gestrichen und tapeziert wurde und in dem er sich bald nach Weihnachten einzurichten gedachte. Ja, gleich nach dem Mittagessen würde er in seinem neuen Wagen nach London fahren und die Dienstboten vom Stadthaushalt, die zur Beerdigung herausgekommen waren, würden mit dem Zug zurückfahren.

In der Garage stieß er auf den Chauffeur seines Vaters, sagte »Morgen!«, ohne den Mann anzusehen, und fuhr dann, über den Wagen gebeugt, fort: »Nanu! Da ist ja wer mit meinem neuen Wagen gefahren!«

»Tatsächlich?«

»Allerdings«, sagte Charles und lief ziemlich rot an, »und derjenige, der's gewesen ist, hat ihn nicht richtig geputzt, da ist nämlich noch Dreck an der Achse. Machen Sie's weg!«

Der Mann ging wortlos nach einem Lappen. Ein Chauffeur, so häßlich wie die Nacht – nicht etwa, daß ihm das zum Nachteil gereichte bei Charles, der männlichen Charme für rechten Quatsch hielt und dieses kleine Ekel von einem Italiener, den sie zu Anfang hatten, bald wieder vor die Tür gesetzt hatte.

»Charles –« Seine frisch Angetraute kam ihm durch den Raureif hinterhergetrippelt, ein zierliches schwarzes Säulchen mit Puppengesicht und dem mondänen Trauerhut quasi als Kapitell.

»Einen Moment, ich bin beschäftigt. Also, Crane, wer ist denn nun Ihrer Meinung nach damit gefahren?«

»Keine Ahnung, Sir. Seit ich zurück bin, ist niemand damit gefahren, aber natürlich sind da auch noch die zwei Wochen, wo ich mit dem andern Wagen in Yorkshire unterwegs gewesen bin.«

Der Schmutz ging ganz leicht ab.

»Charles, dein Vater ist runtergekommen. Es ist was passiert. Du sollst sofort ins Haus kommen. O Charles!«

»Einen Augenblick, Liebste, einen Augenblick noch. Wer hatte den Garagenschlüssel, während Sie fort waren, Crane?«

»Der Gärtner, Sir.«

»Wollen Sie mir vielleicht weismachen, daß der alte Penny Auto fahren kann?«

»Nein, Sir. Den Wagen hat keiner gefahren, Sir.«

»Wie erklären Sie sich dann den Schmutz auf der Achse?«

»Kann ich natürlich für die Zeit, wo ich in Yorkshire war, nicht sagen. Jetzt ist kein Schmutz mehr drauf, Sir.«

Charles war verärgert. Der Mann hielt ihn doch zum Narren, und wenn ihm das Herz nicht so schwer gewesen wäre, hätte er ihn seinem Vater gemeldet. Aber es war nicht der geeignete Morgen für solche Beschwerden. Er befahl, der Wagen solle gleich nach dem Mittagessen vorgefahren werden, und wandte sich seiner Frau zu, die eine Geschichte von einem Brief und einer Miß Schlegel hervorgesprudelt hatte.

»Also, Dolly, jetzt kann ich mich um dich kümmern. Miß Schlegel? Was will sie denn?«

Wenn jemand einen Brief schrieb, war Charles' erste Frage immer, was er wolle. Etwas zu wollen, das war für ihn der einzige Grund für eine Handlung. In diesem Falle war seine Frage angebracht, denn seine Frau erwiderte: »Sie will Howards End.«

»Howards End? Also, Crane, vergessen Sie ja nicht, das Ersatzrad anzubringen!«

»Nein, Sir.«

»Also, sehen Sie zu, daß Sie's nicht vergessen, sonst – Komm, kleine Frau!« Sobald sie aus dem Blickfeld des Chauffeurs waren, legte er seinen Arm um ihre Taille und drückte sie an sich. Seine ganze Zärtlichkeit und seine halbe Aufmerksamkeit – das gönnte er ihr das ganze glückliche Eheleben lang.

»Aber du hast ja gar nicht zugehört, Charles –«

»Was ist los?«

»Ich sag' es dir doch dauernd – Howards End. Miß Schlegel hat's gekriegt.«

»Was gekriegt?«, fragte Charles und ließ sie los. »Wovon zum Teufel redest du denn bloß?«

»Also, Charles, du hast doch versprochen, nicht mehr diese unanständigen –«

»Hör mal, mir ist nicht nach Spaßen zumute. Es ist wohl auch kaum der rechte Morgen dafür.«

»Wenn ich dir doch sage – wenn ich dir doch andauernd sage – Miß Schlegel – sie hat's gekriegt – deine Mutter hat's ihr vermacht – und ihr müßt jetzt alle ausziehen!«

»Howards End?«

»Howards End!« schrie sie im gleichen Ton wie er und im selben Augenblick kam Evie mitten durch die Sträucher angestürzt.

»Dolly, geh sofort hinein! Mein Vater ist sehr ärgerlich auf dich. Charles, komm sofort rein zu Vater! Er hat einen wirklich ganz schrecklichen Brief bekommen.«

Charles rannte los, bremste sich dann aber und ging gemessenen Schritts über den Kiesweg. Da lag das Haus – die neun Fenster, der unergiebige Weinstock. »Schon wieder diese Schlegels!«, rief er, und als wollte Dolly das Chaos vervollständigen, sagte sie: »O nein, die Oberin vom Krankenhaus hat statt ihrer geschrieben.«

»Kommt rein, alle drei miteinander!«, rief sein Vater, nun gar nicht mehr träge. »Dolly, warum hast du mir nicht gefolgt?«

»Ach, Mr. Wilcox –«

»Ich habe dir doch gesagt, du sollst nicht zur Garage hinausgehen! Ich hab' euch alle im Garten rumplärren hören. Das dulde ich nicht! Und jetzt kommt rein!«

Wie ausgewechselt stand er unter der Tür, die Briefe in der Hand.

»Marsch ins Eßzimmer, wie ihr da seid! Wir können doch nicht mitten unter den Dienstboten unsere Privatangelegenheiten diskutieren. Hier, Charles, bitte, lies das! Sieh zu, ob du schlau daraus wirst!«

Charles nahm zwei Briefe entgegen und las sie, während er sich der Prozession anschloß. Der erste war ein Begleitschreiben von der Oberin. Mrs. Wilcox habe sie gebeten, das Beigefügte nach der Beerdigung weiterzuleiten. Das Beigefügte – das war von der Mutter selbst. Sie hatte geschrieben: »An meinen Mann: Ich möchte, daß Miß Schlegel (Margaret) Howards End bekommt.«

»Darüber werden wir uns wohl zu unterhalten haben?« bemerkte er mit unheilverkündender Ruhe.

»Allerdings. Ich wollte gerade zu dir rauskommen, als Dolly –«

»Setzen wir uns doch erst!«

»Komm, Evie, trödel nicht lang rum, setz dich!«

Schweigend ließen sie sich um den Frühstückstisch nieder. Die Ereignisse von gestern – ja sogar die von heute früh – entwichen plötzlich in eine so ferne Vergangenheit, als hätten sie nichts davon wirklich erlebt. Schwere Atemzüge wurden vernehmbar. Sie suchten sich zu fassen. Charles tat das seine dazu, indem er die Anlage laut vorlas: »Eine Notiz in Mutters Handschrift in einem an Vater adressierten, versiegelten Umschlag. Darin: ›Ich möchte, daß Miß Schlegel (Margaret) Howards End bekommt.‹ Kein Datum, keine Unterschrift. Übermittelt durch die Oberin vom Krankenhaus. Die Frage ist nun –« Dolly unterbrach ihn. »Aber hör mal, dieser Zettel ist doch gar nicht rechtsgültig. Häuser müssen über einen Rechtsanwalt gehen, Charles, bestimmt sogar.«

Ihr Mann mahlte heftig mit den Kiefern. Kleine Flecken bildeten sich vor jedem Ohr – ein bedrohliches Zeichen, das sie bisher noch nicht zu respektieren gelernt hatte. Sie fragte, ob sie den Zettel sehen dürfe. Charles sah fragend zu seinem Vater hinüber und dieser sagte tonlos: »Gib ihn ihr!« Dolly hatte das Blatt kaum an sich gerissen, als sie schon rief: »Aber das ist ja nur mit Bleistift! Ich hab's ja gleich gesagt! Bleistift gilt überhaupt nicht.« »Wir wissen, daß es nicht rechtsverbindlich ist«, sagte Mr. Wilcox ganz aus seiner Festung heraus. »Das ist uns klar. Rein rechtlich wäre ich berechtigt, den Zettel zu zerreißen und ins Feuer zu werfen. Natürlich betrachten wir dich als zur Familie gehörig, meine Liebe, aber es wird wohl besser sein, wenn du dich nicht in etwas einmischst, was du nicht verstehst.«

Charles, der sich über seinen Vater nicht minder ärgerte als über seine Frau, setzte darauf von Neuem an: »Die Frage ist –« Er hatte den Platz vor sich auf dem Frühstückstisch von Tellern und Messern befreit, so daß er Muster aufs Tischtuch zeichnen konnte. »Die Frage ist nun, ob Miß Schlegel in den vierzehn Tagen, als wir alle fort waren, ob sie in unzulässiger Weise –« Er hielt inne.

»Das glaube ich nicht«, sagte sein Vater, der von noblerer Gesinnung war als sein Sohn.

»Glaubst was nicht?«

»Daß sie – daß hier ein Fall von unzulässiger Beeinflussung vorliegt. Meiner Ansicht nach handelt es sich vielmehr um – um den Krankheitszustand, in dem sie sich befand, als sie das schrieb.«

»Mein lieber Vater, meinetwegen kannst du einen Sachverständigen konsultieren, aber ich bestreite, daß dies Mutters Handschrift ist.«

»Aber du hast es doch eben selbst noch gesagt!«, rief Dolly.

»Und wenn ich's gesagt hab'!«, fuhr er sie an. »so hast doch du den Mund zu halten.«

Die arme kleine Frau wurde darauf rot, zog ihr Taschentuch hervor und vergoß ein paar Tränen. Niemand beachtete sie. Evie verzog ihr Gesicht wie ein zorniger Junge. Die beiden Männer nahmen allmählich ein Gebaren an wie im Sitzungszimmer. Beide waren auf Sitzungen stets in ihrer besten Form. Sie begingen nicht den Fehler, menschliche Angelegenheiten in Bausch und Bogen abzuhandeln, sondern erledigten sie Punkt für Punkt, säuberlich getrennt. Im Augenblick handelte es sich um eine Frage der Graphologie und so verwendeten sie darauf ihren geschulten Verstand. Nach kurzer Widerrede ließ Charles die Schrift als echt gelten und sie gingen zum nächsten Punkt über. Dies ist der beste – vielleicht der einzige – Weg, die Irrungen und Wirrungen des Gefühls zu umgehen. Sie waren Menschen wie du und ich, und hätten sie den Zettel als Ganzes genommen, so hätte sie das zur Verzweiflung oder zum Wahnsinn getrieben. Punkt für Punkt betrachtet, verringerte sich das Gefühlsmoment und alles ging glatt vonstatten. Die Uhr tickte, das Feuer loderte höher und wetteiferte mit dem strahlendweißen Licht, das durchs Fenster flutete. Unbemerkt hatte die Sonne den Himmel erobert und die Schatten der Baumstämme, auffallend scharf umrissen, zogen gleichsam purpurne Gräben durch die bereifte Rasenfläche. Es war ein herrlicher Wintermorgen. Evies Foxterrier, der sonst weiß wirkte, schien jetzt nur noch schmutziggrau, so grell war die Reinheit um ihn herum. Der kleine Hund erschien in einem schlechten Licht, die Amseln hingegen, auf die er Jagd machte, leuchteten förmlich von arabischer Schwärze, denn alle herkömmlichen Farben des Lebens waren wie verwandelt. Mit vollem, zuversichtlichem Klang schlug die Uhr im Zimmer zehn. Andere Uhren fielen bestätigend ein und die Unterredung näherte sich ihrem

Ende. Was noch gesprochen wurde, brauchen wir nicht weiter zu verfolgen. Jetzt ist vielmehr der Zeitpunkt gekommen, an dem der Kommentator auf den Plan treten muß. Hätten die Wilcoxens ihr Heim Margaret anbieten sollen? Ich glaube nicht. Das Ansinnen war denn gar zu dürftig. Es war nicht rechtsverbindlich; es war im Krankenstand geschrieben worden, im Banne einer rasch entstandenen Freundschaft; es widersprach den früheren Absichten der Verstorbenen, widersprach ihrem eigentlichen Wesen, soweit sie es begriffen. Für die Wilcoxens war Howards End ein Haus: Sie konnten nicht wissen, daß es für die Tote ein Geist war, für den sie einen geistigen Erben suchte. Und – um in diesem Nebel noch einen Schritt weiter vorzudringen – trafen sie nicht vielleicht sogar die bessere Entscheidung, besser, als sie selbst es wußten? Ist es denkbar, daß geistige Besitztümer überhaupt vererbt werden können? Hat die Seele Nachkommenschaft? Eine Bergulme, ein Weinstock, ein taubenetztes Büschel Heu – läßt sich die Leidenschaft für solche Dinge weitergeben, wo keine Bande des Blutes bestehen? Nein, den Wilcoxens darf man keinen Vorwurf machen. Das Problem war einfach zu gewaltig und sie vermochten noch nicht einmal, ein Problem zu erkennen. Nein, es war nur natürlich und schicklich, daß sie nach angemessener Debatte den Zettel zerrissen und ihn ins Kaminfeuer ihres Eßzimmers warfen. Der praktisch denkende Moralist wird sie wohl vollends freisprechen. Wer sich bemüht, ein wenig tiefer zu blicken, wird sie wohl ebenso freisprechen – bis auf einen kleinen Rest. Denn eine unumstößliche Tatsache bleibt bestehen. Sie mißachteten eine persönliche Bitte. Die Verstorbene sprach zu ihnen: »Tut dies!« – Sie aber antworteten: »Wir tun es nicht.«

Der Vorfall hinterließ bei ihnen einen äußerst schmerzlichen Eindruck. Gram erfüllte sie und schlug ihnen aufs Gemüt. Gestern noch hatten sie geklagt: »Sie war eine gute Mutter, eine treue Frau: während wir fort waren, hat sie ihre Gesundheit vernachlässigt und daran ist sie gestorben.« Heute dachten sie: »Ganz so treu und gut, wie wir meinten, war sie doch nicht.« Das Verlangen nach einem inwendigeren Licht war zum Schluß doch noch zum Ausdruck gekommen, das Unsichtbare war mit dem Sichtbaren zusammengeprallt, und alles, was sie darauf zu sagen wußten, war: »Verrat!« Mrs. Wilcox hatte Verrat begangen an der Familie, an den Gesetzen des Eigentums, an ihrem eigenen geschriebenen Wort. Wie hatte sie sich denn die Übergabe von Howards End an Miß Schlegel gedacht? Sollte ihr Mann, nun der rechtmäßige Besitzer, es ihr als Geschenk übermachen? Sollte besagte Miß Schlegel es nur zu lebenslänglicher Nutznießung oder gar ganz zum Eigentum bekommen? War kein Ausgleich vorgesehen für die Garage und die sonstigen Verbesserungen, die sie in der Annahme vorgenommen hatten, daß alles eines Tages ihnen gehören würde? Verrat! Verrat und Unsinn! Wenn wir erst soweit sind, einem Toten Verrat und Unsinn vorzuwerfen, dann haben wir uns mit seinem Ableben schon weitgehend abgefunden. Die mit Bleistift gekritzelten Zeilen, die sie durch die Oberin gesandt hatte, waren ungeschäftsmäßig und herzlos zugleich und sie verminderten alsbald den Wert der Frau, die sie geschrieben hatte.

»Ach ja!«, sagte Mr. Wilcox und erhob sich vom Tisch. »Ich hätte es nicht für möglich gehalten.«

»Mutter kann's nicht so gemeint haben«, sagte Evie, die noch immer ein finsteres Gesicht machte.

»Nein, mein Kind, natürlich nicht.«

»Und außerdem hielt Mutter doch auch soviel auf Familientradition – es sieht ihr gar nicht ähnlich, einem Außenstehenden etwas zu hinterlassen, der es niemals richtig zu schätzen wüßte.«

»Die ganze Sache paßt nicht zu ihr«, erklärte er. »Wenn Miß Schlegel arm wäre, wenn sie kein Dach über dem Kopf hätte, dann könnte ich's ja noch ein wenig verstehen. Aber sie hat doch ein eigenes Haus. Wozu sollte sie noch eins wollen? Sie könnte mit Howards End gar nichts anfangen.«

»Das wird sich ja zeigen«, murmelte Charles.

»Wie denn?«, fragte seine Schwester.

»Vermutlich weiß sie Bescheid – Mutter wird es ihr erzählt haben. Sie kam zwei- oder dreimal in die Klinik. Vermutlich wird sie die Entwicklung abwarten.«

»So eine gemeine Person!« Und Dolly, die sich inzwischen

wieder gefaßt hatte, rief: »Ja, vielleicht kommt sie jetzt sogar her und setzt uns alle auf die Straße!«

Charles berichtigte sie. »Wenn sie's doch nur täte!«, sagte er in einem unheilverkündenden Ton. »Ich würde dann schon mit ihr fertig werden!«

»Ich auch«, ließ sein Vater sich vernehmen, der sich ein bißchen kaltgestellt fühlte. Es war ja sehr nett von Charles gewesen, daß er sich um die Beerdigung gekümmert und ihn heute Morgen zum Frühstück angehalten hatte, aber der Junge wurde mit den Jahren doch ein wenig diktatorisch und nahm die Stelle des Vorsitzenden gar zu bereitwillig ein. »Ich werde schon mit ihr fertig, wenn sie kommt, aber sie wird nicht kommen. Ihr geht mit Miß Schlegel alle ein bißchen hart ins Gericht.«

»Na, die Geschichte mit Paul war ja wohl ganz schön skandalös.«

»Von der Sache mit Paul will ich nichts mehr hören, Charles, das hab' ich dir damals schon gesagt, und außerdem hat es mit der jetzigen Angelegenheit nicht das mindeste zu tun. Margaret Schlegel ist uns zwar in diesen furchtbaren sieben Tagen mit ihrem Übereifer lästig gefallen und wir haben alle unter ihr zu leiden gehabt, aber das eine weiß ich ganz bestimmt: Ehrlich ist sie! Sie steht *nicht* in geheimem Einverständnis mit der Oberin, dessen bin ich mir ganz sicher. Und auch mit dem Arzt nicht, dessen bin ich mir genauso sicher. Sie hat nichts vor uns verborgen, denn bis zu jenem Nachmittag war sie genauso ahnungslos wie wir. So wie wir ist auch sie betrogen worden –« Er hielt einen Augenblick inne. »Ja, siehst du, Charles, in ihrer Todesnot hat eure arme Mutter uns alle in eine schiefe Situation gebracht. Paul hätte England nicht verlassen, ihr wäret nicht nach Italien gefahren, und Evie und ich auch nicht nach Yorkshire, wenn wir's nur gewußt hätten. Und Miß Schlegel hat sich genau in der gleichen Lage befunden. Alles in allem genommen, hat sie sich nicht übel gehalten.«

Evie sagte: »Aber diese Chrysanthemen –«

»Und daß sie überhaupt zur Beerdigung gekommen ist –«, tönte Dolly.

»Warum hätte sie denn nicht kommen sollen? Sie hatte

durchaus das recht dazu und außerdem stand sie ganz hinten bei den Frauen vom Dorf. Und die Blumen – gewiß, wir hätten solche Blumen nicht geschickt, aber vielleicht erschienen sie ihr gerade richtig, Evie, und weißt du denn, ob sie in Deutschland nicht sogar üblich sind?«

»Ach ja, ich habe ganz vergessen, daß sie gar keine richtige Engländerin ist«, rief Evie. »Das erklärt vieles.«

»Sie ist Kosmopolitin«, sagte Charles und sah dabei auf die Uhr. »Ich gebe zu, ich bin auf Kosmopoliten nicht gerade gut zu sprechen. Zweifellos mein Fehler. Ich kann sie nicht ausstehen und, eine deutsche Kosmopolitin ist doch der Gipfel. Das dürfte dann wohl alles sein, oder? Ich möchte noch rasch hinüber zu Chalkeley. Ein Fahrrad wird's schon tun. Ja, und was ich noch sagen wollte: Sprich doch bitte gelegentlich mal mit Crane. Ich bin sicher, daß er meinen neuen Wagen draußen hatte.«

»Hat er ihn beschädigt?«

»Nein.«

»In dem Fall laß' ich's durchgehen. Die Sache ist es nicht wert, daß man sich darüber streitet.«

Es kam bisweilen vor, daß Charles und sein Vater nicht derselben Meinung waren. Immer jedoch schieden sie in gesteigerter gegenseitiger Hochachtung, und keiner von beiden konnte sich einen tapfereren Kameraden wünschen, wenn es galt, die Klippen der Gefühle für ein Weilchen zu umschiffen. Und so segelten Odysseus' Gefährten an den Sirenen vorüber, nicht ohne einander zuvor die Ohren mit Watte verstopft zu haben.

XII

Charles hätte sich nicht zu sorgen brauchen. Von dem merkwürdigen Ansinnen seiner Mutter hatte Miß Schlegel nie gehört. Nach Jahren erst sollte sie davon erfahren, nachdem sie ihr Leben in ganz anderer Weise aufgebaut hatte, und zwar sollte es zum Schlußstein in ihrem Lebensgebäude werden. Jetzt aber war ihr Sinn auf andere Fragen gerichtet, und auch sie hätte den seltsamen Wunsch als phantastischen Einfall einer Kranken abgelehnt.

Zum zweiten Male löste sie sich von den Wilcoxens. Paul und seine Mutter, eine kleine und eine große Woge, waren in ihr Leben geflutet und wieder aus ihm fortgeebbt für immer. Die kleine Welle hatte keine Spuren hinterlassen, die große hatte ihr ein wenig Strandgut aus einer unbekannten Welt vor die Füße gespült. Als neugierige Sucherin stand sie eine Weile am Ufer des Meeres, das so wenig verrät und doch ein wenig verrät, und sah zu, wie diese letzte gewaltige Flut verebbte. Ihre Freundin war einen qualvollen, aber – so glaubte Margaret – würdevollen Tod gestorben. Ihre Zurückhaltung hatte noch auf anderes als auf Krankheit und Leiden gedeutet. Manche verlassen unser Leben unter Tränen, andere mit einer schon krankhaften Ungerührtheit. Mrs. Wilcox war den Mittelweg gegangen, den nur seltenere Naturen einschlagen können. Sie hatte das rechte Maß bewahrt. Sie hatte ihren Freunden ein wenig verraten von ihrem grauenhaften Geheimnis, doch nicht allzu viel; sie hatte ihr Herz verschlossen – beinahe, aber nicht ganz. So sollte man, wenn es dafür überhaupt eine Regel gibt, sterben: nicht als Opfer noch als Fanatiker, sondern wie ein Seefahrer, der mit gleichmütigem Blick beides zu grüßen vermag: die hohe See, der er entgegenfährt, und die Küste, die er verlassen muß.

Das letzte Wort – wie immer es lauten mochte – war jedenfalls nicht auf dem Friedhof von Hilton gesprochen worden. Dort war sie nicht gestorben. Begräbnis ist nicht Tod, so wenig wie Taufe Geburt oder Hochzeit Vereinigung ist. Alle drei sind plumpe Kunstgriffe, bald zu früh und bald zu spät, mit denen die Gesellschaft das rasche Hin und Her des Menschen festzuhalten sucht. In Margarets Augen hatte sich Mrs. Wilcox diesem Versuch entzogen. Mit Lebhaftigkeit war sie aus dem Leben gegangen, wie es ihre Art war, und kein Staub war so wahrhaftig Staub wie der Inhalt jenes schweren Sarges, den man mit allem Zeremoniell in die Grube ließ, bis er im Staub der Erde ruhte, keine Blumenpracht so vollends vertan wie die Chrysanthemen, die noch vor dem nächsten Morgen erfroren sein mußten. Margaret hatte einmal gesagt, sie »liebe den Aberglauben«. Das stimmte nicht. Nur wenige Frauen hatten ernsthafter versucht als sie, das Dickicht zu durchdringen, das den Körper und die Seele überwuchert. Mrs. Wilcox' Tod half ihr darin weiter. Sie sah ein wenig klarer als bisher, was ein Menschenwesen ist und zu welchen Höhen es sich aufzuschwingen vermag. Wahrere Beziehungen schimmerten auf. Vielleicht hieße das letzte Wort eines Tages doch Hoffnung – Hoffnung sogar diesseits des Grabes.

Inzwischen konnte Margaret Anteil an den Hinterbliebenen nehmen. Trotz ihrer weihnachtlichen Pflichten, trotz ihres Bruders nahmen die Wilcoxens auch weiterhin erstaunlich viel Raum ein in ihren Gedanken. Sie hatte so viel von ihnen gesehen in dieser letzten Woche vor Mrs. Wilcox' Tod. Zwar waren sie nicht »von ihrem Schlag« – sie waren oft argwöhnisch und dumm, unzulänglich gerade da, wo sie sich hervortun konnten; aber der Zusammenprall mit ihnen regte sie an und sie empfand eine Anteilnahme, die fast in Zuneigung überging, sogar Charles gegenüber. Sie hätte diese Menschen gern beschützt und hatte auch oft das Gefühl, jene könnten sie beschützen, da sie sich dort auszeichneten, wo sie versagte.

Waren die Klippen der Gefühle erst umschifft, dann wußten sie haargenau, was zu tun war, wen man rufen mußte; sie hielten alle Fäden in der Hand, sie hatten sowohl Schneid als auch Schneidigkeit und sie schätzte Schneid über alle Maßen. Sie führten ein Leben, zu dem sie keinen Zugang finden konnte – jenes äußere Leben voller »Telegramme und Aufregungen«, das explodiert war, als Helen und Paul im Juni in Berührung gekommen waren, und das in der vergangenen Woche noch einmal explodierte. Für Margaret sollte dies Leben eine wirkliche Macht bleiben. Sie konnte es nicht verachten, wie es Helen und Tibby vorgeblich taten. Es kultiviert solche Tugenden wie die Ordentlichkeit, die Entschlußkraft und den Gehorsam – sicher nur zweitrangige Tugenden, doch sie haben unsere Zivilisation erst zu dem gemacht, was sie heute ist. Sie formen überdies den Charakter. Margaret zweifelte nicht daran: sie bewahren die Seele davor, schlampig zu werden. Wie konnten die Schlegels es also wagen, die Wilcoxens zu verachten, wo es doch nun einmal auch solche Menschen geben muß?

»Brüte nicht zu viel«, schrieb sie an Helen, »über die Übermacht des Unsichtbaren über das Sichtbare! Es stimmt zwar, aber darüber zu brüten ist mittelalterlich. Unsere Aufgabe ist nicht, beides gegeneinander zu setzen, sondern beides miteinander in Einklang zu bringen.«

Helen schrieb zurück, sie habe nicht die Absicht, über einen derart öden Gegenstand zu brüten. Wofür die Schwester sie eigentlich halte? Das Wetter sei prächtig. Sie sei mit den Mosebachs auf dem einzigen Hügel, dessen Pommern sich rühmen könne, rodeln gegangen. Ganz lustig sei's gewesen, nur zu überlaufen, denn das gesamte übrige Pommern sei ebenfalls dorthin gekommen. Helen liebte das Landleben und ihr Brief glühte von Sportsbegeisterung und Poesie. Sie schilderte die Landschaft als ruhig, aber erhaben, beschrieb die schneebedeckten Felder mit den darüber hinjagenden Rudeln Rotwild; den Strom mit seiner malerischen Mündung in die Ostsee; die Oderberge, nur einhundert Meter hoch, von denen man nur allzu rasch wieder hinunterrutsche in die Pommersche Tiefebene, und doch seien es richtige Berge mit Nadelwäldern, Bächen und schöner Aussicht. »Auf die Größe kommt es weniger an als auf die Art, wie die Dinge geordnet sind.« In einem weiteren Absatz äußerte sie sich teilnehmend über Mrs. Wilcox, aber die Nachricht von ihrem Tode war ihr nicht nahe gegangen. Sie hatte keine rechte Vorstellung von den Begleiterscheinungen des Todes, die in gewissem Sinn denkwürdiger sind als der Tod selbst. Die Stimmung von Vorsichtsmaßnahmen und gegenseitigen Schuldzuweisungen, und mitten darin ein Mensch, der sich, weil er Schmerzen litt, lebhafter als sonst bemerkbar machte; dann das Ende dieses Menschen auf dem Friedhof von Hilton; und wie etwas am Leben blieb, das Hoffnung verhieß, die sich ihrerseits deutlich von der Alltagsfröhlichkeit des Lebens abhob: dies alles war Helen entgangen. Sie wußte nur, daß eine freundliche Dame nun nicht mehr freundlich sein konnte. Ganz erfüllt von ihren eigenen Angelegenheiten – sie hatte wieder mal einen Antrag bekommen –, kehrte sie nach Wickham-Place zurück und nach kurzem Zögern gab Margaret sich damit zufrieden.

Eine ernst zu nehmende Sache war der Antrag nicht gewesen. Er war das Werk von Fräulein Mosebach, die den weitgreifenden patriotischen Plan gefaßt hatte, ihre Cousinen durch eine Heirat dem Vaterlande zurückzugewinnen. England hatte Paul Wilcox ausgespielt und verloren. Deutschland spielte Herrn Forstmeister Soundso aus – seinen Namen konnte Helen sich nicht merken. Der Herr Forstmeister lebte in einem Wald und hatte, auf dem höchsten Punkt der Oderberge stehend, Helen sein Haus gezeigt oder, besser gesagt, hatte sie auf den Ausläufer des Kiefernwaldes aufmerksam gemacht, in dem es lag. Sie hatte ausgerufen: »Oh, wie schön! Das wär' genau das Richtige für mich!« Und am Abend war dann Frieda in ihrem Schlafzimmer erschienen: »Ich habe eine Botschaft für dich, liebe Helen« et cetera, und die hatte sie auch wirklich. Als Helen darauf lachte, hatte sie sich sehr nett gezeigt. Sie verstehe schon – so ein Wald sei gar zu abgeschieden und feucht –, der Meinung sei sie ja auch, nur der Herr Forstmeister glaube, eine gegenteilige Zusicherung erhalten zu haben. Deutschland hatte verloren, aber mit Humor, und da es ja die Männlichkeit der Welt in seinen Grenzen barg, würde es eines Tages doch noch gewinnen. »Da gibt's sogar jemanden für Tibby«, schloß Helen ihren Bericht. »Also, Tibby, denk dran, Frieda hat dir schon ein kleines Mädchen reserviert, mit Zöpfen und weißen wollenen Strümpfen, aber an den Füßen sind die Strümpfe rosa, als ob das kleine Mädchen in Erdbeeren getreten wäre. Jetzt hab' ich aber wirklich zuviel geredet. Der Kopf tut mir schon weh. Jetzt erzählt ihr mal.«

Tibby ließ sich zum Reden herbei. Auch er steckte voll mit eigenen Angelegenheiten, denn er war gerade in Oxford gewesen, um sich dort um ein Stipendium zu bemühen. Die Studenten waren in den Ferien und die Kandidaten waren in den verschiedenen Colleges untergebracht und im Speisesaal verköstigt worden. Für Tibby, der für alles Schöne empfänglich war, war es eine völlig neue Erfahrung und er schilderte seinen Aufenthalt in geradezu glühenden Farben. Die erhabene, altehrwürdige Universität, geprägt vom Reichtum der westlichen Grafschaften, denen sie seit einem Jahrtausend dient, sagte seinem Geschmack sogleich zu: sie war etwas, was er verstehen konnte, und er verstand sie umso besser, weil sie leer war. Oxford ist – eben Oxford: keine bloße Anstalt für die Jugend wie Cambridge. Vielleicht verlangt es von seinen Insassen, daß sie eher die Stätte lieben, als daß sie einander lieben: so wirkte es jedenfalls auf Tibby. Seine Schwestern schickten ihn hin, damit er Freunde gewinne, denn sie wußten, seine bisherige Erziehung war verschroben gewesen und hatte ihn von anderen Knaben und Männern abgesondert. Er aber gewann keine Freunde. Sein Oxford blieb das leere Oxford, und was er als Erinnerung mit ins Leben nahm, war kein strahlender Glanz, sondern eine Farbenkomposition.

Margaret freute sich, daß die Geschwister sich so angeregt unterhielten. In der Regel vertrugen sie sich nicht gerade besonders gut. Eine Zeitlang hörte sie ihnen zu, wobei sie sich wie eine ältliche, gütige Dame vorkam. Dann fiel ihr jedoch etwas ein und sie unterbrach das Gespräch:

»Helen, ich habe dir doch von der armen Mrs. Wilcox erzählt, diese traurige Angelegenheit?«

»Ja.«

»Ich habe einen Briefwechsel mit ihrem Sohn gehabt. Er war beim Ordnen des Nachlasses und wollte gern wissen, ob seine Mutter mir irgend etwas zugedacht habe. Ich fand das sehr aufmerksam von ihm, wenn man bedenkt, daß ich sie doch nur so kurz gekannt habe. Ich hab' ihm geschrieben, sie habe einmal davon gesprochen, mir etwas zu Weihnachten zu schenken, aber hinterher hätten wir's beide wieder vergessen.«

»Hoffentlich hat Charles den Wink verstanden.«

»Ja – das heißt, später schrieb mir ihr Mann und dankte mir, weil ich so freundlich zu ihr gewesen sei, und schenkte mir doch tatsächlich ihr silbernes Riechfläschchen. Findet ihr das nicht äußerst großzügig? Dafür mag ich ihn jetzt nur umso lieber. Er hoffe, unsere Bekanntschaft sei damit noch nicht zu Ende, sondern daß du und ich in Zukunft Evie manchmal besuchen kämen. Ich mag Mr. Wilcox. Er nimmt jetzt wieder seine Arbeit auf – irgendwas mit Gummi –, es ist ein großes Geschäft. Er steigt jetzt wohl ganz groß ein. Charles ist auch mit von der Partie. Charles hat ja geheiratet – ein hübsches kleines Geschöpf, aber die Hellste scheint sie nicht gerade zu sein. Sie hatten erst die Wohnung gegenüber, aber jetzt sind sie in ihr eigenes Haus gezogen.«

Nach einer schicklichen Pause setzte Helen ihren Bericht über Stettin fort. Wie schnell die Situation sich ändern kann! Im Juni hatte sie sich in einer Krise befunden, die sie noch im November erröten ließ und zu einem unnatürlichen Benehmen veranlaßte. Jetzt schrieb man Januar, und alles war vorbei und vergessen. Beim Rückblick auf das vergangene halbe Jahr erkannte Margaret, wie chaotisch unser tägliches Leben ist, wie sehr es sich von dem geordneten Ablauf unterscheidet, den die Historiker fabrizieren. Das wirkliche Leben steckt voller falscher Spuren und Wegweiser, die nirgendwohin führen. Mit unendlicher Anstrengung rüsten wir uns für eine Krise, die dann nie kommt. Noch im erfolgreichsten Leben werden Kräfte vergeudet, mit denen man hätte Berge versetzen können, und das erfolgloseste Leben führt nicht etwa der, den es unvorbereitet trifft, sondern derjenige, der vorbereitet ist und den es niemals trifft. Über eine Tragik von solcher Art schweigen sich unsere Volksmoralisten geflissentlich aus. Sie setzen voraus, daß Vorbereitung auf die Gefahr in sich schon etwas Gutes ist und daß Menschen wie Nationen gut daran tun, in voller Rüstung durchs Leben zu stolpern. Die Tragik des Vorbereitetseins ist noch kaum behandelt worden, außer von den Griechen. Das Leben ist in der Tat gefährlich, aber nicht auf die Art, wie die Moralisten uns glauben machen wollen. Es ist in der Tat unkontrollierbar, aber seine Quintessenz ist nicht der Kampf. Es ist unkontrollierbar, weil es eine Romanze und seine Quintessenz romantische Schönheit ist.

Margaret hoffte, daß sie in Zukunft nicht vorsichtiger, sondern weniger vorsichtig sein würde, als sie es bisher gewesen war.

XIII

Mehr als zwei Jahre vergingen, und im Schlegel'schen Haushalt führte man weiterhin ein Leben der kultivierten, aber keineswegs schändlichen Muße und ließ sich anmutig auf den grauen Gezeiten Londons dahintreiben. Konzerte und Theaterstücke rauschten an ihnen vorüber, Geld war ausgegeben und wieder erneuert, Ansehen gewonnen und wieder verspielt worden und die Stadt selbst, Sinnbild für ihr Leben, stieg und fiel in beständig wechselnder Flut, deren letzte Wellen immer weiter hinausspülten an die Hügel von Surrey und die Felder von Hertfordshire. Dies berühmte Bauwerk war eben erst entstanden, jenes war zum Abbruch verurteilt. Heute war die Umgestaltung Whitehalls abgeschlossen worden, morgen käme Regent Street an die Reihe. Und von Monat zu Monat rochen die Straßen stärker nach Benzin und waren schwerer zu überqueren, und die Menschen hatten größere Mühe, einander zu verstehen, atmeten weniger von der Luft und sahen weniger vom Himmel. Die Natur zog sich zurück: Die Blätter fielen schon im Hochsommer, die Sonne schien durch all den Schmutz mit einem viel bewunderten matten Dämmerschein.

Etwas gegen London zu sagen ist nicht mehr in Mode. Die Tage, da die Kunst mit der Erde ihren Kult trieb, sind vorüber und die Literatur der nahen Zukunft wird wahrscheinlich das Ländliche nicht mehr beachten und ihre Inspiration aus dem Städtischen beziehen. Man kann die Reaktion verstehen. Von Pan und den Elementargewalten hat sich das Publikum ein bißchen viel anhören müssen – sie gehören noch zum viktorianischen Zeitalter, während London schon wieder georgianisch-modern ist – und diejenigen, denen die Erde aufrichtig am Herzen liegt, werden wohl lange warten müssen, ehe das Pendel wieder zu ihr zurückschlägt. Gewiß hat London etwas Faszinierendes. Man mag es sich vorstellen als ein graues Gebilde voller Unrast, intelligent, doch ohne Ziel, erregbar, doch ohne Liebe; als einen Geist, der sich verändert, noch ehe der Chronist ihn festzuhalten vermag; als ein Herz, welches zwar schlägt, aber nicht mit menschlichem Pulsschlag. Diese Stadt übersteigt einfach alles: die Natur kommt uns bei all ihrer Grausamkeit näher als diese Menschenmassen. Ein Freund erklärt sich: Die Erde ist erklärlich – aus ihr kommen wir und zu ihr müssen wir zurück. Doch wer vermag die Westminster Bridge Road oder die Liverpool Street zu erklären, am Morgen, wenn die Stadt ihren Atem einzieht, und dieselben Verkehrsadern am Abend, wenn die Stadt ihre verbrauchte Luft wieder ausstößt? Verzweifelt recken wir die Arme über den Nebel empor, empor bis zu den Sternen sogar, durchstöbern die Leere des Weltalls nach einer Rechtfertigung für das Ungetüm und möchten ihr den Stempel eines menschlichen Antlitzes aufdrücken. An London könnte die Religion ihre Bewährungsprobe ablegen – freilich nicht die wohlbeschaffene Religion der Theologen, sondern eine anthropomorphe, urtümliche. Ja, das beständige Fluten wäre zu ertragen, wenn ein Mensch unseresgleichen – nicht ein erhaben thronendes oder tränenreiches Wesen – sich dort oben im Himmel um uns sorgte.

Der Londoner versteht seine Stadt meistens erst dann, wenn sie auch ihn von seinem Ankerplatz wegschwemmt, und so gingen Margaret die Augen erst auf, als der Mietvertrag für Wickham-Place ablief. Daß er einmal ablaufen würde, hatte sie immer gewußt, aber lebendig wurde es ihr erst ein Dreivierteljahr vor dem Ereignis. Da war dann das Haus mit einemmal mit einem Hauch von Wehmut umgeben. Es hatte so viele glückliche Tage gesehen. Warum mußte es weggerissen werden? In den Straßen der Stadt bemerkte Margaret zum erstenmal, wie sehr alles auf Hast gebaut war, wie Hast noch heraustönte aus der Redeweise der Bewohner – verstümmelte Worte, formlose Sätze, abgehackte Ausrufe der Billigung oder des Abscheus. Von Monat zu Monat wurde das Leben und Treiben immer toller, aber was war das Ziel? Immer noch wuchs die Bevölkerung, aber was für ein Schlag Menschen war es, die da geboren wurden? Der Millionär, dem das Grundstück am Wickham-Place gehörte, wollte dort ein Babel von Mietshäusern errichten – mit welchem Recht rührte er so kräftig um in dem großen, ohnehin schon wabbelnden Pudding? Er war kein Dummkopf – sie hatte selbst einmal gehört, wie er den Sozialismus erläuterte –, aber die wahre Einsicht begann genau da, wo seine Intelligenz aufhörte, und wahrscheinlich war das bei den meisten Millionären der Fall. Welches Recht hatten solche Männer – Doch Margaret bremste sich. Auf diesem Wege weiterdenken, führte zum Wahnsinn. Gott sei Dank besaß auch sie etwas Geld und konnte sich ein neues Heim erwerben.

Tibby, inzwischen das zweite Jahr in Oxford, war über die Osterferien nach Hause gekommen und Margaret ergriff die Gelegenheit, einmal ein ernstes Gespräch mit ihm zu führen. Ob er überhaupt wisse, wo er in Zukunft wohnen wolle? Tibby wußte nicht, ob er das wisse. Ob er denn überhaupt wisse, was er später zu tun gedenke? Darüber war er sich gleichfalls nicht im klaren, aber auf Margarets Drängen hin bemerkte er, am liebsten wäre es ihm, ganz ohne Beruf zu leben. Margaret war nicht etwa empört, sondern nähte noch ein paar Minuten ruhig weiter, bevor sie erwiderte:

»Ich mußte eben an Mr. Vyse denken. So besonders glücklich kommt er mir eigentlich nicht vor.«

»Ja-ah«, sagte Tibby und ließ dann seinen Mund mit einem seltsamen Zucken offen stehen, als hätte auch er über Mr. Vyse nachgedacht, ihn rundherum und durch und durch erforscht, gewogen, eingruppiert und ihn schließlich als völlig belanglos für das zur Diskussion stehende Thema abgetan. Helen geriet jedesmal in Wut, wenn Tibby dieses Schafsgesicht aufsetzte. Aber Helen war gerade im Eßzimmer und bereitete eine Rede über die Volkswirtschaft vor. Bisweilen drang ihre deklamierende Stimme vernehmlich durch den Fußboden herauf.

»Mr. Vyse ist doch ein recht kümmerliches Geschöpf, findest du nicht? Und dann dieser Guy – auch ein trauriger Fall. Überhaupt« – sie ging zum Allgemeinen über – »ist jeder doch besser dran, wenn er einer geregelten Arbeit nachgeht.«

Stöhnen.

»Dabei bleibe ich«, fuhr sie lächelnd fort. »Ich sage es ja nicht, um dich zu schulmeistern; es ist einfach meine Meinung. Ich glaube, die Menschen haben in den letzten hundert Jahren ein Bedürfnis nach Arbeit in sich entwickelt und das sollten sie nicht wieder verkümmern lassen. Es ist ein ganz neues Bedürfnis. Sicher geht es Hand in Hand mit vielem Schlechten, aber an sich ist es etwas Gutes und hoffentlich wird ›nicht zu arbeiten‹ für Frauen bald ebenso entsetzlich sein, wie es ›nicht verheiratet zu sein‹ vor hundert Jahren war.«

»Ich habe dieses starke Bedürfnis, auf das du da anspielst, noch nie gehabt«, erklärte Tibby.

»Dann lassen wir das Thema, bis du das Bedürfnis hast. Ich will dich nicht weiter piesacken. Laß dir nur Zeit! Aber vielleicht denkst du manchmal ein wenig nach über das Leben von Männern, die dir am meisten imponieren, und schaust, wie sie sich's eingerichtet haben.«

»Am meisten imponieren mir Guy und Mr. Vyse«, sagte Tibby kleinlaut und lehnte sich in seinem Stuhl so weit zurück, daß er vom Kopf bis zu den Knien eine waagrechte Linie bildete.

»Und denk nicht, ich meine es nicht ernst, weil ich dir nicht mit den herkömmlichen Argumenten komme – Geldverdienen, künftiger Wirkungskreis und so weiter –, die ja aus den verschiedensten Gründen doch alle nur leeres Gerede sind.« Sie nähte weiter. »Ich bin nur deine Schwester. Ich trage keine Verantwortung für dich und will auch gar keine tragen. Ich möchte dir nur vor Augen führen, was ich für die Wahrheit halte. Weißt du« – sie nahm den Kneifer ab, den sie neuerdings trug –, »in ein paar Jahren sind wir praktisch gleichaltrig, und dann möchte ich, daß du mir hilfst. Männer sind ja so viel netter als Frauen.«

»Wenn du schon in diesem Wahn lebst, warum heiratest du dann nicht?«

»Manchmal denke ich auch schon, ich würde es tun, wenn sich mir eine Gelegenheit böte.«

»Hat dich noch keiner gefragt?«

»Nur Einfaltspinsel.«

»Bekommt Helen Anträge?«

»Massenhaft!«

»Erzähl doch!«

»Nein.«

»Dann erzähl von deinen Einfaltspinseln!«

»Das waren Männer, die nichts Besseres zu tun hatten«, sagte seine Schwester, in dem Gefühl, daß sie berechtigt war, diesen Treffer zu landen. »Also laß dir's eine Warnung sein: du mußt arbeiten oder wenigstens so tun, als würdest du arbeiten, so wie ich es mache. Wenn man Leib und Seele retten will, dann heißt's arbeiten, arbeiten und arbeiten. Ehrlich, mein lieber Junge, es ist unbedingt notwendig. Schau dir die Wilcoxens an, schau Mr. Pembroke an! Bei all ihrer Gemütsarmut und ihrem Unverstand sind mir solche Männer lieber als manch einer mit besserem Rüstzeug, und ich glaube, es liegt daran, daß sie immer ehrlich und regelmäßig gearbeitet haben.«

»Verschon mich mit den Wilcoxens!«, maulte er.

»Das werde ich nicht. Die sind vom rechten Schlag.«

»Ach du meine Güte, Meg!«, protestierte er, richtete sich mit einem Ruck auf und war ganz zornige Abwehr. Trotz aller seiner Schwächen besaß Tibby echte Persönlichkeit.

»Schön, dann sagen wir, sie kommen dem rechten Schlag so nahe wie nur irgend möglich.«

»Nein, nein – o nein!«

»Ich dachte an den jüngeren Sohn, den ich ja auch einmal als Einfaltspinsel eingestuft hab', der dann aber so krank aus Nigeria zurückkam. Und jetzt ist er wieder hingefahren, wie mir Evie Wilcox erzählt hat – um seine Pflicht zu erfüllen.«

Das Wort »Pflicht« entlockte Tibby jedesmal ein Stöhnen.

»Er will nicht das Geld, die Arbeit will er, obwohl es eine tierische Arbeit ist: öde Gegend, unehrliches Eingeborenenvolk, ewige Plackerei mit Wasser und Essen. Ein Volk, das solche Männer hervorbringt, kann wohl stolz sein. Kein Wunder, daß England ein Weltreich geworden ist.«

»*Weltreich!*«

»Mit dem, was dabei herauskommt, will ich mich gar nicht erst herumplagen«, sagte Margaret ein wenig traurig. »Das ist mir zu schwierig. Ich kann mir nur die Menschen ansehen. Ein Weltreich ödet mich sogar an, aber ich weiß den Heroismus zu schätzen, der eines aufbaut. Auch London ödet mich an, aber was Tausende von prachtvollen Leuten auf sich nehmen, um aus London das zu machen –«

»Was es ist«, höhnte er.

»Was es ist – leider Gottes. Ich wünsche mir Tätigsein ohne Zivilisation. Paradox, was? Aber ich glaube, genau das werden wir einmal im Himmel vorfinden.«

»Und ich«, sagte Tibby, »wünsche mir Zivilisation ohne Tätigsein, was wir höchstwahrscheinlich am anderen Ort vorfinden werden.«

»So weit brauchst du da gar nicht erst zu gehen, Tibbylein, wenn du das suchst. Das findest du auch in Oxford.«

»Albern –«

»Wenn ich albernes Zeug rede, dann laß mich lieber wieder auf die Wohnungssuche zurückkommen. Ich könnte sogar in Oxford leben, wenn du willst – im Norden von Oxford. Ich könnte überall wohnen, nur nicht in Bournemouth, Torquay und Cheltenham. Ach ja, und auch nicht in Ilfracombe, Swanage, Tunbridge Wells, Surbiton und Bedford. Dort auf keinen Fall.«

»Dann also London.«

»Einverstanden, nur Helen möchte lieber weg aus London. Aber warum sollten wir eigentlich nicht ein Haus auf dem Lande und auch eine Wohnung in der Stadt haben, vorausgesetzt, daß wir beieinander bleiben und jeder was beisteuert. Obwohl natürlich – ach, was man so alles zusammenfaselt! Und wenn man bedenkt – wenn man an die Menschen denkt, die wirklich arm sind. Wie leben die bloß? Nicht in der Welt herumzukommen wäre mein Tod.«

Während sie noch sprach, flog die Tür auf und Helen kam in hellster Aufregung hereingestürzt.

»O ihr Lieblinge, was glaubt ihr wohl? Ihr werdet's nicht erraten. Eben war eine Frau hier und fragte nach ihrem Gatten. Ihrem was?« (Helen liebte es, ihrem eigenen Erstaunen Ausdruck zu geben.) »Jawohl, nach ihrem Gatten, ich hatte recht gehört.«

»Doch nicht etwa Bracknell?«, rief Margaret, die kürzlich einen Arbeitslosen dieses Namens zum Messer- und Schuheputzen angeheuert hatte.

»Ich wartete mit Bracknell auf, aber er wurde verschmäht. Tibby ebenso. Nun laß den Kopf nicht gleich hängen, Tibby!

Wir kennen den Mann überhaupt nicht. Ich sagte: ›Suchen Sie nur, gute Frau, sehen Sie sich gründlich um, suchen Sie unter den Tischen, stochern Sie im Kamin, schütteln Sie die Sesselschoner aus! Gatte? Gatte?‹ Ach, und sie war so prachtvoll angezogen und klirrte wie ein Kronleuchter.«

»Also, Helen, was ist denn nun wirklich passiert?«

»Was ich euch sage! Ich war gewissermaßen gerade dabei, meine Rede zu halten. Annie, dieser Trampel, macht die Haustür auf und läßt ein weibliches Wesen mir nichts, dir nichts zu mir rein, wie ich so mit offenem Mund dastehe. Dann legten wir los – äußerst höflich. ›Ich suche meinen Gatten, der wo meiner begründeten Vermutung nach hier ist.‹ Nein – wie ungerecht man doch immer ist! Sie sagte ›welcher‹ und nicht ›der wo‹. Sie drückte sich ganz korrekt aus. Ich fragte also: ›Name, bitte?‹, und sie sagte: ›Lan, Miß‹, und da waren wir nun also.«

»Lan?«

»Lan oder Len. Mit den Vokalen nahmen wir's nicht so genau. Lanolin.«

»Aber was für ein außergewöhnlicher –«

»Ich sagte: ›Meine gute Mrs. Lanolin, hier muß ein gravierendes Mißverständnis vorliegen. Bin ich auch schön, so ist meine Bescheidenheit doch noch beachtlicher als meine Schönheit und nie, niemals hat Mr. Lanolin seine Augen auf den meinen ruhen lassen.«

»Hoffentlich hat es dir Spaß gemacht«, sagte Tibby.

»Natürlich«, quiekste Helen. »Ein wirklich köstliches Erlebnis. Ach, Mrs. Lanolin ist ein Schatz – sie erkundigte sich nach ihrem Gatten, als wär's ein Regenschirm. Samstag nachmittag hat sie ihn verlegt – und eine ganze Weile scheint es sie gar nicht angefochten zu haben. Aber die ganze Nacht und den ganzen heutigen Vormittag über wuchsen ihre Befürchtungen. Das Frühstück schien nicht mehr dasselbe zu sein – nein, das Mittagessen noch viel weniger, und so spazierte sie denn zum Wickham-Place Nummer 2 als zu dem wahrscheinlichsten Verbleib des abhanden gekommenen Gegenstandes.«

»Aber wie in aller Welt –«

»Fang nicht mit ›wie in aller Welt‹ an! ›Ich weiß, was ich weiß‹, wiederholte sie immer wieder, zwar nicht unhöflich, aber voller Düsternis. Vergebens fragte ich sie, was sie denn wisse. Manche wüßten eben, was andere auch wüßten, und andere wüßten's wieder nicht, und wenn sie's nicht wüßten, sollten die anderen besser vorsichtig sein. Ach du liebe Zeit, das war vielleicht eine unfähige Person! Ein Gesicht hatte sie wie eine Seidenraupe und das ganze Eßzimmer riecht nach Veilchenwurzeln. Wir plauderten eine Weile ganz freundlich über Ehemänner und ich fragte mich auch schon, wo der ihre wohl sein könnte, und riet ihr, auf die Polizei zu gehen. Sie dankte mir. Wir einigten uns darauf, daß Mr. Lanolin ein ganz, ganz ungezogener Mann sei und gar kein Recht nicht hatte, auf Juchhe zu gehen. Aber sie hatte mich wohl bis zuletzt in Verdacht. Muß ich Tante Juley schreiben! Also, Meg, denk dran – muß ich!«

»Mußt du unbedingt!«, murmelte Margaret und legte ihr Nähzeug beiseite. »Ich weiß nicht, ob das alles so lustig ist, Helen. Es bedeutet doch, daß irgendwo ein schrecklicher Vulkan raucht, oder?«

»Glaub' ich nicht – eigentlich macht es ihr gar nichts aus. Dieses bewundernswerte Geschöpf kann ja gar nichts tragisch nehmen.«

»Aber vielleicht ihr Mann«, sagte Margaret und trat ans Fenster. »O nein, wohl kaum. Wer echter Tragik fähig ist, der hätte Mrs. Lanolin nicht geheiratet.«

»War sie hübsch?«

»Ihre Figur war vielleicht mal ganz gut.«

Die Mietswohnungen gegenüber, ihre einzige Aussicht, hingen wie ein Ziervorhang zwischen Margaret und dem Wirrwarr Londons. Ihre Gedanken kehrten zu dem traurigen Geschäft der Wohnungssuche zurück. Wickham-Place war so sicher gewesen. Eine unerklärliche Furcht befiel sie, daß ihre eigene kleine Herde dorthin geraten könnte, wo Aufruhr und Elend herrschten, und daß sie in nähere Berührung käme mit Episoden wie der eben erlebten.

»Tibby und ich haben uns wieder einmal überlegt, wo wir ab nächsten September wohnen sollen«, sagte sie schließlich.

»Tibby sollte sich viel lieber erst einmal überlegen, was er zu tun gedenkt«, versetzte Helen, womit dieses Thema von neuem aufgenommen wurde, nur diesmal mit aller Schärfe. Dann kam der Tee und hinterher feilte Helen an ihrem Vortrag weiter und auch Margaret bereitete einen vor, denn am folgenden Tag hatten sie ihren Diskussionsklub. Margarets Gedanken aber waren wie vergiftet. Mrs. Lanolin war aus dem Abgrund aufgestiegen wie ein leichter Geruch, ein Koboldschritt, und offenbarte ein Leben, wo Liebe und Haß verkümmert waren.

XIV

Wie so viele mysteriöse Dinge fand auch dieses Rätsel seine Aufklärung. Am nächsten Tag, als sie sich gerade zum Ausgehen fertig gemacht hatten, ließ sich ein Mr. Bast melden. Er war Büroangestellter bei der Feuerversicherungsgesellschaft Porphyrion. So viel war seiner Karte zu entnehmen. Er käme »wegen der Dame von gestern«. So viel war von Annie zu erfahren, die ihn ins Eßzimmer geführt hatte.

»Hurra, Kinder!«, rief Helen. »Mrs. Lanolin!«

Tibby zeigte sich interessiert. Die drei eilten nach unten, fanden dort aber nicht den erwarteten lockeren Vogel vor, sondern einen jungen Mann, farblos, tonlos, der über einem herabhängenden Schnurrbart bereits den leidvollen Blick in den Augen hatte, wie man ihn so häufig in London antrifft und wie er in bestimmten Straßen als wandelnde Anklage umgeht. Man sah ihm die dritte Generation an: Enkel eines Schäfers oder Landarbeiters, den die städtische Zivilisation verschluckt hatte; einer von den Tausenden, die ihre körperliche Regsamkeit verloren, die geistige aber nicht gewonnen hatten. Spuren der Robustheit waren noch vorhanden, schon mehr als eine Spur urwüchsigen guten Aussehens, und Margaret bemerkte sein Rückgrat, das einmal gerade, und seinen Brustkasten, der einmal weit hätte werden können, und fragte sich, ob es sich wirklich lohne, die Herrlichkeit des Animalischen aufzugeben für einen Gehrock und eine Hand voll Ideen. In ihrem Fall hatte die Kultur zwar funktioniert, aber in den letzten paar Wochen waren ihr Zweifel gekommen, ob Kultur auf die große Masse tatsächlich humanisierend wirkt, so breit und sich immer noch verbreiternd ist die Kluft zwischen dem natürlichen und dem philosophischen Menschen und so zahlreich sind die guten Kerle, die zugrunde gehen beim Versuch, die Kluft zu überschreiten. Sie kannte den Typ recht gut – den unbestimmten Ehrgeiz, die geistige Unaufrichtigkeit, die äußerliche Vertrautheit mit Büchern. Sie wußte im Voraus, in welchem Ton er sie ansprechen würde. Unvorbereitet war sie nur darauf, daß er ihr nun eine ihrer Visitenkarten präsentierte.

»Sie erinnern sich wohl nicht mehr, daß Sie sie mir einmal gegeben haben, Miß Schlegel?«, sagte er mit gezwungener Zutraulichkeit.

»Nein, eigentlich nicht.«

»Na ja, deswegen ist es nämlich passiert.«

»Und wo sind wir uns begegnet, Mr. Bast? Im Augenblick kann ich mich nicht entsinnen.«

»Es war bei einem Konzert in der Queen's Hall. Sie werden sich vielleicht besinnen«, setzte er hochtrabend hinzu, »wenn ich Ihnen sage, daß unter anderem Beethovens fünfte Symphonie gespielt wurde.«

»Wir hören die Fünfte praktisch jedesmal, wenn sie gespielt wird, also hilft mir auch das nicht weiter. Kannst du dich erinnern, Helen?«

»War es damals, als die rötliche Katze auf der Balustrade spazieren lief?«

Er glaubte nicht.

»Dann weiß ich es auch nicht mehr. Das ist das einzige Beethovenkonzert, an das ich mich noch besonders erinnere.«

»Und Sie, wenn ich so frei sein darf, nahmen meinen Schirm mit, aus Versehen natürlich.«

»Sehr wahrscheinlich.« Helen lachte. »Schirme stehle ich nämlich noch öfter, als ich Beethoven höre. Haben Sie ihn zurückbekommen?«

»Ja, vielen Dank, Miß Schlegel.«

»Das Mißverständnis ist also aufgrund meiner Karte entstanden, nicht wahr?«, warf Margaret ein.

»Ja, das Mißverständnis entstand – es war ein Mißverständnis.«

»Und die Dame, die uns gestern aufsuchte, war der Meinung, daß Sie sich auch bei uns aufhielten und daß sie Sie hier finden würde?«, half Margaret nach, denn es schien, als brächte er die versprochene Erklärung nicht zustande.

»So ist es, daß auch ich bei Ihnen wäre. Ein Mißverständnis.«

»Aber warum dann ...«, begann Helen, aber Margaret legte ihr die Hand auf den Arm.

»Ich sagte zu meiner Frau«, er sprach nun etwas rascher – »ich sagte zu Mrs. Bast: ›Ich muß ein paar Freunden einen Besuch abstatten‹, und Mrs. Bast sagte zu mir: ›Ja, geh nur!‹ Als ich fort war, brauchte sie mich in einer wichtigen Angelegenheit und dachte, ich wäre hierher gegangen, von wegen der Visitenkarte, und suchte hier nach mir und nun wollte ich Sie ergebenst um Entschuldigung bitten, auch im Namen meiner Frau, für alle Ungelegenheiten, die wir Ihnen bereitet haben.«

»Gar keine Ungelegenheiten«, sagte Helen, »aber ich verstehe immer noch nicht ganz.«

Mr. Bast zeichnete sich durch sein ausweichendes Verhalten aus. Er begann seine Erklärung von vorn, log aber ganz offenkundig, und Helen sah nicht ein, warum man ihn ungeschoren davonkommen lassen sollte. Sie besaß noch die Grausamkeit der Jugend. Ohne auf die einhaltgebietende Geste ihrer Schwester weiter zu achten, sagte sie: »Ich verstehe immer noch nicht. Wann, sagten Sie, haben Sie diesen Besuch gemacht?«

»Besuch? Welchen Besuch?«, fragte er und starrte sie an, als sei ihre Frage ziemlich töricht, ein beliebter Kunstgriff, wenn man zwischen Baum und Borke steckt.

»Diesen Nachmittagsbesuch!«

»Am Nachmittag natürlich!«, erwiderte er und blickte zu Tibby, um zu sehen, wie seine Replik ankam. Doch Tibby, eine Replik in Person, zeigte kein Mitgefühl, sondern fragte: »Samstag nachmittag oder Sonntag nachmittag?«

»S-Samstag.«

»Sieh mal an!«, rief Helen, »und da waren Sie am Sonntag, als Ihre Frau hierherkam, immer noch auf Besuch? Eine lange Stippvisite!«

»Das nenne ich nicht fair«, sagte Mr. Bast, wobei er dunkelrot und dadurch hübscher wurde. Seine Augen bekamen etwas Kämpferisches. »Ich weiß, was Sie meinen, aber es stimmt nicht.«

»Ach, lassen wir das«, sagte Margaret, die voller Sorge schon wieder den Geruch aus dem Abgrund wahrnahm.

»Es war etwas anderes«, beteuerte er und das gekünstelte Benehmen fiel von ihm ab. »Ich war ganz woanders, als Sie glauben, fertig, aus!«

»Es war lieb von Ihnen, herzukommen und die Sache aufzuklären«, sagte Margaret. »Das Übrige geht uns natürlich gar nichts an.«

»Ja, aber ich möchte – ich wollte – haben Sie jemals ›Die Leiden des Richard Feverel‹ gelesen?«

Margaret nickte.

»Das ist ein herrliches Buch. Ich wollte auch zur Erde zurück, verstehen Sie, wie Richard am Schluß. Oder haben Sie schon mal Stevensons ›Prinz Otto‹ gelesen?«

Helen und Tibby stöhnten leise.

»Auch ein herrliches Buch. Darin findet man auch zur Erde zurück. Ich wollte –« Er sprach sehr affektiert. Dann aber brach durch alle Nebel seiner Bildung eine harte Tatsache, hart wie ein Kieselstein. »Ich bin die ganze Samstagnacht durch gelaufen«, sagte Leonard. »Ich bin gelaufen.« Die Schwestern durchlief ein beifälliger Schauder. Aber schon machte sich der Bildungstrieb wieder geltend. Er fragte, ob sie E.V. Lucas' »Offenen Weg« gelesen hätten.

Darauf Helen: »Zweifellos noch ein herrliches Buch, aber ich möchte lieber etwas von Ihrem Weg hören.«

»Ach, ich bin einfach gelaufen.«

»Wie weit?«

»Das weiß ich nicht und weiß auch nicht, wie lang. Es wurde so dunkel, daß ich nicht mehr auf die Uhr sehen konnte.«

»Sind Sie allein gewandert, wenn ich fragen darf?«

»Ja«, sagte er und straffte sich. »Aber wir hatten zuvor im Büro darüber gesprochen. Im Büro ist neuerdings eine Menge von so was die Rede. Die Kollegen dort meinten, man richtet sich einfach nach dem Polarstern, und ich hab' ihn im Atlas auf der Sternkarte nachgeschlagen, aber ist man erst einmal im Freien, dann geht alles so durcheinander –«

»Reden Sie mir nicht vom Polarstern«, unterbrach Helen, die sich allmählich für die Sache zu interessieren begann. »Ich kenne seine Schliche. Er geht immer rundherum und man läuft ihm hinterher.«

»Also, ich hab' ihn ganz verloren. Zuerst die Straßenlaternen, dann die Bäume, und gegen Morgen bewölkte sich's.«

Tibby, der unverwässerte Komödien vorzog, schlüpfte aus dem Zimmer. Er wußte, dieser Bursche würde nie Poesie erlangen, und wollte sich seine Versuche erst gar nicht mit anhören. Margaret und Helen harrten aus. Ihr Bruder beeinflußte sie mehr, als sie wußten: in seiner Abwesenheit waren sie leichter zu begeistern.

»Von wo aus sind Sie denn losmarschiert?«, rief Margaret. »Erzählen Sie uns doch bitte mehr davon!«

»Ich nahm die U-Bahn nach Wimbledon. Nach Büroschluß sagte ich mir: ›Einmal muß ich ja irgendwie einen weiten Marsch machen. Wenn ich ihn jetzt nicht mache, mach' ich ihn niemals.‹ In Wimbledon hab' ich eine Kleinigkeit zu Abend gegessen, und dann –«

»Keine schöne Gegend dort, nicht?«

»Stundenlang nur Gaslaternen. Aber ich hatte ja die ganze Nacht für mich, und draußen zu sein war die Hauptsache. Ich bin dann ja auch bald in den Wald gekommen.«

»Ja, sprechen Sie doch weiter!«, sagte Helen.

»Sie können sich gar nicht vorstellen, wie schwer es sich im Dunkeln auf unebenem Boden läuft.«

»Sind Sie wirklich von der Straße abgegangen?«

»O ja! Das hatte ich von vornherein vor, aber das Schlimmste daran ist, daß man sehr viel schwerer seinen Weg findet.«

»Mr. Bast, Sie sind ja der geborene Abenteurer!«, rief Margaret lachend. »Kein Berufssportler hätte sich an dem versucht, was Sie da unternommen haben. Ein Wunder, daß Sie sich bei Ihrem Marsch nicht den Hals gebrochen haben. Was hat denn bloß Ihre Frau dazu gesagt?«

»Berufssportler gehen niemals ohne Laterne und Kompaß«, sagte Helen. »Außerdem können die gar nicht laufen. Es strengt sie zu sehr an. Erzählen Sie weiter!«

»Ich kam mir vor wie Robert Louis Stevenson. Sie erinnern sich wahrscheinlich, wie in ›Virginibus‹ –«

»Ja, aber der Wald. Dieser Wald da. Wie sind Sie wieder rausgekommen?«

»Mit dem ersten Wald kam ich noch zurecht und fand auf der anderen Seite davon eine Straße, die ein gutes Stück bergauf ging. Ich möchte fast meinen, es waren diese North Downs, denn die Straße verlief sich in Wiesen, und dann kam ich wieder in einen Wald. Dort war's gräßlich, alles voll Stechginstersträuchern. Ich wünschte mir schon, ich wäre nie losgezogen, aber plötzlich wurde es hell – gerade als ich schon dachte, ich müßte unter einem Baum das Zeitliche segnen. Dann fand ich eine Straße zu einer Bahnstation und nahm den ersten Zug nach London zurück.«

»Aber war denn die Morgendämmerung nicht wunderbar?«, fragte Helen.

»Nein«, erwiderte er mit einer Ehrlichkeit, die den beiden im Gedächtnis blieb. Das Wort kam wiederum gleich einem Kieselstein aus einer Schleuder hervorgeflogen. Alles, was an seiner Redeweise gewöhnlich oder angelesen gewirkt hatte, fiel ab; es fiel der ermüdende Stevenson und die »Liebe zur Erde« und der Seidenzylinder. In Gegenwart dieser Frauen war der echte Leonard zum Vorschein gekommen und er konnte so fließend, so überschwenglich sprechen, wie er es selten zuvor an sich erlebt hatte.

»Die Morgendämmerung war einfach grau, nicht der Rede wert –«

»Nur ein umgekehrter grauer Abend. Ich weiß.«

»Und ich war viel zu müde, um auch nur den Kopf zu heben und hinzuschauen, und kalt war mir obendrein. Ich bin froh, daß ich's getan habe, aber trotzdem hat's mich zu der Zeit mehr angeödet, als ich sagen kann. Und außerdem – ob Sie's mir glauben wollen oder nicht – war ich sehr hungrig.

Das Abendessen in Wimbledon – das sollte eigentlich die Nacht vorhalten wie ein anderes Abendessen auch. Ich hätte nie gedacht, daß es so viel ausmacht, wenn man läuft. Aber beim Laufen braucht man ja auch in der Nacht gewissermaßen sein Frühstück, sein Mittagessen und seinen Tee, und ich hatte nichts weiter bei mir als ein Päckchen *Woodbines*. Gott, hab' ich mich elend gefühlt. Wenn ich darauf zurückblicke, kann ich es nicht gerade ein Vergnügen nennen. Es ging eher ums Bei-der-Stange-Bleiben. Ich bin bei der Stange geblieben. Ich – ich war fest entschlossen. Ach, zum Henker damit! Wozu denn auch – ich meine, wozu soll's gut sein, immer und ewig im selben Zimmer zu leben? Man macht halt so weiter Tag für Tag, immer dasselbe altbekannte Spiel, immer das gleiche In-die-Stadt-rein und Wieder-zurück, bis man ganz vergißt, daß es auch noch was anderes gibt. Man muß doch auch mal sehen, was draußen vorgeht, wenn es auch am Ende gar nichts Besonderes ist.«

»Ja, ich glaube auch, das sollte man«, sagte Helen, die sich auf der Tischkante niedergelassen hatte.

Der Klang einer Damenstimme ließ ihn sogleich aus seiner Ehrlichkeit erwachen. »Merkwürdig«, sagte er, »das alles nur, weil man etwas von Richard Jefferies gelesen hat.«

»Verzeihen Sie, Mr. Bast, aber da täuschen Sie sich. Davon kam's nicht, sondern von etwas viel Größerem.«

Doch er ließ sich nicht von ihr beirren. Hinter Jefferies erhob schon Borrow sein Haupt – Borrow, Thoreau und andere, die sich darauf reimten. Stevenson bildete die Nachhut und der Ausbruch ging schließlich in einem Sumpf von Büchern unter. Nicht, daß diese großen Namen keinen Respekt verdienten! Der Fehler liegt bei uns, nicht bei ihnen. Sie wollen für uns nur Wegweiser sein und sind nicht schuld daran, wenn wir in unserer Schwäche den Wegweiser schon für das Ziel halten. Leonard hatte das Ziel erreicht. Er hatte die Grafschaft Surrey besucht, als Dunkelheit ihre lieblichen Gefilde bedeckte und ihre lauschigen Villen wieder in die uralte Nacht zurückgesunken waren. Dieses Wunder geschieht zwar alle vierundzwanzig Stunden, er aber hatte sich auch die Mühe gemacht und es angesehen. In seiner verkrampften Seele hauste etwas, was größer war als Jefferies' Bücher: der Geist, der Jefferies dazu bewegt hatte, sie zu schreiben; und Leonards Morgendämmerung war, wenngleich sie sich nur als eintönig erwies, dennoch ein Teil des ewigen Sonnenaufgangs, bei dem George Borrow Stonehenge schaut.

»Dann halten Sie es also nicht für eine Dummheit von mir?«, fragte er und wurde wieder ganz der naive, sanftmütige Junge, als den ihn die Natur geschaffen hatte.

»Um Himmels willen, nein!«, erwiderte Margaret.

»Der Himmel bewahre uns!«, erwiderte Helen.

»Das freut mich aber wirklich sehr. Also meine Frau würde es nie verstehen, und wenn ich's ihr tagelang erklärte.«

»Nein, es war keine Dummheit«, rief Helen mit leuchtenden Augen. »Sie haben die Grenzen zurückgedrängt, das finde ich großartig von Ihnen.«

»Sie haben sich nicht mit Träumen begnügt wie wir –«

»Obwohl wir ja auch schon weit gelaufen sind –«

»Ich muß Ihnen oben ein Bild zeigen –«

Da läutete es an der Tür. Die Droschke, die sie zu ihrer Abendgesellschaft bringen sollte, war vorgefahren.

»Ach, wie dumm, wie blödsinnig! Ich hatte ganz vergessen, daß wir außer Haus essen. Aber bitte, bitte kommen Sie bestimmt wieder, damit wir uns weiter unterhalten können!«

»Ja, das müssen Sie – wirklich!«, fiel Margaret ein.

Leonard aber erwiderte aus tiefstem Herzen: »Nein, das werde ich nicht. Es ist besser so.«

»Warum besser?«, fragte Margaret.

»Nein, es ist besser, wir riskieren kein zweites Gespräch. An diese Unterhaltung mit Ihnen werde ich immer als an etwas besonders Schönes in meinem Leben zurückdenken. Wirklich, das ist mein Ernst. Das können wir niemals wiederholen. Es hat mir richtig gut getan und dabei sollten wir's lieber belassen.«

»Das ist aber eine recht traurige Lebensanschauung!«

»Man verdirbt so leicht etwas.«

»Ich weiß«, warf Helen ein. »Aber den Menschen verdirbt man nicht.«

Das verstand er nicht. Er blieb in einer Mischung aus echten und falschen Vorstellungen befangen. Was er sagte, war nicht verkehrt, aber auch nicht richtig, und in seinen Worten schwang ein falscher Ton mit. Es hätte, das spürten die Schwestern, nur einer kleinen Drehung bedurft und das Instrument wäre richtig gestimmt. Eine kleine Drehung weiter und es würde für immer verstummen. Er bedankte sich vielmals bei den Damen, aber er wollte sie nicht wieder besuchen kommen. Einen Augenblick lang herrschte betretenes Schweigen, dann sagte Helen: »So gehen Sie denn! Vielleicht haben Sie ja auch ganz recht. Vergessen Sie aber nie: Sie sind besser als Jefferies!« Und er ging. Die Droschke überholte ihn an der nächsten Ecke, ein Händewinken noch und das Gefährt entschwand samt seiner vornehmen Last in den Abend hinein.

London begann sich für die Nacht zu illuminieren. Elektrische Lichter surrten und zuckten über den Hauptverkehrswegen, kanariengelb und grün flimmerten in den Seitenstraßen die Gaslaternen. Der Himmel war ein purpurnes Frühlingsschlachtfeld, aber London kannte keine Furcht. Der Qualm über der Stadt dämpfte den Glanz und die Wolken über der Oxford Street waren wie ein zart gemaltes Deckengemälde: schmückend, aber ohne den Blick abzulenken. Nie hat diese Stadt den scharfen Schwall einer reineren Luft gekannt. Leonard hastete durch die farbigen Wunder, auch er ganz ein Teil des Bildes. Grau war sein Leben, und um es aufzuhellen, hatte er sich ein paar Winkel Romantik freigehalten. Einen dieser Winkel sollten nun die Damen Schlegel einnehmen oder genauer gesagt: seine Begegnung mit ihnen. Es war auch durchaus nicht das erste Mal daß er sich Fremden eröffnet hatte. In solchem Tun liegt etwas Hemmungsloses; es war eine Ausschweifung, und zwar die schlimmste von allen, ein Ventil für Instinkte, die sich nicht verleugnen ließen. Wenn sie ihn heimsuchten, ließ er allen Argwohn, alle Vorsicht beiseite und war imstande, Leuten, die er kaum je zuvor gesehen hatte, seine Geheimnisse anzuvertrauen. Das trug ihm manche Gewissensbisse, aber auch manche angenehmen Erinnerungen ein. Vielleicht sein glücklichstes Erlebnis war eine Eisenbahnfahrt nach Cambridge, auf der ein wohlerzogener Student ihn angeredet hatte. Sie waren bald ins Gespräch gekommen, in dessen Verlauf sich Leonard all seiner sonstigen Zurückhaltung entledigte. Er erzählte ihm etwas von seinen häuslichen Sorgen und ließ das übrige durchblicken. Bereit, sich mit ihm anzufreunden, bat der Student ihn zum »Kaffee nach Tisch«. Leonard nahm an, hinterher aber wurde er schüchtern und wagte sich keinen Schritt aus dem Hotel für Handlungsreisende, in dem er wohnte. Er wollte nicht, daß das Romantische in seinem Dasein mit der »Porphyrion« in Widerstreit geriete, noch viel weniger mit Jacky; Menschen, die ein erfüllteres, glücklicheres Leben führen, werden das schwer begreifen. Für die Schlegels wie für den Studenten war er ein interessantes Geschöpf, von dem sie gern mehr erfahren hätten. Sie aber waren für ihn die Bewohner romantischer Gefilde und sollten in dem Winkel bleiben, den er ihnen angewiesen hatte. Sie waren Bilder und durften niemals aus ihrem Rahmen heraustreten.

Sein Verhalten in der Sache mit Margarets Visitenkarte war bezeichnend gewesen. Nicht etwa, daß seine Ehe eine Tragödie war. Wo kein Geld vorhanden ist und auch keine Anlage zur Heftigkeit, da gedeiht das Tragische nicht. Er konnte seine Frau nicht verlassen und er wollte sie auch nicht schlagen. Reibereien und Elend gab es schon genug. Da war dann »die Karte« ins Spiel gekommen. Trotz aller Heimlichtuerei war Leonard unordentlich und ließ die Karte herumliegen. Jacky fand sie und nun ging es los: »Was ist'n das für 'ne Karte, hä?« »Ja, das möchtest du wohl gern wissen, was das für eine Karte ist?« »Len, wer ist Miß Schlegel?« und so weiter. Monate vergingen und die Karte, bald im Scherz, bald im Ärger, wanderte hin und her und wurde zusehends schmutziger. Sie zog mit, als sie von der Camelia Road nach Tulse Hill umzogen, und wurde gelegentlich Dritten vorgezeigt. Das kleine Stückchen Karton wurde zum Schlachtfeld, auf dem die Seelen Leonards und seiner Frau einander bekämpften. Warum sagte er nicht: »Eine Dame hat meinen Schirm mitgenommen, eine zweite gab mir diese Karte, damit ich meinen

Schirm wieder abholen konnte«? Weil Jacky es ihm nicht geglaubt hätte? Teilweise auch darum, in der Hauptsache aber aus Sentimentalität. Es war keine Verliebtheit mit im Spiel; die Karte war ihm nur einfach ein Symbol für das kultivierte Leben, an das Jacky nicht rühren sollte. Nachts sagte er sich manchmal: »Na, jedenfalls weiß sie nichts über die Karte. Ätsch, da hab' ich sie drangekriegt!«

Die arme Jacky! Sie war kein schlechter Mensch und sie hatte auch ihr Päckchen zu tragen. Sie zog ihre eigene Schlußfolgerung – sie war nur einer einzigen Schlußfolgerung fähig –, und als die Zeit gekommen war, handelte sie danach. Am Freitag hatte Leonard den ganzen Tag nicht mit ihr gesprochen und den Abend damit zugebracht, die Sterne zu beobachten. Am Samstag fuhr er wie gewöhnlich in die Stadt, kehrte aber abends nicht zurück, auch Sonntag früh nicht und ebensowenig Sonntag nachmittag. Ihr Unbehagen steigerte sich ins Unerträgliche, und obwohl sie sich an häusliche Zurückhaltung gewöhnt hatte und in weiblicher Gesellschaft schüchtern war, machte sie sich dennoch auf den Weg zum Wickham-Place. In ihrer Abwesenheit kam Leonard heim. Die Karte, die verhängnisvolle Karte, steckte nicht mehr im Ruskin zwischen den Seiten und er ahnte gleich, was vorgefallen war.

»Na?«, hatte er ausgerufen und sie mit schallendem Gelächter begrüßt. »Ich weiß, wo du gewesen bist, aber du weißt nicht, wo ich war!«

Jacky sagte seufzend: »Len, ich glaube, du bist mir eine Erklärung schuldig«, und nahm wieder ihr häusliches Leben auf.

Erklärungen abzugeben war schwierig bei diesem Stand der Dinge und Leonard war ein zu dummer oder, wie man zu schreiben versucht ist, ein zu vernünftiger Kerl, als daß er sich erst daran versucht hätte. Seine Verschwiegenheit hatte nichts von der grobschlächtigen Art so vieler Männer des praktischen Lebens, die nach außen hin vorgeben, es sei ja alles nichts weiter, und sich hinterm »Daily Telegraph« verschanzen. Auch der Abenteurer ist verschwiegen und für einen Büroangestellten bedeutet es nun einmal ein Abenteuer, wenn er ein paar Stunden lang in der Dunkelheit umherläuft. Lacht ihn nur aus, ihr, die ihr viele Nächte auf freiem Feld geschlafen habt, mit eurem Gewehr zur Seite und umgeben von der ganzen Atmosphäre des fix und fertig gelieferten Abenteuers! Und auch ihr mögt lachen, die ihr Abenteuer für etwas Törichtes haltet. Seid aber nicht erstaunt, wenn Leonard schüchtern ist, wann immer er euch begegnet, und wenn die Schlegels eher etwas von ihm über die Morgendämmerung zu hören bekommen als Jacky.

Daß die Schlegels ihn nicht für einen Dummkopf gehalten hatten, wurde für Leonard ein Quell dauernder Freude. Er fühlte sich gleich auf der Höhe, wenn er nur an sie dachte. Es gab ihm Auftrieb, als er im schwindenden Tageslicht heimwärts pilgerte. Irgendwie waren die Schranken des Reichtums gefallen, und es war ihm etwas gegeben worden – er wußte es nicht recht auszudrücken –, ein Blick auf die Wunder der Welt. »Meine Überzeugung«, sagt der Mystiker, »wächst unendlich in dem Augenblick, da eine zweite Seele daran glaubt.« Und die Schlegels hatten ihm darin zugestimmt, daß es noch etwas gebe jenseits des grauen Alltags. Er nahm den Zylinder ab und strich ihn gedankenvoll glatt. Bisher hatte er angenommen, das Unbekannte bestehe in Büchern, Literatur, klugem Gespräch und Bildung. Man hob sich durch eifriges Studieren und käme dadurch in der Welt nach oben. Doch aus dem kurzen Gedankenaustausch mit den beiden Schwestern dämmerte ihm ein neues Licht. Lag das »Etwas« vielleicht darin, daß man bei Dunkelheit hügeliges Vorstadtgelände durchstreifte?

Plötzlich bemerkte er, daß er barhäuptig die Regent Street entlangging. Schlagartig wurde ihm London wieder gegenwärtig. Um diese Stunde waren nur wenige unterwegs, aber alle, an denen er vorüberging, schauten ihn mit einer Feindseligkeit an, die umso eindrucksvoller war, als sie unbewußt schien. Er setzte den Hut auf. Er war ihm zu groß, sein Kopf verschwand darin wie ein Pudding in der Schüssel und die Ohren legten sich unter dem Druck der gebogenen Krempe nach außen. Er trug den Hut ein wenig nach hinten gesetzt. Er sollte sein Gesicht verlängern und den Abstand zwischen den Augen und dem Schnurrbart stärker hervorheben. So ausstaffiert, entging er weiterer Kritik und fiel keinem mehr unangenehm auf, als er übers Pflaster trottete, ein lebhaft schlagendes Menschenherz in der Brust.

XV

Noch ganz im Banne ihres Abenteuers fuhren die Schwestern zu ihrer Abendgesellschaft, und wenn sie gemeinsam in solcher Verfassung waren, gab es so leicht keine Gesellschaft, die gegen sie aufkam. Die Versammlung bestand an diesem Abend nur aus Damen und entwickelte mehr Widerstandskraft als die meisten, unterlag jedoch nach harten Kämpfen. Helen an der einen Seite, der Tafel, Margaret an der anderen, redeten nur von Mr. Bast und von nichts anderem und schon zwischen Fisch und Braten prallten ihre Monologe aufeinander, stürzten in sich zusammen und wurden allgemeines Eigentum. Das war noch nicht alles. Es handelte sich bei diesen abendlichen Zusammenkünften um einen zwanglosen Diskussionsklub; man servierte nach dem Essen einen Vortrag, der zwischen Kaffeetassen und Gelächter im Salon verlesen wurde, an sich aber mehr oder minder geistreich ein Thema von allgemeinem Interesse behandelte. Daran schloß sich eine Debatte und in dieser trat Mr. Bast abermals in Erscheinung, und zwar als heller oder als dunkler Punkt in der Zivilisation, je nach dem Temperament der betreffenden Rednerin. Das Thema des Abends lautete: »Wie verfüge ich über mein Geld?«, wobei die Vortragende in der Rolle einer Millionärin auftrat, die ihren Tod herannahen fühlte und entschlossen schien, ihr Vermögen als Stiftung für örtliche Kunstsammlungen zu hinterlassen, sich aber anders lautendem Zuspruch nicht verschließen wollte. Man hatte die verschiedenen Rollen im voraus verteilt und manche von den Reden waren recht amüsant. Die Gastgeberin vertrat die undankbare Rolle des »ältesten Sohnes der Millionärin« und beschwor die sterbende alte Dame, sie möge die bestehende Gesellschaftsordnung nicht untergraben, indem sie zuließe, daß solche Riesensummen der Familie entzogen würden. Geld sei die Frucht der Entsagung und die jüngere Generation habe ein Recht, von der Entsagung der vorhergehenden zu profitieren. Welches Nutznießungsrecht hingegen besitze »Mr. Bast«? Für seinesgleichen sei die Nationalgalerie gut genug. Nachdem der Vertreter des Besitzes also sein Wort gesprochen hatte (ein Wort, das notwendigerweise unfreundlich sein mußte), traten die verschiedenen Philanthropen auf den Plan. Es müsse etwas getan werden für »Mr. Bast«: Seine Lebensumstände müßten verbessert werden, ohne daß man seine Unabhängigkeit beeinträchtigte; er müsse freien Zutritt zu einer Bibliothek oder zum Tennisplatz haben; seine Miete müsse möglichst hinter seinem Rücken beglichen werden; man müsse ihm plausibel machen, daß es gut für ihn sei, in die Landwehr einzutreten; müsse ihn mit Gewalt von seiner wenig anregenden Ehefrau trennen, wobei man ihr zur Entschädigung das Geld ließe; man müsse ihm eine Art Doppelgänger beigeben, einen Angehörigen der feinen Gesellschaft, der ständig über ihn wachte (Stöhnen auf Seiten Helens); man müsse ihm Nahrung, aber keine Kleidung, nein, Kleidung, aber keine Nahrung geben oder eine Rückfahrkarte dritter Klasse nach Venedig, aber ohne Kleidung und Verpflegung bei der Ankunft. Kurz: alles und jedes dürfe man ihm zukommen lassen, nur nicht das Geld selbst.

Hier wollte Margaret dazwischenfahren, wurde aber von der Referentin des Abends zur Ordnung gerufen. »Miß Schlegel, Sie sind hier, soviel ich weiß, um mich im Interesse der Gesellschaft zur Erhaltung historischer Stätten und Naturdenkmäler zu beeinflussen. Ich kann nicht dulden, daß Sie aus der Rolle fallen. Sonst wird mein armer Kopf ganz verwirrt. Sie dürfen nicht vergessen, daß ich sehr krank bin.«

»Ihr Kopf wird gar nicht verwirrt sein, wenn Sie nur mein Argument anhören wollen«, sagte Margaret. »Warum gibt man ihm nicht das Geld selbst? Unserer Annahme nach haben Sie dreißigtausend im Jahr.«

»Ja? Ich dachte, es wäre eine Million.«

»War eine Million nicht das Kapital? Mein Gott, darüber

hätten wir uns natürlich vorher einigen müssen! Trotzdem, es macht keinen Unterschied. Wieviel Sie auch haben mögen, ich trage Ihnen hiermit auf, so vielen armen Menschen wie nur irgend möglich jährlich dreihundert zu geben.«

»Aber damit würde man sie ja auf einen Armenstand herunterdrücken«, sagte ein ernstes Mädchen, das die Schlegels zwar gut leiden mochte, sie aber mitunter ein bißchen ungeistig fand.

»Nicht, wenn man ihnen so viel gäbe, wie ich vorschlug. Ein unverhoffter Glücksfall drückt den Menschen nicht herunter. Den Schaden richten die kleinen, unter zu viele Einzelne verteilten Sümmchen an. Geld wirkt erzieherisch. Viel erzieherischer als das, was man dafür kaufen kann.« Protest wurde laut. »In gewisser Weise«, setzte Margaret hinzu, aber der Protest hielt an. »Also bitte – ist nicht das Zivilisierteste, was es gibt, ein Mensch, der gelernt hat, mit seinem Einkommen richtig umzugehen?«

»Eben dies würde Ihr Mr. Bast nicht tun.«

»Gebt ihnen eine Chance! Gebt ihnen Geld! Verteilt nicht Gedichtbände und Eisenbahnbillets an sie wie an kleine Kinder. Gebt ihnen das, womit sie die Dinge selber kaufen können! Wenn euer Sozialismus eines Tages kommt, mag's anders sein; dann denken wir vielleicht in Waren statt in Bargeld. Bis dahin aber gebt den Leuten bares Geld, denn es ist im Gewebe der Zivilisation die Kette, wie auch immer der Schuß sein mag. Die Phantasie sollte sich ums Geld ranken und sich einen lebendigen Begriff davon machen, denn es ist die – die zweitwichtigste Sache auf der Welt. Es wird immer so verwischt und vertuscht, es gibt so wenig klares Denken in dieser Beziehung. Ja, die Volkswirtschaft, natürlich, aber wer von uns denkt schon klar über seine privaten Einkünfte nach und gibt zu, daß Unabhängigkeit im Denken in neun von zehn Fällen das Ergebnis finanzieller Unabhängigkeit ist? Geld: gebt Mr. Bast Geld und kümmert euch nicht um seine Ideale! Die wird er sich schon selber zusammenlesen.«

Sie lehnte sich zurück, während die ernsteren Klubmitglieder sich in Mißdeutungen ihrer Ansichten ergingen. Der weibliche Verstand, so grausam praktisch er im täglichen Leben ist, verträgt es schlecht, wenn über Ideale abschätzig geredet wird. Man fragte Miß Schlegel, wie sie nur solch fürchterliche Dinge äußern könne und was es Mr. Bast nützen würde, wenn er die ganze Welt gewönne und dabei Schaden nähme an seiner Seele. »Nichts«, antwortete sie, »aber er wird seine Seele nicht eher gewinnen, als bis er auch ein wenig von der Welt gewonnen hat.« Darauf meinten die anderen, das könnten sie nicht glauben, und Margaret gab zu, auch ein überarbeiteter Büroangestellter könne im überirdischen Sinn seine Seele retten, insofern das Streben für die Tat genommen wird; sie bestritt aber, daß er je die geistigen Hilfsmittel dieser Welt ausschöpfen, je die selteneren leiblichen Genüsse kennen lernen, jemals zu einem klaren und leidenschaftlichen Umgang mit seinen Mitmenschen vordringen könne. Andere hatten den Aufbau der heutigen Gesellschaft angegriffen: den Besitz, das Zinswesen und so weiter. Sie aber richtete ihr Augenmerk nur auf ein paar Einzelwesen und es war ihr darum zu tun, wie man sie unter den bestehenden Bedingungen glücklicher machen könne. Der Menschheit Gutes tun, das war nutzlos; was in dieser Hinsicht geschah, breitete sich nur über den riesigen Bereich hin wie ein dünner Schleier und überzog schließlich alles mit einem einzigen Grau. Einem einzelnen Gutes tun oder, wie in diesem Fall, ein paar einzelnen, das war das Äußerste, worauf sie zu hoffen wagte.

Zwischen den Idealisten und den Volkswirtschaftlern hatte Margaret einen schweren Stand. Sonst meistens uneins, kamen beide Parteien überein, daß man ihr nicht beipflichten dürfe, sondern die Verwaltung des Millionenerbes selbst in der Hand behalten müsse. Das ernste Mädchen förderte einen Plan zu »persönlicher Überwachung und wechselseitiger Hilfe« zutage, der darauf hinauslief, die Armen umzumodeln, bis sie ganz genauso wären wie die nicht so Armen. Die Gastgeberin wies beharrlich darauf hin, daß sie, als ältester Sohn, zweifellos einen Platz unter den Erben zu beanspruchen habe. Dem stimmte Margaret zögernd zu und sofort wurde ein weiterer Anspruch laut, der von Helen erhoben wurde: sie sei seit über vierzig Jahren Hausmädchen bei der Millionärin gewesen, überernährt und unterbezahlt; ob für sie gar nichts geschehen könne, dick und arm, wie sie geworden sei? Die Millionärin verlas hierauf ihr Testament, worin sie ihr gesamtes Vermögen dem Schatzkanzler hinterließ. Dann starb sie. Die seriösen Teile der Diskussion waren ergebnisreicher gewesen als die scherzhaften – ist nicht in einer Debatte unter Männern das Gegenteil häufiger? Doch endete die Sitzung unter großer Heiterkeit und ein Dutzend hoch zufriedener Damen verstreute sich nach allen Richtungen heimwärts.

Helen und Margaret begleiteten das ernste Mädchen bis zur Haltestelle Battersea Bridge, wobei man sich noch nach Herzenslust in widerstreitenden Ansichten erging. Als das junge Mädchen fort war, verspürten die beiden eine Art Erleichterung und merkten erst, wie schön der Abend war. Sie kehrten um und schlenderten auf die Oakley Street zu. Die Straßenlaternen und Platanen am Flußufer verliehen dem Bild eine gewisse Würde, wie man ihr in englischen Städten nur selten begegnet. Die ziemlich menschenleeren Bänke waren da und dort mit vornehmen Leuten in Abendkleidung besetzt, die aus ihren Häusern in der Nachbarschaft kamen, um ein wenig frische Luft zu schöpfen und sich am leisen Rauschen der ansteigenden Flut zu ergötzen. Das Chelsea-Ufer hat etwas Festländisches: eine offene, zweckdienliche Platzanlage, wie man sie in Deutschland häufiger antrifft als hierzulande. Margaret und Helen ließen sich nieder und die Stadt hinter ihnen kam ihnen wie ein riesiger Theatersaal vor, ein Opernhaus, in dem man eine nie zu Ende gehende Trilogie aufführte, während sie selbst, zwei zufriedene Abonnenten, sich nicht allzu viel daraus machten, wenn ihnen vom zweiten Akt eine Kleinigkeit verloren ging.

»Kalt?«

»Nein.«

»Müde?«

»Macht nichts.«

Der Vorortzug mit dem ernsten Mädchen ratterte über die Brücke.

»Was ich sagen wollte, Helen –«

»Ja?«

»Wollen wir die Sache mit Mr. Bast wirklich weiterbetreiben?«

»Ich weiß nicht.«

»Ich denke, wir lassen es lieber.«

»Wie du meinst.«

»Ich glaube, es führt zu nichts, außer man hat ernsthaft die Absicht, einen Menschen kennen zu lernen. Bei der Diskussion ist mir das klar geworden. In der ersten Aufregung sind wir ja ganz gut mit ihm ausgekommen, aber denk dir einen vernünftigen Gedankenaustausch! Mit Freundschaft soll man nicht spielen. Nein, es taugt nichts.«

»Und dann ist da ja auch noch Mrs. Lanolin!« Helen gähnte. »So eine fade Person!«

»Eben. Vielleicht sogar schlimmer als fad.«

»Wissen möcht' ich bloß, wie er zu deiner Karte gekommen ist.«

»Das sagte er doch. Etwas von einem Konzert und einem Regenschirm.«

»Und dann entdeckte das Kärtchen die Frau –«

»Helen, auf ins Bett!«

»Nein, nur noch ein bißchen, es ist so schön! Erzähl mir noch: Ach ja, sagtest du nicht, das Geld sei die Kette im Gewebe der Welt?«

»Ja.«

»Und was ist der Schuß?«

»Was man sich halt aussucht«, sagte Margaret. »Geld ist es jedenfalls nicht. Mehr kann man nicht sagen.«

»Nachts spazieren gehen?«

»Sehr wohl möglich.«

»Für Tibby Oxford?«

»Anscheinend.«

»Und für dich?«

»Jetzt, wo wir vom Wickham-Place fort müssen, glaube ich langsam, Wickham-Place. Für Mrs. Wilcox war es zweifellos Howards End.«

Seinen eigenen Namen vermag man über weite Entfernungen hin zu verstehen. Mr. Wilcox, der ein paar Bänke weiter mit Bekannten zusammensaß, hörte den seinen, stand auf und schlenderte auf die Sprechenden zu.

»Eine traurige Vorstellung, daß Orte vielleicht einmal wichtiger sind als Menschen«, fuhr Margaret fort.

»Warum denn, Meg? Die Orte sind doch im allgemeinen auch viel netter als die Menschen. Ich denke lieber an das Forsthaus in Pommern als an den dicken Herrn Forstmeister, der darin wohnt.«

»Ich glaube, wir werden uns immer weniger um die Menschen kümmern, Helen. Je mehr Menschen man kennen lernt, desto leichter ersetzbar werden sie. Das ist auch so ein Fluch von London. Ich werde wohl mein Leben auch damit beschließen, daß ich mich am meisten um Haus und Hof kümmere.«

In diesem Augenblick stand Mr. Wilcox vor ihnen. Es war mehrere Wochen her, seit sie sich gesehen hatten.

»Guten Abend!«, rief er. »Mir war doch gleich so, als hätte ich Ihre Stimmen erkannt. Was treiben Sie beide denn hier?«

Er sprach im Beschützerton, wohl mit dem Hintergedanken, daß man nicht ohne männliches Geleit am Chelsea-Ufer auf einer Bank zu sitzen habe. Helen gefiel das nicht, aber Margaret akzeptierte es als Teil des Rüstzeugs, wie es zu einem Biedermann wie ihm gehörte.

»Es ist ja eine Ewigkeit her, seit wir uns zuletzt gesehen haben, Mr. Wilcox. Allerdings hab' ich Evie neulich in der U-Bahn getroffen. Ich hoffe, Sie haben gute Nachrichten von Ihrem Sohn.«

»Von Paul?« fragte Mr. Wilcox, drückte seine Zigarette aus und setzte sich zwischen die Schwestern. »Ach, Paul geht's gut. Wir hatten Nachricht von ihm aus Madeira. Mittlerweile wird er wohl wieder bei der Arbeit sein.«

»Igitt – «, sagte Helen und schüttelte sich aus den unterschiedlichsten Gründen.

»Was meinen Sie?«

»Ist das Klima in Nigeria nicht einfach fürchterlich?«

»Irgendwer muß ja hin«, sagte er kurz. »England kann seinen Überseehandel niemals aufrechterhalten, wenn wir nicht zu Opfern bereit sind. Wenn wir uns nicht in Westafrika festsetzen, wird Deutsch – wird es vielleicht unabsehbare Komplikationen zur Folge haben. Aber nun erzählen Sie mir, was es bei Ihnen Neues gibt.«

»Oh, wir haben einen herrlichen Abend hinter uns!«, rief Helen. »Wir gehören einer Art Klub an, Margaret und ich. Lauter Damen. Erst wird ein Vortrag gelesen und anschließend findet eine Diskussion statt. Heute abend handelte es sich darum, wem man sein Geld hinterlassen soll, der Familie oder den Armen, und auf welche Weise im einzelnen. Es war hochinteressant!«

Der Geschäftsmann lächelte dazu. Seit dem Tode seiner Frau hatte er sein Einkommen nahezu verdoppelt. Er war endlich zu einer bedeutenden Persönlichkeit geworden, sein Name stand vertrauenerweckend auf den Prospekten der Handelsgesellschaften: das Leben hatte es äußerst gut mit ihm gemeint. Er fühlte die Welt in seinem Griff, wie er so dasaß und der Themse lauschte, die immer noch vom Meer her landeinwärts flutete. Der Strom, für die Mädchen voller Wunder, barg für ihn kein Geheimnis. Als Aktionär des Stauwerks von Teddington hatte er mit dazu beigetragen, das lange, den Gezeiten ausgesetzte Flußbett zu verkürzen; und sollten er und andere Kapitalisten es für gut befinden, so würde es eines Tages abermals kürzer werden. Mit einem guten Abendessen im Leib und zwei liebenswürdigen, wenn auch reichlich intellektuellen Frauen an seiner Seite, konnte er sich dem Bewußtsein hingeben, daß er alle Fäden in der Hand halte und daß das, was er nicht wußte, gar nicht weiter wissenswert war.

»Das klingt ja alles höchst originell!« rief er aus und lachte auf seine angenehme Weise. »Ich wünschte, Evie ginge auch zu so was. Aber sie hat nicht die Zeit dazu. Sie züchtet jetzt Aberdeen-Terrier – drollige kleine Hundchen.«

»Das würde uns wohl auch besser anstehen.«

»Wir tun nämlich nur so, als ob wir an uns arbeiteten«, sagte Helen nicht ohne Schärfe. Der Wilcox-Zauber war nicht von der Art, daß er über sie ein zweites Mal Macht gewonnen hätte, und sie hatte bittere Erinnerungen an die Zeit, da solche Reden wie die von Mr. Wilcox vorhin ihr noch großen Eindruck gemacht hatten. »Wir halten es für etwas Gutes, wenn wir alle vierzehn Tage einen Abend mit Debattieren vergeuden, aber es mag schon stimmen, was meine Schwester sagt, daß Hundezüchten wohl gescheiter ist.«

»Keineswegs. Ich stimme da gar nicht mit Ihrer Schwester überein. Es geht nichts übers Debattieren, wenn man schlagfertig werden will. Ich wünsche mir oft, ich hätte mich als junger Kerl auch mit solchen Dingen befaßt. Das hätte mir unendlich geholfen.«

»Schlagfertig –?«

»Ja, Schlagfertigkeit bei Verhandlungen. Immer wieder bin ich ins Hintertreffen geraten, weil mein Gegenüber ein flinkes Mundwerk hatte und ich nicht. Oh, ich halte sehr viel von solchen Diskussionen.«

Der gönnerhafte Ton, dachte Margaret, klang eigentlich ganz gut aus dem Munde eines Mannes, der dem Alter nach ihr Vater hätte sein können. Sie hatte schon immer die Ansicht vertreten, daß Mr. Wilcox einen gewissen Charme besaß. In leid- oder gefühlvollen Augenblicken hatte seine Unzugänglichkeit sie verletzt, aber jetzt war es angenehm, ihm zuzuhören und zu sehen, wie er sein Gesicht mit dem starken braunen Schnurrbart und der hohen Stirn zum Sternenhimmel emporgewandt hielt. Helen dagegen blieb gereizt. Das Ziel *ihrer* Debatten, ließ sie durchblicken, sei die Wahrheit.

»O ja, und es kommt gar nicht so sehr darauf an, welches Thema man wählt«, sagte er.

Margaret lachte und sagte: »Aber das wird ja hier noch viel lohnender als unsere ganze Diskussion heute.« Auch Helen faßte sich wieder und lachte mit. »Ich hör' ja schon auf damit«, erklärte sie. »Ich will Mr. Wilcox lieber einmal unseren Sonderfall vorlegen.«

»Du meinst Mr. Bast? Ja, das tu mal! Gegenüber einem Sonderfall wird er bestimmt nachsichtiger sein.«

»Aber bitte, Mr. Wilcox, zünden Sie sich erst noch eine neue Zigarette an. Die Sache ist die: wir sind da auf einen jungen Mann gestoßen, der offensichtlich sehr arm ist und der recht interess –«

»Was ist er denn von Beruf?«

»Büroangestellter.«

»Und wo?«

»Erinnerst du dich, Margaret?«

»Bei der Feuerversicherungsgesellschaft Porphyrion.«

»Ach ja, die netten Leute, die Tante Juley einen neuen Kaminvorleger zahlten. Er wirkt interessant, in gewisser Weise sogar sehr, und man wünscht sich, man könnte ihm helfen. Er ist mit einer Frau verheiratet, aus der er sich nicht viel zu machen scheint. Er liebt Bücher und hat, grob gesagt, einen Hang zum Abenteuer, und wenn er eine Chance bekäme – Aber er ist eben arm. Er führt ein Leben, wo das ganze Geld gleich für Kleidung und solchen Unsinn ausgegeben wird. Man muß fürchten, daß die äußeren Lebensumstände zu hart für ihn sind und daß er untergeht. Und der ist nun also in unsere Debatte hineingeraten. Er war nicht das eigentliche Thema, aber sein Fall schien die Sache gut zu treffen. Angenommen, ein Millionär stirbt und möchte mit seiner Hinterlassenschaft gerade einem solchen Mann helfen. Wie sollte das geschehen? Soll man ihm jährlich dreihundert Pfund direkt zukommen lassen? Das war Margarets Plan. Die meisten anderen meinten, das würde ihn gerade auf einen Armenstand herunterdrücken. Oder soll man ihm und seinesgleichen freien Zutritt zu den Bibliotheken verschaffen? Ich sagte: Nein, er braucht nicht mehr Bücher zum Lesen, sondern er muß lernen, Bücher richtig zu lesen. Mein Vorschlag war deshalb, man solle ihm jährlich etwas für den Sommerurlaub geben. Aber da ist ja auch noch seine Frau und die anderen sagten, die müsse dann ebenfalls mit in Urlaub fahren. Nichts traf also ganz ins Schwarze. Was halten Sie davon? Stellen Sie sich vor, Sie wären Millionär und möchten den Armen helfen, Was würden Sie tun?«

Mr. Wilcox, dem zu seinem Vermögen von der bezeichneten Höhe nicht allzuviel fehlte, mußte herzlich lachen. »Meine liebe Miß Schlegel, ich werde mich doch nicht wo hineinwagen, wo schon Sie und Ihre Geschlechtsgenossinnen vergeblich einen Weg gesucht haben. Ich möchte die Zahl der bereits vorgeschlagenen ausgezeichneten Pläne nicht noch vergrößern. Mein einziger Beitrag ist der: Bringen Sie Ihren jungen Freund dazu, daß er schleunigst seine Stellung bei der Porphyrion aufgibt.«

»Warum?« fragte Margaret.

Er senkte seine Stimme. »Unter uns gesagt: die Gesellschaft wird sich noch vor Weihnachten in den Händen des Konkursverwalters befinden. Sie wird bankrott gehen«, setzte er hinzu, weil er dachte, Margaret habe ihn nicht verstanden.

»Du liebe Zeit, Helen, hör dir das an! Dann muß er sich ja eine andere Stellung suchen!«

»Suchen? Herunter vom Schiff, bevor es sinkt! Jetzt sofort auf einen anderen Posten!«

»Nicht erst lieber abwarten, um ganz sicherzugehen?«

»Ganz bestimmt nicht!«

»Und warum?«

Wieder ertönte das olympische Lachen und wieder sprach er mit gesenkter Stimme. »Natürlich hat der, der bei einer Bewerbung noch eine feste Anstellung hat, bessere Chancen, befindet sich in der stärkeren Position als der, der keine hat. Er vermittelt den Eindruck, daß er etwas taugt. Das kenne ich von mir selbst – aber damit verrate ich Ihnen ein Staatsgeheimnis –, der Arbeitgeber läßt sich davon stark beeinflussen. So ist nun einmal leider die menschliche Natur.«

»Daran hatte ich gar nicht gedacht«, murmelte Margaret, während Helen sagte: »Unsere menschliche Natur scheint genau umgekehrt zu sein. Wir stellen Leute ein, weil sie arbeitslos sind. Unseren Schuhputzer zum Beispiel.«

»Und wie putzt er die Stiefel?«

»Nicht gut«, gestand Margaret.

»Da haben Sie's!«

»Dann raten Sie uns also wirklich, daß wir dem jungen Mann sagen sollen –«

»Ich rate zu gar nichts«, fiel er ein und blickte die Uferpromenade hinauf und hinunter, ob etwa jemand seine Indiskretion mit angehört hatte. »Eigentlich hätte ich gar nichts sagen sollen, aber ich weiß nun mal zufällig Bescheid, weil ich mehr oder weniger hinter die Kulissen sehe. Die Porphyrion ist ein schlechtes, ein ganz schlechtes Unternehmen. Sagen Sie aber bitte nicht, daß Sie's von mir haben! Sie gehört nicht zum Kartell.«

»Ich werde gewiß nichts weitersagen. Ehrlich gestanden, ich weiß gar nicht, was das alles bedeutet.«

»Ich dachte immer, eine Versicherungsgesellschaft könnte gar nicht pleite machen«, steuerte Helen bei. »Springen da nicht immer die anderen rettend ein?«

»Sie denken an die Rückversicherung«, sagte Mr. Wilcox milde. »Das ist genau der schwache Punkt bei der Porphyrion. Sie hat die andern zu unterbieten versucht, ist durch eine Reihe kleiner Brände schwer angeschlagen worden und sie hat sich nicht rückversichern können. Geschäftsunternehmen springen leider nicht aus reiner Nächstenliebe füreinander ein.«

»›Die menschliche Natur‹ vermutlich«, zitierte Helen und er lachte und gab ihr Recht. Als Margaret sagte, wahrscheinlich würde es für Büroangestellte, wie für alle anderen auch, äußerst schwer sein, eine neue Anstellung zu finden, erwiderte er: »Ja, sehr!«, und stand auf, um sich wieder zu seinen Bekannten zu gesellen. Er wisse es aus seinem eigenen Büro – selten nur eine offene Stelle, und dann jedesmal Hunderte von Bewerbern; im Augenblick sei überhaupt nichts frei.

»Und wie sieht's in Howards End aus?«, fragte Margaret, die noch rasch das Thema wechseln wollte, ehe man sich verabschiedete. Mr. Wilcox konnte sonst leicht denken, daß man etwas von ihm hätte haben wollen.

»Es ist vermietet.«

»Nein, wirklich? Und Sie wandern nun heimatlos im Künstlerviertel Chelsea umher? Wie seltsam sind die Wege des Schicksals!«

»Aber nein, es ist unmöbliert vermietet. Wir sind umgezogen.«

»Ach, und ich dachte, Sie beide wären dort für immer verankert. Evie hat mir nichts davon erzählt.«

»Vermutlich war die Sache noch nicht perfekt, als Sie Evie trafen. Der Umzug war erst vor einer Woche. Paul hängt ziemlich an dem alten Haus und deshalb haben wir es bisher gehalten, damit er seine Ferien dort verbringen könnte; aber eigentlich ist es eben doch unglaublich klein und hat unendlich viele Nachteile. Ich weiß jetzt gar nicht mehr, ob Sie überhaupt schon dort waren?«

»Im Haus war ich nie.«

»Also, Howards End ist einer von diesen umgebauten Bauernhöfen. Das ist eigentlich immer ein Reinfall, man kann hineinstecken, so viel man will. Mit Müh und Not haben wir eine Garage zwischen den Wurzeln der Bergulme unterbringen können und letztes Jahr haben wir ein Stück von der Wiese eingefriedet und uns an einem Steingarten versucht. Evie hatte einen richtigen Fimmel mit Alpenpflanzen. Aber es war nichts damit – nein, es war nichts. Sie erinnern sich – das heißt, Ihre Schwester wird sich noch erinnern an den Bauernhof nebenan mit diesen abscheulichen Perlhühnern und an die Hecke, die von der alten Frau nie richtig geschnitten wurde, so daß die Sträucher unten immer dünn wurden. Ach, und drinnen im Haus, die Balkendecke und die Treppe hinter der Tür – alles sehr malerisch, aber nicht zu bewohnen.« Er warf einen vergnügten Blick über die Uferbrüstung. »Jetzt ist die Flut auf dem Höhepunkt. Ja, und die Lage war auch nicht günstig. Die Gegend bekommt allmählich etwas Kleinbürgerliches. Entweder ganz in London oder ganz draußen, sage ich. Deshalb haben wir uns ein Haus an der Ducie Street genommen, gleich bei der Sloane Street, und dazu ein Haus in Shropshire draußen – Oniton Grange. Schon mal von Oniton gehört? Kommen Sie uns doch einmal besuchen! Ganz abgelegen und still, Richtung Wales.«

»Welche Veränderung!«, sagte Margaret. Doch am meisten verändert war ihre Stimme, die ganz traurig geworden war. »Ich kann mir Howards End und Hilton gar nicht ohne Sie vorstellen.«

»Hilton ist nicht ohne uns«, erwiderte er. »Charles wohnt noch dort.«

»Noch?«, fragte Margaret, die über das junge Ehepaar nicht auf dem Laufenden war. »Aber ich dachte, er wohnt noch in Epsom. Dort hatten sie sich doch gerade zu Weihnachten eingerichtet – welches Weihnachten war es doch gleich? Nein, wie sich alles ändert! Ich habe Ihre Schwiegertochter oft von unseren Fenstern aus bewundert. War es nicht Epsom?«

»Doch, aber sie sind schon vor anderthalb Jahren wieder umgezogen. Charles, der gute Junge« – seine Stimme wurde wieder leiser – »dachte, ich könnte mich einsam fühlen. Ich wollte ja gar nicht, daß er umzieht, aber er bestand darauf und nahm sich ein Haus am anderen Ende von Hilton, hinten bei den Sechs Hügeln. Einen Wagen hatte er ja auch. Da sitzen sie nun alle, eine sehr lustige Gesellschaft: er und sie und die beiden Enkel.«

»Ich könnte die Angelegenheiten anderer Leute immer viel besser erledigen als die Leute selber«, sagte Margaret, als sie sich die Hand gaben. »Als Sie aus Howards End ausgezogen sind, hätte ich Mr. Charles Wilcox dort reingesetzt. Ein so außergewöhnliches Haus hätte ich in der Familie behalten.«

»Das haben wir ja auch«, erwiderte er. »Ich habe nicht verkauft und trage mich auch nicht mit der Absicht.«

»Aber niemand von Ihnen wohnt dort.«

»Oh, wir haben einen prächtigen Mieter, Hamar Bryce, einen leidenden alten Herrn. Wenn Charles das Haus jemals wiederhaben möchte – aber das wird er nicht. Dolly ist so abhängig von den modernen Bequemlichkeiten. Nein, wir haben uns alle gegen Howards End entschieden. In gewisser Weise lieben wir es zwar, aber jetzt finden wir doch, es ist weder Fisch noch Fleisch. Entweder Stadt oder Land – man muß wissen, was man will.«

»Und manche Leute sind so glücklich dran, daß sie beides haben. Sie lassen es sich wirklich gut gehen, Mr. Wilcox. Ich gratuliere!«

»Ich auch«, sagte Helen.

»Bitte sagen Sie doch Evie, sie möchte uns bald einmal besuchen kommen: Wickham-Place 2. Lange werden wir dort ja auch nicht mehr sein.«

»Ziehen Sie denn auch um?«

»Nächsten September«, seufzte Margaret.

»Alles zieht um. Auf Wiedersehen!«

Die Flut begann zu sinken. Margaret lehnte sich über die Brüstung und sah traurig auf den Fluß hinab. Mr. Wilcox hatte seine Frau vergessen und Helen den Mann, den sie geliebt hatte. Auch sie vergaß wahrscheinlich fortwährend. Alles zieht um. Hat es denn Sinn, sich an Vergangenes zu hängen, wenn doch alles im Fluß ist, sogar in den Herzen der Menschen?

Helen rüttelte sie aus ihrer Grübelei auf, indem sie sagte: »Recht gewöhnlich und protzig ist dieser Mr. Wilcox geworden! Heute kann ich nicht mehr viel mit ihm anfangen. Immerhin hat er uns über die Porphyrion aufgeklärt. Wir wollen gleich an Mr. Bast schreiben, wenn wir zu Hause sind, und ihm sagen, daß er sofort kündigen soll.«

»Ja, du hast Recht, Helen. Das müssen wir tun.«

»Und dann laden wir ihn auch gleich zum Tee ein!«

XVI

Leonard nahm die Einladung zum Tee am folgenden Samstag an. Aber er behielt recht: Der Besuch erwies sich als eklatanter Fehlschlag.

»Zucker?«, fragte Margaret.

»Kuchen?«, fragte Helen. »Lieber von der Torte oder von dem kleinen Gebäck? Ich fürchte, Sie haben meinen Brief etwas sonderbar gefunden, aber wir werden es Ihnen gleich erklären – wir sind eigentlich nicht kalt und eigentlich auch nicht affektiert. Wir sind nur ein bißchen überschwenglich: das ist alles.«

Als Damenschoßhund machte sich Leonard nicht übermäßig gut. Er war kein Italiener und noch viel weniger ein Franzose, denen der Geist der feinen Spottkunst und Schlagfertigkeit im Blute liegt. Sein Esprit war der des waschechten Londoners; er stieß das Tor zur Phantasie nicht auf und Helen sah sich augenblicks zum Schweigen gebracht durch ein neckisch hingeworfenes: »Je mehr eine Dame zu sagen hat, desto besser.«

»Ja, das stimmt«, sagte sie.

»Damen strahlen –«

»Ja, ich weiß. Diese Lieblinge sind regelrecht Sonnenstrahlen. Darf ich Ihnen einen Teller geben?«

»Wie gefällt Ihnen Ihre Arbeit?«, warf Margaret ein.

Das brachte wiederum Leonard zum Schweigen. Es paßte ihm nicht, daß diese Frauen ihn nach seiner Arbeit aushorchten. Sie bedeuteten für ihn das Romantische, ebenso das Zimmer, in das er endlich vorgedrungen war, mit den absonderlichen Zeichnungen badender Menschen an den Wänden, und ebenso die Teetassen selbst mit ihrem zarten Randmuster aus Erdbeerranken. Er wollte nicht, daß das Romantische mit seinem Alltagsleben durcheinander geriete. Dann wäre der Teufel los.

»Ach, ganz gut«, antwortete er.

»Sie sind bei der Porphyrion, nicht wahr?«

»Ja, stimmt.« Er schien beinahe beleidigt. »Komisch, wie solche Dinge sich rumsprechen.«

»Wieso komisch?«, fragte Helen, die seinen Gedankengängen nicht zu folgen vermochte. »Es stand doch in voller Lebensgröße auf Ihrer Visitenkarte, und wenn man bedenkt, daß wir Ihnen dorthin geschrieben haben und daß Sie auf einem Geschäftsbriefbogen antworteten –«

»Würden Sie die Porphyrion zu den großen Versicherungsgesellschaften rechnen?«, fuhr Margaret fort.

»Es kommt darauf an, was Sie groß nennen.«

»Mit groß meine ich ein solides, alteingesessenes Unternehmen, das seinen Angestellten vernünftige Aufstiegsmöglichkeiten bietet.«

»Das kann ich schlecht sagen. Manche sagen so und manche so«, sagte der Angestellte unsicher. »Ich für meinen Teil« – er schüttelte den Kopf – »glaube immer nur die Hälfte von dem, was ich höre. Oder nicht einmal so viel; es ist sicherer. Die Gescheiten fallen am ärgsten rein, das hab' ich schon oft gemerkt. Man kann ja gar nicht vorsichtig genug sein.«

Er trank und wischte seinen Schnurrbart ab, der auf dem besten Wege war, einer von den Schnurrbärten zu werden, die immer in die Teetassen hängen: mehr Schererei, als sie wert sind, und dabei nicht einmal modern.

»Da haben Sie ganz recht, und deshalb wollte ich auch gern wissen, ob es ein solides, alteingesessenes Unternehmen ist.«

Leonard hatte keine Ahnung. Er kannte seine Ecke im Betrieb und sonst nichts. Da er weder Einblick noch Unwissenheit zu erkennen geben wollte, schien ihm neuerliches Kopfschütteln am sichersten. Für ihn wie für die britische Öffentlichkeit war die Porphyrion die Gestalt von den Geschäftsanzeigen: ein herkulischer Mann im klassischen Stil, jedoch schicklich bekleidet, der in der einen Hand eine brennende Fackel hielt und mit der anderen auf die Paulskathedrale und Schloß Windsor hindeutete. Darunter stand eine große Geldsumme geschrieben, daraus mochte jeder seine eigenen Schlüsse ziehen. Der Riese veranlaßte Leonard, Rechnungen auszuführen und Briefe zu schreiben, neuen Kunden die Bestimmungen zu erklären und sie alten Kunden nötigenfalls aufs neue auseinander zu setzen. Ein Riese gilt als unbedingt verläßlich – soviel weiß man ja. Er bezahlte Mrs. Munts Kaminvorleger mit beflissener Eile; größere Geldforderungen wies er gelassen zurück, und wenn's darauf ankam, verfochte er sein Recht durch alle gerichtlichen Instanzen. Aber seine tatsächliche Gewichtsklasse, sein Vorleben, seine Liebschaften mit anderen Mitgliedern des kommerziellen Pantheon: dies alles blieb gewöhnlichen Sterblichen genauso ungewiß wie die Eskapaden des Göttervaters Zeus. Solange die Götter mächtig sind, erfahren wir wenig von ihnen. Erst in den Zeiten ihres Niedergangs fällt ein starkes Licht auf den Götterhimmel.

»Man hat uns gesagt, daß es mit der Porphyrion nicht zum besten steht«, platzte Helen heraus. »Das wollten wir Ihnen sagen; deshalb haben wir Ihnen geschrieben.«

»Ein Bekannter von uns meinte, sie sei nicht ausreichend rückversichert«, sagte Margaret.

Endlich hatte Leonard sein Stichwort. Er mußte der Porphyrion ein Loblied singen. »Sie können Ihrem Bekannten sagen, daß er völlig Unrecht hat.«

»Das hört man aber gern!«

Der junge Mann errötete ein wenig. In seinen Kreisen war Unrechthaben etwas Verhängnisvolles. Den Miß Schlegels machte es gar nichts aus, daß sie Unrecht hatten. Sie freuten sich aufrichtig darüber, daß man sie falsch unterrichet hatte. Verhängnisvoll war für sie nur das Böse.

»Ja, im Unrecht, sozusagen«, setzte er hinzu.

»Warum ›sozusagen‹?«

»Ich meine, ich würde nicht sagen, daß er ganz und gar recht hat.«

Doch das war ein Ausrutscher. »Dann hat er also zum Teil doch recht«, sagte die Ältere blitzschnell.

Leonard erwiderte, was das anbelange, habe ein jeder zum Teil recht.

»Mr. Bast, von geschäftlichen Dingen verstehe ich nichts, und es kann gut sein, daß meine Fragen töricht sind, aber können Sie mir vielleicht verraten, was bei einem Unternehmen ›gut‹ oder ›schlecht‹ heißt?«

Leonard lehnte sich seufzend zurück.

»Unser Bekannter, der auch ein Geschäftsmann ist, war sich so sicher. Er sagte, noch vor Weihnachten –«

»Und riet, Sie sollten dort kündigen«, schloß Helen. »Aber ich sehe nicht ein, warum er mehr wissen sollte als Sie.«

Leonard rieb sich verlegen die Hände. Er war nahe daran zu sagen, daß er von der Sache nicht das Geringste wisse. Aber seine Ausbildung zum Büroangestellten ließ das nicht zu. Weder konnte er sagen, die Porphyrion sei eine schlechte Firma, denn damit hätte er sich gegen sie erklärt; noch konnte er für ihre Güte eintreten, denn auch das wäre eine Art Preisgabe gewesen. Er versuchte es mit der Andeutung, die Firma liege so ungefähr in der Mitte, mit starken Möglichkeiten in jeder Richtung, aber er hielt dem Blick zweier aufrichtiger Augenpaare nicht stand. Und trotzdem unterschied er kaum zwischen den beiden Schwestern. Die eine war hübscher und lebhafter, aber »die Miß Schlegels« blieben für ihn nach wie vor eine indische Misch-Gottheit, deren wirbelnde Arme und widerspruchsvolle Reden das Werk eines einzigen Geistes waren.

»Da kann man nur abwarten«, bemerkte er und setzte hinzu: »Wie es bei Ibsen heißt: ›Die Dinge geschehen eben!‹« Ihn juckte es, von Büchern zu sprechen und seine romantische Stunde nach Kräften auszukosten. Aber eine Minute um die andere verging und die Damen redeten nur immer mit mangelnder Sachkenntnis von der Frage der Rückversicherung oder lobten ihren anonymen Bekannten. Leonard wurde ärgerlich – vielleicht mit Recht. Er machte vage Andeutungen, daß Menschen wie er es wenig schätzen, wenn ihre Angelegenheiten von Außenstehenden beredet wurden, aber sie verstanden den Wink nicht. Männer hätten wahrscheinlich mehr Takt gezeigt. Frauen dagegen, so taktvoll sie anderweitig sein mögen, sind in diesem Punkt schwer von Begriff. Sie können nicht verstehen, warum wir unser Einkommen und unsere Zukunftsaussichten in einen Schleier hüllen. »Wie hoch ist Ihr Einkommen, und wie hoch wird es nächsten Juni sein?« Zu allem Überfluß hatten die beiden eine Theorie, die darauf hinauslief, daß Heimlichtuerei in Geldsachen sinnlos sei und daß das Leben wahrhaftiger werden würde, wenn jeder genau sagte, wie groß das goldene Eiland war, auf dem er stand, und wie lang die Kette im Gewebe, über die er den Schuß warf, der nicht Geld war. Wie soll man dem Muster im Gewebe sonst gerecht werden?

Und so glitten die kostbaren Minuten weiter dahin, und Jacky und das Elend rückten näher. Schließlich hielt er es nicht mehr aus und stürzte sich kopfüber in ein fieberhaftes Aufzählen von Buchtiteln. Es war ein Augenblick heller Freude für ihn, als Margaret sagte: »Also lieben Sie Carlyle?«, und dann öffnete sich die Tür und »Mr. Wilcox, Miß Wilcox« tönte es herein, worauf die Angekündigten, von zwei jungen Hunden umtanzt, ins Zimmer traten.

»Nein, wie süß! Ach, Evie, wie unglaublich süß!«, rief Helen und ließ sich auf Hände und Knie nieder.

»Wir haben die kleinen Kerlchen mitgebracht«, sagte Mr. Wilcox.

»Ich hab' sie selber gezüchtet!«

»Nicht möglich! Mr. Bast, kommen Sie, streicheln Sie sie auch!«

»Ich muß jetzt gehen«, sagte Leonard mürrisch.

»Aber erst müssen Sie noch ein wenig mit den Hundchen spielen!«

»Das ist Ahab, das ist Jezebel«, sagte Evie, die zu denen gehörte, die Tiere nach weniger beliebten Gestalten aus dem Alten Testament benennen.

»Ich muß jetzt gehen.«

Helen war viel zu sehr mit den kleinen Hunden beschäftigt, um ihn zu beachten.

»Mr. Wilcox, Mr. Ba – müssen Sie wirklich schon fort? Auf Wiedersehen!«

»Kommen Sie mal wieder!«, sagte Helen vom Boden her. Da kam Leonard die Galle hoch. Warum sollte er wiederkommen? Wozu denn eigentlich? Er sagte ohne Umschweife: »Nein, das werde ich nicht. Ich wußte ja, es würde schiefgehen.«

Die meisten hätten ihn laufen lassen und sich gedacht: »Ein kleiner Fehlgriff. Wir haben's einmal mit einer anderen Bildungsklasse versucht, es geht halt doch nicht.« Aber die Schlegels hatten noch nie mit dem Leben gespielt. Sie hatten Freundschaften gesucht und auch immer die Konsequenzen getragen. Helen erwiderte scharf: »Das ist doch wohl eine Unverschämtheit! Was fällt Ihnen denn ein, so mit mir zu reden?« Und plötzlich hallte der Salon von ordinärem Gezänk wider.

»Sie fragen mich, warum ich so mit Ihnen rede?«

»Ja!«

»Was wollen Sie eigentlich hier mit mir?«

»Ihnen helfen, Sie dummer Kerl!«, rief Helen. »Und schreien Sie gefälligst nicht!«

»Ich brauche Ihr Gönnertum nicht. Ich brauche auch Ihren Tee nicht. Ich war auch so ganz glücklich. Warum wollen Sie mich durcheinander bringen?« Er wandte sich an Mr. Wilcox. »Soll doch der Herr entscheiden. Ich frage Sie, Sir, muß ich mir hier die Würmer aus der Nase ziehen lassen?«

Mr. Wilcox wandte sich an Margaret mit der Miene humorvoller Überlegenheit, die er so gut beherrschte. »Wir stören wohl, Miß Schlegel? Können wir irgendwie behilflich sein, oder sollen wir lieber gehen?«

Margaret beachtete ihn nicht.

»Ich arbeite für eine führende Versicherungsgesellschaft, Sir. Ich bekomme eine – so dachte ich wenigstens – eine Einladung von diesen – Damen.« (Er sprach das Wort ganz gedehnt aus.) »Ich komme her und dann will man mir nur die Würmer aus der Nase ziehen. Ich frage Sie: Ist das fair?«

»Höchst unfair«, sagte Mr. Wilcox, und Evie hielt die Luft an, denn sie kannte ihren Vater und wußte, daß die Sache kritisch wurde.

»Da, hören Sie das? Ganz unfair, sagt der Herr. Da hören Sie's! Nicht genug, daß –«, er zeigte auf Margaret, »Sie können's nicht leugnen.« Er wurde wieder laut und verfiel in den singenden Ton einer Auseinandersetzung mit Jacky. »Aber sobald man gebraucht wird, sieht die Sache plötzlich ganz anders aus. ›O ja, lassen wir ihn kommen. Nehmen wir ihn ins Kreuzverhör. Ziehen wir ihm die Würmer aus der Nase.‹ O ja! Sehen Sie mich ruhig an: Ich bin ein ruhiger Mensch. Ruhig und korrekt. Mir liegt nichts an Verdruß; aber ich – ich –«

»Sie«, sagte Margaret, »Sie – Sie –«

Evie mußte darüber lachen, als wäre es eine sehr gelungene Antwort gewesen.

»Sie sind der Mann, der nach dem Polarstern wandern wollte.«

Neues Gelächter.

»Sie haben sich den Sonnenaufgang angesehen.«

Gelächter.

»Sie haben herausgewollt aus dem Nebel, in dem wir alle ersticken – heraus aus den Büchern und Häusern, hin zur Wahrheit. Sie haben nach einer wirklichen Heimat gesucht.«

»Ich sehe leider keinen Zusammenhang«, sagte Leonard, heiß vor törichtem Zorn.

»Ich auch nicht.« Es entstand eine Pause. »Vergangenen Sonntag waren Sie so und heute sind Sie so, Mr. Bast! Meine Schwester und ich haben lange über Sie gesprochen. Wir wollten Ihnen helfen; wir dachten auch, daß Sie uns helfen könnten. Aus Mitleid haben wir Sie bestimmt nicht herkommen lassen – Mitleid langweilt uns –, sondern weil wir hofften, es würde einen Zusammenhang geben zwischen letztem Sonntag und anderen Tagen. Was wollen Sie denn mit Ihren Sternen und Bäumen, Ihrem Sonnenaufgang und Wind, wenn nichts davon in unser tägliches Leben eindringt? In mein Leben ist nichts davon eingedrungen, wir dachten aber, in das Ihrige – Haben wir denn nicht alle anzukämpfen gegen das Grau des Alltags, gegen das Kleinliche, gegen die mechanische Fröhlichkeit, gegen das Mißtrauen? Ich kämpfe, indem ich an meine Freunde denke; andere, die ich kannte, indem sie an irgendeinen Ort – irgendeinen geliebten Ort oder Baum – dachten. Wir glaubten, zu denen gehörten Sie auch.«

»Natürlich, wenn also ein Mißverständnis vorliegt«, murmelte Leonard, »bleibt mir nichts weiter übrig, als zu gehen. Aber gestatten Sie mir noch die Feststellung –« Er hielt inne. Ahab und Jezebel tanzten um seine Füße und ließen ihn lächerlich erscheinen. »Sie haben mich nach geschäftlichen Informationen ausgehorcht – ich kann's beweisen – ich –« Er putzte sich die Nase und verließ das Zimmer.

»Kann ich Ihnen vielleicht jetzt helfen?«, fragte Mr. Wilcox zu Margaret gewandt. »Soll ich in der Diele noch ein Wörtchen im Vertrauen mit ihm reden?«

»Helen, geh ihm nach – tu etwas – irgend etwas –, damit der Dummkopf begreift.«

Helen zögerte.

»Meinen Sie wirklich, daß das angebracht ist?«, fragte ihr Besucher, worauf Helen sogleich losging.

»Ich wäre ja dazwischengefahren«, fuhr er fort, »aber mir schien, daß Sie ihn selbst ganz gut abfertigen könnten, deshalb wollte ich mich nicht einmischen. Sie waren großartig, Miß Schlegel, einfach großartig. Auf mein Wort: es wird nicht viele Frauen geben, die so mit ihm fertig geworden wären.«

»Ja, ja«, sagte Margaret geistesabwesend.

»Wie Sie ihn mit diesen langen Sätzen überrollt haben, das fand ich hinreißend!« rief Evie.

»Ja, das ist wahr«, stimmte ihr Vater lachend zu. »Diese ganze Geschichte mit der ›mechanischen Fröhlichkeit‹ – famos!«

»Es tut mir furchtbar leid«, sagte Margaret, die sich wieder sammelte. »Eigentlich ist er ja ein netter Charakter. Ich kann mir gar nicht denken, was ihn so aufgebracht hat. Für Sie muß es sehr unangenehm gewesen sein.«

»Oh, mir macht das gar nichts.« Dann änderte er aber doch seinen Ton und fragte, ob er wie ein alter Freund des Hauses sprechen dürfe, und als Margaret nickte, sagte er: »Sollten Sie nicht doch etwas vorsichtiger sein?«

Margaret war mit ihren Gedanken unten bei Helen, aber sie sagte lachend: »Wissen Sie eigentlich, daß das alles Ihre Schuld ist? Sie sind verantwortlich!«

»Ich?«

»Das ist der junge Mann, den wir vor der Porphyrion warnen sollten. Wir haben ihn gewarnt und das Resultat haben Sie ja selbst gesehen.«

Mr. Wilcox war verärgert. »Diese Logik scheint mir nicht ganz angemessen«, sagte er.

»Natürlich unangemessen«, sagte Margaret. »Ich mußte nur daran denken, wie verworren alles ist. Es ist hauptsächlich unsere Schuld – weder die Ihre noch die seine.«

»Nicht die seine?«

»Nein.«

»Miß Schlegel, Sie sind viel zu gütig.«

»Das ist wahr«, bestätigte Evie ein wenig verächtlich.

»Sie gehen mit den Leuten zu freundlich um und dann nützen die Sie auch noch aus. Ich kenne die Welt und diesen Schlag Menschen. Sobald ich ins Zimmer kam, sah ich, daß Sie nicht richtig mit ihm umgegangen waren. Diesen Typ muß man auf Distanz halten. Sonst vergessen die, wer sie sind. Traurig, aber wahr. Sie sind eben nicht unseresgleichen, und damit muß man sich abfinden.«

»Ja-a.«

»Sie müssen doch zugeben, daß es zu einem solchen Ausbruch nie gekommen wäre, wenn man es mit einem Gentleman zu tun gehabt hätte.«

»Das gebe ich gerne zu«, sagte Margaret, die im Zimmer auf und ab ging. »Ein Gentleman würde sein Mißtrauen für sich behalten haben.«

Mr. Wilcox beobachtete sie mit leichtem Unbehagen.

»Und weswegen war er mißtrauisch?«

»Er glaubte, wir wollten Geld aus ihm herausholen.«

»So ein Mistkerl! Wie dachte er sich denn das?«

»Das ist's ja eben. Wie dachte er es sich? Das gräßliche, nagende Mißtrauen. Ein bißchen Überlegung oder guten Willen und es wäre wie weggewischt. Einfach nur diese sinnlose Furcht, die aus den Menschen solche Mistkerle macht.«

»Ich komme wieder auf meinen Ausgangspunkt zurück. Sie müssen vorsichtiger sein, Miß Schlegel. Sie sollten Ihren Dienstboten Anweisung geben, derartige Leute nicht mehr hereinzulassen.«
Sie sah ihn offen an. »Ich möchte Ihnen einmal ganz genau erklären, warum wir diesen Mann gern haben und ihn wiedersehen wollen.«

»Das sagen Sie nur so dahin. Ich werde nie glauben, daß Sie ihn wirklich gern haben.«

»Tu' ich aber. Erstens, weil ihm das körperliche Abenteuer sehr am Herzen liegt, genau wie Ihnen. Ja, Sie machen Autotouren und gehen auf die Jagd; er würde gern zelten gehen. Zweitens, weil er im Abenteuer etwas ganz Besonderes sucht. Auf den Punkt gebracht, könnte man dieses besondere Etwas als die Poesie bezeichnen –«

»Ach so, ein Dichterling also!«

»Nein – o nein! Das heißt, er könnte einer sein, aber es würde nur gräßliches Zeug dabei herauskommen. Sein Hirn ist vollgepfropft mit lauter Buchtiteln, mit Bildungskram – einfach entsetzlich! Wir möchten, daß er seinen Kopf einmal ausmistet und zu den wahren Dingen vordringt. Wir möchten ihm zeigen, wie er mit dem Leben ins reine kommen könnte. Wie ich schon sagte: entweder Freunde oder das Land, irgendein« – sie zögerte –, »entweder ein innig geliebter Mensch oder ein innig geliebter Ort wäre wohl notwendig, um den grauen Alltag zu erleichtern. Wenn möglich, sollte man beides haben.«

Manches von dem, was sie sagte, ging einfach durch Mr. Wilcox hindurch und es war ihm recht so. Anderes aber blieb hängen und daran übte er mit erstaunlichem Scharfsinn seine Kritik.

»Sie begehen da einen ganz weit verbreiteten Fehler. Dieser junge Flegel führt doch auch sein eigenes Leben. Mit welchem Recht nehmen Sie an, daß es ein erfolgloses oder, wie Sie es nennen, ein ›graues‹ Leben ist?«

»Weil –«

»Noch einen Augenblick bitte. Sie wissen nichts von ihm. Wahrscheinlich hat er seine eigenen Freuden und Interessen:

Frau, Kinder, ein gemütliches kleines Heim. Darin sind wir Praktiker« – er lächelte – »eben etwas toleranter als ihr Intellektuellen. Leben und leben lassen, heißt es bei uns. Wir nehmen an, daß auch woanders alles schön seinen Gang geht und daß man es dem einfachen Durchschnittsmenschen schon zutrauen kann, daß er sich um seine eigenen Angelegenheiten kümmert. Ich gebe ja zu, daß ich, wenn ich mir in meinem eigenen Büro die Gesichter der Angestellten anschaue, den Eindruck bekomme, daß sie langweilig und fad sind. Aber was dahinter vorgeht, weiß ich nicht. So ist es übrigens auch mit London. Ich habe Sie über London schimpfen hören, Miß Schlegel, und es klingt vielleicht komisch, aber ich habe mich deswegen über Sie geärgert. Was wissen Sie von London? Sie sehen die Zivilisation nur von außen. Ich meine jetzt nicht Sie persönlich, aber in nur allzu vielen Fällen führt eine solche Haltung zu krankhaften Auswüchsen, zu Unzufriedenheit und Sozialismus.«

Sie leugnete die Stärke seiner Argumente nicht ab, obgleich damit die Phantasie untergraben wurde. Bei seinen Worten stürzten einige Stützpunkte der Poesie und vielleicht auch des Mitgefühls in sich zusammen und Margaret zog sich auf das zurück, was sie ihre »zweite Verteidigungslinie« nannte: auf die Tatbestände dieses besonderen Falls.

»Seine Frau ist eine dumme Kuh«, sagte sie trocken. »Letzten Samstag ist er einfach nicht nach Hause gegangen, weil er mal allein sein wollte, und sie glaubte, er wäre bei uns.«

»Bei *Ihnen*?«

»Ja.« Evie kicherte. »So gemütlich, wie Sie vermuten, ist sein Heim nämlich nicht. Er muß sich seine Interessen außer Haus suchen.«

»So ein unanständiger Kerl!«, rief Evie.

»Unanständig?«, fragte Margaret, die Unanständigkeit noch mehr haßte als die Sünde. »Wenn Sie einmal verheiratet sind, Miß Wilcox, werden Sie dann keine außerhäuslichen Interessen haben wollen?«

»Offenbar hat er sie ja gefunden«, warf Mr. Wilcox verschmitzt ein.

»Da sagst du was Wahres, Vater.«

»Er war in Surrey beim Wandern, wenn Sie das meinen«, sagte Margaret und begann wieder, aufgebracht im Zimmer umherzulaufen.

»Oh, das glaube ich gern!«

»Miß Wilcox, das stimmt wirklich!«

»Hm-hm-hm-hm«, machte Mr. Wilcox, der die Episode amüsant fand, wenn auch gewagt. Mit den meisten Damen hätte er wohl nicht darüber gesprochen, aber er setzte auf Margarets Ruf als emanzipierte Frau.

»Er hat es uns selbst erzählt, und bei so etwas würde er nicht lügen.«

Die beiden brachen in Gelächter aus.

»Darüber denke ich anders als Sie. Männer lügen, wenn's um ihre Stellung und ihre Aussichten geht, aber nicht in solchen Dingen.«

Er schüttelte den Kopf. »Verzeihen Sie, Miß Schlegel, aber diesen Typ kenne ich.«

»Ich sagte doch schon, er ist kein ›Typ‹. Ihm liegt das Abenteuerliche richtig am Herzen. Er ist überzeugt, daß es neben unserem selbstgefälligen Leben auch noch etwas anderes gibt. Er ist gewöhnlich, hysterisch und steckt voller Bücherweisheiten, aber glauben Sie ja nicht, daß er damit erschöpfend charakterisiert wäre. Es steckt auch viel Männlichkeit in ihm. Ja, genau das habe ich die ganze Zeit schon sagen wollen: Er ist ein richtiger Mann.«

Während sie sprach, begegneten sich ihre Blicke, und es war, als gerieten Mr. Wilcox' Schutzwälle ins Wanken. Sie erblickte dahinter den Mann, der er wirklich war. Unwissentlich hatte sie an seine empfindliche Stelle gerührt. Eine Frau und zwei Männer: sofort bildete sich das magische Dreieck, und die männliche Eifersucht regte sich, sobald es schien, daß der andere auf das Weib anziehend wirkte. In der Liebe, sagen die Asketen, offenbart sich unsere beschämende Verwandtschaft mit dem Tier. Sei's drum! Der Vorwurf läßt sich ertragen. Eifersucht ist das eigentlich Beschämende. Die Eifersucht, nicht die Liebe, verbindet uns so unerträglich mit dem Viehstall und erweckt Bilder von zwei ergrimmten Hähnen und einer zufriedenen Henne. Als kultivierter Mensch ließ Margaret diese Zufriedenheit nicht in sich aufkommen. Mr. Wilcox, ein Unkultivierter, empfand einen heimlichen Zorn noch lange, nachdem er seine Schutzwälle wieder aufgerichtet hatte und der Welt von neuem ein intaktes Verteidigungssystem präsentierte.

»Miß Schlegel, Sie und Ihre Schwester sind zwei reizende Geschöpfe, aber Sie müssen ganz einfach vorsichtig sein in dieser unbarmherzigen Welt. Was sagt denn Ihr Bruder?«

»Das hab' ich vergessen.«

»Er hat doch sicher seine Meinung geäußert?«

»Er hat gelacht, wenn ich mich recht entsinne.«

»Er ist sehr gescheit, nicht wahr?«, sagte Evie, die Tibby in Oxford begegnet war und ihn abscheulich gefunden hatte.

»Ja, ziemlich. Aber ich möchte wissen, was Helen nur macht.«

»Sie ist reichlich jung für eine solche Sache«, sagte Mr. Wilcox.

Margaret ging auf den Treppenabsatz hinaus. Sie hörte keinen Laut, und Mr. Basts Zylinder hing nicht mehr in der Diele.

»Helen!«, rief sie.

»Ja!«, antwortete eine Stimme aus der Bibliothek.

»Bist du da drin?«

»Ja – er ist schon eine ganze Weile fort.«

Margaret ging zu ihr hinunter. »Aber du bist ja ganz allein«, sagte sie.

»Ja – schon gut, Meg. Der arme, arme Tropf –«

»Komm jetzt mit zu den Wilcoxens und erzähl's mir später. Mr. Wilcox ist ganz besorgt und sogar leicht aufgebracht.«

»Ach, ich hab' für ihn nichts übrig. Ich kann ihn nicht ausstehen. Der arme, liebe Mr. Bast! Er wollte sich mit uns über Literatur unterhalten und wir redeten nur dauernd vom Geschäft. So ein Wirrkopf von einem Mann, aber er ist's trotzdem wert, daß man ihm auf die Beine hilft. Ich mag ihn schrecklich gern.«

»Gut gemacht«, sagte Margaret und gab ihr einen Kuß. »Aber jetzt komm rauf in den Salon und sprich nicht über ihn mit den Wilcoxens! Überspiel die Sache einfach!« Helen erschien und benahm sich so fröhlich, daß es ihren Besucher wieder beruhigte: Diese Henne jedenfalls war frei und ungebunden.

»Ich hab' ihm zum Abschied noch meinen Segen gegeben«, rief sie. »Und jetzt zu den Hundchen!«

Auf der Heimfahrt sagte Mr. Wilcox zu seiner Tochter:

»Es beunruhigt mich richtig, wie diese Mädchen es treiben. Sie sind zwar blitzgescheit, aber eben unpraktisch – du meine Güte! Eines Tages gehen sie zu weit. Solche Mädchen sollten in London nicht allein wohnen. Bis sie heiraten, müßten sie jemanden haben, der sich um sie kümmert. Wir müssen öfter mal reinschauen – besser wir als gar niemand. Du magst sie doch auch, nicht wahr, Evie?«

»Helen ist schon recht«, erwiderte Evie, »aber die mit dem Pferdegebiß kann ich nicht ausstehen. Und ›Mädchen‹ würde ich sie alle beide nicht nennen.«

Evie hatte sich hübsch herausgemacht. Dunkeläugig, mit der blühenden Frische der Jugend unter ihrer sonnenverbrannten Haut, kräftig gebaut und mit festen Lippen, stellte sie das Beste dar, was die Wilcoxens an weiblicher Schönheit hervorzubringen vermochten. Zur Stunde liebte sie nichts auf der Welt außer jungen Hunden und ihrem Vater, aber das Netz der Ehe wurde schon ausgespannt für sie und wenige Tage später fand sie an einem gewissen Mr. Percy Cahill, einem Onkel ihrer Schwägerin Dolly, Gefallen und er an ihr.

XVII

Das Zeitalter des Besitzes birgt selbst für den Besitzenden bittere Stunden. Wenn ein Umzug bevorsteht, wird das Mobiliar lächerlich wichtig und auch Margaret lag nun nächtelang wach und grübelte, wo in aller Welt sie mit ihren Siebensachen im nächsten September landen würden. Stühle, Tische, Bilder, Bücher, die seit Generationen lawinengleich auf die Geschwister eingestürzt waren, sollten nun weiterrollen, ein Erdrutsch, den Margaret manchmal am liebsten mit einem endgültigen Stoß ins Meer befördert hätte. Doch da waren die Bücher ihres Vaters – sie lasen sie zwar nie, aber sie hatten dem Vater gehört und mußten aufbewahrt werden. Dann das Büfett mit der Marmorplatte – auf die hatte ihre Mutter großen Wert gelegt, sie wußten nicht mehr, warum. Jeder Türknauf und jedes Kissen im Haus war umrankt von Gefühlswerten, die teilweise von persönlicher Natur waren, öfter aber nur von einer leichten Pietät den Verstorbenen gegenüber, einer Verlängerung von Riten, die auch am Grab schon ihr Ende hätten finden können.

Es war ein Unfug, wenn man es recht bedachte. Helen und Tibby empfanden es so, Margaret dagegen war zu stark mit den Häusermaklern beschäftigt. Landbesitz, wie ihn feudale Zeiten kannten, verschaffte Würde, der moderne Besitz von Mobiliar hingegen macht uns von Neuem einer Nomadenhorde gleich. Wir sinken herab auf eine Zivilisationsstufe des Gepäcks und künftige Historiker werden zu berichten haben, wie der Mittelstand Besitztümer anhäufte, ohne im Boden Wurzeln zu schlagen, und vielleicht werden sie darin das Geheimnis erklärt finden, weshalb die Menschen so arm an Phantasie gewesen sind. Zweifellos wurden die Schlegels ärmer durch den Verlust ihres Hauses am Wickham-Place. Es hatte ihrem Leben zu einem gewissen Gleichgewicht verholfen und ihnen einen Rückhalt gegeben. Andererseits wurde der Grundstücksbesitzer im geistigen Sinn nicht reicher. Er errichtete an der Stätte große Mietshäuser, seine Autos wurden schneller, seine Darlegungen des Sozialismus schärfer. Doch er hat das kostbare Destillat vieler Jahre verschüttet und er wird es durch keine noch so klugen chemischen Experimente der Gesellschaft zurückgewinnen können.

Margaret verfiel in Niedergeschlagenheit; sie wollte sich unbedingt für ein Haus entschieden haben, ehe sie die Stadt verließen, um Mrs. Munt den alljährlichen Besuch abzustatten. Sie genoß diesen Besuch jedesmal und wollte ihn gern mit unbeschwertem Gemüt antreten. Swanage war zwar langweilig, aber beständig, und in diesem Jahr sehnte sie sich mehr als sonst nach der frischen Luft und den herrlichen Höhenzügen, die es gegen Norden schützen. Doch London machte ihr einen Strich durch die Rechnung; in seiner Atmosphäre vermochte sie sich nicht zu konzentrieren. London regt nur an, hält aber nicht aufrecht, und Margaret, die stadtauf, stadtab wie gehetzt nach einem Haus suchte, ohne doch zu wissen, wie sie es sich im Einzelnen wünschte, mußte für so manchen Nervenkitzel vergangener Jahre büßen. Sie konnte sich noch nicht einmal vom Kulturbetrieb losreißen und vergeudete viel Zeit an Konzerte, die zu versäumen eine Sünde, und an Einladungen, die auszuschlagen unmöglich gewesen wäre. Schließlich geriet sie in Verzweiflung und beschloß, nirgends mehr hinzugehen und für niemanden mehr zu sprechen zu sein, bis sie ein Haus gefunden hätte, ein Entschluß, den sie schon nach einer halben Stunde wieder fallen ließ.

Sie hatte sich einmal im Scherz darüber beklagt, daß sie noch nie im Restaurant Simpson am »Strand« gewesen war. Nun kam ein Brief von Miß Wilcox, die sie dorthin zum Mittagessen einlud. Mr. Cahill komme auch mit; man werde zu dritt einen lustigen Plausch halten und vielleicht anschließend noch ins Hippodrom gehen. Margaret hatte keine allzu hohe Meinung von Evie und auch gar kein Verlangen, ihren Verlobten kennen zu lernen, und sie wunderte sich darüber, daß Helen, die sich doch viel lustiger über das Simpson ausgelassen hatte, nicht an ihrer Stelle eingeladen worden war. Aber der Brief rührte sie mit seinem vertraulichen Ton. Offenbar stand sie mit Evie Wilcox doch herzlicher, als sie gedacht hatte. So erklärte sie: »Ich muß einfach« – und nahm die Einladung an.

Als sie dann aber Evie am Eingang des Restaurants stehen und im Stil sportlicher Frauentypen wild ins Leere starren sah, verließ sie wieder der Mut. Miß Wilcox hatte sich seit ihrer Verlobung merklich verändert. Ihre Stimme war barscher, ihre Art direkter geworden und sie neigte dazu, die törichtere Jungfrau herablassend zu behandeln. Margaret war dumm genug, sich das zu Herzen zu nehmen. In ihrer Niedergeschlagenheit über ihre Vereinzelung sah sie nicht nur Häuser und Möbel, sondern das Schifflein des Lebens selbst, mit Leuten wie Evie und Mr. Cahill an Bord, an sich vorübergleiten.

Es gibt Augenblicke, da lassen uns Weisheiten und Seelenstärke im Stich, und ein solcher Augenblick widerfuhr Margaret bei Simpson am »Strand«. Während sie die enge, aber mit dickem Teppich belegte Treppe emporstieg und den Speiseraum betrat, wo erwartungsvollen Geistlichen große Portionen Hammelrücken aufgetischt wurden, überfiel sie ein zwar unbegründetes, aber heftiges Gefühl ihrer Minderwertigkeit und sie wünschte, sie wäre nie aus ihrem Altwasser hervorgetaucht, wo nichts sich ereignete außer Kunst und Literatur und wo nie jemand heiratete oder das Kunststück vollbrachte, eine Verlobung aufrechtzuerhalten. Dann kam aber eine kleine Überraschung. »Vater wird vielleicht mit von der Partie sein – ach, da ist er ja schon!« Mit freudigem Lächeln ging Margaret auf ihn zu und begrüßte ihn, und ihr Gefühl der Einsamkeit war mit einemmal verschwunden.

»Ich meinte, ich könnte mich ja anschließen, wenn's mir möglich wäre«, sagte er. »Evie erzählte mir von ihrem Plan, und da bin ich halt reingeschlüpft und hab' uns einen Tisch gesichert. Sich immer zuerst einen Tisch sichern! Evie, nun tu nicht so, als wolltest du unbedingt neben deinem alten Vater sitzen, denn das stimmt ja doch nicht. Kommen Sie, Miß Schlegel, setzen Sie sich zu mir, aus Mitleid! Meine Güte, Sie sehen aber müde aus! Haben Sie sich wieder mal Sorgen um Ihre Bürojünglinge gemacht?«

»Nein, um ein Haus«, sagte Margaret, während sie sich an ihm vorbei ins Séparée zwängte. »Außerdem bin ich nicht müde, sondern hungrig; ich möchte ganze Berge verschlingen.«

»Das ist schön. Was nehmen Sie denn?«

»Fischpastete«, sagte sie mit einem Blick auf die Speisekarte.

»Fischpastete! Hört euch das an, geht zu Simpson, um Fischpastete zu essen! Nein, so etwas bestellt man sich hier nicht.«

»Dann bestellen Sie etwas für mich!«, sagte Margaret und streifte sich die Handschuhe ab. Ihre Lebensgeister kehrten langsam wieder zurück und seine Anspielung auf Leonard Bast hatte merkwürdig anregend auf sie gewirkt.

»Hammelrücken«, sagte er nach gründlicher Überlegung, »und dazu Apfelwein. Das ist genau das Richtige hier. Ab und zu mal zum Spaß mag ich dieses Lokal ganz gern. Es ist so durch und durch altenglisch. Finden Sie nicht auch?«

»Doch!«, sagte Margaret, ganz gegen ihre Überzeugung. Die Bestellung wurde aufgegeben, der Braten kam angerollt und der Tranchierer zerlegte unter Mr. Wilcox' Anweisung das Fleisch, wo es am saftigsten war, und häufte es auf ihre Teller. Mr. Cahill bestand auf einem Lendenstück, gab jedoch nachher zu, daß er einen Fehler begangen hatte. Zwischen ihm und Evie entspann sich bald eine Unterhaltung vom Typ »Nein, das hab' ich nicht! – Doch, das hast du!«: eine Unterhaltung, die für die Beteiligten zwar sehr reizvoll sein mag, die Aufmerksamkeit Dritter aber weder erheischt noch verdient.

»Es ist eine goldene Regel, dem Tranchierer ein Trinkgeld zu geben. Mein Motto lautet: immer und überall Trinkgeld geben!«

»Vielleicht macht es das Leben menschlicher.«

»Die Burschen kennen einen dann wieder. Ganz besonders im Orient, wenn man da Trinkgeld gibt, erinnern die sich noch nach Jahren an einen.«

»Sind Sie schon im Orient gewesen?«

»Nur in Griechenland und der Levante. Früher bin ich öfters nach Zypern gereist, teils zum Vergnügen und teils geschäftlich. Verkehren kann man da eigentlich nur mit den Offizieren. Ein paar Piaster, richtig verteilt, halten das Gedächtnis frisch. Aber Sie werden das natürlich furchtbar zynisch finden. Was macht übrigens Ihr Diskussionsklub? Irgendwelche neuen Utopien in letzter Zeit?«

»Nein, ich bin auf Wohnungssuche, Mr. Wilcox, wie ich Ihnen schon einmal gesagt habe. Wissen Sie kein Haus für uns?«

»Ich fürchte, nein.«

»Wozu soll denn eine praktische Veranlagung überhaupt gut sein, wenn Sie damit zwei bedrängten Weibsbildern nicht mal ein Haus finden können? Wir suchen ja bloß ein kleines Häuschen mit großen Zimmern, und davon eine Menge.«

»So was hab' ich gern! Evie, hör dir das an! Miß Schlegel möchte mich zu ihrem Häusermakler machen.«

»Was hast du gesagt, Vater?«

»Ich brauche im September ein neues Heim und irgendwer muß es mir finden. Ich kann's nicht.«

»Percy, weißt du zufällig was?«

»Nein, eigentlich nicht«, sagte Mr. Cahill.

»Das sieht dir ähnlich! Du taugst aber schon zu gar nichts.«

»Zu gar nichts! Hört sie euch nur an! Zu gar nichts! Also, komm!«

»Aber es stimmt doch. Nicht wahr, Miß Schlegel?«

Der Sturzbach ihrer Verliebtheit nahm, nachdem er Margaret diese paar Tropfen hingespritzt hatte, wieder seinen gewohnten Lauf. Jetzt nahm auch sie Anteil daran, denn ein wenig Zuspruch hatte ihre Leutseligkeit wiederhergestellt. Reden wie Schweigen erfreuten sie gleichermaßen, und während Mr. Wilcox sich noch unverbindlich nach dem Käse erkundigte, ließ sie ihre Augen im Lokal umherwandern und bewunderte wie wohl abgewogen hier Englands solider Vergangenheit Tribut gezollt wurde. Altenglisch war es zwar nicht mehr als Kiplings Werke, doch hatte man die Erinnerungen an die Vergangenheit so geschickt ausgesucht, daß Margarets Kritik verstummte. Die Gäste, die man hier ganz im Sinne des Imperialismus verköstigte, wiesen doch eine gewisse Ähnlichkeit mit Parson Adams oder Tom Jones auf. Bruchstücke ihrer Gespräche drangen verworren an Margarets Ohr. »Da haben Sie Recht! Ich werde noch heute abend nach Uganda kabeln«, kam es vom Tisch hinter ihr. »Ihr Kaiser will Krieg; gut, soll er ihn haben!«, lautete die Meinung eines Geistlichen. Sie lächelte über solche Mißklänge.

»Das nächste Mal«, sagte sie zu Mr. Wilcox, »müssen Sie mit mir bei ›Mr. Eustace Miles‹ zu Mittag essen.«

»Mit Vergnügen!«

»Im Gegenteil, Sie würden es unausstehlich finden«, sagte sie, schob ihm ihr Glas hin und ließ sich Apfelwein nachschenken. »Dort gibt's nur Proteine und Aufbaustoffe und wildfremde Menschen kommen auf Sie zu und sagen: ›Verzeihung, aber Sie haben so eine schöne Aura.‹«

»Eine was?«

»Noch nie was von einer Aura gehört? Oh, Sie Glücklicher! Ich schrubbe an der meinen oft stundenlang herum! Und von einer Astralebene wohl auch noch nicht?«

Doch, von Astralebenen habe er schon läuten hören, er mißbillige sie.

»Ganz richtig! Zum Glück war es Helens Aura und nicht meine und sie mußte also mit den entsprechenden Höflichkeiten aufwarten. Ich saß die ganze Zeit nur mit meinem Taschentuch vor dem Mund da, bis der Mann wieder ging.«

»Sie beide haben ja anscheinend laufend so komische Erlebnisse. Mich hat noch keiner gefragt nach meiner – wie heißt's doch gleich? Vielleicht hab' ich keine.«

»Sie haben bestimmt eine, aber vielleicht hat sie eine so fürchterliche Farbe, daß niemand davon zu reden wagt.«

»Aber verraten Sie mir doch eins, Miß Schlegel: Glauben Sie wirklich an das Übernatürliche und so was?«

»Eine zu schwierige Frage.«

»Wieso denn? Gruyère oder Stilton?«

»Gruyère, bitte.«

»Nehmen Sie lieber Stilton!«

»Gut, also Stilton. Zu schwierig, weil ich zwar nicht an Auren glaube und die Theosophie nur für eine Kompromißlösung halte –«

»– und aber trotzdem etwas dran sein könnte«, ergänzte er stirnrunzelnd.

»Nicht einmal das. Vielleicht führt die Theosophie sogar teilweise in eine ganz falsche Richtung. Ich kann's nicht erklären. Ich glaube nicht an diesen ganzen Hokuspokus und trotzdem sage ich nicht gern, daß ich nicht daran glaube.«

Er schien unbefriedigt und sagte: »Dann könnten Sie mir also nicht versprechen, daß Sie es nicht mit Astralleibern und dem ganzen übrigen Zeug halten?«

»Doch, das könnte ich«, sagte Margaret, überrascht, daß dieser Punkt ihm wichtig war. »Ich versprech's Ihnen sogar. Als ich vorhin sagte, ich schrubbe an meiner Aura herum, hab' ich nur einen Witz machen wollen. Aber warum wollen Sie das denn so genau wissen?«

»Weiß ich nicht.«

»Aber, Mr. Wilcox, natürlich wissen Sie es.«

»Doch, das bin ich!« – »Nein, das bist du nicht!«, tönte es von dem Liebespaar gegenüber. Margaret schwieg einen Augenblick und wechselte dann das Thema.

»Was macht Ihr Haus?«

»Unverändert, seit Sie uns letzte Woche die Ehre gaben.«

»Ich meine ja nicht Ducie Street, sondern natürlich Howards End.«

»Wieso ›natürlich‹?«

»Können Sie nicht Ihren Mieter rauswerfen und es an uns vermieten? Wir sind schon dem Wahnsinn nahe.«

»Lassen Sie mich nachdenken! Ich wünschte, ich könnte Ihnen helfen. Aber wollten Sie denn nicht eigentlich in der Stadt wohnen bleiben? Wenn ich Ihnen einen Rat geben darf: Legen Sie sich auf ein Viertel fest, dann legen Sie sich auf einen Preis fest und dann bleiben Sie am Ball! Auf diese Weise habe ich sowohl Ducie Street als auch Oniton bekommen. Ich sagte mir: ›Genau hier will ich sein!‹, und das war ich dann ja auch, und dabei ist Oniton eins unter tausend.«

»Aber ich bleibe nun mal nicht am Ball! Die Herren der Schöpfung können anscheinend Häuser hypnotisieren: Fixieren sie mit einem Blick und schon kommen sie zitternd angekrochen. Die holde Weiblichkeit kann das nicht. Es ist sogar so, daß die Häuser mich hypnotisieren. Ich habe keinen Einfluß auf die frechen Dinger. Häuser leben doch. Nein?«

»Da muß ich passen«, sagte er und setzte hinzu: »Haben Sie nicht auch ganz so ähnlich mit Ihrem Büroknaben gesprochen?«

»Hab' ich das? Das hab' ich wohl, mehr oder weniger. Ich rede mit jedem auf die gleiche Weise, das heißt, ich versuche es wenigstens.«

»Ja, ich weiß. Und wie viel, glauben Sie, hat er davon begriffen?«

»Das ist sein Problem! Ich halte nichts davon, meine Redeweise meinem Umgang anzupassen. Es läßt sich zweifellos immer eine gemeinsame Verständigungsebene finden, auf der man sich anscheinend ganz gut versteht, aber es ist auch nicht das Wahre, ebenso wenig wie Geld schon Essen ist. Es hat keinen Nährwert. Man gibt es an die niederen Klassen weiter und sie geben es einem wieder zurück, und das nennt man dann ›gesellschaftlichen Verkehr‹ oder ›beiderseitiges Bemühen‹, wo es doch höchstens beiderseitige Dünkelhaftigkeit ist. Unsere Freunde in Chelsea sehen das nicht ein. Sie sagen, man müsse sich um jeden Preis verständlich ausdrücken und dafür Opfer bringen –«

»Die niederen Klassen!«, unterbrach Mr. Wilcox, als tauche er gleichsam die Hand in ihren Redestrom. »Sie geben also zu, daß es Reich und Arm gibt. Das ist immerhin schon etwas.«

Margaret wußte nichts darauf zu erwidern. War er wirklich so unglaublich dumm oder verstand er sie vielleicht besser als sie sich selbst?

»Sie geben also zu, daß es, wenn man alles Vermögen gleichmäßig aufteilte, in ein paar Jahren wiederum Reiche und Arme gäbe wie zuvor. Der Fleißige würde nach oben kommen und der Taugenichts nach unten sinken.«

»Das gibt doch jeder zu.«

»Ihre Sozialisten nicht.«

»Doch, meine Sozialisten auch, aber vielleicht die Ihren nicht. Ich habe stark den Verdacht, daß das gar keine Sozialisten sind, sondern Kegel, die Sie zu Ihrem Vergnügen aufgebaut haben. Denn daß lebende Geschöpfe sich so leicht umwerfen lassen, das kann ich mir nicht vorstellen.«

Wäre sie nicht eine Frau gewesen, hätte er ihr das übelgenommen. Doch Frauen dürfen alles sagen – das war eine seiner heiligsten Überzeugungen – und so entgegnete er nur mit einem fröhlichen Lächeln: »Das ist mir gleich. Sie haben jedenfalls zwei empfindliche Zugeständnisse gemacht und in beiden stimme ich Ihnen von Herzen zu.«

Sie beendeten das Mittagessen zur rechten Zeit und Margaret, die sich vom Besuch des Hippodroms dispensiert hatte, verabschiedete sich. Evie hatte kaum einmal das Wort an sie gerichtet und Margaret vermutete, daß die ganze Unternehmung von ihrem Vater geplant worden war. Er und sie lösten sich allmählich aus dem Schoß ihrer Familien und strebten einer vertrauteren Bekanntschaft zu. Das hatte schon vor langer Zeit begonnen. Sie war eine Freundin seiner Frau gewesen, als solcher hatte er ihr das silberne Riechfläschchen zum Andenken geschenkt. Das war hübsch von ihm gewesen, und er hatte sie Helen schon immer vorgezogen, ganz im Gegensatz zu den meisten Männern. Aber es war erstaunlich, welche Fortschritte ihre Annäherung in letzter Zeit gemacht hatte. In einer einzigen Woche hatten sie mehr unternommen als zuvor in zwei Jahren und waren nun wirklich dabei, sich gegenseitig kennen zu lernen.

Margaret vergaß nicht, daß er versprochen hatte, eine Kostprobe bei »Eustace Miles« zu nehmen, und lud ihn dorthin ein, sobald sie Tibby als Begleitschutz für Mr. Wilcox verpflichten konnte. Er kam und nahm die körperaufbauenden Gerichte in Demut zu sich.

Am nächsten Morgen reisten die Schlegels nach Swanage ab. Es war ihnen nicht gelungen, ein neues Heim zu finden.

XVIII

Sie saßen an Tante Juleys Frühstückstisch im Erker, erwehrten sich mit Mühe ihrer überströmenden Gastlichkeit und genossen den Ausblick über die Meeresbucht, als Margaret einen Brief bekam, der sie in Verwirrung stürzte. Er kam von Mr. Wilcox und brachte die Ankündigung einer »wichtigen Veränderung« in seinen Plänen. Da Evie bald heiraten werde, habe er sich entschlossen, sein Haus in der Ducie Street aufzugeben; er sei bereit, es mit einjähriger Kündigungsfrist zu vermieten. Es war ein nüchterner Geschäftsbrief, in dem er offen erklärte, was er für die künftigen Mieter zu tun gedenke und was nicht. Auch der Mietpreis war genannt. Im Falle der Zustimmung möge Margaret *sofort* – das Wort war unterstrichen, wie es im Geschäftsverkehr mit Frauen angebracht ist – in die Stadt kommen und das Haus mit ihm besichtigen. Im Falle einer Absage bitte er um ein Telegramm, damit er die Sache dann einem Makler in die Hand geben könne.

Verwirrend wirkte das Schreiben deshalb, weil sie nicht sicher war, was es zu bedeuten hatte. Wenn er sie gern hatte, wenn er es gewesen war, der sie damals ins Simpson gelotst hatte, dann war dies vielleicht ein neues Manöver, um sie nach London zu zitieren und ihr am Ende gar einen Heiratsantrag zu machen. So unzart wie nur möglich legte sie sich die Frage vor, in der Hoffnung, daß ihr Verstand sofort aufschrie: »Blödsinn! Du bist eine eingebildete Gans!« Aber ihr Verstand gab nur ein leises Klingeling von sich und war dann still und eine Weile saß sie da, starrte auf die schwappenden Wellen und überlegte sich, ob die Nachricht den anderen auch seltsam erscheinen würde.

Sobald sie zu reden anfing, gab ihr der Klang ihrer eigenen Stimme ihre Sicherheit wieder. An der Sache konnte nichts dran sein. Auch die Antworten, die sie erhielt, waren typisch und so gingen ihre Befürchtungen bald im Stimmengewirr der allgemeinen Unterhaltung unter.

»Du brauchst aber doch nicht zu fahren –«, begann ihre Gastgeberin.

»Brauchen nicht, aber wär's nicht doch besser? Allmählich wird es wirklich brenzlig. Wir lassen uns eine Gelegenheit nach der anderen entgehen und zu guter Letzt werden wir noch mit Sack und Pack auf die Straße gesetzt. Wir wissen eben nicht, was wir *wollen*, das ist das Schlimme an uns –«

»Nein, wir haben keine echten Bindungen«, sagte Helen und nahm sich Toast.

»Soll ich denn nicht heut in die Stadt fahren, das Haus nehmen, wenn es nur halbwegs annehmbar ist, und dann morgen mit dem Nachmittagszug wieder herauskommen und es mir endlich gut gehen lassen? Solange ich diese Sache nicht aus dem Kopf habe, ist ja doch nichts mit mir anzufangen.«

»Aber du wirst doch nichts überstürzen, Margaret?«

»Da gibt's nichts mehr zu überstürzen.«

»Wer sind eigentlich die Wilcoxens?«, wollte Tibby wissen. Die Frage klingt albern, war jedoch in Wahrheit äußerst spitzfindig, wie seine Tante sogleich am eigenen Leibe erfuhr, als sie darauf zu antworten versuchte. »Mit den Wilcoxens komme ich nicht zurecht; ich verstehe nicht, welche Rolle sie dabei spielen.«

»Ich genauso wenig«, stimmte Helen zu. »Komisch, daß wir sie einfach nicht aus den Augen verlieren. Von all unseren Hotelbekanntschaften ist Mr. Wilcox der Einzige, der an uns hängen geblieben ist. Das dauert nun schon über drei Jahre und in dieser Zeit sind uns doch weit interessantere Menschen wieder abhanden gekommen.«

»Interessante Menschen besorgen einem keine Häuser.«

»Meg, wenn du auf ehrliche Engländerin machst, schmeiß' ich dir das Sirupglas an den Kopf!«

»Immer noch besser als auf Kosmopolitin«, sagte Margaret und stand auf. »Also, Kinder, was ist jetzt? Ihr kennt das Haus an der Ducie Street. Soll ich ja sagen oder soll ich nein sagen? Tibbyherz, was meinst du? Mir liegt besonders viel daran, euch beide festzunageln.«

»Es kommt ganz darauf an, was du unter ›annehmbar‹ verstehst.«

»Es kommt auf nichts dergleichen an! Sag ja!«

»Sag nein!«

Margaret sprach nun ein ernstes Wort. »Unsere Familie muß sich wohl auf dem absteigenden Ast befinden«, sagte sie. »Wir können nicht einmal mit einer solchen Kleinigkeit fertig werden. Was wird erst sein, wenn wir mit großen Dingen fertig werden müssen?«

»Das wird kinderleicht sein«, gab Helen zurück.

»Ich mußte eben an Vater denken. Wie hat er es bloß fertig gebracht, Deutschland für immer zu verlassen, wo er doch als junger Mann dafür gekämpft hatte und all seine Gefühle und Freunde preußisch waren? Wie hat er seinen Patriotismus abschütteln und sein ganzes Streben dann auf etwas anderes richten können? Mich hätte das umgebracht. Mit fast vierzig Jahren hat er Land und Ideale wechseln können – und wir, in unserem Alter, können nicht mal die Wohnung wechseln. Es ist beschämend.«

»Euer Vater hat vielleicht das Land wechseln können«, sagte Mrs. Munt mit einer gewissen Schärfe, »und es bleibt dahingestellt, ob das gut war oder nicht. Aber das Haus zu wechseln hat er auch nicht besser verstanden als ihr, eher noch viel schlechter. Nie werde ich vergessen, was die arme Emily beim Wegzug aus Manchester auszustehen hatte.«

»Ich wußte es doch!«, rief Helen. »Ich hab's euch ja gesagt! Gerade bei den Kleinigkeiten macht man Murks. Die großen, wirklichen Dinge sind ein Klacks, wenn's soweit ist.«

»Murks, meine Liebe? Du warst noch zu klein, um dich daran erinnern zu können – das heißt, du warst damals überhaupt noch nicht da. Die Möbelwagen waren schon mit der ganzen Einrichtung unterwegs, dabei war der Mietvertrag für Wickham-Place noch nicht einmal unterschrieben, und Emily saß im Zug nach London mit dem Baby – das war damals Margaret – und dem kleineren Gepäck, ohne auch nur eine Ahnung zu haben, wo denn nun ihr neues Heim sein würde. Aus dem Haus herauszumüssen mag ja hart sein, aber es ist nichts im Vergleich zu den Qualen, die wir alle durchstanden, um euch reinzubekommen.«

Helen rief mit vollem Munde:

»Und das ist der Mann, der die Österreicher und die Dänen und die Franzosen besiegt hat. Und auch die Deutschen in ihm selbst! Und wir sind genau wie er.«

»Du vielleicht!«, sagte Tibby. »Vergiß bitte nicht, ich bin Kosmopolit!«

»Helen mag schon recht haben.«

»Natürlich hat sie recht«, sagte Helen.

Helen mochte recht haben, aber nicht sie fuhr nach London, sondern Margaret. Unterbrochene Ferien gehören zu den schlimmsten kleineren Übeln und so ist Schwermut verzeihlich, wenn man der See und den Freunden durch einen Geschäftsbrief entrissen wird. Sie konnte nicht glauben, daß ihr Vater jemals genauso empfunden hatte. Ihre Augen hatten ihr in letzter Zeit zu schaffen gemacht, so daß sie im Zug nicht lesen konnte, und es langweilte sie, die Landschaft zu betrachten, die sie doch erst gestern gesehen hatte. In Southampton »winkte« sie Frieda: Frieda war auf dem Weg nach Swanage und Mrs. Munt hatte ausgerechnet, daß ihre Züge sich kreuzen würden. Aber Frieda schaute gerade in die andere Richtung und Margaret kam sich, während sie weiter der Stadt entgegenfuhr, einsam und altjüngferlich vor. War es nicht höchst altjüngferlich, sich einzubilden, daß Mr. Wilcox ihr den Hof machte? Sie war einmal zu Besuch gewesen bei einem älteren Fräulein – arm, einfältig und reizlos –, das in dem Wahn lebte, daß jeder Mann, der in ihre Nähe kam, sich in sie verliebe. Wie hatte Margarets Herz geblutet für die verblendete Alte! Wie hatte sie gepredigt, ihr gut zugeredet und schließlich aus Verzweiflung klein beigegeben! »In dem Vikar kann ich mich getäuscht haben, meine Liebe, aber der junge Mann, der mittags die Post bringt, der hat mich wirklich gern, er hat ja auch schon –« Das war Margaret immer als das Abscheulichste am Altwerden erschienen und nun wurde sie durch den bloßen Druck ihrer Jungfräulichkeit womöglich noch selbst zu solchen Torheiten getrieben.

Mr. Wilcox holte sie persönlich am Waterloo-Bahnhof ab. Sie spürte ganz deutlich, daß er anders war als sonst; das zeigte sich schon daran, daß er an jedem ihrer Worte Anstoß nahm. »Das ist furchtbar nett von Ihnen«, fing sie an, »aber es wird wohl leider nichts draus werden. Das Haus, das der Familie Schlegel paßt, ist noch nicht gebaut.«

»Was denn! Sind Sie schon mit dem Entschluß hergekommen, nicht abzuschließen?«

»Das nicht gerade.«

»Das nicht gerade? Na, dann nichts wie los!«

Sie hielt sich noch damit auf, das Auto zu bewundern; es war neu und ein schöneres Gefährt als das zinnoberrote Ungetüm, das Tante Juley vor drei Jahren ihrem Verhängnis entgegengetragen hatte.

»Sicher ein wunderschöner Wagen«, sagte sie. »Wie sind Sie damit zufrieden, Crane?«

»Kommen Sie, fahren wir!«, wiederholte Mr. Wilcox. »Woher in aller Welt wissen Sie denn, daß mein Chauffeur Crane heißt?«

»Aber Crane kenn' ich doch: Ich bin mal mit Evie ausgefahren. Ich weiß auch, daß Sie ein Stubenmädchen namens Milton haben. Ich weiß alles Mögliche.«

»Evie!«, wiederholte er in beleidigtem Ton. »Evie werden Sie nicht sehen. Sie ist mit Cahill ausgegangen. Es macht nicht gerade Spaß, das kann ich Ihnen sagen, wenn man so viel allein gelassen wird. Tagsüber habe ich ja meine Arbeit – sogar viel zuviel davon –, aber wenn ich dann abends heimkomme – ich sag's Ihnen –, kann ich das Haus nicht mehr ertragen.«

»Auf meine komische Art bin ich auch einsam«, entgegnete Margaret. »Es bricht einem das Herz, wenn man sein altes Zuhause verlassen muß. Ich kann mich an fast nichts erinnern, was vor dem Wickham-Place war, und Helen und Tibby sind dort geboren. Helen sagt –«

»Sie fühlen sich auch einsam?«

»Schrecklich. Schau an, das Parlament tagt wieder!«

Mr. Wilcox warf einen verächtlichen Blick auf das Gebäude. Die wichtigeren Fäden des Lebens liefen anderswo zusammen. »Ja, die sind schon wieder am Palavern«, sagte er. »Aber Sie wollten gerade sagen –«

»Ach, nur dummes Zeug über Möbel. Helen sagt immer, Möbel allein haben Bestand, während Menschen und Häuser vergehen, und zum Schluß werde die Welt eine Wüste aus Stühlen und Sofas sein – stellen Sie sich das mal vor! –, lauter Stühle und Sofas, die durch die Unendlichkeit rollen, und niemand mehr, der drauf sitzen könnte.«

»Ihre Schwester ist doch immer zu Späßchen aufgelegt.«

»Sie sagt Ja, mein Bruder sagt Nein zur Ducie Street. Es ist nicht gerade ein Vergnügen, uns zu helfen, Mr. Wilcox, das kann ich Ihnen versichern.«

»Sie sind gar nicht so unpraktisch, wie Sie tun. Ich glaub' es Ihnen jedenfalls nicht.«

Margaret lachte. Sie war nämlich wirklich so unpraktisch, sie konnte sich auf keine Einzelheiten konzentrieren. Das Parlament, die Themse, der unzugängliche Chauffeur: dies alles durchzuckte ihre Gedanken, die doch nur der Haussuche hätten gelten sollen, und alles verlangte nach Kritik oder Resonanz. Es ist unmöglich, das moderne Leben in seiner Beständigkeit und zugleich in seiner Gesamtheit zu betrachten, und sie hatte sich dafür entschieden, es als Ganzes zu sehen. Mr. Wilcox sah nur das Beständige, er kümmerte sich weder um das Geheimnisvolle noch um das Private. Mochte die

Themse doch vom Meer her landeinwärts fließen, mochte der Chauffeur seine Leidenschaften und Lebensanschauungen hinter seiner ungesunden Haut verbergen! Sie kannten ihre Obliegenheiten und er kannte die seinen.

Und doch war Margaret gern in seiner Gesellschaft. Er wirkte nicht als Vorwurf, sondern als Anregung auf sie und er vertrieb ihre schwermütigen Gedanken. Gut zwanzig Jahre älter als sie, hatte er sich doch eine Gabe bewahrt, die sie selbst verloren zu haben wähnte: zwar nicht die schöpferische Kraft der Jugend, aber doch ihr Selbstvertrauen und ihren Optimismus. Für ihn stand fest, daß die Welt sehr erfreulich war. Seine Gesichtsfarbe war kräftig, sein Haar war zurückgewichen, aber nicht schütter geworden, der dichte Schnurrbart und die Augen, die Helen einmal mit Rumkugeln verglichen hatte, bargen etwas angenehm Drohendes in sich, gleichviel ob sie nun der Gosse zugekehrt waren oder den Sternen. Eines Tages, wenn das Paradies auf Erden kommt, mag man vielleicht keine Verwendung mehr haben für seinen Typ. Im Augenblick aber verdient er die Anerkennung jener, die sich ihm überlegen fühlen und es möglicherweise auch sind.

»Na, jedenfalls haben Sie prompt auf mein Telegramm reagiert«, bemerkte er.

»Oh, sogar ich weiß, was eine gute Sache ist.«

»Ich freue mich, daß Sie die irdischen Güter nicht verachten.«

»Du lieber Himmel, nein! Das tun doch nur Idioten und Tugendbolde.«

»Das freut mich, freut mich sehr«, wiederholte er, wobei er mit einemmal sanftmütiger wurde und sich ihr zuwandte, als hätte die Bemerkung ihn zufrieden gestellt. »Es gibt so viel scheinheiliges Gerede in den selbst ernannten intellektuellen Kreisen. Ich bin froh, daß Sie sich nicht daran beteiligen. Selbstverleugnung als ein Mittel zur Charakterstärkung ist ja gut und schön, aber ich kann diese Leute nicht ausstehen, die gegen die Annehmlichkeiten des Lebens Sturm laufen. Damit verfolgen die doch meistens nur eigennützige Zwecke. Wie stehen Sie dazu?«

»Es gibt zweierlei Annehmlichkeiten«, sagte Margaret, die sich in der Gewalt hatte, »solche, die man mit anderen teilen kann, wie Feuer, Wetter oder Musik; und solche, die sich nicht mit anderen Menschen teilen lassen: zum Beispiel das Essen. Das kommt jeweils auf den Einzelfall an.«

»Ich meine natürlich vernünftige Annehmlichkeiten. Ich möchte nicht gern glauben, daß Sie –« Er beugte sich näher zu ihr hin; der Satz erstarb ihm auf den Lippen. Margarets Kopf wurde plötzlich ganz schwummerig und ihr war, als kreise es darin wie das Signalfeuer in einem Leuchtturm. Er küßte sie nicht, denn es war ja erst halb ein Uhr mittags und der Wagen fuhr soeben an den Stallungen des Buckingham-Palastes vorüber. Aber die Atmosphäre war so gefühlsgeladen, daß es Margaret schien, alle übrigen Menschen seien nur ihretwegen vorhanden, und sie wunderte sich, daß Crane das nicht bemerkte und sich umdrehte. So idiotisch sie auch sein mochte, Mr. Wilcox war heute jedenfalls – wie sollte man es ausdrücken? – psychologischer als sonst. Wenn es ums Geschäftliche ging, war er ja schon immer ein guter Menschenkenner gewesen, am heutigen Nachmittage aber schien er sein Gebiet noch zu erweitern und außer Ordentlichkeit, Gehorsam und Entschlußkraft auch andere Eigenschaften wahrzunehmen.

»Ich möchte mir das ganze Haus ansehen«, erklärte sie, als man am Ziel angelangt war. »Sobald ich wieder in Swanage bin, morgen Nachmittag also, bespreche ich es noch einmal mit Helen und Tibby und telegraphiere Ihnen Ja oder Nein.«

»In Ordnung. Das Eßzimmer.« Und sie begannen mit dem Rundgang.

Das Eßzimmer war groß, aber mit Möbeln überladen. Ganz Chelsea hätte laut aufgestöhnt. Mr. Wilcox hatte alles Geschmäcklertum vermieden, das möglichst wehleidig und zimperlich nur die Schönheit anstrebt, dabei aber Behaglichkeit und breiten Lebensgenuß außer acht läßt. Nach so viel Einfarbigkeit und Selbstverleugnung betrachtete Margaret mit Erleichterung das prächtige Paneel, den Fries, die goldverzierte Tapete, in deren Blätterwerk Papageien sangen. Mit ihren eigenen Möbeln würde das nicht zusammengehen, aber diese schweren Sessel und das riesige, mit Silbergeschirr beladene Büfett hielten dem Druck wacker stand. Der Raum strahlte Männlichkeit aus und Margaret, die schon immer gern den modernen Kapitalisten von den Kriegern und Jägern der Vergangenheit hergeleitet hatte, erblickte in dem Raum einen altertümlichen Gästesaal, worin der Lehnsherr mit seinen Mannen tafelte. Sogar die Bibel – die holländische Bibel, die Charles aus dem Burenkrieg mit heimgebracht hatte – paßte ins Bild. In einem solchen Raum hatte Beute Platz.

»Und nun die Eingangshalle.«

Die Eingangshalle war mit Platten ausgelegt.

»Hier sitzen wir Männer und rauchen.«

»Wir Männer« rauchten in kastanienbraunen Ledersesseln. Es war, als habe ein Automobil seine Brut hier ausgeworfen.

»Oh, wie hübsch!«, sagte Margaret und ließ sich in einem der Fauteuils versinken.

»Es gefällt Ihnen also?«, fragte er, wobei er seinen Blick auf ihr nach oben gewandtes Gesicht heftete und zweifellos einen fast vertraulichen Ton anklingen ließ. »Es ist doch purer Unsinn, wenn man sich's nicht gemütlich macht. Stimmt doch?«

»Ja-a. Halbwegs Unsinn. Sind das Cruikshanks?«

»Gillrays. Sollen wir jetzt nach oben gehen?«

»Stammt die ganze Einrichtung aus Howards End?«

»Die Möbel aus Howards End sind alle nach Oniton gekommen.«

»Ist – Aber mir geht's ja nur ums Haus, nicht um die Möbel. Wie groß ist denn dieser Rauchsalon?«

»Zehn auf fünf. Nein, warten Sie mal, fünfeinhalb.«

»Ach, schön. Mr. Wilcox, amüsiert es Sie nicht auch manchmal, mit welch feierlichem Ernst wir Mittelständler das Thema ›Häuser‹ angehen?«

Sie gingen weiter in den Salon. Hiermit wäre Chelsea schon besser zurechtgekommen. Der Raum wirkte fahl und wenig eindrucksvoll. Man konnte sich vorstellen, wie die Damen sich hierher zurückzogen, während ihre Gebieter unten über die Realitäten des Lebens diskutierten und Zigarren dazu rauchten. Ob wohl Mrs. Wilcox' Salon in Howards End auch so ausgesehen hatte? Gerade, als Margaret dieser Gedanke durch den Kopf ging, bat Mr. Wilcox sie, seine Frau zu werden, und die Gewißheit, daß sie also doch Recht gehabt hatte, war so überwältigend, daß sie fast in Ohnmacht fiel.

Doch war der Heiratsantrag nicht von solcher Art, daß man ihn unter die großen Liebesszenen der Weltgeschichte zählen könnte.

»Miß Schlegel« – seine Stimme war fest –, »ich habe Sie unter Vorspiegelung falscher Tatsachen hergebeten. Ich möchte über eine viel ernstere Angelegenheit als über ein Haus sprechen.«

Beinahe hätte Margaret erwidert: »Ich weiß –«

»Könnten Sie sich dazu bewegen lassen, mit mir – ist es denkbar –«

»O Mr. Wilcox!«, unterbrach sie ihn, während sie sich am Klavier festhielt und den Blick abwandte. »Ich weiß, ich weiß. Ich werde Ihnen nachher schreiben, wenn ich darf.«

Er begann zu stammeln. »Miß Schlegel – Margaret –, Sie verstehen mich nicht!«

»O doch! Sehr wohl sogar!«, sagte Margaret.

»Ich bitte Sie, meine Frau zu werden.«

So stark empfand sie schon mit ihm, daß sie sich bei seinen Worten einen kleinen Ruck gab. Sie mußte Überraschung zeigen, wenn er das erwartete. Eine ungeheure Freude überkam sie. Es war unbeschreiblich. Mit Menschenfreundlichkeit hatte es nichts zu tun – am ehesten noch mit der alles durchdringenden Fröhlichkeit bei schönem Wetter. Schönes Wetter ist der Sonne zu verdanken, hier aber konnte Margaret kein zentrales Leuchtgestirn entdecken. Sie stand in seinem Salon, war einfach nur glücklich und wünschte sich, Glück zu spenden. Erst als sie sich von ihm verabschiedete, erkannte sie, daß das zentrale Leuchtgestirn die Liebe gewesen war.

»Sie sind doch nicht beleidigt, Miß Schlegel?«

»Wie könnte ich denn beleidigt sein?«

Einen Augenblick lang waren sie still. Er wollte sie jetzt los sein und sie wußte es. Ihr Feingefühl war zu groß, als daß sie ihn nun angeblickt hätte, wie er da um Besitztümer kämpfte, die man mit Geld nicht kaufen kann. Er sehnte sich nach Kameradschaft und Zuneigung und fürchtete sich zugleich davor. Sie aber, die kein anderes Verlangen kannte, der es gelungen wäre, den Kampf mit Schönheit auszustatten, sie hielt sich zurück und zögerte mit ihm.

»Auf Wiedersehen!«, sagte sie dann. »Ich werde Ihnen schreiben – morgen fahre ich wieder nach Swanage zurück.«

»Ich danke Ihnen.«

»Auf Wiedersehen – ich habe Ihnen zu danken.«

»Ich darf doch den Wagen kommen lassen, ja?«

»Das wäre sehr freundlich.«

»Ich wünschte, ich hätte statt dessen geschrieben. Hätte ich lieber schreiben sollen?«

»Keineswegs.«

»Da ist nur noch eine Frage –«

Sie schüttelte den Kopf. Er stutzte etwas, und sie trennten sich.

Sie reichten sich zum Abschied nicht die Hände: Um seinetwillen hatte Margaret die Begegnung im ruhigsten Grau gehalten. Dabei bebte sie vor Glück, indes sie ihrem Haus entgegenfuhr. Sie war in der Vergangenheit schon von anderen geliebt worden, wenn man den kurz aufflackernden Gefühlen diesen ernsten Namen geben darf, aber diese anderen waren allesamt »Einfaltspinsel« gewesen: junge Männer, die nichts zu tun hatten, alte Männer, die nichts Besseres mehr fanden. Auch sie hatte schon öfters »geliebt«, aber nur soweit das Geschlecht es forderte: bloße Sehnsüchte nach dem männlichen Geschlecht, die man bald wieder aufgab mit einem Lächeln – mehr waren sie nicht wert. Nie zuvor war der Kern ihrer Persönlichkeit berührt worden. Sie war nicht jung noch besonders reich und sie fand es erstaunlich, daß ein angesehener Mann sie überhaupt ernst nahm. Als sie dann in ihrem leeren Haus unter schönen Bildern und edlen Büchern über Abrechnungen saß, wallten die Gefühle in ihr, als ob eine Flut der Leidenschaft durch die Nachtluft strömte. Sie schüttelte den Kopf, versuchte ihre Gedanken zu konzentrieren und konnte es nicht. Umsonst sagte sie sich immer wieder: »Aber ich hab' doch so was früher schon erlebt!« Sie hatte es jedoch noch nie erlebt. Das große Räderwerk war im Gegensatz zum kleinen in Gang gesetzt worden und der Gedanke, daß Mr. Wilcox liebte, ergriff von ihr Besitz, noch ehe sie dazu kam, ihn wiederzulieben.

Sie konnte noch zu keiner Entscheidung kommen. »Ach, mein Herr, es kommt alles so plötzlich«: dieser prüde Satz drückte genau aus, was sie empfand, als sie sprechen mußte. Vorahnungen sind noch keine Vorbereitungen. Sie mußte sich selbst und ihn erst noch eingehender prüfen; sie mußte es mit Helen kritisch durchsprechen. Es war eine seltsame Liebesszene gewesen, das zentrale Leuchtgestirn war von Anfang bis Ende unerkannt geblieben. Sie an seiner Stelle hätte gesagt: »Ich liebe dich«, aber vielleicht war es nicht seine Art, sein Herz auszuschütten. Er hätte es wohl getan, wenn sie ihn gedrängt hätte – vielleicht, um der Pflicht Genüge zu tun; England erwartet, daß jeder Mann einmal sein Herz ausschüttet. Aber die Anstrengung hätte ihn aufgerieben und nie, wenn sie es vermeiden konnte, sollte er jene Verteidigungswälle aufgeben müssen, die er gegen die Welt zu errichten für nötig befunden hatte. Nie sollte man ihn belästigen mit gefühlvollen Reden und Sympathiebeweisen. Er war jetzt ein älterer Herr, und ihn noch bessern zu wollen, das wäre sinnlos und unverschämt.

Mrs. Wilcox schwebte aus und ein, ein stets willkommener Geist, der, so dachte Margaret, die Szene ohne auch nur eine Spur von Bitterkeit betrachtete.

XIX

Wenn man einem Fremden England zeigen wollte, wäre es vielleicht am klügsten, ihn auf die letzten Ausläufer der Purbeck Hills zu führen und ihn dort auf deren Gipfel zu postieren, einige Meilen östlich von Corfe. Da würde sich dann unsere Insel, wie die Natur sie geordnet hat, zu seinen Füßen versammeln. Unter ihm liegt das Tal der Frome und die wilde Landschaft, die schwarz und golden von Dorchester herabstürzt, um ihre Ginsterpracht in der weiten Bucht von Poole zu spiegeln. Jenseits davon das Tal der Stour, unerklärliches Flüßchen, schmutzig in Blanford, sauber in Wimborne – die Stour, die sich aus fetten Äckern hervorwindet, um sich unter dem Turm von Christchurch dem Avon zu vermählen. Das Avontal ist unsichtbar, aber weit im Norden kann das geübte Auge den Clearbury Ring erkennen, der über dem Tal wacht, und die Phantasie wird noch weiter schweifen bis zur Salisbury Plain selbst und über diese große Ebene hinaus zu all den herrlichen Hügelketten von Mittelengland. Auch an Ausläufern der Großstadt fehlt es nicht. Rechts kauert Bournemouth mit seiner unedlen Küste und bringt Kiefernwälder in die Landschaft, die bei aller Schönheit doch gleich bedeutend sind mit den roten Häusern der Börsianer, die sich bis zu den Toren Londons hinziehen. So ungeheuer ist die Ausdehnung der Stadt! An die Klippen von Freshwater aber wird sie nie hinreichen, und so wird die kleinere Insel die Reinheit der großen Insel bis in alle Ewigkeit beschützen. Von Westen gesehen, ist die Isle of Wight schön über alle Schönheitsnormen. Als schwämme ein Stück von England aufs Meer hinaus, um den Fremden zu begrüßen – Kalk von unserm Kalk, Rasen von unserm Rasen, Inbegriff dessen, was folgen wird. Und hinter diesem Stück liegt Southampton, Herberge aller Völker, und Portsmouth, ein verborgenes Feuer, und ringsum, zwei- und dreifach von der Flut gestaut, wirbelt die See. Wie viele Dörfer umfaßt dieser Blick! Wie viele Burgen! Wie viele Kirchen, versunkene und noch ragende! Wie viele Schiffe, Eisenbahnen und Straßen! Welch unglaubliche Vielfalt von Menschen arbeiten unter jenem strahlenden Himmel und zu welchem Ziel! Der Verstand verebbt wie eine Welle auf dem Strand von Swanage; die Phantasie schwillt an und greift immer weiter um sich, bis sie geografisch wird und ganz England umfaßt.

So wurde denn auch Frieda Mosebach, inzwischen Frau Architekt Liesecke und Mutter eines ihrem Gatten geschenkten Babys, auf diesen Höhenzug geführt, um sich beeindrukken zu lassen, und nach ausgiebiger Betrachtung sagte sie, die Hügel seien hier gewölbter als in Pommern, was zwar stimmte, aber Mrs. Munt nicht angemessen schien. Der Hafen von

Poole lag trocken, was Frau Liesecke zu einem Lobeswort auf Friedrich-Wilhelms-Bad auf der Insel Rügen veranlaßte, wo es keinen schlammigen Ebbestrand gebe, sondern Buchen ihre Äste über die gezeitenlose Ostsee neigten und Kühe den Anblick der unbewegten See genießen könnten. Recht ungesund müsse das sein, meinte Mrs. Munt, denn Wasser sei ja doch viel sicherer, wenn es sich bewege.

»Und eure englischen Seen – Vindermere, Grasmere –, sind die dann also auch ungesund?«

»Nein, Frau Liesecke, aber nur, weil es sich dabei um Süßwasser handelt, und das ist ja was anderes. Salzwasser sollte Ebbe und Flut haben und ordentlich durcheinander bewegt werden, sonst riecht es. Schauen Sie sich zum Beispiel ein Aquarium an.«

»Ein Aquarium! Ach, ich bitte Sie, Missis Munt, wollen Sie mir vielleicht erzählen, daß ein Aquarium mit Süßwasser weniger stinkt als eins mit Salzwasser? Na, als Viktor, mein Schwager, Kaulquappen sammelte –«

»Du darfst nicht sagen: ›stinken‹!«, unterbrach Helen. »Das heißt, sagen darfst du es schon, aber du mußt so tun, als ob du einen Witz machst, wenn du es sagst.«

»Dann halt ›riechen‹! Und der Schlamm da unten in eurem Poole – riecht der nicht oder darf ich sagen ›stinkt‹, haha?«

»Im Hafen von Poole hat es schon immer Schlamm gegeben«, sagte Mrs. Munt mit leichtem Stirnrunzeln. »Die Flüsse führen ihn mit sich und eine äußerst wertvolle Austernfischerei hängt davon ab.«

»Ja, das stimmt«, gab Frieda zu, und abermals war ein internationaler Zwischenfall beigelegt.

»Bournemouth ist«, begann die Gastgeberin ein ortsübliches Verslein zu zitieren, an dem sie sehr hing. »Bournemouth ist, was Poole einst war und Swanage bald wird sein: die allerwichtigste kleine Stadt und die größte von den dreien! Also, Frau Liesecke, Bournemouth habe ich Ihnen gezeigt und Poole ebenfalls. Nun wollen wir ein bißchen zurücktreten und noch einmal auf Swanage hinunterschauen.«

»Tante Juley, müßte das nicht Megs Zug sein?«

Ein winziges Rauchwölkchen hatte den Hafen umrundet

und zog nun südwärts durch das Schwarze und Goldene ihnen entgegen.

»Ach, die gute Margaret, hoffentlich ist sie nicht übermüdet.«

»Ach, ich bin schon gespannt – schon richtig gespannt, ob sie das Haus genommen hat.«

»Ich hoffe, sie hat nichts übereilt.«

»Ich auch – ach, ich ja auch!«

»Wird es wohl ebenso schön sein wie Wickham-Place?« fragte Frieda.

»Das nehme ich doch an. Verlaß dich drauf, Mr. Wilcox läßt sich bei so was nicht lumpen. Diese Häuser in der Ducie Street sind in ihrer modernen Art eigentlich alle schön, und ich kann mir gar nicht denken, warum er es nicht behält. Aber eigentlich ist er ja nur Evies wegen hingezogen, und jetzt, wo Evie heiratet –«

»Ach?«

»Du hast doch Miß Wilcox noch nie gesehen, Frieda! Daß du dich auch gleich so ehekundig gebärden mußt!«

»Sie ist doch die Schwester von diesem Paul?«

»Ja.«

»Und von diesem Charles«, sagte Mrs. Munt mit Nachdruck. »Ach, Helen, Helen, das war vielleicht eine Zeit!«

Helen lachte. »Meg und ich sind da nicht so zart besaitet. Wenn sich uns ein billiges Haus bietet, greifen wir zu.«

»Also, Frau Liesecke, jetzt schauen Sie mal auf den Zug, in dem meine Nichte sitzt. Sie sehen, er kommt auf uns zu – immer näher auf uns zu. Und bei Corfe muß er dann sogar durch den Hügel durch, auf dem wir jetzt stehen; wenn wir also, wie ich vorgeschlagen habe, da hinübergehen und nach Swanage hinunterschauen, werden wir ihn auf der andern Seite wieder herauskommen sehen. Wollen wir?«

Frieda stimmte zu und in wenigen Minuten hatten sie den Grat überquert und den größeren Blick gegen den geringeren eingetauscht. Unten lag ein ziemlich langweiliges Tal, das von den zur Küste hin abfallenden Hügeln begrenzt wurde. Sie blickten über die Insel Purbeck weg auf Swanage, welches bald wird sein: die allerwichtigste kleine Stadt und die häßlichste von den dreien. Wie versprochen, kam Margarets Zug wieder zum Vorschein und wurde von der Tante beifällig begrüßt. In halber Entfernung hielt er an; dort sollte Tibby sie verabredungsgemäß abholen und samt einem Picknickkorb nach oben zu den anderen fahren.

»Weißt du«, fuhr Helen, an ihre Cousine gewandt, fort, »die Wilcoxens sammeln Häuser wie dein Viktor Kaulquappen. Sie haben erstens Ducie Street; zweitens Howards End, wo mein großes Trara stattgefunden hat; drittens einen Landsitz in Shropshire; viertens hat Charles ein Haus in Hilton und fünftens ein zweites in der Nähe von Epsom; und sechstens bekommt Evie ein Haus, wenn sie heiratet, und vermutlich einen Zweitwohnsitz auf dem Land – das wäre Nummer sieben. Ach ja, und Paul mit seiner Hütte in Afrika macht acht. Ich wünschte, wir könnten Howards End kriegen. Das war doch nun wirklich ein reizendes kleines Häuschen! Fandest du nicht auch, Tante Juley?«

»Ich hatte zuviel um die Ohren, meine Liebe, als daß ich es mir hätte ansehen können«, sagte Mrs. Munt mit huldvoller Würde. »Ich mußte doch alles ins reine bringen und außerdem auch noch diesen Charles Wilcox in seinen Schranken halten. Es ist wohl nicht sehr wahrscheinlich, daß ich mich da noch an vieles erinnere. Ich erinnere mich nur noch, daß mir das Mittagessen in deinem Schlafzimmer serviert wurde.«

»Ja, das weiß ich auch noch. Aber du liebe Zeit, wie tot und begraben mir das alles vorkommt! Und im Herbst begann dann die berühmte antipaulinische Kampagne – du und Frieda und Meg und Mrs. Wilcox, alle wart ihr besessen von der Idee, ich könnte Paul doch noch heiraten.«

»Das kannst du ja immer noch«, sagte Frieda verzagt.

Helen schüttelte den Kopf. »Die große Wilcox-Gefahr kehrt niemals wieder. Wenn ich mir überhaupt einer Sache sicher bin, dann dieser!«

»Sicher ist man sich immer nur der Wahrheit der eigenen Gefühle.«

Die Bemerkung dämpfte die Unterhaltung. Aber Helen legte Frieda den Arm um die Schulter, denn irgendwie mochte sie die Cousine ihrer Worte wegen nur noch um so lieber. Es war keine originelle Bemerkung, noch hatte Frieda sie sich leidenschaftlich einverleibt, denn sie besaß eher ein patriotisches Gemüt als ein philosophisches. Und doch verrieten ihre Worte jenen Hang zum Universellen, den der Durchschnittsdeutsche besitzt, der Durchschnittsengländer aber nicht. Hier sprach, wie unlogisch es auch klingen mochte, das Gute, das Schöne, das Wahre im Gegensatz zum Schicklichen, zum Gefälligen, zum Angemessenen. Es war wie eine Landschaft von Böcklin neben einer Landschaft von Leader, grell und unüberlegt, aber mit einem Bein im Übernatürlichen. Es schärfte den Idealismus, rührte die Seele. Freilich, als Vorbereitung auf das Kommende war es wenig tauglich.

»Schaut!«, rief Tante Juley und entzog sich allen Verallgemeinerungen durch eilige Flucht über den schmalen Hügelkamm. »Hier, wo ich stehe, müßt ihr euch hinstellen, dann seht ihr den Ponywagen kommen. Ich kann den Ponywagen kommen sehen.«

Sie standen da und sahen, wie der Ponywagen näher kam. Nicht lang, und man sah auch Margaret und Tibby darin. Der Wagen ließ den Stadtrand von Swanage hinter sich, fuhr eine Weile über die erblühenden Feldwege und begann dann den Aufstieg. »Hast du das Haus?«, riefen sie, lange bevor Margaret sie auch nur im Entferntesten verstehen konnte.

Helen lief ihr entgegen. Die Bergstraße führte über einen Sattel; von dort aus lief ein Pfad im rechten Winkel den Hügelkamm entlang.

»Hast du das Haus?«

Margaret schüttelte den Kopf.

»Ach, wie ärgerlich! Dann sind wir also genauso weit wie zuvor?«

»Nicht ganz.«

Sie stieg aus dem Wagen und sah sehr müde aus.

»Ein Geheimnis!«, sagte Tibby. »Wir werden gleich Näheres erfahren.«

Margaret trat nah an die Schwester heran und flüsterte ihr zu, Mr. Wilcox habe ihr einen Heiratsantrag gemacht.

Helen war belustigt. Sie öffnete das Gatter, damit ihr Bruder das Pony aufs Höhengelände führen konnte. »Typisch Witwer!«, bemerkte sie. »Denen ist nichts heilig, und wenn sie sich wieder verheiraten, erwählen sie stets eine Freundin ihrer ersten Frau.«

Margarets Gesicht spiegelte Verzweiflung wider.

»Diesen Typ –« Sie brach ab, indem sie ausrief: »Meg, dir fehlt doch nicht etwas?«

»Einen Augenblick, bitte«, sagte Margaret, immer noch flüsternd.

»Aber du kannst doch unmöglich – du wirst doch nicht –«

Sie nahm sich zusammen. »Tibby, sieh endlich zu, daß du durchkommst; ich kann das Tor nicht ewig aufhalten. Tante Juley! Hallo, Tante Juley, sei doch so lieb und mach schon den Tee und du auch, Frieda! Wir müssen noch die Hausfrage besprechen und kommen dann gleich nach.« Und dann wandte sie das Gesicht wieder der Schwester zu und brach in Tränen aus.

Margaret war verblüfft. Sie hörte sich sagen: »Also wirklich –«, und spürte, wie eine zitternde Hand sie berührte.

»Nicht!«, sagte Helen schluchzend. »Nicht, nicht, Meg, nicht!« Es schien ihr kein anderes Wort einzufallen. Margaret, die selbst zitterte, führte die Schwester noch ein Stück den Fahrweg entlang, bis sie durch ein zweites Tor auf das Hügelgelände gelangten.

»Ich sag' dir, tu's nicht! Tu so was nicht! Ich kenne das – tu's nicht!«

»Was kennst du?«

»Erschreckende Leere«, schluchzte Helen. »Tu's nicht!«

Da dachte Margaret bei sich: »Helen ist da ein bißchen egoistisch. Ich habe mich noch nie so aufgeführt, wenn mal die Rede davon war, daß sie heiraten könnte.« Laut sagte sie: »Wir würden uns aber doch immer noch oft genug sehen, und du –«

»Darum geht's doch gar nicht!«, schluchzte Helen. Sie riß sich von der Schwester los und lief blindlings hügelan, Tränen im Gesicht und die Hände der schönen Aussicht entgegengestreckt.

»Was ist denn los mit dir?«, rief Margaret und folgte ihr durch den Wind, der bei Sonnenuntergang auf den nördlichen Hügelhängen auffrischt. »Das ist doch zu dumm!« Und das Gefühl der Dummheit übermannte sie auf einmal und die unendlich weite Landschaft erschien nur noch verschwommen. Helen aber wandte sich um.

»Meg –«

»Ich weiß wirklich nicht, was los ist mit uns beiden«, sagte Margaret und wischte sich die Augen. »Wir müssen alle zwei den Verstand verloren haben.« Auch Helen wischte sich nun die Augen und sie lachten sogar ein bißchen.

»Hör mal, setz dich doch hin!«

»Gut, ich setz' mich, wenn du dich auch hinsetzt.«

»Bitte sehr!« Ein Kuß. »Also, was in aller Welt, was in aller Welt ist eigentlich los?«

»Genau das, was ich gesagt hab'. Tu's nicht! Es würde nicht gut gehen.«

»Ach, Helen, nun hör' schon auf mit deinem ›Tu's nicht!‹ Das ist beschränkt. Gerade so, als ob du mit dem Kopf immer noch im Schlamm stecken würdest. ›Tu's nicht!‹, das sagt wahrscheinlich Mrs. Bast den ganzen lieben Tag lang zu ihrem Mann.«

Helen schwieg.

»Nun?«

»Erzähl' du mir erst und inzwischen krieg' ich dann vielleicht den Kopf aus dem Schlamm raus.«

»Das klingt schon besser. Also, wo soll ich anfangen? Als ich am Waterloo-Bahnhof ankam – nein, ich geh' noch weiter zurück, weil ich wirklich möchte, daß du alles von Anfang an erfährst. Der ›Anfang‹ war vor ungefähr zehn Tagen. Es war der Tag, an dem Mr. Bast zum Tee kam und die Beherrschung verlor. Ich nahm ihn in Schutz und Mr. Wilcox wurde, wenn auch nur ein ganz kleines bißchen, eifersüchtig auf mich. Ich hielt es für etwas ganz Unwillkürliches, wogegen Männer ja genauso wenig gefeit sind wie wir. Du kennst das doch – wenigstens kenne ich es von mir selbst: wenn ein Mann zu mir sagt, die Soundso ist ein hübsches Ding, dann packt mich eine vorübergehende Wut auf die Soundso und ich möchte sie am

Ohr ziehen. Es ist ein leidiges Gefühl, aber nicht von Bedeutung, und man wird leicht damit fertig. In Mr. Wilcox' Fall war's aber nicht bloß das, so viel weiß ich jetzt.«

»Du liebst ihn also?«

Margaret überlegte. »Es ist wunderbar zu wissen, daß ein richtiger Mann sich etwas aus einem macht«, sagte sie. »Das allein schon ist überwältigend. Du darfst nicht vergessen, ich kenne und mag ihn nun schon seit beinahe drei Jahren.«

»Aber hast du ihn auch geliebt?«

Margaret tat einen prüfenden Blick in ihre Vergangenheit. Es ist angenehm, Empfindungen zu analysieren, solange sie nur Empfindungen sind und noch keine feste Gestalt im gesellschaftlichen Gefüge angenommen haben. Den Arm um Helens Schulter gelegt und mit einem schweifenden Blick auf die Landschaft, als ob eine von den Grafschaften da unten ihr das Geheimnis ihres Herzens offenbaren könnte, dachte sie ernst und gründlich nach und sagte dann: »Nein.«

»Aber du wirst ihn lieben?«

»Ja«, sagte Margaret, »dessen bin ich mir ziemlich sicher. Ich habe sogar schon damit angefangen, gleich als er zu mir sprach.«

»Und hast dich entschlossen, ihn zu heiraten?«

»Das hatte ich, möchte aber noch lang mit dir darüber reden. Was spricht denn nun eigentlich gegen ihn, Helen? Versuch' doch mal, es mir zu erklären!«

Nun blickte Helen ihrerseits ins Land hinaus. »Seit der Sache mit Paul«, sagte sie schließlich.

»Aber was hat denn Mr. Wilcox mit Paul zu tun?«

»Er war doch dabei, sie waren alle dabei an dem Morgen, als ich zum Frühstück herunterkam und sah, daß Paul Angst hatte – der Mann, der mich liebte, hatte Angst und das ganze Brimborium war von ihm abgefallen, so daß ich wußte, es wäre unmöglich, weil es ja doch in alle Ewigkeit auf persönliche Beziehungen ankommt und nicht auf dieses äußere Leben mit Telegrammen und Aufregungen.«

Sie hatte den Satz in einem Atemzug hervorgesprudelt, aber ihre Schwester verstand, was sie sagte, denn es berührte Gedankengänge, die ihnen beiden vertraut waren.

»Das ist Quatsch. Zunächst einmal bin ich gar nicht deiner Meinung, was das äußere Leben betrifft. Na, darüber haben wir ja schon oft diskutiert. Die Sache ist doch eigentlich die, daß zwischen meiner Liebesgeschichte und deiner ein himmelweiter Unterschied besteht. Die deinige war romantisch; die meinige wird ganz prosaisch sein. Damit will ich sie nicht etwa schlecht machen – prosaisch nämlich in einer sehr guten Weise, aber eben doch wohl überlegt und wohl durchdacht. Um nur ein Beispiel zu nennen: Ich kenne alle Fehler von Mr. Wilcox. Er hat Angst vor Gefühlen. Er hält zuviel auf Erfolg, zu wenig auf Vergangenes. Seinem Mitgefühl fehlt Poesie, also ist es gar kein richtiges Mitgefühl. Ich möchte sogar sagen –« sie blickte auf die glänzenden Lagunen –, »daß er im Geistigen nicht so ehrlich ist wie ich. Bist du jetzt zufrieden?«

»Nein, bin ich nicht«, sagte Helen. »Dadurch wird mir nur noch unwohler. Du mußt ja verrückt sein.«

Margaret machte eine Unmutsbewegung.

»Ich will ja auch gar nicht, daß er oder sonst ein Mann oder eine Frau mein ganzer Lebensinhalt wird – bei Gott nicht! In mir sind eine Menge Dinge, die er nicht kapiert und nie kapieren soll.«

So sprach sie vor der Hochzeitsfeier und der körperlichen Vereinigung, vor dem Zeitpunkt, da die seltsame gläserne Wand niederfiel, die zwischen den Ehepaaren und der Welt steht. Sie sollte ihre Unabhängigkeit besser bewahren, als die meisten Frauen es bis heute können. Die Ehe sollte bei ihr mehr das äußere Schicksal ändern als den Charakter und sie lag gar nicht so weit daneben, als sie sich rühmte, sie verstehe ihren künftigen Gatten. Und doch veränderte er ihren Charakter – ein bißchen. Eine unerwartete Überraschung sollte sich noch begeben, ein Stillewerden der Winde und Gerüche des Lebens, ein gesellschaftlicher Druck, der sie ehelich denken lehrte.

»Bei ihm ist's genauso«, fuhr sie fort. »Auch in ihm sind eine Menge Dinge – und zwar eher Dinge, die er tut –, die mir immer verborgen bleiben werden. Er besitzt all die fürs öffentliche Leben notwendigen Eigenschaften, die du so verachtest und die all das erst ermöglichen –,« Sie machte eine weite Handbewegung über die Landschaft hin, die alles bestätigen sollte. »Wenn Leute wie die Wilcoxens nicht seit Tausenden von Jahren in England bis an ihr Lebensende gearbeitet hätten, dann könnten du und ich nicht einfach so hier sitzen, ohne daß man uns die Gurgel durchschnitte. Es gäbe keine Züge, keine Schiffe, auf denen wir schöngeistigen Leute umherreisen könnten, nicht einmal Felder gäbe es. Bloß Barbarei. Nein – vielleicht nicht einmal das. Ohne ihren Unternehmungsgeist hätte sich das Leben vielleicht nie vom Protoplasma weiterentwickelt. Ich lehne es immer mehr ab, mein Einkommen zu beziehen und über die Leute die Nase zu rümpfen, die es mir garantieren. Es gibt Augenblicke, wo es mir scheint –«

»Und mir auch und überhaupt jeder Frau. Und so küßte man denn Paul.«

»Das ist scheußlich«, sagte Margaret. »Bei mir liegt der Fall ganz anders. Ich hab's gründlich durchgedacht.«

»Es ist egal, ob man's durchdenkt. Es kommt doch aufs selbe heraus!«

»Blödsinn!«

Es herrschte eine ganze Zeitlang Schweigen, währenddessen die Flut in den Hafen von Poole zurückströmte. »Man würde etwas verlieren«, murmelte Helen, anscheinend zu sich selbst. Das Wasser kroch über den Schlammstreifen auf den Ginster und das schwarz gewordene Heidekraut zu. Die Insel Branksea verlor ihr gewaltiges Küstenvorland und schrumpfte zu einem düsteren Baumidyll zusammen. Die Frome wurde landeinwärts in Richtung Dorchester zurückgedrängt, die Stour nach Wimborne, der Avon in Richtung Salisbury, und über all den Veränderungen in der Landschaft thronte die Sonne und führte sie zum glorreichen Ende, ehe sie unterging. England lebte, es pulste in allen seinen Flußmündungen, Freudenschreie ertönten aus den Schnäbeln aller seiner Möwen und der Nordwind in seiner Gegenbewegung blies mächtiger gegen die steigende See an. Was hatte das alles zu bedeuten? Was sollte das ganze verwirrende Spiel, die Bewegung im Erdreich, die Schwellung der Küste? Wem gehört denn das Land – gehört es denen, die es geprägt und die ihm die Ehrfurcht der anderen Länder verschafft haben, oder denen, die nichts zu seiner Macht hinzugetan, die es aber mit Augen geschaut haben, das ganze Eiland mit einem umfassenden Blick, wie es daliegt, ein Kleinod in einem Silbersee, ein Segelschiff der Seelen, die ganze wackre Flotte dieser Welt hinter sich auf seiner Fahrt in die Ewigkeit?

XX

Margaret hatte sich schon oft darüber gewundert, welcher Aufruhr in den Gewässern der Welt entsteht, wenn die Liebe, die doch wahrlich nur ein winzig kleiner Kieselstein ist, hineinfällt. Wen anders geht denn die Liebe an als den Geliebten und den Liebenden? Und doch entsteht von dem Zusammenprall eine Sturmflut, die hundert Gestade überschwemmt. Sicher ist der Aufruhr in Wahrheit der Geist der Generationen, der die neue Generation willkommen heißt und mit der allgewaltigen Moira hadert, auf deren flacher Hand alle Meere wogen. Die Liebe begreift von alledem nichts. Sie meint, Unendlichkeit gebe es nur für sie und in ihr – die Unendlichkeit des fliegenden Sonnenstrahls, der zu Boden sinkenden Rose, des Kieselsteins, der sich nichts weiter wünscht, als daß man ihn ruhig untertauchen läßt in eine Tiefe, wo das quälende Wechselspiel von Raum und Zeit keine Macht mehr hat. Die Liebe weiß, daß sie am Ende aller Dinge erhalten bleiben wird und daß die Moira sie wie ein Kleinod aus dem Schlamm auflesen wird, auf daß man sie bewundernd herumreiche im Kreis der versammelten Götter. »Das ist vom Menschen geschaffen«, werden sie sagen, und indem sie es sagen, werden sie dem Menschen Unsterblichkeit verleihen. Bis dahin aber – welcher Wirbel und Aufruhr! Wohlhabenheit und Wohlanständigkeit, die beiden Zwillingsfelsen, werden bis auf die Grundfesten bloßgelegt; der Familienstolz quält sich pustend und schnaufend an die Oberfläche und will sich gar nicht mehr beruhigen lassen; die Theologie, asketisch angehaucht, erhebt und wiegt bedenklich ihr Haupt. Schließlich werden dann auch die Rechtsanwälte, diese kalte Brut, hellhörig und kommen aus ihren Löchern hervorgekrochen. Sie tun, was sie können; sie bringen Wohlhabenheit und Wohlanständigkeit wieder in Ordnung, beruhigen die Theologie und den Familienstolz. Mit einer Flut von Zehnschillingstücken werden die Wogen geglättet, die Rechtsanwälte verkriechen sich wieder, und wenn alles gut gegangen ist, vereinigt die Liebe Mann und Frau durch das heilige Band der Ehe.

Margaret hatte den Aufruhr erwartet und ließ sich davon nicht aus der Ruhe bringen. Für eine feinfühlige Frau hatte sie starke Nerven und konnte Widersinn und Aberwitz geduldig ertragen; außerdem war an ihrem Liebeshandel ja nichts Ausgefallenes. Ausgeglichen und heiter war der Ton, der in ihren Beziehungen zu Mr. Wilcox vorherrschte – zu Henry, wie ich ihn jetzt wohl nennen muß. Henry leistete keiner Gefühlsduselei Vorschub und Margaret war nicht die Frau, die darum bettelt. Aus einem Bekannten war ein Liebhaber geworden, vielleicht würde ein Ehemann daraus werden, aber er würde alle Eigenschaften behalten, die sie an dem Bekannten wahrgenommen hatte; und die Liebe müßte eher eine alte Beziehung bestätigen, als eine neue offenbaren.

In dieser Gesinnung gab sie ihm ihr Jawort.

Tags darauf war er in Swanage und brachte den Verlobungsring. Sie begrüßten sich mit herzlicher Höflichkeit, die Tante Juley großen Eindruck machte. Henry speiste im »Bays«, hatte sich aber für die Nacht ein Zimmer im ersten Hotel genommen; er gehörte zu den Leuten, die instinktiv wissen, welches das erste Hotel ist. Nach Tisch fragte er Margaret, ob sie nicht Lust hätte, auf der Promenade einen Bummel zu machen. Sie war einverstanden, aber ein leichtes Beben konnte sie nicht unterdrücken; es würde ihre erste wirkliche Liebesszene sein. Als sie dann aber den Hut aufsetzte, mußte sie plötzlich loslachen. Die Liebe war so ganz anders als das Erzeugnis, das einem in Büchern aufgetischt wurde: Die Freude war zwar aufrichtig, aber anderer Natur, und auch das Geheimnisvolle fiel anders aus, als erwartet. So zum Beispiel, daß Mr. Wilcox ihr noch immer wie ein Fremder vorkam.

Eine Zeitlang unterhielten sie sich über den Ring; dann sagte sie:

»Weißt du noch, auf der Uferpromenade in Chelsea? Das kann doch nicht erst zehn Tage her sein!«

»Doch«, sagte er lachend. »Und du und deine Schwester wart gerade ganz vertieft in irgendeinen versponnenen Plan. Ach ja!«

»Damals hatte ich ja noch nicht einmal eine Ahnung. Und du?«

»Davon weiß ich jetzt nichts mehr; das möchte ich auch nicht gern sagen.«

»Wieso, war's bei dir denn schon früher?«, rief sie. »Hast du schon früher mit solchen Gedanken gespielt? Das ist ja außerordentlich interessant, Henry! Sag doch!«

Doch Henry hatte nicht die Absicht, es ihr zu sagen. Vielleicht konnte er es auch gar nicht, denn seine Gemütsverfassungen verwischten sich für ihn, sobald er sie durchlebt hatte. Schon allein das Wort »interessant« mißfiel ihm, denn er verband damit Kraftverschwendung und sogar Krankhaftigkeit. Ihm genügten die nackten Tatsachen.

»Ich hatte keine Ahnung«, fuhr sie fort. »Gar keine; das erste Mal war praktisch, als du im Salon mit mir gesprochen hast. Es war alles so ganz anders, als es sich angeblich abspielt. Auf der Bühne oder in Büchern ist ein Heiratsantrag – ja, wie soll ich's ausdrücken? – etwas Vollaufgeblühtes, eine Art Bukett; er verliert seine eigentliche Bedeutung. Aber im Leben ist ein Antrag eben wirklich ein Antrag –«

»Apropos –«

»– eine Anregung, ein Keim«, ergänzte sie, und der Gedanke entflatterte ins Dunkel.

»Ich hatte mir gedacht, wenn du nichts dagegen hast, daß wir uns heute Abend übers Geschäftliche unterhalten sollten. Es gibt so viel zu erledigen.«

»Das meine ich auch. Sag mir aber erst noch, wie du mit Tibby ausgekommen bist.«

»Mit deinem Bruder?«

»Ja, beim Rauchen.«

»Oh, sehr gut.«

»Das freut mich aber«, antwortete sie ein wenig überrascht. »Worüber habt ihr denn gesprochen? Über mich vermutlich.«

»Auch über Griechenland.«

»Griechenland war ein geschickter Zug, Henry. Tibby ist ja noch ein kleiner Junge und da muß man sich schon ein bißchen genauer überlegen, worüber man mit ihm sprechen will. Gut gemacht!«

»Ich hab' ihm davon erzählt, daß ich Anteile an einem Korinthengut in der Nähe von Kalamata besitze.«

»Wunderbar, daß man von so was Anteile besitzen kann! Können wir nicht dorthin unsere Hochzeitsreise machen?«

»Wozu?«

»Zum Korinthenessen. Ist die Landschaft dort nicht herrlich?«

»Einigermaßen, aber es ist kaum der richtige Ort, wo man in Damenbegleitung hinreist.«

»Warum nicht?«

»Keine Hotels.«

»Es gibt auch Damen, die ohne Hotels auskommen. Weißt du eigentlich, daß Helen und ich einmal über die Apenninen gewandert sind, nur mit dem Rucksack auf dem Buckel?«

»Das war mir nicht bekannt, und soweit es in meiner Macht steht, wirst du so etwas auch nie wieder tun.«

Sie sagte in ernsterem Ton: »Für ein Gespräch mit Helen hast du wohl noch keine Zeit gehabt?«

»Nein.«

»Tu's bitte noch, bevor du fährst. Mir liegt so viel daran, daß ihr Freunde seid.«

»Deine Schwester und ich sind schon immer prächtig miteinander ausgekommen«, sagte er leichthin. »Aber wir schweifen von unserem Thema ab. Laß mich von vorn anfangen: du weißt, daß Evie sich mit Percy Cahill verheiratet.«

»Dollys Onkel.«

»Richtig. Das Mädel ist bis über beide Ohren verliebt in ihn. Ein hochanständiger Kerl, aber er verlangt, und zwar mit Recht, daß er mit ihr nicht unversorgt bleibt. Und zweitens ist da, wie du natürlich verstehen wirst, auch noch Charles. Vor meiner Abfahrt aus London habe ich Charles noch einen sehr wohl überlegten Brief geschrieben. Weißt du, seine Familie vergrößert sich, und im selben Maße vergrößern sich seine Ausgaben, und die I. & W. A. ist zwar entwicklungsfähig, aber im Augenblick eben noch nichts Besonderes.«

»Der Arme!«, murmelte Margaret, die aufs Meer hinausblickte und gar nicht verstand, worauf er hinauswollte.

»Da Charles nun mal der ältere Sohn ist, wird er eines Tages Howards End bekommen. Ich möchte aber jetzt, wo ich so glücklich bin, auf keinen Fall ungerecht gegen andere sein.«

»Natürlich nicht«, fing sie an, stieß dann aber einen kleinen Schrei aus. »Du meinst Geld! Wie dumm von mir! Natürlich nicht!«

Seltsamerweise zuckte er bei dem Wort ein wenig zusammen. »Ja, Geld, wenn du es schon so geradeheraus sagen willst. Ich bin entschlossen, gegen alle gerecht zu sein – gerecht gegen dich, gerecht gegen die andern. Ich möchte nicht, daß meine Kinder etwas gegen mich vorzubringen haben.«

»Sei großzügig zu ihnen!«, sagte sie scharf. »Zum Kuckuck mit der Gerechtigkeit!«

»Ich bin fest entschlossen – und habe auch schon in diesem Sinne an Charles geschrieben –«

»Aber wieviel hast du denn?«

»Wie?«

»Wie viel hast du im Jahr? Ich hab' sechshundert.«

»Mein Einkommen?«

»Ja doch. Wir müssen ja erst wissen, wieviel du hast, bevor wir überhaupt festlegen können, wieviel du Charles geben kannst. Davon hängt doch die Gerechtigkeit, ja sogar die Großzügigkeit ab.«

»Ich muß schon sagen, du bist eine ausgesprochen direkte junge Frau«, bemerkte er, wobei er ihr den Arm tätschelte und ein wenig lachte. »Das sind ja schöne Fragen, mit denen du einen armen Mitmenschen überfällst!«

»Weißt du denn nicht, wie hoch dein Einkommen ist? Oder willst du's mir nur nicht sagen?«

»Ich –«

»Ist schon gut« – nun tätschelte sie ihn –, »sag's mir nicht! Ich will es gar nicht wissen. Ich kann die Summe ja ebensogut anteilmäßig ausrechnen. Teile mal dein Einkommen in zehn Teile. Wieviel Teile würdest du Evie geben, wieviel Charles und wieviel Paul?«

»Ja, also eigentlich, meine Liebe, wollte ich dich ja gar nicht mit Einzelheiten belästigen. Ich wollte dich nur davon unterrichten, daß – na, daß eben für die andern etwas getan werden muß, und du hast mich da ja ganz genau verstanden, also können wir gleich zum nächsten Punkt übergehen.«

»Ja, das hätten wir geklärt«, sagte Margaret, unbeirrt von seinem taktischen Ungeschick. »Nur zu! Gib so viel her, wie du kannst, und vergiß dabei nicht, ich habe glatte sechshundert! Es ist schon ein wahrer Segen, daß man das viele Geld hat!«

»Wir haben durchaus nicht zuviel, das kann ich dir versichern; du heiratest einen armen Mann!«

»Helen ist hierin anderer Meinung«, fuhr sie fort. »Helen traut sich zwar nicht, die Reichen zu beschimpfen, weil sie ja selber reich ist, aber sie täte es gern. Irgendwo in ihrem Hirnkasten spukt so eine komische Vorstellung herum, ganz bin ich auch noch nicht dahintergekommen, daß Armut irgendwie ›wirklich‹ ist. Sie ist gegen jede Ordnung, und wahrscheinlich verwechselt sie Reichtum mit der technischen Verwaltung des Reichtums. Goldmünzen im Strumpf würden sie nicht stören, aber Schecks schon. Helen ist immer so unnachgiebig. In der selbstherrlichen Weise, wie sie es tut, kann man nicht mit der Welt umgehen.«

»Da wäre nur noch eins, und dann muß ich ins Hotel zurück und ein paar Briefe schreiben. Was soll nun mit dem Haus in der Ducie Street geschehen?«

»Behalt' es doch – das heißt, es kommt darauf an. Wann willst du mich denn heiraten?«

Wie so oft sprach sie mit lauter werdender Stimme und ein paar junge Burschen, die ebenfalls die frische Abendluft genossen, fingen ihr Wort auf. »Die ist wohl schon ganz heiß drauf, wie?«, sagte einer. Mr. Wilcox drehte sich zu ihnen um und sagte scharf: »Ich muß doch sehr bitten!« Sie verstummten. »Paßt bloß auf, daß ich euch nicht bei der Polizei anzeige!« Sie zogen zwar ganz leise davon, als sie sich aber in sicherer Entfernung befanden, lebte ihre Unterhaltung wieder auf, von unbändigem, schallendem Gelächter unterbrochen.

Er senkte seine Stimme und ließ einen leicht tadelnden Unterton mit einfließen. »Evie heiratet wahrscheinlich im September«, sagte er. »Vorher ist doch wohl kaum dran zu denken.«

»Je früher, umso schöner, Henry. Als Frau soll man ja so etwas nicht sagen, aber je früher, umso schöner.«

»Wenn wir also auch September sagten?«, fragte er recht trocken.

»Schön! Sollen wir dann im September selbst in die Ducie Street ziehen? Oder sollen wir versuchen, Helen und Tibby hineinzubugsieren? Das ist eigentlich die Idee! Die sind so geschäftsuntüchtig, daß wir sie zu allem bringen, wenn wir es nur geschickt anstellen. Hör mir mal zu – ja! Das machen wir! Und wir selber könnten dann ja in Howards End oder in Shropshire wohnen.«

Er blies die Backen auf. »Du lieber Himmel! Wie ihr Frauen gleich immer losfegt! Mir schwirrt der Kopf. Punkt für Punkt, Margaret. Howards End ist ausgeschlossen. Ich habe es vergangenen März mit einem Dreijahresvertrag an Hamar Bryce vermietet. Weißt du das nicht mehr? Und Oniton – nun, das liegt ja viel, viel zu weit ab, als daß man sich darauf allein beschränken könnte. Natürlich kannst du dort öfters einmal wohnen und Gäste einladen, aber wir müssen ein Haus haben, das von der Stadt aus leicht erreichbar ist. Ducie Street wiederum hat gewaltige Nachteile. Hinter dem Haus liegt ein Stall.«

Margaret mußte lachen. Es war das erste Mal, daß sie von dem Stall hinter dem Haus in der Ducie Street hörte. Als sie noch als Mieterin in Frage gekommen war, hatte darüber tiefes Schweigen geherrscht, und zwar nicht etwa aus Absicht, sondern ganz automatisch. Die forsch-fröhliche Art der Wilcoxens war zwar aufrichtig, ihr fehlte aber der Scharfblick, der für die Wahrheit unerläßlich ist. Als Henry noch selbst in der Ducie Street wohnte, war ihm der Stall ein Begriff; als er das Haus vermieten wollte, vergaß er ihn; und wenn irgendjemand bemerkt hätte, entweder müsse ein Stall vorhanden sein oder nicht, würde er sich geärgert haben und hätte sicher bald darauf eine Gelegenheit gefunden, den Fragesteller als weltfremden Pedanten zu brandmarken. So brandmarkt mich mein Krämer, wenn ich mich über die Qualität seiner Sultaninen beschwere, und zwar antwortet er in einem Atemzug, es seien die besten Sultaninen und wie könne ich denn zu diesem Preis die besten Sultaninen erwarten. Es ist eine dem Geschäftssinn eigene Diskrepanz, aber in Anbetracht dessen, was der Geschäftssinn schon alles für England getan hat, wird Margaret wohl gut daran tun, Milde walten zu lassen.

»Ja, besonders im Sommer ist der Stall eine schlimme Plage. Der Rauchsalon ist ja auch ein gräßliches, kleines Loch. Und das Haus gegenüber ist von Opernvolk angemietet worden. Die Ducie Street verkommt langsam, das ist meine ganz persönliche Meinung.«

»Wie traurig! Es ist doch erst ein paar Jahre her, daß man dort diese hübschen Häuser hingebaut hat.«

»Zeigt doch nur, daß alles in Bewegung ist. Gut fürs Geschäft.«

»Mir ist dieser beständige Wechsel in London äußerst zuwider. Da spiegeln sich die schlechtesten Eigenschaften von uns Menschen – unsere ewige Formlosigkeit. Alle Eigenschaften, die guten, die schlechten und die dazwischenliegenden, fließen dahin – fließen und fließen immer und ewig. Gerade das macht mir ja so Angst. Ich mißtraue auch Flüssen, sogar in der freien Natur. Das Meer dagegen –«

»Flut, hm!«

»Fluhud!« von den promenierenden jungen Burschen.

»Und solchen Männern geben wir das Stimmrecht!«, bemerkte Mr. Wilcox, vergaß aber hinzuzufügen, daß er ebensolchen Männern in seinem Büro Arbeit gab – Arbeit, die sie wohl kaum dazu ermutigte, andere Menschen werden zu wollen. »Na ja, die haben auch ihr Eigenleben und ihre Interessen. Sehen wir zu, daß wir heimkommen.«

Noch während er sprach, wandte er sich zum Gehen um und wollte sie nach Hause geleiten. Das Geschäftliche war erledigt.

Sein Hotel lag in entgegengesetzter Richtung, und wenn er sie begleitete, würden seine Briefe nicht mehr mit der Post weggehen. Sie bat ihn inständig, er möge nicht mitkommen, aber er blieb hartnäckig.

»Das wäre ja ein schöner Anfang, wenn deine Tante dich allein heimschleichen sähe!«

»Aber ich gehe doch immer allein herum. Für jemanden, der über die Apenninen gewandert ist, ist das doch eine Selbstverständlichkeit. Du machst mich nur ärgerlich. Ich empfinde es ganz und gar nicht als Kompliment.«

Er lachte und zündete sich eine Zigarre an. »Es ist auch gar nicht als Kompliment gedacht, meine Liebe. Ich möchte nur nicht, daß du allein im Dunkeln herumläufst. Noch dazu, wo solches Volk unterwegs ist! Das ist einfach gefährlich!«

»Bin ich denn nicht selbst in der Lage, auf mich aufzupassen? Ich möchte wirklich –«

»Nun komm schon, Margaret; keine langen Reden!«

Eine jüngere Frau hätte ihm vielleicht seine gebieterische Art übel genommen, aber Margaret hatte das Leben viel zu fest im Griff, als daß sie sich darüber aufgeregt hätte. Sie war auf ihre eigene Art genauso gebieterisch. Wenn er eine Festung war, so war sie ein Berggipfel, den zwar alle besteigen konnten, den aber der Schnee allnächtlich wieder jungfräulich machte. Voller Verachtung für alles Heroische, reizbar in ihren Methoden, redselig, episodisch, heftig – so führte sie ihren Liebhaber irre, wie sie schon ihre Tante irregeführt hatte. Er hielt ihren unerschöpflichen Elan für Schwäche. Er hielt sie für »blitzgescheit«, aber nicht mehr – er ahnte ja nicht, daß sie bis auf die Tiefen seiner Seele drang und daß ihr gefiel, was sie dort fand.

Wenn ein solcher Tiefblick genügte, wenn das Innenleben schon das ganze Leben wäre, dann hätte ihrem Glück nichts mehr im Wege gestanden.

Sie schritten flott voran. Die Promenade und die daran anschließende Straße waren gut beleuchtet, in Tante Juleys Garten aber war es dunkler. Als sie auf Schleichpfaden durch Rhododendronbüsche auf das Haus zugingen, sagte Mr. Wilcox, der voranlief, mit ein wenig heiserer Stimme: »Margaret!«, wandte sich um, ließ die Zigarre fallen und schloß sie in die Arme.

Sie war so überrascht, daß sie beinahe aufgeschrien hätte, faßte sich aber sogleich wieder und küßte mit aufrichtiger Liebe die Lippen, die sich auf die ihren preßten. Es war der erste Kuß zwischen ihnen, und danach brachte er sie noch sicher bis an die Tür und läutete für sie, verschwand aber in die Nacht, noch ehe das Mädchen geöffnet hatte. Im Rückblick wollte das Ereignis Margaret nicht so recht gefallen. Es war so ganz aus heiterem Himmel gekommen. Nichts in ihrer vorangegangenen Unterhaltung hatte es angekündigt und, was noch schlimmer war, keinerlei Zärtlichkeit hatte sich daran angeschlossen. Wenn ein Mann einen auf den Augenblick der Leidenschaft schon nicht einstimmen kann, so kann er ihn doch wenigstens ausklingen lassen, und sie hatte, nachdem sie ihm so entgegengekommen war, zumindest auf einen Austausch lieber Worte gehofft. Doch er war davongerannt, als schäme er sich, und für einen Moment hatte sie sich an Helen und Paul erinnert gefühlt.

XXI

Charles hatte seine Dolly gerade tüchtig ausgeschimpft. Sie verdiente es und hatte es über sich ergehen lassen, aber so schwer sie auch mitgenommen war, ihr Dickkopf war ungebrochen, und sein Donnerwetter war noch nicht ganz abgezogen, da plapperte sie schon wieder munter drauflos.

»Jetzt hast du das Baby aufgeweckt! Das hab' ich ja schon kommen sehen. (Rummdidibumm, rummdidibumm, tatarata!) Ich bin schließlich nicht dafür verantwortlich, was Onkel Percy tut oder was sonst irgendwer auf der Welt verbricht, also bitte!« »Wer hat ihn denn eingeladen, als ich fort war! Wer hat denn meine Schwester mit ihm zusammengebracht! Und wer hat sie Tag für Tag zu Autoausflügen animiert?«

»Charles, das Lied kommt mir schrecklich bekannt vor.«

»Ach, wirklich? Na, wir werden demnächst allesamt noch

nach einer ganz anderen Musik tanzen. Miß Schlegel hat uns ja praktisch schon ganz in der Hand.«

»Ich könnte der Person die Augen auskratzen, und zu sagen, ich sei schuld daran, ist ausgesprochen unfair.«

»Du bist aber schuld daran, und vor fünf Monaten hast du es ja auch noch zugegeben.«

»Hab' ich nicht!«

»Hast du doch!«

»Nudelchen, Nudelchen, kleines Pudelchen!«, rief Dolly, plötzlich ganz um das Kind besorgt.

»Das ist natürlich das Einfachste, einfach vom Thema abzulenken, aber Vater hätte nicht einmal im Traum daran gedacht zu heiraten, solange Evie da war und es ihm bequem machte. Aber du mußtest ja unbedingt Ehestifterin spielen! Und abgesehen davon ist Cahill zu alt.«

»Wenn du jetzt natürlich meinst, Grobheiten über Onkel Percy –«

»Miß Schlegel hat sich ja Howards End schon immer unter den Nagel reißen wollen und dank deiner Mithilfe hat sie's nun auch bekommen.«

»Wie du die Dinge verdrehst und hinbiegst, das nenne ich äußerst unfair. Wenn du mich bei einem Flirt ertappt hättest, dann hättest du auch nicht ekelhafter werden können. Nicht wahr, Putzili?«

»Wir sitzen ganz bös in der Patsche und nun müssen wir das Beste daraus machen. Ich werde dem alten Herrn ganz höflich auf seinen Brief antworten. Offensichtlich möchte er sich gern anständig zeigen. Aber so schnell werde ich diese Schlegels bestimmt nicht vergessen. Solange sie sich gut benehmen – Dolly, hörst du mir eigentlich zu? –, benehmen wir uns auch anständig. Wenn ich aber sehe, daß sie sich groß aufspielen oder Vater mit Beschlag belegen oder ihn überhaupt schlecht behandeln oder ihn mit ihrem künstlerischen Getue belästigen, dann werde ich ein Machtwort sprechen, jawohl, und zwar ganz energisch. Einfach Mutters Stelle einzunehmen! Weiß der Himmel, was der arme Paul dazu sagen wird, wenn ihn die Nachricht erreicht.«

Das Intermezzo geht zu Ende. Es hat in Charles' Garten

in Hilton stattgefunden. Er und Dolly sitzen in Liegestühlen da und ihr Auto schaut ihnen aus der Garage auf der anderen Seite des Rasens ruhig zu. Eine Neuausgabe von Charles im kurzen Kinderkleidchen schaut ihnen nicht minder ruhig zu; eine weitere Ausgabe quiekt im Kinderwagen; eine dritte wird in Kürze erwartet. Die Natur bringt an diesem friedvollen Ort Wilcoxens hervor, auf daß sie die Erde ererben mögen.

XXII

Margaret hieß ihren Herrn am folgenden Morgen mit ausgesuchter Herzlichkeit willkommen. Ein reifer Mann mochte er ja zweifellos sein, aber trotzdem würde sie ihm vielleicht helfen können, die Regenbogenbrücke zu bauen, die in uns allen den Bogen von der Prosa zur Leidenschaft schlagen sollte. Ohne diesen Brückenschlag sind wir bedeutungslose Bruchstücke, halb Mönch, halb Tier, unverbundene Bögen, die sich nie zu einem Menschen vereinigt haben. Mit dem Brückenschlag aber kommt die Liebe zur Welt und läßt sich nieder, wo der Regenbogen am höchsten schwingt, glühend vor dem Grau, nüchtern vor dem Feuer. Glücklich derjenige, der von jedem Blickpunkt aus die Herrlichkeit dieser ausgespannten Schwingen erschaut. Die Wege seiner Seele liegen offen und er und seine Freunde wandeln unbeschwert.

Auf Mr. Wilcox' Seelenpfaden war beschwerlich zu wandeln. Von Jugend an hatte er sie vernachlässigt. »Ich bin nicht der Typ, der sich viel um sein Inneres kümmert.« Nach außen hin war er heiter, zuverlässig und tapfer; in seinem Innern aber war alles ins Chaos zurückgestürzt und wurde, sofern man überhaupt von Beherrschung sprechen konnte, von einer unvollkommenen Askese beherrscht. Ob nun als Knabe, als Ehemann oder als Witwer: er war schon immer insgeheim von dem Glauben beseelt gewesen, daß körperliche Liebe etwas Schlechtes sei, ein Glaube, der nur dann etwas Gutes hat, wenn man ihm seinerseits mit Leidenschaft anhängt. Die Religion hatte ihn darin bestärkt. Die Worte, die ihm und anderen Ehrenmännern sonntags vorgelesen wurden, waren eben die Worte, die einst Sankt Katharinas und Sankt Franziskus' Seele zu glühendem Haß gegen das Fleischliche entfacht hatten. Anders als die Heiligen vermochte er es aber nicht, das Unendliche mit seraphischer Inbrunst zu lieben; bei ihm reichte es nur so weit, daß die Liebe zum Eheweib ihm ein klein wenig beschämend schien. »Amabat, amare timebat.« Hier nun hoffte Margaret, ihm helfen zu können.

Es schien nicht allzu schwierig. Sie brauchte ihn ja nicht mit ihren eigenen Weisheiten behelligen. Sie würde ihm nur den Heilsweg zeigen, der in seiner eigenen Seele und in der Seele eines jeden Menschen verborgen lag. Nur den Bogen schlagen! Das war schon ihre ganze Heilsbotschaft. Nur den Bogen schlagen von der Prosa zur Leidenschaft, dann werden beide erhöht werden und die höchsten Höhen, zu denen menschliche Liebe sich aufzuschwingen vermag, werden sichtbar. Nicht länger in Bruchstücken leben! Nur den Bogen schlagen, und Tier und Mönch, der Vereinzelung beraubt, von der sie beide leben, müssen sterben.

Und es war auch gar nicht schwierig, die Botschaft zu verkünden. Sie brauchte sich nicht in Form einer »Gardinenpredigt« zu äußern. Durch leise Andeutungen würde sich die Brücke errichten und ihr Leben mit Schönheit überspannen.

Aber es mißlang ihr. Denn Henry besaß eine Eigenschaft, auf die sie nie gefaßt war, so sehr sie ihrer auch immer gedachte: seine Begriffsstutzigkeit. Er bemerkte gewisse Dinge einfach nicht und mehr war dazu nicht zu sagen. Er bemerkte weder Helens und Friedas Feindseligkeit noch Tibbys Desinteresse an Korinthenplantagen. Er bemerkte nichts von den Lichtern und Schatten, die noch in der eintönigsten Unterhaltung vorkommen; nichts von den Fingerzeigen, den Meilensteinen, den Zusammenstößen, den unendlich vielfältigen Ansichten.

Einmal – bei einer anderen Gelegenheit – schalt sie ihn deshalb. Er war ganz verdutzt, antwortete aber lachend: »Mein Wahlspruch lautet: Konzentrier dich! Ich habe nicht die Absicht, meine Kraft mit solchem Zeug zu verschwenden.« »Es ist keine Kraftverschwendung«, protestierte sie. »Es ist eine

Erweiterung des Raums, wo du stark sein kannst.« Er antwortete: »Du bist blitzgescheit, kleine Frau, aber mein Wahlspruch heißt: Konzentrier dich!« An dem besagten Morgen konzentrierte er sich, daß einem Hören und Sehen vergehen konnte.

Sie trafen sich zwischen den Rhododendronsträuchern von gestern Abend. Bei Tageslicht machten die Sträucher nicht viel her und auch der Fußweg lag im hellen Schein der Morgensonne. Margaret hatte Helen bei sich, die ein bedrohliches Schweigen bewahrte, seitdem die Entscheidung gefallen war.

»Da wären wir ja alle!«, rief Margaret und nahm Henry bei der Hand, ohne Helens loszulassen.

»Ja, da wären wir. Guten Morgen, Helen.«

»Guten Morgen, Mr. Wilcox«, erwiderte Helen.

»Henry, sie hat einen furchtbar netten Brief von dem drolligen Unglücksraben bekommen. Erinnerst du dich nicht an ihn? Der mit dem traurigen Schnurrbart, aber der Hinterkopf sah jung aus.«

»Ich hab' auch einen Brief bekommen. Keinen netten – wir müssen noch darüber sprechen.« Leonard Bast bedeutete ihm nichts mehr, seitdem sie ihm ihr Jawort gegeben hatte, das Dreieck der Geschlechter war für immer zerbrochen.

»Auf deinen Tip hin scheidet er aus der Porphyrion aus.«

»Gar kein schlechtes Geschäft, die Porphyrion!«, sagte er geistesabwesend, während er seinen eigenen Brief aus der Tasche zog.

»Kein *schlechtes* –«, rief sie und ließ seine Hand los. »Aber am Chelsea-Ufer hast du doch –«

»Da kommt ja unsere Gastgeberin! Guten Morgen, Mrs. Munt. Schöne Rhododendren haben Sie da. Guten Morgen, Frau Liesecke; aufs Blumenzüchten verstehen wir uns aber in England, was?«

»Kein *schlechtes* Geschäft?«

»Nein. Mein Brief dreht sich um Howards End. Bryce ist ins Ausland gerufen worden und möchte es nun untervermieten. Ich bin mir da noch längst nicht im Klaren, ob ich's ihm erlauben soll. Im Vertrag stand jedenfalls keine solche Klausel. Meiner Meinung nach ist Untervermieten ein Fehler.

Wenn er mir einen Nachmieter findet, der mir zusagt, kündige ich den Vertrag vielleicht. Morgen, Schlegel! Finden Sie das nicht auch besser als Untervermieten?«

Helen hatte unterdessen Margarets Hand losgelassen, und er hatte seine Verlobte an der ganzen Gesellschaft vorbei auf die dem Meer zugewandte Seite des Hauses gelotst. Unter ihnen lag die bourgeoise kleine Bucht, die all die Jahrhunderte hindurch danach geschmachtet haben muß, daß man gerade so einen Badeort wie Swanage an ihrem Ufer errichte. Die Wellen waren farblos und der Dampfer nach Bournemouth fügte eine weitere Note der Ausdruckslosigkeit hinzu: Er hatte am Pier angelegt und seine Sirene heulte heftig nach Ausflüglern.

»Wenn untervermietet wird, finde ich den Schaden –«

»Entschuldige mal bitte, aber wegen der Porphyrion. Mir ist da nicht ganz wohl zumute – dürfte ich dich ganz kurz damit behelligen, Henry?«

Sie war dabei so ernst, daß er sich unterbrach und sie, nicht ohne Schärfe, fragte, was sie denn wolle.

»Am Chelsea-Ufer hast du doch ganz eindeutig gesagt, es sei eine schlechte Firma, und daraufhin haben wir diesem Büroangestellten geraten, er solle so schnell wie möglich kündigen. Und heute morgen schreibt er nun, daß er unseren Rat befolgt hat, und jetzt sagst du, die Firma wäre gar nicht schlecht.«

»Ein Angestellter, der bei einer Firma, sei's nun eine gute oder eine schlechte, kündigt, ohne sich vorher anderswo eine Stellung zu sichern, ist ein Narr, mit dem ich gar kein Mitleid habe.«

»So hat er's ja auch nicht gemacht. Er geht zu einer Bank in Camden Town, schreibt er. Er bekäme zwar ein viel niedrigeres Gehalt, aber er hoffe, er werde damit auskommen. Es ist eine Filiale von der Dempster-Bank. Ist die in Ordnung?«

»Dempster! Du meine Güte, aber ja doch!«

»Besser als die Porphyrion?«

»Ja, ja, ja! Bombensicher – sicherer noch!«

»Vielen, vielen Dank! Entschuldige bitte – wenn du also untervermieten läßt –?«

»Wenn er untervermietet, habe ich die Sache nicht mehr so

in der Hand. Theoretisch kann auch dann nicht mehr Schaden in Howards End entstehen; praktisch aber läuft es doch darauf hinaus. Es können Dinge geschehen, die mit Geld nicht wieder gutzumachen sind. Nur ein Beispiel: ich möchte mir die schöne Bergulme nicht kaputtmachen lassen; sie neigt sich – Margaret, wir müssen unbedingt einmal hinfahren und uns die alte Burg ansehen. Irgendwie ist's ja ganz hübsch dort. Wir fahren mit dem Auto hin und essen dann bei Charles zu Mittag.«

»Das würde mir schon Spaß machen«, sagte Margaret tapfer.

»Wie wär's mit nächstem Mittwoch?«

»Mittwoch? Nein, das könnte ich schlecht machen. Tante Juley erwartet, daß wir mindestens noch eine Woche hierbleiben.«

»Aber das kannst du doch jetzt sausen lassen.«

»Äh – nein!«, sagte Margaret nach kurzem Überlegen.

»Ach, das geht schon in Ordnung. Ich werde mit ihr reden.«

»Unser Besuch ist heilige Pflicht. Meine Tante rechnet jedes Jahr ganz fest damit. Sie stellt unseretwegen das ganze Haus auf den Kopf; sie lädt unsere speziellen Freunde ein – Frieda kennt sie ja kaum, wir können sie ihr doch nicht einfach aufhalsen. Einen Tag hab' ich ja schon ausgelassen, und sie wäre wirklich gekränkt, wenn ich nicht die vollen zehn dabliebe.«

»Aber ich werd' ja mit ihr sprechen. Mach du dir mal keine Sorgen!«

»Henry, ich fahre nicht mit. Du mußt mich nicht herumkommandieren!«

»Du möchtest doch aber das Haus sehen?«

»Sehr gern sogar – ich hab' von allen Seiten schon so viel darüber gehört. Stecken in der Bergulme nicht Schweinezähne?«

»Schweinezähne?«

»Und man kaut die Rinde gegen Zahnweh.«

»Was ist denn das für ein Unsinn! Natürlich nicht!«

»Vielleicht hab' ich's mit einem andern Baum verwechselt. Anscheinend gibt's in England noch eine ganze Menge heiliger Bäume.«

Aber er ließ sie stehen, um Mrs. Munt abzufangen, deren Stimme man in der Ferne hören konnte, wurde aber seinerseits von Helen abgefangen.

»Ach, Mr. Wilcox, wegen der Porphyrion –, begann sie und wurde knallrot im Gesicht.

»Ist schon geklärt«, rief Margaret, die ihnen nachkam. »Bankhaus Dempster ist besser.«

»Aber ich denke, Sie haben uns gesagt, die Porphyrion wäre schlecht und würde noch vor Weihnachten Bankrott machen!«

»Wirklich? Ja, sie waren dem Kartell noch nicht beigetreten und mußten hundsmiserable Policen abschließen. Vor kurzem sind sie aufgenommen worden – und jetzt auch bombensicher.«

»Mit anderen Worten: Mr. Bast hätte gar nicht davon wegzugehen brauchen.«

»Nein, das hätte der Bursche nicht gebraucht.«

»– und hätte also gar nicht anderswo mit einem bedeutend geringeren Gehalt neu anzufangen brauchen.«

»Er schreibt nur ›reduziert‹«, berichtigte Margaret, die Unheil witterte.

»Bei einem so armen Menschen wirkt jeder Abstrich bedeutend. Das halte ich schon für ein bedauerliches Mißgeschick.«

Ganz bedacht auf seinen Handel mit Mrs. Munt, war Mr. Wilcox ruhig weitergegangen, die letzte Bemerkung ließ ihn aber doch aufhorchen, und er sagte: »Was soll denn das heißen? Wollen Sie damit vielleicht sagen, daß ich verantwortlich bin?«

»Du machst dich bloß lächerlich, Helen!«

»Sie glauben offenbar ...« Er schaute auf die Uhr. »Lassen Sie sich die Sache mal von mir erklären! Die Sache ist doch die, daß Sie offenbar glauben, ein Geschäftsunternehmen müsse, wenn es heikle Verhandlungen führt, die Öffentlichkeit Schritt für Schritt darüber auf dem Laufenden halten. Ihrer Ansicht nach hätte die Porphyrion sagen müssen: ›Ich versuche alles, was in meiner Macht steht, um ins Kartell zu kommen. Ich weiß nicht, ob es mir gelingen wird, aber es ist das einzige, was mich vorm Konkurs bewahren kann, also bemühe ich mich darum.‹ Meine liebe Helen –«

»So sehen Sie das also? Ich sehe es so: Ein Mann, der wenig Geld hatte, hat jetzt noch weniger.«

»Tut mir aufrichtig leid für Ihren Büroangestellten. Aber das gehört nun einmal zum Leben dazu. Es ist ein Teil des Überlebenskampfes.«

»Ein Mann, der wenig Geld hatte«, wiederholte sie, »hat jetzt noch weniger, und zwar unsertwegen. Unter diesen Umständen finde ich den Ausdruck ›Überlebenskampf‹ nicht glücklich gewählt.«

»Na, na!«, versuchte er vergnüglich abzuwehren. »Sie sind nicht schuld. Niemand ist schuld.«

»Ist denn nie jemand an irgend etwas schuld?«

»Das würde ich nicht sagen, aber Sie nehmen es viel zu ernst. Wer ist denn der Bursche?«

»Wir haben Ihnen schon zweimal von dem Burschen erzählt«, sagte Helen. »Sie haben den Burschen sogar kennen gelernt. Er ist sehr arm und seine Frau ist eine Schwachsinnige, die das Geld mit vollen Händen ausgibt. Er ist zu Besserem fähig. Wir – wir aus der Oberschicht haben uns eingebildet, wir würden ihm von unserem hohen, überlegenen Bildungsstand aus helfen können – und da haben wir nun das Resultat!«

Er hob den Finger. »Also, wenn ich Ihnen einen Rat geben darf –«

»Ich brauche keinen Rat mehr!«

»Wenn ich Ihnen einen Rat geben darf: Nehmen Sie bloß nicht diese sentimentale Haltung gegenüber den Armen ein! Margaret, du mußt auch dafür sorgen, daß sie das nicht tut. Die Armen sind arm und sie tun einem leid, aber so ist's nun mal. Wenn die Zivilisation voranschreiten soll, muß uns der Schuh natürlich da und dort drücken, und es ist ganz sinnlos, so zu tun, als ob da jemand persönlich dafür verantwortlich wäre. Weder du noch ich noch mein Informant noch dessen Informant noch die Direktoren der Porphyrion sind schuld daran, daß dieser Büroangestellte jetzt Gehaltseinbußen hinnehmen muß. Das ist eben eine der Stellen, wo der Schuh drückt – da kann niemand was dagegen tun; und es hätte ja auch ganz leicht noch viel schlimmer kommen können.«

Helen bebte vor Empörung.

»Spendet ruhig für Wohltätigkeitsvereine – spendet großzügig –, nur laßt euch bloß nicht hinreißen von unsinnigen sozialen Reformplänen! Ich habe oft Gelegenheit, einen Blick hinter die Kulissen zu werfen, und ihr könnt mir glauben, es gibt keine soziale Frage – außer für ein paar Zeitungsschreiber, die sich mit dem sogenannten Problem ihren Lebensunterhalt verdienen wollen. Es gibt nur Reiche und Arme, wie es sie schon immer gegeben hat und immer geben wird. Nenn mir doch eine Zeit, in der die Menschen gleich waren –«

»Ich habe nicht gesagt –«

»Nenn mir doch eine Zeit, in der das Verlangen nach Gleichheit die Menschen glücklicher gemacht hat. Nein, nein! Das kannst du nicht. Reiche und Arme hat es immer schon gegeben. Ich bin kein Fatalist. Gott bewahre! Aber unsere Zivilisation wird von großen unpersönlichen Kräften geformt« (seine Stimme bekam einen selbstgefälligen Klang; das war immer dann der Fall, wenn er das Persönliche ausschaltete) »und Reiche und Arme wird es immer geben. Das könnt ihr nicht leugnen« (nun klang seine Stimme respektvoll) – »und ebensowenig könnt ihr leugnen, daß die Entwicklungslinie der Zivilisation trotz allem im großen und ganzen nach oben geführt hat.«

»Vermutlich, weil Gott es so gewollt hat!«, brauste Helen auf.

Er starrte sie an.

»Ihr scheffelt die Moneten und Gott besorgt den Rest.«

Es war zwecklos, dem Mädchen Vernunft zu predigen, wenn sie anfing, in dieser neurotisch-modernen Weise über Gott zu reden. Brüderlich bis zum äußersten, ließ er sie lieber stehen und begab sich in Mrs. Munts stillere Gesellschaft. Sie erinnert mich doch recht an Dolly, mußte er denken.

Helen blickte aufs Meer hinaus.

»Mit Henry darfst du nie über die Volkswirtschaft diskutieren«, riet ihre Schwester. »Es führt nur zu Zeter und Mordio.«

»Aber er muß zu den Männern gehören, die Wissenschaft und Religion unter einen Hut gebracht haben«, sagte Helen langsam. »Ich kann solche Männer nicht leiden. Die sind selber schon ganz wissenschaftlich, reden vom Überleben der Tauglichsten und drücken die Gehälter ihrer Angestellten herunter, sie verhindern die Selbstständigkeit all derer, die ihrer Bequemlichkeit gefährlich werden könnten, glauben aber trotzdem, daß irgendwie – immer kommen sie mit diesem schwammigen Irgendwie –, daß irgendwie doch das Gute dabei herauskommt und daß auf irgendeine rätselhafte Weise die Basts der Zukunft davon profitieren werden, daß es den Basts von heute dreckig geht.«

»Theoretisch gehört er zu diesen Männern. Aber, Helen, nur in der Theorie!«

»Aber, Meg, was für eine Theorie!«

»Warum willst du denn alles so bitterbös sehen, Liebes?«

»Weil ich eben eine alte Jungfer bin!«, sagte Helen und biß sich auf die Lippen. »Ich weiß ja selber nicht, warum ich mich so aufführe.« Sie machte sich unsanft von Margarets Hand frei und ging ins Haus. Margaret war betrübt, daß der Tag so hatte beginnen müssen, und verfolgte den Dampfer nach Bournemouth mit den Augen. Helens Nerven waren offensichtlich durch die unselige Geschichte mit Mr. Bast bis über alle Grenzen des Erträglichen hinaus angespannt. Jeden Augenblick konnte es zu einem wirklichen Ausbruch kommen, den dann sogar Henry bemerken würde. Henry mußte schleunigst fort.

»Margaret!«, rief ihre Tante. »Magsy! Es ist doch sicher nicht wahr, was Mr. Wilcox mir da sagt: daß du Anfang nächster Woche schon fortwillst?«

»›Wollen‹ nicht«, erwiderte Margaret prompt, »aber es ist so viel zu erledigen, und ich möchte gern Charles und seine Familie besuchen.«

»Aber du willst doch nicht fort, ohne noch den Ausflug nach Weymouth mitzumachen oder wenigstens den nach Lulworth?«, sagte Mrs. Munt, während sie näher kam. »Ohne noch einmal auf die Nine Barrows Down hinaufgegangen zu sein!«

»Leider doch.«

Mr. Wilcox gesellte sich wieder zu ihr. »Gut so!«, sagte er. »Das Eis hab' ich ja schon gebrochen.«

Eine Welle der Zärtlichkeit überflutete sie. Sie legte ihm die Hände auf die Schultern und schaute ihm tief in die schwarzen, strahlenden Augen. Was verbarg sich hinter ihrem sachkundigen Blick? Sie wußte es, aber es beunruhigte sie nicht.

XXIII

Margaret hatte nicht die Absicht, die Dinge schleifen zu lassen; am Abend vor ihrer Abreise aus Swanage sagte sie ihrer Schwester gründlich die Meinung. Sie tadelte sie nicht etwa, weil sie ihr Verlöbnis mißbilligte, sondern weil sie ihre Mißbilligung in einen Schleier des Geheimnisses hüllte. Helen war nicht minder offen. »Ja«, sagte sie mit einem nach innen gekehrten Blick, »ein Geheimnis ist schon dabei. Ich kann's nicht ändern. Meine Schuld ist es nicht. Das Leben ist nun einmal so eingerichtet.« Helen interessierte sich gerade damals übermäßig stark für das unterbewußte Ich. Sie übertrieb die Auffassung des Lebens als eines Kasperletheaters und sprach von den Menschen als von Marionetten, die ein unsichtbarer Puppenspieler an seinen Drähten zur Liebe und zum Krieg hinreiße. Margaret gab zu bedenken, wenn sie dieser Auffassung zuneige, sei auch sie drauf und dran, das Persönliche auszuschalten. Helen schwieg einen Augenblick und brach dann in einen sonderbaren Redeschwall aus, der endlich die Atmosphäre reinigte. »Nur zu, heirate ihn doch! Du machst das sicher ganz famos; wenn eine das schaukeln kann, dann du!« Margaret bestritt, daß es da irgend etwas zu »schaukeln« gebe, aber Helen fuhr fort: »Doch, doch! Und ich hab's mit Paul eben nicht geschafft. Mir gelingt immer nur das Leichte. Ich verstehe mich nur aufs Verführen und Verführtwerden. An schwierige Beziehungen aber kann und will ich mich nicht heranwagen. Wenn ich einmal heirate, dann entweder einen Mann, der stark genug ist, mich rumzukommandieren, oder schwach genug, sich von mir rumkommandieren zu lassen. Also werde ich nie heiraten, denn solche Männer gibt es nicht. Und der Himmel steh dem bei, den ich einmal heirate, denn ich gehe ihm ja doch durch, bevor er ›papp‹ sagen kann. So sieht's aus! Weil ich ungebildet bin. Aber du, du bist anders; du bist eine Heldin.«

»Ach Helen! Bin ich das wirklich? So furchtbar wird es doch für den armen Henry auch wieder nicht sein, oder?«

»Du möchtest die Proportionen wahren, das ist heldenhaft, griechisch, und ich wüßte nicht, warum es dir nicht glücken sollte. Nur zu, kämpfe mit ihm und hilf ihm! Nur mich mußt du nicht um Hilfe bitten oder auch nur um verständnisvolles Mitgefühl. Ich geh' von nun an meinen eigenen Weg. Ich will kompromißlos sein, denn Kompromißlosigkeit ist am leichtesten. Ich bin fest entschlossen, deinen Mann nicht zu mögen und es ihm auch zu sagen. Tibby will ich auch keine Zugeständnisse mehr machen. Wenn Tibby mit mir leben will, dann wird er mich eben nehmen müssen, wie ich bin. Dich aber will ich mehr lieben als je zuvor. Ja, das will ich. Du und ich, wir haben etwas Wirkliches aufgebaut, wirklich, weil es rein geistig ist. Über uns lastet kein Schleier des Geheimnisses. Unwirklichkeit und Geheimnis beginnen genau dann, wenn man das Körperliche berührt. Die landläufige Auffassung ist da wie gewöhnlich gerade die verkehrte. Unsere Zwistigkeiten betreffen immer greifbare Dinge – Geld, Ehemänner, Häusersuche. Aber der Himmel wird schon wissen, was er will.«

Margaret war dankbar für dieses Geständnis der Zuneigung und antwortete: »Vielleicht.« Alle Perspektiven enden im Unsichtbaren – daran zweifelt niemand –, aber Helen ließ sie für ihren Geschmack etwas gar zu bald enden. Bei jeder Wendung des Gesprächs schmetterte sie einem das Wirkliche und das Absolute entgegen. Vielleicht wurde sie, Margaret, zu alt für die Metaphysik, vielleicht hatte auch Henry sie ein wenig davon abgebracht; jedenfalls glaubte sie, daß es dem Geist etwas an Ausgewogenheit fehlte, wenn er die sichtbare Welt gar so leicht in Fetzen riß. Der Geschäftsmann, der annimmt, dies Leben sei alles, und der Mystiker, der behauptet, es sei nichts, zielen, ein jeder auf seiner Seite, an der Wahrheit vorbei. »Ja, ich versteh' schon: die Wahrheit liegt ungefähr in der Mitte«, hatte Tante Juley in früheren Jahren zu sagen riskiert. Das stimmte nun auch wieder nicht; die Wahrheit, als ein Lebendiges, lag nirgendwo in der Mitte. Die Wahrheit fand man nur mit Hilfe von fortwährenden Ausflügen in die widerstreitenden Gefilde, und wenn auch der Weisheit letzter Schluß in der Wahrung der Proportionen lag, so führte es doch mit Sicherheit zu Sterilität, wenn man sich schon von allem Anfang an darauf verlegte.

Helen hätte noch bis zur Mitternacht so weiterreden können, bald zustimmend, bald ablehnend, aber Margaret mußte noch packen und lenkte deshalb die Unterhaltung auf das Thema Henry zurück. Hinter seinem Rücken könne Helen Henry ihretwegen heruntermachen, in Gesellschaft aber möge sie ihm bitte stets mit Höflichkeit begegnen. »Ich kann ihn nun einmal nicht ausstehen, aber ich werde mich bemühen«, versprach Helen. »Dann gib du dir aber dafür bitte mit meinen Freunden auch Mühe.«

Der Gang des Gesprächs bedeutete für Margaret eine Erleichterung. Ihre gegenseitigen inneren Beziehungen waren so sicher, daß sie über Äußeres in einer Weise miteinander feilschen konnten, die Tante Juley völlig unglaublich erschienen wäre und die für Tibby oder Charles nicht im Bereich des Möglichen gelegen hätte. Es gibt Augenblicke, wo sich das Innenleben buchstäblich »bezahlt macht«, wo eine jahrelange, ohne jede ersichtliche Motivierung betriebene Selbsterforschung plötzlich einen praktischen Nutzen zeitigt. Solche Augenblicke sind im Westen immer noch etwas Seltenes; daß sie sich aber überhaupt ereignen, läßt auf eine bessere Zukunft hoffen.

Zwar vermochte Margaret ihre Schwester nicht zu verstehen, aber sie war doch gegen jede Entfremdung gefeit und konnte beruhigten Gemütes nach London zurückkehren.

Am folgenden Morgen um elf fand sie sich im Büro der Imperial & West African Kautschuk-Gesellschaft ein. Der Besuch machte ihr Spaß, denn Henry hatte mehr in Andeutungen als in bestimmten Worten von seinem Geschäft gesprochen und alles Ungesicherte und Ungenaue, was unsere Vorstellung von Afrika umschwebt, hatte für sie bis jetzt diese Hauptquelle seines Reichtums umlagert. Nicht etwa, daß ein Besuch bei der Firma die Dinge deutlicher gemacht hätte. Zu sehen war nur der übliche Oberflächengischt: Hauptbücher, polierte Schalterplatten und Messingstangen, die, man wußte nicht recht, warum, irgendwo anfingen und irgendwo aufhörten; zu dreien zusammengebündelte kugelförmige Beleuchtungskörper, Kaninchenställe aus Glas oder Draht mit Kaninchenvolk darin. Auch als sie in die inneren Gemächer eindrang, fand sie wieder nur das Übliche: Konferenztisch und orientalischen Teppich, und auch die Karte, die überm Kamin eine Portion Westafrika darstellte, war eine durchaus gewöhnliche Karte. An der gegenüberliegenden Wand hing eine zweite Landkarte, worauf der ganze Kontinent zu sehen war, der wie ein zur Trangewinnung ausersehener Walfisch wirkte, und daneben hörte man durch eine verschlossene Tür nur allzu deutlich Henrys Stimme einen »gesalzenen« Brief diktieren. Es hätte auch bei der Porphyrion sein können oder auf dem Bankhaus Dempster oder bei ihrem eigenen Weinhändler. Es sieht heutzutage eins wie's andere aus. Aber möglicherweise war es eher die imperiale Seite der Firma als die westafrikanische, die sie im Augenblick vor Augen hatte, und mit dem Imperialismus hatte sie schon immer ihre Schwierigkeiten gehabt.

»Augenblick, bitte!«, rief Mr. Wilcox, als man ihm ihren Namen meldete. Er drückte auf einen Klingelknopf, wodurch er Charles herbeizauberte.

Charles hatte seinem Vater einen angemessenen Brief geschrieben – einen angemesseneren jedenfalls als Evie, durch deren Zeilen eine Art mädchenhafter Empörung dröhnte. Und er begrüßte seine künftige Stiefmutter, wie es sich nach den Regeln des Anstands schickte.

»Hoffentlich kann Ihnen meine Frau – guten Tag übrigens! – ein ordentliches Mittagessen vorsetzen«, begann er. »Ich habe ihr Nachricht gegeben, aber wir leben da draußen etwas von der Hand in den Mund. Sie erwartet Sie dann auch zum Tee zurück, wenn Sie sich Howards End angesehen haben. Ich bin gespannt, was Sie von dem Haus halten werden. Was mich angeht, ich möchte nicht für viel Geld dort leben. Nehmen Sie doch bitte Platz! Es ist eine schäbige kleine Klitsche.«

»Ich sehe es mir gern an«, sagte Margaret, die zum erstenmal schüchtern war.

»Sie werden es von der denkbar schlechtesten Seite zu sehen bekommen, denn Bryce ist vorigen Montag einfach ins Ausland abgedampft, ohne auch nur eine Putzfrau zu bestellen, die ein bißchen sauber gemacht hätte. So einen Saustall hab' ich noch nie gesehen. Einfach unglaublich. Dabei war er noch nicht mal einen Monat im Haus.«

»Mit Bryce hab' ich mehr als nur ein Hühnchen zu rupfen«, rief Henry aus dem inneren Zimmer.

»Warum ist er denn so plötzlich fort?«

»Kränklicher Typ; konnte nicht schlafen.«

»Der Arme!«

»Arm, von wegen!«, sagte Mr. Wilcox, der jetzt zu ihnen herauskam. »Er besaß die Frechheit, so einfach mir nichts, dir nichts Tafeln aufzustellen. Charles hat sie umgerissen.«

»Ja, ich hab' sie umgerissen«, sagte Charles bescheiden.

»Ich hab' ihm ein Telegramm hinterhergeschickt, und zwar eins, das sich gewaschen hat. Er, und zwar er persönlich, ist für die nächsten drei Jahre für die Instandhaltung des Hauses verantwortlich.«

»Die Schlüssel liegen auf dem Bauernhof. Wir wollten sie lieber nicht an uns nehmen.«

»Ganz richtig.«

»Dolly hätte sie wohl angenommen, aber zum Glück war ich ja zu Hause.«

»Wie ist denn Mr. Bryce so?«

Aber das schien niemand zu interessieren. Mr. Bryce war der Mieter, der kein Recht zum Untervermieten hatte; Näheres über ihn bekannt zu geben wäre reine Zeitverschwendung gewesen. Über seine Missetaten dagegen ließen sie sich des langen und des breiten aus, bis das Mädchen, das inzwischen den gesalzenen Brief getippt hatte, damit herauskam. Mr. Wilcox setzte seine Unterschrift darunter. »Na denn mal los!«, sagte er.

Eine Autofahrt, eine Form der Glückseligkeit, die Margaret verhaßt war, stand ihr nun bevor. Charles, der sich vor Höflichkeit fast überschlug, brachte sie zum Wagen und im Nu waren die Büros der Imperial & West African Kautschuk-Gesellschaft hinter ihnen verschwunden. Aber es war keine eindrucksvolle Fahrt. Vielleicht war das Wetter schuld daran, denn es war grau und bis hoch hinauf wolkenverhangen. Möglicherweise ist auch Hertfordshire für Autofahrer nicht geschaffen. Erzählt man sich nicht die Geschichte von dem Herrn, der einmal so schnell durch Westmoreland fuhr, daß er es überhaupt nicht zu sehen kriegte? Wenn das schon mit Westmoreland passieren kann, wieviel schlimmer muß es dann erst einer Grafschaft ergehen, deren zarte Bodenstruktur ganz besonders des aufmerksamen Auges bedarf! Hertfordshire ist England da, wo es am stillsten ist, mit nur ganz wenig Akzent von Fluß und Berg; es ist das beschauliche England. Weilte Drayton von neuem unter uns und schriebe er eine Neufassung seines unvergleichlichen Gedichts, so müßte er von Hertfordshires Nymphen singen, daß sie unbestimmten Antlitzes seien, das Haar vom Londoner Ruß leicht geschwärzt. In ihren Augen liege Trauer, und von ihrem Schicksal abgekehrt, blickten sie aufs Flachland des Nordens hinaus, hingezogen nicht zu Isis und Sabrina, sondern zum träg fließenden Lea. Ihrer sei weder Prunk der Gewänder noch Behendigkeit im Tanz, und doch seien sie echte Nymphen.

Der Fahrer kam nicht so rasch voran, wie er gehofft hatte, denn die große Ausfallstraße nach dem Norden war voll vom Osterverkehr. Für Margaret freilich ging es immer noch rasch genug, denn sie war eine ängstliche Natur und mußte andauernd an die armen Hühner und Kinder denken.

»Denen passiert schon nichts«, sagte Mr. Wilcox. »Die gewöhnen sich dran – wie bei den Schwalben und den Telegraphendrähten.«

»Ja, aber bis sie sich erst daran gewöhnt haben –«

»Das Auto wird uns erhalten bleiben«, antwortete er. »Man muß sich ja fortbewegen können. Da, schau, eine hübsche Kirche – du mußt schon etwas flinker sein. Wenn die

Straße dich nervös macht, schau doch nach der Seite, auf die Landschaft!«

Sie schaute also auf die Landschaft. Ein Schwellen und Verschwimmen, wie Hafergrütze. Dann bekam alles wieder feste Umrisse: sie waren angekommen.

Links lag Charles' Haus; rechts die Wölbungen der Sechs Hügel. Sie fand es erstaunlich, daß sie sich in einer solchen Umgebung erhoben. Als eine deutliche Unterbrechung schoben sie sich in das Gewimmel von Wohnstätten, das auf Hilton zu immer dichter wurde. Jenseits der Hügel sah Margaret Wiesen und einen Wald und unter ihnen mußten, so beschloß sie für sich, Krieger wackrer Art begraben liegen. Sie haßte den Krieg und liebte Krieger – es war eine von ihren liebenswürdigen Inkonsequenzen.

Doch schon stand Dolly, die sich in Schale geworfen hatte, zur Begrüßung an der Haustür bereit und schon begannen auch die ersten Regentropfen zu fallen. Sie rannten fröhlich ins Haus und setzten sich, nachdem sie längere Zeit im Salon gewartet hatten, zu dem angekündigten Mittagessen »von der Hand in den Mund«, von dem jedes Gericht offen oder verdeckt von Sahne strotzte. Mr. Bryce war das Hauptgesprächsthema. Dolly schilderte, wie er ihr die Schlüssel hatte bringen wollen, und Mr. Wilcox hänselte sie auf schwiegerväterlich-joviale Weise und zog alles, was sie sagte, durch seinen Widerspruch ins Lächerliche. Offenbar galt es in der Familie als gang und gäbe, sich über Dolly lustig zu machen. Er zog auch Margaret auf und Margaret, aus einer ernsten Betrachtung aufgestört, war's zufrieden und zog ihn ihrerseits auf. Das schien Dolly zu überraschen; sie maß sie mit neugierigen Blicken. Nach Tisch kamen die beiden Kinder herunter. Margaret konnte Babys nicht leiden, mit dem Zweijährigen aber verstand sie sich ganz gut und versetzte Dolly in grenzenloses Gelächter, indem sie vernünftig mit ihm redete. »So, gib ihnen Küßchen und dann komm!« sagte Mr. Wilcox. Sie kam, Küßchen aber gab sie ihnen nicht. Die armen Würmer hätten's doch schon schwer genug, sagte sie, und obwohl Dolly sogleich mit Kussi-Bussi und Ajaja aufwartete, blieb sie hartnäckig.

Inzwischen hatte es sich eingeregnet. Der Wagen fuhr mit hochgeschlagenem Verdeck vor und abermals verlor sie jegliches Raumgefühl. Nach wenigen Minuten hielten sie wieder und Crane öffnete die Wagentür.

»Was ist denn los?«, fragte Margaret.

»Na, was wohl?«, sagte Henry.

Dicht vor ihrem Gesicht sah sie ein kleines Vordach.

»Sind wir denn schon da?«

»Allerdings.«

»Nein, so was! Früher schien alles meilenweit entfernt!«

Lächelnd, aber doch irgendwie enttäuscht, sprang sie aus dem Wagen und ihr Schwung trug sie gleich bis an die Haustür. Sie wollte sie eben öffnen, als Henry sagte: »Das nützt nichts; es ist abgeschlossen. Wer hat den Schlüssel?«

Da er selber vergessen hatte, den Schlüssel auf dem Bauernhof abzuholen, erhielt er keine Antwort. Sodann wollte er wissen, wer das vordere Gartentor habe offenstehen lassen, denn inzwischen war eine Kuh von der Landstraße hereinspaziert und ruinierte ihm den Kricketrasen. Ziemlich verärgert sagte er: »Margaret, du wartest im Trockenen. Ich geh' den Schlüssel holen. Es sind keine hundert Meter.«

»Darf ich nicht mitkommen?«

»Nein; ich bin im Augenblick zurück.«

Schon war der Wagen weg und es war, als wäre ein Vorhang hochgegangen. Zum zweiten Mal an diesem Tag sah sie den Anblick der Erde.

Da standen die Reineclaudenbäume, die Helen einmal beschrieben hatte; da war der Tennisplatz, dort die Hecke, die im Juni mit blühenden Hundsrosen herrlich aussehen mußte, jetzt aber bot sie nur ein Bild von Schwarz und zartestem Grün. Unten in der Talsenke erblühten kräftigere Farben und Narzissen standen am Rande der Senke Wache oder rückten in Bataillonen über das Gras vor. Tulpen, wie Edelsteine in einer Schaufensterauslage. Die Bergulme konnte sie nicht sehen, aber ein dicht mit samtenen Knoten besetzter Zweig von dem berühmt-berüchtigten Weinstock war über das Vordach gewachsen. Sie staunte über die Fruchtbarkeit dieses Bodens. Sie kannte nicht viele Gärten, wo die Blumen so prächtig aussahen, und selbst das Unkraut, das sie gedankenlos unter dem Vordach ausrupfte, war noch von sattestem Grün. Warum war der arme Mr. Bryce von so viel Schönheit geflohen? Denn daß dieser Ort schön war, das hatte sie schon beschlossen.

»Dumme Kuh! Fort mir dir!«, rief sie der Kuh zu, aber ganz ohne Empörung.

Der Regen fiel heftiger, prasselte aus einem windstillen Himmel und spritzte hoch von den Anschlagtafeln der Häusermakler, die in einer Reihe auf dem Rasen lagen, wo Charles sie hingeschleudert hatte. Das Gespräch mit Charles mußte sie in einer anderen Welt geführt haben – wo man eben Gespräche führte. Wie Helen sich an einer solchen Vorstellung ergötzen würde! Charles tot, alle Menschen tot, nichts mehr am Leben außer Häuser und Gärten. Alles Augenfällige tot, alles Ungreifbare lebendig, und vor allem: keinerlei Verbindung zwischen dem einen und dem andern. Margaret lächelte. Wenn doch ihre eigenen Wunschträume nur auch so klar und deutlich wären! Wenn sie doch nur auch so souverän mit der Welt umgehen könnte! Zwischen Lachen und Seufzen legte sie die Hand auf den Türgriff. Er gab nach. Das Haus war gar nicht abgeschlossen.

Sie zögerte. Ob sie wohl auf Henry warten sollte? Er besaß so ein ausgeprägtes Eigentumsgefühl und es wäre ihm wohl lieber, wenn er sie selber herumführen konnte. Andererseits hatte er ihr ja gesagt, sie solle im Trockenen bleiben, und durch das Vordach begann es allmählich hereinzuregnen. So ging sie denn hinein und der Zug von innen schlug die Tür hinter ihr zu.

Drinnen bot sich ihr ein trostloser Anblick. Schmutzige Fingerabdrücke auf den Fensterscheiben der Halle und Staubflocken und Abfälle auf den ungeputzten Dielen. Die Zivilisation, die aus dem Koffer lebt, hatte hier einen Monat lang gehaust und dann das Lager abgebrochen. Eßzimmer und Salon – zur Rechten und zur Linken – erahnte man höchstens an der Art der Tapezierung. Jetzt waren es bloß Räume, in denen man vor dem Regen Zuflucht finden konnte. In jedem lief ein mächtiger Balken quer über die Decke. Im Eßzimmer und in der Halle war er unverkleidet, im Salon dagegen mit Spundbrettern abgedeckt – vielleicht weil die Tatsachen über die Entstehung des Lebens vor der holden Weiblichkeit verborgen werden müssen? Salon, Eßzimmer, Halle – wie wenig diese Namen sagten! Hier waren einfach drei Räume, wo Kinder spielen und Freunde sich vor dem Regen unterstellen konnten. Ja, und schön waren sie.

Dann öffnete sie eine der gegenüberliegenden Türen – es waren deren zwei – und gelangte aus dem Bereich der Tapete ins Weißgetünchte. Es war der Dienstbotentrakt, auch wenn sie es kaum bemerkte: eben wieder nur Räume, wo Freunde sich unterstellen konnten. Der Garten auf der Rückseite war voller blühender Kirsch- und Pflaumenbäume. Dahinter ahnte man die Wiese und eine schwarze Felswand: Kiefern. Ja, die Wiese war bestimmt schön.

Vom trostlosen Wetter ins Haus getrieben, gewann sie ihr Raumgefühl wieder, das die Autofahrt ihr vorübergehend geraubt hatte. Sie wußte wieder, daß zehn Quadratmeilen nicht zehnmal so herrlich sind wie eine Quadratmeile und daß tausend Quadratmeilen noch lange nicht dem Himmelreich gleichkommen. Das Phantom der Großmächtigkeit, wie London es begünstigt, war für immer gebannt, als sie aus der Halle von Howards End in die Küche hinüberspazierte und das Regenwasser dahin und dorthin rinnen hörte, wo das Dach als Wasserscheide es teilte.

In diesem Augenblick fiel ihr wieder Helen ein, wie sie vom Kamm der Purbeck Downs aus halb Wessex mit forschendem Blick abgesucht und dabei gesagt hatte: »Man würde etwas verlieren.« Da war sie nicht so sicher. Zum Beispiel würde sie ihr Reich verdoppeln, indem sie die Tür aufmachte, hinter der sich die Treppe verbarg.

Nun dachte sie an die Karte von Afrika; an Weltreiche; an ihren Vater; an die zwei überragenden Nationen, aus denen Lebensströme warm in ihr Blut eingegangen waren, die ihr aber durch ihren Zusammenfluß einen kühlen Kopf gegeben hatten. Als sie in die Halle zurückging, hallte das Haus.

»Bist du es, Henry?«, rief sie.

Es kam keine Antwort, aber das Haus hallte von neuem.

»Henry, bist du reingekommen?«

Es war aber einfach der Herzschlag des Hauses, erst leis, dann laut und kriegerisch. Es übertönte den Regen.

Die ausgehungerte Phantasie, nicht die wohl genährte, ist es, die zu Furcht neigt. Margaret stieß die Tür zum Treppenhaus auf. Ein Geräusch wie Trommelwirbel betäubte sie fast. Eine Frau, eine alte Frau, kam die Treppe herabgestiegen, in aufrechter Haltung, unbewegten Gesichts, die Lippen schon geöffnet zu der trockenen Bemerkung:

»Oh! Ich hab' Sie schon für Ruth Wilcox gehalten.«

Margaret stammelte: »Ich – Mrs. Wilcox – ich?«

»Bloß eine Einbildung natürlich – bloß eine Einbildung! Sie haben den gleichen Gang wie sie. Guten Tag auch!« Und die Alte trat hinaus in den Regen.

XXIV

»Es hat ihr einen schönen Schrecken eingejagt«, sagte Mr. Wilcox, als er Dolly beim Tee den Vorfall weitererzählte. »Ihr jungen Dinger habt aber auch wirklich keine Nerven! Ein Wort von mir, und schon war natürlich alles wieder in bester Ordnung, aber diese dumme, alte Miß Avery – die hat dich doch ganz schön erschreckt, nicht wahr, Margaret? Da standest du und hieltest ein Büschel Unkraut umklammert. Sie hätte ja auch wirklich was sagen können, statt einfach die Treppe herunterzukommen, mit ihrer schauderhaften Haube auf dem Kopf. Ich traf sie noch, als ich reinkam. Bei dem Anblick konnte einem das Auto scheu werden. Vermutlich legt's die Avery darauf an, als Original zu gelten; alte Jungfern haben das manchmal so an sich.« Er steckte sich eine Zigarette an. »Es ist ihre letzte Zuflucht. Weiß der Himmel, was sie im Haus getrieben hat; aber das ist Bryce' Sache, mich geht das nichts an.«

»Ganz so dumm, wie du mich hinstellst, hab' ich mich nicht benommen«, sagte Margaret. »Sie hat mich einfach nur erschreckt, weil das Haus bis dahin ganz still war.«

»Hast du sie für ein Gespenst gehalten?«, fragte Dolly, für

die »Gespenster« und »In-die-Kirche-Gehen« den Bereich des Unsichtbaren zusammenfaßten.

»Das nicht gerade.«

»Natürlich hat sie dich erschreckt«, sagte Henry, der gegen Ängstlichkeit bei Frauen nicht das Allermindeste einzuwenden hatte. »Arme Margaret! Es ist durchaus zu verstehen. Diese ungebildeten Klassen sind ja so dumm.«

»Gehört Miß Avery zu den ungebildeten Klassen?« fragte Margaret und ertappte sich dabei, wie sie den Wandschmuck in Dollys Salon betrachtete.

»Sie gehört eben auch zu dem Volk auf dem Bauernhof. Solche Leute halten immer alles für selbstverständlich. Sie hielt es für selbstverständlich, daß du wüßtest, wer sie ist. Die Schlüssel von Howards End hat sie alle im Vorraum hingelegt und es für selbstverständlich gehalten, daß du sie beim Reinkommen schon sehen würdest und daß du nach der Besichtigung das Haus absperren und die Schlüssel zu ihr zurückbringen würdest. Und inzwischen hat ihre Nichte den ganzen Bauernhof nach den Schlüsseln abgesucht. Wenn es den Leuten an Bildung fehlt, werden sie halt sehr nachlässig. In Hilton hat's früher eine ganze Menge solcher Frauen wie Miß Avery gegeben.«

»Das hätte mir vielleicht gar nicht so schlecht gefallen.«

»Oder wie Miß Avery mir damals etwas zur Hochzeit geschenkt hat!«, sagte Dolly.

Das war zwar unlogisch, aber interessant. Durch Dolly sollte Margaret noch eine Menge erfahren.

»Aber Charles sagte, ich solle mir nichts anmerken lassen, weil sie schon seine Großmutter gekannt hätte.«

»Natürlich hast du die Geschichte wieder einmal falsch herum erzählt, meine liebe Dorothea.«

»Ich meine seine Urgroßmutter – die, von der Mrs. Wilcox das Haus geerbt hat. Waren die beiden nicht mit Miß Avery befreundet, als Howards End auch noch ein Bauernhof war?«

Ihr Schwiegervater stieß eine Rauchwolke aus. Seine Einstellung zu seiner verstorbenen Frau war sonderbar. Er brachte das Gespräch auf sie und hörte nicht ungern, wenn von ihr gesprochen wurde, aber er erwähnte sie nie namentlich. Und Geschichten aus der grauen, bukolischen Vorzeit von Howards End interessierten ihn auch nicht. Dolly schon – und zwar aus dem folgenden Grund.

»Hatte Mrs. Wilcox nicht auch noch einen Bruder – oder war's ein Onkel? Wie dem auch sei, der machte Miß Avery jedenfalls einen Antrag, und Miß Avery, die sagte Nein. Man muß sich nur mal vorstellen, wenn sie Ja gesagt hätte, dann wäre sie Charles' Tante geworden. Na so was, das ist gar nicht schlecht! ›Charlys Tante!‹ Damit muß ich ihn heut Abend aufziehen! Und der Mann ist dann in den Krieg gezogen und gefallen. Ja, ich bin sicher, so stimmt's jetzt. Tom Howard – er war der letzte Howard.«

»Ich glaub' schon«, sagte Mr. Wilcox ganz beiläufig.

»Also darum: Howards End – die Howards am Ende!«, rief Dolly. »Ich bin heut Abend ganz schön auf Zack, nicht?«

»Sieh mal lieber nach, ob Crane am Ende ist!«

»Aber, Mr. Wilcox, wie *können* Sie nur?«

»Weil wir, wenn er genug Tee getrunken hat, nämlich fahren sollten. – Dolly ist ja eine ganz nette kleine Person«, fuhr er fort, »aber auf Dauer ist sie nicht auszuhalten. Nicht für viel Geld könnte ich in ihrer Nähe leben.«

Margaret lächelte. Außenstehenden gegenüber bot die Familie Wilcox zwar eine geschlossene Front, aber dahinter verhielt es sich doch so, daß es kein Wilcox in der Nähe eines anderen Wilcox oder auch nur in der Nähe von dessen Hab und Gut aushielt. Sie hatten Kolonialgeist und strebten immer nach einem Ort, wo der Weiße seine Last unbeobachtet tragen konnte. Natürlich kam Howards End nicht in Frage, solange das jüngere Paar in Hilton wohnhaft bliebe. Seine Einwände gegen das Haus waren nun sonnenklar.

Crane hatte genug Tee getrunken und wurde zur Garage geschickt, wo ihr Wagen inzwischen Charles' Auto mit Schmutzwasser bedrippelt hatte. Der Platzregen mußte längst durch die Sechs Hügel durchgesickert sein und ihnen Nachricht von unserer rastlosen Zivilisation überbracht haben. »Seltsame Grabhügel«, sagte Henry, »aber jetzt rein mit dir; ein andermal.« Er mußte bis um sieben wieder in London sein – wenn möglich, schon um halb sieben. Von neuem verlor sie das Raumgefühl; von neuem verschmolzen Bäume, Häuser, Menschen, Tiere und Berge zu einem einzigen Schmierfleck, und schon war sie wieder am Wickham-Place.

Sie verbrachte einen angenehmen Abend. Das Gefühl des Getriebenseins, das sie das ganze Jahr über verfolgt hatte, verschwand für eine Weile. Sie vergaß Gepäck und Automobile und das hastige Männervolk, das so viel weiß und so wenig kombiniert. Sie erlangte das Raumgefühl wieder, das doch die Grundlage aller irdischer Schönheit bildet, und von Howards End ausgehend, versuchte sie sich über ganz England klar zu werden. Das gelang ihr nicht – geistige Bilder stellen sich nicht ein, wenn wir uns darum bemühen, obgleich man sie wohl durch Bemühung herbeirufen kann. Aber eine unerwartete Liebe zu der Insel erwachte in ihr, die sich einerseits mit den Genüssen des Fleisches verband und andererseits mit dem Unbegreiflichen. Helen und ihr Vater hatten diese Liebe gekannt und der arme Leonard Bast suchte ihrer habhaft zu werden; ihr selber aber war sie bis zum heutigen Nachmittag verborgen geblieben. Sicher war sie durch das Haus und durch die alte Mrs. Avery zu ihr gekommen. Durch sie: der Begriff »durch« war dabei ganz vordringlich und Margaret zitterte innerlich einer Schlußfolgerung entgegen, die doch nur ein Törichter in Worte gefaßt hätte. Dann aber wandte sie sich wieder der Wärme des Lebens zu: Roter Backstein kam ihr in den Sinn, blühende Pflaumenbäume und all die greifbaren Freuden des Frühlings.

Henry hatte, nachdem er ihr erregtes Gemüt beschwichtigt hatte, sie durch seinen Besitz geführt und ihr Verwendung und Größe der verschiedenen Räume erklärt. In groben Zügen hatte er die Geschichte des kleinen Gutshofs umrissen. »Es ist wirklich jammerschade«, hob der Monolog an, »daß man nicht vor fünfzig Jahren Geld hineingesteckt hat. Damals hatte der Hof vier-, fünfmal soviel Land – mindestens dreißig Morgen. Da hätte man noch was draus machen können – einen kleinen Park oder auf jeden Fall einen Heckengarten, und das Haus hätte man etwas weiter von der Straße weg neu gebaut. Was soll man jetzt noch groß damit anfangen?

Es ist bloß noch die eine Wiese übrig und selbst die war hoch belastet, als ich die Sache in die Hand bekam – ja, und das Haus natürlich auch. Es war nicht zum Spaßen!« Bei seinen Worten sah sie zwei Frauen vor sich, die eine alt, die andere jung, die mit ansehen mußten, wie ihr Erbe dahinschmolz. Sie stellte sich vor, wie sie ihn als ihren Erretter begrüßten. »Schuld daran war Mißwirtschaft – außerdem ist die Zeit für kleine Landwirtschaftsbetriebe vorüber. Das rentiert sich nicht – außer man treibt intensiven Ackerbau. Kleiner Grundbesitz, zurück aufs Land – ach, nur Philanthropengewäsch! Du kannst dir ruhig einprägen, daß sich im kleinen Maßstab nichts rentiert. Fast alles, was du hier an Land siehst« (sie standen an einem Fenster im Obergeschoß, dem einzigen, das nach Westen ging), »gehört den Leuten im Park – die haben mit Kupfer ein Vermögen verdient –, anständige Kerle. Der Bauernhof der Averys, dann der von den Sishes – da drüben die so genannte Gemeindewiese, wo die abgestorbene Eiche steht –, eins nach dem andern ist verfallen und hier hat auch nicht mehr viel gefehlt.« Doch Henry hatte es gerettet; zwar ohne edle Gesinnung und ohne tieferes Verständnis, aber er hatte es eben gerettet und sie liebte ihn dafür. »Als ich dann auch ein Wort mitzureden hatte, habe ich alles getan, was in meinen Kräften stand: hab' die zweieinhalb Stück Vieh verkauft und auch das klapprige Pony und die veralteten Geräte. Die Nebengebäude habe ich abreißen lassen; dann ist dräniert worden, und ich habe, ich weiß nicht mehr wie viele, Schneeball- und Holundersträucher ausholzen lassen. Im Haus habe ich die ehemalige Küche als Halle umgebaut und eine Küche nach hinten heraus eingerichtet, wo früher die Milchkammer war. Die Garage und noch anderes sind erst später dazugekommen. Aber man sieht halt immer noch, daß es früher ein Bauernhof war. Und trotzdem würde sich keiner von deiner Künstlerclique dafür erwärmen.« Das war richtig, und wenn schon er den Grund nicht verstand, so verstand ihn die Künstlerclique noch viel weniger: es war ein englisches Haus und die Bergulme, die sie vom Fenster aus sehen konnte, war ein englischer Baum. Niemand hatte ihr im voraus gesagt, was für ein prächtiger Baum das war. Er war weder Krieger noch Liebhaber noch Gott; in keiner dieser Rollen tut sich der Engländer hervor. Er war ein Kamerad, der sich über das Haus beugte, Kraft und Abenteuerlust in den Wurzeln, in den äußersten Fingerspitzen aber eine Macht der Zärtlichkeit, und der Stamm, den ein Dutzend Männer nicht hätten umspannen können, wurde hoch oben zart und entzog sich den Blicken, so daß es aussah, als schwebten die blassen Knospen frei in der Luft. Der Baum war ein Kamerad. Haus und Baum bildeten ein Gleichnis, weit geistiger als jedes Gleichnis der Geschlechter. In diesem Augenblick dachte Margaret an die beiden, und sie sollte noch so manches Mal an sie denken, in mancher stürmischen Nacht, an manchem Tag in London, aber sowie sie die beiden mit Mann und Frau verglich, schrumpfte das Bild zusammen. Und doch gehörten die zwei den Bereichen des Menschlichen an. Sie kündeten nicht von Ewigkeit, sondern von Hoffnung diesseits des Grabes. Als sie in dem einen stand und auf den anderen blickte, waren wahrere Beziehungen aufgeschimmert.

Nur noch ein Federstrich und Margarets Tag ist zu Ende berichtet. Sie traten einen Augenblick in den Garten hinaus, und zu Mr. Wilcox' Überraschung zeigte sich, daß sie recht gehabt hatte. Zähne, Schweinezähne, waren in der Rinde der Bergulme zu erblicken – nur die weißen Spitzen sah man noch daraus hervorstehen. »Das ist ja sonderbar!« rief er. »Wer hat dir denn das erzählt?«

»Ich hab' einmal im Winter in London davon gehört«, lautete ihre Antwort, denn auch sie vermied es, Mrs. Wilcox namentlich zu erwähnen.

XXV

Evie erfuhr von der Verlobung ihres Vaters, als sie eben in einem Tennisturnier spielen sollte, und ihr Spiel ging denn auch prompt daneben. Daß sie heiratete und ihn allein ließ, schien ganz natürlich; daß aber er, allein gelassen, dasselbe tun könnte, war reiner Verrat; und nun sagten Charles und Dolly auch noch, sie sei selbst schuld daran. »Aber so etwas hätte ich mir doch nie träumen lassen«, murrte sie. »Vater nahm mich ab und zu mit, wenn er dort Besuch machte, und beauftragte mich, sie ins Simpson einzuladen. Na, Papa ist bei mir jedenfalls unten durch.« Zudem war es auch noch eine Beleidigung für das Andenken ihrer Mutter; darin waren sie sich einig, und Evie verfiel auf die Idee, Mrs. Wilcox' Spitzenwäsche und Schmuck »zum Zeichen des Protestes« zurückzugeben. Wogegen sich der Protest eigentlich richten würde, war ihr nicht klar; mit ihren nur achtzehn Jahren aber fand sie den Gedanken eines solchen demonstrativen Verzichts ganz prächtig, um so mehr, als sie sich aus Schmuck und Spitzen ohnedies nichts machte. Dolly schlug daraufhin vor, Evie und Onkel Percy sollten sich doch zum Schein entloben und dann würde Mr. Wilcox sich vielleicht mit Miß Schlegel streiten und sich ebenfalls entloben; oder man könnte an Paul kabeln. An diesem Punkt aber sagte Charles den beiden, sie sollten keinen Unsinn reden. Und so entschloß sich Evie, so schnell wie möglich zu heiraten; es hatte ja doch keinen Sinn, noch lange auszuharren, wenn diese Schlegels sie auf Schritt und Tritt beobachteten. Der Termin ihrer Hochzeit wurde infolgedessen von September auf August vorverlegt, und im Rausch der Geschenke gewann Evie ein gut Teil ihrer guten Laune wieder.

Wie Margaret entdecken mußte, wurde von ihr erwartet, daß sie auf der Feier in Erscheinung trete, und zwar in ausgiebiger Weise. Es wäre eine günstige Gelegenheit für sie, sagte Henry, seine Umgebung kennenzulernen. Sir James Bidder würde da sein, ferner die Cahills und die Fussells, und auch seine Schwägerin, Mrs. Warrington-Wilcox, sei glücklicherweise von ihrer Weltreise zurück. Ihren Henry liebte sie zwar, mit seinem Bekanntenkreis aber schien das eine andere Sache zu werden. Er hatte kein Geschick, sich mit netten Menschen zu umgeben – für einen so fähigen und erfolgreichen Mann war er in seiner Wahl ausgesprochen unglücklich; ihn leitete kein anderer Grundsatz als eine gewisse Vorliebe für das Mittelmäßige und er war es zufrieden, diese Angelegenheit, die zu den wichtigsten im Leben gehört, aufs Geratewohl abzumachen, weswegen es denn auch mit seinen Kapitalanlagen in der Regel gut, mit seinen Freundschaften dagegen schlecht ausging. Ihr wurde zum Beispiel erzählt: »Ach, der Soundso ist ein anständiger Kerl – ein verdammt anständiger Kerl!«, und wenn sie ihn dann kennenlernte, sah sie sich einem Rohling oder einem Langweiler gegenüber. Wenn Henry wenigstens wirkliche Zuneigung zu erkennen gegeben hätte, würde sie ihn verstanden haben, denn Zuneigung erklärt alles. Das Gefühl schien aber bei ihm gar nicht beteiligt. Aus dem »verdammt anständigen Kerl« konnte schon im nächsten Augenblick »ein Bursche, mit dem ich noch nie viel habe anfangen können und jetzt noch viel weniger« werden, worauf er den Betreffenden in aller Gemütsruhe aus seinem Gedächtnis strich. So hatte sich Margaret als Schulmädchen benommen. Jetzt aber vergaß sie niemanden mehr, der ihr je etwas bedeutet hatte. Sie fügte ihn in ihr System ein, wenn es vielleicht auch ein bitterer Zusammenhang war, und hoffentlich würde Henry es eines Tages ebenso machen.

Evies Hochzeit wurde nicht in der Ducie Street gehalten. Sie hatte Lust auf etwas Ländliches und außerdem wäre um diese Jahreszeit sowieso niemand in London. Sie deponierte also ihre Koffer ein paar Wochen lang in Oniton Grange, ihr Aufgebot wurde ordnungsgemäß in der dortigen Kirche ausgehängt, und ein paar Tage lang sah sich das traumverloren zwischen seinen rötlichen Hügeln liegende Städtchen vom Geklirr unserer Zivilisation aufgeschreckt und drängte sich am Straßenrand beiseite, um die Autos vorüberzulassen. Oniton war eine Entdeckung von Mr. Wilcox gewesen – eine Entdeckung, auf die er nicht übermäßig stolz war. Es lag schon ziemlich nahe an der walisischen Grenze und war so schwierig zu erreichen, daß er es schon deshalb für etwas Besonderes gehalten hatte. Auf dem Grundstück befand sich sogar eine Burgruine. War man aber erst einmal dort, wußte man nicht recht, was anfangen. Die Jagd taugte nichts, mit dem Fischen war wenig los und von der Landschaft berichteten die Frauen, sie lohne kaum. Das Haus lag ganz offensichtlich im falschen Teil von Shropshire, der Teufel sollte es holen, und wenn Mr. Wilcox auch niemals laut von seinem Besitz sagte, daß der Teufel ihn holen sollte, so wartete er doch nur darauf, bis er das Haus los wurde, und dann würde er schon gehörig loslegen. Evies Hochzeit war Onitons letztes öffentliches Auftreten. Sowie sich ein Mieter fand, wurde es ein Haus, mit dem er noch nie viel hatte anfangen können und jetzt noch viel weniger, und versank, ebenso wie Howards End, im Orkus.

Auf Margaret aber sollte Oniton einen nachhaltigen Eindruck machen. Sie betrachtete es als ihr künftiges Zuhause, und deshalb wollte sie auch gleich mit der Geistlichkeit ins Einvernehmen kommen und womöglich etwas vom Leben des Ortes sehen. Es war ein Marktfleck – einer von den winzigsten, die England besitzt – und hatte in dieser Eigenschaft seit Menschengedenken das einsame Tal versorgt und unsere Vormärsche gegen die Kelten gedeckt. Trotz des Anlasses, trotz der verwirrenden Ausgelassenheit, mit der sie gleich auf dem Paddington-Bahnhof beim Einsteigen in den reservierten Salonwagen begrüßt wurde, waren ihre Sinne völlig wach und aufnahmebereit, und wenngleich Oniton sich wieder als einer der unzähligen falschen Anfänge in ihrem Leben herausstellen sollte, so vergaß sie den Ort doch nie und ebenso wenig die Dinge, die sich dort zutrugen.

Die Hochzeitsgesellschaft aus London bestand nur aus acht Personen – den Fussells, Vater und Sohn, zwei anglo-indischen Damen namens Mrs. Plynlimmon und Lady Edser, der Schwägerin Mrs. Warrington-Wilcox nebst ihrer Tochter sowie schließlich dem bewußten, sehr gepflegt aussehenden und stillen kleinen Mädchen, das bei so vielen Hochzeiten in Erscheinung tritt und das in diesem Fall auf Margaret, die auserkorene spätere Herrin der Familie, ein wachsames Auge hatte. Dolly fehlte – ein familiäres Ereignis fesselte sie an ihr Haus in Hilton; Paul hatte humorvoll telegraphiert und Charles sollte sie mit einem Trio von Autos in Shrewsbury abholen kommen. Helen hatte ihre Einladung abgelehnt, Tibby hatte auf die seine nie geantwortet. Organisiert war alles vortrefflich, wie es ja bei einem von Henry geführten Unternehmen nicht anders zu erwarten war; man spürte geradezu, wie sein kluger und generöser Verstand im Hintergrund wirkte. Mit dem Augenblick, da sie am Zug waren, waren sie seine Gäste: es gab eigens angefertigte Etiketts für die Gepäckstücke, einen eigenen Kurier, ein eigenes Mittagessen – man brauchte nur ein freundliches und, wo möglich, hübsches Gesicht dazu zu machen. Margaret dachte mit Schrecken an ihre eigene Hochzeit, die ja aller Voraussicht nach von Tibby organisiert werden würde. »Mr. Theobald Schlegel und Miß Helen Schlegel geben sich die Ehre, Mrs. Plynlimmons Gesellschaft anläßlich der Hochzeit ihrer Schwester Margaret zu erbitten.« Die Formulierung klang unmöglich, mußte aber dennoch bald in Druck gegeben und mit der Post verschickt werden, und wenn Wickham-Place auch nicht mit Oniton zu konkurrieren brauchte, so mußte doch für eine anständige Bewirtung gesorgt werden, und es mußten für die Gäste genügend Stühle vorhanden sein. Entweder würde ihre Hochzeit kümmerlich ausfallen oder gutbürgerlich – die zweite Möglichkeit war ihr entschieden lieber. Ein Festzauber, wie sie ihn jetzt erlebte, ein Bühnenwunder, inszeniert mit einer Geschicklichkeit, die man beinahe als schön bezeichnen konnte, lag weder im Bereich ihrer noch ihrer Freunde Möglichkeiten.

Das tiefe, volle Surren eines Schnellzugs auf der Great-Western-Strecke bildet nicht den schlechtesten Hintergrund für eine Konversation, und die Reise verlief denn auch ganz angenehm. Die beiden Herren waren von unübertrefflicher Liebenswürdigkeit. Sie schlossen die Fenster auf Bitten einiger Damen und öffneten sie wieder, als andere Damen darum baten; sie klingelten nach dem Kellner, sie benannten die einzelnen Collegegebäude, als der Zug an Oxford vorüberglitt, sie fingen Bücher und Handtäschchen, die auf den Boden fallen wollten, im Fluge auf. Dabei war gar nichts Gespreiztes und Übertriebenes an ihrer Höflichkeit: Sie ließ den Schliff der Public Schools erkennen und verriet bei aller Beflissenheit den Geist einer Männerwelt. Größere Schlachten als Waterloo sind auf Englands Spiel- und Sportplätzen gewonnen worden, und auch Margaret beugte sich einem Charme, den sie nicht ganz und gar gut heißen konnte, und erhob keinen Einwand, wenn das eine oder andere von den Oxforder Collegegebäuden falsch benannt wurde. »Und Gott schuf sie, einen Mann und ein Weib«; die Fahrt nach Shrewsbury bestätigte diese fragwürdige Feststellung und der langgestreckte, spiegelnde Salonwagen, der sich so leicht bewegte und in dem man so bequem saß, wurde zu einem Treibhaus für die Vorstellung des Geschlechts.

Von Shrewsbury an wehte ein frisches Lüftchen. Margaret war sehr dafür, eine Besichtigungstour zu machen, und während die anderen im Hotel »Zum Raben« noch ihren Tee zu Ende tranken, annektierte sie einen Wagen und brauste durch das erstaunliche Städtchen. Zum Chauffeur hatte sie nicht den getreuen Crane, sondern einen Italiener, dem es geradezu Genuß bereitete, sie mit Verspätung bei den anderen abzuliefern. Bei ihrer Rückkehr stand Charles bereits mit der Uhr in der Hand, wenn auch mit ungefurchter Stirn, vor dem Hotel. Es sei alles in bester Ordnung, erklärte er ihr; sie sei keineswegs die Letzte. Dann verschwand er eilig im Hotel-Café und sie hörte ihn sagen: »Nun macht um Himmels willen den Weibern Beine, sonst kommen wir ja nie weiter« und Albert Fussell erwidern: »Ich nicht; ich hab' mein Teil schon getan« und Oberst Fussell der Meinung Ausdruck geben, die Damen seien wohl noch dabei, ihre Kriegsbemalung anzulegen. Gleich darauf erschien Myra, Mrs. Warringtons Tochter, und da sie seine Cousine war, schnauzte Charles sie ein wenig an: Sie hatte nämlich anstelle ihres flotten Reisehütchens ein nicht minder flottes Autohütchen aufgesetzt. Ihr folgte Mrs. Warrington, das stille Kind an der Hand; die beiden angloindischen Damen waren wie immer die Letzten. Die Dienstmädchen und der Kurier waren mit dem schweren Gepäck schon auf einer Nebenstrecke nach einer Oniton näher gelegenen Station vorausgereist, aber es blieben immerhin noch fünf Hutschachteln und vier Reisenecessaires zu packen und fünf Staubmäntel anzuziehen und im letzten Augenblick wieder auszuziehen, weil Charles sie für nicht notwendig erklärte. Die Herren nahmen alles in die Hand und ließen sich dabei ihre gute Laune nicht verderben. Gegen halb sechs war man reisefertig und verließ Shrewsbury über die Welsh-Brücke.

Shropshire besaß nicht die Verschwiegenheit von Hertfordshire. Zwar ging viel von seinem Zauber durch die

Schnelligkeit der Fortbewegung verloren, aber es vermittelte doch wenigstens den Eindruck einer Hügellandschaft. Man näherte sich den Steilhängen, die den Severn nach Osten abdrängen und zu einem englischen Fluss machen, und die Sonne, die über den Vorbergen von Wales unterging, schien ihnen gerade ins Gesicht. Nachdem sie noch einen weiteren Gast abgeholt hatten, schlugen sie die Straße nach Süden ein, die um die größeren Berge herumführte, gelegentlich aber über eine rund und sanft anschwellende Steigung verlief, wo die Erde dann jedesmal einen anderen Farbton annahm als in der Tiefe, während sich die Umrisse der Landschaft langsamer veränderten. Lautlose Heimlichkeiten waren hinter dem wechselnden Horizont im Gange: der Westen, diese stets fliehende Himmelsrichtung, wich vor ihnen zurück, um irgendein Geheimnis zu bewahren, das zu enträtseln sich vielleicht nicht lohnt, das aber der praktisch denkende Mensch jedenfalls nie enträtseln wird.

Man unterhielt sich über die Zolltarifreform.

Mrs. Warrington war eben aus den Kolonien zurückgekehrt. Wie so vielen anderen Kritikern des Weltreichs hatte man auch ihr den Mund mit Essen gestopft und sie wußte nur noch die Gastfreundlichkeit zu rühmen, mit der sie aufgenommen worden war, und das Mutterland davor zu warnen, mit den jungen Titanen sein Spiel zu treiben. »Die brechen sonst noch alle Brücken hinter sich ab«, rief sie, »und was soll dann aus uns werden? Miß Schlegel, Sie werden doch dafür sorgen, daß Henry in der Frage der Zolltarifreform vernünftig bleibt? Das ist unsere letzte Hoffnung.«

Margaret bekannte sich im Spaß zur anderen Seite und sie begannen aus ihren jeweiligen Quellenwerken zu zitieren, während das Auto sie tiefer in die Berge hineintrug. Es war eine Berglandschaft, die mehr merkwürdig wirkte als eindrucksvoll, denn die einzelnen Höhenzüge waren eigentlich nicht schön geformt und die rosafarbenen Felder an den Abhängen erinnerten an die zum Trocknen ausgebreiteten Taschentücher eines Riesen. Gelegentlich kam eine Felsnase zum Vorschein, gelegentlich zeigte sich ein Gehölz oder sogar ein »Wald«, baumlos und braun, so daß man auf zunehmende Wildheit der Landschaft schließen konnte, in der Hauptsache aber deuteten die Farben auf grünende Landwirtschaft. Dann wurde die Luft kühler; sie hatten die letzte Steigung hinter sich, und Oniton lag zu ihren Füßen mit seiner Kirche, den strahlenförmig angeordneten Häusern, dem Schloß und der flußumschlungenen Halbinsel. Nahe dem Schloß lag ein graues Herrenhaus, schlicht, aber freundlich, mit Grundstücken, die sich quer über die Landzunge im Fluß hinzogen – die Sorte Herrenhaus, wie sie zu Beginn des vorigen Jahrhunderts überall in England gebaut wurde, als die Architektur noch ein Ausdruck des Nationalcharakters war. Das sei der Hof, den sie suchten, bemerkte Albert über die Schulter, und dann trat er plötzlich voll auf die Bremse und das Auto wurde langsamer und blieb stehen. »Entschuldigen Sie bitte!«, sagte er nach hinten gewandt. »Wären Sie so freundlich auszusteigen? Durch die Tür rechts, bitte. Immer mit der Ruhe!«

»Was ist denn passiert?«, fragte Mrs. Warrington.

Dann hielt auch der Wagen hinter ihnen und man hörte Charles rufen: »Die Frauen sofort aussteigen!« Plötzlich wimmelte es von männlichen Wesen, und Margaret und ihre Begleiterinnen wurden aus dem Wagen gescheucht und ins zweite Auto verfrachtet. Was war bloß geschehen? Als der Wagen eben wieder anfuhr, öffnete sich die Tür eines Landhäuschens und ein Mädchen schrie wie wild hinter ihnen drein.

»Was ist denn?«, riefen die Damen.

Charles fuhr hundert Meter weiter, ohne Antwort zu geben. Dann sagte er: »Es ist alles in Ordnung. Euer Wagen hat eben nur einen Hund angefahren.«

»Aber so halten Sie doch!«, rief Margaret entsetzt.

»Es hat ihm nichts getan.«

»Wirklich nichts getan?« fragte Myra.

»Nein.«

»Halten Sie doch bitte an!«, sagte Margaret, nach vorn gebeugt.

Sie richtete sich im fahrenden Wagen auf, wobei die anderen Insassen sie an den Knien hielten, um ihr einen Halt zu geben. »Ich möchte bitte zurück.«

Charles kümmerte sich nicht darum.

»Wir haben ja Mr. Fussell zurückgelassen«, sagte jemand, »und Angelo und Crane.«

»Ja, aber keine Frau.«

»Nun, wahrscheinlich wird ein wenig« – Mrs. Warrington kratzte bedeutungsvoll mit den Fingernägeln über die Handfläche – »ein wenig davon wohl mehr ausrichten, als wenn eine von uns dabei wäre.«

»Darum wird sich die Versicherung kümmern«, bemerkte Charles, »und das Reden überlassen wir besser Albert.«

»Ich möchte aber zurück, hören Sie mich!«, wiederholte Margaret, die allmählich wütend wurde.

Charles achtete nicht darauf. Der mit Flüchtlingen beladene Wagen fuhr weiter in langsamem Tempo den Berg hinab. »Die Männer sind ja dort!«, riefen die anderen im Chor. »Die Männer werden sich schon darum kümmern.«

»Die Männer können sich aber gar nicht darum kümmern! Ach, das ist doch lächerlich! Charles, ich bitte Sie darum anzuhalten!«

»Anhalten hat jetzt keinen Sinn«, sagte Charles sehr gedehnt.

»Ach, wirklich?«, sagte Margaret und sprang kurzerhand aus dem Wagen.

Sie fiel auf die Knie, zerriß sich die Handschuhe und der Hut rutschte ihr über die Ohren. Hinter ihr ein Schreckensgeschrei. »Sie haben sich weh getan!«, rief Charles, der ihr nachgesetzt war.

»Natürlich hab' ich mir weh getan!«, erwiderte sie scharf.

»Darf ich vielleicht fragen, was –«

»Da gibt's gar nichts zu fragen«, sagte Margaret.

»Ihre Hand blutet.«

»Weiß ich!«

»Das gibt einen Riesenkrach vom alten Herrn.«

»Das hätten Sie sich früher überlegen müssen, Charles.«

Charles hatte sich noch nie in einer solchen Lage befunden.

Eine Tiefempörte humpelte von ihm weg und der Anblick war so seltsam, daß er sich gar nicht mehr zu ärgern vermochte. Er gewann seine Fassung erst wieder, als die anderen sie einholten. Mit ihnen wußte er umzugehen. Er befahl ihnen zurückzugehen.

Albert Fussell kam ihnen entgegengelaufen.

»Alles in Ordnung!«, rief er. »Es war gar kein Hund, 's war 'ne Katze.«

»Na bitte!«, rief Charles triumphierend. »Nur eine räudige Katze!«

»Hat'n kleiner Hüpfer noch Platz bei euch im Wagen? Als ich sah, daß es kein Hund war, hab' ich mich gleich verdrückt. Die Fahrer verhandeln jetzt mit dem Mädel.« Aber Margaret ließ sich nicht aufhalten. Warum sollten die Fahrer mit dem Mädel verhandeln? Damen versteckten sich hinter Männern, Männer versteckten sich hinter Bediensteten – das ganze System war verkehrt und dagegen mußte sie angehen.

»Miß Schlegel! Du meine Güte, Sie haben sich ja an der Hand verletzt!«

»Ich gehe nur mal nachsehen«, sagte Margaret. »Sie brauchen nicht auf mich zu warten, Mr. Fussell.«

In diesem Augenblick kam auch der zweite Wagen um die Kurve gefahren. »Alles in Ordnung, gnädige Frau«, sagte nun auch Crane. Er hatte es sich angewöhnt, sie »gnädige Frau« zu nennen.

»Was ist in Ordnung? Die Katze?«

»Ja, gnädige Frau. Das Mädel läßt sich dafür abfinden.«

»Sie war sehr grob, die Person«, sagte Angelo vom dritten Wagen her nachdenklich.

»Wären Sie denn da nicht auch grob geworden?«

Der Italiener breitete die Hände aus, wie um zu erklären, daß er zwar an Grobheit seinerseits nicht gedacht habe, sich aber gern der Grobheit befleißigen werde, wenn sie es wünsche. Die Situation wurde langsam lächerlich. Wieder umschwirrten die Herren Miß Schlegel und boten ihr ihre Hilfe an, und Lady Edser machte sich daran, ihr die Hand zu verbinden. Sie ließ es geschehen, entschuldigte sich flüchtig und wurde zum Wagen zurückgeführt, und bald flutete die Landschaft wieder an ihr vorüber, das einsam gelegene Landhäuschen verschwand, die Schloßruine wuchs auf ihrem Rasenteppich vor ihnen auf, und sie waren angekommen. Kein Zweifel, sie hatte sich unmöglich benommen. Aber für sie hatte ja die ganze Reise von London an etwas Unwirkliches an sich gehabt. Sie alle hatten keinen Anteil an der Erde und ihrem Gefühlsleben. Sie waren Staub, Gestank und kosmopolitisches Geschnatter und das Mädchen, dem man die Katze totgefahren hatte, lebte intensiver als sie alle.

»Ach, Henry!«, rief sie ihm entgegen. »Ich bin ja wieder so ungezogen gewesen.« – Denn das war die Strategie, zu der sie sich entschlossen hatte. »Wir haben eine Katze überfahren. Charles hat mir noch gesagt, ich sollte nicht hinausspringen, aber ich mußte es ja unbedingt tun. Da schau!« Sie streckte ihm ihre verbundene Hand entgegen. »Deine arme Meg ist ganz schön hingeplumpst.«

Mr. Wilcox machte ein ratloses Gesicht. Er war im Abendanzug und stand zum Empfang seiner Gäste in der Halle.

»Weil sie meinte, es wäre ein Hund«, setzte Mrs. Warrington hinzu.

»Tja, ein Hund ist wirklich ein Kamerad!« sagte Oberst Fussell.

»Ein Hund vergißt einen nie.«

»Hast du dir weh getan, Margaret?«

»Nicht der Rede wert. Außerdem ist's bloß die linke Hand.«

»Na, dann mach und zieh dich um!«

Sie gehorchte, mit ihr die andern. Mr. Wilcox wandte sich darauf seinem Sohn zu.

»Also, Charles, was ist nun eigentlich passiert?«

Charles blieb durchaus bei der Wahrheit. Er schilderte, was seiner Überzeugung nach geschehen war. Albert habe eine Katze platt gewalzt und dabei habe Miß Schlegel die Nerven verloren, was jeder anderen auch hätte passieren können. Sie hätten sie wohlbehalten in den anderen Wagen gesetzt, kaum sei der aber angefahren, sei sie trotz allen guten Zuredens wieder herausgesprungen. Nach ein paar Schritten auf der Landstraße habe sie sich aber beruhigt und um Entschuldigung gebeten. Der Vater ließ diese Erklärung gelten:

daß Margaret den Weg dafür raffiniert bereitet hatte, ahnte keiner von beiden. Es paßte alles nur allzu gut in ihre Auffassung von der weiblichen Natur. Nach dem Essen brachte der Oberst im Rauchsalon die Meinung vor, Miß Schlegel sei aus reinem Übermut abgesprungen. Ihm sei noch gut erinnerlich, wie in seiner Jugend einmal im Hafen von Gibraltar ein Mädchen – noch dazu ein hübsches Mädchen – aufgrund einer Wette über Bord gesprungen sei. Er sehe sie jetzt noch vor sich, und wie alle Jungs an Bord ihr hinterhergesprungen seien. Aber Charles und Mr. Wilcox waren beide der Ansicht, daß es in Miß Schlegels Fall wohl viel eher die Nerven gewesen seien. Charles war bedrückt. Diese Frau hatte eine scharfe Zunge. Sie würde dem Vater noch größere Schande bereiten, bevor sie mit ihnen fertig wäre. Er machte einen Spaziergang über den Umlauf am Burggraben, um sich die Sache gründlich zu überlegen. Es war ein herrlicher Abend. Von drei Seiten her flüsterte ihm der kleine Fluß Botschaften vom Westen zu; über ihm zeichnete sich das Ruinengemäuer gegen den Himmel ab. Er ließ noch einmal sorgfältig alle Beziehungen der Schlegels mit seiner Familie an sich vorüberziehen, bis schließlich Helen, Margaret und Tante Juley das Bild einer planmäßigen Verschwörung boten. Die Vaterwürde hatte ihn mißtrauisch gemacht. Er hatte zwei Kinder zu versorgen; es würden noch weitere nachkommen und von Tag zu Tag sah es weniger danach aus, daß sie reich aufwachsen würden. »Es ist ja alles schön und gut«, dachte er bei sich, »wenn der Alte sagt, er wolle zu jedermann gerecht sein, aber die Gerechtigkeit hat auch ihre Grenzen. Geld ist schließlich nicht elastisch. Was zum Beispiel, wenn Evie Familie bekommt? Und was das anbelangt, kann das bei dem Alten ja auch noch passieren. Für alle reicht es dann eben doch nicht, denn es kommt ja auch nichts dazu, weder durch Dolly noch durch Percy. Es ist schon gräßlich!« Er blickte neidisch auf das Herrenhaus, durch dessen Fenster Licht und Lachen drangen. Vor allen Dingen würde diese Hochzeit eine schöne Stange Geld kosten. Auf der Gartenterrasse wandelten zwei Damen auf und ab, und da das Wort »Imperialismus« an sein Ohr drang, mutmaßte er, daß eine davon seine

Tante sei. Sie hätte ihm helfen können, wenn nicht auch sie für eine Familie hätte sorgen müssen. »Jeder ist sich selbst der Nächste«, sagte er vor sich hin – es war eine Maxime, die ihn früher aufgerichtet hatte, jetzt aber, unter den Ruinen von Oniton, klang sie reichlich grimmig. Er besaß nicht die Geschäftstüchtigkeit seines Vaters, und daher war bei ihm die Hochachtung vor dem Geld nur noch umso größer. Wenn er nicht reichlich erbte, fürchtete er, seine Kinder einmal in Armut zurückzulassen.

Wie er so in Gedanken dasaß, verließ eine von den Damen die Terrasse und schlenderte auf die Wiese. An dem weißschimmernden Verband an ihrer Hand erkannte er Margaret und drückte sofort die Zigarre aus, damit die Glut ihn nicht verrate. Sie stieg im Zickzack den Wall hinauf und bückte sich manchmal zur Erde, als streichle sie den Rasen. Es klingt zwar wirklich unglaublich, aber einen Moment lang dachte Charles, sie sei in ihn verliebt und nur herausgekommen, um ihn in Versuchung zu führen. Charles glaubte nämlich an die große Versucherin, die ja tatsächlich als ergänzendes Gegenstück zum starken Mann gehört, und da er keinerlei Sinn für Humor hatte, war er nicht in der Lage, mit einem Lächeln den Gedanken von sich abzuschütteln. Margaret, die Verlobte seines Vaters und Gast auf der Hochzeit seiner Schwester, verfolgte weiter ihren Weg, ohne ihn zu bemerken, und er gestand sich ein, daß er ihr in diesem Punkt Unrecht getan hatte. Aber was trieb sie bloß? Warum stolperte sie hier im Schutt herum und verdarb sich ihr Kleid unter Dornen und Kletten? Sie hatte den Bergfried umrundet und mußte damit wohl gegen den Wind gekommen sein und seine Zigarre gerochen haben, denn sie rief: »Hallo! Wer ist da?«

Charles gab keine Antwort.

»Sachse oder Kelte?«, fuhr sie fort und lachte ins Dunkel hinein. »Aber das ist ja auch ganz gleich. Welcher du auch seist, du wirst mir nun schon zuhören müssen. Ich liebe diesen Ort. Ich liebe Shropshire. Ich hasse London. Ich bin froh, daß hier mein Zuhause sein wird. Ach ja« – sie befand sich schon wieder auf dem Rückweg zum Haus – »Gott sei Dank, daß ich endlich zu Hause bin!«

»Diese Frau führt nichts Gutes im Schilde«, dachte Charles und preßte die Lippen zusammen. Nach ein paar Minuten folgte er ihr ins Haus, da der Boden feucht wurde. Vom Fluß stiegen Nebel auf und bald sah man ihn nicht mehr, hörte ihn aber dafür lauter rauschen. In den Bergen von Wales hatte es heftig geregnet.

XXVI

Am nächsten Morgen bedeckte ein zarter Nebel die Halbinsel. Das Wetter versprach gut zu werden und unter Margarets Blicken wurde der Umriß des Burgwalls von Minute zu Minute deutlicher. Jetzt sah sie auch schon den Bergfried und die Sonne malte den Schutt golden und durchschoß den weißen Himmel mit Blau. Der Schatten des Hauses gewann Konturen und fiel über den Garten. Eine Katze sah zu ihrem Fenster hinauf und miaute. Zuletzt kam auch der Fluß in Sicht, immer noch mit einer Nebelbahn über sich zwischen den Ufern mit den überhängenden Erlen und nicht weiter erkennbar als bis zu einem Hügel, der den Blick auf den Oberlauf versperrte.

Margaret war hingerissen von Oniton. Sie hatte gesagt, daß sie es liebe; in Wirklichkeit aber war sie einfach gebannt von der romantischen Spannung, in der sie sich befand. Die abgerundeten Druidenberge, die sie während der Fahrt flüchtig erblickt hatte, die Flüsse, die von dort aus englandwärts zu Tal stürzten, die achtlos hingegossenen Massen der kleineren Hügel, alles erfüllte sie mit Poesie. Das Haus war unscheinbar, aber die Aussicht wäre eine ewige Freude, und schon stellte sie sich vor, wen von ihren Freunden sie alles zu Besuch einladen würde und wie sich auch Henry selber zum Landleben würde bekehren lassen müssen. Auch das Gesellschaftliche schien sich günstig anzulassen. Der Gemeindepfarrer war gestern abend bei ihnen zu Tisch gewesen und es hatte sich herausgestellt, daß er ein Freund ihres Vaters gewesen war und also wissen mußte, wie er mit ihr dran war. Sie mochte ihn. Er würde sie mit der Stadt bekannt machen.

Auf ihrer anderen Seite wiederum hatte Sir James Bidder gesessen und wiederholt erklärt, sie brauche nur das Kommando zu geben, dann werde er die Familien der Grafschaft im Umkreis von dreißig Kilometern mobil machen. Ob Sir James, der Samenzüchter war, nun auch wirklich das zu leisten vermochte, was er versprochen hatte, bezweifelte sie, aber solange Henry die erscheinenden Besucher für die Vertreter der ersten Familien in der Grafschaft hielte, wäre sie's zufrieden.

Nun sah man Charles und Albert Fussell den Rasen überqueren. Sie wollten ein kurzes Morgenbad nehmen und ein Diener folgte ihnen mit ihren Badeanzügen. Eigentlich hatte sie selbst noch vor dem Frühstück einen kleinen Spaziergang machen wollen, sah aber nun, daß der Tag noch den Männern vorbehalten war, und vertrieb sich die Zeit, indem sie sich an deren Mißgeschicken ergötzte. Zunächst einmal war der Schlüssel vom Badehäuschen nicht zu finden. Charles stand mit verschränkten Händen am Flußufer und machte eine tragische Figur, während der Diener zum Haus hinüberschrie und von einem anderen Diener im Garten falsch verstanden wurde. Sodann ergab sich eine Schwierigkeit mit einem Sprungbrett, und alsbald rannten nicht weniger als drei Menschen über die Wiese hin und her mit Befehlen und Gegenbefehlen und gegenseitigen Beschuldigungen und Entschuldigungen. Wenn Margaret aus einem Auto springen wollte, dann sprang sie eben; wenn Tibby Paddeln als eine heilsame Übung für seine Knöchel ansah, dann paddelte er; wenn ein Büroangestellter Lust nach Abenteuern verspürte, dann machte er einen Spaziergang im Dunkeln. Diese Athleten hier dagegen schienen wie gelähmt. Ohne ihre Ausrüstung konnten sie noch nicht einmal baden, obwohl die Morgensonne lockte und die letzten Nebel sich eben vom rieselnden Flüßchen hoben. Hatten sie denn eigentlich das körperliche Leben überhaupt schon entdeckt? Konnten sie nicht sogar von den Männern, die sie als Weichlinge verachteten, auf ihrem eigenen Gebiet geschlagen werden?

Sie malte sich aus, wie die Badevorbereitungen unter ihrer Ägide einmal aussehen müßten. Kein Aufgebot von Dienstboten, keine Ausrüstungen über das Vernünftige hinaus. Sie wurde in ihren Überlegungen von dem stillen Kind gestört, das aus dem Haus gekommen war, um sich mit der Katze zu unterhalten, ihr nun aber bei der Beobachtung der Männer zusah. Es klang etwas scharf, als Margaret hinunterrief: »Guten Morgen, du!« Der Klang ihrer Stimme rief allseitige Bestürzung hervor. Charles blickte sich um, und obwohl er vollkommen in Indigoblau gekleidet war, verschwand er ins Badehäuschen und ward nicht mehr gesehen.

»Miß Wilcox ist auf –«, flüsterte das Kind und war dann nicht mehr zu verstehen.

»Was hast du gesagt?«

»– auf dem Bett – Seidenpapier –«

Nachdem Margaret kombiniert hatte, daß das Brautkleid zu besichtigen sei und ein Besuch schicklich wäre, begab sie sich in Evies Zimmer. Hier herrschte übermütige Ausgelassenheit. Evie tanzte im Unterrock mit einer der angloindischen Damen, während die andere den meterweise hingebreiteten weißen Satinstoff bewunderte. Sie juchzten, sie lachten, sie sangen und der Hund bellte dazu.

Auch Margaret gab einige Juchzer von sich, aber ohne große Überzeugung. Sie konnte nicht finden, daß eine Hochzeit etwas so besonders Lustiges sei. Vielleicht fehlte ihr das dazu nötige Rüstzeug.

Evie stieß japsend hervor: »Dolly ist mir eine schöne Spielverderberin – einfach nicht zu kommen! Ach, da hätten wir erst richtig losgefetzt!« Darauf ging Margaret zum Frühstück hinunter.

Henry saß schon bei Tisch; er aß langsam und sprach wenig und war in Margarets Augen das einzige Mitglied der Hochzeitsgesellschaft, das erfolgreich jeden Anschein der Rührung vermied. Dabei war nicht anzunehmen, daß ihn der Verlust seiner Tochter und die Anwesenheit seiner künftigen Frau gleichgültig ließen. Er blieb aber unerschüttert und gab nur gelegentlich Befehle aus – Befehle, die der Bequemlichkeit seiner Gäste dienten. Er erkundigte sich nach ihrer Hand und übertrug ihr den Kaffee- und Mrs. Warrington den Teeausschank. Als Evie herunterkam, entstand eine kurze Verwirrung und beide Damen standen auf, um ihren Platz frei zu machen. »Burton!«, rief Henry sogleich. »Servieren Sie Tee und Kaffee von der Anrichte!« Es war nicht wirklich taktvoll, aber es wirkte irgendwie taktvoll – und das ist ja ebenso gut wie echter Takt und rettet bei Aufsichtsratssitzungen sogar noch schwierigere Situationen. Henry behandelte eine Hochzeit wie eine Beerdigung, Punkt für Punkt, ohne je das Ganze ins Auge zu fassen, und zum Schluß konnte man denn beruhigt ausrufen: »Tod, wo ist dein Stachel? Liebe, wo ist dein Sieg?«

Nach dem Frühstück fragte ihn Margaret, ob sie ein paar Worte mit ihm sprechen könne. Es war immer am besten, wenn man ganz förmlich an ihn herantrat. Sie bat ihn um die Unterredung, weil er am nächsten Tag auf die Hühnerjagd gehen wollte, während sie zu Helen in die Stadt zurückmußte.

»Aber gewiß doch«, sagte er. »Natürlich hab' ich Zeit. Was möchtest du denn?«

»Nichts.«

»Ich dachte schon, es wäre etwas passiert.«

»Nein, ich habe gar nichts weiter zu sagen, sprich lieber du dafür!«

Er warf zuerst einen kurzen Blick auf die Uhr und begann dann von der tückischen Kurve vor der Toreinfahrt in den Kirchhof zu sprechen. Sie hörte ihm interessiert zu. Nach außen hin vermochte sie immer ohne jedes Gefühl der Geringschätzung auf ihn einzugehen, wenn es sie in ihrem Innern auch noch so sehr danach verlangte, ihm zu helfen. Ein bewußtes, planmäßiges Handeln ihm gegenüber hatte sie aufgegeben. Die Liebe ist der beste Schlachtplan, und je mehr sie sich dazu brachte, ihn einfach zu lieben, umso größer war die Aussicht, daß er Ordnung in sein Seelenleben brächte. Ein Augenblick wie dieser, wo sie bei schönem Wetter über den Gartenwegen ihres zukünftigen Heims beisammensaßen, ein solcher Augenblick war für sie über die Maßen köstlich, und die Köstlichkeit würde sicher auch bis zu ihm hinüberdringen. Jeder Augenaufschlag von ihm, jede einzelne Mundbewegung, bei der sich die borstige Oberlippe von der glattrasierten unteren trennte, konnte nichts anderes sein als ein

Vorspiel für Zärtlichkeit, die mit einem Schlage Mönch wie Tier vernichtet. Hundertmal enttäuscht, hoffte sie doch stets aufs neue. In ihrer Liebe hatte sie ein viel zu klares Bild von ihm, als daß sie seine Verfinsterungen noch gefürchtet hätte. Ob er nun Plattheiten von sich gab wie heute oder ob er ihr in der Abenddämmerung plötzlich Küsse raubte, sie konnte ihm alles verzeihen, sie konnte sich auf alles einlassen.

»Wenn die Kurve dort so tückisch ist«, gab sie zu bedenken, »könnten wir dann nicht zu Fuß zur Kirche gehen? Natürlich nicht du und Evie, aber wir anderen könnten doch ganz gut zu Fuß vorausgehen und dann würden wir ja auch weniger Wagen brauchen.«

»Man kann doch die Damen nicht zu Fuß über den Marktplatz gehen lassen! Den Fussells würde das gar nicht gefallen; sie waren schon bei Charles' Hochzeit so furchtbar pingelig. Meine – sie – eine von unserer Gesellschaft wollte gern zu Fuß gehen, und die Kirche war ja auch gleich um die Ecke und ich hätte nichts dagegen einzuwenden gehabt, aber der Oberst hat sich gleich entschieden dagegen verwahrt.«

»Ihr Männer solltet nicht gar so ritterlich sein«, sagte Margaret versonnen.

»Warum nicht?«

Sie wußte, warum nicht, sagte aber, sie wisse es nicht. Darauf erklärte er, wenn sie nichts Besonderes mehr auf dem Herzen habe, müsse er nun im Weinkeller nach dem Rechten sehen, und sie machten sich gemeinsam auf die Suche nach Burton. Oniton war zwar unförmig und auch ein wenig unbequem, aber eben doch ein echter Landsitz. Sie schritten durch hallende Fliesengänge, guckten hinter jede Tür und scheuchten unbekannte Hausmädchen von der Verrichtung rätselhafter Pflichten. Das Hochzeitsfrühstück mußte bereitgehalten werden, wenn sie von der Kirche zurückkamen, und der Tee würde im Garten serviert werden. Beim Anblick so vieler rühriger und ernsthaft beschäftigter Menschen mußte Margaret lächeln, aber dann sagte sie sich, daß sie ja für ihre ernsthafte Tätigkeit bezahlt wurden und ganz gern rührig waren. Hier befand sich also das unterirdische Räderwerk der Maschinerie, die Evie in den Himmel des Ehelebens emporbefördern sollte. Ein kleiner Junge versperrte ihnen mit Kübeln voller Schweinefutter den Weg. Was für bedeutende Herrschaften er da vor sich hatte, ging offenbar über seinen Verstand, und so sagte er nur: »Mit Verlaub, lassen Sie mich bitte durch!« Henry fragte ihn, wo Burton sei. Aber die Dienstboten waren so neu, daß sie einander noch nicht mit Namen kannten. Im Vorratsraum saß die Musik, die sich als einen Teil ihrer Gage Champagner ausbedungen hatte, und zechte bereits munter Bier. Aus der Küche drangen wahre Wohlgerüche Arabiens, untermischt mit lautem Geflenn. Margaret wußte sofort, was dort geschehen war, denn es geschah auch am Wickham-Place. Eines der Hochzeitsgerichte war übergekocht und die Köchin streute Zedernspäne, um den Geruch zu überdecken. Schließlich stießen sie auch auf den Butler. Henry übergab ihm die Schlüssel und geleitete Margaret die Kellertreppe hinunter. Zwei Türen mußten aufgeschlossen werden. Sie, die zu Hause allen Wein unten im Wäscheschrank lagerte, war erstaunt über den Anblick. »Das schaffen wir ja nie!«, rief sie und die beiden Männer fühlten sich mit einemmal in brüderlichem Einvernehmen und tauschten ein Lächeln. Ihr war, als wäre sie noch einmal aus dem fahrenden Wagen gesprungen.

Oniton würde ganz bestimmt nicht so einfach zu verdauen sein. Es war keine Kleinigkeit, man selbst zu bleiben und sich doch einer solchen Lebensführung anzupassen. Um Henrys wie um ihrer selbst willen mußte sie bleiben, wie sie war, denn eine Ehefrau, die nur noch ein Schattendasein führte, erniedrigt auch den Mann an ihrer Seite. Aus Gründen des gewöhnlichsten Anstands mußte sie sich aber auch anpassen, denn sie hatte nicht das Recht, einen Mann zu heiraten und ihm dann Unbehagen zu bereiten. Ihre einzige Bundesgenossin war die Macht der Häuslichkeit. Der Verlust von Wickham-Place war für sie lehrreicher gewesen als sein Besitz. Und in Howards End war ihr dieselbe Lehre noch einmal erteilt worden. Zwischen diesen Bergen gedachte sie nun ein neues Heiligtum zu errichten.

Nach dem Besuch im Weinkeller zog sie sich um, und dann

kam die Hochzeit, die, verglichen mit den Vorbereitungen, eigentlich verhältnismäßig unbedeutend wirkte. Alles ging wie am Schnürchen. Mr. Cahill tauchte plötzlich aus dem Nichts auf und erwartete seine Braut am Kirchenportal. Niemand ließ den Ehering fallen oder versprach sich bei den Antworten am Traualtar, niemand trat Evie auf die Schleppe, niemand weinte. In wenigen Augenblicken erfüllten die Geistlichen ihre Pflicht und waren die Unterschriften im Standesregister geleistet, worauf man sich zu den Wagen zurückbegab und die gefährliche Kurve an der Kirchhofseinfahrt passierte. Margaret war fest davon überzeugt, daß das Paar gar nicht wirklich getraut worden war und daß die normannische Kirche die ganze Zeit über anderen Zwecken gedient hatte.

Zu Haus warteten noch weitere Schriftstücke auf Unterschrift, und auch das Frühstück wollte verzehrt sein, und danach stellten sich noch ein paar Gäste zur Gartenparty ein. Es waren ziemlich viele Absagen gekommen und es war alles in allem kein besonders großes Ereignis – jedenfalls kein so großes, wie Margarets Hochzeit es sein würde. Sie prägte sich die Speisenfolge und die roten Tischläufer ein, damit sie Henry nach außen hin das Schickliche zu bieten hätte. Innerlich erhoffte sie sich jedoch etwas Besseres als diese Mischung aus Sonntagsgottesdienst und Fuchsjagd. Wenn wenigstens jemand die Haltung verloren hätte! Aber diese Hochzeit war so ausnehmend glatt über die Bühne gegangen – »ganz wie ein Durbar in Indien« nach Ansicht Lady Edsers, und Margaret gab ihr darin völlig Recht.

So schleppte sich der vergeudete Tag dahin, Braut und Bräutigam fuhren unter schallendem Gelächter ab und zum zweiten Mal ging die Sonne über den Bergen von Wales zur Neige. Henry, der müder war, als er zugeben wollte, trat auf der Burgwiese auf Margaret zu und sagte in ungewöhnlich sanftem Ton, er sei zufrieden. Alles sei so reibungslos verlaufen. Sie spürte, daß er damit auch sie loben wollte, und errötete. Aber sie hatte sich ja auch wirklich alle erdenkliche Mühe gegeben mit seinen widerborstigen Freunden und es sich besonders angelegen sein lassen, vor den Männern Kotau zu machen. Noch am selben Abend würden sie alle aufbrechen;

nur die Warringtons und das stille Kind würden über Nacht bleiben und die andern strebten bereits aufs Haus zu, um fertig zu packen. »Ich finde auch, es ist alles sehr gut gegangen«, stimmte sie ihm zu. »Da ich nun schon mal aus dem Auto springen mußte, bin ich bloß froh, daß ich wenigstens nur auf die linke Hand gefallen bin. Ich freue mich wirklich sehr darüber, Henry; ich will nur hoffen, daß sich die Gäste auf unserer Hochzeit halbwegs so wohl fühlen. Ihr dürft nicht vergessen, daß es bei uns keinen praktischen Menschen gibt außer meiner Tante, und die ist Feste im größeren Rahmen nicht gewöhnt.«

»Ich weiß«, sagte er ernst. »Unter diesen Umständen wäre es vielleicht besser, man ließe alles von Harrod's oder Whitley's ausrichten oder ginge gleich in ein Hotel.«

»Dir wäre ein Hotel lieber?«

»Ja, weil – na, ich darf dir da nicht dreinreden. Sicher möchtest du gern von deinem alten Zuhause aus heiraten.«

»Mein altes Zuhause fällt schon förmlich auseinander, Henry. Ich möchte nur noch mein neues. Ist der Abend nicht einfach herrlich –«

»Das Alexandria ist nicht schlecht –«

»Das Alexandria«, echote sie, beschäftigte sich aber mehr mit den Rauchfäden, die aus den Schornsteinen des Hauses hervorquollen und die sonnenbeschienenen Hänge mit grauen Parallellinien durchzogen.

»Es liegt gleich bei der Curzon Street.«

»Ja? Dann wollen wir doch von der Curzon Street aus heiraten!« Sodann wandte sie sich nach Westen und starrte ins flimmernde Gold. An der Stelle, wo der Fluß sich um den Berg schlängelte, traf ihn das Sonnenlicht. Hinter der Flußbiegung mußte das Märchenland liegen: in goldgeschwängertem Strom floß es ihnen entgegen, gerade an Charles' Badehäuschen vorüber. Sie starrte so lange in die Pracht, daß ihre Augen wie geblendet waren, und als sie sich wieder aufs Haus zubewegten, konnte sie nicht erkennen, wer die Leute waren, die eben zur Tür herauskamen. Ein Stubenmädchen ging vor ihnen her.

»Was sind denn das für Leute?«, fragte sie.

»Das sind ja Besucher!«, rief Henry. »Zu Besuchen ist es jetzt schon zu spät!«

»Vielleicht Leute aus Oniton, die sich die Hochzeitsgeschenke ansehen wollen.«

»Für das Volk aus Oniton bin ich noch nicht zu sprechen.«

»Na, dann versteck dich in der Ruine; ich will sehen, ob ich sie wieder loswerden kann.«

Er dankte ihr dafür.

Margaret ging auf die Leute zu, ein gesellschaftliches Lächeln auf dem Gesicht. Sie nahm an, es wären unpünktliche Gäste, die sich nun eben mit ihrer stellvertretenden Höflichkeit zufriedengeben müßten, da Evie und Charles abgefahren waren, Henry vor Müdigkeit fast umfiel und alle andern sich schon auf ihre Zimmer zurückgezogen hatten. So nahm sie denn das Gebaren der Hausherrin an – freilich nicht für lang. Eine von den Gestalten war nämlich Helen – Helen in ihren ältesten Kleidern und ganz erfüllt von jener halsstarrigen, verletzenden Aufgeregtheit, die sie schon in ihren Kindertagen zu einem wahren Schrecken gemacht hatte.

»Was ist denn?«, rief Margaret. »Was ist denn los? Ist Tibby krank?«

Helen sprach kurz mit ihren beiden Begleitern, die daraufhin zurückblieben. Dann stürzte sie wütend auf Margaret zu.

»Sie sind am Verhungern!«, schrie sie. »Ich hab' sie halb verhungert vorgefunden!«

»Wer? Warum bist du hergekommen?«

»Die Basts.«

»Ach, Helen!«, stöhnte Margaret. »Was hast du denn nun schon wieder angestellt?«

»Er hat seine Stellung verloren. Man hat ihn bei seiner Bank rausgeworfen. Ja, er ist erledigt. Wir oberen Zehntausend haben ihn ruiniert und jetzt willst du mir sicher erzählen, so sei nun mal der Lebenskampf. Am Verhungern! Und seine Frau ist krank. Am Verhungern! Im Zug ist sie ohnmächtig geworden.«

»Helen, bist du verrückt?«

»Kann schon sein. Ja, ich bin vielleicht verrückt, aber ich

hab' sie mitgebracht. Ich sehe mir das Unrecht nicht länger mit an. Ich werd' sie aufdecken, die Erbärmlichkeit unter all diesem Luxus, diesem Geschwätz von den überpersönlichen Mächten, dieser Heuchelei mit dem lieben Gott, wenn man selbst zu bequem ist, etwas zu tun.«

»Hast du tatsächlich zwei Leute, die am Verhungern sind, von London nach Shropshire herausgeschleppt, Helen?«

Helen fühlte sich getroffen. Daran hatte sie nicht gedacht; ihre Hysterie legte sich merklich. »Im Zug war ein Speisewagen«, sagte sie.

»Sei nicht albern! Sie sind gar nicht am Verhungern und das weißt du ganz genau. Also, nun fang noch einmal ganz von vorn an. Mit solch theatralischem Unsinn darfst du mir nicht kommen. Was fällt dir überhaupt ein! Ja, was fällt dir denn überhaupt ein!«, wiederholte sie, denn Zorn stieg in ihr auf. »Einfach bei Evies Hochzeit auf diese herzlose Weise hereinzuplatzen! Mein lieber Schwan, du hast aber schon eine verdrehte Vorstellung von Menschenliebe! Da schau nur« – sie deutete auf das Haus – »Dienstboten, Leute, alles schaut zum Fenster heraus. Die meinen natürlich, es ist ein Mordsskandal im Gang, und ich muß dann erklären: ›Aber nein, es ist nur meine Schwester, die da herumschreit, und bloß zwei unserer Anhängsel, die sie aus unerfindlichen Gründen hierher gebracht hat.‹«

»Das Wort ›Anhängsel‹ nimm bitte sofort zurück!« sagte Helen mit unheilverkündender Ruhe.

»Also gut!«, lenkte Margaret ein, die trotz all ihrer Wut einen wirklichen Streit unbedingt vermeiden wollte. »Mir tun sie ja auch leid, aber ich kapier' nicht, weswegen du sie hergebracht hast und weswegen du selbst hier bist.«

»Es ist die letzte Gelegenheit, daß wir Mr. Wilcox sprechen können.«

Daraufhin bewegte sich Margaret aufs Haus zu. Sie war fest entschlossen, Henry nicht damit zu belästigen.

»Er fährt nach Schottland. Das weiß ich genau. Ich muß ihn unbedingt noch sehen.«

»Ja, morgen.«

»Ich wußte ja, es wäre die letzte Gelegenheit.«

»Guten Tag, Mr. Bast«, sagte Margaret mit möglichst beherrschter Stimme. »Das ist ja eine merkwürdige Angelegenheit. Was meinen Sie denn dazu?«

»Mrs. Bast ist auch noch da«, warf Helen ein.

Auch Jacky durfte Händchen geben. Sie war genauso schüchtern wie ihr Mann, außerdem krank und obendrein so gottserbärmlich dumm, daß sie gar nicht begriff, was hier vor sich ging. Sie wußte nur: diese Dame da war gestern abend wie ein Wirbelwind dahergefegt gekommen, hatte die Miete bezahlt, die Möbel ausgelöst, ihnen zu einem Abendessen und einem Frühstück verholfen und sie dann für den nächsten Morgen zum Bahnhof Paddington bestellt. Leonard hatte schwach protestiert, und als der Morgen anbrach, hatte er vorgeschlagen, sie sollten zu Hause bleiben. Sie aber, gleichsam wie hypnotisiert, hatte gehorcht. Sie mußten tun, was ihnen die Dame aufgetragen hatte, und so hatte sich ihr Schlafzimmer in den Bahnhof Paddington verwandelt, der Bahnhof Paddington in einen Eisenbahnwagen, und in dem Eisenbahnwagen schwankte es und wurde abwechselnd heiß und kalt, und dann verschwand alles und kam dann unter wahren Sturzbächen eines teuren Parfüms wieder zum Vorschein. »Sie sind ohnmächtig geworden«, sagte die Dame mit furchtergriffener Stimme. »Vielleicht wird Ihnen die Luft gut tun.« Und vielleicht war dem auch so, denn nun, wo sie hier war, fühlte sie sich unter den vielen Blumen schon wesentlich besser.

»Ich möchte mich ganz bestimmt nicht aufdrängen«, begann Leonard auf Margarets Frage hin. »Aber Sie waren ja früher so freundlich zu mir, als Sie mich wegen der Porphyrion warnten, daß ich mir gedacht habe – ich meine, ich habe mir gedacht, ob –«

»Ob wir ihn vielleicht nicht wieder bei der Porphyrion unterbringen könnten«, ergänzte Helen. »Meg, das war ja nun wirklich eine Meisterleistung. Ein wahres Meisterwerk, das wir da eines schönen Abends am Chelsea-Ufer ausgebrütet haben.«

Margaret schüttelte den Kopf und wandte sich wieder an Mr. Bast.

»Ich verstehe immer noch nicht. Sie haben doch Ihre Stelle bei der Porphyrion aufgegeben, weil wir andeuteten, die Firma stünde schlecht da, nicht wahr?«

»Ganz recht!«

»Und wechselten statt dessen zu einer Bank?«

»Das hab' ich dir doch schon alles erzählt«, sagte Helen. »Bei der Bank haben sie dann ihr Personal abgebaut, als er einen Monat dort war, und jetzt sitzt er ohne einen Pfennig Geld da und meiner Ansicht nach sind wir und unser Informant unmittelbar dafür verantwortlich.«

»Mir ist das alles sehr unangenehm«, murmelte Leonard.

»Hoffentlich, Mr. Bast! Aber es hat keinen Sinn, schöne Reden zu führen. Mit Ihrer Reise hierher haben Sie sich keinen Gefallen getan. Wenn Sie Mr. Wilcox gegenübertreten und ihn für eine beiläufige Bemerkung zur Rechenschaft ziehen wollen, begehen Sie einen ganz großen Fehler.«

»Ich hab' sie doch hergebracht! Das ist allein mein Werk!« rief Helen.

»Ich kann Ihnen nur raten, sofort zu gehen. Meine Schwester hat Sie in eine heikle Lage gebracht und es ist wohl am anständigsten, wenn ich Ihnen das auch sage. In die Stadt kommen Sie heute nicht mehr zurück, aber in Oniton finden Sie ein gemütliches Hotel, wo sich Mrs. Bast ausruhen kann und wo ich Sie hoffentlich als meine Gäste ansehen darf.«

»Das will ich aber gar nicht, Miß Schlegel«, sagte Leonard. »Sie sind sehr freundlich, und sicher befinden wir uns in einer heiklen Lage, aber Sie machen mich nur unglücklich. Anscheinend tauge ich wohl zu gar nichts.«

»Arbeit will er«, erklärte Helen. »Begreifst du das denn nicht?« Darauf sagte er: »Jacky, komm, gehen wir! Den ganzen Wirbel sind wir ja gar nicht wert. Die beiden Damen haben schon einen Haufen Geld ausgegeben, um für uns Arbeit zu finden, aber es kommt ja doch nichts dabei heraus. Es gibt eben nichts, wozu wir taugen.«

»Wir würden ja gern Arbeit für Sie finden«, sagte Margaret ziemlich konventionell. »Das möchten wir wirklich – ich ebenso wie meine Schwester. Sie haben eben nur eine Pechsträhne. Gehen Sie ins Hotel, schlafen Sie sich ordentlich aus, und wenn es Ihnen so lieber ist, können Sie mir irgendwann einmal das Geld für die Rechnung zurückzahlen.«

Aber Leonard war dem Abgrund schon ganz nahe, und in solchen Augenblicken werden die Menschen hellsichtig. »Sie wissen doch gar nicht, wovon Sie sprechen«, sagte er. »Ich bekomme jetzt keine Arbeit mehr. Wenn ein Reicher in einem Beruf versagt, kann er es mit einem andern versuchen, ich nicht. Ich hatte mein festes Gleis, aber ich bin rausgekommen. In einem bestimmten Versicherungszweig und in einem ganz bestimmten Büro konnte ich mir mein Gehalt ganz gut verdienen, aber das ist alles. Die Poesie gilt nichts, Miß Schlegel. Die eigenen Gedanken über dies und das gelten nichts. Auch Ihr Geld gilt nichts, wenn Sie mich richtig verstehen. Ich meine, wenn ein Mensch über zwanzig seine auf ihn zugeschnittene Stelle verliert, dann ist's aus mit ihm. Das hab' ich schon bei anderen gesehen. Eine Zeitlang helfen einem die Freunde noch aus, aber schließlich wird man dann doch fallen gelassen. Da hilft alles nichts. Das ist der Sog der Welt. Reiche und Arme wird es immer geben.«

Er verstummte. »Möchten Sie nicht noch etwas essen?«, fragte Margaret. »Ich weiß nicht, was ich jetzt tun soll. Es ist nicht mein Haus, und wenn Mr. Wilcox Sie wohl auch zu jedem anderen Zeitpunkt gern empfangen hätte – Wie ich schon sagte, ich weiß wirklich nicht, was ich tun soll, aber ich verspreche, alles für Sie zu tun, was in meiner Macht steht. Helen, biete ihnen doch etwas an! Probieren Sie doch mal ein Brötchen, Mrs. Bast!«

Sie traten an einen langen Tisch, hinter dem immer noch ein Diener bereitstand. Glasierte Torten, Brötchen ohne Zahl, Kaffee, Rotweinbowle, Champagner: es war alles noch so gut wie unberührt. Ihre übersättigten Gäste hatten nicht mehr geschafft. Leonard lehnte ab. Jacky dagegen meinte, sie könnte eine Kleinigkeit vertragen. Margaret ließ das miteinander tuschelnde Ehepaar allein, um noch mit Helen unter vier Augen sprechen zu können.

»Helen«, sagte sie, »ich kann Mr. Bast gut leiden. Ich bin auch der Meinung, daß er es wert ist, daß man ihm hilft. Ich gebe auch zu, daß wir unmittelbar verantwortlich sind.«

»Nein, mittelbar! Über Mr. Wilcox!«

»Laß dir ein für allemal gesagt sein, daß ich keinen Finger rühre, wenn du mir so kommst. Logisch gesehen, hast du sicher Recht und dürftest eigentlich auch alle möglichen bissigen Bemerkungen über ihn machen. Nur will ich nichts davon hören! Also such's dir aus!«

Helen betrachtete den Sonnenuntergang.

»Wenn du mir jetzt versprichst, daß du sie ohne Aufsehen ins Hotel George bringst, will ich mit Henry über sie sprechen – wohlgemerkt auf meine eigene Art! Dieses alberne Gerechtigkeitsgeschrei wirst du von mir nicht hören. Mit Gerechtigkeit kann ich nichts anfangen. Wenn es nur eine Frage des Geldes wäre, könnten wir alles allein erledigen. Aber er will ja Arbeit, und die können wir ihm nicht geben, aber vielleicht kann es Henry.«

»Es ist sogar seine Pflicht!«, murrte Helen.

»Pflichten interessieren mich auch nicht. Mich interessieren die Charaktere der verschiedenen Menschen, die wir kennen, und es geht mir darum, wie man die Dinge, da sie nun mal so sind, wie sie sind, ein bißchen besser machen kann. Mr. Wilcox mag es überhaupt nicht, wenn man ihn um eine Gefälligkeit bittet – so sind die Geschäftsleute alle. Aber ich werde ihn trotzdem bitten, auch auf die Gefahr hin, daß er mich abblitzen läßt, denn ich möchte doch alles ein bißchen besser machen.«

»Also gut, ich verspreche es. Du nimmst das ja alles sehr gelassen.«

»Dann schaff du sie jetzt mal ins George, und ich werd' mein Glück versuchen. Die armen Dinger! Sie sehen ja auch wirklich müde aus!« Beim Auseinandergehen setzte sie noch hinzu: »Ich bin aber noch lange nicht mit dir fertig, Helen. Du hast dich wieder mal furchtbar gehen lassen. Das verwinde ich nicht so schnell. Mit zunehmendem Alter wirst du eher immer unbeherrschter als beherrschter. Denk mal drüber nach und ändere dich, sonst werden wir in unserem Leben nicht mehr glücklich.«

Sie gesellte sich wieder zu Henry. Zum Glück hatte er sich inzwischen hingesetzt: solche rein körperlichen Angelegenheiten spielten eine große Rolle. »Na, Stadtvolk?«, fragte er und lächelte ihr freundlich entgegen.

»Du wirst mir's nicht glauben«, sagte Margaret und setzte sich neben ihn. »Es ist jetzt alles wieder in Ordnung, aber es war doch tatsächlich meine Schwester!«

»Was, Helen ist hier?«, rief er und wollte schon aufspringen. »Aber sie hat doch abgesagt! Ich dachte, Hochzeiten seien ihr zuwider.«

»Bleib ruhig sitzen! Zu der Hochzeit ist sie ja auch gar nicht gekommen. Ich hab' sie gleich ins George weitergeschickt.«

Von Natur aus gastfreundlich, protestierte er sogleich.

»Nicht doch! Sie hat zwei ihrer Schützlinge bei sich, die kann sie nicht allein lassen.«

»Sollen die doch auch mitkommen.«

»Mein lieber Henry, hast du sie gesehen?«

»Auf jeden Fall hab' ich ein braunes Bündel von einer Frau erblickt.«

»Das braune Bündel war Helen, aber hast du nicht auch ein meergrünes und lachsfarbenes Bündel gesehen?«

»Was denn! Machen die 'ne Fahrt ins Blaue?«

»Nein, sie sind geschäftlich unterwegs. Sie wollten mich sprechen und später möchte ich mit dir auch noch über sie reden.« Sie schämte sich ihres diplomatischen Vorgehens. Wenn man mit diesen Wilcox-Männern zu tun hatte, geriet man immer wieder in Versuchung, die Kameradschaft Kameradschaft sein zu lassen und ihnen die Sorte Frau vorzuspielen, nach der sie im Grunde verlangten. Henry biß sofort an und sagte: »Warum später? Sag's mir doch gleich! Was du heute kannst besorgen, das verschiebe nicht auf morgen!«

»Soll ich wirklich?«

»Wenn's kein Roman wird.«

»Ach, keine fünf Minuten; nur am Ende kommt der Pferdefuß, denn ich möchte, daß du dem Mann in deinem Büro eine Arbeit findest.«

»Was kann er denn?«

»Ich weiß nicht. Er ist Büroangestellter.«

»Wie alt?«

»Etwa fünfundzwanzig.«

»Und wie heißt er?«

»Bast«, sagte Margaret und wollte ihn gerade schon daran erinnern, daß sie sich einmal am Wickham-Place begegnet waren, behielt es dann aber doch für sich. Die Begegnung war ja nicht sehr glücklich verlaufen.

»Wo war er denn bisher?«

»Im Bankhaus Dempster.«

»Und warum ist er gegangen?«, fragte er und schien sich noch immer nicht zu erinnern.

»Sie haben ihr Personal abgebaut.«

»In Ordnung, ich werde mit ihm sprechen.«

Da hatte sie die Belohnung für ihren tagsüber aufgebotenen Takt und Opfermut. Nun verstand sie erst, warum es manchen Frauen mehr auf Einfluß ankommt als auf bürgerliche Rechte. Bei ihrer Mißbilligung des Frauenstimmrechts hatte Mrs. Plynlimmon erklärt: »Die Frau, die ihren Mann nicht dazu bringt, daß er so wählt, wie sie möchte, sollte sich was schämen.« Margaret hatte das richtig weh getan, aber nun ließ auch sie ihren Einfluß bei Henry spielen, und wenn ihr natürlich ihr kleiner Sieg auch Freude machte, so mußte sie sich doch sagen: sie hatte ihn mit rechten Haremsmethoden errungen.

»Ich wäre froh, wenn du ihn nehmen könntest«, sagte sie, »aber ich weiß nicht, ob er geeignet ist.«

»Ich werde tun, was ich kann. Nur eins, Margaret: es darf kein Präzedenzfall daraus werden!«

»Aber nein, wo denkst du hin –«

»Ich kann nicht jeden Tag Schützlinge von dir unterbringen. Das Geschäft würde darunter leiden.«

»Ich kann dir mein Wort geben: Er ist der Letzte. Es – es handelt sich da um einen ganz besonderen Fall.«

»Das sind Schützlinge immer.«

Dabei beließ sie es. Noch eine Spur selbstzufriedener als sonst erhob er sich und streckte ihr die Hand entgegen, um ihr aufzuhelfen. Was war das für ein himmelweiter Unterschied zwischen dem Henry, wie er wirklich war, und dem Henry, wie er nach Helens Auffassung eigentlich sein müßte.

Und sie selbst schwebte wie gewöhnlich wieder einmal in der Mitte: nahm die Männer einmal so, wie sie waren, und sehnte sich dann wieder, ganz wie ihre Schwester, nach der Wahrheit. Liebe und Wahrheit – ihr Widerstreit scheint ewig fortzudauern. Vielleicht beruht die ganze sichtbare Welt darauf, und wenn sie eins wären, würde sich womöglich das Leben selber, gleich den Geistern bei Prosperos Aussöhnung mit seinem Bruder, spurlos in Luft auflösen.

»Dein Schützling hat uns ganz schön aufgehalten«, sagte er. »Die Fussells werden schon im Aufbruch begriffen sein.«

Im großen und ganzen hielt sie es doch lieber mit den Männern, wie sie waren. Henry würde die Basts retten, wie er auch Howards End gerettet hatte, während Helen und ihre Freunde die ethischen Aspekte der Rettung diskutierten. Henrys Methode war zwar schludrig, aber die Welt ist ja auch schludrig erbaut und die Schönheit von Berg, Fluß und Sonnenuntergang ist vielleicht nichts weiter als der Firnis, mit dem der ungelernte Handwerksmann die Fugen übertüncht. Oniton war unvollkommen, unvollkommen wie sie selber. Die Apfelbäume waren verkümmert, das Schloß lag in Trümmern.

Auch Oniton war in Mitleidenschaft gezogen worden von dem Grenzkrieg zwischen Angelsachsen und Kelten, zwischen dem, was ist, und dem, was sein soll. Wieder einmal war der Westen auf dem Rückzug, wieder einmal wurde der östliche Himmel mit wohlgeordneten Sternen übersät. Ganz gewiß gibt es kein Rasten für uns auf dieser Welt. Aber Glücklichsein, das gibt's, und als Margaret den Burgwall am Arm ihres Liebsten hinabstieg, schien ihr, daß sie dabei nicht zu kurz kam.

Zu ihrem Verdruß befand sich Mrs. Bast noch immer im Garten. Der Gatte und Helen hatten sie dagelassen, damit sie in Ruhe zu Ende vespern könne, während sie im Hotel die Zimmer besorgten. Margaret fand die Frau abstoßend. Schon vorhin, als sie ihr die Hand gab, hatte sie einen unwiderstehlichen Ekel empfunden. Ihr fiel wieder ein, aus welchem Beweggrund heraus sie am Wickham-Place vorgesprochen hatte, und von neuem roch sie die Gerüche aus dem

Abgrund – Gerüche, die, weil unbeabsichtigt, nur noch um so beunruhigender waren. Denn es steckte keinerlei Bosheit in Jacky. Da saß sie nun, ein Stück Kuchen in der einen Hand, ein leeres Sektglas in der andern, und tat niemandem etwas zuleide.

»Sie ist übermüdet«, flüsterte Margaret.

»Die ist was ganz anderes!«, sagte Henry. »Das geht nun aber nicht! In diesem Zustand kann sie nicht in meinem Garten bleiben.«

»Ist sie –« Margaret zögerte, das Wort »betrunken« hinzuzusetzen. Seitdem feststand, daß sie ihn heiraten würde, war er sehr eigen geworden. Gewagte Reden mochte er nun gar nicht mehr hören.

Henry trat auf die Frau zu. Sie hob das Gesicht, das im Abendlicht wie ein Bovist glänzte.

»Gnädige Frau, im Hotel haben Sie es bestimmt viel bequemer«, sagte er scharf.

Jacky erwiderte: »Ei was, das is' doch der Henry!«

»Ne crois pas que le mari lui ressemble«, warf Margaret entschuldigend ein. »Il est tout à fait différent.«

»Der Henry!«, wiederholte Jacky laut und deutlich.

Mr. Wilcox war ziemlich aufgebracht. »Zu deinen Schützlingen kann man dir ja nur gratulieren!«, bemerkte er.

»Henry, geh noch nich' weg! Du liebst mich doch, Schatz, nich?«

»Das ist mir ja wirklich eine feine Person!«, seufzte Margaret und raffte ihre Röcke.

Jacky zeigte mit ihrem Kuchenstück auf Henry. »Bist ja 'n ganz Hübscher«, sagte sie gähnend. »Von mir kannste noch alles haben.«

»Henry, mir tut das schrecklich leid.«

»Und warum, wenn ich fragen darf?«, erwiderte er und sah sie so streng an, daß sie schon fürchtete, er sei krank. Seine Entrüstung schien weit größer, als die Sachlage es verlangte.

»Weil ich dir das eingebrockt habe.«

»Nun entschuldige dich nicht auch noch!«

Jackys Stimme tönte weiter.

»Warum sagt sie nur immer ›Henry‹ zu dir?«, fragte Margaret in aller Unschuld. »Kennt sie dich denn von früher?«

»Ob ich den Henry von früher kenne!«, rief Jacky. »Wer kennt denn den Henry nich'? Jetzt treibt er's mit dir wie mit mir, Kleine. Also, diese Jungs! Wart's nur ab – aber lieben tun wir sie trotzdem.«

»Bist du jetzt zufrieden?«, fragte Henry.

Margaret bekam allmählich Angst. »Ich weiß gar nicht, was das alles eigentlich soll«, sagte sie. »Wollen wir nicht lieber hineingehen?«

Er aber glaubte, sie spiele ihm was vor. Er glaubte sich in der Falle. Er sah sein ganzes Leben vor sich zusammenstürzen. »Ach, du weißt es nicht?«, sagte er beißend. »Ich schon! Gestatte, daß ich dir zum Gelingen deines Plans gratuliere!«

»Das ist Helens Plan, nicht meiner.«

»Jetzt versteh' ich auch dein Interesse an den Basts. Vorzüglich eingefädelt. Deine Umsichtigkeit macht mir geradezu Spaß, Margaret. Du hast ja ganz Recht – das war notwendig. Ich bin ein Mann und habe wie ein Mann gelebt. Ich habe die Ehre, dich von deinem Heiratsversprechen zu entbinden.«

Sie begriff immer noch nicht. Theoretisch wußte sie über die Schattenseite des Lebens schon Bescheid; die Tatsache als solche aber vermochte sie nicht zu fassen. Erst mußte noch einiges von Jackys Lippen kommen – Unzweideutiges, Unbestrittenes.

»Also das –«, brach es aus ihr hervor und sie lief ins Haus. Mehr hatte sie dazu nicht sagen wollen.

»Also was?«, fragte Oberst Fussell, der sich eben in der Halle reisefertig machte.

»Wir haben gerade gesagt – Henry und ich haben nämlich gerade eine ganz gräßliche Auseinandersetzung gehabt, und was ich sagen wollte, war ...« Sie entriß einem Lakaien Fussells Pelzmantel und erbot sich, ihm hineinzuhelfen. Natürlich wehrte er ab und eine lustige kleine Szene entspann sich.

»Nein, laß mich das machen!«, rief Henry, der nachgekommen war.

»Vielen, vielen Dank! Sehen Sie – er hat mir schon verziehen!« Der Oberst meinte galant: »Da wird wohl nicht viel zu verzeihen gewesen sein.«

Er stieg in den Wagen. Die Damen folgten ihm nach kurzer Pause. Mädchen, Kurier und schwereres Gepäck waren schon mit der Lokalbahn vorausgeschickt worden. Unter lautem Geplapper und mit vielen Dankesworten an ihren Gastgeber und auch einigen Nettigkeiten an ihre künftige Gastgeberin entschwanden die Gäste.

Sogleich nahm Margaret den Faden wieder auf: »Also das war deine Mätresse?«

»Du drückst es wie immer sehr gefühlvoll aus«, erwiderte er.

»Wann, bitte?«

»Warum?«

»Wann, bitte?«

»Vor zehn Jahren.«

Sie ließ ihn wortlos stehen. Es war nicht ihre Tragödie: es war die von Mrs. Wilcox.

XXVII

Helen begann sich langsam zu fragen, warum sie eigentlich runde acht Pfund ausgegeben hatte, nur um ein paar Menschen krank und ein paar andere ärgerlich zu machen. Jetzt, wo die Wellen der Erregung langsam verebbten und sie mit dem Ehepaar Bast über Nacht in einem Hotel in Shropshire festsaß, fragte sie sich, welche Kräfte diese Wellen eigentlich zum Steigen gebracht hatten. Jedenfalls war kein Schaden angerichtet worden. Margaret würde die Sache jetzt schon richtig deichseln, und wenn Helen die Methoden ihrer Schwester auch mißbilligte, so wußte sie doch, daß die Basts auf lange Sicht davon profitieren würden.

»Mr. Wilcox ist ja so unlogisch«, erklärte sie Leonard, der seine Frau zu Bett gebracht hatte und nun mit Helen im leeren Hotelcafé beisammensaß. »Wenn wir ihm sagten, daß es seine Pflicht ist, Sie einzustellen, dann würde er's womöglich ablehnen. Die Sache ist die, daß es ihm einfach an der richtigen Bildung fehlt. Ich möchte Sie ja nicht gegen ihn einnehmen, aber Sie werden sehen, er ist recht anstrengend.«

»Ich werde Ihnen nie genug danken können, Miß Schlegel«, war alles, was Leonard zu sagen wußte.

»Ich glaube an die persönliche Verantwortung des Menschen. Sie nicht? Und überhaupt bei allem immer an das Persönliche. Was ich überhaupt nicht mag – nein, das sollte ich wohl nicht sagen, aber die Wilcoxens sind doch ganz bestimmt auf dem Holzweg. Möglicherweise können sie gar nichts dafür. Vielleicht fehlt in ihrem Hirnkasten einfach das kleine Etwas, das ›Ich‹ sagt, und dann ist's eigentlich Zeitverschwendung, ihnen überhaupt einen Vorwurf zu machen. Da gibt's eine ganz schauerliche Theorie, die besagt, es käme jetzt eine Sorte Menschen auf die Welt, die künftig uns Übrige beherrschen werde, und zwar nur, weil dieser Sorte Menschen das kleine Etwas fehle, das ›Ich‹ sagt. Haben Sie auch schon davon gehört?«

»Ich habe nicht die Zeit zum Lesen.«

»Haben Sie es sich dann nicht wenigstens auch schon einmal gedacht? Daß es zwei Arten von Menschen gibt – unsere Art, die wir unmittelbar aus dem Zentrum unseres Kopfes heraus leben, und die andern, die das nicht können, weil sie in ihrem Kopf gar kein Zentrum haben. Die können nicht sagen: Ich! Die existieren in Wirklichkeit gar nicht, also sind sie Übermenschen. Pierpont Morgan hat in seinem ganzen Leben niemals ›Ich‹ gesagt.«

Leonard ermannte sich. Wenn es seiner Wohltäterin unbedingt um geistige Konversation zu tun war, sollte sie welche haben. Schließlich war diese Frau für ihn mehr wert als seine ruinierte Vergangenheit. »An Nietzsche bin ich nie richtig gekommen«, sagte er. »Aber ich war immer der Auffassung, daß diese Übermenschen im Grunde das sind, was man wohl Egoisten nennt.«

»O nein, das stimmt nicht!«, erwiderte Helen. »Kein Übermensch hat je gesagt: ›Ich will‹, weil ›ich will‹ zwangsläufig zu der Frage führt: ›Wer bin ich?‹ und damit zu Mitleid und Gerechtigkeit. Der Übermensch sagt nur: ›Will!‹, ›Will Europa‹, wenn er Napoleon heißt; ›Will Frauen‹, wenn er Ritter Blaubart heißt; ›Will Botticellis‹, wenn er Pierpont Morgan heißt. Niemals aber ›Ich‹, und wenn Sie ein Loch durch ihn hindurchbohren könnten, würden Sie in der Mitte nur erschreckende Leere finden.«

Leonard schwieg einen Augenblick. Dann sagte er: »Dann darf ich es also so verstehen, Miß Schlegel, daß Sie und ich, wir beide von der Sorte sind, die ›Ich‹ sagt?«

»Natürlich.«

»Und Ihre Schwester ebenfalls?«

»Natürlich«, wiederholte Helen mit einer gewissen Schärfe. Sie ärgerte sich zwar über Margaret, mochte aber nicht, daß über sie geredet wurde. »Alle vorzeigbaren Leute sagen ›Ich‹.«

»Aber Mr. Wilcox – ist er nicht vielleicht –«

»Und ich weiß auch nicht, ob es sehr viel Sinn hat, über Mr. Wilcox zu reden.«

»Ganz recht! Ganz recht!«, pflichtete er ihr bei. Helen aber fragte sich, warum sie ihm über den Mund gefahren war. Schon ein paarmal während des Tags hatte sie ihn erst zur Kritik ermuntert und ihm dann das Wort abgeschnitten. Fürchtete sie vielleicht, er könne sich zuviel herausnehmen? Wenn ja, so war es abscheulich von ihr.

Ihm wiederum schien es ganz natürlich, daß man ihm über den Mund fuhr. Alles, was sie tat, war natürlich und konnte gar nicht kränkend wirken. Solange die Schwestern Schlegel zu zweit auftraten, hatte er sie kaum als etwas Menschliches empfunden – sie wirkten auf ihn wie eine Art Kreisel, ein Brummkreisel mit einer Stimme des Zuspruchs und der Ermahnung. Allein aber wirkte so eine Miß Schlegel ganz anders. In Helens Fall war es eine unverheiratete Frau und in Margarets eine, die demnächst heiraten würde – als bloßes Echo ihrer Schwester wirkte keine von beiden. Endlich war für ihn ein Lichtstrahl in die Gefilde der reichen, höheren Welt gefallen und nun sah er, daß sie voller Männer und Frauen war, von denen sich manche freundlicher gegen ihn zeigten als andere. Helen war für ihn »seine« Miß Schlegel geworden, die ihn ausschalt und mit ihm korrespondierte und gestern wie ein wohltuender Wirbelsturm dahergefegt gekommen war.

Margaret war zwar nicht unfreundlich, aber streng und unnahbar. Er würde sich zum Beispiel nie erdreisten, ihr helfen zu wollen. Er hatte sie nie gemocht und nun glaubte er allmählich, daß sein ursprünglicher Eindruck zutraf und daß auch ihre Schwester sie nicht mochte. Helen war sicher ein einsamer Mensch. Sie, die so viel hingab, bekam zu wenig dafür zurück. Es freute Leonard, daß er ihr Ärger ersparen konnte, indem er den Mund hielt und verschwieg, was er über Mr. Wilcox wußte. Jacky hatte ihm ihre Entdeckung mitgeteilt, als er sie im Garten abholte. Nach dem ersten Schock machte es ihm für seine Person nichts weiter aus. Illusionen über seine Frau hatte er mittlerweile sowieso keine mehr und es war höchstens ein neuer Fleck im Antlitz einer Liebe entstanden, die nie rein gewesen war. Das Vollkommene vollkommen erhalten: so sollte sein Ideal aussehen, vorausgesetzt, die Zukunft ließ ihm überhaupt noch einmal die Zeit zu Idealen. Helen und um Helens willen auch Margaret durften davon nichts erfahren.

Helen brachte ihn aus der Fassung, indem sie in diesem Augenblick die Rede auf seine Frau brachte. »Und Mrs. Bast – sagt die auch manchmal ›Ich‹?«, fragte sie, halb im Spott, und setzte gleich hinzu: »Ist sie sehr müde?«

»Es ist besser, sie bleibt auf ihrem Zimmer«, sagte Leonard.

»Soll ich mich ein wenig zu ihr ans Bett setzen?«

»Nein, danke; sie braucht keine Gesellschaft.«

»Mr. Bast, was für eine Frau ist Ihre Gattin eigentlich?«

Leonard errötete bis in die Haarwurzeln.

»Inzwischen müßten Sie ja eigentlich meine Eigenheiten kennen. Fühlen Sie sich durch diese Frage beleidigt?«

»Aber nein, Miß Schlegel, durchaus nicht.«

»Ich liebe nämlich nichts so wie die Ehrlichkeit. Sie brauchen mir gar nicht vorzumachen, daß Ihre Ehe glücklich gewesen ist. Sie beide können unmöglich etwas miteinander gemein haben.«

Er leugnete es nicht, sondern sagte schüchtern: »Das ist ja wohl ziemlich offensichtlich. Aber Jacky hat nie einem Menschen etwas Böses gewollt. Wenn etwas schief ging oder wenn mir irgendwelche Geschichten zu Ohren kamen, habe ich mir immer gedacht, es wäre ihre Schuld, aber wenn ich jetzt so zurückblicke, liegt's eigentlich doch mehr an mir. Ich hätte sie ja nicht zu heiraten brauchen, aber da ich's nun mal getan habe, muß ich bei ihr bleiben und für sie sorgen.«

»Wie lange sind Sie denn schon verheiratet?«

»Beinahe drei Jahre.«

»Und was haben Ihre Angehörigen dazu gesagt?«

»Sie wollen nichts mit uns zu tun haben. Als sie von meiner Heirat hörten, haben sie eine Art Familienrat gehalten und alle Beziehungen zu uns abgebrochen.«

Helen begann, im Zimmer auf und ab zu schreiten. »Mein lieber Junge, das ist ja ein schöner Schlamassel!« sagte sie freundlich. »Was sind denn Ihre Angehörigen?«,

Das konnte er beantworten. Seine verstorbenen Eltern waren kleine Geschäftsleute gewesen; seine Schwestern waren mit Handlungsreisenden verheiratet; sein Bruder war Laienprediger.

»Und Ihre Großeltern?«

Leonard vertraute ihr ein Geheimnis an, das er bislang für eine ziemliche Schande gehalten hatte. »Sie waren einfach rein gar nichts«, sagte er. »Landarbeiter und so was.«

»Tatsächlich! Aus welcher Gegend?«

»Zum größten Teil aus Lincolnshire, nur mein Großvater mütterlicherseits, der stammte sonderbarerweise aus dieser Gegend hier.«

»Von hier, aus Shropshire? Ja, das ist sonderbar. Meine Großeltern mütterlicherseits sind aus Lancashire. Aber was haben Ihre Geschwister denn gegen Mrs. Bast einzuwenden?«

»Ach, das weiß ich auch nicht.«

»Verzeihung! Das wissen Sie sehr wohl! Ich bin schließlich kein kleines Kind mehr. Ich kann alles ertragen, was Sie mir sagen, und je mehr Sie mir erzählen, desto eher kann ich helfen. Haben Ihre Geschwister etwas Nachteiliges über sie gehört?«

Er schwieg.

»Ich glaube, ich kann's mir jetzt auch so denken«, sagte Helen sehr ernst.

»Das glaube ich nicht, Miß Schlegel; hoffentlich nicht.«

»Wir müssen ehrlich sein, auch in diesen Dingen. Ich

kann's mir denken. Das tut mir ganz entsetzlich leid, aber einen Unterschied macht es für mich nicht im Geringsten. Ich werde Ihnen beiden gegenüber nicht anders empfinden als vorher. Die Schuld daran gebe ich nicht Ihrer Frau, sondern den Männern.« Dabei ließ es Leonard bewenden – solange sie nur nicht den betreffenden Mann auch noch erriet. Sie stand am Fenster und zog langsam die Rolläden hoch. Vom Hotel aus blickte man auf einen dunklen Platz. Der Nebel hatte bereits eingesetzt. Als sie sich wieder zu ihm umwandte, glänzten ihre Augen.

»Nun machen Sie sich bloß keine Sorgen!«, bat er. »Das kann ich nicht haben. Es kommt alles in Ordnung, wenn ich erst wieder Arbeit habe. Wenn ich nur Arbeit finden könnte – irgendeine ordentliche Beschäftigung. Dann wäre alles nur noch halb so schlimm. Ich bin längst nicht mehr so hinter Büchern her wie früher. Ich kann mir schon vorstellen, daß wir mit einer geregelten Arbeit wieder Fuß fassen könnten. Da kommt man auch nicht so ins Nachdenken.«

»Wobei Fuß fassen?«

»Ach, nur einfach Fuß fassen.«

»Und das soll dann das Leben sein!«, sagte Helen mit stokkender Stimme. »Wie können Sie denn das – wo es all das Schöne zu sehen und zu tun gibt – Musik – Spazierengehen bei Nacht –«

»Spazierengehen ist schön und gut, wenn man seine Arbeit hat«, antwortete er. »Ach, ich hab' früher wirklich eine Menge dummes Zeug dahergeredet, aber das vergeht einem gründlich, wenn der Gerichtsvollzieher ins Haus kommt. Als ich sah, wie er meinen Ruskin und meinen Stevenson in der Hand herumdrehte, da war mir, als sähe ich das Leben erst wirklich richtig, und ein schöner Anblick ist es nicht. Meine Bücher hab' ich ja wieder, dank Ihrer Hilfe, aber sie werden doch nie wieder dasselbe für mich bedeuten und ich werde mir auch nie wieder einbilden, ein nächtlicher Waldspaziergang sei etwas Wunderbares.«

»Und warum nicht?«, fragte Helen und stieß das Fenster auf.

»Weil ich jetzt sehe, daß man Geld haben muß.«

»Also, da haben Sie aber Unrecht.«

»Ich wünschte, ich hätte Unrecht, aber nehmen wir doch mal einen Pfarrer – der hat entweder selbst Geld oder er wird bezahlt; bei einem Dichter oder einem Musiker ist's genau das gleiche, und bei einem Landstreicher ist's auch nicht viel anders. Der Landstreicher geht am Ende ins Armenhaus und wird mit anderer Leute Geld unterhalten. Miß Schlegel, das einzig Wahre ist Geld, alles andere ist nur Träumerei.«

»Sie haben nach wie vor Unrecht. Sie haben den Tod außer acht gelassen.«

Das verstand Leonard nicht.

»Wenn wir ewig lebten, dann wäre das, was Sie sagen, wahr. Wir müssen aber sterben, wir können jederzeit aus dem Leben abberufen werden. Ungerechtigkeit und Habgier wären wohl das Wahre, wenn wir ewig lebten. So aber müssen wir uns an etwas anderes halten, denn der Tod kommt ganz bestimmt. Ich liebe den Tod – nicht etwa aus einer krankhaften Neigung heraus, sondern weil er Erklärungen gibt. Er zeigt mir, wie leer und hohl das Geld ist. Tod und Geld sind Feinde in alle Ewigkeit, nicht Tod und Leben. Was nach dem Tod kommt, ist nicht so wichtig, Mr. Bast, aber Sie können sich darauf verlassen, daß der Dichter und der Musiker und der Landstreicher im Tode glücklicher sein werden als ein Mensch, der nie gelernt hat zu sagen: ›Ich bin ich.‹«

»Da habe ich meine Zweifel.«

»Wir tappen alle im dunkeln, das weiß ich schon, aber das eine kann ich Ihnen doch sagen: Männer wie die Wilcoxens tappen noch tiefer im dunkeln als alle anderen. Vernünftige, tüchtige Engländer! Und die bauen dann Weltreiche auf und wollen die ganze Welt gleichmachen, bis sie ihrem sogenannten gesunden Menschenverstand entspricht. Aber erwähnt man ihnen gegenüber den Tod, sind sie beleidigt, denn der Tod ist der wahre Souverän, und der wird seine Stimme immer gegen sie erheben.«

»Ich fürchte mich aber vor dem Tod genau wie jeder andere.«

»Aber nicht vor der Vorstellung des Todes.«

»Was ist denn da für ein Unterschied?«

»Ein ungeheurer Unterschied«, sagte Helen noch ernster als zuvor.

Leonard sah sie verwundert an und ihm war, als stürzten große Dinge aus der nebelverhangenen Nacht auf ihn ein. Er konnte sie aber nicht aufnehmen, denn sein Herz war noch voll von Kleinigkeiten. So wie damals der verlorene Regenschirm das Konzert in der Queen's Hall verdorben hatte, so verfinsterte jetzt die verlorene Arbeitsstellung alle göttliche Harmonie. Tod, Leben, Materialismus, das waren ja ganz schöne Worte, aber würde Mr. Wilcox ihn denn auch wirklich einstellen? Man konnte sagen, was man wollte, Mr. Wilcox war jedenfalls König dieser Welt, der Übermensch mit eigener Moral, der nach wie vor in höheren Regionen schwebte.

»Wahrscheinlich bin ich zu dumm«, sagte er entschuldigend. Für Helen dagegen wurde das Paradoxon immer klarer. »Der Tod zerstört den Menschen; die Vorstellung des Todes erhält ihn.« Hinter den Särgen und Totengerippen, die den gewöhnlichen Geist so stark beeindrucken, liegt etwas so Ungeheures, daß alles Große in uns darauf anspricht. Ein Mann von Welt mag wohl zurückschaudern vor dem Leichenhaus, das ihn eines Tages aufnehmen soll, die Liebe aber weiß es besser. Der Tod ist ihr Feind, aber er ist ihresgleichen, und der ewige Kampf mit ihm hat der Liebe die Muskeln gestählt und ihr den Blick geschärft, so daß es nun keinen mehr gibt, der gegen sie bestehen kann.

»Geben Sie also niemals auf!«, fuhr die junge Frau fort und wiederholte immer und immer wieder den vagen, aber überzeugenden Appell, den das Unsichtbare gegen das Sichtbare richtet. Ihre Erregung wuchs, als sie versuchte, die Bande durchzuschneiden, die Leonard an der Erde festhielten. Sie waren aber aus bitterer Erfahrung gesponnen und widerstanden ihr. Kurz darauf trat die Kellnerin ein und überreichte ihr einen Brief von Margaret. Ein zweiter, an Leonard adressierter Brief lag darin. Sie lasen ihre Briefe und lauschten dem Rauschen des Flusses.

XXVIII

Viele Stunden lang konnte sich Margaret zu nichts aufraffen; dann nahm sie sich zusammen und schrieb einige Briefe. Sie war zu verletzt, als daß sie mit Henry hätte sprechen können; aber zum Mitleid war sie schon wieder imstande und auch zu dem Entschluß, ihn dennoch zu heiraten, nur für eine Aussprache lastete alles doch noch viel zu schwer auf ihrer Seele. An der Oberfläche war das Bewußtsein seiner Erniedrigung noch zu stark. Über Stimme und Gesichtsausdruck hatte sie noch keine Gewalt und die freundlichen Worte, die sie ihrer Feder abzwang, schienen von einem ganz anderen Menschen auszugehen.

»Mein Liebster«, begann sie, »uns soll das nicht trennen. Es bedeutet alles oder nichts und ich sage, es bedeutet nichts. Es geschah, lange bevor wir uns überhaupt erst kennenlernten, und selbst wenn es in der Zwischenzeit geschehen wäre, schriebe ich dasselbe, ich hoffe es wenigstens. Ich habe vollstes Verständnis.«

»Ich habe vollstes Verständnis« strich sie aber wieder durch: es traf nicht den richtigen Ton. Henry könnte es nicht ertragen, daß sie ihn auch noch verstehen konnte. »Es bedeutet alles oder nichts« strich sie ebenfalls durch. Ein so eindeutiges Erfassen der Situation würde Henry ganz und gar nicht gefallen. Sie durfte keine kritischen Bemerkungen machen; kritische Bemerkungen zu machen ist unweiblich.

»So wird es wohl gehen«, dachte sie.

Doch dann schnürte ihr das Bewußtsein seiner Erniedrigung die Kehle zu. War er den ganzen Aufwand überhaupt wert? Sich mit so einer Frauensperson eingelassen zu haben, das bedeutete doch alles, ja, alles; sie konnte nicht seine Frau werden. Sie bemühte sich, die Versuchung, der er erlegen war, in ihre eigene Sprache zu übersetzen, und es schwindelte ihr. Männer mußten wahrhaftig anders beschaffen sein, daß sie einer solchen Versuchung überhaupt erliegen wollten. Ihr Glaube an das Kameradschaftliche wurde erstickt und sie sah das Leben wie aus jenem gläsernen Salonwagen auf der Great-Western-Strecke, wo Männlein wie Weiblein vor der frischen Luft geschützt waren. Sind die Geschlechter vielleicht wirklich verschiedene Rassen, jede mit einem eigenen Sittenkodex, und ist dann nicht vielleicht die Liebe zwischen ihnen nichts weiter als ein reiner Kunstgriff der Natur, damit das Leben weitergeht? Entkleidete man also die zwischenmenschlichen Beziehungen aller Anstandsformen so bliebe nur noch das? Ihr Gefühl sagte ihr nein. Sie wußte: aus dem Kunstgriff der Natur haben wir einen Zauber geschaffen, der uns die Unsterblichkeit gewinnen wird. Weit geheimnisvoller als der Lockruf der Geschlechter ist die Zärtlichkeit, die wir in diesen Lockruf legen; viel tiefer ist die Kluft zwischen uns und dem Bauernhof als zwischen dem Bauernhof und dem Misthaufen, von dem er zehrt. Wir sind in einer Entwicklung begriffen, auf Wegen, die man wissenschaftlich nicht zu messen vermag, Zielen entgegen, die man theologisch nicht zu betrachten wagt. »Ein Juwel aber haben die Menschen geschaffen«, werden die Götter sagen und uns mit diesen Worten Unsterblichkeit verleihen. Margaret wußte das alles, nur im Augenblick vermochte sie es nicht zu empfinden; Evies Hochzeit mit Mr. Cahill erschien ihr mit einemmal nur noch als ein einziges närrisches Treiben, und wenn sie erst an ihre eigene Hochzeit dachte – aber um darüber nachzudenken, fühlte sie sich viel zu elend. Sie zerriß den Brief und schrieb dann einen anderen:

Lieber Mr. Bast,
wie versprochen, habe ich mit Mr. Wilcox über Sie geredet und muß Ihnen leider mitteilen, daß er keine freie Stelle für Sie hat.

Ihre ergebene
M. J. Schlegel

Diese Mitteilung legte sie einem an Helen gerichteten Brief bei, mit dem sie sich vielleicht weniger Mühe gab, als es sonst bei ihr üblich war; aber ihr tat der Kopf weh und sie konnte sich mit der Wahl ihrer Worte nicht aufhalten.

Liebe Helen,
gib ihm diese Nachricht. Die Basts taugen nichts. Henry traf die Frau betrunken im Garten an. Ich lasse hier ein Zimmer für Dich herrichten, also komm doch bitte gleich nach Erhalt des Briefes herüber. Die Basts gehören nun wirklich nicht zu den Menschen, um die wir uns groß bemühen sollten. Vielleicht gehe ich morgen früh selber zu ihnen hinüber und versuche, das Mögliche für sie zu tun.

M.

Beim Schreiben dieser Zeilen hatte Margaret das Gefühl, sie handele praktisch. Später würde sich schon etwas für die Basts arrangieren lassen, nur im Augenblick mußten sie zum Schweigen gebracht werden. Sie hoffte, eine Unterhaltung zwischen dieser Frau und Helen vermeiden zu können. Sie läutete nach einem Dienstboten, aber es erschien niemand; Mr. Wilcox und die Warringtons waren zu Bett gegangen und in der Küche wurden Saturnalien gefeiert. So ging sie denn selbst ins George hinüber. Sie betrat das Hotel aber gar nicht erst, denn eine Diskussion hätte nur Gefahren mit sich gebracht, sondern gab den Brief mit der Bemerkung, daß es sich um etwas Wichtiges handele, der Kellnerin. Als sie wieder den Vorplatz überquerte, sah sie Helen und Mr. Bast aus dem Fenster des Hotelcafés schauen und befürchtete schon, sie sei bereits zu spät gekommen. Ihre Aufgabe war jedoch noch nicht beendet; sie mußte auch noch Henry berichten, was sie unternommen hatte.

Ihr Vorhaben wurde ihr erleichtert, denn sie traf ihn schon in der Halle. Der Nachtwind hatte die Bilder gegen die Wand klappern lassen und das Geräusch hatte ihn aufgestört.

»Wer da?«, rief er, ganz der Hausherr.

Margaret ging hinein und an ihm vorbei.

»Ich habe Helen zum Übernachten eingeladen«, sagte sie. »Hier ist sie am besten aufgehoben. Schließ also die Vordertür bitte nicht ab.«

»Ich dachte mir doch, daß jemand hereingekommen wäre«, sagte Henry.

»Bei der Gelegenheit habe ich dem Mann auch gleich mitgeteilt, daß wir nichts für ihn tun können. Was mit später ist, weiß ich nicht, aber jetzt müssen die Basts jedenfalls von hier verschwinden.«

»Wie war das? – Deine Schwester will nun also doch hier übernachten?«

»Ja, wahrscheinlich.«

»Soll man sie zu dir hinaufführen?«

»Ich habe ihr nichts mehr zu sagen; ich gehe zu Bett. Würdest du bitte den Dienstboten wegen Helen Bescheid sagen? Vielleicht kann auch jemand hinübergehen und ihr die Reisetasche tragen?«

Er schlug auf einen kleinen Gong, der angeschafft worden war, damit man nach den Dienstboten rufen konnte.

»Du mußt schon etwas mehr Lärm machen, wenn sie dich auch hören sollen.«

Henry öffnete eine Tür und aus der Tiefe des Korridors drang brüllendes Gelächter. »Viel zu laut, das Geschrei da!« sagte er und ging dem Lärm nach. Margaret begab sich nach oben, unschlüssig, ob sie froh sein sollte, daß sie ihn getroffen hatte, oder traurig. Sie hatten sich benommen, als ob nichts gewesen wäre, und ihr innerster Instinkt sagte ihr, daß das falsch war. Gerade um Henrys willen war eine Erklärung fällig.

Und doch – was konnte ihr eine Erklärung schon verraten? Ein Datum, einen Ort, ein paar Einzelheiten, die sie sich ohnedies deutlich genug vorstellen konnte. Jetzt, da der erste Schock vorüber war, erkannte sie, daß alles auf eine Mrs. Bast hindeute. Henrys Innenleben war ihr ja nun lang genug offenbar – die geistige Unordnung in ihm, seine Sperrigkeit persönlichen Einflüssen gegenüber, seine heftige und doch versteckte Leidenschaftlichkeit. Sollte sie ihn nun abweisen, weil auch sein äußeres Leben dem entsprach? Vielleicht. Vielleicht in dem Fall, daß die Schmach ihr angetan worden wäre, aber es war ja lange vor ihrer Zeit geschehen. Gegen diesen Gedanken sträubte sie sich aber. Sie sagte sich, was Mrs. Wilcox angetan worden war, das war auch ihr geschehen. Sie war jedoch keine verknöcherte Theoretikerin. Schon beim

Auskleiden schwanden ihr Zorn, ihre Rücksicht auf die Verstorbene, ihr Verlangen, ihm eine Szene zu machen, mehr und mehr dahin. Henry sollte es so haben, wie es ihm gefiel, denn sie liebte ihn und eines Tages würde sie ihre Liebe darauf verwenden, aus ihm einen besseren Menschen zu machen.

Mitleid lag all ihrem Tun zugrunde, solange die Krise währte. Mitleid liegt, wenn man es einmal so verallgemeinern darf, den Frauen zugrunde. Wenn Männer uns mögen, dann unserer guten Eigenschaften wegen, und wenn ihre Zuneigung auch noch so zärtlich ist, so dürfen wir uns ihrer doch nie unwürdig erweisen, sonst lassen sie uns in aller Ruhe fallen. Die Frau aber wird von einem unwürdigen Verhalten nur noch stärker angespornt. Es fördert ihr tieferes Wesen ans Licht, im Guten wie im Bösen.

Das war der springende Punkt. Sie mußte Henry verzeihen und ihn durch Liebe bessern; alles andere war unwichtig. Mrs. Wilcox, dieser ruhelose und dennoch gütige Geist, mußte nun zusehen, wie sie mit dem ihr angetanen Unrecht allein fertig wurde. Ihr mußte sich ja jetzt ein objektives Bild von allem bieten und sicher hatte auch sie Mitleid mit dem Mann, der so blind durch ihrer beider Leben stolperte. Ob wohl Mrs. Wilcox von seinem Fehltritt gewußt hatte? Eine interessante Frage, aber Margaret schlief darüber ein, umfangen von ihrer Liebe, eingelullt vom Gemurmel des Flusses, der die ganze Nacht hindurch von Wales her geflossen kam. Sie fühlte sich eins mit ihrem künftigen Heim, sie gab ihm Farbe und empfing Farbe von ihm, und als sie erwachte, sah sie zum zweiten Mal, wie Burg Oniton durch den Morgennebel brach.

XXIX

»Henry, Liebster –«, so begrüßte sie ihn.

Er hatte schon gefrühstückt und wollte sich eben in die »Times« vertiefen. Seine Schwägerin war beim Packen. Margaret kniete sich neben ihn und nahm ihm die Zeitung aus der Hand, mit dem Empfinden, was das doch für ein ungewöhnlich schwerer und dicker Haufen Papier sei. Dann schob sie ihr Gesicht dahin, wo das Zeitungsblatt gewesen war, und blickte ihm gerade in die Augen.

»Henry, Liebster, nun schau mich schon an! Nein, du sollst mir jetzt nicht ausweichen. Schau mich an! Na also! Mehr will ich ja gar nicht.«

»Du willst von gestern abend sprechen«, sagte er heiser. »Ich hab' dich ja freigegeben. Ich könnte schon einiges zu meiner Entschuldigung anführen, aber ich mag nicht. Nein, das mag ich nicht! Tausendmal nein! Ich bin nun mal ein schlechter Mensch, und dabei soll es bleiben!«

Da Mr. Wilcox aus seiner alten Festung vertrieben war, errichtete er sich sogleich eine neue. Den Anschein der Reputierlichkeit konnte er ihr gegenüber nicht länger behaupten, also verschanzte er sich hinter einer finsteren Vergangenheit. Echte Reue war das nicht.

»Das kannst du halten, wie du willst, mein Guter. Uns soll das jedenfalls nicht belasten: ich weiß genau, wovon ich spreche, und mir macht es bestimmt nichts aus.«

»Macht dir nichts aus?«, forschte er. »Macht dir nichts aus, wenn sich herausstellt, daß ich gar nicht der bin, für den du mich gehalten hast?« In diesem Punkt war er beinahe empört über sie und ihre Einstellung. Er hätte es lieber gesehen, wenn sie von dem Schlag niedergeschmettert gewesen wäre oder gar getobt hätte. Gegen den Strom seines Schuldbewußtseins floß das Gefühl, daß es bei ihr an der richtigen Weiblichkeit fehle. Ihre Augen blickten zu direkt; sie hatten Bücher gelesen, die nur für Männer taugten. Wenn er sich auch vor einer Szene gefürchtet hatte, und hatte auch sie sich gegen eine entschieden, zu einer Szene kam es trotzdem. Es war irgendwie unumgänglich.

»Ich bin deiner nicht würdig«, fing er an. »Wäre ich deiner würdig gewesen, so hätte ich dich nicht freigegeben. Ich weiß schließlich, was ich sage, aber von solchen Dingen zu sprechen, geht über meine Kraft, also lassen wir es lieber.«

Sie küßte seine Hand. Er entriß sie ihr und fuhr im Aufstehen fort: »Du natürlich, mit deinem behüteten Leben, mit deinen hochkultivierten Neigungen und Freunden und Büchern, du und deine Schwester und andere Frauen euresgleichen – wie wollt denn ihr wissen, welchen Versuchungen ein Mann ausgesetzt ist?«

»Leicht ist es nicht für uns«, sagte Margaret; »wenn wir aber wert sind, daß man uns heiratet, dann wissen wir es wohl auch.«

»Abgeschnitten von anständiger Gesellschaft und von familiären Bindungen – was, glaubst du, passiert mit Tausenden von jungen Burschen in Übersee? Mutterseelenallein! Kein Mensch weit und breit! Ich weiß es aus bitterer Erfahrung und da sagst du noch: Es macht nichts aus!«

»Mir jedenfalls nicht.«

Er lachte bitter. Margaret trat an die Anrichte und bediente sich mit Frühstück. Da sie als Letzte heruntergekommen war, drehte sie den Spirituswärmer ab. Sie blieb weiter liebenswürdig, wenn auch ernst. Sie wußte, Henry offenbarte eigentlich gar nicht so sehr seine Seele, sondern wollte nur darauf hinaus, was für eine tiefe Kluft zwischen der Männer- und der Frauenseele bestehe, und eben darüber wollte sie nichts von ihm hören.

»Ist eigentlich Helen gekommen?«, fragte sie.

Er schüttelte den Kopf.

»Aber das geht doch nun wirklich nicht! Wir wollen doch nicht, daß sie mit Mrs. Bast ins Tratschen kommt!«

»Um Gottes willen, bloß das nicht!«, rief er, mit einemmal ganz natürlich. Dann fing er sich aber wieder. »Ach, sollen sie doch tratschen! Ich hab' ja doch verspielt. Für deine Selbstlosigkeit aber danke ich dir – so wenig mein Dank auch wert sein mag.«

»Hat sie mir denn nicht wenigstens eine Nachricht zukommen lassen?«

»Ich habe nichts gehört.«

»Würdest du bitte mal läuten?«

»Wozu?«

»Na, um nachzufragen.«

Scheinbar schweren Herzens stolzierte er zur Glocke und zog daran. Margaret schenkte sich unterdessen Kaffee ein. Der Butler erschien und meldete, Miß Schlegel habe seines Wissens im George genächtigt. Ob er mal hinüberschauen solle?

»Nein, danke, ich gehe schon selber«, sagte Margaret und entließ ihn wieder.

»Das hat alles keinen Zweck«, sagte Henry. »So etwas sickert durch; wenn es erst mal in Umlauf gekommen ist, kannst du es nicht mehr aufhalten. Ich hab' so was schon bei anderen Männern erlebt – die habe ich damals auch verachtet und habe mir gedacht, *ich* bin anders, *mir* kann das nie passieren. Ach, Margaret –« Mit gespielter Ergriffenheit kam er auf sie zu und setzte sich dicht neben sie. Es war ihr unerträglich, ihm zuzuhören. »Wir Männer geraten im Leben doch alle mal auf Abwege. Das wirst du mir doch glauben? Es gibt Augenblicke, wo auch der stärkste Mann – ›wer sich dünkt, er stehe, mag wohl achtgeben, daß er nicht falle‹. Stimmt doch, nicht? Wenn du erst alles wüßtest, dann würdest du mir auch verzeihen. Ich war weit weg von jedem guten Einfluß, weit weg auch von England. Ich war sehr, sehr einsam und sehnte mich nach einer Frauenstimme. Genug davon! Ich habe dir ohnehin schon zuviel erzählt, als daß du mir jetzt noch vergeben könntest.«

»Ja, das genügt, mein Lieber.«

»Ich bin« – er senkte die Stimme – »ich bin durch die Hölle gegangen.«

Ernsthaft erwog sie diese Behauptung. War er das wirklich? Hatte er wirklich Gewissensqualen ausgestanden, oder war es nur so gewesen: »So! Das ist ausgestanden. Jetzt wollen wir aber wieder anständig sein!«? Wohl eher das zweite, wenn sie in ihm richtig zu lesen verstand. Ein Mann, der durch die Hölle gegangen ist, prahlt nicht noch mit seiner Männlichkeit. Er ist bescheiden und verbirgt sie, falls sie wirklich noch vorhanden sein sollte. Nur in der Legende gibt es den Sünder, der auch in seiner Reue so furchtbar ist, daß er mit seiner unwiderstehlichen Kraft ein reines Frauenherz erobert. Henry wollte gern auch so furchtbar wirken, hatte aber nicht das Zeug dazu. Er war ein braver Durchschnittsengländer, der gefallen war. Sein eigentliches Vergehen – seine Untreue gegenüber Mrs. Wilcox – schien ihm überhaupt nicht bewußt zu werden. Wie gern hätte Margaret ihren Namen erwähnt!

Stück für Stück wurde ihr die Geschichte erzählt. Es war eine sehr einfache Geschichte. Abgespielt hatte sie sich vor zehn Jahren; Ort der Handlung war eine Garnisonsstadt auf Zypern. Dann und wann stellte er ihr die Zwischenfrage, ob sie ihm denn je vergeben könne, und sie antwortete darauf: »Ich hab' dir doch längst vergeben, Henry.« Sie wählte ihre Worte mit Bedacht und bewahrte ihn so davor, den Kopf zu verlieren. Sie spielte das Mädchen, bis er seine Festung wieder aufgebaut hatte und seine Seele vor der Welt verstecken konnte. Als der Butler kam, um den Tisch abzuräumen, war Henry bereits in ganz veränderter Stimmung – ziemlich jovial fragte er ihn, warum es ihm mit dem Tischabdecken so pressiere, und beschwerte sich über den Radau, der gestern abend in der Gesindestube veranstaltet worden sei. Margaret blickte den Butler die ganze Zeit über angelegentlich an. Als hübscher junger Mann war er für sie als Frau nicht ohne Anziehungskraft, die freilich so schwach war, daß man sie kaum wahrnehmen konnte, und doch wäre der Himmel eingestürzt, wenn sie es Henry gegenüber erwähnt hätte.

Als sie vom George zurückkam, waren die Bauarbeiten abgeschlossen und der alte Henry trat ihr in voller Frische entgegen, überlegen, zynisch und freundlich. Er hatte sein Geständnis abgelegt, man hatte ihm verziehen und das Wichtigste war jetzt, daß er sein Mißgeschick vergaß und nach Art anderer erfolgloser Investitionen abschrieb. Jacky kam in ein Fach mit Howards End und dem Haus in der Ducie Street, mit dem zinnoberroten Automobil und den argentinischen Pesos – allen jenen Dingen und Menschen, mit denen er noch nie viel hatte anfangen können und jetzt noch viel weniger. Auch nur daran denken zu müssen, war ihm lästig. Nur mit Müh und Not brachte er einige Aufmerksamkeit für Margaret auf, die mit beunruhigenden Nachrichten aus dem George nach Hause kam. Helen und ihre beiden Schutzbefohlenen waren abgereist.

»Na, laß sie doch – den Mann und seine Frau meine ich natürlich, denn je öfter wir deine Schwester sehen, desto besser.«

»Aber sie sind getrennt abgefahren – Helen schon in aller Frühe, die Basts erst kurz bevor ich hinkam. Nachricht haben sie keine hinterlassen. Auch keine Antwort auf meine beiden Briefe. Ich mag mir gar nicht vorstellen, was das alles zu bedeuten hat.«

»Was stand in den Briefen?«

»Das hab' ich dir doch gestern abend schon gesagt.«

»Oh – ach ja! Liebes, was hältst du von einem kleinen Spaziergang durch den Garten?«

Margaret nahm seinen Arm. Das schöne Wetter besänftigte sie. Aber noch immer mahlte das Räderwerk von Evies Hochzeitsfest und schleuderte die Gäste mit derselben Präzision von dannen, mit der es sie heranbefördert hatte, und so konnte sie nicht lang mit ihm beisammen sein. Es war geplant, daß sie noch zusammen im Auto bis nach Shrewsbury fahren sollten; von dort würde er nach Norden weiterreisen, während sie mit den Warringtons nach London zurückkehren sollte. Für eine Weile fühlte sie sich glücklich, dann begann es in ihrem Gehirn wieder zu arbeiten.

»Ich fürchte, im George ist doch irgendwie getratscht worden. Helen wäre bestimmt nicht abgereist, wenn ihr nicht etwas zu Ohren gekommen wäre. Ich hab' das falsch angepackt. Es ist ein Jammer. Ich hätte sie und diese Frau auf der Stelle auseinander bringen müssen.«

»Margaret!« rief er und ließ ihren Arm demonstrativ los.

»Ja, Henry – was denn?«

»Ich bin gewiß kein Heiliger – ganz im Gegenteil sogar –, aber du hast mich nun einmal genommen, auf Gedeih und Verderb. Was geschehen ist, ist geschehen. Du hast versprochen, mir zu verzeihen. Margaret, versprochen ist versprochen. Erwähne diese Frau nie wieder!«

»Das tue ich auch nicht – außer wenn es aus praktischen Gründen sein muß.«

»Praktisch! Du und praktisch!«

»Jawohl, ich bin praktisch«, murmelte sie, während sie sich über die Mähmaschine beugte und mit dem Gras spielte, das ihr wie Sand durch die Finger rieselte.

Er hatte sie zum Schweigen gebracht, aber ihre Befürchtungen beunruhigten auch ihn. Es war nicht das erste Mal, daß er sich von Erpressung bedroht sah. Er war reich und galt als sittenstreng; die Basts aber wußten, daß er das nicht war, und könnten es vielleicht einträglich finden, genau darauf anzuspielen.

»Auf alle Fälle sollst du dir keine Sorgen machen«, sagte er. »Das hier ist Männersache.« Er dachte angestrengt nach. »Unter gar keinen Umständen darfst du es anderen gegenüber erwähnen.«

Margarets Blut geriet in Wallung, als sie diesen primitiven Rat vernahm, er aber war schon wirklich auf dem besten Wege, alles für eine Lüge vorzubereiten. Notfalls würde er bestreiten, Mrs. Bast je gekannt zu haben, und sie wegen übler Nachrede verklagen. Vielleicht hatte er sie ja auch wirklich nie gekannt. Hier stand ja Margaret, die sich ganz so verhielt, als habe es nie eine Mrs. Bast gegeben. Dort stand auch sein Haus. Um sie herum war ein halbes Dutzend Gärtner mit den Aufräumarbeiten nach der Hochzeit seiner Tochter beschäftigt. Alles war so gediegen und gepflegt, daß die Vergangenheit seinen Blicken gleich einem Springrollo entschnellte und nur die letzten fünf Minuten vor seinem geistigen Auge stehen ließ.

Bei deren Betrachtung fielen ihm auch sogleich die bevorstehenden fünf Minuten ein: er sah in Gedanken schon das Auto vorfahren und stürzte sich alsbald in fieberhafte Tätigkeit. Es wurde auf den Gong geschlagen, Befehle wurden ausgegeben, Margaret sollte sich schleunigst umkleiden und das Hausmädchen die lange Grasspur aufkehren, die Margaret in der Halle hinterlassen hatte. Wie sich der Mensch zum Universum verhält, so verhielt sich auch Mr. Wilcox' Bewußtsein zum Bewußtseinsinhalt anderer Menschen: es glich einer Lichtquelle, die gebündelt auf einen einzigen Fleck scheint, einem kleinen Zehnminutensystem, das sich abgeschlossen durch die ihm bestimmten Jahre bewegt. Wer nur dem Jetzt lebt, ist deswegen noch lange kein Heide, ja vielleicht ist er sogar weiser als alle Philosophen zusammen. Er lebte stets nur für die vorangegangenen fünf Minuten und für die kommenden fünf; er war eine Händlernatur.

Wie aber war es nun um ihn bestellt, als sein Wagen aus Oniton hinausglitt und sich die mächtigen Buckel des Berglands hinaufkämpfte? Margaret hatte ein gewisses Gerücht gehört, ließ es sich aber nicht anfechten. Sie hatte ihm verziehen, die gute Seele, und er fühlte sich dadurch in seiner Männlichkeit nur noch bestärkt. Charles und Evie hatten nichts davon gehört und durften auch nie etwas davon erfahren. Paul ebenso wenig. Zu seinen Kindern empfand er tiefe Zuneigung, deren Ursache er gar nicht erst zu ergründen suchte: Mrs. Wilcox lag schon viel zu weit in seinem Leben zurück. Er verband sie nicht mit dem plötzlichen Liebesschmerz, den er für Evie empfand. Arme kleine Evie! Er hoffte, Cahill würde ihr ein guter Mann sein.

Und Margaret? Wie war es um sie bestellt?

An ihr nagten mehrere kleine Sorgen. Zweifellos war ihrer Schwester etwas zu Ohren gekommen. Mit Schrecken dachte sie an die nächste Begegnung mit ihr in der Stadt. Und sie sorgte sich auch um Leonard, für den sie sicherlich eine gewisse Verantwortung trugen. Und auch Mrs. Bast durfte man nicht verhungern lassen. In der Hauptsache aber hatte sich an der Situation nichts geändert. Sie liebte Henry immer noch. Nur seine Handlungen, nicht aber seine Anlagen, hatten sie enttäuscht und das war zu verkraften. Und was sie auch noch liebte, war ihr künftiges Heim. Sie richtete sich im Auto auf, genau an der Stelle, wo sie vor zwei Tagen aus dem Wagen gesprungen war, und blickte tief bewegt nach Oniton zurück. Neben dem Gutshof und dem Bergfried vermochte sie nun auch die Kirche und die schwarzweiß gemusterten Giebel des Hotels George auszumachen. Da drüben war die Brücke, und der Fluß nagte an der grünen Halbinsel. Sogar die Badehütte konnte sie sehen, aber während sie noch nach Charles' neuem Sprungbrett Ausschau hielt, erhob sich der Bergkamm und entzog alles ihren Blicken.

Sie sollte es nie wiedersehen. Tag und Nacht strömt der Fluß nach England hinunter, Tag für Tag zieht sich die Sonne hinter die Berge von Wales zurück und vom Kirchturm erklingt die Melodie: »See, the conquering hero comes!«* Die Wilcoxens aber haben mit dem Ort nichts mehr zu tun und

*Aus Händels Oratorium »Joshua«:
„See, the conquering hero comes! Sound the trumpets, beat the drums!"

auch mit keinem andern mehr. Nicht ihre Namen sind es, die im Kirchenbuch immer wieder vorkommen. Nicht ihre Geister sind es, die des Abends im Erlengebüsch seufzen. Sie sind nur einmal eingebrochen in das Tal und dann wieder davongestürmt, haben ein bißchen Staub zurückgelassen und ein wenig Geld.

XXX

Tibby sollte jetzt sein letztes Jahr in Oxford beginnen. Er war aus dem College ausgezogen und betrachtete nun das Universum, oder wenigstens die Teile davon, mit denen er es zu tun hatte, von seiner behaglichen Wohnung in Long Wall aus. Ihn interessierte nur sehr wenig. Ein junger Mann, der keine großen Leidenschaften kennt und dem die öffentliche Meinung herzlich gleichgültig ist, kann auch unmöglich einen sehr weiten Gesichtskreis haben. Tibby hatte weder den Ehrgeiz, die Lage der Reichen zu stärken noch diejenige der Armen zu bessern; ihm genügte es vollauf, wenn er die schwankenden Ulmenwipfel hinter dem bescheidenen Zinnengemäuer des Magdalenen College beobachten konnte. Man kann sich auch ein schlimmeres Dasein vorstellen. Sicher war er ein Egoist, aber er war kein Unmensch; sicher hatte er eine affektierte Art an sich, aber er setzte sich nie in Szene. So wie Margaret verachtete auch er die Heldenpose, und man mußte ihn schon recht oft besucht haben, um erst einmal dahinterzukommen, daß dieser Schlegel überhaupt so etwas wie Charakter und Verstand besaß. Bei der Zwischenprüfung hatte er gut abgeschnitten, sehr zur Überraschung derjenigen, die fleißig die Vorlesungen besuchten und ihre Aufgaben machten, und nun befaßte er sich so ganz nebenbei mit Chinesisch, für den Fall, daß es ihm eines Tages doch noch in den Sinn käme, ein Dolmetscherstudium zu absolvieren. Bei solcher Beschäftigung traf ihn auch Helen an, als sie bei ihm eintrat. Ein Telegramm war ihr vorausgeeilt.

Er spürte irgendwie, daß seine Schwester sich verändert hatte. In der Regel fand er sie immer etwas zu extrovertiert und diesem flehenden Blick, mitleiderregend und doch würdevoll, war er noch nie zuvor begegnet – sie sah aus wie ein Seemann, der auf dem Meer alles verloren hat.

»Ich komme gerade aus Oniton«, begann sie. »Es hat dort allerhand Scherereien gegeben.«

»Wenn vielleicht noch wer zu Mittag essen will«, sagte Tibby und langte nach dem Rotwein, der zum Wärmen auf dem Kamin stand. Helen setzte sich gehorsam zu Tisch. »Und wieso bist du nun eigentlich schon in aller Frühe aufgebrochen?«

»Sonnenaufgang oder so – sobald ich eben wegkonnte.«

»Ja, das denke ich mir schon. Aber warum?«

»Ich weiß mir keinen Rat mehr, Tibby. Ich bin ziemlich außer mir über eine Neuigkeit, die Meg betrifft, und ich möchte ihr jetzt nicht begegnen, ich fahre deshalb auch nicht zum Wickham-Place zurück. Ich bin nur kurz hergekommen, um dir das zu sagen.«

Die Wirtin trug die Koteletts auf. Tibby steckte ein Lesezeichen zwischen die Seiten seiner chinesischen Grammatik und legte das Essen auf. Oxford – das Oxford der Semesterferien – träumte draußen leise vor sich hin und drinnen flakkerte das kleine Kaminfeuer in grauem Schimmer, wo die Sonne darauf traf. Helen fuhr fort mit ihrer seltsamen Geschichte.

»Grüß Meg von mir und sag ihr, daß ich allein sein möchte. Ich habe vor, nach München zu gehen, vielleicht auch nach Bonn.«

»Das ist ja schnell ausgerichtet«, sagte ihr Bruder.

»Was Wickham-Place und meinen Teil an den Möbeln betrifft, so könnt ihr beide damit machen, was ihr wollt. Meinetwegen kann man eigentlich auch alles ebenso gut verkaufen. Was will man denn schon mit verstaubten, wirtschaftswissenschaftlichen Büchern, von denen die Welt ja auch nicht besser geworden ist, oder mit Mutters scheußlichen Chiffonnieren? Übrigens, ich habe noch einen Auftrag für dich. Ich möchte, daß du einen Brief für mich abgibst.« Sie stand auf. »Oder nein, ich hab' ihn ja noch gar nicht geschrieben. Eigentlich kann ich ihn auch mit der Post schikken.« Sie setzte sich wieder. »Ich kann schon gar nicht mehr richtig denken. Hoffentlich kommen jetzt bloß keine Freunde von dir daher!«

Tibby schloß die Tür ab, wie sie seine Freunde nicht selten vorfanden. Dann fragte er, ob bei Evies Hochzeit irgendetwas schiefgegangen sei.

»Dabei nicht«, sagte Helen und brach in Tränen aus.

Daß sie hysterisch werden konnte, wußte er ja schon – es war ein Wesenszug von ihr, für den er nichts übrig hatte –, und doch rührten ihn diese Tränen als etwas Ungewöhnliches. Sie kamen den Dingen, für die er etwas übrig hatte, schon näher, der Musik etwa. Er legte sein Besteck nieder und schaute sie neugierig an. Als sie aber nur weiterschluchzte, machte er sich wieder an sein Mittagessen.

Es war an der Zeit für den zweiten Gang und sie weinte noch immer. Es sollte Apfelcharlotte geben, die man nicht allzu lange stehen lassen darf. »Hast du etwas dagegen, wenn Mrs. Martlett hereinkommt?«, fragte er. »Oder soll ich ihr das Essen an der Tür abnehmen?«

»Kann ich mir irgendwo die Augen waschen, Tibby?«

Er führte sie in sein Schlafzimmer und ließ in ihrer Abwesenheit den Nachtisch bringen. Nachdem er sich davon genommen hatte, stellte er die Schüssel zum Wärmen in den Kamin. Er langte nach der Grammatik und blätterte alsbald darin herum, mit hochgezogenen Augenbrauen, die hochmütige Verachtung ausdrückten, vielleicht für die menschliche Natur, vielleicht für das Chinesische. Bei solchem Tun traf ihn Helen, als sie wieder ins Zimmer kam. Sie hatte sich etwas zusammengenommen, aber der ernste, flehende Ausdruck stand immer noch in ihren Augen.

»So, und jetzt aber die Erklärung«, sagte sie. »Ich weiß nicht, warum ich nicht gleich damit angefangen habe. Ich hab' etwas über Mr. Wilcox in Erfahrung gebracht. Er hat durch sein ausgesprochen schändliches Verhalten das Leben zweier Menschen zerstört. Es ist gestern Abend alles ganz plötzlich über mich hereingebrochen; und jetzt bin ich völlig durcheinander und weiß nicht, was ich tun soll. Mrs. Bast –«

»Ach, um die geht's also!«

Helen schien es die Sprache zu verschlagen.

»Soll ich die Tür wieder abschließen?«

»Nein, danke, Tibbylein. Du bist wirklich sehr gut zu mir. Ich möchte dir die Geschichte erzählen, bevor ich ins Ausland gehe. Was du dann damit anfängst, das steht ganz allein bei dir – du kannst es damit halten wie mit den Möbeln. Meg wird wohl noch nichts davon gehört haben, denk ich mir. Aber ich bring's einfach nicht über mich, daß ich hingehe und ihr sage, der Mann, den sie heiraten will, hat sich etwas zuschulden kommen lassen. Ich weiß noch nicht einmal, ob man es ihr überhaupt sagen sollte. Wo sie doch nun schon weiß, daß ich ihn nicht leiden kann, wird sie mir nicht trauen und glauben, ich wolle sie nur auseinander bringen. Ich weiß einfach nicht, wie ich mich in einer solchen Situation verhalten soll. Ich verlasse mich ganz auf dein Urteilsvermögen. Was würdest du tun?«

»Ich nehme an, er hat eine Geliebte gehabt«, sagte Tibby.

Helen errötete vor Zorn und Scham. »Und das Leben zweier Menschen zerstört. Und geht dann noch damit hausieren, daß das eigene Tun keinerlei Bedeutung habe und daß es immer Arm und Reich geben werde. Begegnet ist er ihr, als er auf Zypern sein Glück machen wollte – ich will ihn nicht schlechter machen, als er ist, sicher ist sie ihm mehr als auf halbem Wege entgegengekommen. Aber es bleibt dabei: sie sind beisammen gewesen und nachher geht jeder seiner Wege. Was, meinst du wohl, wird's mit solchen Frauen für ein Ende nehmen?«

Tibby räumte ein, daß es eine üble Sache sei.

»Da gibt's zwei Möglichkeiten: Entweder sie sinken immer tiefer, bis es schließlich in den Irrenanstalten und Armenhäusern nur noch so von ihnen wimmelt, wodurch sich dann ein Mr. Wilcox zu Leserbriefen veranlaßt sieht, in denen er sich über unseren nationalen Sittenverfall beklagt, oder aber sie locken einen jungen Kerl ins Netz, bevor es zu spät ist. Was sie angeht, kann ich ihr nicht einmal einen Vorwurf machen.«

»Das ist aber noch nicht alles«, fuhr sie nach einer längeren Pause fort, in der die Wirtin ihnen den Kaffee servierte.

»Ich komme nun zu der Angelegenheit, die uns nach Oniton geführt hat. Wir fuhren alle drei. Auf Mr. Wilcox' Rat hin gibt der Mann eine sichere Stellung auf und nimmt eine unsichere an, aus der er dann auch prompt entlassen wird. Es gibt zwar gewisse Entschuldigungsgründe, in der Hauptsache aber trifft Mr. Wilcox die Schuld, wie Meg ja selbst zugegeben hat. Da ist es doch nur recht und billig, daß er den Mann nun bei sich beschäftigt. Aber dann läuft ihm die Frau über den Weg, und als feiger Hund, der er ist, lehnt er's daraufhin ab und versucht, sie loszuwerden. Er schiebt Meg vor und läßt sie zwei Briefe schreiben, die noch am späten Abend ankamen – einer für mich, einer für Leonard, worin ihm praktisch ohne Angabe von Gründen abgesagt wurde. Ich war wie vor den Kopf geschlagen. Dann kommt heraus, daß Mrs. Bast mit Mr. Wilcox in seinem Garten geredet hatte, als wir sie allein zurückgelassen hatten, um schon mal die Zimmer zu besorgen, und daß sie nur noch über ihn redete, als Leonard sie abholen kam. Leonard wußte also die ganze Zeit über Bescheid. Ihm schien es ganz natürlich, daß man ihn zweimal zugrunde richtete. Natürlich schien ihm das! Hättest du da noch an dich halten können?«

»Ja, allerdings, eine ganz üble Sache!«, sagte Tibby.

Diese Erwiderung schien seine Schwester zu beruhigen. »Ich befürchtete schon, ich würde alles viel zu übertrieben sehen. Aber du als völlig Außenstehender mußt dir ja wohl ein objektives Urteil bilden können. Warte noch ein paar Tage – oder auch eine Woche – und dann unternimm, was immer du für richtig hältst. Ich überlasse es ganz dir.«

Damit war ihre Anklagerede beendet.

»Die Fakten, soweit sie Meg berühren, sind dir ja jetzt alle bekannt«, setzte sie noch hinzu; und Tibby seufzte, denn es kam ihn schon recht hart an, daß er nur seiner Aufgeschlossenheit wegen als Geschworener herhalten sollte. Menschen hatten ihn noch nie interessiert, was man ihm eigentlich zum Vorwurf machen muß, nur war ihm am Wickham-Place eben an Menschlichem etwas viel zugemutet worden. So wie manche Menschen einfach abschalten, wenn von Büchern die Rede ist, ließ bei Tibby die Aufmerksamkeit sofort nach, wenn

»persönliche Beziehungen« zur Sprache kamen. Mußte Margaret denn überhaupt erfahren, was die Basts nach Helens Kenntnis alles wußten? Fragen dieser Art hatten ihm von frühester Kindheit an zu schaffen gemacht, und in Oxford hatte er die Redensart gelernt, daß die Bedeutung des Menschen von Fachleuten bei weitem überbewertet worden sei. Dieser epigrammatische Ausspruch mit seinem leisen Anklang an die achtziger Jahre hatte zwar nichts zu bedeuten, aber er hätte ihn wohl trotzdem vom Stapel gelassen, wenn seine Schwester nicht so unantastbar schön vor ihm gesessen hätte.

»Weißt du, Helen – nimm doch eine Zigarette –, ich weiß ja auch nicht, was ich da tun soll.«

»Dann ist eben überhaupt nichts zu tun. Wahrscheinlich hast du ja recht. Sollen sie heiraten. Es bleibt dann nur noch die Frage der Entschädigung.«

»Willst du mich denn darüber auch noch zum Richter machen? Solltest du da nicht viel lieber einen Sachverständigen zu Rate ziehen?«

»Das ist jetzt der vertrauliche Teil«, sagte Helen. »Es hat mit Meg nichts zu tun, und daß du mir's ihr gegenüber auch ja nicht erwähnst! Die Entschädigung – ich weiß wirklich nicht, wer dafür aufkommen soll, wenn nicht ich, und ich hab' mich auch schon für den Mindestbetrag entschieden. Ich lasse ihn so schnell wie möglich auf dein Konto überweisen, und wenn ich in Deutschland bin, zahlst du ihn in meinem Namen aus. Ich werde es dir nie vergessen, Tibbylein, wenn du das für mich tust.«

»Wie hoch ist denn die Summe?«

»Fünftausend.«

»Allmächtiger Gott!«, rief Tibby und lief dunkelrot an.

»Na, was nützt es denn schon, wenn man immer bloß klekkerweise gibt? Wenigstens eine Sache im Leben sollte man richtig gemacht, wenigstens einem Menschen sollte man aus dem Abgrund herausgeholfen haben: nicht immer nur diese armseligen Almosen von ein paar Schillingen und Wolldekken – davon wird das graue Elend nur noch grauer. Sicher werden die Leute mich für sonderbar halten.«

»Es kümmert mich einen Dreck, was die Leute von dir halten!«, rief er vor Erregung in einer für ihn ungewöhnlich männlichen Ausdrucksweise. »Aber es ist die Hälfte von deinem Vermögen!«

»Nicht annähernd die Hälfte!« Sie breitete die Hände über ihrem verschmutzten Rock aus. »Ich hab' sogar viel zuviel und letztes Frühjahr in Chelsea haben wir uns einmal darauf geeinigt, daß man dreihundert Pfund im Jahr braucht, um jemanden auf eigene Beine stellen zu können. Was ich gebe, bringt aber nur hundertundfünfzig Pfund ein, und das für zwei Personen. Es ist längst nicht genug.«

Er konnte sich nicht beruhigen. Nicht etwa, daß es ihn geärgert oder gar empört hätte, denn er sah ja ein, daß Helen immer noch genug zum Leben haben würde. Aber er mußte sich doch sehr darüber wundern, was für ein Kuddelmuddel die Menschen aus ihrem Leben machen können. Mit sanften Worten war hier nichts mehr auszurichten und so platzte er gleich damit heraus, daß die fünftausend Pfund nur eine Menge Scherereien für ihn persönlich bedeuten würden.

»Ich habe kein Verständnis von dir erwartet.«

»Ich? Ich hab' für niemanden Verständnis.«

»Aber du tust es doch?«

»Es sieht wohl ganz danach aus.«

»Ich betraue dich also mit zwei Aufträgen. Der erste betrifft Mr. Wilcox, und da sollst du nach eigenem Ermessen handeln. Der zweite betrifft das Geld und soll niemandem gegenüber erwähnt und wörtlich ausgeführt werden. Morgen schickst du schon mal hundert Pfund als Anzahlung.«

Er begleitete sie zum Bahnhof, wobei sie durch jene Straßen gingen, von deren ungebrochener Schönheit er sich weder je verwirren noch je ermüden ließ. Das herrliche Stadtgebilde trieb seine Kuppeln und Turmspitzen in den wolkenlosen Himmel und nur der Knotenpunkt vulgärer Lebensart am Carfax gab zu erkennen, wie vergänglich im Grunde das ganze Gebilde war und wie zweifelhaft sein Anspruch, England zu repräsentieren. Helen ließ die letzten Ereignisse nochmals Revue passieren und bemerkte nichts von alledem: Die Basts wollten ihr nicht aus dem Kopf, und sie erzählte das ganze Drama noch einmal von vorn, und zwar in einer so nachdenklichen Weise, daß ein anderer Mann als Tibby dabei neugierig geworden wäre. In Gedanken prüfte sie, ob es auch mit allem seine Richtigkeit habe. Einmal fragte er sie, warum sie die Basts eigentlich mitten auf Evies Hochzeit mitgenommen habe. Wie ein aufgescheuchtes Tier blieb sie stehen und sagte: »Findest du das denn so merkwürdig?« Ihr Anblick, die Augen, die vor den Mund gelegte Hand, ließ ihn erst wieder richtig los, als ihre Züge mit denen der Statue der Heiligen Jungfrau Maria verschmolzen, vor der er auf dem Heimweg einen Augenblick verweilte.

Es empfiehlt sich wohl, ihn noch bei der Erfüllung seiner Verpflichtungen zu beobachten. Margaret bestellte ihn tags darauf zu sich. Sie war wegen Helens Flucht zutiefst beunruhigt und er mußte ihr sagen, daß Helen ihn in Oxford kurz aufgesucht hatte. Darauf fragte ihn Margaret: »Schien sie dir bekümmert über irgendein Henry betreffendes Gerücht?«, und er antwortete: »Ja.« »Ich wußte doch, daß es das war!«, rief sie. »Ich werde ihr schreiben.« Tibby atmete erleichtert auf.

Als nächstes schickte er einen Scheck an die von Helen gegebene Adresse und fügte die Mitteilung hinzu, er sei beauftragt, zu späterer Zeit die Summe von fünftausend Pfund folgen zu lassen. Die Antwort, die darauf zurückkam, war in ausgesprochen höflichem und ruhigem Ton gehalten – eine Antwort, wie Tibby selbst sie wohl gegeben hätte. Der Scheck wurde zurückgewiesen, das Legat abgelehnt, da der Briefschreiber sich nicht in Geldnöten befinde. Tibby leitete den Brief an Helen weiter und setzte aus tiefstem Herzen noch hinzu, dieser Leonard Bast scheine ja doch ein ganz großartiger Mensch zu sein. Helens Antwort hatte etwas Wahnsinniges. Er solle sich nicht um die Ablehnung kümmern; er solle auf der Stelle hingehen und erklären, es sei ihr ausdrücklicher Befehl, daß die Zuwendung angenommen werde. Tibby ging auch wirklich hin. Ein Treibgut von Büchern und Porzellannippes erwartete ihn. Die Basts waren soeben wegen Mietrückstandes exmittiert worden und unbekannt verzogen. Helen hatte unterdessen bereits begonnen, ihr Geld mit unüberlegten Verkäufen flüssig zu machen; sogar ihre Anteile an der Nottingham & Derby Eisenbahn hatte sie abgestoßen. Ein paar Wochen lang unternahm sie nichts. Dann legte sie ihr Geld wieder an und dank der guten Ratschläge ihrer Börsenmakler wurde sie eher noch reicher, als sie es zuvor schon gewesen war.

XXXI

Häuser haben ihre eigene Art zu sterben. Sie sinken hin, so unterschiedlich wie die Menschengeschlechter: die einen mit tragischem Getöse, die andern still und leise, doch ihre Seelen leben nach dem Tode weiter; während bei anderen wieder – und einen solchen Tod starb auch das Haus am Wickham-Place – die Seele bei noch lebendigem Leibe entflieht. Schon im Frühjahr war das Haus verfallen, und die zwei jungen Frauen waren dabei mehr, als sie wußten, mit in Auflösung geraten, was zur Folge hatte, daß beide sich fremden Welten zuwandten. Als man September schrieb, war das Haus ein Leichnam, bar aller Gefühlsmomente, kaum noch geheiligt von den Erinnerungen aus dreißig glücklichen Jahren. Durch den Rundbogen der Eingangstür wanderten Möbelstücke, Bilder und Bücher, bis auch das letzte Zimmer ausgeräumt und der letzte Möbelwagen davongerumpelt war. Ein, zwei Wochen noch stand das Haus gleichsam mit aufgerissenen Augen da, als staune es über seine eigene Leere. Dann fiel es. Bauarbeiter kamen und ließen es wieder zu grauem Staub werden. Mit ihrer Muskelkraft und ihrer unverdrossenen Bierlaune waren sie nicht die schlechtesten Leichenbestatter für ein Haus, das immer menschlich gewesen war und nicht den Irrtum begangen hatte, Kultur für ein Ziel an sich zu halten.

Die Möbel gingen, von ein paar Ausnahmen abgesehen, nach Hertfordshire, denn Mr. Wilcox hatte freundlicherweise Howards End als Lagerhaus zur Verfügung gestellt. Mr. Bryce war im Ausland verstorben – ein äußerst unbefriedigender Ausgang der Angelegenheit –, und da man mit einem regelmäßigen Eingang der Miete kaum rechnen konnte, hatte sich Mr. Wilcox entschlossen, den Vertrag zu lösen und das Haus wieder selbst in Besitz zu nehmen. Bis zu einer Neuvermietung könnten die Schlegels ihre Möbel gerne in der Garage und den unteren Räumen unterstellen. Margaret hatte Bedenken, aber Tibby nahm das Angebot mit Freuden an, denn nun brauchte er sich wenigstens noch nicht für die Zukunft zu entscheiden. Das Tafelsilber und die wertvolleren Bilder waren in London sicherer untergebracht, aber der größte Teil der Einrichtung ging aufs Land hinaus und wurde Miß Averys Obhut anvertraut.

Kurz vor dem Umzug feierten Held und Heldin unserer Geschichte ihre Hochzeit. Sie haben den Sturm überstanden und dürfen mit Recht ein Leben in Ruhe und Frieden erwarten. Sich keine Illusionen zu machen und dennoch zu lieben – was will eine Frau denn noch mehr an Sicherheit? Sie hatte in die Vergangenheit ihres Mannes geschaut und ebenso in sein Herz. Ihr eigenes Herz kannte sie mit einer Gründlichkeit, wie der gewöhnliche Sterbliche sie gar nicht für möglich hält. Nur wie es um das Herz der ersten Mrs. Wilcox stand, blieb verborgen, aber über die Gefühle der Verstorbenen nachzusinnen, das ist wohl Aberglaube. Sie heirateten in aller Stille – wirklich in aller Stille, denn als der große Tag nahte, lehnte Margaret es ab, ein zweites Oniton über sich ergehen zu lassen. Ihr Bruder führte sie zum Altar, ihre Tante, die gerade nicht bei bester Gesundheit war, zeichnete für die bescheidene und ziemlich farblose Bewirtung verantwortlich.

Die Familie Wilcox vertraten Charles, der auch als Trauzeuge fungierte, und Mr. Cahill. Paul übermittelte seine Glückwünsche auf telegrafischem Wege. Innerhalb weniger Minuten und ohne jede musikalische Umrahmung machte sie der Priester zu Mann und Frau, und bald schon war der gläserne Vorhang niedergegangen, der Ehepaare von der Welt abschirmt. Sie, die monogam Veranlagte, bedauerte, daß sie nun an manch unschuldigem Duft des Lebens nicht mehr teilhaben konnte; er, dessen Triebe polygam beschaffen waren, fühlte sich durch die Veränderung in seinem Leben moralisch gestärkt und weniger anfällig für die Versuchungen, mit denen er in der Vergangenheit zu kämpfen gehabt hatte.

Ihre Hochzeitsreise führte sie in die Nähe von Innsbruck. Henry kannte dort ein gediegenes Hotel und Margaret hoffte auf ein Zusammentreffen mit ihrer Schwester. Darin wurde sie enttäuscht. Noch während ihrer Reise in den Süden entwich Helen über den Brenner und schrieb vom Ufer des Gardasees eine wenig zufrieden stellende Postkarte, auf der sie erklärte, sie sei sich über ihre Pläne noch ganz im Unklaren und man solle doch am besten keine Rücksicht auf sie nehmen. Offensichtlich wollte sie Henry unter gar keinen Umständen begegnen. Nach zwei Monaten müßte sich ja eigentlich auch ein Außenstehender an eine Sachlage gewöhnt haben, die man als Ehefrau binnen zweier Tage akzeptiert hat, und so sah Margaret sich aufs neue veranlaßt, die mangelnde Selbstbeherrschung ihrer Schwester zu beklagen. In einem langen Brief setzte sie ihr auseinander, daß es in Dingen des Geschlechtslebens in hohem Maße auf Verständnis und wohlwollende Nachsicht ankomme; daß ja überhaupt erst so wenig darüber bekannt sei; daß schon die persönlich Betroffenen kaum zu einem richtigen Urteil gelangen könnten; wie sinnlos müsse da erst das Urteil der Gesellschaft sein! »Ich will ja nicht behaupten, daß es überhaupt keine Maßstäbe gibt, denn das hieße, die Moral zersetzen. Ich behaupte nur, daß es gültige Maßstäbe erst geben kann, wenn wir unsere instinktiven Triebe in eine Ordnung gebracht und besser verstanden haben.« Helen dankte ihr für ihren freundlichen Brief – eine wohl eher sonderbare Antwort. Im Übrigen reiste sie weiter nach Süden und sprach auch davon, den Winter in Neapel zu verbringen.

Mr. Wilcox war es ganz lieb, daß das Treffen nicht zustande kam. Helen ließ ihm die Zeit, die er brauchte, damit seine Wunde verheilen konnte. Noch immer gab es Augenblicke, wo sie ihn schmerzte. Hätte er bloß damals schon gewußt, daß Margaret ihm einmal bestimmt war – diese lebhafte und intelligente und dabei doch so fügsame Frau –, so hätte er sich ihrer würdiger erwiesen. In seiner Unfähigkeit, Vergangenes in der richtigen Reihenfolge einzuordnen, verwechselte er die Episode mit Jacky mit einer anderen, die sich noch in den Tagen seines Junggesellenstandes zugetragen hatte. Beide Erlebnisse verschmolzen ihm zu einer einzigen Jugendsünde, die er nun von Herzen bereute, und es kam ihm gar nicht erst in den Sinn, daß jene Sünden schwerer wiegen, aus denen einem anderen ein Unrecht erwächst. Unkeuschheit und Untreue gingen für ihn durcheinander wie im finsteren Mittelalter, dem Zeitalter, aus dem er ja überhaupt seine Sittenlehren bezog. Ruth (die arme Ruth!) trat in seinen Überlegungen gar nicht erst in Erscheinung, denn die arme Ruth war ihm ja auch nie auf die Schliche gekommen.

Seine Zuneigung zu seiner jetzigen Frau wuchs beständig. Ihre Klugheit bereitete ihm kein Kopfzerbrechen, ja, er sah es sogar gern, wenn sie Gedichte oder irgendetwas über soziale Fragen las: es unterschied sie von den Ehefrauen anderer Männer. Er brauchte nur zu rufen und schon klappte sie das Buch zu und stand ihm und seinen Wünschen ganz zur Verfügung. Es kam aber auch schon mal vor, daß sie sich in aller Heiterkeit zankten, und dann und wann trieb sie ihn dabei ganz schön in die Enge; sowie er aber wirklich ernst wurde, gab sie nach. Der Mann ist zum Krieg geschaffen, das Weib zur Erquickung des Kriegers; er hat es aber gar nicht ungern, wenn sie Kampfgeist zeigt. In einer wirklichen Schlacht zu siegen, das vermag sie nicht, denn sie hat keine Muskeln, nur Nerven. Nerven – und die veranlassen sie dann, aus fahrenden Autos zu springen und sich gegen eine standesgemäße Hochzeit zu sträuben. Bei solchen Gelegenheiten mag der Krieger sie getrost den Sieg davontragen lassen. Die unerschütterlichen Grundfesten, auf denen sein Seelenfrieden fußt, bleiben davon unberührt.

Gerade diese Nerven machten Margaret während der Hochzeitsreise wieder schwer zu schaffen. Er erzählte ihr – ganz beiläufig, wie es nun mal seine Art war –, daß er Oniton Grange vermietet habe. Sie konnte ihren Unmut nicht verbergen und fragte ziemlich gereizt, warum sie nicht zu Rate gezogen worden sei.

»Ich wollte dich damit nicht belästigen«, erwiderte er. »Außerdem habe ich selbst erst heute morgen endgültig Bescheid bekommen.«

»Und wo sollen wir jetzt wohnen?«, fragte Margaret und

versuchte zu lachen. »Mir hat es in Oniton ganz ungewöhnlich gut gefallen. Hältst du denn gar nichts von einem richtigen, festen Zuhause, Henry?«

Da verkenne sie ihn aber ganz gründlich, versicherte er ihr. Erst durch unser häusliches Leben unterscheiden wir uns ja vom Ausländer. Nur halte er nichts von einem feuchten Zuhause.

»Das ist ja was ganz Neues! Bis zu diesem Augenblick hab' ich noch kein Wort davon gehört, daß es in Oniton feucht ist.«

»Mein liebes Mädchen!« – er machte eine schwungvolle Bewegung mit der Hand – »hast du denn keine Augen im Kopf? Hast du denn keine Haut am Leib? Bei der Lage muß es ja feucht sein! Erstens ist das Haus auf Lehmboden gebaut, und zwar genau da, wo früher einmal der Burggraben gewesen sein muß; und dann ist da ja auch noch das abscheuliche Flüßchen, das die ganze Nacht wie ein Waschkessel dampft. Faß doch nur mal an die Kellerwände oder schau unterm Dachvorsprung nach! Frag' doch mal Sir James oder sonst jemanden! Diese Täler in Shropshire sind doch geradezu bekannt dafür. Der einzig mögliche Platz für ein Haus in Shropshire ist auf einem Berg; für meinen Geschmack ist aber die ganze Gegend zu weit ab von London und landschaftlich ist es auch nichts Besonderes.«

Margaret konnte sich nicht enthalten zu fragen: »Warum bist du denn dann überhaupt erst hingezogen?«

»Ich – weil –« Er zog den Kopf ein und wurde beinahe ärgerlich. »Da kann ich auch fragen, warum sind wir nach Tirol gereist? Solche Fragen könnte man ja stundenlang stellen.«

Das könnte man zwar, aber er versuchte damit ja nur, für eine plausible Antwort Zeit zu gewinnen. Schon hatte er sie gefunden und er glaubte es selbst, sowie er sie aussprach.

»In Wahrheit habe ich Oniton eigentlich nur Evies wegen genommen. Erzähl' das aber bitte nicht weiter!«

»Ganz bestimmt nicht.«

»Es wäre mir gar nicht Recht, wenn sie erfährt, daß sie mir beinahe ein Verlustgeschäft eingehandelt hätte. Ich hatte kaum den Vertrag unterschrieben, da verlobte sie sich auch schon. Das arme Mädel! Sie war ganz versessen darauf und wollte nicht einmal mehr genauere Auskünfte über die Jagd abwarten. Weil sie Angst hatte, man könnte es uns vor der Nase wegschnappen – das ist ja typisch für euch Frauen! Na, es ist schließlich kein Unglück passiert. Sie hat ihre Hochzeit auf dem Land gehabt und ich bin mein Haus an ein paar Leute losgeworden, die dort eine private Vorbereitungsschule eröffnen wollen.«

»Aber wo sollen wir denn jetzt wohnen, Henry? Ich möchte schon auch ganz gern irgendwo wohnen.«

»Da hab' ich mich noch nicht entschieden. Wie wäre es mit Norfolk?«

Margaret schwieg. Auch die Ehe hatte ihr das Gefühl der Unbeständigkeit nicht nehmen können. London war nur ein Vorgeschmack von unserer neuen Nomadenkultur, die des Menschen Natur so tiefgreifend verändert und den persönlichen Beziehungen ein so großes Gewicht auferlegt, wie sie es noch nie zuvor zu tragen hatten. Im Zeitalter des Kosmopolitismus werden wir, sollte es wirklich kommen, keine Hilfe mehr von der Erde empfangen. Bäume und Wiesen und Berge werden nur noch Kulisse sein und die bindende Kraft, die sie früher auf den Charakter ausübten, bleibt einzig und allein der Liebe anvertraut. Möge die Liebe der Aufgabe gewachsen sein!

»Wir haben jetzt was?«, fuhr Henry fort. »Beinahe Oktober. Laß uns doch den Winter noch in der Ducie Street verbringen und uns im Frühjahr etwas suchen.«

»Aber wenn möglich etwas Dauerhaftes. Ich bin wohl auch nicht mehr so jung, wie ich einmal war, denn diese ständigen Veränderungen sagen mir gar nicht recht zu.«

»Aber, meine Liebe, was ist dir denn nun lieber: Veränderungen oder Rheumatismus?«

»Ich verstehe dich schon«, sagte Margaret im Aufstehen. »Wenn es in Oniton wirklich feucht ist, kommt das Haus natürlich nicht in Frage – da müssen dann schon kleine Jungens drin wohnen. Nur laß uns im Frühjahr erst wägen, dann wagen! Ich werde mir Evie ein warnendes Beispiel sein lassen und dich nicht hetzen. Denk also dran, daß du diesmal völlig freie Hand hast. Diese ständige Umzieherei muß doch auch schlecht für die Möbel sein – und teuer obendrein!«

»Was ist sie doch für eine praktische kleine Frau! Was hat sie denn da wieder gelesen? The – theo – wie gleich?«

»Theosophie.«

Ducie Street war ihr also vom Schicksal – einem wohlwollenden Schicksal – als erstes zubestimmt. Das Haus war nicht viel größer als Wickham-Place und für sie eine gute Vorbereitung auf den riesigen Haushalt, der ihr fürs Frühjahr in Aussicht gestellt worden war. Sie waren häufig verreist, wenn sie aber zu Hause waren, verlief ihr Leben in ziemlich geregelten Bahnen. Henry ging morgens ins Geschäft und sein belegtes Brötchen – dies Überbleibsel eines Gelüsts aus grauer Vorzeit – bereitete sie ihm stets mit eigener Hand. Nicht, daß er auf das belegte Brötchen als Mittagessen angewiesen gewesen wäre; er hatte es nur gern dabei für den Fall, daß er schon um elf Hunger bekäme. Sobald er fort war, hatte sie das Haus zu besorgen, den Dienstboten menschliche Umgangsformen beizubringen und mehrere Verehrer von Helen bei der Stange zu halten. Wegen der Basts hatte sie ein etwas schlechtes Gewissen: es war ihr gar nicht so unangenehm, daß sie die beiden aus den Augen verloren hatte. Sicher war Leonard es wert, daß man ihm half; als Henrys Frau aber zog sie es vor, jemand anderem zu helfen. Theater und Diskussionsklubs zogen sie immer weniger an. Allmählich begann sie, neue Bewegungen zu »verpassen« und ihre Freizeit lieber mit erneuter Lektüre alter Bücher oder eigenem Nachdenken hinzubringen, recht zum Kummer ihrer Freunde aus Chelsea. Sie führten Margarets Wandlung auf ihre Ehe zurück und vielleicht war es auch wirklich so, daß irgendein tiefwurzelnder Instinkt sie davon abhielt, sich weiter als unbedingt nötig von der Seite ihres Mannes zu entfernen. Die Hauptursache aber lag noch viel tiefer; sie brauchte sich keine Anregungen mehr zu holen, darüber war sie hinaus. Nun wollte sie von den Worten zu den Dingen selbst übergehen. Sicher war es schade, daß sie sich über Wedekind und John nicht länger auf dem Laufenden hielt, aber etliche Türen müssen unweigerlich zugeschlagen werden, wenn man erst einmal über dreißig ist und der Geist in einem selber zur schöpferischen Kraft werden soll.

XXXII

Eines Tages im darauf folgenden Frühjahr schaute sie sich gerade einige Pläne an – nach langem Überlegen hatten sie sich endlich entschlossen, nach Sussex zu ziehen und dort zu bauen –, als man ihr Mrs. Charles Wilcox meldete.

»Hast du schon das Allerneueste gehört?«, rief ihr Dolly entgegen, kaum daß sie ins Zimmer getreten war. »Charles ist ja so wüt... – ich meine, er ist sicher, daß du Bescheid weißt, oder vielmehr, daß du nicht Bescheid weißt.«

»Na so was, Dolly!«, sagte Margaret und gab ihr in aller Seelenruhe einen Begrüßungskuß. »Das ist aber eine Überraschung! Wie geht's den Jungen und dem Kleinen?«

Jungen wie Kleines seien wohlauf, und über der Schilderung eines großen gesellschaftlichen Skandals, der sich beim Hiltoner Tennisklub abgespielt hatte, vergaß Dolly ganz, ihre Neuigkeiten vorzubringen. Die verkehrten Leute hätten sich einzudrängen versucht und da habe der Ortspfarrer, als Vertreter der älteren Ortsbewohner, dies gesagt und Charles habe jenes gesagt, und der Steuereinnehmer habe folgendes erklärt und Charles wiederum habe dies und dies leider nicht gesagt – so ging die Schilderung weiter bis zu dem Abschluß: »Na, du kannst dich ja glücklich preisen mit deinen vier privaten Tennisplätzen in Midhurst!«

»Ja, das wird ganz angenehm sein«, erwiderte Margaret.

»Sind das die Pläne? Darf ich sie mir mal ansehen?«

»Aber selbstverständlich.«

»Charles hat sie nie zu sehen bekommen.«

»Sie sind ja eben erst angekommen. Hier ist das Erdgeschoß – oder nein, da kennt sich ja kein Mensch aus. Sieh dir lieber mal den Aufriß an! Wir werden eine ganze Menge Giebel haben und auch einen malerischen Dachfirst.«

»Was riecht denn da so komisch?«, fragte Dolly nach kurzer Betrachtung. Sie war nicht imstande, Pläne und Karten zu lesen.

»Vermutlich das Papier.«

»Und wie herum gehört es?«

»Ganz normal herum. Da ist der Dachfirst, und da, wo es am stärksten riecht, ist der Himmel.«

»Na, hast du nicht was Leichteres für mich? Margaret – ach – was wollte ich eben sagen? Ja, wie geht's denn Helen?«

»Ganz gut.«

»Kommt sie denn überhaupt nicht mehr nach England zurück? Alle finden es ziemlich eigenartig von ihr.«

»Das ist es auch«, sagte Margaret und gab sich Mühe, ihren Unmut zu verbergen. In diesem Punkt wurde sie allmählich empfindlich. »Helen ist wirklich furchtbar eigenartig. Acht Monate ist sie jetzt fort.«

»Aber hat sie denn keine feste Anschrift?«

»Als Adresse hat sie nur eine Ausgabestelle für postlagernde Sendungen irgendwo in Bayern angegeben. Schreib ihr doch mal ein paar Zeilen. Ich such' dir die Adresse heraus.«

»Nein, bemüh dich nicht! Ist das jetzt wirklich schon wieder acht Monate her, daß sie fort ist?«

»Ganz genau. Sie ist gleich nach Evies Hochzeit abgereist. Dann müssen es ja wohl acht Monate sein.«

»Gerade, als unser Kleines auf die Welt kam also?«

»Ganz recht.«

Dolly seufzte und guckte sich mit neidischen Blicken im Wohnzimmer um. Ihre strahlende Jugendfrische und ihr gutes Aussehen gingen ihr allmählich verloren. Um Charles' Familie war es nicht zum Besten bestellt, denn Mr. Wilcox hatte seinen Kindern zwar die kostspielige Lebensart beigebracht, war im übrigen aber grundsätzlich dafür, daß man die jungen Leute auf eigenen Beinen stehen lassen sollte. Großzügig hatte er sie also doch nicht behandelt. Trotzdem erwarteten sie schon wieder Nachwuchs, wie Dolly Margaret wissen ließ, und auf das Auto würden sie jetzt wohl verzichten müssen. Margaret bekundete ihre Teilnahme, aber auf eine so förmliche Weise, daß Dolly kaum ahnen konnte, wie sehr die Stiefmutter Mr. Wilcox drängte, den Kindern doch eine angemessenere Unterstützung zukommen zu lassen. Dolly seufzte aufs neue und endlich fiel ihr auch wieder ein, welcher Kummer sie eigentlich hergeführt hatte. »Ach ja!«, rief sie. »Richtig, das ist es: Miß Avery hat deine Umzugskisten ausgepackt.«

»Warum hat sie denn das getan? Wie unnötig!«

»Was weiß ich! Du wirst es ihr vermutlich aufgetragen haben.«

»So einen Auftrag habe ich nie gegeben! Vielleicht hat sie die Sachen nur gelüftet. Daß sie gelegentlich mal das Feuer anmacht, das hatte sie ja versprochen.«

»Als Lüften konnte man das wohl kaum mehr bezeichnen«, sagte Dolly sehr gewichtig. »Der ganze Fußboden muß ja mit Büchern überhäuft sein. Charles hat mich hergeschickt, damit er weiß, was nun geschehen soll, denn er ist ganz sicher, daß du nichts davon weißt.«

»Mit Büchern!«, rief Margaret, ergriffen von dem heiligen Wort. »Dolly, ist das dein Ernst? Ist sie an unsere Bücher gegangen?«

»Allerdings! Wo früher die Halle war, liegt alles voll davon. Charles glaubte ganz sicher, du wüßtest Bescheid.«

»Dafür bin ich dir sehr verbunden, Dolly. Was kann bloß in Miß Avery gefahren sein? Ich muß sofort hinfahren und mich darum kümmern. Die Bücher gehören zum Teil meinem Bruder und sind ziemlich wertvoll. Sie hatte nicht das mindeste Recht, auch nur eine Kiste aufzumachen.«

»Ich würde sagen, die ist verrückt. Das ist doch die, die nicht unter die Haube gekommen ist, weißt du! Sie bildet sich vielleicht ein, eure Bücher seien Hochzeitsgeschenke für sie. Alte Jungfern verfallen schon manchmal auf solche Ideen. Miß Avery haßt uns ja alle wie die Pest, seitdem sie sich mit Evie so furchtbar in die Wolle gekriegt hat.«

»Davon weiß ich ja noch gar nichts«, sagte Margaret. So ein Besuch von Dolly hatte doch auch stets etwas Lohnendes.

»Wußtest du denn nicht, daß sie Evie letzten August ein Geschenk machte und daß Evie es zurückgab und daß dann – ach, da war der Teufel los! So einen Brief, wie Miß Avery ihn schrieb, hast du noch nicht gelesen!«

»Es war aber auch verkehrt von Evie, das Geschenk zurückzugeben. So etwas Herzloses sieht ihr doch sonst auch nicht ähnlich.«

»Es war aber doch so ein teures Geschenk.«

»Was soll denn das für einen Unterschied machen, Dolly?«

»Na ja, schon einen, wenn es über fünf Pfund kostet – gesehen hab' ich es ja nicht, aber es war ein wunderschöner Emailanhänger aus einem Laden in der Bond Street. So was kann man ja wohl kaum von einer Frau aus bäuerlichen Verhältnissen annehmen, oder?«

»Du hast dir bei deiner Hochzeit doch auch etwas von Miß Avery schenken lassen.«

»Ach, bei mir war's ja nur altes Steingut – völlig wertloses Zeug. Das war in Evies Fall ganz anders. Wer einem einen solchen Anhänger schenkte, den mußte man auch zur Hochzeit einladen. Onkel Percy, Albert, Vater, Charles, alle sagten sie, das sei völlig ausgeschlossen, und wenn vier Männer sich einig sind, was soll da eine Frau noch dagegen ausrichten können? Evie wollte der guten Seele natürlich nicht weh tun und hielt daher einen scherzhaften Brief für das beste, und den Anhänger gab sie unmittelbar an das Geschäft zurück, um Miß Avery die Mühe zu ersparen.«

»Aber Miß Avery meinte –?«

Dolly bekam ganz große Augen. »Der Brief war wirklich entsetzlich. Charles sagte: der Brief einer Wahnsinnigen. Den Anhänger ließ sie sich zu guter Letzt doch wieder zuschicken und schmiß ihn in den Ententeich.«

»Hat sie irgendeinen Grund dafür genannt?«

»Wir glauben, sie wollte nach Oniton eingeladen werden und sich so Eingang in die Gesellschaft verschaffen.«

»Ist sie dafür nicht schon ein bißchen zu alt?«, fragte Margaret versonnen. »Kann es nicht auch sein, daß sie Evie das Geschenk zum Andenken an ihre Mutter gegeben hat?«

»Das ist auch eine Idee. Jedem das seine, meinst du doch? Na, höchste Zeit, daß ich mich trolle. Wo ist bloß mein Müffchen? Ah da – der könnte auch einen neuen Pelz vertragen, aber wer ihn uns schenken soll, das weiß ich beim allerbesten Willen nicht!«, und indem sie ihrer Garderobe mit trauriger Stimme solcherart zuredete, verließ Dolly das Zimmer.

Margaret ging ihr nach und fragte sie noch, ob Henry schon über Miß Averys ungehöriges Betragen Bescheid wisse.

»Aber ja!«

»Dann frage ich mich nur, warum er es zugelassen hat, daß ich ihr die Aufsicht über das Haus anvertraute.«

»Warum? Sie ist doch nur eine Bauernmagd!«, sagte Dolly und ihre Erklärung erwies sich als durchaus zutreffend. Henry tadelte Angehörige der niederen Schichten nur, wenn es ihm gerade paßte. Mit Miß Avery wie auch mit Crane übte er Nachsicht, weil sie ihr Geld wert waren. »Wenn einer sein Geschäft versteht, hab' ich auch Geduld mit ihm«, würde er gesagt haben, in Wirklichkeit aber hatte er Geduld mit dem Geschäft, nicht mit dem Menschen. So paradox es auch klingen mag: er hatte da etwas von einem Künstler an sich; lieber hätte er eine Beleidigung seiner Tochter stillschweigend übergangen, als für seine Frau eine gute Zugehfrau zu verlieren.

Margaret hielt es für klüger, das kleine Malheur selbst in Ordnung zu bringen. Die Beteiligten waren offensichtlich untereinander zu sehr aufgebracht. Mit Henrys Zustimmung schrieb sie Miß Avery einen freundlichen Brief und bat sie darin, die Kisten unberührt zu lassen. Bei der ersten passenden Gelegenheit fuhr sie dann selbst hinaus, mit der Absicht, ihre Sachen wieder zu verpacken und ordnungsgemäß im dortigen Lagerhaus zur Aufbewahrung zu geben. Der Plan war dilettantisch gewesen und scheiterte denn auch. Tibby versprach, sie zu begleiten, ließ sich aber im letzten Augenblick entschuldigen. So kam es, daß sie zum zweitenmal in ihrem Leben das Haus allein betrat.

XXXIII

Es war ein herrlicher Tag, den sie für ihren Besuch gewählt hatte – der letzte Tag ungetrübten Glücks, den sie auf Monate hinaus erleben sollte. Ihre Sorge wegen Helens ungewöhnlicher Abwesenheit hatte noch immer nichts Bedrohliches, und der Gedanke an eine mögliche Reiberei mit Miß Avery verlieh dem Ausflug erst die richtige Würze. Und auch Dollys Einladung zum Mittagessen hatte sie sich geschickt zu entziehen gewußt. So machte sie sich vom Bahnhof aus gleich auf den Weg, indem sie die Dorfwiese überquerte und die lange Kastanienallee einschlug, die von dort zur Kirche führte. Früher hatte die Kirche einmal im Dorf gestanden. Dort aber hatte sie immer so viele Andächtige angelockt, daß der Teufel sie in einem Anfall von Wut aus ihren Grundfesten riß und einen Kilometer weiter auf einen ungünstig gelegenen Hügel pflanzte. Wenn die Geschichte wahr ist, dann muß die Kastanienallee von den Engeln angelegt worden sein. Man kann sich für einen halbherzigen Christen keinen einladenderen Anmarschweg vorstellen, und wenn ihm der Weg noch immer zu lang ist, so muß der Teufel sich trotzdem geschlagen geben, hat doch die moderne Wissenschaft die Filialkirche zur Heiligen Dreieinigkeit unweit von Charles' Haus errichtet und sie mit Weißblech überdacht.

Gemächlich schlenderte Margaret die Allee entlang, wobei sie dann und wann stehen blieb, um den Himmel zu betrachten, der durch die Baumkronen der Kastanien schimmerte, oder um mit den kleinen Hufeisen zu spielen, die an den unteren Ästen hingen. Wie kommt es bloß, daß England keine große Sagenwelt sein Eigen nennen kann? Unser Volkstum ist nie über das Gefällige hinausgekommen und die hehren Melodien über unsere Landschaft sind allesamt im fernen Griechenland angestimmt worden. So stark und wahr die Phantasie unseres Volkes auch sein kann – hier scheint sie doch versagt zu haben. Sie ist bei den Hexen und Feen stehengeblieben. Sie ist nicht einmal imstande, auch nur ein Stückchen einer Sommerwiese zum Leben zu erwecken oder einem halben Dutzend Sterne Namen zu geben. England wartet noch auf den höchsten Augenblick seiner Dichtung – auf den großen Dichter, der es besingen soll, oder, besser noch, auf die tausend kleineren Dichter, deren Worte Eingang in unsere Alltagssprache finden sollen.

Bei der Kirche änderte sich das Bild. Die Kastanienallee ging in eine Straße über, die eben und schmal ins unberührte

Land hinausführte. Dieser Straße folgte Margaret einen Kilometer und noch weiter. Die kleinen Zögerungen des Wegs erfreuten ihr Herz. Ohne vordringliches Ziel schwang sich die Straße bergab und bergauf, wie Lust und Laune es fügten, ohne Rücksicht auf die Steigungen, ohne Rücksicht auch auf die Aussicht, die gleichwohl immer mehr ins Weite ging. Die großen Güter, die den Süden von Hertfordshire so beengen, drängten sich hier weniger vor und das Land erweckte weder einen aristokratischen noch einen kleinbürgerlichen Anschein. Welchen Charakter es nun wirklich hatte, war schwer zu sagen, aber Margaret wußte, was dieses Land nicht war: es war nicht versnobt. Wenn es auch keine sehr ausgeprägten Konturen hatte, so lag doch ein Hauch der Freiheit in ihren weit schwingenden Bögen, wie er sich in Surrey nie finden lassen wird, und in der Ferne ragte der Rand der Chiltern-Hügel wie ein einziges Gebirgsmassiv empor. »Überließe man diese Grafschaft sich selbst«, ging es Margaret durch den Kopf, »so würde sie ganz bestimmt liberal wählen.« Die Kameradschaftlichkeit, die unterkühlte, leidenschaftslose, die unserem Volk als höchste Gabe eigen ist, war hier verbürgt, ebenso wie in dem niedrigen Bauernhaus aus Backstein, wo sie den Schlüssel abholen wollte.

Das Innere dieses Bauernhauses war jedoch eine Enttäuschung. Eine junge Person empfing sie mit vollendeter Zuvorkommenheit. »Ja, Mrs. Wilcox; nein, Mrs. Wilcox; o ja, Mrs. Wilcox, die Tante hat Ihren Brief noch rechtzeitig erhalten. Eben erst ist sie zu Ihrem Häuschen hinaufgegangen. Soll ich Ihnen unser Mädchen mitgeben, damit sie Ihnen den Weg zeigt?« Und darauf: »Natürlich ist es eine reine Ausnahme, daß die Tante nach Ihrem Haus sieht; es ist eine Gefälligkeit gegen geschätzte Nachbarn. Außerdem hat sie auf diese Weise etwas zu tun. Sie bringt drüben sehr viel Zeit zu. Mein Mann fragt mich manchmal: ›Wo steckt denn bloß das Tantchen?‹ ›Wo wird sie schon stecken?‹, sag' ich. ›In Howards End natürlich.‹ Ja, so ist das, Mrs. Wilcox. Darf ich Ihnen vielleicht ein Stück Kuchen anbieten, Mrs. Wilcox? Auch nicht ein ganz kleines?«

Margaret lehnte den Kuchen ab, verschaffte sich aber dadurch zu ihrem Unglück ein nur noch vornehmeres Ansehen bei Miß Averys Nichte.

»Ich kann Sie unmöglich allein gehen lassen. Nein, bitte! Das kommt gar nicht in Frage. Dann zeige ich Ihnen schon lieber selber den Weg. Ich muß mir nur noch schnell den Hut aufsetzen. Also, Mrs. Wilcox« – dies in schelmischem Ton –, »daß Sie sich aber auch ja nicht vom Fleck rühren, bis ich wieder zurück bin!«

Margaret blieb wie angewurzelt stehen und rührte sich nicht aus der guten Stube, in der bereits der Jugendstil Einzug gehalten hatte. Auch die übrigen Räume sahen dementsprechend aus, wenngleich aus ihnen noch die eigentümliche Melancholie der Bauernstube sprach. Hier hatte eine ältere Rasse gelebt, auf die wir mit Besorgnis zurückblicken. Das Land, das an den Wochenenden unser Ziel ist, war für sie wirklich die Heimat und die ernsteren Seiten des Lebens, Tod, Abschied, Liebesschmerz, kommen hier, inmitten der Felder, am stärksten zum Ausdruck. Es herrschte aber nicht nur Traurigkeit. Draußen schien die Sonne. Die Drossel sang ihr zweisilbiges Lied auf dem blühenden Schneeballstrauch. Kinder spielten lärmend in Haufen goldenen Strohs. Was Margaret erstaunte, war, daß überhaupt Traurigkeit in der Luft lag, doch schließlich vermittelte es ihr ein Gefühl der Vollkommenheit. Auf diesen englischen Bauernhöfen konnte man, besser als anderswo, das Fortlaufende und das Ganze am Leben vor sich sehen; man gewahrte mit einem Blick, wie vergänglich und wie ewig jung zugleich das Leben war, und man konnte den Bogen schlagen – ohne jede Verbitterung den Bogen schlagen, bis alle Menschen Brüder waren. Doch ihre Gedanken wurden durch die Rückkehr von Miß Averys Nichte unterbrochen, hatten aber eine so beruhigende Wirkung auf sie, daß sie sich die Unterbrechung gern gefallen ließ.

Der kürzeste Weg führte durch die Hintertür und nach gebührenden Erklärungen ging man denn auch dort hinaus. Sogleich sahen sie sich, zur Schmach der Nichte, von unzähligem Hühnervolk bedrängt, das gefüttert sein wollte, sowie von einer ungesitteten Muttersau. Wo sollte das mit diesem Getier bloß noch hinführen? Doch sobald sie an der frischen

Luft waren, fiel die vornehme Art von ihr ab. Der Wind frischte auf, wirbelte das Stroh umher und plusterte den Enten, die familienweise über Evies Anhänger dahintrieben, die Sterzfedern auf. Es war eine von den köstlichen Frühlingsbrisen, bei denen man Blätter, die noch in der Knospe sind, meint rauschen zu hören. Sie fegte übers Land und verstummte dann wieder. »Dschor-dschih!« sang die Drossel. »Kuckuck«, klang es verstohlen von der Höhe der Kiefernbäume. »Dschor-dschih! Schöner Dschor-dschih!« – und die anderen Vögel stimmten mit ähnlichem Unsinn mit ein. Die Hecke war ein halbfertiges Bild; in ein paar Tagen würde es fertig sein. Schöllkraut wuchs auf den Abhängen, Aronstab und Himmelschlüssel an den geschützten Stellen; auch die Wildrosensträucher, an denen noch verdorrte Hagebutten hingen, zeigten erste Ansätze der Blüte. Der Frühling war gekommen; er war in kein klassisches Gewand gekleidet und war doch schöner als je ein Frühling zuvor, schöner auch als die Primavera selber, die durch Toskanas Myrthen wandelt, die Grazien vor, den Zephyr hinter sich.

Die beiden Frauen gingen den Feldweg entlang, nach außen hin ein Bild gegenseitiger Höflichkeit. Doch Margaret dachte bei sich, wie schwierig es sei, sich an einem Tag wie diesem ernsthaft mit den Möbeln auseinanderzusetzen; die Nichte dagegen dachte an Hüte. Solcherart beschäftigt, erreichten sie Howards End. Ungeduldiges »Tantchen!«-Geschrei zerriß die Luft. Es kam keine Antwort, und die Haustür war verschlossen. »Sind Sie sicher, daß Miß Avery hier ist?«, fragte Margaret.

»O ja, Mrs. Wilcox, ganz sicher. Sie ist jeden Tag hier.«

Margaret versuchte, durchs Eßzimmerfenster zu schauen, aber der Vorhang war von innen dicht zugezogen. Im Salon und in der Halle war es nicht anders. Der Anblick dieser Vorhänge kam ihr irgendwie bekannt vor, doch konnte sie sich nicht erinnern, daß sie bei ihrem letzten Besuch schon dagewesen wären: sie glaubte im Gegenteil zu wissen, daß Mr. Bryce alles ausgeräumt hatte. Sie versuchten es an der Rückseite. Auch hier erhielten sie keine Antwort und sahen sie nichts; am Küchenfenster war ein Rolladen heruntergelassen, während Speisekammer und Spülküche einfach mit Holzbrettern verschlagen waren, die verdächtig nach Kistendeckeln aussahen. Margaret mußte an ihre Bücher denken und erhob nun gleichfalls ihre Stimme. Schon beim ersten Rufen hatte sie Erfolg.

»Ich sag's ja, ich sag's ja!«, erwiderte jemand von drinnen. »Da ist Mrs. Wilcox ja endlich!«

»Hast du den Schlüssel, Tantchen?«

»Du geh' mal erst, Madge!«, sagte Miß Avery, immer noch unsichtbar.

»Tantchen, Mrs. Wilcox ist da –«

Margaret kam ihr zu Hilfe. »Ihre Nichte und ich sind zusammen hergekommen –«

»Madge, du geh' mal erst. Für deinen Hut haben wir jetzt keine Zeit!«

Die Arme wurde feuerrot. »Die Tante wird in letzter Zeit immer wunderlicher«, sagte sie gereizt.

»Miß Avery!«, rief Margaret. »Ich komme wegen der Möbel. Wollen Sie mich bitte einlassen?«

»Natürlich, Mrs. Wilcox«, sagte die Stimme. »Natürlich.« Doch darauf folgte Schweigen. Sie riefen wieder, aber ohne Antwort zu erhalten. Ratlos liefen sie rund ums Haus.

»Miß Avery ist doch hoffentlich nicht krank?«, wagte Margaret zu fragen.

»Also, wenn Sie mich jetzt entschuldigen wollen«, sagte Madge, »dann sollte ich Sie jetzt wohl besser allein lassen. Ich muß mich ja auch um die Dienstboten auf dem Hof kümmern. Die Tante ist manchmal so sonderbar.« Sie raffte ihren Ausgehstaat und zog sich geschlagen zurück, und als hätte sie mit ihrem Abgang eine Feder ausgelöst, sprang alsbald die Haustür auf.

Miß Avery sagte: »Na, nun kommen Sie schon herein, Mrs. Wilcox!« Es klang ganz freundlich und ruhig.

»Vielen herzlichen Dank –«, begann Margaret, verstummte aber beim Anblick eines Schirmständers. Es war ihr eigener.

»Kommen Sie doch gleich mal in die Halle«, sagte Miß Avery. Sie zog den Vorhang auf und Margaret stieß einen

Verzweiflungsschrei aus. Etwas Entsetzliches war geschehen. Der ganze Vorraum war mit der Bibliothekseinrichtung vom Wickham-Place ausstaffiert. Der Teppich war ausgebreitet, der große Arbeitstisch ans Fenster gerückt; die Bücherschränke füllten die Wand gegenüber dem Kamin und der Degen ihres Vaters – das brachte sie ja am allermeisten aus der Fassung – war aus der Scheide gezogen und hing nackt inmitten der nüchternen Buchrücken. Miß Avery mußte tagelang daran gearbeitet haben. »So hatten wir es uns eigentlich nicht gedacht«, begann sie. »Mein Mann und ich wollten die Kisten ja gar nicht auspacken lassen. Die Bücher hier zum Beispiel gehören meinem Bruder. Wir haben sie nur für ihn in Verwahrung, für ihn und für meine Schwester, die im Ausland ist. Als Sie sich freundlicherweise bereit erklärten, hier nach dem Rechten zu sehen, haben wir von Ihnen doch nicht erwartet, daß Sie sich so viel Mühe machen.«

»Das Haus hat lang genug leer gestanden«, sagte die Alte.

Margaret wollte sich nicht streiten. »Wir haben uns vermutlich nicht genau genug ausgedrückt«, sagte sie höflich. »Es handelt sich um ein Mißverständnis – und höchstwahrscheinlich sind wir schuld daran.«

»Mrs. Wilcox, hier hat's seit fünfzig Jahren ein Mißverständnis nach dem andern gegeben. Es ist Mrs. Wilcox' Haus, und sie würde sich bestimmt nicht wünschen, daß es noch länger leer steht.«

Um dem armen nachlassenden Gehirn beizuspringen, bestätigte Margaret: »Ja, Mrs. Wilcox' Haus, der Mutter von Herrn Charles.«

»Ein Mißverständnis nach dem andern«, sagte Miß Avery. »Ein Mißverständnis nach dem andern.«

»Also, ich weiß nicht«, sagte Margaret und ließ sich in einem ihrer eigenen Sessel nieder. »Ich weiß wirklich nicht, was jetzt geschehen soll.« Sie konnte sich nicht helfen, sie mußte einfach lachen.

Darauf die andere: »Ja, ein fröhliches Haus sollte es eigentlich sein.«

»Ich weiß nicht – das kann gut sein. Jedenfalls vielen Dank, Miß Avery. Ja, Sie haben es ganz reizend gemacht.«

»Dann hätten wir noch den Salon.« Sie ging durch die gegenüberliegende Tür und zog einen Vorhang auf. Licht strömte herein und ließ den Salon und die Salonmöbel vom Wickham-Place erstrahlen. »Und das Eßzimmer.« Wieder wurden Vorhänge aufgezogen, Fenster dem Frühling preisgegeben. »Und nun hier durch, bitte –« Miß Avery begann ein emsiges Hin und Her durch die Halle. Ihre Stimme verlor sich, Margaret hörte aber, wie sie in der Küche den Rolladen hochzog. »Hier bin ich noch nicht fertig«, erklärte sie, als sie zurückkam. »Es ist noch allerhand zu tun. Die Knechte vom Hof tragen Ihre großen Kleiderschränke schon nach oben; es ist wirklich nicht nötig, daß Sie sich da jemanden für teures Geld aus Hilton kommen lassen.«

»Das ist alles ein Mißverständnis«, wiederholte Margaret, die den Eindruck hatte, daß sie nun wirklich ein Machtwort sprechen müsse. »Ein Mißverständnis! Mein Mann und ich haben nicht die Absicht, in Howards End zu wohnen.«

»Ach, was Sie nicht sagen! Wegen seines Heuschnupfens?«

»Wir haben uns dazu entschlossen, uns in Sussex ein neues Haus zu bauen, und ein Teil der Möbel – mein Teil – geht dann gleich dorthin.« Sie blickte Miß Avery durchdringend an, bemüht, der Schwachstelle in ihrem Gehirn auf die Spur zu kommen. Aber hier hatte sie keine tattrige Alte vor sich. Die Runzeln in ihrem Gesicht verrieten Gewitztheit und Humor. Man sah ihr an, daß sie sowohl beißenden Witz als auch eine hohe, wenn auch zurückhaltende Großmut zeigen konnte.

»Sie glauben vielleicht nicht, daß Sie zurückkommen und hier wohnen werden, Mrs. Wilcox, aber das werden Sie doch!«

»Das wird sich ja zeigen«, sagte Margaret lächelnd. »Vorläufig haben wir jedenfalls nicht die Absicht. Wir brauchen nun einmal ein viel größeres Haus. Die Umstände zwingen uns dazu, große Gesellschaften zu geben. Eines Tages natürlich – man kann ja nie wissen, nicht wahr?«

Miß Avery entgegnete: »Eines Tages! Zz! Zz! Reden Sie mir doch nicht von ›eines Tages‹! Sie wohnen ja jetzt schon hier!«

»Tu' ich das?«

»Sie wohnen jetzt hier und haben schon die letzten zehn Minuten hier gewohnt, wenn Sie mich fragen!«

Es war eine unsinnige Bemerkung, aber in Margaret erregte sie ein seltsames Gefühl versäumter Pflicht, und sie erhob sich aus ihrem Sessel. Irgendwie konnte sie sich des Eindrucks nicht erwehren, daß man Henry einen versteckten Tadel erteilt hatte. Sie gingen ins Eßzimmer, wo sich das Sonnenlicht über die Chiffonniere ihrer Mutter ergoß, und ins obere Stockwerk, wo so manch alter Götze aus einer neuen Nische hervorlugte. Die Möbel machten sich ausnehmend gut. Im Mittelzimmer – dem Zimmer über der Halle, in dem Helen vor vier Jahren geschlafen hatte – hatte Miß Avery Tibbys alte Korbwiege aufgestellt.

»Das Kinderzimmer!« sagte Miß Avery.

Margaret wandte sich wortlos ab.

Zum Schluß hatte man alles besichtigt. In Küche und Vorraum herrschte noch ein wildes Durcheinander von Möbeln und Stroh, aber soweit sie sehen konnte, war nichts zerbrochen oder zerkratzt worden. Es war geradezu rührend, was Miß Avery für einen Einfallsreichtum entfaltet hatte. Dann machten sie einen angenehmen kleinen Spaziergang im Garten, der seit ihrem letzten Besuch völlig verwildert war. Auf der beschotterten Auffahrt zum Haus wucherte das Unkraut und aus der Garage wuchs Gras hervor. Und Evies Steingarten war nur noch als ein höckeriges Gelände zu erkennen. Vielleicht war Evie schuld an Miß Averys wunderlichem Verhalten. Aber Margaret vermutete, daß die Ursache dafür tiefer begraben lag und daß Evies törichter Brief nur der Auslöser für einen seit Jahren angestauten Ärger gewesen war.

»Eine herrliche Wiese!«, bemerkte sie. Die Wiese war wie ein abgeschlossener festlicher Raum im Freien: ein Stück Land, das man schon vor Hunderten von Jahren von einem kleinen Acker in eine Wiese umgewandelt hat. In rechtwinkligen Zickzacklinien zog sich der Heckenzaun hügelabwärts, mit einem kleinen grünen Anbau am unteren Ende – eine Art Toilette für die Kühe.

»Ja, gegen die Wies' ist nix zu sagen«, erklärte Miß Avery. »Jedenfalls nix, wenn man nicht unterm Heuschnupfen leidet.« Sie gackerte boshaft vor sich hin. »Wenn ich dran denke, wie Charlie Wilcox manchmal zur Heuzeit zu unseren Burschen aufs Feld kam – sie sollten das tun – sie sollten jenes unterlassen –, als ob er ihnen überhaupt erst zeigen müßte, was ein rechter Bauernknecht ist! Na, und ausgerechnet da packte ihn dann immer das Niesen. Er hat's vom Vater geerbt, neben anderem. Nicht ein einziger Wilcox kann sich im Juni auf einem Feld halten – mich hätt's vor Lachen bald zerrissen, als er Ruth den Hof machte.«

»Mein Bruder bekommt auch Heuschnupfen«, sagte Margaret. »Das Haus liegt für die viel zu sehr auf dem Land. Zu Anfang war's ihnen als Unterschlupf natürlich ganz recht. Aber die Wilcoxens sind besser als nichts, wie Sie ja auch herausgefunden haben.«

Margaret lachte.

»Sie halten ein Haus gut in Schuß, nicht wahr? Ja, genau das ist's!«

»Sie halten England gut in Schuß, das ist meine Meinung.«

Miß Avery brachte sie fast aus der Fassung, als sie darauf erwiderte: »Aber immer doch, sie vermehren sich ja auch wie die Kaninchen. Na ja, es ist schon eine komische Welt. Der sie gemacht hat, wird schon wissen, was er will. Auch wenn Charlies Frau jetzt ihr viertes erwartet, so steht es uns doch nicht zu, darüber zu murren.«

»Sie vermehren sich; sie arbeiten aber auch«, sagte Margaret und glaubte, wieder irgendwie eine versteckte Aufforderung zur Abtrünnigkeit zu wittern, die sogar aus dem Wind und dem Vogelgezwitscher widerzuklingen schien. »Sicher ist es eine komische Welt, aber solange sie von Männern wie meinem Mann und seinen Söhnen beherrscht wird, kann sie nicht so ganz schlecht sein – wirklich nicht.«

»Hm – besser wie gar nichts«, sagte Miß Avery und wandte sich der Bergulme zu.

Auf dem Rückweg zum Bauernhof sprach sie von ihrer alten Freundin schon viel eindeutiger als zuvor. Im Haus hatte Margaret nie so recht gewußt, ob Miß Avery Henrys erste Frau noch ganz von seiner zweiten unterscheiden konnte. Jetzt aber sagte sie unmißverständlich: »Ich habe Ruth nach dem Tod ihrer Großmutter nur noch selten gesehen, aber ich stand mit ihr doch immer auf freundschaftlichem Fuß. Es war überhaupt eine sehr zuvorkommende Familie. Die alte Mrs. Howard hat nie über einen Menschen schlecht geredet und auch nie jemanden unbewirtet an der Tür abweisen lassen. So etwas wie ›Betreten verboten!‹ hat's damals auf ihrem Grund und Boden auch nie gegeben, da hieß es vielmehr immer: ›Kommen Sie doch herein!‹ Mrs. Howard war einfach nicht dafür geschaffen, einen Bauernhof zu führen.«

»Hatten sie denn keine Männer zur Hilfe?«, fragte Margaret.

»Es ging immer so dahin, bis schließlich keine Männer mehr da waren«, erwiderte Miß Avery.

»Bis schließlich Mr. Wilcox kam«, verbesserte Margaret, darauf bedacht, ihren Mann nicht um seine Verdienste zu bringen.

»Wahrscheinlich. Aber Ruth hätte doch einen anderen heiraten sollen, einen – das tut Ihnen ja keinen Abbruch, wenn ich das sage, denn Sie hätten Wilcox wohl auf jeden Fall zum Mann gekriegt, ob sie ihn nun zuerst hatte oder nicht.«

»Wen hätte sie denn heiraten sollen?«

»Einen Soldaten!«, rief die Alte. »Einen Soldaten von echtem Schrot und Korn!«

Margaret schwieg. Es war eine Kritik an Henrys Wesen, die weit schneidender war als irgendeine ihrer eigenen. Das verdroß sie sehr.

»Aber das ist ja nun alles vorbei«, fuhr Miß Avery fort. »Jetzt kommt eine bessere Zeit, auch wenn Sie mich lang genug haben warten lassen. Noch ein paar Wochen, dann seh' ich am Abend eure Lichter durch die Hecke scheinen. Haben Sie schon Kohlen bestellt?«

»Wir ziehen nicht hierher!«, sagte Margaret in entschiedenem Ton. Sie achtete Miß Avery viel zu sehr, als daß sie ihr nur um des lieben Friedens willen ihren Glauben gelassen hätte. »Nein! Wir ziehen nicht hierher, ziehen niemals hierher! Es war alles nur ein Mißverständnis. Die Möbel müssen auf der Stelle wieder verpackt werden, so leid es mir tut, denn ich habe andere Pläne und ich muß Sie nun auch bitten, mir die Schlüssel zu geben.«

»Natürlich, Mrs. Wilcox«, sagte Miß Avery und trat mit einem Lächeln von ihren Pflichten zurück.

Erleichtert über diesen Ausgang trat Margaret, nachdem sie der Alten noch schöne Grüße an Madge aufgetragen hatte, den Rückweg zum Bahnhof an. Ursprünglich hatte sie beabsichtigt, zum Lagerhaus zu gehen, um dort die nötigen Anweisungen für den Abtransport der Möbel zu erteilen, aber das Durcheinander hatte sich doch als weit größer erwiesen, als sie erwartet hatte, und deshalb wollte sie lieber vorher noch mit Henry darüber sprechen. Es war auch gut, daß sie diesen Entschluß faßte. Er war ganz entschieden dagegen, dem Mann in Hilton den Auftrag zu geben, obwohl er ihn bei früherer Gelegenheit einmal selber empfohlen hatte. Stattdessen riet er ihr, die Möbel nun doch in London einzulagern.

Aber noch bevor sie dazu kam, ereilte sie ein unvorhergesehener Kummer.

XXXIV

So ganz unvorhergesehen war es allerdings auch wieder nicht. Mit Tante Juleys Gesundheit hatte es schon den ganzen Winter über nicht zum besten gestanden. Fast ständig war sie, mal leichter, mal schwerer, erkältet gewesen und hatte sich doch nie die Ruhe gegönnt, sich einmal gründlich auszukurieren. Sie hatte ihrer Nichte kaum versprochen, »die leidige Lungengeschichte endlich einmal richtig anzugehen«, da bekam sie auch schon eine neue Erkältung, die sich bald zu einer akuten Lungenentzündung auswuchs. Margaret und Tibby fuhren zu ihr nach Swanage. Helen wurde telegraphisch herbeibeordert und über der Frühlingsgesellschaft, die sich dann schließlich in dem gastlichen Haus versammelte, schwebte ganz das Pathos schöner Jugenderinnerungen. An einem herrlichen Tag – der Himmel war wie blaues Porzellan und die Wellen in der verschwiegenen kleinen Meeresbucht schlugen den leisesten aller Trommelwirbel gegen den Strand – lief Margaret aufgeregt durch die Rhododendronsträucher und sah sich abermals der Sinnlosigkeit des Todes gegenüber. Der einzelne Todesfall birgt vielleicht seine Erklärung in sich, er wirft aber kein Licht auf den nächsten: das Suchen, das Tasten nach einem Sinn beginnt von neuem. Prediger und Gelehrte mögen Verallgemeinerungen aufstellen; wir aber wissen, daß es für jene, die wir lieben, keine Allgemeingültigkeit geben kann: nicht nur *ein* Himmel erwartet sie, noch nicht einmal nur ein Vergessen. Tante Juley nahm in ihrer fehlenden Begabung für das Tragische Abschied vom Leben, indem sie gelegentlich leise lachte und sich dafür entschuldigte, daß sie sich so lange darin aufgehalten habe. Sie war schon sehr schwach; sie war der Situation nicht gewachsen, hatte nicht die Kraft, des großen Mysteriums innezuwerden, das ihr nach allgemeiner Übereinkunft bevorstehen mußte. Für sie war es einfach so, daß sie aufs äußerste erschöpft war, erschöpfter als je zuvor; daß sie von Augenblick zu Augenblick weniger sah, hörte und fühlte und daß sie, wenn nicht noch ein Wunder geschähe, bald überhaupt nichts mehr fühlen würde. Ihr letztes bißchen Kraft verwandte sie auf Überlegungen folgender Art: Ob Margaret nicht einen Ausflug mit dem Dampfer machen wolle? Ob die Makrelen auch nach Tibbys Geschmack zubereitet würden? Sie machte sich Sorgen, weil Helen nicht zugegen war, aber auch, weil sie nun die Schuld daran trüge, daß Helen zurückkommen müsse. Die Krankenschwestern fanden solche Gedankengänge anscheinend ganz natürlich, aber vielleicht war dies ja auch die gewöhnliche Art, sich dem Tor zur Ewigkeit zu nähern. Für Margaret jedoch war der Tod aller falschen romantischen Bilder beraubt; was auch immer die Vorstellung des Todes in sich bergen mag, der Vorgang als solcher kann höchst trivial und abstoßend sein.

»Was Wichtiges, Margaret: wenn Helen kommt, müßt ihr den Ausflug nach Lulworth nachholen.«

»Helen wird aber nicht länger dableiben können. Sie hat

telegraphiert, sie könne sich bloß für einen ganz kurzen Besuch bei dir freimachen. Sowie du wieder gesund bist, muß sie nach Deutschland zurück.«

»Wirklich höchst sonderbar von Helen! Und Mr. Wilcox?«

»Was ist mit ihm?«

»Kann er dich denn so lang entbehren?«

Henry hatte ihr zugeredet zu reisen und sich überhaupt sehr lieb benommen. Margaret wiederholte es zum soundsovielten Male.

Mrs. Munt starb nicht. Ganz unabhängig von ihrem Willen griff eine größere Macht nach ihr und verhinderte, daß es mit ihr noch weiter bergab ging. Ungerührt kehrte sie langsam wieder zum Leben zurück, so zappelig wie eh und je. Am vierten Tag war sie über dem Berg.

»Margaret, was Wichtiges«, ging es gleich weiter: »Ich möchte gern, daß du eine Freundin findest, mit der du ausgehen kannst. Versuch's doch mal mit Miß Conder!«

»Ich hab' mit Miß Conder schon einen kleinen Spaziergang gemacht.«

»So besonders interessant ist sie ja wirklich nicht. Wenn du doch Helen nur hättest!«

»Ich hab' ja Tibby, Tante Juley.«

»Ja schon, aber der muß sich doch um sein Chinesisch kümmern. Was du brauchst, ist eine echte Freundin. Ich muß schon sagen, Helen benimmt sich doch sonderbar.«

»Ja, sehr sogar!«, pflichtete Margaret bei.

»Nicht genug damit, daß sie überhaupt ins Ausland geht, nein, sie will auch gleich wieder dorthin zurück! Wieso eigentlich?«

»Sie wird es sich sicher noch anders überlegen, wenn sie uns erst einmal sieht. Sie hat doch nicht das geringste Stehvermögen.«

Das war zwar das landläufige Urteil über Helen, aber Margarets Stimme zitterte doch, als sie es aussprach. Mittlerweile war sie über das Verhalten ihrer Schwester zutiefst betrübt. Es mag schon nicht ganz normal sein, Hals über Kopf aus England zu fliehen; aber dann auch noch acht Monate wegzubleiben, das zeugt nicht nur von einem kranken Gemüt, sondern auch von einem kranken Gehirn. An ein Krankenlager ließ sie sich zurückrufen; menschlicheren Stimmen gegenüber aber blieb sie taub. Nach einem flüchtigen Blick auf die Tante würde sie sich wieder hinter irgendeiner postlagernden Adresse in ihr verborgenes Leben zurückziehen. Sie schien kaum mehr zu existieren; ihre Briefe waren langweilig und selten geworden; sie zeigte keine Bedürfnisse, keine Neugier. Und schuld an allem sollte nur der arme Henry sein! Zwar hatte sie, seine Frau, ihm längst verziehen; der Schwägerin aber galt er immer noch so sehr als ein Schändlicher, daß sie ihn nicht einmal grüßen mochte. Es war einfach krankhaft, und zu ihrer Bestürzung glaubte Margaret, eine krankhafte Entwicklung in Helens Leben vier Jahre zurückverfolgen zu können. Die Flucht aus Oniton; das maßlose Gönnertum gegenüber den Basts; der pathetische Gefühlsausbruch damals auf den Downs – alles hing mit Paul zusammen, einem unscheinbaren jungen Mann, dessen Mund den ihren einen Augenblick lang geküßt hatte. Margaret und Mrs. Wilcox hatten die Gefahr darin gesehen, daß der Kuß sich wiederholen könnte. Das war töricht gewesen: die eigentliche Gefahr bestand in Helens Reaktion. Die Reaktion auf alles, was Wilcox hieß, hatte dermaßen Besitz von ihrem Leben ergriffen, daß sie in diesem Punkt kaum noch normal war. Mit fünfundzwanzig Jahren litt sie an einer fixen Idee. Was sollte dann erst aus ihr werden, wenn sie einmal eine alte Frau war?

Je mehr Margaret darüber nachdachte, umso beunruhigter wurde sie. Monatelang hatte sie das Problem verdrängt; es wog aber viel zu schwer, als daß sie es jetzt noch länger auf die leichte Schulter nehmen durfte. Es lag ja schon beinahe ein Zug des Wahnsinns in Helens Verhalten. Sollte es noch dahin kommen, daß Helen sich in allen ihren Handlungen von einem winzig kleinen Mißgeschick beeinflussen ließe, wie es doch nun jedem jungen Mann und jeder jungen Frau widerfahren konnte? Läßt sich die Natur des Menschen auf solch schwache Beine stellen? Das verunglückte kleine Tête-à-tête in Howards End war von entscheidender Bedeutung. Es wirkte weiter, wo tiefere Gefühle brachlagen; es war stärker als Geschwisterliebe, stärker als Vernunft und Dichtung. Aus der Stimmung eines Augenblicks heraus hatte Helen einmal gestanden, daß sie es in gewissem Sinne immer noch »genieße«. Die Erinnerung an Paul war zwar verblaßt, der Zauber seiner Liebkosung aber blieb bestehen. Und wo das Vergangene noch genossen wird, da kommt es wohl auch zu Reaktionen – Wirkung und Gegenwirkung.

Merkwürdig und traurig ist es ja schon, daß unsere Seelen solche Saatbeete sind und daß es nicht in unserer Macht steht, die Saat selbst auszuwählen. Aber der Mensch ist ja bislang auch ein merkwürdiges und trauriges Geschöpf, einzig darauf bedacht, der Erde ihre Frucht abzugaunern, ohne sich darum zu kümmern, was in ihm selbst heranwächst. Mit der Psyche mag er sich gar nicht erst abgeben. Die überläßt er dem Spezialisten, was ungefähr ebenso ist, als ob er sein Essen allabendlich von einer Dampfmaschine verzehren ließe. Es ist ihm einfach zu anstrengend, die eigene Seele zu verdauen. Margaret und Helen haben da schon etwas mehr Geduld aufgebracht und man darf vermuten, daß Margaret das Ziel erreicht hat – sofern das heutzutage überhaupt möglich ist. Sie begreift sich selbst, sie hat wenigstens ansatzweise Einfluß auf ihr inneres Wachstum. Ob auch Helen das Ziel erreicht hat, läßt sich nicht sagen.

An dem Tag, an dem Mrs. Munt die Krise überwunden hatte, traf Helens Brief ein. Er war in München aufgegeben; sie selbst würde am folgenden Tag in London ankommen. Es war ein beunruhigender Brief, obwohl der Anfang durchaus herzlich und vernünftig klang.

Liebste Meg,
Bestell' Tante Juley herzliche Grüße von ihrer Helen. Sag' ihr, daß ich sie liebhabe und schon immer liebgehabt habe, soweit ich auch zurückdenken kann. Am Donnerstag bin ich in London.

Zu erreichen bin ich über die Bank. Ich habe mich noch für kein Hotel entschieden; schreib' oder telegrafier' mir also bitte dorthin und laß mich alles Nähere wissen. Wenn es Tante Juley wesentlich besser geht oder wenn, aus einem traurigen

Grund, mein Besuch in Swanage keinen Sinn mehr hat, darfst Du dich nicht darüber wundern, daß ich dann nicht komme. Ich habe alle möglichen Pläne im Kopf. Ich lebe ja zur Zeit im Ausland und möchte auch so schnell wie möglich wieder zurück. Könntest Du mich bitte wissen lassen, wo unsere Möbel sind. Ich möchte mir nur ein paar Bücher mitnehmen; alle übrigen kannst Du behalten.

Verzeih mir, liebste Meg! Wahrscheinlich wirst Du den Brief ziemlich lästig finden, aber so sind ja alle Briefe von Deiner Dich liebenden

Helen

Es war in der Tat ein lästiger Brief, denn er führte Margaret in Versuchung, sich einer Lüge zu bedienen. Wenn sie zurückschriebe, Tante Juley schwebe immer noch in Lebensgefahr, so würde ihre Schwester kommen. Morbidität steckt an. Wenn wir mit einem kränkelnden Menschen in Berührung kommen, werden wir selbst in Mitleidenschaft gezogen. Eine fromme Lüge wäre für Helen vielleicht ganz heilsam gewesen, Margaret aber hätte sich damit keinen guten Dienst erwiesen und so spielte sie, auf die Gefahr hin, Helens Unglück zu besiegeln, noch ein Weilchen länger mit offenen Karten. Sie antwortete, Tante Juley gehe es wesentlich besser, und ließ den Dingen ihren Lauf.

Tibby billigte ihre Antwort. Er nahm eine rasche Entwicklung zum Gesetzteren und war nun viel umgänglicher als früher. Die Zeit in Oxford hatte ihm gut getan. Er hatte sein mürrisches Wesen abgelegt und verstand es nun auch gut zu verbergen, daß ihm andere Menschen gleichgültig, leibliche Genüsse dagegen umso wichtiger waren. Menschlicher aber war er dabei nicht geworden. Die Jahre zwischen achtzehn und zweiundzwanzig, die für die meisten so zauberhaft sind, führten ihn gemächlich vom Knabenalter unmittelbar in die mittleren Jahre. Die Sturm- und Drangzeit, diesen Lebensabschnitt, der einem das Herz bis zum Tode erwärmt und einem Mann wie Mr. Wilcox unsterblichen Charme verleiht, hatte Tibby nie erlebt. Er war gefühlskalt, ganz ohne eigenes Verschulden, er kannte aber auch keine Grausamkeit. Seiner

Ansicht nach war Helen im Unrecht und Margaret im Recht, aber der ganze Familienärger war für ihn nichts weiter als eine Theatervorstellung. Er wußte nur einen Rat und der war charakteristisch genug.

»Warum sprichst du nicht mit deinem Mann?«

»Über Helen?«

»Vielleicht hat er ja Erfahrungen mit so etwas.«

»Er würde alles tun, was in seiner Macht steht, aber –«

»Na, du mußt es ja wissen. Ich meine nur: er ist ein Mann der Praxis.«

Hier sprach der unerschütterliche Glaube des Studenten an den Fachmann, Margaret aber hatte da ihre Bedenken. Kurz darauf kam Helens Antwort. Ein Telegramm mit der Nachfrage, wo die Möbel seien, da sie ja nun gleich wieder die Rückreise antrete. Margaret telegrafierte zurück: »Kommt nicht in Frage; erwarte dich um vier auf der Bank.« Sie fuhr mit Tibby zusammen nach London. Helen erschien aber nicht auf der Bank, und Helens Adresse wurde ihnen verweigert. Helen hatte sich ins Ungewisse verflüchtigt.

Margaret schloß den Bruder in die Arme. Er war alles, was ihr geblieben war, und dabei war er ihr noch nie so substanzlos vorgekommen.

»Tibbylein, was nun?«

»Es ist schon seltsam«, erwiderte er.

»Nun sag' doch, dein Urteil ist oft viel klarer als meins. Hast du irgendeine Ahnung, was dahinter stecken könnte?«

»Nicht die leiseste, wenn es nicht etwas psychisch Bedingtes ist.«

»Ach – das meinst du!«, sagte Margaret. »Völlig ausgeschlossen!« Aber der Verdacht war nun einmal geäußert und schon nach wenigen Minuten griff sie ihn selber auf. Es gab keine andere Erklärung. Und auch London schien Tibby recht zu geben. London ließ die Maske fallen und zum erstenmal sah Margaret, was die Großstadt in Wahrheit ist: eine Karikatur der Unendlichkeit. Die vertrauten Straßenzüge, in denen sie sich sonst bewegte, die Häuserschluchten, durch die sie seit so vielen Jahren ihre kleinen Reisen machte, wurden plötzlich nebensächlich. Helen und diese Welt der verrußten Bäume, des dahintreibenden Verkehrs, des dahinsikkernden Schmutzbreies schienen eins zu sein. Sie hatte sich in häßlicher Weise selbst aufgegeben und war in diesen Einheitsbrei zurückgekehrt. Margaret aber ließ sich in ihrem Glauben nicht erschüttern. Sie wußte: wenn des Menschen Seele überhaupt in etwas aufgehen soll, dann wird sie aufgehen in Sternengewimmel und Meerestiefe. Nicht erst jetzt, schon seit vielen Jahren mußte ihre Schwester auf Irrwegen gewesen sein. Es war schon symbolisch, daß die Katastrophe gerade jetzt, an einem Londoner Nachmittag mit sanftem Nieselregen, hereinbrach.

Henry blieb ihre einzige Hoffnung. Henry stand mit beiden Beinen fest auf der Erde. Vielleicht würde er einen Ausweg aus dem Durcheinander kennen, der ihr und ihrem Bruder verborgen geblieben war, und so entschloß sie sich, Tibbys Rat zu befolgen und die ganze Angelegenheit in Henrys Hände zu legen. Sie mußten gleich zu ihm ins Büro. Schlimmer, als es ohnehin schon war, könnte er es ja auch nicht mehr machen. Sie ging noch für einige Augenblicke in die Paulskathedrale, deren Kuppel so trutzig aus dem Gewimmel hervorragt, als predigte sie die Reinheit der Form. Innen jedoch ist die Paulskathedrale nicht anders als ihre Umgebung: Hall- und Flüstergeräusche, kaum mehr vernehmbare Gesänge, kaum mehr sichtbare Mosaiken, nasse Fußspuren kreuz und quer auf dem Steinfußboden. Si monumentum requiris, circumspice: es verweist uns wieder an London. Hier bestand keine Hoffnung auf Helen.

Auch Henry konnte zunächst ihre Erwartungen nicht erfüllen, aber damit hatte sie schon gerechnet. Er war überglücklich, daß sie aus Swanage zurück war, und es war gar nicht so leicht, ihn davon zu überzeugen, daß bereits neuer Ärger im Anzug war. Als sie ihm erzählten, sie seien auf der Suche nach Helen, mokierte er sich nur über Tibby und die Schlegels im Allgemeinen und erklärte, das sähe Helen mal wieder ähnlich, daß sie ihre Verwandten an der Nase herumführe.

»Das sagen wir ja auch alle«, erwiderte Margaret. »Aber warum soll ihr das eigentlich ähnlich sehen? Dürfen wir denn zulassen, daß sie so sonderbar ist und immer noch sonderbarer wird?«

»So was darfst du mich nicht fragen! Ich bin nur ein einfacher Geschäftsmann. Mein Wahlspruch heißt: leben und leben lassen. Ich kann euch beiden nur den einen Rat geben: regt euch bloß nicht auf! Margaret, du hast schon wieder dunkle Ränder um die Augen! Du weißt doch, das ist strengstens verboten. Erst deine Tante – dann deine Schwester. Nein, auf so was lassen wir uns gar nicht erst ein. Hab' ich nicht recht, Theobald?« Er klingelte. »Ich laß' euch noch Tee bringen und dann geht ihr auf der Stelle heim in die Ducie Street. Das fehlte mir noch, daß meine junge Frau genauso alt ausschaut wie ich.«

»Trotzdem haben Sie immer noch nicht ganz verstanden, worauf wir eigentlich hinauswollen«, sagte Tibby.

Mr. Wilcox, der guter Laune war, entgegnete: »Wahrscheinlich werde ich das nie.« Er lehnte sich zurück und mußte herzlich über die zwar begabte, aber merkwürdige Familie lachen, während das Kaminfeuer einen flackernden Lichtschein über die Karte von Afrika warf. Margaret bedeutete ihrem Bruder, er möge fortfahren. Ziemlich zaghaft gehorchte er ihr.

»Worauf Margaret eigentlich hinauswollte, ist folgendes«, sagte er. »Es könnte sein, daß unsere Schwester verrückt ist.«

Charles, der in dem inneren Büro arbeitete, steckte seinen Kopf durch die Tür.

»Komm doch rein, Charles!«, sagte Margaret freundlich. »Kannst du uns nicht vielleicht helfen? Wir stecken nämlich schon wieder mal in Schwierigkeiten.«

»Ich fürchte nein. Was habt ihr denn für Anhaltspunkte? Verrückt sind wir ja heutzutage alle mehr oder weniger.«

»Die Anhaltspunkte sind folgende«, antwortete Tibby, der mitunter einen pedantisch klaren Verstand an den Tag legen konnte. »Die Anhaltspunkte bestehen darin, daß sie jetzt seit drei Tagen in England ist und uns nicht sehen will. Sie hat der Bank untersagt, uns ihre Adresse bekannt zu geben. Auf Fragen antwortet sie ganz einfach nicht. Margaret findet ihre Briefe farblos. Es gibt auch noch andere Anhaltspunkte, aber das sind die auffälligsten.«

»Dann hat sie sich also noch nie zuvor so verhalten?«, fragte Henry.

»Natürlich nicht!«, sagte seine Frau mit einem Stirnrunzeln.

»Aber, Margaret, wie soll ich das wissen?«

Ein dummer kleiner Anfall von Gereiztheit überkam sie. »Du weißt doch recht gut, daß Helen niemals gegen den Geist der Liebe verstößt«, sagte sie. »So viel mußt du doch gemerkt haben.«

»O ja, wir sind immer ganz prächtig miteinander ausgekommen.«

»Aber nein, Henry – begreifst du denn nicht? –, das meine ich doch gar nicht.«

Sie gewann ihre Fassung wieder, aber Charles, der das Geschehen mit stieren, aber aufmerksamen Blicken verfolgte, hatte ihre Entgleisung doch bemerkt.

»Ich wollte damit sagen, daß ihr früheres exzentrisches Benehmen letzten Endes doch immer von ihrem Herzen ausging. Sie benahm sich seltsam, weil sie jemanden gern hatte oder anderen Menschen helfen wollte. Aber diesmal gibt es gar keine Entschuldigung für sie. Sie bereitet uns allen großen Kummer und deshalb bin ich davon überzeugt, daß es ihr nicht gut geht. ›Verrückt‹ ist ein zu furchtbares Wort, aber etwas ist nicht in Ordnung mit ihr. Daß sie verrückt ist, glaube ich nie und nimmer. Nur eben gesundheitlich nicht in Ordnung – sonst würde ich ja auch gar nicht mit dir über sie sprechen – ich meine, dich ihretwegen belästigen.«

Henry wurde allmählich ernst. Kränklichkeit war für ihn etwas ganz Eindeutiges. Als ein Mensch von ziemlich beständiger Gesundheit konnte er sich nicht vorstellen, daß man in einem langsam fortschreitenden Entwicklungsprozeß in den Krankenstand herabsinkt. Kranke Menschen hatten in seinen Augen kein Recht mehr; sie waren jenseits von Gut und Böse; man konnte sie erbarmungslos belügen. Als seine erste Frau krank wurde, hatte er ihr versprochen, er werde sie nach Hertfordshire hinausbringen. Statt dessen hatte er sie in einer Privatklinik angemeldet. Auch Helen war krank, und der Plan, den er für ihre Gefangennahme entwarf, ließ, so klug und wohlgemeint er auch sein mochte, dennoch die Gesinnung des Wolfs unter den Wölfen erkennen.

»Ihr möchtet sie also zu fassen bekommen?«, sagte er. »Das ist doch das eigentliche Problem, stimmt's? Sie muß unbedingt einen Arzt aufsuchen.«

»Soviel ich weiß, ist sie schon bei einem gewesen.«

»Ja, ja, unterbrich mich jetzt nicht!« Er stand auf und dachte angestrengt nach. Der joviale, umsichtige Gastgeber verschwand und sie sahen statt dessen den Mann, der in Griechenland und Afrika ein Vermögen gemacht und den Eingeborenen für ein paar Flaschen Schnaps ganze Wälder abgekauft hatte. »Ich hab's!«, sagte er schließlich. »Es ist kinderleicht. Laß mich nur machen! Wir schicken sie nach Howards End.«

»Wie willst du denn das anstellen?«

»Na, wegen ihrer Bücher! Sag' ihr, sie muß sie selber auspacken. Dann kannst du sie dort treffen.«

»Aber, Henry, das möchte sie ja gerade nicht. Das ist ja bei ihr das – das Komische, daß sie mich nicht sehen will.«

»Natürlich sagst du ihr nicht, daß du hinfährst. Wenn sie dort ist und in den Kisten herumsucht, kommst du eben einfach daherspaziert. Wenn ihr nichts fehlt, um so besser. Wir lassen aber das Auto gleich um die Ecke warten und im Notfall können wir sie im Handumdrehen zu einem Spezialisten fahren.«

Margaret schüttelte den Kopf. »Das ist ganz unmöglich.«

»Warum?«

»Mir erscheint es nicht so unmöglich«, sagte Tibby. »Es ist mit Sicherheit ein ganz patenter Plan.«

»Es ist unmöglich, weil –« Sie blickte ihren Mann traurig an. »Es ist nicht die Sprache, die Helen und ich miteinander sprechen wenn du verstehst, was ich meine. Für andere Menschen wäre es bestimmt großartig geeignet – da mache ich auch niemandem einen Vorwurf daraus.«

»Aber Helen spricht ja nicht«, sagte Tibby. »Das ist doch unser ganzes Problem. Sie will ja eure gemeinsame Sprache nicht sprechen, und gerade deswegen meinst du doch, sie sei krank.«

»Nein, Henry, es ist zwar lieb von dir, aber ich kann das nicht machen.«

»Versteh' schon«, sagte er, »du hast Skrupel.«

»Wahrscheinlich.«

»Und bevor du dich über deine Skrupel hinwegsetzt, läßt du lieber deine Schwester leiden. Du hättest sie mit einem einzigen Wort nach Swanage bringen können, aber nein, du hast Skrupel. Skrupel sind ja auch was ganz Schönes, und ich hab' bestimmt nicht weniger Skrupel als irgendein anderer auf der Welt, hoffe ich wenigstens, aber wenn es sich um einen solchen Fall handelt, wenn es sich um Geisteskrankheit –«

»Ich bestreite, daß es Geisteskrankheit ist!«

»Du hast doch eben selbst noch gesagt –«

»Von Geisteskrankheit darf vielleicht ich sprechen, aber nicht du.«

Henry zuckte die Achseln. »Margaret! Margaret!«, sagte er in vorwurfsvollem Ton. »Daß ihr Frauen doch niemals logisch denken lernt! Also, meine Liebe, meine Zeit ist kostbar. Soll ich dir nun helfen oder nicht?«

»Nicht auf diese Weise.«

»Beantworte meine Frage! Klare Frage, klare Antwort. Soll –« Zur allgemeinen Überraschung machte Charles eine Zwischenbemerkung. »Väterchen, wir können doch Howards End eigentlich auch gleich ganz aus dem Spiel lassen«, sagte er.

»Warum denn, Charles?«

Charles wußte keinen Grund zu nennen, aber Margaret kam es so vor, als ob über eine gewaltige Entfernung ein Gruß zwischen ihm und ihr hin- und hergegangen wäre.

»In dem Haus liegt sowieso schon alles durcheinander wie Kraut und Rüben«, sagte er verstimmt. »Wir wollen doch nicht noch ein größeres Durcheinander.«

»Wer ist denn ›wir‹?«, fragte sein Vater. »Mein Junge, wer ist denn ›wir‹, wenn ich mir die Frage gestatten darf?«

»Entschuldige bitte!«, sagte Charles. »Anscheinend störe ich ja doch nur immer!«

Margaret wünschte längst, sie hätte ihrem Gatten ihren Kummer niemals anvertraut. Aber es gab kein Zurück mehr.

Er war entschlossen, die Sache zu einem befriedigenden Ende zu bringen, und Helens Person trat bei dem, was er sagte, immer mehr in den Hintergrund. Daß sie blondes, wehendes Haar und wißbegierige Augen hatte, bedeutete nichts mehr, denn sie war krank und rechtlos, und jeder ihrer Freunde konnte nach Herzenslust Jagd auf sie machen. Mit wehem Herzen beteiligte sich Margaret an der Jagd. Nach Diktat ihres Mannes schrieb sie ihrer Schwester einen unehrlichen Brief, in dem sie erklärte, die Möbel stünden alle in Howards End, könnten aber am kommenden Montag um drei Uhr nachmittags besichtigt werden, weil um diese Stunde eine Reinmachefrau im Hause sei. Es war ein kühler Brief, der aber dafür nur noch um so glaubhafter klang. Helen würde sich denken, daß ihre Schwester beleidigt sei. Und am kommenden Montag würden Margaret und Henry bei Dolly zu Mittag essen und sich dann im Garten auf die Lauer legen.

Als die Geschwister gegangen waren, sagte Mr. Wilcox zu seinem Sohn: »Ein solches Verhalten kann ich nicht dulden, mein Junge! Margaret ist viel zu gutmütig, um sich daran zu stoßen, aber dafür stoße ich mich daran um so mehr.«

Charles gab keine Antwort.

»Ist dir heute Nachmittag vielleicht eine Laus über die Leber gelaufen, Charles?«

»Nein, Väterchen, aber vielleicht hast du dir da mehr aufgehalst, als du denkst.«

»Wieso?«

»Das darfst du mich nicht fragen!«

XXXV

Man spricht immer von den Frühlingsstimmungen, aber im Grunde haben alle Tage, die wirklich Frühlingskinder sind, ein und dieselbe Stimmung: sie erfüllt das Aufrauschen und Hinsinken des Windes und das Zwitschern der Vögel. Neue Blumen sprießen, das grüne Kleid der Hecken webt sich dichter, aber drüber hängt derselbe Himmel, weich, tief und blau, und dieselben Gestalten, sichtbare wie unsichtbare, wandern durch Felder und Wälder. Der Vormittag, den Margaret mit Miß Avery verbracht hatte, und der Nachmittag, an dem sie sich aufmachte, ihre Schwester in die Falle zu locken, waren wie die Schalen einer einzigen Waage. Es war, als hätte die Zeit stillgestanden, als wäre kein Regen gefallen und als hätte nur der Mensch allein mit seinem schnöden Sinnen und Trachten die Natur verstört, bis man sie nur noch wie durch einen Tränenschleier sehen konnte.

Margaret hatte allen Protest aufgegeben. Ob Henry nun Recht oder Unrecht hatte, er war jedenfalls wirklich sehr lieb und sie kannte keinen anderen Maßstab, nach dem sie ihn beurteilen konnte. Sie mußte ihm einfach rückhaltlos vertrauen. Sowie er eine Unternehmung erst einmal in die Hand genommen hatte, verlor er seine Begriffsstutzigkeit. Er wußte sich selbst den geringsten Anhaltspunkt zunutze zu machen, und es sah ganz danach aus, als würde Helens Gefangennahme ebenso geschickt inszeniert werden wie Evies Hochzeit.

Wie verabredet fuhren sie vormittags hinaus und binnen kurzem hatte Henry herausgefunden, daß ihr Opfer tatsächlich in Hilton eingetroffen war. Gleich nachdem sie selbst dort angekommen waren, fuhr er bei sämtlichen Lohnkutschern im Dorf vorbei und führte kurze Männergespräche mit ihnen. Was er dabei sagte, wußte Margaret nicht – möglicherweise nicht die Wahrheit; jedenfalls erreichte sie nach dem Mittagessen die Nachricht, daß eine Dame mit dem Zug aus London angekommen war und einen Einspänner nach Howards End genommen hatte.

»War ja klar, daß sie fahren mußte«, sagte Henry. »Sie will doch ihre Bücher mitnehmen.«

»Ich werde einfach nicht schlau daraus!«, sagte Margaret zum hundertsten Mal.

»Trink' doch bitte deinen Kaffee aus. Wir müssen los.«

»Ja, Margaret, du mußt dich doch tüchtig stärken«, sagte Dolly.

Margaret gab sich damit auch alle Mühe, aber plötzlich überkam es sie, und sie mußte die Hand vor die Augen legen. Dolly warf ihrem Schwiegervater verstohlene Blicke zu, die er aber nicht erwiderte. In das Schweigen hinein hörte man das Auto vorfahren.

»Du bist nicht in der richtigen Verfassung dafür«, sagte er besorgt. »Laß mich lieber allein gehen. Ich weiß genau, was ich zu tun habe.«

»O doch, ich bin schon in der richtigen Verfassung«, sagte Margaret und ließ die Hand vom Gesicht sinken. »Nur eben ganz schrecklich beunruhigt. Ich habe gar nicht mehr das Gefühl, daß Helen überhaupt noch richtig lebt. Ihre Briefe und Telegramme kamen mir vor, als ob jemand anderer sie geschrieben hätte. Ihre Stimme klingt nicht heraus. Ich kann auch gar nicht so recht glauben, daß der Fahrer sie wirklich gesehen hat. Hätte ich doch bloß nie davon angefangen! Ich weiß, Charles ist verärgert, ja, das weiß ich ganz genau –« Sie ergriff plötzlich Dollys Hand und küßte sie. »So, Dolly wird mir vergeben. So, und jetzt können wir gehen.«

Henry hatte sie die ganze Zeit scharf angesehen. Diese Entgleisung gefiel ihm gar nicht.

»Willst du dich denn nicht erst noch zurechtmachen?«

»Hab' ich denn noch Zeit?«

»Ja, mehr als genug.«

Sie ging in den neben der Haustür gelegenen Waschraum. Sowie der Riegel eingeschnappt war, sagte Mr. Wilcox leise:

»Dolly, ich fahre ohne sie.«

Dollys Augen leuchteten sensationslüstern auf. Auf Zehenspitzen folgte sie ihm zum Wagen hinaus.

»Sag' ihr, ich hätte es so für das beste gehalten.«

»Ja, Mr. Wilcox, verstehe.«

»Oder sag', was du willst. Also los!«

Der Wagen sprang sofort an, und wenn es mit rechten Dingen zugegangen wäre, hätte auch alles geklappt. Aber einer von Dollys Sprößlingen, der im Garten spielte, wählte just diesen Augenblick, um sich mitten auf dem Weg niederzulassen. Crane wollte ausweichen und fuhr mit einem Rad über ein Goldlackbeet. Dolly schrie auf, und Margaret, die das Geräusch gehört hatte, kam ohne Hut herausgestürzt und konnte gerade noch rechtzeitig aufs Trittbrett springen. Sie sagte kein einziges Wort: er behandelte sie ja nur, wie sie Helen behandelt hatte, und ihr Zorn über seine Unehrlichkeit zeigte ihr doch nur, wie Helen ihnen beiden gegenüber empfinden würde. Sie dachte: ich hab' es nicht anders verdient, ich werde gestraft, weil ich die Flagge gestrichen habe. Und sie nahm seine Entschuldigung mit einer Ruhe hin, die ihn doch sehr erstaunte.

»Ich bin nach wie vor der Ansicht, daß du nicht in der richtigen Verfassung dafür bist«, wiederholte er.

»Beim Mittagessen war ich das vielleicht auch wirklich nicht. Aber jetzt sehe ich alles ganz klar vor mir.«

»Ich wollte nur das Beste.«

»Kannst du mir vielleicht deinen Schal leihen? Der Wind bläst einem so ins Haar.«

»Aber sicher, junge Frau. Ist's jetzt besser so?«

»Schau! Meine Hände zittern jetzt nicht mehr.«

»Und bist mir auch wirklich nicht mehr böse? Dann hör' mir zu. Helens Droschke ist inzwischen sicher schon in Howards End. Wir sind ein bißchen spät dran, aber das macht gar nichts. Als erstes müssen wir ihren Fahrer dazu bekommen, daß er wegfährt und beim Bauern wartet, denn man muß ja seine Händel nicht unbedingt vor allen Leuten austragen. Ein gewisser Herr« – er deutete auf Cranes Rükken – »fährt auch nicht bis vors Haus, sondern wartet ein Stück vor der Einfahrt hinter der Lorbeerhecke. Hast du die Hausschlüssel eigentlich noch?«

»Ja.«

»Na, die brauchen wir ja auch gar nicht. Du hast im Kopf, wie das Haus liegt?«

»Ja.«

»Wenn wir sie nicht auf der Veranda antreffen, können wir im Garten ums Haus herumlaufen. Unser Ziel –«

Hier hielten sie kurz an und ließen den Arzt einsteigen.

»Guten Tag, Mansbridge, ich sagte eben zu meiner Frau: unser Ziel muß es vor allem sein, Miß Schlegel nicht zu erschrecken. Das Haus gehört ja mir, wie Sie wissen; es ist also nicht weiter ungewöhnlich, wenn wir dort auftauchen. Es handelt sich da offensichtlich um ein Nervenleiden – das meinst du doch auch, Margaret?«

Der Arzt, ein noch sehr junger Mann, begann Fragen über Helen zu stellen. Ob sie normal veranlagt sei? Ob man von angeborenen oder ererbten Störungen sprechen könne? Ob etwas vorgefallen sei, was sie von ihrer Familie habe entfremden können?

»Nichts«, antwortete Margaret und fragte sich dabei, was wohl geschehen wäre, wenn sie hinzugesetzt hätte: »Nur meinem Mann hat sie seinen unmoralischen Lebenswandel übel genommen.«

»Sie ist schon immer recht reizbar gewesen«, fuhr Henry fort und lehnte sich in den Fond des Wagens zurück, als sie an der Kirche vorüberbrausten. »Einen gewissen Hang zum Spiritismus und solchem Hokuspokus, aber nichts Ernstzunehmendes. Musik-, literatur- und kunstinteressiert, aber im ganzen normal veranlagt, möchte ich sagen – eine ganz reizende junge Frau.«

In Margaret schwollen Zorn und Entsetzen von Augenblick zu Augenblick immer höher an. Was nahmen diese Männer sich für eine Sprache gegen ihre Schwester heraus! Welche Entsetzlichkeiten stünden noch bevor! Welche Unverschämtheiten unter dem Deckmantel der Wissenschaft! Die Meute war dabei, sich auf Helen zu stürzen, um ihr die Menschenrechte abzuerkennen, und für Margaret schien es so, als wäre mit Helen zugleich das ganze Haus Schlegel bedroht. »Waren sie normal?« Was für eine Frage! Und ausgerechnet diejenigen, die keine Ahnung von der menschlichen Natur haben, die sich bei der Psychologie langweilen und bei der Physiologie in Entsetzen verfallen, ausgerechnet die müssen immer diese Frage stellen. In welch erbärmlichem Zustand sich ihre Schwester auch befinden mochte, Margaret wußte, sie mußte sich auf ihre Seite stellen. Wenn die Welt sie unbedingt für verrückt halten wollte, dann würden sie eben zusammen verrückt sein.

Es war gerade fünf Minuten nach drei. Der Wagen hielt kurz vor dem Bauernhaus, in dessen Hof Miß Avery stand. Henry fragte sie, ob eine Droschke vorbeigekommen sei. Sie nickte und gleich darauf erblickten sie das Gefährt auch selbst: es stand am Ende des Sträßchens. Das Auto fuhr wieder an; es lief lautlos dahin wie ein Raubtier. Helen versah sich so wenig einer Gefahr, daß sie ganz arglos auf der Veranda saß, mit dem Rücken zur Straße. Sie war also wirklich gekommen. Man sah nur ihren Kopf und ihre Schultern. Eingerahmt vom Weinstock saß sie da und eine ihrer Hände spielte mit den Knospen. Der Wind zerzauste ihr das Haar, die Sonne vergoldete es; sie war, wie sie immer schon gewesen war.

Margaret saß der Wagentür am nächsten. Bevor ihr Mann sie daran hindern konnte, schlüpfte sie hinaus und rannte ans Gartentor. Es war geschlossen; sie riß es auf, eilte hindurch und schlug es ihm absichtlich vor der Nase zu. Das Geräusch ließ Helen aufschrecken. Margaret sah, wie sie sich mit einer Bewegung erhob, die sie noch nie zuvor an Helen wahrgenommen hatte, und kaum war sie auf der Veranda angelangt, da hatte sie auch schon die einfache Erklärung für all die Ängste, die man um die Schwester ausgestanden hatte: Helen erwartete ein Kind.

»Ist mit unserer Ausreißerin alles in Ordnung?«, rief Henry.

Sie hatte noch Zeit, Helen zuzuflüstern: »Ach, mein Liebling –« Die Hausschlüssel hielt sie in der Hand. Sie sperrte Howards End auf und schob Helen rasch hinein. »Ja, in Ordnung«, sagte sie und stellte sich mit dem Rücken vor die Tür.

XXXVI

»Margaret, du siehst ja ganz verstört aus!«, sagte Henry. Mansbridge stand neben ihm. Crane war am Gartentor geblieben und der Mann mit dem Einspänner hatte sich auf seinem Kutschbock aufgerichtet. Margaret versuchte, sie mit einem Kopfschütteln fernzuhalten; zum Sprechen hatte sie keine Kraft mehr. Sie stand einfach nur da und hielt die Schlüssel krampfhaft umklammert, als hinge ihrer aller Zukunft daran. Henry fragte sie etwas: sie schüttelte nur wieder den Kopf; seine Worte hatten für sie keinen Sinn. Warum sie Helen überhaupt ins Haus gelassen hätte, wollte er gern von ihr wissen. »Das Gartentor hättest du mir ja beinahe ins Gesicht geschlagen«, lautete eine andere Bemerkung von ihm.

Nun hörte sie auch sich selbst sprechen. Sie – oder vielleicht auch eine fremde Stimme in ihr – sagte: »Geh weg!« Henry kam näher. Er wiederholte: »Margaret, du siehst ja schon wieder so verstört aus! Komm, sei so lieb und gib mir die Schlüssel. Was hast du denn mit Helen vor?«

»Ach Henry, liebster Henry, so geh doch schon! Ich werde schon ganz allein mit allem fertig.«

»Womit fertig?«

Er streckte die Hand nach den Schlüsseln aus. Sie hätte wohl auch gehorcht, wenn da nicht noch der Arzt gewesen wäre.

»So geh doch wenigstens da dazwischen!«, sagte sie kläglich. Der Arzt war nämlich zurückgegangen und fragte soeben Helens Kutscher aus. Ein neues Gefühl stieg in Margaret auf; sie führte einen Kampf für die Frauen gegen die Männer. Die Rechte der Frauen konnten ihr zwar gestohlen bleiben, wenn aber die Männer versuchten, nach Howards End hineinzukommen, dann nur über ihre Leiche.

»Na, das fängt ja schon wieder gut an!«, sagte ihr Mann.

In diesem Augenblick trat der Arzt wieder auf Mr. Wilcox zu und flüsterte ihm ein paar Worte ins Ohr: der Skandal war offensichtlich. Mit einem Ausdruck ehrlichen Entsetzens stand Henry da und starrte zur Erde.

»Ich kann's nicht ändern«, sagte Margaret. »Ihr müßt schon warten. Ich kann auch nichts dafür. Geht jetzt bitte – alle vier!«

Der Mann mit dem Einspänner unterhielt inzwischen ein eifriges Getuschel mit Crane.

»Wir verlassen uns auf Ihre Hilfe, Mrs. Wilcox«, sagte der junge Arzt. »Könnten Sie bitte hineingehen und Ihre Schwester dazu bewegen herauszukommen?«

»Weswegen denn?«, fragte Margaret und blickte ihm mit einemmal gerade in die Augen.

Eine ausweichende Antwort schien ihm in seiner Eigenschaft als Arzt wohl am geratensten zu sein und so murmelte er etwas von einem Nervenzusammenbruch.

»Es tut mir furchtbar leid, aber es ist nichts dergleichen. Ich glaube nicht, daß Sie für die Behandlung meiner Schwester kompetent sind, Mr. Mansbridge. Wenn wir Ihre Dienste benötigen, werden wir Sie es wissen lassen.«

»Ich kann meine Diagnose, wenn Sie wünschen, auch etwas drastischer fassen«, entgegnete er.

»Sie hätten es gekonnt, haben es aber nicht getan, und deshalb sind Sie auch nicht dazu geeignet, meine Schwester zu behandeln.«

»Ich muß doch sehr bitten, Margaret!«, sagte Henry, immer noch mit niedergeschlagenen Augen. »Das hier ist eine ganz schreckliche Geschichte, eine entsetzliche Geschichte. Und der Doktor muß ja schließlich wissen, was das richtige ist, also gib die Tür frei!«

»Verzeih, aber das tu' ich nicht!«

»Das kann ich nicht gut heißen.«

Margaret schwieg.

»So kommen wir doch nicht weiter«, warf der Arzt ein. »Wir sollten viel lieber alle zusammenarbeiten. Sie brauchen uns, Mrs. Wilcox, und wir brauchen Sie.«

»Sehr richtig!«, sagte Henry.

»Ich brauche euch nicht im geringsten«, sagte Margaret.

Die beiden Männer sahen einander besorgt an.

»Und ebenso wenig braucht euch meine Schwester, die ihre Niederkunft erst in etlichen Wochen erwartet.«

»Margaret, Margaret!«

»Also, Henry, du kannst deinen Doktor ruhig wieder wegschicken. Wozu sollte er denn jetzt auch noch gut sein?«

Mr. Wilcox ließ den Blick über das Haus hinschweifen. Er hatte das unbestimmte Gefühl, daß er jetzt nicht nachgeben dürfe, sondern dem Arzt den Rücken steifen müsse. Vielleicht würde er selbst bald Hilfe benötigen, denn die Sache war noch längst nicht ausgestanden.

»Es kommt jetzt einzig und allein auf Zuneigung an«, sagte Margaret. »Zuneigung! Begreift ihr das denn nicht?« Und sie schrieb, wie sie es in solchen Fällen gerne tat, das Wort mit dem Finger an die Hauswand. »Das müßt ihr doch begreifen! Ich mag Helen sehr gern, du nicht so sehr, und Mr. Mansbridge kennt sie überhaupt nicht. So einfach ist das! Und Zuneigung gibt einem, wenn sie erwidert wird, auch gewisse Rechte. Das können Sie sich ruhig in Ihr schlaues Buch schreiben, Mr. Mansbridge, es ist ein ganz probates Rezept.«

Henry sagte ihr, sie solle ruhig sein.

»Ach, ihr wißt doch selbst nicht, was ihr wollt!«, sagte Margaret und verschränkte die Arme. »Nur ein vernünftiges Wort und ich lasse euch rein. Aber ihr findet keins. Ihr würdet meine Schwester nur grundlos beunruhigen, und das lasse ich nicht zu! Lieber bleib' ich hier den ganzen Tag stehen.«

»Mansbridge«, sagte Henry leise, »vielleicht doch lieber später.«

Die Meute zerstreute sich. Auf ein Zeichen von seinem Herrn setzte sich auch Crane wieder in den Wagen.

»Und jetzt auch du, Henry«, sagte sie freundlich. Ihre Bitterkeit hatte auch nicht einen einzigen Augenblick ihm gegolten. »Geh jetzt bitte, sei so lieb. Später werde ich deinen Rat bestimmt noch brauchen. Verzeih' mir, wenn ich patzig gewesen bin. Aber, ganz im Ernst, du mußt jetzt gehen!«

Das begriff er nicht; er wollte bei ihr bleiben. Diesmal war es Mansbridge, der ihn mit halblautem Zuspruch zum Gehen bewog.

»Ich komme bald nach und treffe dich bei Dolly«, rief sie, als das Tor endlich zwischen ihnen ins Schloß fiel. Der Einspänner fuhr zur Seite, das Auto wendete umständlich, mit mehrmaligem Vor- und Zurücksetzen, und bog dann in die schmale Landstraße ein. Eine Kette von Fuhrwerken kam ihm mitten auf der Fahrspur entgegen und versperrte den Weg. Margaret wartete noch ab, bis sie alle vorüber waren, denn es bestand ja kein Grund zur Eile. Erst als die Straße wieder frei und das Auto abgefahren war, öffnete sie die Tür. »Ach, mein Liebling!«, sagte sie. »Mein Liebling, verzeih' mir!« Helen stand vor ihr in der Halle.

XXXVII

Margaret verriegelte die Tür von innen und hätte nun eigentlich gern ihre Schwester geküßt, aber Helen sagte in würdevollem Ton, der ihre Stimme seltsam verfremdete: »Wie praktisch! Du hattest ja gar nicht erwähnt, daß die Bücher schon ausgepackt sind. Ich hab' schon so gut wie alles gefunden, was ich suche.«

»Ich hab' dich von vorn bis hinten belogen.«

»Zu meiner nicht geringen Überraschung, das muß ich schon sagen! Ist Tante Juley denn überhaupt krank gewesen?«

»Helen, du wirst doch wohl nicht glauben, daß ich so etwas erfinden könnte?«

»Eigentlich nicht«, sagte Helen und wandte sich ab, denn nun mußte sie doch ein bißchen weinen. »Aber nach dem hier kann man schon seinen Glauben an die Menschheit verlieren.«

»Wir dachten, du wärest krank, aber selbst dann – ach, ich hab' mich ganz einfach nicht anständig verhalten.«

Helen suchte sich noch ein Buch heraus.

»Natürlich hätte ich zu keinem Menschen davon sprechen dürfen. Was wohl unser Vater von mir denken würde?«

Sie wollte ihrer Schwester weder Fragen stellen noch Vorwürfe machen. Später einmal würde sie vielleicht beides nachholen müssen, zunächst aber mußte sie eine Schuld sühnen, die schwerer wog als irgendeine, die Helen überhaupt jemals auf sich geladen haben konnte – den Vertrauensmangel, der das Werk des Teufels ist.

»Ja, ich bin verärgert«, erwiderte Helen. »Warum hat man auch meine Wünsche nicht respektieren können? Ich hätte mich dieser Begegnung schon gestellt, wenn sie nötig gewesen wäre, aber nach Tante Juleys Genesung war sie doch nicht mehr nötig. Jetzt, wo ich mein Leben genau vorauszuplanen habe –«

»Jetzt laß doch mal die dummen Bücher!«, rief Margaret. »Helen, so rede doch mit mir!«

»Ich wollte eben sagen, daß ich jetzt nicht mehr nur noch so in den Tag hinein lebe. Wenn man so viel – so viel – « – sie ließ das Wort aus – »durchmacht, dann muß man ganz einfach jeden seiner Schritte genau vorausplanen. Im Juni bekomme ich ein Kind, und da sind zum einen Unterhaltungen,

Auseinandersetzungen und Aufregungen nicht gut für mich. Wenn es sein muß, nehm' ich's natürlich auf mich, aber nur wenn es sein muß. Zum andern habe ich nicht das Recht, den Leuten Unannehmlichkeiten zu bereiten. In dem England, wie ich es kenne, ist kein Platz mehr für mich. Ich habe etwas getan, was die Engländer niemals verzeihen. Es wäre auch gar nicht richtig, wenn sie es verzeihen würden. Also muß ich leben, wo man mich nicht kennt.«

»Aber warum hast du's mir denn nicht gesagt, Helen?«

»Ja«, sagte Helen abwägend, »das hätte ich schon tun können, aber ich wollte lieber noch damit warten.«

»Ich glaube, du hättest es mir nie gesagt.«

»O doch, das hätte ich. Wir haben uns in München eine Wohnung genommen.«

Margaret blickte zum Fenster hinaus.

»Mit ›wir‹ meine ich mich und Monica. Sie ist der einzige Mensch, mit dem ich die ganze Zeit zusammengewesen bin und mit dem ich auch immer zusammenbleiben will.«

»Den Namen hab' ich ja noch nie gehört.«

»Das ist auch nicht gut möglich. Sie ist Italienerin – wenigstens von Geburt. Sie verdient sich ihren Lebensunterhalt als Journalistin. Kennengelernt hab' ich sie eigentlich am Gardasee. Monica wird mir jetzt bestimmt am besten helfen können.«

»Du mußt sie sehr gern haben.«

»Sie hat unendlich viel Geduld mit mir gehabt.«

Margaret überlegte, was diese Monica für ein Typ sein mochte – »Italiano Inglesiato« hatten sie das einmal genannt: der rücksichtslos frauenrechtlerische Typ des Südens, den man achtet, mit dem man aber nicht umgehen mag. Und auf so etwas war Helen nun in ihrer Not verfallen!

»Du mußt nicht glauben, daß wir uns jetzt überhaupt nicht mehr sehen werden«, sagte Helen mit betonter Freundlichkeit. »Bei mir ist immer ein Zimmer für dich frei, wenn du zu Hause abkömmlich bist, und je länger du bei mir bleiben kannst, desto besser. Ich glaube nur, Meg, du hast die Situation noch nicht richtig erfaßt, aber natürlich ist das für dich auch gar nicht so einfach. Für dich muß es ja ein Schock sein. Das ist es für mich nicht mehr. Ich hab' mir monatelang durch den Kopf gehen lassen, wie es mit uns in Zukunft weitergehen soll, und daran wird sich nun durch einen kleinen Zwischenfall wie den heutigen auch nichts mehr ändern. In England kann ich nicht leben.« »Helen, du nimmst mir's immer noch übel, daß ich dich so verkauft habe. Sonst könntest du gar nicht so mit mir reden.«

»Ach, Meg, wozu reden wir denn überhaupt noch lange miteinander?« Sie ließ ein Buch fallen und seufzte matt auf. Dann nahm sie sich wieder zusammen und fragte: »Sag mal, wie kommen denn die Bücher alle hierher?«

»Durch eine Reihe von Mißverständnissen.«

»Und die Möbel sind ja auch zum größten Teil ausgepackt.«

»Vom ersten bis zum letzten Stück.«

»Wer wohnt denn dann hier?«

»Niemand.«

»Aber vermieten wollt ihr es wohl doch?«

»Das Haus ist tot«, sagte Margaret stirnrunzelnd. »Wozu sich noch den Kopf darüber zerbrechen?«

»Aber es interessiert mich. Du redest so, als ob ich mein ganzes Interesse am Leben verloren hätte. Ich bin immer noch Helen, hoffe ich. Also auf mich wirkt dieses Haus alles andere als tot. Schon die Halle kommt mir viel lebendiger vor als früher, als noch die Sachen der Wilcoxens hier standen.«

»Es interessiert dich also? Na gut, dann muß ich's dir wohl auch erzählen. Mein Mann hat uns das Haus zur Verfügung gestellt, unter der Bedingung, daß wir – aber durch ein Mißverständnis sind alle unsere Sachen ausgepackt worden, und anstatt daß Miß Avery –« Sie hielt inne. »Schau mal, ich kann so nicht mehr weitermachen. Ich will's auch gar nicht mehr, damit du's gleich weißt. Nur weil du Henry haßt, mußt du mich deswegen noch lange nicht so furchtbar grausam behandeln!«

»Ich hasse ihn ja jetzt gar nicht mehr«, sagte Helen. »Die Schulmädchenzeit habe ich hinter mir, und noch einmal zum Mitschreiben für dich, Meg: ich bin nicht grausam zu dir.

Nur daß ich mich wieder in euer englisches Leben hier hineinfinden sollte – nein, das schlag' dir lieber gleich aus dem Kopf! Stell' dir doch nur einmal vor, ich käme in die Ducie Street zu Besuch! Einfach unmöglich!«

Margaret konnte ihr nicht widersprechen. Es war erschrekkend anzusehen, wie Helen in aller Ruhe ihre Pläne weiterverfolgte, weder verbittert noch aufgeregt, weder schuldbewußt noch im Gewande falscher Unschuld, sondern einfach nur aus einem Bedürfnis nach Freiheit und nach der Gesellschaft von Menschen, die ihr keine Vorwürfe machen würden. Sie mußte allerlei durchgemacht haben – wie viel, das konnte Margaret nur ahnen. Genug jedenfalls, um sie von alten Gewohnheiten und von alten Freunden zu trennen.

»Erzähl' mir was von dir!«, sagte Helen. Sie hatte sich ihre Bücher herausgesucht und ging nun nachdenklich von Möbelstück zu Möbelstück.

»Da gibt's nichts zu erzählen.«

»Aber deine Ehe ist doch glücklich, Meg?«

»Ja, aber ich möchte nicht darüber sprechen.«

»Da geht's dir wie mir.«

»So hab' ich's nicht gemeint, ich kann nur einfach nicht.«

»Genauso geht es mir auch. Es ist ärgerlich, aber man kann einfach nicht dagegen an.«

Es stand etwas zwischen ihnen. Vielleicht war es die Gesellschaft, von der Helen von nun an ausgeschlossen sein würde. Vielleicht war es das dritte Leben, das in geisterhafter Weise schon verkörpert und gegenwärtig war. Sie vermochten einfach keine gemeinsame Ebene zu finden. Beide litten sie heftig darunter und es war ihnen auch kein Trost zu wissen, daß sich an ihrer Zuneigung zueinander nichts geändert hatte.

»Hör' mal, Meg, ist die Luft jetzt eigentlich rein?«

»Du wirst mich doch jetzt nicht etwa schon allein lassen wollen?«

»Eigentlich schon, meine verehrte Dame! Es hat ja doch keinen Sinn. Ich wußte von vornherein, daß wir uns nichts zu sagen hätten. Grüß Tante Juley und Tibby von mir und dir selber wünsche ich alles Glück auf der Welt. Versprich mir, daß du mich bald in München besuchen kommst.«

»Natürlich komm' ich, Helen.«

»Denn das ist alles, was uns noch bleibt.«

Wahrscheinlich hatte sie recht. Das Schlimmste daran war aber, daß Helen bei alledem so vernünftig blieb: das Zusammensein mit Monica mußte ihr außerordentlich gut getan haben.

»Ich bin froh, daß ich dich und unsere Sachen wiedergesehen habe.« Sie blickte liebevoll auf den Bücherschrank, als wollte sie ihrer Vergangenheit damit Lebewohl sagen.

Margaret entriegelte die Tür und bemerkte: »Das Auto ist weg, aber deine Droschke steht noch da.«

Sie trat als erste ins Freie und ging auf den Wagen zu, wobei sie den Blick über das Grün der Blätter und das Blau des Himmels schweifen ließ. Nie war der Frühling so schön gewesen. Der Kutscher, der am Gartentor lehnte, rief ihr entgegen: »Hier, bitte schön, gnä' Frau, eine Nachricht!« und streckte ihr durch die Gitterstäbe eine Visitenkarte von Henry hin.

»Wie kommt denn die hierher?«, fragte sie.

Crane sei gleich damit zurückgekommen.

Mit wachsendem Verdruß las Margaret die Instruktionen, die Henry in Französisch auf die Karte geschrieben hatte, damit die Dienstboten es nicht verstünden. Sowie sie sich mit ihrer Schwester ausgesprochen habe, solle sie zum Übernachten zu Dolly kommen. »Il faut dormir sur ce sujet.« Für Helen dagegen solle man »une comfortable chambre à l'hôtel« finden. Dieser letzte Satz verärgerte sie aufs höchste, bis ihr wieder einfiel, daß es bei Charles nur ein Gästezimmer gab, ein dritter Gast also gar nicht Platz hatte.

»Henry wäre dir liebend gern behilflich gewesen«, übersetzte sie das Gelesene.

Helen war ihr nicht in den Garten gefolgt. Sowie die Tür offen stand, verlor sie das Bedürfnis zu fliehen. Sie blieb in der Halle zurück und schritt zwischen Bücherschrank und Tisch hin und her. Allmählich wurde sie wieder, wie sie früher war: sorglos und charmant.

»Und das hier ist wirklich Mr. Wilcox' Haus?«, rief sie Margaret entgegen.

»Du wirst doch wohl Howards End nicht vergessen haben?«

»Vergessen? Ich vergesse nie etwas! Aber es sieht jetzt aus, als ob es uns gehörte.«

»Ja, es ist schon erstaunlich, was Miß Avery fertig gebracht hat«, sagte Margaret und es wurde ihr gleich ein wenig leichter ums Herz. Abermals beschlich sie ein leises Gefühl der Abtrünnigkeit, sie empfand es aber als Wohltat und wehrte sich nicht dagegen. »Sie war Mrs. Wilcox sehr zugetan, und bevor sie sich noch länger ansehen mußte, daß das Haus leerstand, hat sie es eben mit unseren Sachen eingerichtet. Daher steht hier jetzt auch unsere ganze Bibliothek.«

»Nicht die ganze! Die Kunstbücher hat sie nicht ausgepackt, woraus eigentlich eine sehr vernünftige Überlegung spricht. Und der Degen hing bei uns auch nie hier.«

»Macht sich aber ganz gut, finde ich.«

»Ja, großartig.«

»Ja, nicht wahr?«

»Wo steht denn das Klavier, Meg?«

»Das habe ich in London eingelagert. Warum?«

»Ach, nur so.«

»Erstaunlich finde ich auch, daß der Teppich genau paßt.«

»Der Teppich ist ein Fehlgriff«, erklärte Helen. »Ich weiß, in London haben wir ihn auch gehabt, aber der Fußboden hier ist viel zu schön, um ihn unter einem Teppich zu verstecken.«

»Du hast also immer noch ein Faible für kahle Räume. Möchtest du dann nicht noch kurz einen Blick ins Eßzimmer werfen, bevor du fährst? Dort liegt nämlich kein Teppich.«

Sie gingen hinüber und von Minute zu Minute wurde ihre Unterhaltung ungezwungener.

»Nein, schau: das Zimmer ist ja wie geschaffen für Mutters Chiffonniere!«, rief Helen.

»Dann schau dir erst einmal die Stühle an!«

»Ja, wahrhaftig! Wickham-Place ging nach Norden, nicht wahr?«

»Nach Nordwesten.«

»Na, jedenfalls ist es dreißig Jahre her, seit diese Stühle die Sonne gesehen haben. Fühl' doch mal! Die Lehnen sind richtig schön warm.«

»Ich möchte bloß wissen, warum Miß Avery sie paarweise aufgestellt hat. Da muß ich doch einmal –«

»Hier herüber, Meg! Du mußt den Stuhl so stellen, daß man, wenn man drauf sitzt, auf den Rasen hinaussieht.«

Margaret verrückte einen Stuhl und Helen setzte sich darauf.

»Do-och! Aber das Fenster ist zu hoch.«

»Versuch's mal mit einem Stuhl aus dem Salon.«

»Nein, da drüben gefällt's mir nicht so gut. Den Deckenbalken hat man doch mit Spundbrettern verkleidet. Ohne die Verkleidung wäre es wunderschön gewesen.«

»Für manche Dinge hast du wirklich ein phänomenales Gedächtnis, Helen. Du hast vollkommen recht. Es ist eins von den Zimmern, das die Männer verunstaltet haben, weil sie es für uns Frauen schön herrichten wollten. Die Männer wissen eben nicht, was wir eigentlich wollen –«

»Und werden es auch nie wissen.«

»Da bin ich anderer Meinung. In zweitausend Jahren werden sie's wissen.«

»Aber die Stühle machen sich wirklich ganz wunderbar. Schau mal: hier sieht man noch, wo Tibby damals die Suppe verschüttet hat.«

»Den Kaffee, meinst du. Es war Kaffee, den er verschüttet hat.«

Helen schüttelte den Kopf. »Ausgeschlossen! Tibby war damals noch viel zu klein für Kaffee.«

»Hat Vater da noch gelebt?«

»Ja.«

»Dann hast du recht, also muß es Suppe gewesen sein. Ich dachte an etwas anderes, was viel später war – an den unglückseligen Besuch von Tante Juley damals, als sie einfach nicht kapieren wollte, daß Tibby inzwischen groß geworden war. Da war es Kaffee, denn ich weiß noch genau, wie er ihn absichtlich umgestoßen hat. Da war doch so ein Reim, ›Tee, Kaffee – Kaffee, Tee‹, den sie ihm jeden Morgen beim Frühstück aufsagte. Moment mal – wie ging der doch gleich wieder?«

»Ich hab's – nein, doch nicht. Tibby ist aber auch wirklich ein ganz abscheulicher Junge gewesen!«

»Der Reim war allerdings auch zu blödsinnig. Das konnte ja kein vernünftiger Mensch aushalten.«

»Ach, der Reineclaudenbaum!«, rief Helen ganz so, als wäre auch der Garten ein Teil ihrer Kindheit. »Warum muß ich bei dem Baum jetzt bloß an Hanteln denken? Und da kommen ja auch schon die Küken! Das Gras müßte auch mal wieder geschnitten werden. Goldammern! Ich liebe Goldammern –«

Margaret fiel ihr ins Wort. »Jetzt hab' ich's!«, erklärte sie triumphierend.

»Tee, Tee, Kaffee, Tee,
Oder Schokokolatee.«

»Und das jeden Morgen, drei Wochen lang. Kein Wunder, daß Tibby wütend wurde.«

»Jetzt ist Tibby ja eigentlich ein richtiger Schatz«, sagte Helen.

»Na, siehst du! Ich wußte ja, daß du das auch noch mal sagen würdest. Natürlich ist er ein Schatz.«

Es klingelte.

»Horch! Was war denn das eben?«

»Vielleicht beginnen die Wilcoxens schon mit der Belagerung«, sagte Helen.

»Unsinn – horch doch!«

Der Alltagsdruck wich von ihren Gesichtern und etwas anderes kam zum Vorschein: das Bewußtsein, daß nichts sie jemals trennen könnte, weil ihre Liebe in Gemeinsamkeiten wurzelte. Mit Erklärungen und Beschwörungen waren sie nicht zum Ziel gekommen; vergeblich hatten sie nach einer gemeinsamen Ebene gesucht und sich dabei nur gegenseitig unglücklich gemacht. Und dabei lag die Rettung doch so nah: sie lag in der Vergangenheit, die das Heute heiligte, und im Heute, das mit wildem Herzschlag kundtat, es werde schließlich auch wieder eine Zukunft kommen, eine Zukunft mit Lachen und fröhlichem Kinderlärm. Ein Lächeln erhellte Helens Gesicht, als sie auf ihre Schwester zutrat und sagte: »Du bist und bleibst meine Meg.« Sie blickten sich lange in die Augen. Das Seelenleben hatte sich bezahlt gemacht.

Noch einmal war bedeutungsvolles Glockengeläut zu vernehmen. Vor dem Haus stand niemand. Margaret ging in die Küche und zwängte sich zwischen den Kisten ans Fenster. Da stand der Besuch: es war nur ein kleiner Junge mit einer Milchkanne. Der Alltag kehrte wieder.

»Was willst du denn, Kleiner?«

»Ich bringe die Milch, bitte schön.«

»Hat dich Miß Avery geschickt?«, fragte Margaret etwas barsch.

»Jawohl.«

»Dann nimm deine Milch wieder mit und sag' ihr, wir brauchen keine.« Und dann, an Helen gewandt: »Nein, es sind nicht die Belagerer! Es sieht eher danach aus, als ob uns jemand für den Fall einer Belagerung verproviantieren möchte.«

»Aber ich trinke doch gern Milch«, rief Helen. »Warum schickst du ihn denn wieder weg?«

»Wirklich? Also gut! Aber wir haben gar nichts, wo wir sie hineinschütten können, und die Kanne wird er ja wieder mitnehmen wollen.«

»Die Kanne soll ich morgen früh wieder abholen, bitte schön«, sagte der Junge.

»Da ist das Haus längst wieder abgesperrt.«

»Morgen früh darf ich dann auch Eier bringen?«

»Sag' mal, hab' ich dich nicht letzte Woche im Strohhaufen spielen sehen?«

Das Kind ließ schuldbewußt den Kopf hängen.

»Na, dann lauf und spiel wieder!«

»Ein netter Bub!«, sagte Helen halblaut. »Du, wie heißt du denn? Ich heiße Helen.«

»Tom.«

Das war nun ganz die alte Helen. Auch die Wilcoxens hätten ein Kind nach seinem Namen gefragt, aber sie hätten sich nie dazu herabgelassen, ihm auch ihren eigenen Namen zu sagen.

»So, Tom, die da heißt Margaret, und daheim haben wir noch einen, der heißt Tibby.«

»Ich hab' welche mit Schlappohren«, erwiderte Tom, in der Annahme, daß es sich bei Tibby um ein Kaninchen handele.

»Du bist ein sehr lieber und ziemlich gescheiter Bub, Tom. Laß dich mal anschauen! – Ist er nicht reizend?«

»Sicher ist er reizend«, sagte Margaret. »Vermutlich ist's der Junge von Madge und Madge ist grauenhaft. Aber dieses Howards End hat wirkliche Zauberkräfte.«

»Wie meinst du das?«

»Ach, das weiß ich auch nicht.«

»Ich glaube nämlich, ich spüre genau dasselbe wie du.«

»Es zerstört das Grauenhafte und macht das Schöne lebendig.«

»Stimmt haargenau«, sagte Helen und ließ sich die Milch schmecken. »Vor einer halben Stunde aber hast du noch gesagt, das Haus wäre tot.«

»Ich wollte damit sagen: ich selbst war tot. Ich bin mir wie tot vorgekommen.«

»Ja, das Haus ist viel sicherer in seiner Lebendigkeit als wir, sogar wenn es leersteht, aber eins muß ich doch sagen: ich komme einfach nicht drüber weg, daß dreißig Jahre lang auf unsere Möbel nie richtig die Sonne geschienen hat. Im Grunde war Wickham-Place doch eine richtige Gruft. Du, Meg, ich habe eine ganz verrückte Idee.«

»Was denn?«

»Trink erst mal einen Schluck Milch, damit du mir nicht gleich umfällst.«

Margaret tat, wie ihr geheißen.

»Nein, ich erzähl's dir lieber doch noch nicht«, sagte Helen. »Du würdest mich nur auslachen oder vielleicht böse werden. Laß uns erst nach oben gehen und die Zimmer lüften.«

Sie öffneten ein Fenster nach dem andern, bis auch das Innere der Räume dem Frühling entgegenbebte. Es wehte in den Vorhängen, die Bilderrahmen klapperten lustig gegen die Wände. Helen stieß aufgeregte Schreie aus, als sie entdeckte, daß dies Bett offensichtlich am rechten Fleck stand und jenes am falschen. Sie ärgerte sich über Miß Avery, weil sie nicht auch die Kleiderschränke nach oben gebracht hatte. »Dann würde man erst richtig sehen ...« Sie bewunderte die Aussicht.

Auf einmal war sie wieder die Helen, die vor vier Jahren diese unvergeßlichen Briefe geschrieben hatte. Als sie sich beide zum Fenster hinausbeugten und den Blick nach Westen richteten, sagte sie plötzlich: »Ach ja, meine Idee! Könnten wir beide nicht heute Nacht hier im Haus kampieren?«

»Das können wir, glaube ich, gar nicht so ohne weiteres machen«, sagte Margaret.

»Es sind doch Betten da, Tische, Handtücher –«

»Weiß ich doch, aber in dem Haus soll eigentlich nicht übernachtet werden und Henrys Vorschlag lautete –«

»Vorschläge interessieren mich nicht und an meinen Plänen ändert sich auch nichts, aber es würde mir eine so große Freude bereiten, wenn ich hier eine Nacht mit dir verbringen könnte. Es wäre eine schöne Erinnerung. Ach, Meg, komm schon!«

»Aber, Helen, Kleine!«, sagte Margaret. »Es geht doch nicht ohne Henrys Erlaubnis. Natürlich würde er sie uns geben, aber du hast vorhin selbst noch gesagt, du könntest jetzt in die Ducie Street nicht mehr zu Besuch kommen, und hier befindest du dich genauso auf seinem Grund und Boden.«

»Das Haus in der Ducie Street ist seins, aber das hier ist unsres. Unsere Möbel, und die Menschen, die hierherkommen, gehören auch zu uns. Bitte, bitte, laß uns doch hier kampieren, nur eine Nacht, und Tom soll uns mit Eiern und Milch verpflegen. Warum eigentlich nicht? Es wäre doch einfach himmlisch!«

Margaret zögerte. »Charles wäre es sicher auch gar nicht recht«, sagte sie schließlich. »Schon unsere Möbel haben ihm nicht gepaßt und ich war sogar soweit, sie wieder abholen zu lassen, als mir Tante Juleys Krankheit dazwischenkam. Ich kann Charles ganz gut verstehen. Für ihn ist's das Haus seiner Mutter, und er liebt es auf eine ganz stille Weise. Für Henry könnte ich mich verbürgen – aber nicht für Charles.«

»Natürlich wird es ihm nicht recht sein«, sagte Helen. »Aber ich verschwinde ja sowieso aus ihrem Leben. Was macht es da am Ende schon für einen Unterschied, wenn sie auch noch von mir sagen können: ›Und dann hat sie sogar in Howards End übernachtet!‹?«

»Woher willst du denn wissen, daß du aus ihrem Leben verschwindest? Das haben wir uns schon zweimal eingebildet.«

»Weil meine Pläne –«

»– die du im nächsten Augenblick wieder über den Haufen wirfst!«

»Dann eben, weil mein Leben groß ist und das ihre klein!«, sagte Helen, die allmählich in Hitze geriet. »Mir sind Dinge bewußt, von denen die Wilcoxens nicht die leiseste Ahnung haben, und dir geht's da genau wie mir. Uns ist bewußt, daß es Poesie gibt. Uns ist bewußt, daß es den Tod gibt. Die Wilcoxens wissen davon höchstens vom Hörensagen. Uns ist bewußt, daß dies unser Haus ist, weil wir uns darin zu Hause fühlen. Ach, meinetwegen können sie sich die Eigentumsurkunden und die Hausschlüssel an den Hut stecken, aber für diese eine Nacht sind wir hier daheim.«

»Es wär' so schön, wenn ich dich noch einmal ganz für mich allein haben könnte«, sagte Margaret. »So eine Gelegenheit kommt vielleicht so schnell nicht wieder.«

»Ja, und wir könnten uns richtig aussprechen.« Sie senkte die Stimme. »Viel Rühmliches hab' ich ja nicht gerade zu erzählen. Aber unter der Bergulme dort – nein, mal ganz ehrlich, ich glaube nicht, daß mir im Leben noch viel Glück beschert wird. Willst du mir dann nicht wenigstens diese eine Nacht mit dir gönnen?«

»Ich brauche dir wohl nicht zu sagen, wieviel mir das bedeuten würde.«

»Dann tun wir's doch!«

»Wozu eigentlich noch lange zögern! Soll ich dann also jetzt gleich nach Hilton fahren und um Erlaubnis bitten?«

»Ach, wir brauchen doch keine Erlaubnis!«

Aber Margaret war eine treu ergebene Ehefrau. Bei all ihrer Phantasie und Poesie – oder vielleicht gerade deswegen – hatte sie auch Verständnis für die rein sachliche Haltung, die Henry einnehmen würde. Sie wollte sich bemühen, auch möglichst sachlich zu bleiben. Wegen eines Nachtquartiers – und mehr verlangten sie ja gar nicht – mußte man sich nicht gleich auf eine Grundsatzdiskussion einlassen.

»Aber womöglich sagt Charles dann nein«, murrte Helen.

»Den fragen wir gar nicht.«

»Dann geh, wenn's dir denn so lieber ist; ich wäre auch ohne Erlaubnis hiergeblieben.«

Es war dieser egoistische Zug an Helen, der jedoch nur so leicht ausgeprägt war, daß er ihren Charakter nicht verdarb, sondern ihm sogar noch einen zusätzlichen Reiz verlieh. Sie wäre tatsächlich auch ohne Erlaubnis geblieben und dann am nächsten Morgen wieder nach Deutschland entflohen. Margaret mußte ihr einen Kuß geben.

»Spätestens beim Einbruch der Dunkelheit bin ich wieder zurück. Ich freue mich ganz unbändig darauf. So etwas Herrliches kann auch nur dir einfallen.«

»Was heißt da etwas Herrliches – es ist doch nur ein Abschluß«, sagte Helen, und es klang sehr traurig. Sowie Margaret das Haus verließ, beschlich sie von neuem eine Ahnung von drohendem Unheil.

Sie hatte Angst, Miß Avery zu begegnen. Nichts kann einen so aus der Fassung bringen, wie wenn man eine Prophezeiung erfüllt, und sei es auch noch so oberflächlich. Margaret war erleichtert, daß sie, als sie am Bauernhof vorüberfuhr, keine nach ihr ausspähende Gestalt gewahrte, sondern nur den kleinen Tom, der im Stroh Purzelbäume schlug.

XXXVIII

Die Tragödie begann in aller Stille und leitete sich, wie so manch andere Auseinandersetzung, damit ein, daß der Mann wieder einmal auf geschickte Weise seine Überlegenheit ins rechte Licht stellte. Henry hörte, wie Margaret mit dem Kutscher in einen heftigen Wortwechsel geriet; er eilte herzu, wies den Kerl, der am liebsten grob geworden wäre, streng zurecht und führte Margaret in den Garten, wo man Stühle auf dem Rasen aufgestellt hatte. Dolly, der man wieder einmal »kein Wort gesagt« hatte, kam angelaufen und bot Tee an. Henry lehnte dankend ab und hieß Dolly den Kinderwagen wegschieben, da er mit Margaret allein zu sein wünsche.

»Aber unser Knuddelchen hört doch nicht zu«, wandte sie ein. »Ist ja noch kein dreiviertel Jahr alt.«

»Davon spreche ich nicht«, versetzte ihr Schwiegervater kurz.

So wurde der Säugling denn außer Hörweite geschoben und erfuhr erst in späteren Jahren von der großen Krise.

Nun kam Margaret an die Reihe.

»Stimmt unsere Befürchtung?«, fragte er.

»Sie stimmt.«

»Also, mein Liebes«, begann er, »das ist eine ganz unangenehme Sache, die wir da vor uns haben, und nur die allergrößte Ehrlichkeit und Offenheit kann uns dabei weiterhelfen.« Margaret neigte den Kopf. »Ich muß dich Dinge fragen, die wir beide lieber unberührt lassen würden. Wie du weißt, gehöre ich nicht zu euren Bernard-Shaw-Figuren, denen nichts heilig ist. Was ich jetzt sagen muß, ist mir selbst am schmerzlichsten, aber schließlich gibt es Gelegenheiten –. Na, wir sind ja Mann und Frau und keine kleinen Kinder. Ich bin ein Mann von Welt und du bist eine ganz außergewöhnliche Frau.«

Margaret verließen fast die Sinne. Sie wurde rot und blickte an ihm vorbei nach den Sechs Hügeln, die im Frühlingsgrün prangten. Als er ihr Erröten bemerkte, wurde er noch freundlicher.

»Ich sehe schon, es geht dir jetzt wie mir damals, als –. Meine arme kleine Frau! Komm, sei tapfer! Nur ein paar Fragen, dann bist du auch schon erlöst. Hat deine Schwester einen Ehering getragen?«

Margaret brachte mühsam ein ›Nein‹ hervor.

Eisiges Schweigen.

»Henry, ich hatte dich eigentlich um einen Gefallen wegen Howards End bitten wollen.«

»Immer schön eins nach dem andern! Ich muß dich jetzt leider fragen, wie der Verführer heißt.«

Sie sprang auf und hielt den Stuhl wie zum Schutz zwischen sich und ihn. Alle Farbe war aus ihrem Gesicht gewichen und sie sah fahl aus. Es mißfiel ihm keineswegs, daß sie so auf seine Frage reagierte.

»Laß dir Zeit«, riet er ihr. »Du darfst nicht vergessen, daß das alles für mich viel schlimmer ist als für dich.«

Sie schwankte, so daß er schon befürchtete, sie fiele gleich in Ohnmacht. Dann kehrte aber ihre Sprache wieder und sie sagte langsam: »Der Verführer? Nein, ich weiß nicht, wie der Verführer heißt.«

»Wollte sie es dir nicht sagen?«

»Ich habe sie gar nicht erst danach gefragt, wer sie verführt hat«, sagte Margaret, wobei sie mit Bedacht besonderen Nachdruck auf das verhaßte Wort legte.

»Das ist ja höchst sonderbar.« Er besann sich und änderte seine Methode. »Vielleicht ist es auch ganz natürlich, mein Liebes, daß du nicht danach gefragt hast. Solange wir aber seinen Namen nicht kennen, können wir nichts unternehmen. Setz dich doch wieder. Es ist ja nicht mit anzusehen, wenn du dich so aufregst! Ich wußte ja gleich, daß du nicht in der richtigen Verfassung dafür warst. Ich wünschte, ich hätte dich nicht mitgenommen.«

»Wenn du nichts dagegen hast«, erwiderte Margaret, »möchte ich lieber stehen. Man hat so einen hübschen Blick auf die Sechs Hügel.«

»Wie du willst.«

»Hast du mich noch etwas zu fragen, Henry?«

»Als nächstes mußt du mir sagen, ob du vielleicht irgendeine Vermutung hast. Du weißt ja, ich habe oft dein Gespür bewundert. Ich wünschte nur, das meine wäre auch so gut. Vielleicht hast du irgendetwas erraten können, auch wenn deine Schwester dir nichts gesagt hat. Schon mit dem kleinsten Hinweis wäre uns gedient.«

»Wem ›uns‹?«

»Ich hielt es für das beste, Charles anzurufen.«

»Das war unnötig«, sagte Margaret, die sich allmählich echauffierte. »Die Nachricht wird Charles mehr Kummer machen, als die ganze Sache wert ist.«

»Er ist sofort zu deinem Bruder gegangen.«

»Auch das war unnötig.«

»Du mußt dir erklären lassen, wie die Sache steht. Du wirst doch wohl nicht etwa bezweifeln wollen, daß mein

Sohn und ich Ehrenmänner sind? Wir handeln doch nur in Helens Interesse. Noch ist es nicht zu spät, ihren guten Namen zu retten.«

Nun holte Margaret zum ersten Schlag aus. »Sollen wir ihren Verführer etwa zwingen, sie zu heiraten?«, fragte sie.

»Wenn es möglich ist, ja.«

»Aber wenn sich nun herausstellt, daß er bereits verheiratet ist? Solche Fälle soll es ja schon gegeben haben.«

»In dem Fall wird ihn sein Fehltritt teuer zu stehen kommen, und windelweich geprügelt gehört er dann obendrein.«

Ihr erster Schlag war also danebengegangen. Sie war froh darüber. Welcher Teufel hatte sie bloß geritten, daß sie ihrer beider Leben so in Gefahr brachte? Henrys Begriffsstutzigkeit hatte sowohl sie als auch ihn gerettet. Ganz schwach vor Empörung setzte sie sich wieder und blickte ihn nur verständnislos an, während er nach Gutdünken auf sie einredete. Schließlich unterbrach sie ihn: »Darf ich dir vielleicht jetzt meine Frage stellen?«

»Aber natürlich darfst du.«

»Helen fährt morgen nach München –«

»Na, möglicherweise tut sie da ganz recht daran.«

»Henry, würdest du eine Dame bitte zu Ende sprechen lassen! Sie fährt also morgen; die kommende Nacht aber möchte sie gern, wenn du es erlaubst, in Howards End schlafen.«

Es war ein kritischer Augenblick in Henrys Leben. Wieder hätte Margaret die Worte am liebsten zurückgenommen, sowie sie ausgesprochen waren. Sie hätte ihr Anliegen ja viel, viel sorgfältiger vorbereiten müssen. Sie hätte ihm bedeuten müssen, daß sich hinter ihren Worten viel Wichtigeres verbarg, als er überhaupt ahnen konnte. Sie sah, wie er ihre Bitte abwog, als handele es sich dabei um ein Geschäftsangebot.

»Wieso in Howards End?«, fragte er schließlich. »Hätte sie es nicht viel bequemer im Hotel, wie ich vorgeschlagen habe?«

Margaret schickte sich sogleich an, ihm eine vernünftige Erklärung zu geben. »Es ist eine komische Bitte, aber du weißt ja, wie Helen ist und wie Frauen in ihrem Zustand sind.« Er runzelte die Stirn und rutschte unruhig auf seinem Stuhl hin und her. »Sie bildet sich eben ein, eine Nacht in deinem Haus würde ihr Freude bereiten und ihr gut tun, und ich glaube, sie hat auch Recht. Sie hat nun einmal ein sehr empfängliches Gemüt und die Nähe all unserer Bücher und Möbel tut ihr wohl. Das ist eine Tatsache. Es ist das Ende ihrer Mädchenzeit. Ihre letzten Worte an mich waren: ›ein schöner Abschluß‹.«

»Sie hängt also einfach nur aus Sentimentalität so an den alten Möbeln?«

»Genau! Du hast es ganz richtig verstanden. Es ist ihre letzte Hoffnung, die alten Sachen noch einmal um sich zu haben.«

»Da bin ich aber ganz anderer Meinung, meine Liebe! Helen bekommt ja auf jeden Fall ihren Anteil vom Hausrat – und wahrscheinlich sogar mehr, als ihr eigentlich zusteht, denn du bist ja so vernarrt in sie, daß du ihr von deinen Sachen geben würdest, was sie sich nur in den Kopf setzt. Hab' ich nicht recht? Ich würde übrigens auch kein Wort dagegen sagen. Ich könnte es noch verstehen, wenn es ihr altes Heim wäre, denn ein Heim oder vielmehr ein Haus« – er setzte ganz bewußt dieses andere Wort, da ihm ein zugkräftiges Argument eingefallen war –, »denn ein Haus, in dem man einmal gelebt hat, wird einem irgendwie heilig. Ich weiß auch nicht, warum. Assoziationen und so weiter. Mit Howards End kann Helen nun aber keine Assoziationen verbinden, ganz im Gegensatz zu mir und meinen Kindern. Ich verstehe also wirklich nicht, warum sie dort übernachten will. Sie wird sich nur erkälten.«

»Dann gib dich doch damit zufrieden, daß du's eben nicht verstehst!«, flehte Margaret. »Nenn es meinetwegen eine Laune. Aber sieh doch ein, daß Launenhaftigkeit eine bestehende Tatsache ist. Helen ist nun einmal launenhaft und bildet es sich eben ein.«

Mit seiner nächsten Antwort überraschte er sie – das kam selten vor. Er feuerte eine unerwartete Breitseite ab. »Wenn sie eine Nacht dort bleiben möchte, bleibt sie vielleicht auch zwei. Am Ende bekommen wir sie überhaupt nicht mehr aus dem Haus.«

»Na, und wenn schon?«, sagte Margaret mit einem Gefühl, als wandle sie am Rande des Abgrunds. »Selbst angenommen, wir bekämen sie nicht mehr aus dem Haus. Wäre das denn so schlimm? Sie würde doch damit niemandem schaden.«

Wieder wand er sich gereizt auf seinem Stuhl.

»Nein, Henry«, stieß sie hervor und trat einen Schritt zurück. »Das meinte ich nicht. Wir werden Howards End nur diese eine Nacht mit Beschlag belegen. Morgen bringe ich Helen nach London –«

»Was, du willst auch in dem feuchten Loch über Nacht bleiben?«

»Ich kann sie doch nicht allein lassen.«

»Das kommt überhaupt nicht in Frage! Der blanke Wahnsinn! Du mußt hier sein, wenn Charles kommt.«

»Ich hab' dir schon gesagt, deine Benachrichtigung an Charles war unnötig und ich habe kein Verlangen, ihm jetzt zu begegnen.«

»Margaret – meine liebe Margaret –«

»Was hat denn diese Sache mit Charles zu tun? Wenn sie schon mich nur wenig betrifft, betrifft sie dich noch viel weniger und Charles überhaupt nicht.«

»Als künftigen Besitzer von Howards End, würde ich sagen«, erklärte Mr. Wilcox und krümmte die Finger ein, »betrifft die Sache Charles aber doch.«

»Inwiefern? Setzt Helens Zustand vielleicht den Wert des Grundstücks herunter?«

»Meine Liebe, du vergißt dich!«

»Es war doch wohl dein Vorschlag, daß wir offen miteinander sprechen sollten.«

Verständnislos schauten sie einander ins Gesicht. Der Abgrund lag jetzt dicht vor ihren Füßen.

»Helen verdient mein Mitgefühl«, sagte Henry. »Als dein Mann werde ich alles für sie tun, was ich kann, und ich zweifle auch keinen Augenblick daran, daß sie letzten Endes mehr Unrecht erlitten als begangen hat. Aber ich kann ihr gegenüber nicht so tun, als wenn nichts geschehen wäre. Damit würde ich meiner gesellschaftlichen Stellung einfach nicht gerecht werden.«

Sie nahm sich noch einmal zusammen. »Wir wollen doch lieber wieder auf Helens Bitte zurückkommen«, sagte sie.

»Es ist eine unvernünftige Bitte, nur stammt sie von einer unglücklichen jungen Frau. Morgen fährt sie zurück nach Deutschland und bietet der Gesellschaft keinen Anstoß mehr. Für heute Nacht bittet sie um ein Quartier in deinem leerstehenden Haus – einem Haus, aus dem du dir nichts machst und das du seit über einem Jahr nicht mehr bewohnt hast. Darf sie? Willst du's meiner Schwester erlauben? Willst du ihr vergeben – wie auch dir vergeben werden möge, und wie auch dir tatsächlich vergeben worden ist? Vergib ihr wenigstens für diese eine Nacht. Das ist schon genug.«

»Wie auch mir tatsächlich vergeben worden ist –?«

»Kümmere dich jetzt einmal nicht darum, was ich damit meine«, sagte Margaret. »Antworte auf meine Frage!«

Möglich, daß ihm von fern dämmerte, was sie hatte sagen wollen. Wenn dem so war, dann löschte er es in seinem Bewußtsein aus. Unmittelbar aus seiner Festung heraus antwortete er: »Es wirkt sicher recht wenig entgegenkommend von mir, aber ich habe eine gewisse Lebenserfahrung und weiß, wie eins zum andern führt. Deine Schwester wird wohl leider im Hotel übernachten müssen. Ich habe auf meine Kinder und auf das Andenken meiner lieben verstorbenen Frau Rücksicht zu nehmen. Es tut mir leid, aber sorge bitte dafür, daß sie mein Haus umgehend verläßt.«

»Du hast eben Mrs. Wilcox erwähnt.«

»Wie bitte?«

»Das kommt selten vor. Darf ich dann meinerseits Mrs. Bast erwähnen?«

»Du bist heute schon den ganzen Tag nicht ganz auf der Höhe«, sagte Henry und erhob sich mit unbewegtem Gesicht von seinem Stuhl. Margaret stürzte auf ihn zu und faßte ihn an beiden Händen. Sie war wie verwandelt.

»Jetzt hab' ich's aber satt!« schrie sie. »Du sollst nur den Zusammenhang sehen, Henry, und wenn's dich umbringt! Du hast eine Geliebte gehabt – und ich hab' dir verziehen. Meine Schwester hat einen Liebhaber – und du jagst sie aus dem Haus. Siehst du jetzt den Zusammenhang? Dumm, heuchlerisch, grausam – oh, wie verabscheuungswürdig! –, ja, so ist für mich ein Mann, der seine Frau zu ihren Lebzeiten demütigt und nach ihrem Tod mit ihrem Andenken sein bigottes Spiel treibt! Ein Mann, der eine Frau nur zu seinem Vergnügen ins Verderben stürzt und sie dann sitzen läßt, damit sie andere Männer ins Verderben stürzt. Und der schlechte Ratschläge in Geldangelegenheiten gibt und dann erklärt, er sei dafür nicht verantwortlich. So einer bist du! Aber das begreifst du ja gar nicht, weil du nicht in Zusammenhängen denken kannst. Ich hab' sie satt, deine unterschiedslose Freundlichkeit! Ich hab' dich lang genug geschont. Dein ganzes Leben lang bist du immer nur geschont worden. Auch deine erste Frau hat dich immer nur geschont. Kein Mensch hat dir je gesagt, was du bist: ein Wirrkopf, ein Wirrkopf, daß es schon kriminell ist! Für Männer wie dich hat Reue nur eine Schutzfunktion, ihr verschanzt euch hinter ihr – also komm mir bitte nicht mit Reue! Sag' nur zu dir selber: ›Was Helen getan hat, das habe ich auch getan!‹«

»Das sind zwei ganz verschiedene Fälle«, stammelte Henry. Was er eigentlich entgegnen wollte, hatte er sich noch nicht ganz zurechtgelegt. Ihm schwirrte der Kopf, so daß er etwas mehr Zeit dazu brauchte.

»Inwiefern verschieden? Du hast deine Frau betrogen, Helen betrügt wenigstens nur sich selbst. Du gehörst weiterhin zur Gesellschaft, Helen aber kann das nicht. Für dich das Vergnügen, und sie soll ruhig vor die Hunde gehen. Und dann hast du noch die Unverschämtheit und erzählst mir etwas von der Verschiedenheit der Fälle!«

Wie zwecklos das alles war! Henrys Entgegnung war ein sprechender Beweis dafür.

»Jetzt versuchst du es wohl mit Erpressung. Nicht gerade ein sehr hübscher Zug von einer Frau ihrem Mann gegenüber. Ich habe es mir mein Leben lang zur Regel gemacht, Drohungen gar nicht erst zu beachten, und ich kann nur wiederholen, was ich vorhin gesagt habe: Ich erlaube dir und deiner Schwester nicht, in Howards End zu übernachten.«

Margaret ließ seine Hände los. Er ging ins Haus, wobei er sich erst die eine, dann die andere Hand an seinem Taschentuch abwischte. Margaret blieb noch eine Weile stehen und blickte auf die Sechs Hügel, die Kriegsgräber, wo der Frühling schwoll. Dann wandte auch sie sich zum Gehen, in den sinkenden Abend hinein.

XXXIX

Charles und Tibby trafen sich in der Ducie Street, wo Tibby gerade zu Besuch weilte. Ihre Unterredung war ebenso kurz wie grotesk. Das einzige, was die beiden miteinander gemein hatten, war die englische Sprache, und mit deren Hilfe versuchten sie nun auszudrücken, was sie beide nicht verstanden. Charles erblickte in Helen den Feind der Familie schlechthin. Für ihn war sie schon von Anfang an die Gefährlichste aus dem Hause Schlegel gewesen und mit Ingrimm und heimlicher Freude sah er dem Augenblick entgegen, wo er seiner Frau würde sagen können, wie recht er doch immer gehabt hatte. Sein Entschluß stand augenblicklich fest: die Person mußte aus dem Weg geschafft werden, bevor sie noch mehr Schande über die Familie brachte. Wenn sich eine Gelegenheit böte, könnte man sie ja an irgendeinen Lumpen oder möglicherweise auch an einen Trottel verheiraten. Damit wäre dann wenigstens der Moral Genüge getan, doch bildete es keinen entscheidenden Teil seines Plans. Abgrundtief war die Abneigung, die Charles empfand, und alles, was früher geschehen war, breitete sich dementsprechend klar und eindeutig vor ihm aus – es gibt ja keinen geschickteren Arrangeur als den Haß. Gleich Stichworten in einem Notizbuch ließ er noch einmal rasch alle Schritte der von den Schlegels geführten Kampagne Revue passieren: den Versuch, seinen Bruder zu kompromittieren; das Vermächtnis seiner Mutter; die zweite Ehe seines Vaters; die Einlagerung der Möbel; das Auspacken derselben. Von der Bitte um ein Nachtlager in Howards End hatte er noch nichts gehört; das sollte erst noch ihr vernichtendster Schlag werden und der Anlaß für den seinen. Aber er ahnte bereits, daß der Kampf um Howards End ging, und obgleich er das Haus nicht mochte, war er fest entschlossen, es zu verteidigen.

Tibby andererseits ging bar jeder persönlichen Meinung

in die Auseinandersetzung. Über Konventionen war er erhaben; seine Schwester hatte das Recht zu tun, was sie für richtig hielt. Es ist keine besondere Kunst, über Konventionen erhaben zu sein, wenn man sich ihnen nicht mit Pfändern verpflichtet hat, und Männer können immer leichter ein unkonventionelles Leben führen als Frauen, wobei sich einem finanziell unabhängigen Junggesellen am allerwenigsten Schwierigkeiten in den Weg stellen. Im Gegensatz zu Charles hatte Tibby Geld genug; seine Vorfahren hatten es für ihn verdient, und wenn er in irgendeiner Gegend die Leute vor den Kopf stieß, brauchte er nur in eine andere zu ziehen. Er genoß sein müßiges Leben ohne jeden Skrupel – eine Lebensweise, gleich verhängnisvoll wie allzu große Beflissenheit: ein wenig kalter Kulturglanz mag dabei entstehen, aber keine Kunst. Seine Schwestern hatten diese angestammte Gefahr erkannt und immer in Rechnung gestellt, daß es das Gold war, der tragende Besitz unter den Füßen, der sie aus dem Wasser ins Trockene hob. Tibby dagegen rechnete es sich selber zum Verdienst an und verachtete daher jene, die sich nur mit Müh und Not über Wasser halten konnten, und jene, die untergegangen waren.

Daher war ihre Unterredung auch so grotesk; die Kluft zwischen ihnen war sowohl wirtschaftlicher als auch geistiger Natur. Trotzdem förderte die Unterhaltung einige Tatsachen zutage. Charles stellte seine Fragen mit solcher Unverfrorenheit, daß Tibby in seinem Akademikergemüt einfach wehrlos war. An welchem Datum Helen ins Ausland gereist sei? Und zu wem? (Charles hätte das skandalöse Ereignis nämlich nur allzu gerne auf Deutschland abgewälzt.) Dann änderte er seine Taktik und fragte schroff: »Ihnen ist doch wohl klar, daß Sie als Beschützer Ihrer Schwester aufzutreten haben?«

»In welcher Hinsicht?«

»Wenn mit meiner Schwester ein Mann herumspielen würde, bekäme der von mir eine Kugel durch den Kopf gejagt, aber Ihnen ist das ja vielleicht gleichgültig.«

»Das ist mir ganz und gar nicht gleichgültig«, protestierte Tibby. »Wen haben Sie dann also in Verdacht? Rücken Sie schon heraus mit der Sprache, Mann! Einen Verdacht hat man doch immer.«

»In Verdacht hab' ich niemand. Ich wüßte nicht, wen.« Tibby errötete unwillkürlich. Die Szene in seiner Oxforder Wohnung war ihm eingefallen.

»Sie verheimlichen etwas«, sagte Charles. Wie es bei Unterredungen nun einmal zu gehen pflegt, stürzte er sich rücksichtslos auf die nächste beste Gelegenheit. »Als Sie sie das letzte Mal sahen, hat sie da irgendeinen Namen erwähnt? Ja oder nein?«, brüllte er mit donnernder Stimme, so daß Tibby zusammenfuhr.

»In meiner Wohnung hat sie Freunde erwähnt, Bast heißen sie –«

»Wer sind die Basts?«

»Leute – Freunde von ihr, mit denen sie auf Evies Hochzeit war.«

»Kann mich nicht erinnern. Oder doch! Ja, natürlich! Meine Tante hat mir da irgendwas von so einem Lumpenpack erzählt. Und von diesen Basts hat sie wohl unaufhörlich gesprochen, als sie bei Ihnen war? Ist da auch ein Mann dabei? Hat sie von dem Mann auch gesprochen? Oder – Moment mal – haben Sie vielleicht selbst schon mit ihm zu tun gehabt?«

Tibby schwieg. Ohne es zu wollen, hatte er das Vertrauen seiner Schwester mißbraucht. Er war zu gleichgültig gegen das Menschliche, um im voraus abzusehen, wie eins zum andern führt. Aber er hatte ein stark ausgeprägtes Ehrgefühl, und ein einmal gegebenes Wort hatte er bisher noch immer gehalten. Er war im Innersten verwundet, nicht nur, weil er Helen ein Leid angetan hatte, sondern auch, weil er seine eigene Unzulänglichkeit entdecken mußte.

»Ich sehe schon – Sie besitzen sein Vertrauen! In Ihrer Wohnung haben sich die beiden getroffen! Oh, was für eine Familie! Was für eine Familie! Gott steh dem armen alten Herrn bei –«

Damit sah Tibby sich allein.

XL

Leonard also – in einem Zeitungsbericht wäre nun des langen und des breiten von ihm die Rede gewesen, an diesem Abend aber spielte er keine große Rolle. Die Wurzeln des Baumes lagen im Schatten, denn der Mond verbarg sich noch hinter dem Haus. In der Höhe aber und rechts und links über die weite Wiese hin flutete das Mondlicht. Leonard schien gar kein Mensch zu sein, eher eine Sache, ein Rechtsfall.

Vielleicht war das Helens Art, sich zu verlieben – seltsam genug für Margarets Gefühl, bei der auch noch die Bitternis gegen Henry und der Groll auf ihn von seinem Bildnis gezeichnet waren. Helen vergaß Menschen. Sie waren nur Hüllen zur Aufnahme ihrer Gefühle. Sie vermochte Mitleid zu empfinden, sogar sich aufzuopfern oder ihrem Instinkt zu folgen, aber hatte sie je die edelste Form der Liebe gekannt, bei der Mann und Frau, indem sie sich im Geschlechtlichen verlieren, übers Geschlechtliche hinausstreben zu dem anderen, Gefährten zu sein?

Margaret hatte ihre Zweifel, sprach aber kein tadelndes Wort. Das war Helens Abend. Es lagen ohnedies Kümmernisse genug vor ihr – der Verlust von Freunden, der Wegfall gesellschaftlicher Vorteile, die Qualen, die erhebenden Qualen der Mutterschaft, von denen die meisten immer noch nichts wissen. Soll also lieber an diesem Abend der Mond scheinen nach Herzenslust, und sollen die Frühlingslüfte, Ausläufer der rauhen Stürme bei Tag, zärtlich wehen und möge die Erde, die Frucht trägt, auch Frieden tragen. Nicht einmal bei sich selbst wagte Margaret Helen zu tadeln. Für sie war Helens Fehltritt nicht an irgendeinem Sittenkodex zu messen, der alles galt oder nichts. Sittliche Werte können uns sagen, daß Morden schlimmer ist als Stehlen; sie können fast alle Sünden in eine Ordnung bringen, mit der ein jeder sich einverstanden erklären muß; aber einen Menschen wie Helen eingruppieren, das können sie nicht. Je selbstsicherer die sittlichen Urteilssprüche zu diesem Punkt sind, umso sicherer dürfen wir sein, daß gar nicht wirkliche Sittlichkeit aus ihnen spricht. Christus sogar hat sich ausweichend ausgedrückt, als man ihn danach fragte. Immer sind es die, die den Zusammenhang nicht sehen, die am voreiligsten den ersten Stein zu werfen trachten.

Das war Helens Abend – er war teuer genug erkauft und sollte nun nicht auch noch durch anderer Leute Sorgen getrübt werden. Von ihrer eigenen Tragödie ließ Margaret kein Sterbenswörtchen verlauten.

»Man sucht sich eben immer nur Einzelheiten heraus«, sagte Helen langsam. »Von all den Kräften, die Leonard abwärts zogen, habe ich mir deinen Mann herausgesucht. So kam es auch, daß ich voller Mitleid und in gewisser Hinsicht voller Rachegefühle war. Wochenlang schon hatte ich alle Schuld Mr. Wilcox allein gegeben, und als dann deine Briefe kamen –«

»Die hätte ich gar nicht erst zu schreiben brauchen«, sagte Margaret seufzend. »Henry konnten sie ja doch nicht schützen. Es ist einfach ein hoffnungsloses Unterfangen, die Vergangenheit auslöschen zu wollen, selbst wenn man's für andere tut.«

»Ich wußte ja nicht, daß es deine eigene Idee war, die Basts abzuweisen.«

»Wenn ich's im Nachhinein bedenke, war das auch ganz falsch von mir.«

»Wenn ich darüber nachdenke, Schwesterherz, weiß ich, daß es völlig richtig war. Es ist richtig, den Mann zu retten, den man liebt. Ich bin heute gar nicht mehr so eine Gerechtigkeitsfanatikerin. Aber damals hatten wir beide den Eindruck, du hättest nach seinem Diktat geschrieben. Das schien uns der endgültige Beweis seiner Hartherzigkeit zu sein. Wir waren ja in dem Augenblick schon völlig durcheinander – und Mrs. Bast war oben auf ihrem Zimmer. Ich hatte sie gar nicht mehr zu Gesicht bekommen und hatte mich schon eine ganze Zeitlang mit Leonard unterhalten – ich war ihm ohne besonderen Grund über den Mund gefahren und allein daran hätte ich doch eigentlich merken müssen, daß ich in Gefahr war. Als dann deine Briefchen kamen, wollte ich, daß wir gleich zu dir gehen und dich um eine Erklärung bitten. Er sagte, die Erklärung könne er sich schon denken – er kenne sie ganz genau und du dürftest nichts davon erfahren. Ich drängte ihn, mir alles zu sagen, aber er meinte, das dürfe niemand erfahren, es habe mit seiner Frau zu tun. Dabei blieben wir bis zum Ende immer ganz korrekt, mit ›Mr. Bast‹ und ›Miß Schlegel‹. Ich wollte eben zu ihm sagen, er müsse ganz offen mit mir sprechen, da erriet ich an seinen Augen, daß Mr. Wilcox ihn in zweifacher Hinsicht ruiniert hatte, nicht nur geschäftlich. Ich zog ihn an mich und brachte ihn dazu, mir alles zu erzählen. Ich fühlte mich selber sehr einsam. Man braucht ihm keinen Vorwurf zu machen. Wenn es nach ihm gegangen wäre, er hätte mich immer nur weiter scheu verehrt. Ich möchte ihn nie mehr wiedersehen, so schrecklich das auch klingt. Am liebsten hätte ich ihm Geld gegeben und mir gesagt: damit ist die Sache erledigt. Ach, Meg, wie wenig von diesen Dingen bekannt ist!«

Sie schmiegte ihr Gesicht an den Baum.

»Und wie wenig man doch von solchen Entwicklungen weiß! Beide Male ist die Einsamkeit schuld gewesen und die Nacht, und nachher war die Bestürzung groß. Ob Leonard wohl die Antwort auf Paul gewesen ist?«

Margaret antwortete nicht sogleich. Sie war so müde, daß ihre Aufmerksamkeit doch tatsächlich zu den Zähnen abgeschweift war – zu den Schweinezähnen, die man in die Rinde des Baums getrieben hatte, um ihm damit Heilkraft zu verleihen. Von ihrem Platz aus konnte Margaret sie schwach glänzen sehen. Und eben hatte sie versucht, die Zähne zu zählen. »Jedenfalls ist Leonard eine bessere Folgeerscheinung als Wahnsinn«, sagte sie. »Meine große Angst war immer, du würdest so lange auf die Sache mit Paul reagieren, bis du schließlich überschnappen würdest.«

»Es war auch alles Reaktion, bis ich an den armen Leonard geraten bin. Aber jetzt bin ich wieder ganz im Gleichgewicht. Sehr gern haben werde ich deinen Henry wohl nie, Meg, oder auch nur freundlich von ihm sprechen, aber dieser Haß, der mich ganz blind gemacht hat, ist jetzt vorüber. Ich werde mich auch bestimmt nie wieder über Leute wie die Wilcoxens aufregen. Ich kann nun verstehen, daß du ihn geheiratet hast, und du wirst jetzt sehr glücklich sein.«

Margaret erwiderte nichts.

»Ja«, wiederholte Helen, und ihre Stimme wurde sanfter, »ich kann es nun endlich verstehen.«

»Außer Mrs. Wilcox, liebe Helen, kann kein Mensch unser ganzes Tun und Lassen verstehen.«

»Weil man im Tod – ja, der Meinung bin ich auch.«

»Ganz so hab' ich's nicht gemeint. Ich habe vielmehr das Gefühl, du und ich und Henry, wir sind nur Bruchstücke vom Bewußtsein dieser Frau. Sie weiß alles. Sie ist alles. Sie ist das Haus und auch der Baum, der sich darüber neigt. Jeder Mensch hat nicht nur sein eigenes Leben, sondern auch seinen eigenen Tod, und selbst wenn nach dem Tod nichts mehr kommt, werden wir uns noch in unserem Nichts voneinander unterscheiden. Ich kann einfach nicht glauben, daß ein Wissen, wie sie es gehabt hat, vergehen soll in einem Wissen, wie ich es habe. Sie hat Wirklichkeiten gekannt. Sie wußte, wenn Menschen verliebt waren, obwohl sie gar nicht mit dabei war. Ich bin überzeugt, sie hat es gewußt, als Henry sie betrog.«

»Gute Nacht, Mrs. Wilcox!«, rief eine Stimme.

»Oh, gute Nacht, Miß Avery!«

»Wie kommt eigentlich Miß Avery dazu, für uns zu arbeiten?« flüsterte Helen.

»Das frage ich mich auch.«

Miß Avery ging quer über den Rasen und verschwand in der Hecke, die Howards End vom Bauernhof trennte. Eine alte Lücke, die Mr. Wilcox hatte ausfüllen lassen, war wieder zum Vorschein gekommen, und Miß Avery folgte auf ihrem Weg durch das tauige Gras genau jenem Trampelpfad, den Mr. Wilcox hatte zupflanzen lassen, als er den Garten in Ordnung bringen und für Rasenspiele herrichten ließ.

»Es ist noch nicht ganz unser Haus«, sagte Helen. »Als Miß Avery vorhin rief, habe ich gespürt, daß wir nur zwei Reisende sind.«

»Das werden wir immer und überall sein.«

»Aber liebevolle Reisende –«

»Aber Reisende mit der Einbildung, sie könnten in jedem Hotel zu Hause sein.«

»Meine Einbildung ist aber nur von sehr kurzer Dauer«, sagte Helen. »Hier unter diesem Baum vergißt man es ja leicht, aber ich weiß, morgen geht für mich der Mond in Deutschland auf. Auch mit den frömmsten Wünschen kannst du nichts mehr an den Umständen ändern. Es sei denn, du kommst mit mir.«

Margaret überlegte einen Augenblick. Während des vergangenen Jahres war ihr England so ans Herz gewachsen, daß der Gedanke, es zu verlassen, sie wirklich mit Gram erfüllte. Dennoch, was hielt sie eigentlich zurück? Sicher würde Henry ihr ihren Ausbruch verzeihen, aber doch nur, um dann weiterhin mit stolzgeschwellter Brust und wirrem Kopf einem hohen Alter entgegenzugehen. Wem wäre damit schon gedient? Ebensogut konnte sie auch gleich ganz aus seinem Leben verschwinden.

»Ist deine Aufforderung denn auch ernst gemeint, Helen? Würde ich mich mit deiner Monica überhaupt vertragen?«

»Das würdest du nicht, aber ernst gemeint ist meine Aufforderung schon.«

»So, jetzt aber Schluß mit Plänen und auch mit Erinnerungen!« Sie schwiegen eine Weile. Es war Helens Abend.

Die Gegenwart floß an ihnen vorüber wie ein Bach. Der Baum rauschte. Er hatte gerauscht und geflüstert, lange bevor sie auf der Welt waren, und er würde weiterrauschen, wenn es sie längst nicht mehr gab, aber immer kam sein Lied aus dem Augenblick. Nun war der Augenblick vorüber. Der Baum aber rauschte noch immer. Ihre Sinne waren hellwach und geschärft, und sie schienen das Leben zu erfassen. Das Leben verging. Der Baum aber rauschte noch immer.

»Geh' jetzt schlafen!«, sagte Margaret.

Der Friede der Landschaft erfüllte sie. Er hat nichts zu schaffen mit der Erinnerung und nur wenig mit der Hoffnung. Schon gar nicht geht es ihm um die Hoffnungen der nächsten fünf Minuten. Es ist der Friede der Gegenwart, der jenseits allen Verstehens liegt. Seine Flüsterstimme sagte »jetzt« und noch einmal »jetzt«, als die Schwestern über den Kies schritten, und ein drittes Mal »jetzt«, als das Mondlicht auf den Degen ihres Vaters fiel. Sie gingen nach oben, sie gaben sich einen Gutenachtkuß, und indes die Stimme immer weiter ihr Flüsterwort hauchte, schliefen sie ein. Das Haus hatte anfangs noch seinen Schatten über den Baum geworfen, aber als der Mond höher stieg, lösten sich die beiden voneinander und standen um Mitternacht für eine Zeitlang frei. Margaret wachte auf und schaute in den Garten hinaus. Einfach unfaßbar, daß Leonard Bast ihr diese Nacht des Friedens verschafft hatte! War vielleicht auch er ein Teil von Mrs. Wilcox' Bewußtsein?

XLI

Ganz anders war es Leonard ergangen. Für ihn waren die Monate nach den Ereignissen in Oniton, was immer sie auch sonst noch an kleinen Kümmernissen mit sich brachten, im wesentlichen von Reue überschattet. Wenn Helen zurückblickte, so konnte sie darüber ins Philosophieren kommen oder sie konnte in die Zukunft blicken und Pläne für ihr Kind schmieden. Der Vater aber sah nichts als seine eigene Sünde. Noch Wochen danach konnte es vorkommen, daß er mitten in einer ganz anderen Beschäftigung plötzlich hervorstieß: »Du Vieh! Du elendes Vieh – wie konntest du bloß –«, und dann spaltete er sich in zwei Personen, die Zwiegespräche führten. Oder aber düstere Wolken verfinsterten sein Gemüt, verdunkelten ihm den Himmel und trübten seinen Blick. Sogar Jacky blieb der Wandel in ihm nicht verborgen. Am furchtbarsten litt er in den Augenblicken nach dem Erwachen. Manchmal war er auch zunächst ganz guter Dinge, aber sowie seine Gedanken sich regten, wurde er sich einer Last bewußt, die auf ihm lag und ihn bedrückte. Oder er hatte das Gefühl, daß kleine heiße Eisen in seinem Körper brannten oder daß ein Schwert ihn durchbohrte. Dann saß er auf dem Rand seines Bettes, griff sich ans Herz und jammerte: »Ach, was *soll* ich bloß tun, was *soll* ich denn bloß tun?« Nichts verschaffte ihm Erleichterung. Zwar vermochte er einen gewissen Abstand von seinem Vergehen zu gewinnen, aber in seiner Seele zehrte es weiter.

Die Reue gehört nicht zu den ewigen Wahrheiten. Die Griechen haben recht daran getan, sie zu entthronen. Ihr Wirken ist zu willkürlich, fast als wählten die Erinnyen nur gewisse Menschen und gewisse Sünden zur Bestrafung aus. Und von allen Mitteln zur Läuterung ist die Reue ganz gewiss das unwirtschaftlichste. Sie schneidet mit dem vergifteten auch das gesunde Gewebe heraus. Sie ist ein Messer, das noch weit tiefer eindringt als das Übel selbst. Leonard durchlebte alle Qualen der Reue und ging daraus geläutert, aber auch geschwächt hervor – als ein besserer Mensch, der niemals wieder seine Selbstbeherrschung verlieren würde, aber auch als ein geringerer Mensch, in dem es nicht mehr viel zu beherrschen gab. Seine Läuterung bedeutete auch noch keinen Frieden. Der Gebrauch des Messers kann zu einer Gewohnheit werden, von der man ebenso schwer wieder loskommt wie von einer Sucht, und so fuhr Leonard weiterhin Nacht für Nacht mit einem Schrei aus seinen Träumen auf.

Er zimmerte sich eine Sachlage zurecht, die von der Wahrheit denkbar weit entfernt war. Auf den Gedanken, daß Helen schuld sein könnte, kam er erst gar nicht. Er vergaß die Eindringlichkeit ihres Gesprächs, den Charme, der ihm durch seine Aufrichtigkeit verliehen worden war, und er vergaß den Zauber des nächtlichen Oniton und des leise rauschenden Flusses. Helen liebte das Absolute. Leonard war auf absolute Weise zugrunde gerichtet worden und machte auf sie den Eindruck eines Mannes, der ganz allein auf der Welt stand. Ein richtiger Mann, dem es um Abenteuer und Schönheit zu tun war, ein Mann, der nur anständig leben und sein Auskommen haben wollte, ein Mann, der dem Moloch der Alltäglichkeit, der ihn nun zermalmte, an Pracht und Herrlichkeit weit überlegen gewesen wäre. Die Eindrücke von Evies Hochzeit hatten ein übriges getan, sie in ihrem Urteil irrezumachen: die steife Dienerschaft, die Berge nicht verzehrten Essens, das Froufrou der allzu üppig gekleideten Weiblichkeit, die auf dem Kies parkenden Automobile mit Ölflecken drunter, das Gedudel der protzigen Musikkapelle. Sie hatte, als sie ankam, eben noch den schalen Nachgeschmack des Fests in sich aufgenommen und des Nachts dann, nach dem Scheitern ihrer Mission, stieg er betäubend in ihr hoch. Sie und das Opfer schienen ganz allein zu sein in einer Welt der Unwirklichkeit, und so liebte sie ihn denn, wirklich und unbedingt, vielleicht eine halbe Stunde lang.

Am Morgen war sie fort. Der kurze Brief, den sie hinterließ, ein zärtlicher und verstiegener Brief, der doch höchst freundlich gemeint war, erfüllte ihren Liebhaber mit furchtbarem Schmerz. Ihm war, als hätte er ein Kunstwerk zerstört, als hätte er ein Gemälde in der Nationalgalerie mit roher Gewalt aus dem Rahmen gerissen. Er entsann sich, wie begabt sie war, wie hoch sie gesellschaftlich stand, und der Gedanke überfiel ihn, daß jeder nächste beste nun eigentlich das Recht habe, ihn über den Haufen zu schießen. Wie ein Getretener schlich er auf dem Bahnhof an der Kellnerin und den Gepäckträgern vorüber. Am Anfang fürchtete er sich auch vor seiner Frau, aber später betrachtete er sie mit einer Art neu erwachter Zärtlichkeit und dachte sich: »Eigentlich besteht ja doch kein Unterschied mehr zwischen uns.«

Der Abstecher nach Shropshire ruinierte die Basts endgültig. Helen vergaß bei ihrer fluchtartigen Abreise, die Hotelrechnung zu begleichen, und nahm die Fahrkarten für die Rückreise aus Versehen mit. Um überhaupt nach Hause zu kommen, mußten sie Jackys Armreifen versetzen und ein paar Tage darauf kam dann die Räumungsklage. Freilich bot ihm Helen die fünftausend Pfund an, aber eine solche Summe bedeutete ihm nichts. Er begriff nicht, daß Helen verzweifelt versuchte, Wiedergutmachung zu leisten, um wenigstens einen Teil der Katastrophe aufzufangen, und sei es auch nur mit fünftausend Pfund. Doch von irgendetwas mußte er ja leben. So wandte er sich denn an seine Familie und erniedrigte sich zum notorischen Bettler. Es blieb ihm gar kein anderer Ausweg.

»Ein Brief von Leonard!«, dachte seine Schwester Blanche, »nach so langer Zeit!« Sie versteckte den Brief, damit ihr Mann ihn nicht sähe, und als er zur Arbeit gegangen war, las sie ihn nicht ohne Rührung und schickte dem reuigen Sünder eine kleine Summe aus ihrem Nadelgeld.

»Ein Brief von Leonard!«, sagte Laura, die andere Schwester, ein paar Tage später. Sie zeigte den Brief ihrem Mann, der zwar eine unbarmherzige und beleidigende Antwort schrieb, dann aber doch mehr Geld schickte als Blanche, so daß sich Leonard bald wieder an ihn wandte.

Während des Winters entwickelte sich ein System daraus. Leonard erkannte, daß sie niemals zu verhungern brauchten, weil das den Verwandten doch zu peinlich gewesen wäre. Das gesellschaftliche Gefüge gründet auf der Familie und ein schlauer Taugenichts kann aus dieser Tatsache unbegrenzt Kapital schlagen. Und so wechselten denn ungezählte Pfunde den Besitzer, ohne daß dabei auf irgendeiner Seite eine freundliche Gesinnung mit im Spiel gewesen wäre. Die edlen Spender verabscheuten Leonard und er wiederum haßte sie von ganzem Herzen. Als Laura seine unmoralische Ehe mißbilligte, dachte er verbittert: »Wenn sie das schon stört, was würde sie dann erst sagen, wenn sie die ganze Wahrheit wüßte!« Als Blanches Mann ihm Arbeit anbot, wußte er sich unter einem Vorwand davor zu drücken. In Oniton hatte er noch dringend nach einer Arbeit verlangt, aber inzwischen hatten ihm Ängste und Sorgen so schwer zugesetzt, daß er nun als Arbeitskraft nicht mehr taugte. Als sein Bruder, der Laienprediger, ihm auf einen Brief nicht antwortete, schrieb er ihm, er und Jacky würden zu Fuß zu ihm aufs Dorf hinauskommen. Das war nicht als Erpressung gedacht, aber der Bruder schickte ihm eine Postanweisung und von da an gehörte auch das zum System. So vergingen für ihn Winter und Frühling.

In dem ganzen Trauerspiel gab es zwei Lichtblicke. Leonard versuchte nie, die Vergangenheit zu verdrehen. Er blieb am Leben, und selig sind, die am Leben bleiben, wenn es auch nur ein Leben der bewußt empfundenen Schuld ist. Das Mittel der Verdrängung, mit dem die meisten ihre Irrungen und Wirrungen verwischen und vernebeln, kam nie über Leonards Lippen.

Und trink' ich Vergessen nur für einen Tag.
So mind're meiner Seele ich den Rang.

Ein hartes Wort und ein harter Mann, der es schrieb, aber es bildet doch den Grundstock jeglicher Charaktere.

Der andere Lichtblick waren seine zärtlichen Gefühle für Jacky. Es war ein edelmütiges Mitleid, das er jetzt für sie empfand – nicht mehr das verächtliche Mitleid, das einen Mann mit einer Frau durch dick und dünn gehen läßt. Er bemühte sich, weniger gereizt gegen sie zu sein. Er fragte sich auch, wonach ihre hungrigen Augen sich sehnten – nichts, was sie mit Worten hätte ausdrücken und was er oder irgendein Mann ihr hätte geben können. Ob ihr wohl je die Gerechtigkeit widerführe, die Gnade heißt – jene Gerechtigkeit für menschliches Fehlverhalten, für das in dieser geschäftigen Welt kein Gedanke mehr bleibt? Sie liebte Blumen, sie war großzügig mit Geld, sie war nicht rachsüchtig. Hätte sie ihm ein Kind geboren, so hätte er sie vielleicht liebgewonnen. Als unverheirateter Mensch hätte Leonard nie gebettelt; sein Lebenslicht wäre noch einmal kurz aufgeflackert und dann erloschen. Doch ganz so einfach ist das Leben nun einmal nicht. Er mußte für Jacky sorgen, und darum wandelte er krumme Pfade, damit sie ein paar Federn hatte und das Essen auf dem Tisch, das ihr schmeckte.

Eines Tages sah er Margaret mit ihrem Bruder. Er war in der Paulskathedrale. Hineingegangen war er, weil er sich vor dem Regen unterstellen und weil er ein Bild sehen wollte, an dem er sich in früheren Jahren gebildet hatte. Doch das Licht war schlecht, das Bild hing ungünstig und die Zeit und das Urteil hatte er inzwischen verinnerlicht. Die einzige Gestalt auf dem Bild, die ihn noch in ihren Bann zu ziehen vermochte, war der Tod mit seinem klatschmohnbestreuten Schoß, auf dem alle Menschen einmal schlummern müssen. Nach einem kurzen Blick wandte Leonard sich ab und suchte etwas ziellos nach einer Sitzgelegenheit. Er blickte das Hauptschiff entlang und gewahrte Miß Schlegel und ihren Bruder. Sie standen mitten im Strom der Kirchenbesucher und ihre Gesichter trugen einen äußerst ernsten Ausdruck. Leonard zweifelte nicht einen Augenblick, daß sie sich wegen ihrer Schwester Sorgen machten.

Kaum war er draußen – und er hatte sich sofort fluchtartig davongemacht –, da bereute er auch schon, die beiden nicht angesprochen zu haben. Was bedeutete schon sein Leben? Was bedeuteten schon ein paar böse Worte oder gar ein paar Jahre Gefängnis? Er hatte Unrecht getan – darin lag der eigentliche Schrecken. Mochten sie nun Bescheid wissen oder nicht, er würde ihnen jetzt alles sagen, was er wußte. Er trat ein zweites Mal in die Kathedrale ein, aber die beiden hatten sich in seiner Abwesenheit entfernt, um ihre Schwierigkeiten vor Mr. Wilcox und Charles auszubreiten.

Margarets Anblick lenkte bei Leonard die Reue in neue Bahnen. Ihn verlangte es nun nach einer Beichte, und wenn ein solches Verlangen auch beweist, daß eine Natur schwach geworden ist und nicht mehr weiß, worin das Wesen des menschlichen Umgangs besteht, so hielt sich das Bedürfnis bei ihm doch in noblen Grenzen. Er wiegte sich nicht in der Hoffnung, die Beichte werde ihn glücklich und zufrieden machen. Es war bei ihm vielmehr die Sehnsucht, von den Wirrnissen loszukommen. Es ist das Verlangen, das auch den Selbstmörder treibt. Vom Impuls her ist es ein und dieselbe Sache, und das Sträfliche am Selbstmord liegt eigentlich nur in der mangelnden Rücksicht auf die Gefühle derer, die man zurückläßt. Eine Beichte dagegen braucht niemandem weh zu tun – dieses Kriterium erfüllt sie jedenfalls –, und wenn die Beichte auch eine unenglische Angelegenheit ist, von der unsere anglikanische Kirche nichts wissen will, so hatte Leonard doch ein Recht, sich dafür zu entscheiden.

Hinzu kam noch, daß er zu Margaret Zutrauen hatte. Gerade ihre Strenge war es, nach der es ihn jetzt verlangte. Das Kalte, Verstandesmäßige in ihrer Natur würde sie zur Gerechtigkeit, wenn auch nicht zur Güte, befähigen. Er würde tun, was sie ihm sagte, selbst wenn er Helen wiedersehen müßte. Das wäre die höchste Strafe, die sie ihm auferlegen würde. Und vielleicht würde sie ihm erzählen, wie es Helen ging. Das wäre der höchste Lohn.

Er wußte nichts von Margaret, noch nicht einmal, ob sie mit Mr. Wilcox verheiratet war, und es dauerte mehrere Tage, bis er sie ausfindig gemacht hatte. An jenem Abend noch kämpfte er sich durch den Regen zum Wickham-Place, wo die neuen Mietshäuser eben aus der Erde zu wachsen begannen. War er vielleicht auch schuld daran, daß sie dort hatten ausziehen müssen? Hatte man sie am Ende seinetwegen aus der Gesellschaft ausgestoßen? Von dort ging er weiter zu einer Volksbibliothek, aber auch im Adressbuch ließ sich kein passender Schlegel finden. Am folgenden Tag setzte er die Suche fort. Er stellte sich zur Zeit der Mittagspause auf der Straße vor Mr. Wilcox' Büro auf, und als die Angestellten herauskamen, fragte er sie: »Entschuldigen Sie bitte, ist Ihr Chef verheiratet?« Die meisten blickten ihn nur ganz erstaunt an. Manche fragten dagegen: »Was geht das Sie an?« Einer aber, der die Kunst der Verschwiegenheit noch nicht erlernt hatte, gab ihm die gewünschte Auskunft. Die Privatadresse konnte er allerdings nicht in Erfahrung bringen. Wieder mußte er sich mit Adreßbüchern und Untergrundbahnen herumschlagen, und bis er die Ducie Street entdeckt hatte, war es Montag, der Tag, an dem Margaret mit ihrem Mann zu ihrer Jagdexpedition nach Howards End gefahren war.

Als er vorsprach, war es ungefähr vier Uhr nachmittags. Das Wetter hatte umgeschlagen und die Sonne schien heiter auf den prunkvollen Treppenaufgang aus schwarzem und weißem Marmor in Dreiecksform. Nachdem Leonard geklingelt hatte, senkte er den Blick und starrte die Fliesen an. Er fühlte sich in einer eigenartigen Verfassung: ihm war, als würden im Innern seines Körpers ständig Türen auf- und zugemacht, und schon die Nacht zuvor hatte er nur im Sitzen schlafen können, mit dem Rücken an der Wand. Als das Mädchen die Tür öffnete, vermochte er ihr Gesicht nicht zu sehen; die düsteren Wolken waren plötzlich wieder aufgezogen.

»Wohnt hier Mrs. Wilcox?«, fragte er.

»Sie ist nicht da«, lautete die Antwort.

»Wann kommt sie denn zurück?«

»Ich frage mal eben«, sagte das Mädchen.

Margaret hatte Anweisung gegeben, es dürfe niemand abgewiesen werden, der ihren Namen nenne. Das Mädchen legte die Kette vor – denn das schien ihr bei Leonards äußerer Erscheinung dringend geraten – und begab sich in den Rauchsalon, wo sich Tibby aufhielt. Tibby schlief. Er hatte ein gutes Mittagessen hinter sich und Charles Wilcox hatte sich bei ihm noch nicht zu der aufwühlenden Unterredung angemeldet. Noch halb im Schlaf sagte er: »Weiß nicht, wann sie zurückkommt. Nach Hilton sind sie, Howards End. Wer ist denn da?«

»Ich frage mal eben, Sir.«

»Nein, nicht nötig!«

»Die Herrschaften sind mit dem Auto nach Howards End«, sagte das Mädchen draußen zu Leonard.

Er bedankte sich und fragte, wo denn Howards End läge.

»Sie wollen aber eine ganze Menge wissen«, versetzte sie. Doch Margaret hatte ihr untersagt, Auskünfte zu verweigern. Also sagte sie ihm wider bessere Einsicht, Howards End liege in Hertfordshire.

»Ist das ein Dorf, bitte schön?«

»Ein Dorf! Es ist Mr. Wilcox' Privatsitz – das heißt, einer davon. Mrs. Wilcox hat ihre Möbel dort eingelagert. Das Dorf heißt Hilton.«

»Danke. Und wann kommen sie zurück?«

»Das weiß Mr. Schlegel auch nicht. Wir können ja schließlich nicht alles wissen!« Damit schlug sie die Tür zu und rannte ans Telefon, das schon eine ganze Weile wie wild klingelte.

So mußte Leonard noch eine qualvolle Nacht zubringen. Die Beichte wurde ihm immer schwerer gemacht. Er ging so früh wie möglich zu Bett. Der Mond warf einen Lichtfleck auf den Fußboden ihres möblierten Zimmers und den ließ er nicht aus den Augen. Wie es aber manchmal vorkommt, wenn man innerlich überanstrengt ist, schlief sein Bewußtsein gegenüber allem anderen im Zimmer ein, blieb jedoch gegenüber dem Lichtfleck wach. Entsetzlich! Sodann begann wieder eines jener ihn innerlich zerreißenden Zwiegespräche. In ihm sprach es: »Warum entsetzlich? Es ist doch ganz gewöhnliches Mondlicht.« »Aber es bewegt sich.« »Der Mond bewegt sich ja auch.« »Aber es sieht aus wie eine geballte Faust.« »Warum denn nicht?« »Aber sie kommt auf mich zu.« »Laß sie doch!« Der Lichtfleck schien sich schneller zu bewegen, er kam die Bettdecke hochgekrochen. Und plötzlich sah er eine blaue Schlange, gleich darauf eine zweite, parallel zu der ersten. »Gibt es denn Leben auf dem Mond?« »Natürlich.« »Aber ich dachte immer, er sei unbewohnt.« »Unbewohnt, außer von der Zeit, vom Tod, vom Urteil und von den kleineren Schlangen.« »Kleinere Schlangen!«, sagte Leonard indigniert und mit lauter Stimme. »Was für eine Vorstellung!« Mit einer gewaltigen Willensanstrengung zwang er auch den Rest des Zimmers wieder in sein Wachbewußtsein zurück. Jacky, das Bett, das Essen auf dem Tisch, die Kleidungsstücke auf dem Stuhl, alles trat der Reihe nach wieder in sein Bewußtsein und das Entsetzen entschwand nach außen, gleich einem Ring, der sich auf dem Wasser ausbreitet.

»Hör' mal, Jacky, ich muß mal kurz weg.«

Ihr Atem kam gleichmäßig. Der Lichtfleck lag nun nicht mehr auf der gestreiften Bettdecke, sondern schob sich langsam auf das Wolltuch, das Jacky sich über die Füße gebreitet hatte. Wovor hatte er sich eigentlich gefürchtet? Er trat ans Fenster und sah den Mond durch einen klaren Himmel sinken. Er sah die Krater und die helleren Flächen, die man durch einen verzeihlichen Irrtum als Meere bezeichnet hat. Schon erbleichten sie, denn die Sonne, die sie erhellt hatte, schickte sich nun an, die Erde zu beleuchten. Das Meer der Heiterkeit, das Meer der Ruhe, der Ozean der Stürme – sie alle verschmolzen zu einem einzigen schimmernden Tropfen, und dieser Tropfen glitt hinüber in die immerwährende Morgendämmerung. Und vor diesem Mond hatte er sich gefürchtet!

Er kleidete sich beim Schein des Zwielichts an und zählte sein Geld nach. Es herrschte schon wieder Ebbe, aber für eine Rückfahrkarte nach Hilton würde es langen. Beim Klimpern der Münzen schlug Jacky die Augen auf.

»Hallo, Len! Was 'n los, Len?«

»Na denn, Jacky, bis später dann!«

Sie legte sich auf die andere Seite und schlief weiter.

Das Haus war nicht abgeschlossen, denn der Hauswirt hatte einen Stand in Covent Garden und mußte früh zur Arbeit. Leonard trat ins Freie und machte sich auf den Weg zum Bahnhof. Der Zug ging zwar erst in einer Stunde, war aber bereits am Ende des Bahnsteigs bereitgestellt, so daß Leo-nard sich noch einmal hinlegen und schlafen konnte. Mit dem ersten Ruck befand er sich im Hellen; sie hatten King's Cross hinter sich gelassen und fuhren unter blauem Himmel. Es ging durch mehrere Tunnel und nach jedem sah der Himmel etwas blauer aus, und vom Eisenbahndamm in Finsbury Park aus konnte Leonard den ersten Blick auf die Sonne werfen. Sie wälzte sich hinter den Nebeln am östlichen Horizont empor, ein Rad, dem Rad des sinkenden Mondes vergleichbar, und schien fürs Erste noch eine Dienerin des blauen Himmels zu sein, nicht seine Herrscherin. Leonard nickte wieder ein. Als sie den Viadukt über dem Flüßchen Tewin Water überquerten, war es heller Tag. Zur Linken sah man den Schatten des Bahndamms und der Brückenbögen; zur Rechten blickte Leonard nach dem Tewin-Wald und nach der Kirche, von der es die berühmte Unsterblichkeitslegende gibt. Sechs Waldbäume – das ist eine Tatsache – wachsen dort aus einem der Gräber auf dem Friedhof. In dem Grab – das ist nun die Legende – liegt eine Künstlerin, die erklärt hatte, wenn es Gott gebe, so wüchsen sechs Waldbäume aus ihrem Grab hervor. Solche Dinge begeben sich in Hertfordshire; und etwas weiter entfernt lag das Haus eines Einsiedlers – Mrs. Wilcox war mit ihm bekannt gewesen –, der sich vor der Welt verschloß, Prophezeiungen verkündete und seine Habe an die Armen schenkte. Dazwischen eingestreut jedoch lagen die Landhäuser der Geschäftsleute, die so zuverlässig aussahen, allerdings waren sie von der verschlafenen Zuverlässigkeit eines Menschen, dessen Augen nur halb geöffnet sind. Und über allem strömte das Sonnenlicht, sangen die Vögel, leuchteten Schlüsselblumen gelb und Ehrenpreis blau und die Landschaft, wie man auch von ihr denken mochte, ließ ihr triumphierendes »Jetzt ist jetzt, heut ist heut« ertönen. Leonard vermochte sie aber damit noch nicht zu befreien; das Messer drang ihm sogar noch tiefer ins Herz, als der Zug in Hilton einfuhr. Aber die Reue war zu etwas Erhebendem geworden.

Hilton schlief noch oder war bestenfalls beim Frühstück. Leonard bemerkte den Gegensatz, als er das Dorf hinter sich ließ und aufs offene Land kam. Hier waren die Menschen schon seit dem Morgengrauen auf den Beinen. Ihre Arbeitsstunden richteten sich nicht nach irgendeiner Londoner Bürouhr, sondern nach dem Lauf der Ernte und der Sonne. Daß diese Leute der erlesenste Menschentyp sind, wäre eine sentimentale Behauptung. Aber das eine ist wahr: sie leben noch mit dem Tag und seinem Licht. Sie sind Englands Hoffnung. Auf ihre unbeholfene Art reichen sie die Fackel der Sonne weiter, bis die Nation die Zeit für gekommen hält, sie wieder an sich zu nehmen. Halb Bauerntölpel, halb Volksschulspießer, das mögen sie wohl sein, aber sie tragen auch noch das Erbe eines edleren Stammes in sich und können eines Tages wieder Freisassen hervorbringen. Beim Kalksteinbruch überholte ihn ein Auto. Darin saß wieder ein anderer Menschentyp, dem die Natur wohl will: der Imperialist. Bei seiner Gesundheit und unermüdlichen Tatkraft hofft er, das Erdreich zu ererben. Er zeugt ebenso viele und gesunde Nachkommen wie der Freisasse, und groß ist die Versuchung, ihn als den König der Freisassen zu feiern, der die Tugenden seines Landes über die Meere trägt. Doch der Imperialist ist nicht, was er zu sein glaubt und zu sein scheint. Er ist ein Zerstörer. Er bereitet dem Kosmopolitismus den Weg, und wenn sein ehrgeiziger Wunsch vielleicht auch wirklich in Erfüllung geht, so wird es doch nur eine grau gewordene Erde sein, die ihm als Erbteil zufällt.

Leonard, der ganz und gar in seiner persönlichen Schuld aufging, gelangte zu der inneren Überzeugung, daß eigentlich alle Welt von Natur aus gut sei. Es war nicht der Optimismus, den man ihm in der Schule beigebracht hatte. Immer wieder müssen die Trommeln wirbeln, immer wieder müssen die Kobolde über die Erde geistern, bis sich das Gefühl der Freude von allem Oberflächlichen loslösen und in seiner Reinheit empfinden läßt. Bei Leonard war es ein recht widersprüchliches Gefühl der Freude, das aus seinem Leid hervorgegangen war. Der Tod zerstört den Menschen, die Vorstellung des Todes aber rettet ihn – eine bessere Erklärung dafür hat sich bislang noch nicht gefunden. Elend und Unglück können alles Große in uns wachrufen und die Liebe beflügeln. Sie können uns Zeichen geben; es ist nicht gesagt, daß sie es tun, denn sie sind nicht die Diener der Liebe. Aber Zeichen geben können sie uns und die Erkenntnis dieser unglaublichen Wahrheit tröstete ihn.

Als er sich dem Haus näherte, kam alles Denken zum Erliegen. Die widersprüchlichsten Dinge standen einträchtig in seinem Bewußtsein nebeneinander. Er fühlte sich ängstlich, doch glücklich; beschämt, doch sündenlos. Er wußte noch, was er zu beichten hätte: »Mrs. Wilcox, ich habe Unrecht getan!« Aber der Sonnenaufgang hatte den Worten ihren Sinn genommen und ihm war eher zumute, als befände er sich auf einer waghalsigen Abenteuerreise.

Er trat in einen Garten, stützte sich einen Augenblick gegen ein Automobil, das er dort vorgefahren fand, entdeckte dann eine geöffnete Tür und trat in ein Haus. Wie leicht ihm doch alles gemacht wurde! Aus einem Zimmer zur Linken hörte er Stimmen, darunter die von Margaret. Plötzlich wurde laut und deutlich sein Name genannt, und ein Mann, den er noch nie gesehen hatte, sagte: »Ach, ist er hier? Das überrascht mich ja nicht. Den Kerl prügle ich jetzt windelweich!«

»Mrs. Wilcox«, sagte Leonard, »ich habe Unrecht getan.«

Der Mann packte ihn beim Kragen und schrie: »Bringt mir einen Stock!« Frauen kreischten. Ein Stock, auffallend hell und glänzend, zuckte nieder. Es tat ihm weh, aber nicht da, wo der Stock aufschlug, sondern im Herzen. Bücher hagelten auf ihn nieder. Er begriff das alles nicht.

»Etwas Wasser, bitte!«, befahl Charles, der die ganze Zeit über äußerst ruhig geblieben war. »Der Kerl simuliert bloß. Ich habe natürlich nur mit der flachen Seite zugeschlagen. Faßt mal mit an, wir müssen ihn ins Freie tragen.«

In dem Glauben, er verstünde sich auf solche Dinge, gehorchte ihm Margaret. Sie legten Leonard, der tot war, auf den Kies; Helen schüttete ihm Wasser ins Gesicht.

»Das reicht«, sagte Charles.

»Ja, ein Mord reicht«, sagte Miß Avery, die mit dem Degen in der Hand aus dem Haus trat.

XLII

Charles war gleich nach der Unterredung in der Ducie Street mit dem nächsten Zug heimgefahren, erfuhr aber erst spät abends, was sich inzwischen zugetragen hatte. Sein Vater, der allein zu Abend gegessen hatte, ließ ihn zu sich kommen und erkundigte sich in sehr ernstem Ton nach Margaret.

»Ich weiß nicht, wo sie ist, Vater«, sagte Charles. »Dolly hat das Essen fast eine Stunde für sie warm gehalten.«

»Sag mir Bescheid, wenn sie nach Hause kommt.«

Es verging eine weitere Stunde. Die Dienerschaft ging zu Bett und Charles begab sich noch einmal zu seinem Vater und ließ sich weitere Anweisungen geben. Margaret war noch immer nicht heimgekehrt.

»Ich bleibe gern auf und warte auf sie, so lange du es wünschst, aber sie wird jetzt wohl kaum noch kommen. Bleibt sie denn nicht bei ihrer Schwester im Hotel?«

»Vielleicht«, sagte Mr. Wilcox nachdenklich, »vielleicht.«

»Kann ich noch etwas für dich tun, Sir?«

»Heute Abend nichts mehr, mein Junge.«

Mr. Wilcox hatte es gern, wenn man ihn »Sir« nannte. Er hob den Blick und sah seinen Sohn mit einer so unverhohlenen Zärtlichkeit an, wie er sie sich sonst nicht erlaubte. In seinen Augen war Charles kleiner Junge und starker Mann in einem. Wenn seine Frau sich auch als wankelmütig erwiesen hatte, so blieben ihm doch wenigstens seine Kinder.

Nach Mitternacht klopfte er leise an Charles' Tür. »Ich kann nicht schlafen«, sagte er. »Es ist wohl besser, wenn ich jetzt gleich mit dir darüber rede und die Sache hinter mich bringe.«

Er klagte über die Hitze, so daß Charles ihn nach draußen in den Garten führte, wo sie in ihren Morgenmänteln auf und ab gingen. Charles wurde immer stiller, als die ganze Geschichte vor ihm ausgebreitet wurde; er hatte doch schon immer gewußt, daß Margaret ebenso schlecht war wie ihre Schwester.

»Morgen früh sieht sie dann alles wieder ganz anders«, sagte Mr. Wilcox, der natürlich Mrs. Bast mit keinem Wort erwähnt hatte. »Aber ich darf diesem Treiben nicht einfach widerspruchslos zusehen. Ich bin so gut wie sicher, daß sie sich mit ihrer Schwester in Howards End aufhält. Das Haus gehört mir – und es wird eines Tages dir gehören, Charles –, und wenn ich sage, daß niemand dort wohnen soll, so hat man sich gefälligst daran zu halten. Ich dulde es einfach nicht!« Er blickte finster zum Mond. »Meiner Ansicht nach geht es hier um etwas viel Größeres, nämlich um das Eigentumsrecht selbst.«

»Da hast du ganz recht«, sagte Charles.

Mr. Wilcox hängte sich bei seinem Sohn ein, aber je mehr er ihm erzählte, desto weniger mochte er ihn. »Du mußt nun nicht etwa glauben, daß ich mit meiner Frau so etwas wie einen Streit gehabt hätte. Sie war einfach nur überreizt, und wer wäre das an ihrer Stelle nicht? Ich werde für Helen tun, was ich kann, aber nur unter der Voraussetzung, daß sie sofort das Haus verlassen. Verstehst du mich? Das ist eine Conditio sine qua non.«

»Dann soll ich wohl morgen früh um acht mit dem Wagen hinüberfahren?«

»Um acht oder auch schon früher. Sage, du kämst in meinem Auftrag, und natürlich darfst du keine Gewalt anwenden, Charles.«

Als Charles am anderen Morgen von Howards End, wo Leonard nun tot auf dem Kiesplatz lag, zurückkehrte, hatte er nicht den Eindruck, daß er Gewalt angewandt hätte. Der Tod war infolge eines Herzleidens eingetreten. Sogar seine Stiefmutter hatte das gesagt und auch Miß Avery hatte bestätigt, daß er nur mit der flachen Seite des Degens zugeschlagen hatte. Auf dem Heimweg hatte er im Dorf bei der Polizei Meldung gemacht, was ihm freundliche Dankesworte eintrug, und eine gerichtliche Untersuchung der Todesursache angeregt. Zu Hause fand er den Vater im Garten; er hielt die Hand vor die Augen, um nicht von der Sonne geblendet zu werden.

»Das war eine ziemlich üble Geschichte«, sagte Charles ernst. »Sie waren beide da, und den Mann hatten sie auch bei sich.«

»Wen? Welchen Mann?«

»Den, von dem ich dir gestern abend erzählt habe. Bast hieß er.«

»Mein Gott! Ist das denn die Möglichkeit!«, sagte Mr. Wilcox. »Im Hause deiner Mutter! Charles, im Hause deiner Mutter?«

»Ich weiß, Vater. So habe ich es ja auch empfunden. Eigentlich brauchen wir uns um den Mann gar nicht zu kümmern. Er war im Endstadium eines schweren Herzleidens, und bevor ich ihm noch zeigen konnte, wie ich von ihm denke, segnete er das Zeitliche. Die Polizei kümmert sich gerade darum.«

Mr. Wilcox hörte aufmerksam zu.

»Als ich hinkam, kann's nicht später gewesen sein als halb acht. Die Avery war gerade am Feuermachen; die beiden waren noch oben. Ich wartete im Salon, bis sie herunterkamen. Wir waren soweit alle ganz höflich und beherrscht, obwohl ich ja schon einen ganz bestimmten Verdacht hatte. Ich richtete ihnen aus, was du mir aufgetragen hattest, und Mrs. Wilcox antwortete: ›Ja, schon recht, verstehe‹, wie sie eben so zu reden pflegt.«

»Sonst nichts?«

»Ich mußte ihr versprechen, daß ich dir – und zwar mit herzlichen Grüßen, das waren ihre Worte – ausrichten würde, sie führe noch heute abend mit ihrer Schwester nach Deutschland. Mehr Zeit ist uns nicht geblieben.«

Mr. Wilcox machte einen erleichterten Eindruck.

»Denn inzwischen muß es dem Mann wohl zu dumm geworden sein, noch länger in seinem Versteck zu bleiben. Jedenfalls stieß Mrs. Wilcox auf einmal seinen Namen aus, der mir ja bereits bekannt war. Also bin ich gleich in die Halle hinaus, um mir den Burschen vorzuknöpfen. Das war doch wohl nur recht von mir, Vater? Ich dachte mir, die Sache ginge nun doch ein bißchen zu weit.«

»Recht, mein lieber Junge? Ich weiß nicht. Aber du wärest nicht mein Sohn gewesen, wenn du nicht so gehandelt hättest. Und dann ist er also einfach – einfach – nur zusammengesackt, wie du gesagt hast?« Er scheute sich davor, das schlichtere Wort auszusprechen.

»Er klammerte sich noch an dem Bücherregal fest und das krachte über ihm zusammen. Also legte ich den Degen einfach wieder weg und trug ihn in den Garten hinaus. Wir dachten alle, er simuliert bloß. Wie dem auch sei, jedenfalls ist er jetzt mausetot. Fatale Geschichte!«

»Degen?«, rief sein Vater mit erregter Stimme. »Welcher Degen? Wessen Degen?«

»Ein Degen von den Schlegels.«

»Und was hast du damit getan?«

»Verstehst du denn nicht, Vater? Ich habe eben einfach nach dem ersten besten Gegenstand gegriffen. Ich hatte ja keine Reitpeitsche und keinen Stock bei mir. Ich habe ihn ein- oder zweimal mit der flachen Seite von ihrem alten deutschen Degen an den Schultern erwischt.«

»Und dann?«

»Wie gesagt: Er riß das Bücherregal um und fiel hin«, sagte Charles seufzend. Es war nicht gerade ein Vergnügen, für seinen Vater den Laufburschen zu spielen; man konnte es ihm nie ganz recht machen.

»Aber die eigentliche Todesursache war ein Herzleiden? Das weißt du ganz sicher?«

»Entweder das oder ein Schlaganfall. Wie dem auch sei, bei der gerichtlichen Untersuchung der Todesursache werden wir ja noch mehr als genug von solchen unappetitlichen Geschichten zu hören bekommen.«

Sie gingen frühstücken. Charles hatte rasende Kopfschmerzen; sie kamen davon, daß er mit nüchternem Magen Auto gefahren war. Er machte sich auch Sorgen um die Zukunft, als ihm einfiel, daß die Polizei bei der gerichtlichen Untersuchung der Todesursache ja auch Helen und Margaret vernehmen müsse und damit die ganze Sache an die Öffentlichkeit zerren würde. Er würde wohl oder übel von Hilton wegziehen müssen. Man konnte es sich nicht leisten, an einem Ort wohnen zu bleiben, wo sich ein solcher Skandal abgespielt hatte – schon allein aus Rücksicht auf seine Frau nicht. Er tröstete sich damit, daß wenigstens dem alten Herrn endlich die Augen geöffnet waren. Es würde zu einem fürchterlichen Krach und wahrscheinlich zu einer Trennung von

Margaret kommen; dann könnten sie ihr Leben wieder neu beginnen, so wie sie es zu Lebzeiten seiner Mutter gewohnt gewesen waren.

»Ich will mal eben kurz zum Polizeirevier«, sagte sein Vater gleich nach dem Frühstück.

»Wozu denn das?«, rief Dolly, der man wieder einmal »kein Wort gesagt« hatte.

»Sehr wohl, Sir«, sagte Charles. »Welchen Wagen willst du nehmen?«

»Ich gehe lieber zu Fuß.«

»Es ist aber ein guter dreiviertel Kilometer«, sagte Charles und trat in den Garten hinaus. »Für April scheint die Sonne doch schon recht heiß. Soll ich dich nicht lieber hinfahren? Und anschließend vielleicht eine kleine Spritztour am Tewin entlang?«

»Du tust gerade so, als ob ich nicht selbst wüßte, was ich will«, sagte Mr. Wilcox gereizt. Charles machte ein verkniffenes Gesicht. »Ihr jungen Burschen habt gar nichts anderes mehr im Kopf als Auto fahren! Ich hab' dir doch gesagt, ich möchte zu Fuß gehen. Ich gehe sehr gern zu Fuß.«

»Na schön! Ich bin zu Hause, wenn du mich brauchen solltest. Ich wollte heute lieber nicht ins Büro fahren, falls dir das recht ist.«

»Das ist mir sogar sehr recht, mein Junge«, sagte Mr. Wilcox und legte ihm die Hand auf den Arm.

Charles gefiel das gar nicht; er war beunruhigt über seinen Vater, der an diesem Morgen gar nicht ganz er selbst zu sein schien. Er hatte so etwas leicht Pikiertes an sich – fast schon wie eine Frau. War es möglich, daß er langsam alt wurde? Den Wilcoxens fehlte es keineswegs an Herzenswärme; sie besaßen sie in reichem Maße, nur wußten sie nicht, wie sie ihre Gefühle äußern sollten. Es war ein verschüttetes Talent bei ihnen, und auch Charles hatte sein Leben lang für einen so warmherzig veranlagten Menschen recht wenig Freude aus sich strahlen lassen. Als er seinen Vater so auf der Landstraße dahinschlurfen sah, empfand er ein unbestimmtes Gefühl des Bedauerns – den Wunsch (den er freilich nicht klar auszudrücken wußte), er möchte als Kind dazu erzogen worden sein, »ich« zu sagen. Er war fest entschlossen, Margarets Abtrünnigkeit wettzumachen; er wußte aber nur zu gut, daß sein Vater bis gestern mit ihr sehr glücklich gewesen war. Wie hatte sie das bloß zuwege gebracht? Zweifellos mit Hilfe irgendeines unsauberen Tricks – aber wie? Mr. Wilcox kam um elf Uhr wieder zurück; er sah sehr müde aus. Die gerichtliche Untersuchung der Todesursache von Leonard Bast sollte morgen stattfinden; die Polizei verlange, daß Charles teilnehme.

»Das habe ich erwartet«, sagte Charles. »Ich bin natürlich der wichtigste Zeuge bei der Sache.«

XLIII

Margaret konnte sich einfach nicht vorstellen, daß das Leben nach all dem heillosen Durcheinander, das mit Tante Juleys Krankheit begonnen und mit Leonards Tod offenbar noch immer nicht geendet hatte, jemals wieder in geordnete Bahnen zurückkehren würde. Die Ereignisse folgten einander in höchst logischer, dabei aber völlig sinnloser Reihenfolge. Die Menschen verloren ihre Menschlichkeit und nahmen Wertungen vor, die so willkürlich waren wie die Karten in einem Kartenspiel. Es war ganz natürlich, daß Henry dieses tat und damit Helen veranlaßte, anderes zu tun, was er ihr wiederum übelnahm; natürlich, daß sie, Margaret, ihm das nun ihrerseits übelnahm; natürlich, daß Leonard wissen wollte, wie es Helen ging, und deshalb angereist kam und daß Charles sich darüber aufregte – alles völlig natürlich, nur eben fern von der Wirklichkeit. Was war in diesem ganzen Mißklang von Ursachen und Wirkungen aus ihnen allen und ihrem eigentlichen Ich geworden? Hier lag Leonard nun tot im Garten, infolge natürlicher Ursachen; und dennoch: Das Leben war ein tiefer, tiefer Fluß und der Tod ein blauer Himmel; das Leben war ein Haus und der Tod ein Büschel Heu, eine Blume, ein Turm; Leben und Tod waren überhaupt alles und jedes, nur nicht diese geordnete Wahnsinnswelt, wo der König die Dame sticht und das As den König. O nein! Hinter allem verbargen sich Schönheit und Abenteuer, nach denen sich der Mann zu ihren Füßen so gesehnt hatte; es gab Hoffnung diesseits des Grabens; es gab wahrhaftigere Beziehungen, die unseren bisherigen Rahmen sprengen. Wie ein Gefangener nach oben blickt und Sterne herniederblinken sieht, so schaute auch sie, aus dem heillosen Durcheinander jener Tage heraus, tiefer ins göttliche Getriebe. Auch Helen – stumm vor Entsetzen, aber des Kindes wegen um Fassung bemüht – und Miß Avery – gefaßt auch sie und nur manchmal liebevoll und leise denselben Satz äußernd: »Nun hat dem Jungen gar keiner mehr gesagt, daß er Vater wird« –, auch diese beiden bestärkten Margaret in dem Glauben, daß Schrecken nichts Endgültiges sei. Welcher Harmonie wir letztlich entgegenstreben, wußte sie nicht, aber das eine schien doch ziemlich gewiß: daß ein Kind auf die Welt käme, dem einmal alles, was die Welt an Schönem und Abenteuerlichem zu bieten hat, offen stünde. Sie schritt durch den sonnenbeschienenen Garten und pflückte Narzissen, rotrandige und weiße. Anderes war nicht zu tun; die Zeit der Telegramme und Aufregungen war vorüber und es schien nun am klügsten, daß man Leonard die Hände auf der Brust faltete und mit Blumen füllte. Hier lag der Vater; damit mochte es genug sein. Und mochte aus dem Gemeinen das Tragische werden, die Muse der Tragödie, deren Augen die Sterne sind und in deren Händen Abendrot und Morgenröte liegen.

Weder der Andrang der Beamten noch die Rückkehr des Arztes, gewöhnlich und penetrant, vermochten ihren Glauben an die Ewigkeit des Schönen zu erschüttern. Die Wissenschaft konnte den Menschen wohl erklären, verstehen konnte sie ihn nicht. Nachdem sie sich jahrhundertelang mit Knochen und Muskeln aufgehalten hatte, mochte sie nun vielleicht langsam zu einer Kenntnis des Nervensystems vordringen, aber die Fähigkeit zu verstehen war auf diesem Wege nicht zu erlangen. Man konnte Leuten wie Mr. Mansbridge und seinesgleichen das Herz ausschütten, ohne ihnen dabei seine Geheimnisse zu entdecken; ihnen kam es nur auf das an, was sich schwarz auf weiß festhalten ließ, und dieses Schwarz-auf-Weiß war auch alles, was ihnen am Ende blieb.

Man befragte sie eingehendst wegen Charles. Aus welchem Grunde, ahnte sie nicht. Der Tod war eingetreten, und der Arzt bestätigte, daß er auf ein Herzleiden zurückzuführen war. Man verlangte, den Degen ihres Vaters zu sehen. Sie erklärte, Charles' Wutanfall sei nur natürlich, wenn auch unangebracht gewesen. Erbärmliche Fragen über Leonard schlossen sich an, die sie alle mit fester Stimme beantwortete. Dann noch einmal Fragen zu Charles. »Es mag schon sein, daß Mr. Wilcox den Tod herbeigeführt hat«, sagte sie, »aber Sie wissen ja selbst: wenn's nicht dieser Anlaß gewesen wäre, dann eben ein anderer.« Schließlich bedankte man sich bei ihr und nahm Degen und Leiche mit nach Hilton. Sie machte sich daran, die Bücher vom Fußboden aufzulesen.

Helen befand sich inzwischen schon auf dem Bauernhof. Da sie noch bis zur amtlichen Feststellung der Todesursache bleiben mußte, war sie dort am besten untergebracht. Allerdings hatten, als ob es nicht ohnehin schon schlimm genug gewesen wäre, Madge und ihr Mann Schwierigkeiten gemacht; sie wollten nicht einsehen, warum ausgerechnet sie den Unrat von Howards End bei sich aufnehmen sollten. Und natürlich hatten sie völlig recht. Die ganze Welt wollte recht behalten und sich für jedes kecke Wort gegen die Konventionen ausgiebig rächen. »Das einzige, worauf es ankommt«, hatten die Schlegels früher gesagt, »ist, daß man sich selbst achtet und die Achtung seiner Freunde genießt.« Zu gegebener Zeit aber gab es auch noch andere Dinge, auf die es unbedingt ankam. Schließlich hatte sich Madge aber doch noch erweichen lassen und Helen wurde für einen Tag und eine Nacht ein friedliches Obdach gewährt. Morgen aber würde sie nach Deutschland zurückkehren.

Was sie selber anging, so hatte sie sich entschlossen mitzufahren. Von Henry kam keine Nachricht; vielleicht erwartete er, daß sie sich bei ihm entschuldigte. Jetzt, wo sie Zeit hatte, über ihre eigene Tragödie nachzudenken, bereute sie nichts. Weder verzieh sie ihm sein Verhalten, noch verspürte sie auch nur den Wunsch danach. Was sie ihm gesagt hatte, erschien ihr Wort für Wort richtig; sie hätte auch nicht ein Jota daran geändert. Einmal im Leben mußte es ja ausgesprochen werden, um die Einseitigkeit auf der Welt wenigstens ein bißchen auszugleichen. Ihre Worte waren nicht an ihren Mann allein gerichtet, sie hatten Tausenden von Männern seinesgleichen gegolten – als ein Aufschrei gegen die innere Verfinsterung der Hochgestellten, die mit dem Zeitalter des Handels und Wandels einhergeht. Auch wenn er nun sein Leben ohne sie aufbauen würde, so konnte sie sich dennoch nicht bei ihm entschuldigen. Er hatte sich geweigert, die Zusammenhänge zu sehen, und zwar in einem Fall, wie er sich für einen Mann überhaupt nicht klarer ergeben kann, und nun mußte eben ihre Liebe die Konsequenzen tragen.

Nein, es gab wirklich nichts mehr zu tun. Sie hatten sich bemüht, den Sturz in den Abgrund zu vermeiden, aber vielleicht war ein solcher Sturz unvermeidlich. Der Gedanke tröstete sie, daß das, was kommen würde, gewiß unvermeidlich war: Ursache und Wirkung würden einander weiter in mißlichem Wechselspiel einem Ziel entgegentreiben, aber welchem, das vermochte sie sich nicht vorzustellen. In solchen Augenblicken zieht sich die Seele nach innen zurück; sie läßt sich von einem tieferen Strom umfassen und treiben und hält Gemeinschaft mit den Toten, denkt aber darum nicht geringer von der Herrlichkeit der Welt, sondern sieht sie nur in einem anderen Lichte als bisher. Der Blick verschiebt sich so lange, bis nebensächliche Dinge sich verwischen. Schon den ganzen Winter über hatte sich Margaret in dieser Richtung entwickelt. Nun brachte Leonards Tod sie ans Ziel. Traurig nur, daß Henry gerade jetzt aus ihrem Leben schied, wo sich ihr die Wirklichkeit offenbarte, so daß nur ihre Liebe zu ihm übrig blieb, unverfälscht und von seinem Bild geprägt wie die gemmenartigen Bildnisse, die wir manchmal aus unseren Träumen herüberretten.

Mit unverwandtem Blick verfolgte sie seine Zukunft weiter. Schon bald würde er der Welt wieder ein heiles Gemüt präsentieren, und was kümmerte es ihn oder die Welt, ob er vielleicht im Kern verfault war? Es würde ein reicher und vergnügter alter Mann aus ihm werden, mitunter ein wenig rührselig Frauen gegenüber, aber ansonsten allzeit bereit, sein Glas mit jedem x-beliebigen zu leeren. Machthaberisch, wie er war, würde er

Charles und die anderen unter der Fuchtel halten und sich erst im hohen Alter widerwillig aus dem Geschäftsleben zurückziehen. Er würde sich zur Ruhe setzen – aber das vermochte sie sich nicht zu vergegenwärtigen. In ihren Augen war Henry ständig in Bewegung und setzte auch andere in Bewegung, solange die Erde sich drehte. Aber einmal mußte ja die Zeit kommen, wo er zu müde dazu wurde und sich zur Ruhe setzte. Und was dann? Das unvermeidliche Wort. Die Befreiung der Seele und die Aufnahme in den ihr bestimmten Himmel.

Ob sie sich dort wohl begegnen würden? Margaret glaubte für ihre Person an die Unsterblichkeit der Seele. Das ewige Leben war für sie immer eine natürliche Vorstellung gewesen. Auch Henry glaubte für seine Person daran. Ob sie sich aber noch einmal begegnen würden? Gibt es nicht eher unendlich viele Ebenen jenseits des Grabes, wie es die Theorie, die er mißbilligt hatte, lehrt? Und war es vielleicht doch möglich, daß seine Ebene, mochte sie nun höher sein oder niedriger, mit der ihrigen übereinstimmte?

Mit solch ernsten Gedanken war sie beschäftigt, als er sie zu sich rief. Er schickte Crane mit dem Auto. Andere Dienstboten kamen und gingen, der Chauffeur aber blieb, trotz seiner Impertinenz und Respektlosigkeit. Margaret konnte Crane nicht leiden und das wußte er auch.

»Schickt Sie Mr. Wilcox wegen der Schlüssel?« fragte sie.

»Davon hat er nichts gesagt, gnädige Frau.«

»Eine Nachricht haben Sie wohl nicht für mich?«

»Davon hat er nichts gesagt, gnädige Frau.«

Nach kurzem Überlegen machte sie sich daran, Howards End abzuschließen. Es konnte einen dauern, daß die Wärme, die sich eben erst im Hause auszubreiten begonnen hatte, nun für immer ausgelöscht werden würde. Mit dem Schürhaken räumte sie das lodernde Feuer aus dem Küchenherd und streute die Kohlenglut draußen im Hof auf den Kies. Sie schloß die Fenster und zog die Vorhänge zu. Wahrscheinlich würde Henry das Haus nun verkaufen.

Sie war fest entschlossen, ihn nicht zu schonen, denn soweit es sie beide betraf, hatte sich nichts Neues begeben. An ihrer Stimmung von gestern abend schien sich auch nicht das mindeste geändert zu haben. Er stand schon ein paar Schritte vor Charles' Gartentor und gab dem Wagen ein Zeichen anzuhalten. Als seine Frau ausstieg, sagte er heiser: »Ich möchte die Sache lieber hier draußen mit dir besprechen.«

»Ich glaube, die Landstraße ist sowieso der passendere Ort«, sagte Margaret. »Hast du meine Nachricht bekommen?«

»Welche Nachricht?«

»Ich gehe mit meiner Schwester nach Deutschland. Ich muß dir jetzt leider mitteilen, daß ich mich dort auf Dauer häuslich niederlassen werde. Unser Gespräch gestern abend hat mehr zu bedeuten gehabt, als dir klar war. Ich kann dir nicht verzeihen; ich verlasse dich.«

»Ich bin so entsetzlich müde«, sagte Henry in leidendem Ton. »Ich bin den ganzen Morgen herumgelaufen und möchte mich ganz gern hinsetzen.«

»Bitte sehr, wenn es dir nichts ausmacht, dich aufs Gras zu setzen.«

Eigentlich hätte ein Feldrain die große Landstraße nach dem Norden in ihrer ganzen Länge säumen müssen. Leute von Henrys Schlage aber hatten das meiste davon an sich gerafft. Margaret wandte sich dem Fleckchen Erde zu, in dem auch die Sechs Hügel lagen. Sie setzten sich etwas weiter von der Straße entfernt hin, so daß Charles und Dolly sie nicht sehen konnten.

»Hier sind deine Schlüssel«, sagte Margaret. Sie warf sie ihm zu. Sie fielen auf den sonnenbeschienenen Grashang; er hob sie nicht auf.

»Ich habe dir etwas zu sagen«, erklärte er sanft.

Sie kannte diese oberflächliche Sanftmut, dieses vorschnelle Einlenken, das doch nur den Zweck hatte, ihre Bewunderung für das männliche Geschlecht zu erhöhen.

»Ich will es nicht hören«, erwiderte sie. »Meine Schwester hat eine schwere Zeit vor sich. Mein Leben muß sich jetzt ganz nach ihr richten. Wir müssen uns selber irgendetwas aufbauen, sie und ich und ihr Kind.«

»Und wohin geht ihr?«

»Nach München. Wir fahren gleich nach dem Gerichtstermin, wenn ihr Zustand es erlaubt.«

»Nach dem Gerichtstermin?«

»Ja.«

»Ist dir klar, wie das Urteil bei der Gerichtsuntersuchung lauten wird?«

»Ja, Tod infolge Herzleidens.«

»Nein, meine Liebe, Totschlag.«

Margaret strich mit den Fingern durchs Gras. Der Hügel unter ihr bewegte sich, als wäre er lebendig.

»Totschlag«, wiederholte Mr. Wilcox. »Charles kommt vielleicht ins Gefängnis. Ich wage gar nicht, es ihm zu sagen. Ich weiß nicht, was ich tun soll – was ich tun soll. Ich bin gebrochen – ich bin am Ende.«

Auch jetzt stieg keine Wärme in ihr auf. Sie erkannte nicht, daß ihn zu brechen ihre einzige Hoffnung war. Sie schloß den Leidenden nicht in die Arme. Aber den ganzen Tag hindurch und auch am nächsten begann sich ein neues Leben zu regen. Die Todesursache wurde amtlich festgestellt und Charles kam vor Gericht. Es war gegen alle Vernunft, daß man ihn bestrafte, aber das ganz nach seinen Vorstellungen geschaffene Gesetz verurteilte ihn zu drei Jahren Gefängnis. Daraufhin brach Henrys Festung zusammen. Er konnte keinen Menschen mehr ertragen, nur noch seine Frau; er schleppte sich zu Margaret und bat sie, sie möge ihm helfen und alles tun, was in ihren Kräften stünde. Sie tat, was am einfachsten schien – sie brachte ihn nach Howards End, wo er sich erholen sollte.

XLIV

Toms Vater mähte die große Wiese. Immer wieder schritt er hin und her unter schwirrenden Halmen und würzigem Grasgeruch und umzog mit immer enger werdenden Kreisen den heiligen Mittelpunkt des Felds. Tom verhandelte unterdessen mit Helen.

»Ich habe keine Ahnung«, antwortete sie ihm. »Glaubst du, das Kleine darf das schon, Meg?«

Margaret legte ihre Handarbeit nieder und blickte geistesabwesend nach den beiden. »Was hast du gerade gesagt?«, fragte sie. »Tom möchte wissen, ob das Kleine schon alt genug ist, um mit Heu zu spielen.«

»Ich habe nicht die leiseste Ahnung«, antwortete Margaret und nahm ihre Handarbeit wieder auf.

»Also paß auf, Tom: der Kleine darf nicht stehen; er darf nicht auf dem Gesicht liegen; er darf auch nicht so liegen, daß ihm der Kopf wackelt; du darfst ihn nicht necken oder kitzeln; und er darf beim Mähen auch nicht in zwei oder mehr Teile geschnitten werden. Kannst du auf das alles achtgeben?«

Tom streckte die Arme aus.

»Dieser Junge ist wirklich ein wunderbares Kindermädchen«, bemerkte Margaret.

»Er hat unseren Kleinen eben gern. Deshalb ist er so eifrig«, antwortete Helen. »Die beiden werden ihr ganzes Leben lang Freunde sein.«

»Und das schon vom sechsten und ersten Lebensjahr an?«

»Natürlich! Für Tom wird es eine ganz große Sache sein.«

»Für unseren Kleinen eine vielleicht noch viel größere.«

Vierzehn Monate waren vergangen, aber Margaret wohnte immer noch in Howards End. Es war ihr nichts Besseres eingefallen. Wieder wurde die Wiese gemäht, wieder blühte der große rote Mohn im Garten auf. Bald kam der Juli mit dem kleinen roten Mohn in den Kornfeldern und der August mit dem Schnitt des Getreides. Diese kleinen Ereignisse würden nun Jahr für Jahr ein Teil ihres Lebens werden. Jeden Sommer würde ihr davor bangen, daß der Brunnen versiegen, jeden Winter, daß die Wasserleitung einfrieren könnte. Jeder Weststurm konnte die Bergulme umreißen und allem ein Ende bereiten; wenn also ein Weststurm aufzog, konnte sie weder lesen noch sich unterhalten. Jetzt aber regte sich kein Lüftchen. Sie saß mit ihrer Schwester auf den Überresten von Evies Steingarten, wo der Rasen in den freien Wiesengrund überging.

»Wie lange die alle bloß wieder brauchen!«, sagte Helen. »Was können die denn da drin nur treiben?« Margaret, deren Mitteilungsbedürfnis immer geringer wurde, gab keine Antwort. Das Geräusch des Mähens drang, gleich einem Wellenschlag, in regelmäßigen Abständen zu ihnen herüber. In ihrer

Nähe schickte sich soeben ein Knecht an, eine von den Bodenmulden mit der Sense auszumähen.

»Ich wünschte, Henry könnte herauskommen und sich an all dem erfreuen«, sagte Helen. »Bei so einem herrlichen Wetter ins Haus eingesperrt zu sein! Das ist schon sehr hart!«

»Es geht nicht anders«, sagte Margaret. »Der Heuschnupfen ist ja sein Haupteinwand gegen Howards End als Wohnsitz, aber den nimmt er ganz gern in Kauf.«

»Ist er nun eigentlich krank oder nicht, Meg? Ich werde nicht schlau daraus.«

»Krank nicht, nur unendlich müde. Er hat sein ganzes Leben lang hart gearbeitet und dabei nichts bemerkt. Das sind die Leute, die dann plötzlich zusammenbrechen, wenn sie endlich etwas bemerken.«

»Er macht sich wohl entsetzliche Vorwürfe wegen der Rolle, die er in diesem ganzen Schlamassel gespielt hat.«

»Ja, ganz entsetzliche Vorwürfe. Deshalb wäre es mir lieber gewesen, Dolly wäre heute nicht auch noch gekommen. Doch er wollte ja, daß sie alle kommen. Es muß sein.«

»Wozu will er sie denn hierhaben?«

Margaret antwortete nicht.

»Du, Meg, darf ich dir mal was sagen? Ich mag Henry.«

»Wäre auch komisch, wenn du's nicht tätest«, sagte Margaret. »Früher war das nicht so.«

»Früher nicht!« Margaret senkte den Blick einen Moment in den schwarzen Abgrund der Vergangenheit. Sie hatten ihn überschritten – Leonard und Charles immer ausgenommen. Sie waren dabei, sich ein neues Leben aufzubauen, ein Leben in einer einsamen, aber friedlichen Atmosphäre. Leonard war tot; Charles hatte noch zwei Jahre abzusitzen. Früher, vor jener Zeit, sah man nicht immer so klar. Jetzt war alles anders.

»Ich mag Henry, weil er sich Gedanken macht.«

»Und er mag dich, weil du dir keine machst.«

Helen seufzte. Sie machte einen beschämten Eindruck und vergrub ihr Gesicht in den Händen. Nach einer Weile sagte sie: »Was die Liebe betrifft ...« – der Übergang war nicht so unvermittelt, wie es den Anschein hatte.

Margaret hielt in ihrer Handarbeit nicht einen Augenblick inne. »Ich meine die Liebe einer Frau zu einem Mann. Früher habe ich mir eingebildet, ich müsse mein ganzes Leben darauf aufbauen, und ich war ständig hin- und hergerissen, als ob sich irgendetwas in mir Luft machen wollte. Aber nun ist endlich Ruhe bei mir eingekehrt; ich bin anscheinend geheilt. Dieser Herr Forstmeister, von dem mir Frieda immerzu schreibt, mag ja ein ganz edler Charakter sein, aber er will nicht begreifen, daß ich weder ihn noch irgendeinen anderen jemals heiraten werde. Nicht etwa, weil ich mich schämte oder mir selbst nicht über den Weg traute, sondern weil ich es einfach nicht könnte. Das ist für mich endgültig vorbei. Als junges Mädchen hatte ich immer die verträumtesten Phantasien, wenn ich mir ausmalte, wie ein Mann mich lieben würde, und bildete mir ein, die Liebe müsse auf Gedeih und Verderb das Wichtigste im Leben sein. Aber das ist sie nicht gewesen; sie war selbst ein Traum. Findest du das nicht auch?«

»Nein, das finde ich nicht. Ganz und gar nicht.«

»Eigentlich müßte ich ja Leonard als meinen Liebhaber in Erinnerung behalten«, sagte Helen und ging ein paar Schritte in die Wiese hinein. »Ich habe ihn schließlich in Versuchung geführt und habe ihn auf dem Gewissen, und da wäre das doch wohl das mindeste, was ich tun könnte. An einem Nachmittag wie heute würde ich Leonard am liebsten mein ganzes Herz entgegenbringen, aber ich kann's nicht. Es hat keinen Sinn, daß ich mir etwas vormache. Ich vergesse ihn.« Ihre Augen füllten sich mit Tränen. »Daß aber auch wirklich so gar nichts zusammenzupassen scheint – daß ... ach, mein Liebling, mein Schatz –« Sie brach ab. »Tommy!«

»Ja, bitte?«

»Der Kleine soll nicht zu stehen versuchen! – In mir fehlt irgend etwas. Ich sehe doch, wie du Henry liebst und ihn von Tag zu Tag besser verstehst, und ich weiß, auch der Tod würde euch nicht im geringsten trennen. Aber ich – Ist es vielleicht irgendein schlimmer, entsetzlicher, krimineller Defekt?«

Margaret beschwichtigte sie. Sie sagte: »Es liegt doch nur daran, daß die Menschen untereinander viel verschiedener sind, als im allgemeinen behauptet wird. Überall auf der Welt quälen sich Männer und Frauen, weil sie sich nicht so entwickeln können, wie sie sich eigentlich entwickeln sollten. Hier und da einmal machen sie ihrem Herzen Luft und danach fühlen sie sich wieder etwas wohler. Du brauchst dir also deswegen nicht das Hirn zu zermartern, Helen. Entwickle lieber, was du hast; liebe dein Kind. Ich liebe Kinder nicht. Ich bin dankbar, daß ich keine habe. Mit ihrer Schönheit, ihrem Liebreiz kann ich spielen, aber das ist auch alles – jedenfalls nichts Wirkliches, nicht die Spur von dem, was eigentlich vorhanden sein müßte. Und andere – andere gehen sogar noch weiter und wenden sich ganz vom Menschlichen ab. Auch ein Ort, ein Haus kann, genau wie ein Mensch, glühende Leidenschaft entfesseln. Begreifst du denn nicht, daß sich in alledem am Ende Trost finden läßt. Es gehört mit zum Kampf gegen die Eintönigkeit. Eben Unterschiede – ewige Unterschiede, die Gott in ein und dieselbe Familie gepflanzt hat, damit immer für Farbe gesorgt ist; Kummer und Leid sind vielleicht auch darunter, aber die Hauptsache ist Farbe im grauen Alltag. Darum kann ich's auch gar nicht zulassen, daß du dich wegen Leonard quälst. Du mußt das Persönliche nicht mit Gewalt ins Spiel bringen, wenn es nicht von selber kommt. Vergiß ihn!«

»Ja, schon gut – aber was hat denn nun Leonard eigentlich vom Leben gehabt?«

»Vielleicht ein Abenteuer.«

»Ist das genug?«

»Für uns nicht, aber für ihn.«

Helen hob ein Büschel Gras auf. Sie betrachtete den Sauerampfer, den roten, weißen und gelben Klee, das Zittergras und die Gänseblümchen, die vielen grünen Grashalme, die sie alle in der Hand hielt. Sie hob das Büschel ans Gesicht.

»Riecht es schon süß?«, fragte Margaret.

»Nein, nur verwelkt!«

»Morgen riecht es dann bestimmt süß.«

Helen lächelte. »Ach, Meg, du bist mir schon eine!«, sagte sie. »Denk doch bloß mal an das furchtbare Tohuwabohu genau vor einem Jahr! Und jetzt könnte ich mich auch nicht einen

Augenblick unglücklich fühlen, selbst wenn ich es noch so wollte. Was für eine Wendung – und das alles nur durch dich!«

»Ach was, wir sind bloß einfach zur Ruhe gekommen. Und du und Henry, ihr habt den ganzen Herbst und Winter über gelernt, euch zu verstehen und zu verzeihen.«

»Ja, das schon, aber wer hat uns denn erst zur Ruhe kommen lassen?«

Margaret gab keine Antwort. Der Knecht hatte mit dem Sensen begonnen und sie nahm den Kneifer ab, um ihm dabei zuzusehen.

»Du!«, rief Helen. »Das war allein dein Werk, Herzallerliebste, auch wenn du so dumm bist und es selbst nicht siehst. Daß wir hier wohnen, war doch dein Plan – ich wollte dich; er wollte dich; und jeder sagte, es sei unmöglich, aber du wußtest, was zu tun war. Stell dir doch nur einmal unser Leben ohne dich vor, Meg! Ich mit dem Kleinen bei Monica – gräßlicher Gedanke! – und Henry würde zwischen Dolly und Evie hin und her gereicht. Aber du hast die Scherben aufgelesen und hast uns ein Zuhause geschaffen. Kannst du denn nicht – wenigstens für einen Augenblick – kapieren, daß dein Leben einfach heldenhaft gewesen ist? Kannst du dich denn nicht mehr an die zwei Monate nach Charles' Verhaftung erinnern, als du in Aktion getreten bist und alles arrangiert hast?«

»Ihr wart ja damals beide krank«, sagte Margaret. »Ich habe doch nur das Naheliegendste getan. Ich hatte zwei Kranke zu pflegen. Hier war ein Haus, bezugsfertig möbliert und unbewohnt. Es lag doch einfach auf der Hand. Ich wußte ja selber nicht, daß ein festes Zuhause daraus werden würde. Sicher habe ich ein wenig dazu beigetragen, das Knäuel zu entwirren, aber dabei hat mir einiges geholfen, was ich überhaupt nicht in Worte fassen kann.«

»Hoffentlich bleibt es auch ein festes Zuhause«, sagte Helen, die schon wieder ganz anderen Gedanken nachhing.

»Ich glaube schon. Es gibt Augenblicke, da habe ich das Gefühl, als ob Howards End in einer ganz besonderen Weise uns gehörte.«

»Trotzdem rückt London immer näher.«

Sie deutete über die Wiese hin – über acht oder neun Wiesen, dahinter aber hing eine rote Staubwolke.

»So sieht man's jetzt von Surrey und sogar schon von Hampshire aus«, fuhr sie fort. »Auch von den Purbeck-Hügeln kann ich es bereits sehen. Und London ist nur ein Teil von etwas anderem, fürchte ich. Das Leben soll eingeschmolzen werden, überall auf der Welt.«

Margaret wußte, daß ihre Schwester die Wahrheit sprach. Howards End, Oniton, die Purbeck-Hügel, die Oderberge, sie waren samt und sonders Überbleibsel und der Schmelztiegel wurde eben schon bereitgestellt für sie. Logisch betrachtet, durften alle diese Orte gar nicht mehr am Leben sein. Man konnte nur hoffen, daß auch die Logik Schwächen aufwiese. Und vielleicht wäre die Erde ja doch stärker als die Zeit.

»Wenn etwas heute in Schwung ist, braucht es doch deswegen nicht ewig in Schwung zu sein«, sagte sie. »Dieser Bewegungs- und Geschwindigkeitstick hat ja erst im Laufe der vergangenen hundert Jahre eingesetzt. Vielleicht folgt darauf eine Kultur, die nicht mit der Zeit geht, weil sie nämlich auf der Erde ruht. Im Augenblick sprechen zwar alle Zeichen dagegen, aber ich kann die Hoffnung nicht aufgeben und ganz früh am Morgen, wenn ich im Garten bin, habe ich das Gefühl, daß unser Haus sowohl Zukunft als auch Vergangenheit ist.«

Sie wandten sich um und blickten auf das Haus. Erinnerungen aus ihrem eigenen Leben gaben ihm nun Farbe, denn Helens Kind war in dem mittleren von den neun Zimmern zur Welt gekommen. Plötzlich sagte Margaret: »Du, gib Obacht –!«, denn hinter dem Fenster in der Halle bewegte sich etwas und die Tür ging auf.

»Die Versammlung löst sich endlich auf. Ich gehe.«

Es war Paul.

Helen zog sich mit den Kindern weit in die Wiese zurück. Freundliche Stimmen grüßten sie. Margaret erhob sich und sah sich einem Mann mit einem dichten schwarzen Schnurrbart gegenüber.

»Mein Vater verlangt nach dir«, sagte er feindselig.

Sie nahm ihre Handarbeit und folgte ihm.

»Wir haben Geschäftliches besprochen«, fuhr er fort, »aber ich darf wohl annehmen, daß du schon vorher über alles unterrichtet warst.«

»Ja, ganz recht.«

Plump, wie Paul sich bewegte – er hatte ja sein ganzes Leben im Sattel zugebracht –, stieß er mit dem Fuß gegen die lackierte Haustür. Mrs. Wilcox tat einen verärgerten Aufschrei. Sie hatte es nicht gern, daß etwas verkratzt wurde; in der Halle blieb sie noch einen Augenblick stehen, um Dollys Boa und Handschuhe aus einer Vase zu nehmen.

Ihr Mann ruhte im Eßzimmer in einem großen Ledersessel und an seiner Seite war Evie und hielt ihm recht ostentativ die Hand. Dolly, ganz in Violett, saß nahe am Fenster. Das Zimmer war ein bißchen dunkel und stickig, und so mußte es auch bleiben, bis das Heu eingefahren war. Margaret gesellte sich wortlos zur Familie; sie hatten sich alle fünf schon beim Tee getroffen und sie wußte ganz genau, was nun gesagt werden würde. Da sie ihre Zeit nicht gern sinnlos vergeudete, nähte sie sogleich wieder weiter. Die Uhr schlug sechs.

»Paßt es euch allen?«, fragte Henry mit matter Stimme. Seine Ausdrucksweise war die alte geblieben, aber es wirkte alles unvermittelt und schattenhaft. »Ich will nämlich nicht, daß ihr mir später angelaufen kommt und mir vorwerft, ich hätte mich unfair verhalten.«

»Es muß uns ja wohl passen«, sagte Paul.

»Bitte sehr, mein Junge. Du brauchst nur einen Ton zu sagen und ich vermache das Haus statt dessen dir.«

Paul runzelte mißvergnügt die Stirn und begann sich am Arm zu kratzen. »Wenn ich das Leben in der freien Natur, wie es mir eigentlich zusagt, schon aufgebe und heimkomme, um mich um das Geschäft zu kümmern, dann hat es keinen Sinn, daß ich mich hier häuslich niederlasse«, sagte er schließlich. »Man ist hier nicht richtig auf dem Land und nicht richtig in der Stadt.«

»Nun gut! Paßt dir meine Regelung, Evie?«

»Natürlich, Vater.«

»Und dir, Dolly?«

Dolly hob ihr verblühtes Gesichtchen, das vom Kummer nur welk, aber nicht gefestigt werden konnte. »Vorzüglich, ausgezeichnet!«, sagte sie. »Ich dachte erst, Charles wollte das Haus für die Jungen, aber als ich ihn das letzte Mal sah, sagte er nein, weil wir unmöglich in dieser Gegend wohnen bleiben können. Charles meint, wir sollten einen anderen Namen annehmen, aber ich weiß beim besten Willen nicht, was für einen. Wilcox paßt recht gut zu Charles und mir und ein besserer Name fällt mir eben nicht ein.«

Allgemeines Schweigen trat ein. Dolly blickte nervös in die Runde, ob sie vielleicht etwas Unpassendes gesagt habe. Paul kratzte sich weiterhin am Arm.

»Dann vermache ich also Howards End ausschließlich meiner Frau«, sagte Henry. »Und ein jeder soll sich das ein für alle Mal klar machen, damit es nach meinem Tod keine Mißgunst und keine Überraschung gibt.«

Margaret sagte kein Wort dazu. Es war etwas Unheimliches an ihrem Triumph. Sie, die nie auch nur daran gedacht hatte, irgendjemanden zu besiegen, war mitten durch die Wilcoxenfront durchgebrochen und hatte sie und ihrer aller Leben auseinandergerissen.

»Infolgedessen hinterlasse ich meiner Frau auch kein Geld«, sagte Henry. »Das ist ihr eigener Wunsch. Alles, was ihr zugefallen wäre, wird unter euch aufgeteilt. Außerdem gebe ich euch einen großen Teil schon zu meinen Lebzeiten, damit ihr nicht mehr von mir abhängig seid. Auch das ist ihr Wunsch. Sie will ihrerseits ebenfalls eine Menge Geld dazugeben. Sie beabsichtigt, während der nächsten zehn Jahre auf die Hälfte ihres Einkommens zu verzichten. Das Haus will sie bei ihrem Tod ihrem – ihrem Neffen draußen auf der Wiese vermachen. Ist damit alles klar? Hat es ein jeder kapiert?«

Paul sprang auf. Er war den Umgang mit Eingeborenen gewohnt und es brauchte nicht viel, daß er seine gute englische Erziehung vergaß. In einer Anwandlung von Mannesstolz und Zynismus sagte er: »Draußen auf der Wiese? Ach, komm! Vielleicht hätten wir wohl auch noch den ganzen Laden hier mitsamt Bankerten übernehmen sollen!«

Mrs. Cahill sagte leise: »Nicht doch, Paul! Du hast versprochen, daß du dir Mühe gibst.« Ganz Frau von Welt, stand sie auf und machte Anstalten, sich zu verabschieden.

Ihr Vater küßte sie. »Auf Wiedersehen, altes Mädel«, sagte er. »Mach dir um mich bloß keine Sorgen!«

»Auf Wiedersehen, Paps.«

Nun kam Dolly an die Reihe. In ihrem Bestreben, noch einmal zum Zuge zu kommen, lachte sie nervös und sagte: »Auf Wiedersehen, Mr. Wilcox. Es ist schon wirklich komisch, daß Mrs. Wilcox damals das Haus eigentlich Margaret vermachen wollte und daß sie's nun schließlich doch noch gekriegt hat.«

Man hörte Evie angestrengt einatmen. »Auf Wiedersehen«, sagte sie zu Margaret und küßte sie.

Und immer wieder fiel der Abschiedsgruß, wie das Verebben einer ersterbenden Meeresflut.

»Auf Wiedersehen.«

»Auf Wiedersehen, Dolly.«

»Bis dann, Vater.«

»Auf Wiedersehen, mein Junge; paß immer gut auf dich auf!«

»Auf Wiedersehen, Mrs. Wilcox.«

»Auf Wiedersehen.«

Margaret brachte die Gäste ans Tor. Dann ging sie zurück zu ihrem Mann und legte ihren Kopf in seine Hände. Henry war zum Erbarmen müde. Doch Dollys Bemerkung hatte ihr Interesse geweckt. Schließlich fragte sie ihn: »Könntest du mir vielleicht sagen, Henry, was das bedeuten sollte: daß Mrs. Wilcox mir Howards End vermacht hätte?«

In aller Ruhe erwiderte er: »Ja, das hat sie. Aber das ist eine alte Geschichte. Als sie krank wurde und du so nett zu ihr warst, wollte sie sich dir erkenntlich zeigen und in einem schon etwas wirren Zustand kritzelte sie ›Howards End‹ auf ein Stück Papier. Ich habe es mir gründlich durch den Kopf gehen lassen; da es sich aber wohl um ein Hirngespinst handelte, hab' ich mich dann nicht weiter darum gekümmert, ohne zu ahnen, was meine Margaret mir in der Zukunft noch einmal bedeuten sollte.«

Margaret schwieg. Etwas erschütterte ihr Leben bis in seine geheimsten Winkel und es schauderte sie.

»Ich hab' doch nichts falsch gemacht, oder?«, fragte er und beugte sich über sie.

»Aber nein, Liebling! Es war schon alles richtig so.«

Aus dem Garten hörte man Lachen. »Da sind sie ja endlich!«, rief Henry und machte sich lächelnd von Margaret los. Helen kam ins Halbdunkel des Zimmers, Tom an der Hand, das Baby auf dem Arm. Ansteckendes Freudengeschrei erfüllte den Raum.

»Die Wiese ist gemäht!«, rief Helen aufgeregt. »Die große Wiese! Wir haben's uns bis ganz ans Ende angesehen und es gibt so viel Heu wie noch nie.«

WEYBRIDGE, 1908-1910

Edward Morgan Forster
Zimmer mit Aussicht

Eine Liebesgeschichte

Florenz um 1900: Auf einer Bildungsreise durch Italien lernt die junge Lucie in Florenz den unkonventionellen George kennen und verliebt sich in ihn. Zurück in England versucht sie, ihn zu vergessen. Doch ihre Liebe ist stärker als alle bürgerlichen Konventionen ...

»Forsters Werk hat doch, wie nebenher, den Reiz, das Vielfältige, Flirrende und auch das ungenierte Pathos von gehobener Lyrik.«
Frankfurter Allgemeine Zeitung

»Kaum einer versteht es wie E.M.Forster, die nachviktorianische Zeit mit so viel Einfühlungsvermögen, gemischt mit feiner Ironie, lebendig werden zu lassen.« *Times Magazin*

328 Seiten, ISBN 3-485-00942-3
nymphenburger

Lesetipp

BUCHVERLAGE
LANGEN MÜLLER HERBIG
WWW.HERBIG.NET